散文精品鉴赏系列

中国现代散文
精品鉴赏

汤衡 ◎ 编著

Fine appreciation of China's modern Prose

陕西出版集团
太白文艺出版社

图书在版编目(CIP)数据

中国现代散文精品鉴赏/汤衡编著.—西安：太白文艺出版社,2009.5
ISBN 978-7-80680-700-2

Ⅰ.中… Ⅱ.汤… Ⅲ.①散文—作品集—中国—现代 Ⅳ.Ⅰ266

中国版本图书馆CIP数据核字(2009)第061876号

中国现代散文精品鉴赏

编　　著	汤　衡
编　　委	罗文英
责任编辑	王大伟　荆红娟
封面设计	天之赋设计工作室
版式设计	侯桂英

出版发行　陕西出版集团
　　　　　太白文艺出版社
　　　　　(西安北大街147号　71003)
　　　　　E-mail:tbyx802@163.com
　　　　　　　　　tbwyzbb@163.com

经　　销	新华书店
印　　刷	陕西安康天宝实业有限公司
开　　本	710毫米×1000毫米　1/16
字　　数	480千字
印　　数	26
版　　次	2011年1月第1版第2次印刷
书　　号	ISBN 978-7-80680-700-2
定　　价	29.80元

版权所有　翻印必究
如有印装质量问题,可寄印刷公司质量科对换
邮政编码：725018

前　言

　　随着现代生活节奏的日益加快，现代人对现代散文似乎是越来越情有独钟。有别于受制于音韵与格律拘限的"诗词"、虚构于人物与情节描写的"小说"以及框架于舞台与对白的时空限制中的"戏剧"等文学形式，"现代散文"以她独有的轻松、飘逸、淡远、婉曲、清雅、空灵、纤柔、冷悄乃至雄浑、劲健、奇诡等多种"形散而意不散"的艺术手法，以小品文、随笔、速写、报告文学、游记、杂感、书信和日记等诸多形式，将现代人心灵的喜怒哀乐、睹物思怀、叙事说理、舒情逸志尽释无疑。她们时而似素描、似散步、似谈心、似絮语；时而又似广角镜、似万花筒、似生活中的一朵朵浪花……而正是有了这种种人心中的情感的自然流畅与宣泄，才有了现代人可以聊以寄托梦想与情思的一方静土。

　　这本《中国现代散文精品鉴赏》，正是收集了我国从1919年到1949年的这30年的时间里，作为新文学体裁之一的散文精品。其取得的成就是十分可喜的，正如鲁迅所说，中国的散文"到了五四运动的时候，才又来了一个展开，散文小品的成功，几乎在小说、戏曲和诗歌之上"(《小品文的危机》)。关于这段历史时期散文小品的内容和艺术表现，可说是呈现着繁杂而又多彩的景象。恰如朱自清在1928年所概括的："就散文论散文，这三四年的发展，确是绚烂极了：有种种的样式，种种的流派，表现着、批评着、解释着人生的各面，迁流曼衍，日新月异；有中国名士风，有外国绅士风，有隐士，有叛徒，在思想上是如此；或描写，或讽刺，或委曲，或缜密，或劲健，或绮丽，或洗练，或流动，或含蓄，在表现上是如此。"(《背影·序》)

　　这段时期的散文，粗略分来，约有两大干流：一是以鲁迅为代表的社会、文化批评派。这种批评是随感式的。鲁迅把自己写的这些篇章，有时称为"短评"(《热风·题记》)，有时又称为"杂感"或"杂文"(《写在(坟)后面》)。由鲁迅参加奠基和开创的这种文学样式，后来在现代文学史上一概被称之为"杂文"。在表现上,主要是议论的,侧重于剖析和讽刺。"五四"前后比较著名的杂文作者,有李大钊、陈独秀、钱玄同、刘半农、林语堂等,后期则有茅盾、聂绀弩、唐弢等一群作者。

二是以周作人为代表的言志、咏物派。这一派的作者,自然不是完全不过问当前社会、文化的事情,但是,他们的作品更多的或比较突出的,是谈风景,谈学艺,谈书籍,读身边琐事,乃至草木鱼虫。在表现态度上,主要是记叙的、观照的,乃至于欣赏的。它偏于冷静而不重愤激,爱幽默过于尚讽刺。可归入这一派的作家,大致上说,有俞平伯、谢冰心、朱自清、叶圣陶。(以上所举两派作者,大都只指他们作品的某些主要倾向,而且往往是有时期限制的。)除了上述两大干流之外,现代散文的创作,当然还有许多支流,以及不相系属的湖泽、溪涧,例如徐志摩、许地山、梁遇春等作家的作品,他们都各有自己的个性和特点。

我国是一个文明开化较早的国家,素有"散文之邦"的美誉,古典文献十分丰富。就散文小品说,这个名称和它被意识地作为一种文学体裁,虽然是现代的事,但是,类似小品散文的文字在先秦的如《论语》、《左传》、《庄子》等著作里已经早露头角了。到两汉六朝,特别是宋、明以来,这类文字更是斐然可观。解放前,有人说新文学的源泉在明代,特别是有的人要从明代散文里去找现代创作的老师。这种意见和态度自然有些偏颇。但是,我国历史上有着优秀的散文传统,而这种传统也必然要对现代散文产生一定的作用,这是无可怀疑的。

当然,中国新文学的兴起和发展,无论在内容和形式上,大多与现代的世界文学有着或多或少的联系。现代散文,正是世界的近代传统和中国的历史传统同时在起作用的结果。

今天随着"散文热"的再度兴起,为了开阔眼界,增长知识,得到多方面的借鉴,重新阅读一些我国"五四"以来这30年间的优秀散文,尤其值得珍视。正是基于这点,我们特编选了这部《中国现代散文精品鉴赏》一书。以期广大读者从中获得需要的资料和信息,汲取思想和艺术的营养。

编　者

目 录
Contents

鲁 迅
《呐喊》自序 ……………………………… 001
秋夜 ……………………………………… 004
风筝 ……………………………………… 006
阿长与《山海经》 ………………………… 008
从百草园到三味书屋 ……………………… 012
藤野先生 ………………………………… 015

周作人
故乡的野菜 ……………………………… 020
初恋 ……………………………………… 022
喝茶 ……………………………………… 023

夏丏尊
白马湖之冬 ……………………………… 026

李大钊
五峰游记 ………………………………… 028
今 ………………………………………… 030

杨振声
书房的窗子 ……………………………… 034

胡 适
我的母亲 ………………………………… 037

郭沫若
月蚀 ……………………………………… 041
卖书 ……………………………………… 048

陈衡哲
再游北戴河 ……………………………… 051

许地山
落花生 …………………………………… 055

先农坛 ………………………………………… 056

傅东华
杭江之秋 ………………………………………… 059

叶圣陶
没有秋虫的地方 ………………………………… 064
藕与莼菜 ………………………………………… 065
五月卅一日急雨中 ……………………………… 068

孙伏园
红叶 ……………………………………………… 071

周瘦鹃
绿水青山两相映带的富春江 …………………… 073

林语堂
说避暑之益 ……………………………………… 078
阿芳 ……………………………………………… 080
秋天的况味 ……………………………………… 083

张恨水
五月的北平 ……………………………………… 085

郁达夫
钓台的春昼 ……………………………………… 088
故都的秋 ………………………………………… 093
江南的冬景 ……………………………………… 096

陈西滢
菊子 ……………………………………………… 099

茅 盾
雷雨前 …………………………………………… 102
白杨礼赞 ………………………………………… 104
风景谈 …………………………………………… 106

徐志摩
翡冷翠山居闲话 ………………………………… 111
我所知道的康桥 ………………………………… 114

成仿吾
太湖纪游 ………………………………………… 121

许钦文
殉情的鲞 ………………………………………… 127

王统照
　　青纱帐 …………………………………… 129
徐蔚南
　　快阁的紫藤花 …………………………… 132
孙福熙
　　清华园之菊 ……………………………… 135
郑振铎
　　黄昏的观前街 …………………………… 142
　　访笺杂记 ………………………………… 145
朱自清
　　匆匆 ……………………………………… 151
　　桨声灯影里的秦淮河 …………………… 153
　　绿 ………………………………………… 158
　　背影 ……………………………………… 160
　　荷塘月色 ………………………………… 162
　　春 ………………………………………… 174
田　汉
　　月光 ……………………………………… 167
罗黑芷
　　雨前 ……………………………………… 170
丰子恺
　　秋 ………………………………………… 174
　　忆儿时 …………………………………… 177
　　给我的孩子们 …………………………… 181
老　舍
　　济南的冬天 ……………………………… 184
　　大明湖之春 ……………………………… 186
　　想北平 …………………………………… 188
瞿秋白
　　一种云 …………………………………… 192
　　那个城 …………………………………… 193
苏雪林
　　收获 ……………………………………… 195

秃的梧桐 …………………………… 197
庐　隐
　　异国秋思 …………………………… 200
　　雷峰塔下 …………………………… 202
冰　心
　　闲情 ………………………………… 205
　　南归 ………………………………… 207
　　往事(一) …………………………… 223
俞平伯
　　桨声灯影里的秦淮河 ……………… 225
冯沅君
　　清音 ………………………………… 230
李金发
　　在玄武湖畔 ………………………… 234
阿　英
　　城隍庙的书市 ……………………… 238
夏　衍
　　野草 ………………………………… 244
鲁　彦
　　雪 …………………………………… 246
废　名
　　五祖寺 ……………………………… 249
韦素园
　　春雨 ………………………………… 253
梁实秋
　　中年 ………………………………… 256
　　女人 ………………………………… 258
　　男人 ………………………………… 260
　　雅舍 ………………………………… 263
林徽因
　　纪念志摩去世四周年 ……………… 266
钟敬文
　　西湖的雪景 ………………………… 271

太湖游记 …………………………………… 275
沈从文
　　鸭窠围的夜 ………………………………… 279
　　常德的船 …………………………………… 283
巴　金
　　鸟的天堂 …………………………………… 290
　　海上日出 …………………………………… 292
凌叔华
　　登富士山 …………………………………… 294
刘大杰
　　巴东三峡 …………………………………… 300
梁遇春
　　途中 ………………………………………… 304
黎烈文
　　秋外套 ……………………………………… 309
丁　玲
　　风雨中忆萧红 ……………………………… 312
施蛰存
　　驮马 ………………………………………… 316
楼适夷
　　雨 …………………………………………… 319
冯　至
　　塞纳河畔的无名少女 ……………………… 321
臧克家
　　老哥哥 ……………………………………… 324
叶灵凤
　　憔悴的弦声 ………………………………… 328
谢冰莹
　　爱晚亭 ……………………………………… 330
余冠英
　　清华不是读书的好地方 …………………… 333
柯　灵
　　苏州拾梦记 ………………………………… 336

朱大枬
　　血的嘴唇的歌 …………………………………… 341
钱钟书
　　吃饭 ……………………………………………… 343
　　一个偏见 ………………………………………… 345
季羡林
　　黄昏 ……………………………………………… 349
萧　红
　　回忆鲁迅先生 …………………………………… 353
　　蹲在洋车上 ……………………………………… 374
杨　绛
　　阴 ………………………………………………… 378
叶　紫
　　古渡头 …………………………………………… 380
何其芳
　　雨前 ……………………………………………… 384
孙　犁
　　采蒲台的苇 ……………………………………… 387
张爱玲
　　爱 ………………………………………………… 389
　　私语 ……………………………………………… 390
　　天才梦 …………………………………………… 398
储安平
　　豁蒙楼暮色 ……………………………………… 401

> **鲁迅**（1881—1936），本名周树人，字豫才。浙江省绍兴人。小说家、散文家、翻译家。中国现代文学的奠基人。主要著作有小说集《呐喊》《彷徨》；散文集《朝花夕拾》《野草》；杂文集《坟》《准风月谈》《伪自由书》《花边文学》《南腔北调集》《华盖集》《华盖集续编》以及《中国小说史略》等。现有《鲁迅全集》多种行世。

《呐喊》自序

我在年青时候也曾经做过许多梦，后来大半忘却了，但自己也并不以为可惜。所谓回忆者，虽说可以使人欢欣，有时也不免使人寂寞，使精神的丝缕还牵着已逝的寂寞的时光，又有什么意味呢，而我偏苦于不能全忘却，这不能全忘的一部分，到现在便成了《呐喊》的来由。

我有四年多，曾经常常——几乎是每天，出入于质铺和药店里，年纪可是忘却了，总之是药店的柜台正和我一样高，质铺的是比我高一倍，我从一倍高的柜台外送上衣服或首饰去，在侮蔑里接了钱，再到一样高的柜台上给我久病的父亲去买药。回家之后，又须忙别的事了，因为开方的医生是最有名的，以此所用的药引也奇特：冬天的芦根，经霜三年的甘蔗，蟋蟀要原对的，结子的平地木，……多不是容易办到的东西。然而我的父亲终于日重一日的亡故了。

有谁从小康人家而坠入困顿的么，我以为在这途路中，大概可以看见世人的真面目；我要到N进K学堂去了，仿佛是想走异路，逃异地，去寻求别样的人们。我的母亲没有法，办了八元的川资，说是由我的自便；然而伊哭了，这正是情理中的事，因为那时读书应试是正路，所谓学洋务，社会上便以为是一种走投无路的人，只得将灵魂卖给鬼子，要加倍的奚落而且排斥的，而况伊又看不见自己的儿子了。然而我也顾不得这些事，终于到N去进了K学堂了，在这学堂里，我才知道世上还有所谓格致、算学、地理、历史、绘图和体操。生理学并不教，但我们却看到些木版E的《全体新论》和《化学卫生论》之类了。我还记得先前的医生的议论和方药，和现在所知道的比较起来，便渐渐的悟得中医不过是一种有意的或无意的骗子，同时又很起了对于被骗的病人和他的家族的同情；而且从译出的历史上，又知道了日本维新是大半发端于西方医学的事实。

因为这些幼稚的知识，后来便使我的学籍列在日本一个乡间的医学专门学校里了。我的梦很美满，预备卒业回来，救治象我父亲似的被误的病人的疾苦，战争时候便去当军医，一面又促进了国人对于维新的信仰。我已不知道教授微生物学的方法，现在又有了怎样的进步了，总之那时是用了电影，来显示微生物的形状的，因此有时讲义的一段落已完，而时间还没有到，教师便映些风景或时事的画片给学生看，以用去这多余的光阴。其时正当日俄战争的时候，关于战事的画片自然也就比较的多了，我在这一个讲堂中，便须常常随喜我那同学们的拍手和喝采。有一回，我竟在画片上忽然会见我久违的许多中国人了，一个绑在中间，许多站在左右，一样是强壮的体格，而显出麻木的神情。据解说，则绑着的是替俄国做了军事上的侦探，正要被日军砍下头颅来示众，而围着的便是来赏鉴这示众的盛举的人们。

这一学年没有完毕，我已经到了东京了，因为从那一回以后，我便觉得医学并非一件紧要事，凡是愚弱的国民，即使体格如何健全，如何茁壮，也只能做毫无意义的示众的材料和看客，病死多少是不必以为不幸的。所以我们的第一要著，是在改变他们的精神，而善于改变精神的是，我那时以为当然要推文艺，于是想提倡文艺运动了。在东京的留学生很有学法政理化以至警察工业的，但没有人治文学和美术；可是在冷淡的空气中，也幸而寻到几个同志了，此外又邀集了必须的几个人，商量之后，第一步当然是出杂志，名目是取"新的生命"的意思，因为我们那时大抵带些复古的倾向，所以只谓之《新生》。

《新生》的出版之期接近了，但最先就隐去了若干担当文字的人，接着又逃走了资本，结果只剩下不名一钱的三个人。创始时候既已背时，失败时候当然无可告语，而其后却连这三个人也都为各自的运命所驱策，不能在一处纵谈将来的好梦了，这就是我们的并未产生的《新生》的结局。

我感到未尝经验的无聊，是自此以后的事。我当初是不知其所以然的；后来想，凡有一人的主张，得了赞和，是促其前进的，得了反对，是促其奋斗的，独有叫喊于生人中，而生人并无反应，既非赞同，也无反对，如置身毫无边际的荒原，无可措手的了，这是怎样的悲哀呵，我于是以我所感到者为寂寞。

这寂寞又一天一天的长大起来，如大毒蛇，缠住了我的灵魂了。

然而我虽然自有无端的悲哀，却也并不愤懑，因为这经验使我反省，看见自己了：就是我决不是一个振臂一呼应者云集的英雄。

只是我自己的寂寞是不可不驱除的，因为这于我太痛苦。我于是用了种种法，来麻醉自己的灵魂，使我沉入于国民中，使我回到古代去，后来也亲历或旁观过几样更寂寞更悲哀的事，都为我所不愿追怀，甘心使他们和我的脑一同消灭在泥土里的，但我的麻醉法却也似乎已经奏了功，再没有青年时候的慷慨激昂的意思了。

S会馆里有三间屋，相传是往昔曾在院子里的槐树上缢死过一个女人的，现在槐树已经高不可攀了，而这屋还没有人住；许多年，我便寓在这屋里钞古碑。客中少有人来，古碑中遇不到什么问题和主义，而我的生命却居然暗暗的消去了，这也就是我惟一的愿望。夏夜，蚊子多了，便摇着蒲扇坐在槐树下，从密叶缝里看那一点一点的青天，晚出的槐蚕又每每冰冷的落在头颈上。

那时偶或来谈的是一个老朋友金心异,将手提的大皮夹放在破桌上,脱下长衫,对面坐下了,因为怕狗,似乎心房还在怦怦的跳动。

"你钞了这些有什么用?"有一夜,他翻着我那古碑的钞本,发了研究的质问了。

"没有什么用。"

"那么,你钞他是什么意思呢?"

"没有什么意思。"

"我想,你可以做点文章……"

我懂得他的意思了,他们正办《新青年》,然而那时仿佛不特没有人来赞同,并且也还没有人来反对,我想,他们许是感到寂寞了,但是说:

"假如一间铁屋子,是绝无窗户而万难破毁的,里面有许多熟睡的人们,不久都要闷死了,然而是从昏睡入死灭,并不感到就死的悲哀。现在你大嚷起来,惊起了较为清醒的几个人,使这不幸的少数者来受无可挽救的临终的苦楚,你倒以为对得起他们么?"

"然而几个人既然起来,你不能说决没有毁坏这铁屋的希望。"

是的,我虽然自有我的确信,然而说到希望,却是不能抹杀的,因为希望是在于将来,决不能以我之必无的证明,来折服了他之所谓可有,于是我终于答应他也做文章了,这便是最初的一篇《狂人日记》。从此以后,便一发而不可收,每写些小说模样的文章,以敷衍朋友们的嘱托,积久了就有了十余篇。

在我自己,本以为现在是已经并非一个切迫而不能已于言的人了,但或者也还未能忘怀于当日自己的寂寞的悲哀罢,所以有时候仍不免呐喊几声,聊以慰藉那在寂寞里奔驰的猛士,使他不惮于前驱。至于我的喊声是勇猛或是悲哀,是可憎或是可笑,那倒是不暇顾及的;但既然是呐喊,则当然须听将令的了,所以我往往不恤用了曲笔,在《药》的瑜儿的坟上平空添上一个花环,在《明天》里也不叙单四嫂子竟没有做到看见儿子的梦,因为那时的主将是不主张消极的。至于自己,却也并不愿将自以为苦的寂寞,再来传染给也如我那年青时候似的正做着好梦的青年。

这样说来,我的小说和艺术的距离之远,也就可想而知了,然而到今日还能蒙着小说的名,甚而至于且有成集的机会,无论如何总不能不说是一件侥幸的事,但侥幸虽使我不安于心,而悬揣人间暂时还有读者,则究竟也仍然是高兴的。

所以我竟将我的短篇小说结集起来,而且付印了,又因为上面所说的缘由,便称之为《呐喊》。

一九二二年十二月三日,鲁迅记于北京

赏析

这篇散文是鲁迅为自己的小说集《呐喊》写的序言。《呐喊》共收作品14篇,起于1918年的《狂人日记》,迄于1922年的《社戏》。作品的选材,"多采自病态的社会的不幸的人们中,意思是在揭出病苦,引起疗救的注意"(鲁迅《南腔北调集·我怎么做起小说来》)。而当时的鲁迅认为最须急切地疗救的,正如这篇自序所言,是人的"病态"的灵魂。因此,《〈呐喊〉自序》是鲁迅作品中一篇十分重要的作品。我们要理解鲁迅忧愤深广的思想和简括鲜明的艺术风格,都应从这篇序文开始。

这篇序文,勾勒出了作者前期思想的发展脉络,同时对游荡在当时背景中的自弦灵魂进行了深入的剖析。

述说过去的事,容易失之流散。而在这篇散文里,自己的故事、遭遇,被作者紧紧抓住。序文里"医病"的问题,成为了作者用于表述过去的一个基本线索。首先是为父亲买药医病,结果,"我的父亲终于日复一日的亡故了"。接着是上日本的医学专门学校学医,决心"救治象我父亲似的被误的病人的疾苦"。但作者看到了"一样是强壮的体格,而显出麻木的神情"的一群中国看客。鲁迅从这群看客的身上,看到的不再是身体的疾病,而是精神上的病症。作者由关注身体的病痛到关注精神的病痛,展示了作者思想发展的进程。这一思想转化,又仅仅是通过对并不曾为他人所注重的几则小事的表述来实现的,这显示出作者的准确、精到的把握力和艺术表现力。

作者显然意识到救治精神上病痛的不易。他所走的必将是一条孤单寂寞的路途。在序文里,鲁迅没有回避自己曾有的孤寂和犹疑,表现出了率直坦荡的艺术品格。同时作为一篇序文,文章又十分恰当地表达了他所以要作小说的缘由:"铁屋子"作为作者对传统中国社会的象征,它不但显现了鲁迅深居其中的孤苦和寂寞,也昭示了鲁迅要领着国人从精神上走出它的决心。"呐喊"就成了鲁迅从孤寂中所喷射出的一腔激情孤愤。

作者的用笔素朴、简括,不事铺排。这种笔触,与他深沉冷峻的思想桴鼓相应;同时作者的素朴、简括,并不意味着作者思路的单调、狭促。作者在描述生活琐事的同时,总是把他的笔触,抵向我们的心灵和精神。至今,这篇序文仍以它简括深思的艺术个性和忧愤深广的思想,给人以强大的感召力。

秋　　夜

在我的后园,可以看见墙外有两株树,一株是枣树,还有一株也是枣树。

这上面的夜的天空,奇怪而高,我生平没有见过这样奇怪而高的天空。他仿佛要离开人间而去,使人们仰面不再看见。然而现在却非常之蓝,闪闪地□着几十个星星的眼,冷眼。他的口角上现出微笑,似乎自以为大有深意,而将繁霜洒在我的园里的野花草上。

我不知道那些花草真叫什么名字,人们叫他们什么名字。我记得有一种开过极细小的粉红花,现在还开着,但是更极细小了,她在冷的夜气中,瑟缩地做梦,梦见春的到来,梦见秋的到来,梦见瘦的诗人将眼泪擦在她最末的花瓣上,告诉她秋虽然来,冬虽然来,而此后接着还是春,蝴蝶乱飞,蜜蜂都唱起春词来了。她于是一笑,虽然颜色冻得红惨惨地,仍然瑟缩着。

枣树,他们简直落尽了叶子。先前,还有一两个孩子来打他们别人打剩的枣子,现在是一个也不剩了,连叶子也落尽了。他知道小粉红花的梦,秋后要有春;他也知道落叶的梦,春后还是秋。他简直落尽叶子,单剩干子,然而脱了当初满树是果实和叶子时候的弧形,欠伸得很舒服。但是,有几枝还低亚着,护定他从打枣的竿梢所得的皮伤,而最直最长的几枝,却已默默地铁似的直刺着奇怪而高的天空,使天空闪闪地鬼□眼;直刺着天空中圆满的月亮,使月亮窘得发白。

鬼□眼的天空越加非常之蓝,不安了,仿佛想离去人间,避开枣树,只将月亮剩下。然而月亮也暗暗地躲到东边去了。而一无所有的干子,却仍然默默地铁似的直刺着奇怪而高的天空,一意要制他的死命,不管他各式各样地□着许多蛊惑的眼睛。

哇的一声,夜游的恶鸟飞过了。

我忽而听到夜半的笑声,吃吃地,似乎不愿意惊动睡着的人,然而四围的空气都应和着笑。夜半,没有别的人,我即刻听出这声音就在我嘴里,我也即刻被这笑声所驱逐,回进自己的房。灯火的带子也即刻被我旋高了。

后窗的玻璃上叮叮地响,还有许多小飞虫乱撞。不多久,几个进来了,许是从窗纸的破孔进来的。他们一进来,又在玻璃的灯罩上撞得丁丁地响。一个从上面撞进去了,他于是遇到火,而且我以为这火是真的。两三个却休息在灯的纸罩上喘气,那罩是昨晚新换的罩,雪白的纸,折出波浪纹的叠痕,一角还画出一枝猩红色的栀子。

猩红的栀子开花时,枣树又要做小粉红花的梦,青葱地弯成弧形了……,我又听到夜半的笑声,我赶紧砍断我的心绪,看那老在白纸罩上的小青虫,头大尾小,向日葵子似的,只有半粒小麦那么大,遍身的颜色苍翠得可爱,可怜。

我打一个呵欠,点起一支纸烟,喷出烟来,对着灯默默地敬奠这些苍翠精致的英雄们。

一九二四年九月十五日

《秋夜》选自鲁迅的散文诗集《野草》,写于"五四"退潮后的苦闷彷徨期。《秋夜》作为《野草》的开卷之作,即表现了顽强开放于地狱边沿的生命之花的精神品格。鲁迅的《秋夜》向来是文坛中的一个争论点,那一系列的意象让人琢磨不尽。

枣树,是诗人形象的化身,是深受封建婚姻约束,向往着自由婚姻的诗人。"他简直落尽叶子,单剩干子","有几枝还低亚着,护定他从打枣的竿梢所得的皮伤,而最直最长的几枝,却已默默地铁似的直刺着奇怪而高的天空"。

小粉红花是与枣树相映衬而存在的。虽然她在"冷的夜气中"还在做着将来的梦,并有瘦的诗人给她一些些渺茫的慰藉,但跟枣树相对,她毕竟太脆弱了,太单薄了。所以,作者献给枣树的是由衷的礼赞,而对小粉红花流露的只是心底的同情。

小粉红花象征当时遭受反动势力压迫而不思反抗,缺乏斗争勇气的青年。小粉红花识别不了天空在虚假的微笑中偷偷地用繁霜来冻死万物的用心,还一味幻想苟且偷安,希望在梦境中寻求安慰,并满足于博得别人的同情。鲁迅用它的幼稚、怯弱与耽于幻想,来突出枣树对黑暗现实的清新认识和斗争精神。小青虫又同小红花不同,小青虫向往光明,渴望温暖,不愿为黑暗夜空所统治,奋力为命运而抗争。这积极进取的精神正是作者大力赞颂的。

这篇作品写秋夜后园和室外所见所感,寓情于景,把自然人格化,创造了天空、枣树、小粉红花、小青虫等一组具有深刻意蕴的象征性形象。作品情景交融,诗意浓郁。象征手法的运用,使作品具有境界幽深,寓意深远的特点。

风　筝

北京的冬季,地上还有积雪,灰黑色的秃树枝丫叉于晴朗的天空中,而远处有一二风筝浮动,在我是一种惊异和悲哀。

故乡的风筝时节,是春二月,倘听到沙沙的风轮声,仰头便能看见一个淡墨色的蟹风筝或嫩蓝色的蜈蚣风筝。还有寂寞的瓦片风筝,没有风轮,又放得很低,伶仃地显出憔悴可怜模样。但此时地上的杨柳已经发芽,早的山桃也多吐蕾,和孩子们的天上的点缀相照应,打成一片春日的温和。我现在在哪里呢?四面都还是严冬的肃杀,而久经诀别的故乡的久经逝去的春天,却就在这天空中荡漾了。

但我是向来不爱放风筝的,不但不爱,并且嫌恶它,因为我以为这是没出息孩子所做的玩意。和我相反的是我的小兄弟,他那时大概十岁内外罢,多病,瘦得不堪,然而最喜欢风筝,自己买不起,我又不许放,他只得张着小嘴,呆看着空中出神,有时至于小半日。远处的蟹风筝突然落下来了,他惊呼;两个瓦片风筝的缠绕解开了,他高兴地跳跃。他的这些,在我看来都是笑柄,可鄙的。

有一天,我忽然想起,似乎多日不很看见他了,但记得曾见他在后园拾枯竹。我恍然大悟似的,便跑向少有人去的一间堆积杂物的小屋去,推开门,果然就在尘封的什物堆中发现了他。他向着大方凳,坐在小凳上,便很惊惶地站了起来,失了色瑟缩着。大方凳旁靠着一个胡蝶风筝的竹骨,还没有糊上纸,凳上是一对做眼睛用的小风轮,正用红纸条装饰着,将要完工了。我在破获秘密的满足中,又很愤怒他的瞒了我的眼睛,这样苦心孤诣地来偷做没出息孩子的玩意。我即刻伸手折断了蝴蝶的一支翅骨,又将风轮掷在地下,踏扁了。论长幼,论力气,他是都敌不过我的,我当然得到完全的胜利,于是傲然走出,留他绝望地站在小屋里。后来他怎样,我不知道,也没有留心。

然而我的惩罚终于轮到了,在我们离别得很久之后,我已经是中年。我不幸偶而看了一本外国的讲论儿童的书,才知道游戏是儿童最正当的行为,玩具是儿童的天使。于是二十年来毫不忆及的幼小时候对于精神的虐杀的这一幕,忽地在眼前展开,而我的心也仿佛同时变了铅块,很重很重地堕下去了。

但心又不竟堕下去而至于断绝,它只是很重很重地堕着,堕着。

我也知道补过的方法的:送他风筝,赞成他放,劝他放,我和他一同放。我们嚷着,跑着,笑着。——然而他其时已经和我一样,早已有了胡子了。

我也知道还有一个补过的方法的:去讨他的宽恕,等他说,"我可是毫不怪你呵。"那么,我的心一定就轻松了,这确是一个可行的方法。有一回,我们会面的时候,是脸上都已添刻了许多"生"的辛苦的条纹,而我的心很沉重。我们渐渐谈起儿时的旧事来,我便叙述到这一节,自说少年时代的胡涂。"我可是毫不怪你呵。"我想,他要说了,我即刻便受了宽恕,我的心从此也宽松了罢。

"有过这样的事么?"他惊异地笑着说,就象旁听着别人的故事一样。他什么也不得记了。

全然忘却,毫不怨恨,又有什么宽恕可言呢?无怨的恕,说谎罢了。

我还能希求什么呢?我的心只得沉重着。

现在,故乡的春天又在这异地的空中了,既给我久经逝去的儿时的回忆,而一并也带着无可把握的悲哀。我倒不如躲到肃杀的严冬中去罢,——但是,四面又明明是严冬,正给我非常的寒威和冷气。

一九二五年一月二十四日

赏 析

《风筝》的鲜明的特点是"情"与"理"与"形"融为一体。它以具体的形象和事例让读者去领会它深远的题旨,去感受它含蓄不尽的情意。

《风筝》取材于作者的零星感受,描写了生活激流中一朵小小的浪花——有关风筝的一段记忆,只是写了幼年时不准小兄弟放风筝和成年后讨兄弟原谅的两个片断,情节可谓简单。可是,作者透过现象,于平凡中窥到了精深,揭示出自己行动的实质是对儿童的一次精神的虐杀。所以,才在人物活动和事件的发展中批判了自己,毫无保留地披露了自己的心灵。使我们不能不惊服作者生活感受的深刻,不能不感佩作者敢于解剖自己的精神。然而文章不仅仅是解剖了作者自己。人的意识来源于社会,旧中国是一个怎样的黑暗的社会!几千年的封建社会一味戕杀儿童活泼自然的天性,当时的封建复古势力更极力用旧思想、旧文化、旧道德来束缚儿童。一般的家庭,也深受影响。所以,鲁迅批判自己,正是在同自己身上旧思想的因袭进行斗争。他的自我解剖,从某种意义来说,也就是解剖社会。《风筝》的结末说:"我倒不如躲到肃杀的严冬中去罢,——但是,四面又明明是严冬,正给我非常的寒威和冷气。"作者以精炼的一笔,把具体的事件置于典型的社会背景之中,使自我解剖和当时的社会紧紧相连。作者剪取的虽然是生活中的点滴片断,但由于渗透着精深的见解,所以文章以小见大,言近旨远,以一个独特的事件,反映了带有普通性的问题。

文章的形象是出类拔萃的。作者不求"形似"但求"神似",抓住人物的性格特点,寥寥几笔,神情毕肖。如:对于小兄弟的"形",作者并未着意刻画,只写了"十岁内外,多病,瘦得不堪"几笔;却于具体的行动描写中,为其传"神"。小兄弟"最喜欢风筝,自己买不起,我又不许放,他只得张着小嘴,呆看着空中出神,有时至于小半日。远处的蟹风筝突然落下来了,他惊呼;两个瓦片风筝的缠绕解开了,他高兴地跳跃"。一个静的神态,两个动的细节,就淋漓尽致地写出了他对游戏的浓厚兴趣。"我""推开门,果然就在尘封的什物堆中发见他","他向着大方凳,坐在小凳上",一个大蝴蝶风筝即将完工,"做眼睛用的小风轮",还"用红纸条装饰着",这个情景又使我们看到小兄弟工作得多么专注,细心! 多么肯于钻研,富于创造! 长兄代父,小兄弟看见了"我","便很惊惶地站了起来,失了色瑟缩着",十分准确地揭示了小孩子当秘密被发现时的惶悚心理。"我"俨然是副家长的神态:"即刻伸手折断了蝴蝶的一支翅骨,又将风轮掷在地下,踏扁了",并且"傲然走出","折"、"掷"、"踏"之后,"傲然走出",多么穷形极态,栩栩传神! 时间的流逝,会洗去旧迹。在生活的辗转中,谁还将幼时的小事铭记心头? 所以,当两人"脸上都已添刻了许多'生'的辛苦的条纹","我"又重提旧事的时候,"'有过这样的事么?'他惊异地笑着说,就象旁听着别人的故事一样。"这又是多么俭省的一笔! 这一笔一笔的勾勒,好象一幅一幅写意画;这一系列的行动描写,又好象一连串的电影镜头,将人物的形态与神韵一并摄了下来,呈现在人们眼前,使人如闻其声,如见其人,如临其境。《风筝》在人物描写上着墨不多,但却真实地再现了各自的心理与性格,达到了以少胜多的效果。而对旧社会的控诉,对幼小者的同情,对自己旧思想的鞭笞,都渗透其中。

阿长与《山海经》

长妈妈,已经说过,是一个一向带领着我的女工,说得阔气一点,就是我的保姆。我的母亲和许多别的人都这样称呼她,似乎略带些客气的意思。只有祖母叫她阿长。我平时叫她"阿妈",连"长"字也不带;但到憎恶她的时候——例如当知道了谋死我那隐鼠的却是她的时候,就叫她阿长。

我们那里没有姓长的;她生得黄胖而矮,"长"也不是形容词。又不是她的名字,记得她自己说过,她的名字是叫做什么姑娘的。什么姑娘,我现在已经忘却了,总之不是长姑娘;也终于不知道她姓什么。记得她也曾告诉过我这个名称的来历:先前的先前,我家有一个女工,身材生得很高大,这就是真阿长。后来她回去了,我那什么姑娘才来补她的缺,然而大家因为叫惯了,没有再改口,于是她从此也就成为长妈妈了。

虽然背地里说人长短不是好事情,但倘使要我说句真心话,我可只得说:我实在不大佩服她。最讨厌的是常喜欢切切察察,向人们低声絮说些什么事,还竖起第二个手指,在空中上下摇动,或者点着对手或自己的鼻尖。我的家里一有些小风波,不知怎的我总疑心和这"切切察察"有些关系。又不许我走动,拔一株草,翻一块石头,就说我顽皮,要告诉我的母亲去了。一到夏天,睡觉时她又伸开两脚两手,在床中间摆成一个"大"字,挤得我没有余地翻身,久睡在一角的席子上,又已经烤得那么热。推她呢,不动;叫她呢,也不闻。

"长妈妈生得那么胖,一定很怕热罢?晚上的睡相,怕不见得很好罢?……"

母亲听到我多回诉苦之后,曾经这样地问过她。我也知道这意思是要她多给我一些空席。她不开口。但到夜里,我热得醒来的时候,却仍然看见满床摆着一个"大"字,一条臂膊还搁在我的颈子上。我想,这实在是无法可想了。

但是她懂得许多规矩;这些规矩,也大概是我所不耐烦的。一年中最高兴的时节,自然要数除夕了。辞岁之后,从长辈得到压岁钱,红纸包着,放在枕边,只要过一宵,便可以随意使用。睡在枕上,看着红包,想到明天买来的小鼓、刀枪、泥人、糖菩萨……。然而她进来,又将一个福橘放在床头了。

"哥儿,你牢牢记住!"她极其郑重地说。"明天是正月初一,清早一睁开眼睛,第一句话就得对我说:'阿妈,恭喜恭喜!'记得么?你要记着,这是一年的运气的事情。不许说别的话!说过之后,还得吃一点福橘。"她又拿起那橘子来在我的眼前摇了两摇,"那么,一年到头,顺顺流流……。"

梦里也记得元旦的,第二天醒得特别早,一醒,就要坐起来。她却立刻伸出臂膊,一把将我按住。我惊异地看她时,只见她惶急地看着我。

她又有所要求似的,摇着我的肩。我忽而记得了——

"阿妈,恭喜……。"

"恭喜恭喜!大家恭喜!真聪明!恭喜恭喜!"她于是十分欢喜似的,笑将起来,同时将一点冰冷的东西,塞在我的嘴里。我大吃一惊之后,也就忽而记得,这就是所谓福橘,元旦辟头的磨难,总算已经受完,可以下床玩耍去了。

她教给我的道理还很多,例如说人死了,不该说死掉,必须说"老掉了";死了人,生了孩子的屋子里,不应该走进去;饭粒落在地上,必须拣起来,最好是吃下去;晒裤子用的竹竿底下,是万不可钻过去的……。此外,现在大抵忘却了,只有元旦的古怪仪式记得最清楚。总之:都是些烦琐之至,至今想起来还觉得非常麻烦的事情。

然而我有一时也对她发生过空前的敬意。她常常对我讲"长毛"。她之所谓"长毛"者,不但洪秀全军,似乎连后来一切土匪强盗都在内,但除却革命党,因为那时还没有。她说得长毛非常可怕,他们的话就听不懂。她说先前长毛进城的时候,我家全都逃到海边去了,只留一个门房和年老的煮饭老妈子看家。后来长毛果然进门来了,那老妈子便叫他们"大王",——据说对长毛就应该这样叫,——诉说自己的饥饿。长毛笑道:"那么,这东西就给你吃了罢!"将一个圆圆的东西掷了过来,还带着一条小辫子,正是那门房的头。煮饭老妈子从此就骇破了胆,后来一提起,还是立刻面如土色,自己轻轻地拍着胸脯道:"阿呀,骇死我了,骇死我了……。"

我那时似乎倒并不怕,因为我觉得这些事和我毫不相干,我不是一个门房。但她大概也即觉到了,说道:"象你似的小孩子,长毛也要掳的,掳去做小长毛。还有好看的姑娘,也要掳。"

"那么,你是不要紧的。"我以为她一定最安全了,既不做门房,又不是小孩子,也生得不好看,况且颈子上还有许多炙疮疤。

"那里的话?!"她严肃地说。"我们就没有用处?我们也要被掳去。城外有兵来攻的时候,长毛就叫我们脱下裤子,一排一排地站在城墙上,外面的大炮就放不出来;再要放,就炸了!"

这实在是出于我意想之外的,不能不惊异。我一向只以为她满肚子是麻烦的礼节罢了,却不料她还有这样伟大的神力。从此对于她就有了特别的敬意,似乎实在深不可测;夜间的伸开手脚,占领全床,那当然是情有可原的了,倒应该我退让。

这种敬意,虽然也逐渐淡薄起来,但完全消失,大概是在知道她谋害了我的隐鼠之后。那时就极严重地诘问,而且当面叫她阿长。我想我又不真做小长毛,不去攻城,也不放炮,更不怕炮炸,我惧惮她什么呢!

但当我哀悼隐鼠,给它复仇的时候,一面又在渴慕着绘图的《山海经》了。这渴慕是从一个远房的叔祖惹起来的。他是一个胖胖的、和蔼的老人,爱种一点花木,如珠兰、茉莉之类,还有极其少见的,据说从北边带回去的马缨花。他的太太却正相反,什么也莫名其妙,曾将晒衣服的竹竿搁在珠兰的枝条上,枝折了,还要愤愤地咒骂道:"死尸!"这老人是个寂寞者,因为无人可谈,就很爱和孩子们往来,有时简直称我们为"小友"。在我们聚族而居的宅子里,只有他书多,而且特别。制艺和试帖诗,自然也是有的;但我却只在他的书斋里,看见过陆玑的《毛诗草木鸟兽虫鱼疏》,还有许多名目很生的书籍。我那时最爱看的是《花镜》,上面有许多图。他说给我听,曾经有过一部绘图的《山海经》,画着人面的兽,九头的蛇,三脚的鸟,生着翅膀的人,没有头而以两乳当作眼睛的怪物……可惜现在不知道放在那里了。

很愿意看看这样的图画,但不好意思力逼他去寻找,他是很疏懒的。问别人呢,谁也不肯真实地回答我。压岁钱还有几百文,买罢,又没有好机会。有书买的大街离我家远得很,我一年中只能在正月间去玩一趟,那时候,两家书店都紧紧地关着门。

玩的时候倒是没有什么的,但一坐下,我就记得绘图的《山海经》。

大概是太过于念念不忘了,连阿长也来问《山海经》是怎么一回事。这是我向来没有和她说过的,我知道她并非学者,说了也无益;但既然来问,也就都对她说了。

过了十多天,或者一个月罢,我还记得,是她告假回家以后的四五天,她穿着新的蓝布衫回来了,一见面,就将一包书递给我,高兴地说道:——

"哥儿,有画儿的'三哼经',我给你买来了!"

我似乎遇着了一个霹雳,全体都震悚起来;赶紧去接过来,打开纸包,是四本小小的书,略略一翻,人面的兽,九头的蛇,……果然都在内。

这又使我发生新的敬意了,别人不肯做,或不能做的事,她却能够做成功。她确有伟大的神力。谋害隐鼠的怨恨,从此完全消灭了。

这四本书,乃是我最初得到,最为心爱的宝书。

书的模样,到现在还在眼前。可是从还在眼前的模样来说,却是一部刻印都十分粗拙的本子。纸张很黄;图象也很坏,甚至于几乎全用直线凑合,连动物的眼睛也都是长方形的。但那是我最为心爱的宝书,看起来,确是人面的兽,九头的蛇,一脚的牛,袋子似的帝江,没有头而"以乳为目,以脐为口",还要"执干戚而舞"的刑天。

此后我就更其搜集绘图的书,于是有了石印的《尔雅音图》和《毛诗品物图考》,又有了《点石斋丛画》和《诗画舫》。《山海经》也另买了一部石印的,每卷都有图赞,绿色的画,字是红的,比那木刻的精致得多了。这一部直到前年还在,是缩印的郝懿行疏。木刻的却已经记不清是什么时候失掉了。

我的保姆,长妈妈即阿长,辞了这人世,大概也有了三十年了罢。我终于不知道她的姓名,她的经历;仅知道有一个过继的儿子,她大约是青年守寡的孤孀。

仁厚黑暗的地母呵,愿在你怀里永安她的魂灵!

三月十日

鲁迅对长妈妈怀有深厚的感情,在《朝花夕拾》中,有好几篇文章回忆到与长妈妈有关的往事,其中《阿长与〈山海经〉》是专门回忆和纪念她的。

《阿长与〈山海经〉》忆述儿时与保姆长妈妈相处的情景,描写了长妈妈善良、朴实而又迷信、唠叨、"满肚子是麻烦的礼节"的性格。对她寻购赠送自己渴求已久的绘图《山海经》之情,充满了尊敬和感激。文章用深情的语言,表达了对这位劳动妇女的真诚的怀念。

这是一篇纪实性的文章。文章真实而亲切地再现了鲁迅童年时与长妈妈相处的情景,表现了长妈妈的性格特点。作者通过对儿时往事的回忆,表达了对长妈妈这样一个劳动妇女的深深怀念。文章先介绍了人们对长妈妈的称呼,称呼的由来和她外形的特点,以及她的一些不好的习惯。如写她喜欢"切切察察"、喜欢"告状"、睡觉爱摆"大"字等;接着写她懂得的许多"我听不耐烦"的规矩。比如元旦、除夕吃福橘、人死了要说"老掉了"等;最后写了长妈妈为"我"买《山海经》的事,而且叙述得很详细。文章着重写了我幼年时与长妈妈的一段经历。长妈妈是一位保姆,而我对她的印象能如此深刻,可见我对她的感情至深。文章也进一步介绍了她的名字、体形等。文章主体在于围绕《山海经》,写我对长妈妈的感情变化。由最初的我不大佩服她,最后我对她又有新的敬意,是因为她给我买了《山海经》。

长妈妈是一位经历苍桑的人,这里不仅写她迷信,有麻烦的礼节,而且突出了她的伟大,别人不肯做或不能做的,她却成功了。很好地概述了一个人物形象。而我对长妈妈的感情也是文章的关键,文章的主体把握及最后对她的缅怀、祝福,都能说明感情很深。语言上或叙或议,前后呼应,如三次写"大字形"睡式及谋害隐鼠的怨恨,朴实中带有点韵味,让读者细细体会其中。

长妈妈这样一个艺术典型形象,独特而不平凡,也揭示了封建社会比较黑暗、腐朽的事实。作者此篇文章包含的爱心与同情,让我们再一次回到纯朴的年代,去关怀身边的一个人。

从百草园到三味书屋

我家的后面有一个很大的园,相传叫作百草园。现在是早已并屋子一起卖给朱文公的子孙了,连那最末次的相见也已经隔了七八年,其中似乎确凿只有一些野草;但那时却是我的乐园。

不必说碧绿的菜畦,光滑的石井栏,高大的皂荚树,紫红的桑葚;也不必说鸣蝉在树叶里长吟,肥胖的黄蜂伏在菜花上,轻捷的叫天子(云雀)忽然从草间直窜向云霄里去了。单是周围的短短的泥墙根一带,就有无限趣味。油蛉在这里低唱,蟋蟀们在这里弹琴。翻开断砖来,有时会遇见蜈蚣;还有斑蝥,倘若用手指按住它的脊梁,便会拍的一声,从后窍喷出一阵烟雾。何首乌藤和木莲藤缠络着,木莲有莲房一般的果实,何首乌有臃肿的根。有人说,何首乌根是有象人形的,吃了便可以成仙,我于是常常拔它起来,牵连不断地拔起来,也曾因此弄坏了泥墙,却从来没有见过有一块根象人样。如果不怕刺,还可以摘到覆盆子,象小珊瑚珠攒成的小球,又酸又甜,色味都比桑椹要好得远。

长的草里是不去的,因为相传这园里有一条很大的赤练蛇。

长妈妈曾经讲给我一个故事听:先前,有一个读书人住在古庙里用功,晚间,在院子里纳凉的时候,突然听到有人在叫他。答应着,四面看时,却见一个美女的脸露在墙头上,向他一笑,隐去了。他很高兴;但竟给那走来夜谈的老和尚识破了机关。说他脸上有些妖气,一定遇见"美女蛇"了；这是人首蛇身的怪物，能唤人名，倘一答应，夜间便要来吃这人的肉的。他自然吓得要死，而那老和尚却道无妨，给他一个小盒子，说只要放在枕边，便可高枕而卧。他虽然照样办，却总是睡不着，——当然睡不着的。到半夜，果然来了，沙沙沙！门外象是风雨声。他正抖作一团时，却听得豁的一声，一道金光从枕边飞出，外面便什么声音也没有了，那金光也就飞回来，敛在盒子里。后来呢？后来，老和尚说，这是飞蜈蚣，它能吸蛇的脑髓，美女蛇就被它治死了。

结末的教训是：所以倘有陌生的声音叫你的名字，你万不可答应他。

这故事很使我觉得做人之险，夏夜乘凉，往往有些担心，不敢去看墙上，而且极想得到一盒老和尚那样的飞蜈蚣。走到百草园的草丛旁边时，也常常这样想。但直到现在，总还没有得到，但也没有遇见过赤练蛇和美女蛇。叫我名字的陌生声音自然是常有的，然而都不是美女蛇。

冬天的百草园比较的无味；雪一下，可就两样了。拍雪人（将自己的全形印在雪上）和塑雪罗汉需要人们鉴赏，这是荒园，人迹罕至，所以不相宜，只好来捕鸟。薄薄的雪，是不行的；总须积雪盖了地面一两天，鸟雀们久已无处觅食的时候才好。扫开一块雪，露出地面，用一支短棒支起一面大的竹筛来，下面撒些秕谷，棒上系一条长绳，人远远地牵着，看鸟雀下来啄食，走到竹筛底下的时候，将绳子一拉，便罩住了。但所得的是麻雀居多，也有白颊的"张飞鸟"，性子很躁，养不过夜的。

这是闰土的父亲所传授的方法，我却不大能用。明明见它们进去了，拉了绳，跑去一看，却什么都没有，费了半天力，捉住的不过三四只。闰土的父亲是小半天便能捕获几十只，装在叉袋里叫着撞着的。我曾经问他得失的缘由，他只静静地笑道：你太性急，来不及等它走到中间去。

我不知道为什么家里的人要将我送进书塾里去了，而且还是全城中称为最严厉的书塾。也许是因为拔何首乌毁了泥墙罢，也许是因为将砖头抛到间壁的梁家去了罢，也许是因为站在石井栏上跳下来罢，……都无从知道。总而言之：我将不能常到百草园了。Ade，我的蟋蟀们！Ade，我的覆盆子们和木莲们！……

出门向东，不上半里，走过一道石桥，便是我的先生的家了。从一扇黑油的竹门进去，第三间是书房。中间挂着一块扁道：三味书屋；扁下面是一幅画，画着一只很肥大的梅花鹿伏在古树下。没有孔子牌位，我们便对着那扁和鹿行礼。第一次算是拜孔子，第二次算是拜先生。

第二次行礼时，先生便和蔼地在一旁答礼。他是一个高而瘦的老人，须发都花白了，还戴着大眼镜。我对他很恭敬，因为我早听到，他是本城中极方正，质朴，博学的人。

不知从那里听来的，东方朔也很渊博，他认识一种虫，名曰"怪哉"，冤气所化，用酒一浇，就消释了。我很想详细地知道这故事，但阿长是不知道的，因为她毕竟不渊博。现在得到机会了，可以问先生。

"先生，'怪哉'这虫，是怎么一回事？……"我上了生书，将要退下来的时候，赶忙问。

"不知道!"他似乎很不高兴,脸上还有怒色了。

我才知道做学生是不应该问这些事的,只要读书,因为他是渊博的宿儒,决不至于不知道,所谓不知道者,乃是不愿意说。年纪比我大的人,往往如此,我遇见过好几回了。

我就只读书,正午习字,晚上对课。先生最初这几天对我很严厉,后来却好起来了,不过给我读的书渐渐加多,对课也渐渐地加上字去,从三言到五言,终于到七言。

三味书屋后面也有一个园,虽然小,但在那里也可以爬上花坛去折腊梅花,在地上或桂花树上寻蝉蜕。最好的工作是捉了苍蝇喂蚂蚁,静悄悄地没有声音。然而同窗们到园里的太多,太久,可就不行了,先生在书房里便大叫起来:——

"人都到那里去了?"

人们便一个一个陆续走回去;一同回去,也不行的。他有一条戒尺,但是不常用,也有罚跪的规矩,但也不常用,普通总不过瞪几眼,大声道:——

"读书!"

于是大家放开喉咙读一阵书,真是人声鼎沸。有念"仁远乎哉我欲仁斯仁至矣"的,有念"笑人齿缺曰狗窦大开"的,有念"上九潜龙勿用"的,有念"厥土下上上错厥贡苞茅橘柚"的……先生自己也念书。后来,我们的声音便低下去,静下去了,只有他还大声朗读着:——

"铁如意,指挥倜傥,一座皆惊呢……;金叵罗,颠倒淋漓噫,千杯未醉嗬……"

我疑心这是极好的文章,因为读到这里,他总是微笑起来,而且将头仰起,摇着,向后面拗过去,拗过去。

先生读书入神的时候,于我们是很相宜的。有几个便用纸糊的盔甲套在指甲上做戏。我是画画儿,用一种叫作"荆川纸"的,蒙在小说的绣像上一个个描下来,象习字时候的影写一样。读的书多起来,画的画也多起来;书没有读成,画的成绩却不少了,最成片断的是《荡寇志》和《西游记》的绣像,都有一大本。后来,因为要钱用,卖给一个有钱的同窗了。他的父亲是开锡箔店的;听说现在自己已经做了店主,而且快要升到绅士的地位了。这东西早已没有了罢。

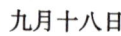

九月十八日

《从百草园到三味书屋》描述了鲁迅先生儿时在家时在百草园得到的乐趣,以及在三味书屋读书时的乏味生活。鲁迅先生的这篇充满对童年回忆的散文,表达了鲁迅先生心底的那份热爱自然,向往自由的童真童趣。

文中,充分描绘出百草园这个荒原充满着无限的乐趣,那儿有"碧绿的菜畦,光滑的石井栏,高大的皂荚树,紫红的桑葚;鸣蝉在树叶里长吟,肥胖的黄蜂伏在菜花上,轻捷的叫天子(云雀)忽然从草间直窜向云霄里去了",这里无疑不是一座儿童的乐园,无一不充满生气,无一不充满快乐,难怪鲁迅先生喜欢这儿了。

当鲁迅先生到了要上学的时候了,家里将他送进了三味书屋。三味书屋是鲁迅先生的老师的家的书房。进了三味书屋,鲁迅先生开始了乏味的学生生涯,"每天只读书,正午识字,晚上对课",这便是鲁迅先生的工作。鲁迅先生和同窗们经常到屋后的园里去玩,但人去多了,时间久了,就会被老师叫回来,继续读书,远远不及在百草园里自由、快活。鲁迅先生在这篇文章里,揭示了儿童广阔的生活趣味与束缚儿童天性的封建私塾教育的尖刻矛盾,表达了应让儿童健康活泼地成长的合理要求。

《从百草园到三味书屋》不仅语言优美,还能时不时地勾起读者对童年的回忆,真是一篇令人叫绝的好文章。

藤野先生

东京也无非是这样。上野的樱花烂熳的时节,望去确也象绯红的轻云,但花下也缺不了成群结队的"清国留学生"的速成班,头顶上盘着大辫子,顶得学生制帽的顶上高高耸起,形成一座富士山。也有解散辫子,盘得平的,除下帽来,油光可鉴,宛如小姑娘的发髻一般,还要将脖子扭几扭。实在标致极了。

中国留学生会馆的门房里有几本书买,有时还值得去一转;倘在上午,里面的几间洋房里倒也还可以坐坐的。但到傍晚,有一间的地板便常不免要咚咚咚地响得震天,兼以满房烟尘斗乱;问问精通时事的人,答道,"那是在学跳舞。"

到别的地方去看看,如何呢?

我就往仙台的医学专门学校去。从东京出发,不久便到一处驿站,写道:日暮里。不知怎地,我到现在还记得这名目。其次却只记得水户了,这是明的遗民朱舜水先生客死的地方。仙台是一个市镇,并不大;冬天冷得利害;还没有中国的学生。

大概是物以希为贵罢。北京的白菜运往浙江,便用红头绳系住菜根,倒挂在水果店头,尊为"胶菜";福建野生着的芦荟,一到北京就请进温室,且美其名曰"龙舌兰"。我到仙台也颇受了这样的优待,不但学校不收学费,几个职员还为我的食宿操心。我先是住在监狱旁边一个客店里的,初冬已经颇冷,蚊子却还多,后来用被盖了全身,用衣服包了头脸,只留两个鼻孔出气。在这呼吸不息的地方,蚊子竟无从插嘴,居然睡安稳了。饭食也不坏。但一位先生却以为这客店也包办囚人的饭食,我住在那里不相宜,几次三番,几次三番地说。我虽然觉得客店兼办囚人的饭食和我不相干,然而好意难却,也只得别寻相宜的住处了。于是搬到别一家,离监狱也很远,可惜每天总要喝难以下咽的芋梗汤。

从此就看见许多陌生的先生,听到许多新鲜的讲义。解剖学是两个教授分任的。最初是骨学。其时进来的是一个黑瘦的先生，八字须，戴着眼镜，挟着一迭大大小小的书。一将书放在讲台上，便用了缓慢而很有顿挫的声调，向学生介绍自己道：

"我就是叫作藤野严九郎的……"

后面有几个人笑起来了。他接着便讲述解剖学在日本发达的历史，那些大大小小的书，便是从最初到现今关于这一门学问的著作。起初有几本是线装的；还有翻刻中国译本的，他们的翻译和研究新的医学，并不比中国早。

那坐在后面发笑的是上学年不及格的留级学生，在校已经一年，掌故颇为熟悉的了。他们便给新生讲演每个教授的历史。这藤野先生，据说是穿衣服太模胡了，有时竟会忘记带领结；冬天是一件旧外套，寒颤颤的，有一回上火车去，致使管车的疑心他是扒手，叫车里的客人大家小心些。

他们的话大概是真的，我就亲见他有一次上讲堂没有带领结。

过了一星期，大约是星期六，他使助手来叫我了。到得研究室，见他坐在人骨和许多单独的头骨中间，——他其时正在研究着头骨，后来有一篇论文在本校的杂志上发表出来。

"我的讲义，你能抄下来么？"他问。

"可以抄一点。"

"拿来我看！"

我交出所抄的讲义去，他收下了，第二三天便还我，并且说，此后每一星期要送给他看一回。我拿下来打开看时，很吃了一惊，同时也感到一种不安和感激。原来我的讲义已经从头到末，都用红笔添改过了，不但增加了许多脱漏的地方，连文法的错误，也都一一订正。这样一直继续到教完了他所担任的功课：骨学、血管学、神经学。

可惜我那时太不用功，有时也很任性。还记得有一回藤野先生将我叫到他的研究室里去，翻出我那讲义上的一个图来，是下臂的血管，指着，向我和蔼的说道：

"你看，你将这条血管移了一点位置了。——自然，这样一移，的确比较的好看些，然而解剖图不是美术，实物是那么样的，我们没法改换它。现在我给你改好了，以后你要全照着黑板上那样的画。"

但是我还不服气，口头答应着，心里却想道：

"图还是我画的不错；至于实在的情形，我心里自然记得的。"

学年试验完毕之后，我便到东京玩了一夏天，秋初再回学校，成绩早已发表了，同学一百余人之中，我在中间，不过是没有落第。这回藤野先生所担任的功课，是解剖实习和局部解剖学。

解剖实习了大概一星期，他又叫我去了，很高兴地，仍用了极有抑扬的声调对我说道：

"我因为听说中国人是很敬重鬼的，所以很担心，怕你不肯解剖尸体。现在总算放心了，没有这回事。"

但他也偶有使我很为难的时候。他听说中国的女人是裹脚的，但不知道详细，所以要问我怎么裹法,足骨变成怎样的畸形,还叹息道,"总要看一看才知道。究竟是怎么一回事呢?"

有一天,本级的学生会干事到我寓里来了,要借我的讲义看。我检出来交给他们,却只翻检了一通,并没有带走。但他们一走,邮差就送到一封很厚的信,拆开看时,第一句是:

"你改悔罢!"

这是《新约》上的句子罢,但经托尔斯泰新近引用过的。其时正值日俄战争,托老先生便写了一封给俄国和日本的皇帝的信,开首便是这一句。日本报纸上很斥责他的不逊,爱国青年也愤然,然而暗地里却早受了他的影响了。其次的话,大略是说上年解剖学试验的题目,是藤野先生讲义上做了记号,我预先知道的,所以能有这样的成绩。末尾是匿名。

我这才回忆到前几天的一件事。因为要开同级会,干事便在黑板上写广告,末一句是"请全数到会勿漏为要",而且在"漏"字旁边加了一个圈。我当时虽然觉到圈得可笑,但是毫不介意,这回才悟出那字也在讥刺我了,犹言我得了教员漏泄出来的题目。

我便将这事告知了藤野先生;有几个和我熟识的同学也很不平,一同去诘责干事托辞检查的无礼,并且要求他们将检查的结果,发表出来。终于这流言消灭了,干事却又竭力运动,要收回那一封匿名信去。结末是我便将这托尔斯泰式的信退还了他们。

中国是弱国,所以中国人当然是低能儿,分数在六十分以上,便不是自己的能力了:也无怪他们疑惑。但我接着便有参观枪毙中国人的命运了。第二年添教霉菌学,细菌的形状是全用电影来显示的,一段落已完而还没有到下课的时候,便影几片时事的片子,自然都是日本战胜俄国的情形。但偏有中国人夹在里边:给俄国人做侦探,被日本军捕获,要枪毙了,围着看的也是一群中国人;在讲堂里的还有一个我。

"万岁!"他们都拍掌欢呼起来。

这种欢呼,是每看一片都有的,但在我,这一声却特别听得刺耳。此后回到中国来,我看见那些闲看枪毙犯人的人们,他们也何尝不酒醉似的喝彩,——呜呼,无法可想!但在那时那地,我的意见却变化了。

到第二学年的终结,我便去寻藤野先生,告诉他我将不学医学,并且离开这仙台。他的脸色仿佛有些悲哀,似乎想说话,但竟没有说。

"我想去学生物学,先生教给我的学问,也还有用的。"其实我并没有决意要学生物学,因为看得他有些凄然,便说了一个慰安他的谎话。

"为医学而教的解剖学之类,怕于生物学也没有什么大帮助。"他叹息说。

将走的前几天,他叫我到他家里去,交给我一张照相,后面写两个字道:"惜别",还说希望将我的也送他。但我这时适值没有照相了;他便叮嘱我将来照了寄给他,并且时时通信告诉他此后的状况。

我离开仙台之后,就多年没有照过相,又因为状况也无聊,说起来无非使他失望,便连信也怕敢写了。经过的年月一多,话更无从说起,所以虽然有时想写信,却又难以下笔,这样的一直到现在,竟没有寄过一封信和一张照片。从他那一面看起来,是一去之后,杳无消息了。

但不知怎地，我总还时时记起他，在我所认为我师的之中，他是最使我感激，给我鼓励的一个。有时我常常想：他的对于我的热心的希望，不倦的教诲，小而言之，是为中国，就是希望中国有新的医学；大而言之，是为学术，就是希望新的医学传到中国去。他的性格，在我的眼里和心里是伟大的，虽然他的姓名并不为许多人所知道。

他所改正的讲义，我曾经订成三厚本，收藏着的，将作为永久的纪念。不幸七年前迁居的时候，中途毁坏了一口书箱，失去半箱书，恰巧这讲义也遗失在内了。责成运送局去找寻，寂无回信。只有他的照相至今还挂在我北京寓居的东墙上，书桌对面。每当夜间疲倦，正想偷懒时，仰面在灯光中瞥见他黑瘦的面貌，似乎正要说出抑扬顿挫的话来，便使我忽又良心发现，而且增加勇气了，于是点上一枝烟，再继续写些为"正人君子"之流所深恶痛疾的文字。

一九二六年十月十二日

这篇散文重点是写藤野先生，但作者在写这一人物的时候，并没有泛泛而谈地进行介绍，而是由表及里地进行刻画。首先是外表的摹写："一个黑瘦的先生，八字须，戴着眼镜，挟着一叠大大小小的书"，并且用"缓慢而很有顿挫的声调"，进行自我介绍。接着又通过"领结"这一细节，表现了藤野不注重服饰，生活作风十分俭朴。但作者在作品里更着重对藤野精神气质的挖掘，他选择了五个典型的例子，用白描手法予以描绘：一是批改课间的笔记，每周一次，一直继续到他教完所担任的课，表现了藤野负责认真的精神；二是纠正作者绘图的错误，指出"解剖图不是美术"，显示了他一丝不苟的科学态度；三是对作者敢于解剖尸体给以鼓励，表明了他对弱国青年的喜悦情怀；四是询问作者中国女人裹脚的情形，表示要"看看才知道"的心愿，呈现了他注重实地调查研究的精神；五是当作者向他辞行时，他特赠一张照片，并在后面写上"惜别"两字，显现了他对异国青年殷切的情怀。几个实例犹如聚光灯一样，赤现了藤野的光辉胸襟。作者写得具体、实在，由外到里地进行刻画，因而这一形象十分鲜明，正由于藤野具有如此高贵的品质，因此才博得"我"深深的怀念。

这篇散文在结构上也很有特色，十分紧凑。全文大体可分为三个层次。第一是在东京，抒发对当时留学生的不满和厌恶的情绪；第二是在仙台，这是全文的重点，占篇幅较大，主要是抒写藤野先生对"我"的殷切关怀和耐心的教诲，以及"我"对藤野的感激之情和自己思想变化的经过；第三是离开仙台之后，抒写藤野的惜别及自己对他强烈的怀念和藤野的精神品格的影响。可见三个层次极有声势，十分自然。而"我"的感情贯连于三个层次之间，成为结构的纽带，这情就是"我"对藤野的思念、对祖国的热爱、对黑暗现实的愤恨。这样就使这篇散文十分紧凑而又气韵萌生，相当感人。

《藤野先生》的语言是出色的，鲁迅用语精练、深刻、感情强烈。这里仅提两点以供读者参考：一是喻语选用十分生动得当，如开头用"形成一座富士山"来形容清国留学生，"头顶上盘着大辫子，顶得学生制帽的顶上高高耸起"。富士山乃日本最高山峰，海拔3700多米，用这来比喻，实在很形象而富有讽刺意味，这是形似。再如用北京的"胶菜"和福建的"龙舌兰"来比喻自己初到仙台后受到的"优待"，说明了"物以稀为贵"的复杂道理，这是神似。可见出色的比喻抵得上千言万语，省却许多文字，这篇文章就说明鲁迅是善于应用它来达到这一艺术效果的。此外这篇散文用语十分含蓄，寓意深刻，如称日俄战争时的日本学生为"爱国青年"，说自己国内的论敌为"正人君子"，都是利用反语进行嘲讽。又如说日本对医学的翻译"并不比中国早"，说日本青年虽抗议托尔斯泰新近引用过《新约》的话，但他们却"暗地里早受了他的影响了"，都是话中有话，含义无穷的。

周作人（1885—1967），原名櫆树,后改名槐树、遐寿,字启孟、启明（又作岂明),号知堂,笔名仲密、药堂、周遐寿等。浙江绍兴人。现代著名作家,翻译家。主要散文集有《谈龙集》《谈虎集》《自己的园地》《雨天的书》等。

故乡的野菜

我的故乡不止一个,凡我住过的地方都是故乡。故乡对于我并没有什么特别的情分,只因钓于斯游于斯的关系,朝夕会面,遂成相识,正如乡村里的邻舍一样,虽然不是亲属,别后有时也要想念到他。我在浙东住过十几年,南京东京都住过六年,这都是我的故乡,现在住在北京,于是北京就成了我的家乡了。

日前我的妻往西单市场买菜回来,说起有荠菜在那里卖着,我便想起浙东的事来。荠菜是浙东人春天常吃的野菜,乡间不必说,就是城里只要有后园的人家都可以随时采食,妇女小儿各拿一把剪刀一只"苗篮",蹲在地上搜寻,是一种有趣味的游戏的工作。那时小孩们唱道:"荠菜马兰头,姊姊嫁在后门头。"后来马兰头有乡人拿来进城售卖了,但荠菜还是一种野菜,须得自家去采。关于荠菜向来颇有风雅的传说,不过这似乎是以吴地为主。《西湖游览志》云:"三月三日男女皆戴荠菜花。谚云:三春戴荠花,桃李羞繁华。"顾禄的《清嘉录》上亦说,"荠菜花俗呼野菜花,因谚有三月三蚂蚁上灶山之语,三日人家皆以野菜花置灶陉上,以厌虫蚁。侵晨村童叫卖不绝。或妇女簪髻上以祈清目,俗号眼亮花。"但浙东人却不很理会这些事情,只是挑来做菜或炒年糕吃罢了。

黄花麦果通称鼠曲草,系菊科植物,叶小微圆互生,表面有白毛,花黄色,簇生梢头。春天采嫩叶,捣烂去汁,和粉做糕,称黄花麦果糕。小孩们有歌赞美之云：

　　黄花麦果韧结结,
　　关得大门自要吃;
　　半块拿弗出,一块自要吃。

清明前后扫墓时,有些人家——大约是保存古风的人家——用黄花麦果做供,但不作饼状,做成小颗如指顶大,或细条如小指,以五六个作一攒,名曰茧果,不知是什么意思,或因蚕上山时设祭,也用这种食品,故有是称,亦未可知。自从十二三岁时外出不参与外祖家扫墓以后,不复见过茧果,近来住在北京,也不再见黄花麦果的影子了。日本称作"御形",与荠菜同为春天的七草之一,也采来做点心用,状如艾饺,名曰"草饼",春分前后多食之,在北京也有，但是吃去总是日本风味，不复是儿时的黄花麦果糕了。

扫墓时候所常吃的还有一种野菜，俗称草紫，通称紫云英。农人在收获后，播种田内，用作肥料，是一种很被贱视的植物，但采取嫩茎滴食，味颇鲜美，似豌豆苗。花紫红色，数十亩接连不断，一片锦绣，如铺着华美的地毯，非常好看，而且花朵状若蝴蝶，又如鸡雏，尤为小孩所喜，间有白色的花，相传可以治痢，很是珍重，但不易得。日本《俳句大辞典》云："此草与蒲公英同是习见的东西，从幼年时代便已熟识。在女人里边，不曾采过紫云英的人，恐未必有罢。"中国古来没有花环，但紫云英的花球却是小孩常玩的东西，这一层我还替那些小人们欣幸的。浙东扫墓用鼓吹，所以少年常随了乐音去看"上坟船里的姣姣"；没有钱的人家虽没有鼓吹，但是船头上篷窗下总露出些紫云英和杜鹃的花束，这也就是上坟船的确实的证据了。

一九二四年

赏　析

《故乡的野菜》通过对故乡几种野菜的介绍，描绘了浙东乡间的民情风俗，表达了对故乡的怀想和对童年的眷恋。

第一段先用淡淡的笔墨掩盖起浓浓的乡情。表面看，作者对故乡似乎没有什么"特别的情分"，其实，"故乡"、"家乡"界定，已经撩起故乡之思。第二段由妻子说西单有荠菜，引起对故乡的追忆。小儿关于荠菜的歌谣，极富地域特点。吴地与浙东风俗不同，凸现了"故乡"的与众不同。第三段介绍黄花麦果时，既写了黄花麦果糕的制作过程和浙东用茧果作贡的独特风俗，又写出了多年不见黄花麦果的惆怅，表达出一种追怀过往的故园深情。第四段写紫云英的白花可治痢疾的传说，这种知识得之于乡间，"故乡"二字隐含其间。调皮小孩听到上坟船鼓吹声或发现篷窗下的紫云英（还有杜鹃），就带着好奇和新鲜的冲动去追看，生活情趣非常浓郁，对故乡的怀想和对童年的眷念可见一斑。

全文淡笔浓情，意味深长。《故乡的野菜》一文主要谈的是野菜，但在作者的笔下却既有野趣也不乏雅趣，这得益于作者在文中的广泛引用。

全文虽不过1200字，引文却占了近六分之一。引用《西湖游览志》和《清嘉录》，以古证今，把吴地和浙东一带民俗提高到了文化史的层次，从而古今打成一片，增加了文章的雅趣。由于作者独特的生活体验，喜欢以东洋的习俗与中土比照，如说到黄花麦果时便以日本的"御形"作比较，"在北京也有，但是吃去总是日本风味，不复是儿时的黄花麦果糕了。"在记叙紫云英时又引用《俳句大辞典》里的有关记载，强调了紫云英的可爱，充分体现了作者渊博的常识和丰富的生活经验，从而又把浙东的民俗放到一个横的文化比较层面上，提高了作品的文化底蕴和品位。

初 恋

那时我十四岁,她大约是十三岁罢。我跟着祖父的妾宋姨太太寄寓在杭州的花牌楼,间壁住着一家姚姓,她便是那家的女儿。她本姓杨,住在清波门头,大约因为行三,人家都称她作三姑娘。姚家老夫妇没有子女,便认她做干女儿,一个月里有二十多天住在他们家里。宋姨太太和远邻的羊肉店石家的媳妇虽然很说得来,与姚宅的老妇却感情很坏,彼此都不交口,但是三姑娘并不管这些事,仍旧推进门来游嬉。她大抵先到楼上去,同宋姨太太搭讪一回,随后走下楼来,站在我同仆人阮升公用的一张板桌旁边,抱着名叫"三花"的一只大猫,看我映写陆润庠的木刻的字帖。

我不曾和她谈过一句话,也不曾仔细的看过她的面貌与姿态,大约我在那时已经很是近视,但是还有一层缘故,虽然非意识的对于她很是感到亲近,一面却似乎为她的光辉所掩,抬不起眼来去端详她了。在此刻回想起来,仿佛是一个尖面庞,乌眼睛,瘦小身材,而且有尖小的脚的少女,并没有什么殊胜的地方。但在我的性的生活里总是第一个人,使我于自己以外感到对于别人的爱着,引起我没有明了的性之概念的,对于异性的恋慕的第一个人了。

我在那时候当然是"丑小鸭",自己也是知道的,但是终不以此而减灭我的热情。每逢她抱着猫来看我写字,我便不自觉的振作起来,用了平常所无的努力去映写,感着一种无所希求的迷蒙的喜乐。并不问她是否爱我,或者也还不知道自己是爱着她,总之对于她的存在感到亲近喜悦,并且愿为她有所尽力。这是当时实在的心情,也是她所给我的赐物了。在她是怎样不能知道,自己的情绪大约只是淡淡的一种恋慕,始终没有想到男女关系的问题。有一天晚上,宋姨太太忽然又发表对于姚姓的憎恨,末了说道:

"阿三那小东西,也不是好货,将来总要流落到拱辰桥去做婊子的。"

我不很明白做婊子这些是什么事情,但当时听了心里想道:

"她如果真是流落做了,我必定去救她出来。"

大半年的光阴这样的消费过了。到了七八月里因为母亲生病,我便离开杭州回家去了。一个月以后,阮升告假回去,顺便到我家里,说起花牌楼的事情,说道:

"杨家的三姑娘患霍乱死了。"

我那时也很觉得不快,想象她的悲惨的死相,但同时却又似乎很是安静,仿佛心里有一块大石头已经放下了。

一九二二年九月

 赏 析

周作人的初恋,或许定义作"臆想的独自完成"更恰切些。

周作人的初恋恰似每个青春萌动初始时候的少年人的共同特征,所以"我不曾和她谈过一句话"却又"抬不起眼来去端详她了",因着如上,"她"就成为了"我对于异性的恋慕的第一个人了"。作为青春都一样,周作人难免豆蔻体征。在走出了懵懵的幼年时代后,别有暗情生也是很自然的事情。至于三姑娘是否和他有着同样的情思细腻,我们就不得而知了。但这用别无选择解释或更公允些,所以周作人文中并未提出什么两情相悦之类的暗示,我们可以判断这是攀援不到情有独钟的升华的,理解作"人之常情,自然赐予"更为准确。

"我那时也很觉得不快,想象她的悲惨的死相,但同时却又似乎很是安静,仿佛心里有一块大石头已经放下了"作为文尾的收笔才是值得玩味。三姑娘作古魂散的事情在周作人得知后的心情反映不出乎意外,作为相谙的曾经人群,这是个必然的反映,"不快"糅以"些许唏嘘",这也是情理之中。加之,少年人更加的淡漠着死生之间的纠葛,他唯可赞赏的就是不失真的记录了自己的原始感觉,这个勇气是可嘉的。

此外也能看到,这篇文章的成文时间是1922年9月1日,是在那段往事过去数十年后。也就是说,周作人在文中末尾所写下的那份平静在很大程度上是基于后来回忆时的心境来叙述的,而当时他已经是个有事业、有家庭、年届不惑、老于世故的人了。这段回忆在过去即便刻骨铭心,经过了这么多年风雨后有所消磨也不足为奇。在综观全文的感情基调,并以他初恋那时的心理活动的基调为参考后,可以做这样一个大胆的假设:少年周作人14岁那年在知悉了三姑娘的死讯后,当时的他或许并非如他后来在文中所回忆的那样"却又似乎很是平静"也未可知。同时,他们并没有山盟海誓,也没有外在压力,作者完全是自己把一个精神十字架背在肩上,是精神的自觉。他完全忠诚地守卫着自己这一点恋情,尽管是单相思。《初恋》标志着周作人散文艺术由精致极化到淡化;结构从封闭到散漫化;语言从雅致到絮语的转变。

喝 茶

前回徐志摩先生在平民中学讲"吃茶"——并不是胡适之先生所说的"吃讲茶"——我没有工夫去听,又可惜没有见到他精心结构的讲稿,但我推想他是在讲日本的"茶道"(英文译作Teaism),而且一定说的很好。茶道的意思,用平凡的话来说,可以称作"忙里偷闲,苦中作乐",在不完全的现世享乐一点美与和谐,在刹那间体会永久,是日本之"象征的文化"里的一种代表艺术。关于这一件事,徐先生一定已有透彻巧妙的解说,不必再来多嘴,我现在

所想说的，只是我个人的很平常的喝茶罢了。

喝茶以绿茶为正宗，红茶已经没有什么意味，何况又加糖——与牛奶？葛辛（George Gissing）的《草堂随笔》（Private Papers of Henry Ryecroft）确是很有趣味的书，但冬之卷里说及饮茶，以为英国家庭里下午的红茶与黄油面包是一日中最大的乐事，支那饮茶已历千百年，未必能领略此种乐趣与实益的万分之一，则我殊不以为然，红茶带"土斯"未始不可吃，但这只是当饭，在肚饥时食之而已；我的所谓喝茶，却是在喝清茶，在赏鉴其色与香与味，意未必在止渴，自然更不在果腹之。中国古昔曾吃过煎茶及抹茶，现在所用的都是泡茶，冈仓觉三在《茶之书》（Book of Tea, 1919）里很巧妙的称之曰"自然主义的茶"，所以我们所重的即在这自然之妙味。中国人上茶馆去，左一碗右一碗的喝了半天，好像是刚从沙漠里回来的样子，颇合于我的喝茶的意思（听说闽粤有所谓吃工夫茶者自然也有道理），只可惜近来太是洋场化，失了本意，其结果成为饭馆子之流，只在乡村间还保存一点古风，唯是屋宇器具简陋万分，或者但可称为颇有喝茶之意，而未可许为已得喝茶之道也。

喝茶当于瓦屋纸窗之下，清泉绿茶，用素雅的陶瓷茶具，同二三人共饮，得半日之闲，可抵十年的尘梦。喝茶之后，再去继续修各人的胜业，无论为名为利，都无不可，但偶然的片刻优游乃正亦断不可少，中国喝茶时多吃瓜子，我觉得不很适宜，喝茶时所吃的东西应当是轻淡的"茶食"。中国的茶食却变了"满汉饽饽"，其性质与"阿阿兜"相差无几；不是喝茶时所吃的东西了。日本的点心虽是豆米的成品，但那优雅的形色，朴素的味道，很合于茶食的资格，如各色的"羊羹"（据上田恭辅氏考据，说是出于中国唐时的羊肝饼），尤有特殊的风味。江南茶馆中有一种"干丝"，用豆腐干切成细丝，加姜丝酱油，重汤炖热，上浇麻油，出以供客，其利益为"堂倌"所独有。豆腐干中本有一种"茶干"，今变而为丝，亦颇与茶相宜。在南京时常食此品，据云有某寺方丈所制为最，虽也曾尝试，却已忘记，所记得者乃只是下关的江天阁而已。学生们的习惯，平常"干丝"既出，大抵不即食，等到麻油再加，开水重换之后，始行举箸，最为合式，因为一到即罄，次碗继至，不遑应酬，否则麻油三浇，旋即撤去，怒形于色，未免使客不欢而散，茶意都消了。

吾乡昌安门外有一处地方，名三脚桥（实在并无三脚，乃是三出，因为一桥而跨三叉的河上也），其地有豆腐店曰周德和者，制茶干最有名。寻常的豆腐干方约寸半，厚三分，值钱二文，周德和的价值相同，小而且薄，几及一半，黝黑坚实，如紫檀片。我家距三脚桥有步行两小时的路程，故殊不易得，但能吃到油炸者而已。每天有人挑担设炉镬，沿街叫卖，其词曰：

  辣酱辣，
  麻油炸，
  红油搭，
  辣酱拓：
  周德和格五香油炸豆腐干。

其制法如上所述,以竹丝插其末端,每枚值三文。豆腐干大小如周德和,而甚柔软,大约系常品。惟经过这样烹调,虽然不是茶食之一,却也不失为一种好豆食。——豆腐的确也是极好的佳妙的食品,可以有种种的变化,唯在西洋不会被领解,正如茶一般。

日本用茶淘饭,名曰"茶渍",以腌菜及"泽庵"(即福建的黄土萝卜,日本泽庵法师始传此法,盖从中国传去)等为佐,很有清淡而甘香的风味。中国人未尝不这样吃,唯其原因,非由穷困即为节省,殆少有故意往清茶淡饭中寻其固有之味者,此所以为可惜也。

一九二四年十二月

读喝茶,有一个感慨:一些平平常常、琐琐屑屑的事,诸如野菜、鸟声、苦雨、喝茶乃至苍蝇等等,到作者笔下皆可妙笔生花、点铁成金。以喝茶为例,这是平常人天天少不了的最平常不过的事,当然喝茶有学问,有大学问,因此也很可以写出一篇文章来。但周作人并没有在他的文章中卖弄学问——要是如此,岂不俗矣哉!他只是平平常常讲述他喝茶的心得。就像他正和你促膝闲谈,面前就放着一杯茶,他和你一面品茶,一面闲聊着茶道、茶食以及他的故乡有关喝茶的民俗风情。听着听着,在不知不觉间你就给吸引住了,沉浸到喝茶所特有的氛围之中……

作者只是在讲喝茶吗?像是,又似乎不是。说是,因为他确乎在讲喝茶;说不是,因为他让你咀嚼到一种喝茶以外的东西,甚至品味到某种他所追求的人生境界。他对你说:"我的所谓喝茶,却是在喝清茶,在赏鉴其色与香与味,意未必在止渴,自然更不在果腹了。"你由此能体会到喝茶其实有两种:一种是纯粹功利性的喝茶,目的只在于解渴;一种则是审美的、文化的活动了。作者说茶道的意思,是"在不完全的现世享乐一点美与和谐,在刹那间体会永久"。这是升华到一种审美境界和哲学境界了。作者又说:"喝茶当于瓦屋纸窗之下,清泉绿茶,用素雅的陶瓷茶具,同二三人共饮,得半日之闲,可抵十年的尘梦。"这恐怕不仅是一种审美境界,也是作者所倾心的一种人生境界了。喝茶喝出审美境界和人生境界,当然并非只有周作人是如此。明人张岱在他的《陶庵梦忆》中也有一篇讲喝茶的文章:《闵老子茶》,作者因慕闵老子茶之名而专访,闵"导至一室,明窗净几,瓶溪壶成宣窑瓷瓯十余种皆精绝。灯下视茶色,与瓷瓯无别而香气逼人",此等境界,正该是周作人所赞赏的。一切由"淡"字上来:淡泊仕途,淡泊名利,一切的一切都归于平淡。所以文章也就洗尽铅华,返璞归真。

从《喝茶》中不难体味出作者那种闲适的性情和他醉心其间的闲适的人生境界,是一种"自在、舒适、平和冲淡"之意了。

夏丏尊（1886—1946），字勉旃，浙江省上虞县人。翻译家、教育家、散文家。著有《文艺论ABC》《生活与文学》，散文集《平屋杂文》；译作有《社会主义与进化论》等。

白马湖之冬

在我过去四十余年的生涯中，冬的情味尝得最深刻的，要算十年前初移居白马湖的时候了。十年以来，白马湖已成了一个小村落，当我移居的时候，还是一片荒野。春晖中学的新建筑巍然矗立于湖的那一面，湖的这一面的山脚下是小小的几间新平屋，住着我和刘君心如两家。此外两三里内没有人烟。一家人于阴历十一月下旬从热闹的杭州移居这荒凉的山野，宛如投身于极带中。

那里的风，差不多日日有的，呼呼作响，好像虎吼。屋宇虽系新建，构造却极粗率，风从门窗隙缝中来，分外尖削，把门缝窗隙厚厚地用纸糊了，椽缝中却仍有透入。风刮得厉害的时候，天未夜就把大门关上，全家吃毕夜饭即睡入被窝里，静听寒风的怒号，湖水的澎湃。靠山的小后轩，算是我的书斋，在全屋子中风最少的一间，我常把头上的罗宋帽拉得低低地，在洋灯下工作至夜深。松涛如吼，霜月当窗，饥鼠吱吱在承尘上奔窜。我于这种时候深感到萧瑟的诗趣，常独自拨划着炉灰，不肯就睡，把自己拟诸山水画中的人物，作种种幽邈的遐想。

现在白马湖到处都是树木了，当时尚一株树木都未种。月亮与太阳都是整个儿的，从上山起直要照到下山为止。太阳好的时候，只要不刮风，那真和暖得不像冬天。一家人都坐在庭间曝日，甚至于吃午饭也在屋外，像夏天的晚饭一样。日光晒到哪里，就把椅凳移到哪里，忽然寒风来了，只好逃难似的各自带了椅凳逃入室中，急急把门关上。在平常的日子，风来大概在下午快要傍晚的时候，半夜即息。至于大风寒，那是整日夜狂吼，要二三日才止的。最严寒的几天，泥地看去惨白如水门汀，山色冻得发紫而黯，湖波泛深蓝色。

下雪原是我所不憎厌的，下雪的日子，室内分外明亮，晚上差不多不用燃灯。远山积雪足供半个月的观看，举头即可从窗中望见。可是究竟是南方，每冬下雪不过一二次。我在那里所日常领略的冬的情味，几乎都从风来。白马湖的所以多风，可以说有着地理上的原因。那里环湖都是山，而北首却有一个半里阔的空隙，好似故意张了袋口欢迎风来的样子。白马湖的山水和普通的风景地相差不远，唯有风却与别的地方不同。风的多和大，凡是到过那里的人都知道的。风在冬季的感觉中，自古占着重要的因素，而白马湖的风尤其特别。

现在，一家侨居上海多日了，偶然于夜深人静时听到风声，大家就要提起白马湖来，说

"白马湖不知今夜又刮得怎样厉害哩!"

一九三三年十二月

赏 析

  夏丏尊对于山水抱着天然的亲谊,他在一篇文章里说:"所有的时间都消磨在风景的留恋上。在他,朝日果然好看,夕阳也好看,新月是妩媚,满月是清澈,风来不禁倾耳到屋后的松籁,雨霁不禁放眼到墙外的山光,一切的一切,都把他牢牢地捉住了。"在浙东的丛山里,在曹娥江畔的那个白马湖,作者自筑名为"平屋"的瓦舍,在橘树和天竺的碧影间悠然度起长闲的日子。朱自清称他是一位理想家,而善愁多忧的他,似更乐意做着湖上的诗人。墙外的山,门前的水,浮岚的青峰,绕岸的花木,足供他曼声吟咏。黄昏近了,独自缓饮着酒,湖边低而疏的蛙声在窗外的暝色里一阵阵响起,也撩惹他暗暗含咀自己写过的一句话:"白马湖真是最静也没有了。"这样的安谧,能滤净种种尘缘的牵阻,消尽心底的愁叹吗?

  他忧生、忧世,甚或对佛学也有兴味。他和弘一法师屡聚岸边的春社小筑、晚晴山房,一览湖上风景,虽未效这位畏友,去过持戒诵经的日子,却已对宗教抱着感情。他的平实清隽的散文风格似也含些隐遁的气息。湖山牵情,朱自清、丰子恺、王世颖、叶圣陶、刘大白、朱光潜、郑振铎、俞平伯、徐蔚南在此间言咏属文,寄辞的清婉,是受着夏翁才调熏习的。

  景物移人性情。隔了十度寒暑,又来白马湖,他已是40多岁的人,似已看得到生命的晚景,观望天地的态度也悠然了,别添几分和暖的是这冬日的湖天。在这个"极幽静的乡村地方",一家人坐在庭间曝日的滋味犹胜饭香。"山色冻得紫而黯,湖波泛深蓝色"这十几字,给苍枯的冬景抹了一点颜色上去。他亦怀想着湖边的另一番风光:"新鲜的阳光把隔湖诸山的皱折照得非常清澈,望去好像移近了一些。新绿杂在旧绿中,带着些黄味。"白马湖派的散文,用着闲缓的调子叙述,自能透出一种清淡美,状绘风景,更能显出它的长处。在湖边住上数日,心里也就有了一段文章。朱自清朴素淡白的文味犹在描画白马湖的字句间,仿佛得着他那篇《桨声灯影里的秦淮河》的韵致夏翁所居的平屋,也能从里面见出大概:"翁的家最讲究。屋里有名人字画,有古瓷,有铜佛,院子里满种着花。屋子里的陈设又常常变换,给人新鲜的受用。"家境的优裕,最能怡养清婉平和之气。夏翁应该是一个活得颇有滋味的文士。性情的散逸闲适,恰可叫他和湖上清景相融。

  本篇散文的语言也是十分优美。不但亲切平易还很简练,生动形象。如"寒风的怒号,湖水的澎湃","松涛如吼,霜月当窗",既概括又生动,情景如画,有韵味和情致。作者描写寒冬的景状,完全从色调着眼:"最严寒的几天,泥地看去惨白如水门汀,山色冻得发紫而黯,湖波泛深蓝色"等等。作者通过抓住这些具有特征的色调来描写寒冷,就能在读者身上唤起某种感觉的重显而达到共鸣。

> **李大钊** (1889—1927),字守常。河北乐亭县人。中国最早的马克思主义者,中国共产党主要创始人之一。1913年留学日本。1916年回国,历任《晨钟报》主编,北京大学图书馆主任,《新青年》杂志编辑,北大评议会评议员,经济、历史等系教授。与陈独秀创办《每周评论》,是新文化运动的主将之一,积极领导五四运动。1920年春,和陈独秀筹建中国共产党,发起组织了马克思学说研究会。同年10月,建立了北京共产主义小组。建党后负责中共北京区委和北方区委的工作。1927年4月6日,被奉系军阀张作霖逮捕,28日在北京慷慨就义,年仅38岁。著有《李守常文集》,著作收编为《李大钊文选》。

五 峰 游 记

我向来惯过"山中无历日,寒尽不知年"的日子,一切日常生活的经过都记不住时日。

我们那晚八时顷,由京奉线出发,次日早晨曙光刚发的时候,到滦州车站。此地是辛亥年张绍曾将军督率第二十镇,停军不发,拿十九信条要胁清廷的地方。后来到底有一标在此起义,以众寡不敌失败,营长施从云、王金铭,参谋长白亚雨等殉难。这是历史上的纪念地。

车站在滦州城北五里许,紧靠着横山。横山东北,下临滦河的地方,有一个行宫,地势很险,风景却佳,而今作了我们老百姓旅行游览的地方。

由横山往北,四十里可达卢龙。山路崎岖,水路两岸万山重叠,暗崖很多,行舟最要留神,而景致绝美。由横山往南,滦河曲折南流入海,以陆路计,约有百数十里。

我们在此雇了一只小舟,顺流而南,两岸都是平原。遍地的禾苗,都很茂盛,但已觉受旱。禾苗的种类,以高粱为多,因为滦河一带,主要的食粮,就是高粱。谷黍豆类也有。滦水每年泛滥,河身移徙无定,居民都以为苦。其实滦河经过的地方,虽有时受害,而大体看来,却很富厚,因为他的破坏中,却带来了很多的新生活种子、原料。房屋老了,经他一番破坏,新的便可产生。土质乏了,经他一回滩淤,肥的就会出现。这条滦河简直是这一方的旧生活破坏者,新生活创造者。可惜人都是苟安,但看见他的破坏,看不见他的建设,却很冤枉了他。

河里小舟漂着,一片斜阳射在水面,一种金色的浅光,衬着岸上的绿野,景色真是好看。

天到黄昏,我们还未上岸。从舟人摇橹的声中,隐约透出了远村的犬吠,知道要到我们上岸的村落了。到了家乡,才知道境内很不安静。正有"绑票"的土匪,在各村骚扰。还有"花会"照旧开设。

过了两三月,我便带了一个小孩,来到昌黎的五峰。是由陆路来的,约有八十里。从前昌黎的铁路警察,因在车站干涉日本驻屯军的无礼的行动,曾有五警士为日兵惨杀。这也算是一个纪念地。

五峰是碣石山的一部,离车站十余里,在昌黎城北。我们清早雇骡车运行李到山下。

车不能行了,只好步行上山。一路石径崎岖,曲折得很,两旁松林密布。间或有一两人家很清妙的几间屋,筑在山上,大概窗前都有果园。泉水从石上流着,潺潺作响,当日恰遇着微雨,山景格外的新鲜。走了约四里许,才到五峰的韩公祠。

五峰有个胜境,就在山腹。望海、锦绣、平斗、飞来、挂月,五个山峰环抱如椅。好事的人,在此建了一座韩文公祠。下临深涧,涧中树木丛森。在南可望渤海,碧波万顷,一览无尽。我们就在此借居了。

看守祠宇的人,是一双老夫妇,年事都在六十岁以上,却很健康。此外一狗,一猫,两只母鸡,构成他们那山居的生活。我们在此,找夫妇替我们操作。

祠内有两个山泉可饮。煮饭烹茶,都从那里取水。用松枝作柴。颇有一种趣味。

山中松树最多,果树有苹果、桃、杏、梨、葡萄、黑枣、胡桃等。今年果收都不佳。

来游的人却也常有。但是来到山中,不是吃喝,便是赌博,真是大杀风景。

山中没有野兽,没有盗贼,我们可以夜不闭户,高枕而眠。

久旱,乡间多求雨的,都很热闹,这是中国人的群众运动。

昨日山中落雨,云气把全山包围。树里风声雨声,有波涛澎湃的样子。水自山间流下,却成了瀑布。雨后大有秋意。

(选自1919年8月31日《新生活》第2、3两期)

作者写五峰,心境是宽弛的,笔调是闲缓的,仿佛山中的古今皆可在他的文章里生动。冀东平原上的高粱、谷黍豆类都要随手一记,思忖一条浮闪夕光的滦河对于生活的意义。虽是细处落笔,读到它的人大约都会觉得饶有深味吧。

作者的摹景以传形神为上。山雨、云气、松涛、飞瀑,简略几笔,就能宛然。风光如棋局,每一下笔,皆似朝着合适的地方掷子。散落一山的景物来配合他飘忽的思绪,在夹叙夹议中,李大钊把论理、状景的字句都安排得恰好,读起来熨帖,可说找到了五峰会心处,颇能体味一番山行的态度。

入山闲览,泉石烟雨让他品味着世间的道理,说景只是表面的文章,心底的杂想倒也有许多呢。一个纵游的人,若用思考的眼光去看风景,山水便同他相融了,也就寻到养护心灵的理想方式,况且政治理论的修养亦足以使他端详出山水的深刻处。唯有入了此番静逸之境,才能够评点随心,臧否任情,而略带一些魏晋风度。在他看来,五峰处处都不平淡。他记述着山行见到的清景:"一路石径崎岖,曲折得很,两旁松林密布。间或有一两人家很清妙的几间屋,筑在山上,大概窗前都有果园。泉水从石上流着,潺潺作响,当日恰遇着微雨,山景格外的新鲜。"诵读起来,真如见着一幅水墨画卷。我虽未能登游碣石山,却从魏武帝的歌吟中领略过它的气象。山中竟有这样明秀的风光?就要把我游览庐山的经验借来对照。这条为畅茂花树所映的山道,和匡庐的花径同样美。忽然想到那里,盖因白乐天漫咏桃花之故也。芳菲如染,山野上的丛枝永在诗歌中"灼灼其华"吧,独报一段春日消息。

人各有倾心。作者到了山腹,在遍阅望海、锦绣、平斗、飞来、挂月五个山峰过后,入了韩文公祠,目光飞越下临的深涧和丛森的崖树,南眺渤海,尤为万顷碧波打动。观沧海,确能一洗胸襟。

入夜,借居山祠。守屋的是一对年迈的夫妇。虽无山僧与佛灯,出尘的意味却不浅。到了此时,万籁俱寂。静夜思,风景成了天地之书,由他做着纵意的眉批。山中日月令人悠然驰想:"祠内有两个山泉可饮。煮饭烹茶,都从那里取水。用松枝作柴。颇有一种趣味。"话中的意思不单囿于山水,而且浸渗着一种人生观念。心间的感悟,又是用着从容的调子说出,了无刻意痕迹。一段山水看过,能得二三启迪,亦不算枉游了。让人特别读出幽愤的,是文尾的这两段:"来游的人却也常有。但是来到山中,不是吃喝,便是赌博,真是大杀风景。""久旱,乡间多求雨的,都很热闹,这是中国人的群众运动。"似乎同国民性的话题有了一点关联。

本文在布局谋篇上也独具匠心。直到行文过半,写到步行上山以后,才见"石径崎岖"、"松林密布",继而才交代了"五峰"的命名,点出"五峰环抱如椅","我们就在此借居了",真是惜墨如金。接着转写祠庙情况,特意指出久旱求雨"这是中国人的群众运动"如同社会考察般的记实提要。李大钊真是身在山水之间,心系于世道民间。

今

我以为世间最可宝贵的就是"今",最易丧失的也是"今"。因为他最容易丧失,所以更觉得他可以宝贵。

为甚么"今"最可宝贵呢?最好借哲人耶曼孙所说的话答这个疑问:"尔若爱千古,尔当爱现在。昨日不能唤回来,明天还不确实,尔能确有把握的就是今日。今日一天,当明日两天。"

为甚么"今"最易丧失呢?因为宇宙大化,刻刻流转,绝不停留。时间这个东西,也不因为吾人贵他爱他稍稍在人间留恋。试问吾人说"今"说"现在",茫茫百千万劫,究竟哪一刹那是吾人的"今",是吾人的"现在"呢?刚刚说他是"今"是"现在",他早已风驰电掣的一般,已成"过去"了。吾人若要糊糊涂涂把他丢掉,岂不可惜?

有的哲学家说，时间但有"过去"与"未来"，并无"现在"。有的又说，"过去""未来"皆是"现在"。我以为"过去未来皆是现在"的话倒有些道理。因为"现在"就是所有"过去"流入世界，换话话说，所有"过去"都埋没于"现在"的里边。故一时代的思潮，不是单纯在这个时代所能凭空成立的，不晓得有几多"过去"时代的思潮，差不多可以说是由所有"过去"时代的思潮一一凑合而成的。

　　吾人投一石子于时代潮流里面，所激起的波澜声响，都向永远流动传播，不能消灭。屈原的《离骚》，永远使人人感泣，打击林肯头颅的枪声，呼应于永远的时间与空间。一时代的变动，绝不消失，仍遗留于次一时代，这样传演，至于无穷，在世界中有一贯相连的永远性。昨日的事件，与今日的事件，合构成数个复杂事件。此数个复杂事件，与明日的数个复杂事件，更合构成数个复杂事件。势力结合势力，问题牵起问题。无限的"过去"，都以"现在"为归宿。无限的"未来"，都以"现在"为渊源。"过去""未来"的中间，全仗有"现在"以成其连续，以成其永远，以成其无始无终的大实在。一擎现在的铃，无限的过去未来皆遥相呼应。这就是过去未来皆是现在的道理，这就是"今"最可宝贵的道理。

　　现实有两种不知爱"今"的人：一种是厌"今"的人，一种是乐"今"的人。

　　厌"今"的人也有两派。一派是对于"现在"一切现象都不满足，因起一种回顾"过去"的感想。他们觉得"今"的总是不好，古的都是好。政治、法律、道德、风俗，全是"今"不如古。此派人唯一的希望在复古。他们的心力全施于复古的运动。一派是对于"现在"一切现象都不满足，与复古的厌"今"派全同。但是他们不想"过去"，但盼"将来"。盼"将来"的结果，往往流于梦想，把许多"现在"可以努力的事业都放弃不做，单是耽溺于虚无飘渺的空玄境界。这两派人都是不能助益进化，并且很足阻滞进化的。

　　乐"今"的人大概是些无志趣无意识的人，是些对于"现在"一切满足的人。他们觉得所处境遇可以安乐优游，不必再商进取，再为创造。这种人丧失"今"的好处，阻滞进化的潮流，同厌"今"派毫无区别。

　　原来厌"今"为人类的通性。大凡一境尚未实现以前，觉得此境有无限的佳趣，有无疆的福利；一旦身陷其境，却觉不过尔尔，随即起一种失望的念，厌"今"的心。又如吾人方处一境，觉得无甚可乐；而一旦其境变易，却又觉得其境可恋，其情可思。前者为企望"将来"的动机；后者为反顾"过去"的动机。但是回想"过去"，毫无效用，且空耗努力的时间。若以企望"将来"的动机，而尽"现在"的势力，则厌"今"思想，却大足为进化的原动。乐"今"是一种惰性(inertia)，须再进一步，了解"今"所以可爱的道理。全在凭他可以为创造"将来"的努力，决不在得他可以安乐无为。

　　热心复古的人，开口闭口都是说"现在"的境象若何黑暗，若何卑污，罪恶若何深重，祸患若何剧烈。要晓得"现在"的境象倘若真是这样黑暗，这样卑污，罪恶这样深重，祸患这样剧烈，也都是"过去"所遗留的宿孽，断断不是"现在"造的；全归咎于"现在"，是断断不能接受的。要想改变他，但当努力以回复"过去"。

照这个道理讲起来,大实在的瀑流,永远由无始的实在向无终的实在奔流。吾人的"我",吾人的生命,也永远合所有生活上的潮流,随着大实在的奔流,以为扩大,以为继续,以为进转,以为发展。故实在即动力,生命即流转。

忆独秀先生曾于《一九一六年》文中说过,青年欲达民族更新的希望,"必自杀其一九一五年之青年,而自重其一九一六年之青年。"我尝推广其意,也说过人生唯一的蕲向,青年唯一的责任,在"从现在青春之我,扑杀过去青春之我;促今日青春之我,禅让明日青春之我。""不仅以今日青春之我,追杀今日白首之我,并宜以今日青春之我,豫杀来日白首之我。"实则历史的现象,时时流转,时时变易,同时还遗留永远不灭的现象和生命于宇宙之间,如何能杀得?所谓杀者,不过使今日的"我"不仍旧沉滞于昨天的"我"。而在今日之"我"中,固明明有昨天的"我"存在。不止有昨天的"我",昨天以前的"我",乃至十年二十年百千万亿年的"我",都俨然存在于"今我"的身上。然则"今"之"我","我"之"今",岂可不珍重自将,为世间造些功德。稍一失脚,必致遗留层层罪恶种子于"未来"无量的人,即未来无量的"我"。永不能消除,永不能忏悔。

我请以最简明的一句话写出这篇的意思来:

吾人在世,不可厌"今"而徒回思"过去",梦想"将来",以耗误"现在"的努力;又不可以"今"境自足,毫不拿出"现在"的努力,谋"将来"的发展。宜善用"今",以努力为"将来"之创造。由"今"所造的功德罪孽,永久不灭。故人生本务,在随实在之进行,为后人造大功德,供永远的"我"享受,扩张,传袭,至无穷极,以达"宇宙即我,我即宇宙"之究竟。

(选自1918年4月15日《新青年》第4卷第4号)

赏 析

《今》是李大钊先生写于"五四"运动前一年的一篇哲理散文。至今读起来依旧如春风扑面,耳目一新。心灵产生了强烈的震动,受到深刻的启迪。文章集抒情与哲理于一体,似号角般使人振奋。

"今"是宝贵的。世间万事万物无不从"今"始,没有"今"就没有事业的成功,不珍惜今天就是不爱惜生命。如何珍惜这宝贵的"今"呢?见仁见智,莫衷一是。有的人认为"今"是美好的,是富有诗意的,给人以奋进、拼搏、向上的动力。对今天的奉献,就是明天的给予,充满希望,预示成功;也有人认为"今"的美好是安逸、舒适、满足现状,过一天享受一天。

前一种对"今"的看法是积极的,是人类社会之所以有文明的今天以及向未来发展的本源。就如文中所说:"无限的'过去',都以'现在'为归宿。无限的'未来',都以'现在'为渊源。"没有昨天的拼搏,哪有今天的成功,但今日又是明日的开始。人人都应该珍惜这可贵的今天。古人云:"少壮不努力,老大徒伤悲。""一寸光阴,一寸金。"现代社会认为:"时间就是金钱。"我说时间比金钱更可贵,因为无论多少钱也买不到时间,买不到今天。不断地进取、求索,以求留下一个壮烈的今天,才能迎接壮丽的明天。我们所处的这个时代,每天都充满着机会和挑战,充满着希望和阳光,昨天我们已经失去,今天我们要牢牢地把握,努力地学习创造,勤奋地工作劳动。只有不断地提高文化修养和掌握科学技术,才不会被社会淘汰。那种认为时间太多无所事事,只知道贪图享乐,沉溺于灯红酒绿,徘徊于花前月下,浪荡于街头巷尾,热衷于"方城之战",视浮生如梦,工作不求上进,得过且过之人,没有危机感,没有紧迫感,除了抱怨今天,永远看不到明天的人,死到临头悔之晚矣。

李大钊先生的"最珍贵的是今天,最容易失掉的也是今天",像一记警钟,让人们扪心自问:我还有多少个今天。今天是由一分一秒组成的。奉献多索取少的人,今天付出搏击的艰辛,明天将收获成功的喜悦;而对社会奉献少索取多的人,今天昏噩度日,明天将得到悔恨和遗憾的回报。

综观全文,文章气势的雄健寓于语言的缜密之中,神思的奔放融于结构的谨严之内,且将立意的宏广和造语的凝重相互统一,于是形成了全文整体的意气风发而文理持重、题旨庄肃而情采昂扬的崇高雄健风格。

> **杨振声** （1890—1956），字今甫，山东省蓬莱县水城镇人。现代作家，教授。主要作品集有《玉君》。

书房的窗子

说也可怜，八年抗战归来，卧房都租不到一间，何言书房，既无书房，又何从说到书房的窗子！

唉，先生，你别见笑，叫化子连做梦都在想吃肉，正为没得，才想得厉害，我不但想到书房，连书房里每一角落，我都布置好。今天又想到了我那书房的窗子。

说起窗子，那真是人类穴居之后一点灵机的闪耀才发明了它。它给你清风与明月，它给你晴日与碧空，它给你山光与水色，它给你安安静静的坐窗前，欣赏着宇宙的一切。一句话，它打通你与天然的界限。

但窗子的功用，虽是到处一样，而窗子的方向，却有各人的嗜好不同。陆放翁的"一窗晴日写黄庭"，大概指的是南窗，我不反对南窗的光明与健康，特别在北方的冬天，南窗放进满屋的晴日，你随便拿一本书坐在窗下取暖，书页上的诗句全浸润在金色的光浪中。你书桌旁若有一盆腊梅那就更好——以前在北平只值几毛钱一盆，高三四尺者亦不过一两元，腊梅比红梅色雅而秀清，价钱并不比红梅贵多少。那么，就算有一盆腊梅罢。腊梅在阳光的照耀下荡漾着芬芳，把几枝疏脱的影子漫画在新洒扫的蓝砖地上，如漆墨画。天知道，那是一种清居的享受。

东窗的初红里迎着朝暾，你起来开了格扇，放进一屋的清新。朝气洗涤了昨宵一梦的荒唐，使人精神清振，与宇宙万物一体更新。假使你窗外有一株古梅或是海棠，你可以看"朝日红妆"；有海，你可以看"海日生残夜"；一无所有，看朝霞的艳红，再不然，看想象中的邺宫，"晓日靓装千骑女，白樱桃下紫纶巾"。

"挂起西窗浪按天"这样的西窗，不独坡翁喜欢，我们谁都喜欢。然而西窗的风趣，正不止此，压山的红日徘徊于西窗之际，照出书房里一种透明的宁静。苍蝇的搓脚，微尘的轻游，都带些倦意了。人在一日的劳动后，带着微疲放下工作，舒适的坐下来吃一杯热茶，开窗西望，太阳已隐到山后了。田间小径上疏落的走着荷锄归来的农夫，隐约听到母牛哞哞的在唤着小犊同归。山色此时已由微红而深紫，而黝蓝。苍然暮色也渐渐笼上山脚的树林。西天上独有一缕镶着黄边的白云冉冉而行。

然而我独喜欢北窗。那就全是光的问题了。

说到光，我有一个偏向，就是不喜欢强烈的光而喜欢清淡的光，不喜欢敞开的光而喜欢隐约的光，不喜欢直接的光而喜欢反射的光。就拿日光来说罢，我不爱中午的骄阳，而爱"晨光之熹微"与夫落日的古红。纵使光度一样，也觉得一片平原的光海，总不及山阴水曲间光线的隐翳，或枝叶扶疏的树阴下光波的流动，至于反光更比直光来得委婉。"残夜水明楼"，是那般的清虚可爱；而"明清照积雪"使你感到满目清晖。

　　不错，特别是雪的反光。在太阳下是那样霸道，而在月光下却又这般温柔。其实，雪光在阴阴天宇下，也蛮有风趣。特别是新雪的早晨，你一醒来全不知道昨宵降了一夜的雪，只看从纸窗透进满室的虚白，便与平时不同，那白中透出银色的清晖，温润而匀净，使屋子里平添一番恬静的滋味。披衣起床且不看雪，先掏开那尚未睡醒的炉子，那屋里顿然煦暖。然后再从容揭开窗帘一看，满目皓洁，庭前的枝枝都压垂到地角上了，望望天，还是阴阴的，那就准知道这一天你的屋子会比平常更幽静。

　　至于拿月光与日光比，我当然更喜欢月光。在月光下，人是那般隐藏，天宇是那般的素净。现实的世界退缩了，想象的世界放大了。我们想象的放大，不也就是我们人格的放大？放大到感染一切时，整个的世界也因而富有情思了。"疏影横斜水清浅，暗香浮动月黄昏"比之"晴雪梅花"更为空灵，更为生动；"无情有恨何人见，月亮风清欲坠时"比之"枝头春意"更富深情与幽思；而"宿妆残粉未明天，每立昭阳花树边，"也比"水晶帘下看梳头"更动人怜惜之情。

　　这里不止是光度的问题，而是光度影响了态度。强烈的光使我们一切看得清楚，却不必使我们想得明透。使我们有行动的愉悦，却不必使我们有沉思的因缘；使我们像春草一般的向外发展，却不能使我们像夜合一般的向内收敛。强光太使我们与外物接近了，留不得一分想象的距离。而一切文艺的创造，决不是一些外界事物的推拢，而是事物经过个性的熔冶，范铸出来的作物。强烈的光与一切强有力的东西一样，它压迫我们的个性。

　　以此，我便爱上了北窗。南窗的光强，固不必说；就是东窗和西窗也不如北窗。北窗放进的光是那般清淡而隐约，反射而不直接。说到反光，当然便到了"窗子以外"了，我不敢想象窗外有什么明湖或青山的返光，那太奢望了。我只希望北窗外有一带古老的粉墙。你说古老的粉墙？一点不错。最低限度地要老到透出点微黄的颜色；假如可能，古墙上生几片清翠的石斑。这墙不要去窗太近，太近则逼窄，使人心狭；也不要太远，太远便不成为窗子屏风；去窗一丈五尺左右便好。如此古墙上的光辉反射在窗下的桌上，润泽而淡白，不带一分逼人的霸气。这种清光绝不会侵凌你的幽静，也不会扰乱你的运思。它与清晨太阳未出以前的天光，及太阳初下，夕露未滋，湖面上的水光同是一样的清幽。

　　假如，你嫌这样的光太朴素了些，那你就在墙边种上一行疏竹。有风，你可以欣赏它婆娑的舞容；有月，窗上迷离的竹影；有雨，它给你平添一番清凄；有雪，那素洁，那清劲，确是你清寂中的佳友。即使无月无风，无雨无雪，红日半墙，竹荫微动，掩映于你书桌上的清晖，泛出一片清翠，几纹波痕，那般的生动而空灵，你书桌上满写着清新的诗句，你坐在那儿，纵使不读书也"要得"。

(原载1946年9月15日《经世日报·文艺周刊》第5期)

赏 析

　　《书房的窗子》是一篇别具匠心的散文，总的特点是"以虚写实"。散文最忌平铺直叙，布局宜如在山重水复之中，突见柳暗花明。文章的题目是"书房的窗子"，作者却这样写道："说也可怜，八年抗战归来，卧房都租不到一间，何言书房，既无书房，又何说到书房的窗子。""正为没得，才想得厉害，我不但想到书房，连书房里每一个角落，我都布置好。今天又想到了我那书房的窗子。"没有，却还要写它，而且是精雕细刻，这样的开头可谓匠心独运。既然现实中书房的窗子并不存在，那就只有将笔触深入到幻想中获求了。作者以一支纵横驰骋的笔，依次展示了各种各样富于无穷魅力的窗子，使读者仿佛欣赏到一幅幅色彩艳丽、意境超凡脱俗的优美图画。

　　本文选材颇具特色。窗户是建筑物中沟通内外空间的重要部件，也是审美的绝佳视角。且看作者精心绘制的一幅幅优美的画卷："山光与水色"的，"晴日与碧空"的，"清风与明月"的，一齐映入眼帘，令人目不暇接。

　　南窗是明媚温暖。东窗又是一番景观，有朝霞和红日，古梅与海棠。西窗以宁静恬淡示人。不过最令作者陶醉的是北窗，这颇让人意外。按常理，迎向北风而又不能直接照进阳光的北窗，无论如何也是难以令人陶醉的。但是，作者审美情趣的高妙也就在这出人意料上，而又在情理之中，从一个独特的角度发掘了北窗蕴涵的别样之美——幽静素洁。"北窗放进的光是那般清淡而隐约，反射而不直接"，"古墙上的光辉反射在窗下的桌上，润泽而淡白，不带一分逼人的霸气"。正是这种反射的、隐约的、清幽的光构成了北窗独特的美，它给人以明透、空灵、匀静的感觉。加上北窗之下，"纵使不读书也'要得'"，因为哪有一本书能比得上此时此刻悠闲坐观北窗风景的美意呢！

　　文章体现了作者中国传统审美文化的深厚修养。这种修养不仅体现在文章的选材上，体现在名句典故信手拈来上，更渗透、浸润于文章每一个角落，处处显现出一种东方式的审美情趣。在日益喧嚣的当今时代，读读这样的作品，也许能使人沉静下来，如作者所言，"像夜合一般的向内收敛"，收到调节身心、修身养性的效果。

> **胡适** （1891—1962）原名胡洪骍，字适之。安徽绩溪人。现代作家，学者，教授。主要著作有《胡适文存》《国语文学史》《白话文学史》诗集《尝试集》等。

我 的 母 亲

  我小时候身体弱，不能跟着野蛮的孩子们一块儿玩。我母亲也不准我和他们乱跑乱跳。小时不曾养成活泼游戏的习惯，无论在什么地方，我总是文绉绉地。所以家乡老辈都说我"像个先生样子"，遂叫我做"穈先生"。这个绰号叫出去之后，人都知道三先生的小儿子叫做穈先生了。即有"先生"之名，我不能不装出点"先生"样子，更不能跟着顽童们"野"了。有一天，我在我家八字门和一班孩子"掷铜钱"，一位老辈走过，见了我，笑道："穈先生也掷铜钱吗？"我听了羞愧的面红耳热，觉得太失了"先生"的身份！

  大人们鼓励我装先生样子，我也没有嬉戏的能力和习惯，又因为我确是喜欢看书，故我一生可算是不曾享过儿童游戏的生活。每年秋天，我的庶祖母同我到田里去"监割"（顶好的田，水旱无忧，收成最好，佃户每约田主来监割，打下谷子，两家平分），我总是坐在小树下看小说。十一二岁时，我稍活泼一点，居然和一群同学组织了一个戏剧班，做了一些木刀竹枪，借得了几副假胡须，就在村口田里做戏。我做的往往是诸葛亮、刘备一类的文角儿；只有一次我做史文恭，被花荣一箭从椅子上射倒下去，这算是我最活泼的玩艺儿了。

  我在这九年（1895—1904）之中，只学得了读书写字两件事。在文字和思想的方面，不能不算是打了一点底子。但别的方面都没有发展的机会。有一次我们村里"当朋"（八都凡五村，称为"五朋"，每年一村轮着做太子会，名为"当朋"）筹备太子会，有人提议要派我加入前村的昆腔队里学习吹笙或吹笛。族里长辈反对，说我年纪太小，不能跟着太子会走遍五朋。于是我便失掉了这学习音乐的唯一机会。三十年来，我不曾拿过乐器，也全不懂音乐；究竟我有没有一点学音乐的天资，我至今还不知道。至于学图画，更是不可能的事。我常常用竹纸蒙在小说书的石印绘像上，摹画书上的英雄美人。有一天，被先生看见了，挨了一顿大骂，抽屉里的图画都被搜出撕毁了。于是我又失掉了学做画家的机会。

  但这九年的生活，除了读书看书之外，究竟给了我一点做人的训练。在这一点上，我的恩师便是我的慈母。

  每天天刚亮时，我母亲便把我喊醒，叫我披衣坐起。我从不知道她醒来坐了多久了。她看我清醒了，便对我说昨天我做错了什么事，说错了什么话，要我认错，要我用功读书。有时候她对我说父亲的种种好处，她说："你总要踏上你老子的脚步。我一生只晓得这一个完全的人,你要学他,不要跌他的股。"(跌股便是丢脸,出丑。)她说到伤心处,往往掉下泪来。到天大明时,她才把我的衣服穿好,催我去上早学。学堂门上的锁匙放在先生家里;我先到学堂门口一望,便跑到先生家里去敲门。先生家里有人把锁匙从门缝里递出来,我拿了跑回去,开了门,坐下念生书。十天之中,总有八九天我是第一个去开学堂门的。等到先生来了,我背了生书,才回家吃早饭。

我母亲管束我最严,她是慈母兼任严父。但她从来不在别人面前骂我一句,打我一下,我做错了事,她只对我一望,我看见了她的严厉眼光,便吓住了。犯的事小,她等到第二天早晨我眠醒时才教训我。犯的事大,她等到晚上人静时,关了房门,先责备我,然后行罚,或罚跪,或拧我的肉。无论怎样重罚,总不许我哭出声音来。她教训儿子不是借此出气叫别人听的。

有一个初秋的傍晚,我吃了晚饭,在门口玩,身上只穿着一件单背心。这时候我母亲的妹子玉英姨母在我家住,她怕我冷了,拿了一件小衫出来叫我穿上。我不肯穿,她说:"穿上吧,凉了。"我随口回答:"娘(凉)什么!老子都不老子呀。"我刚说了这句话,一抬头,看见母亲从家里走出,我赶快把小衫穿上。但她已听见这句轻薄的话了。晚上人静后,她罚我跪下,重重的责罚了一顿。她说:"你没了老子,是多么得意的事!好用来说嘴!"她气得坐着发抖,也不许我上床去睡。我跪着哭,用手擦眼泪,不知擦进了什么微菌,后来足足害了一年多的翳病。医来医去,总医不好。我母亲心里又悔又急,听说眼翳可以用舌头舔去,有一夜她把我叫醒,她真用舌头舔我的病眼。这是我的严师,我的慈母。

我母亲二十三岁做了寡妇,又是当家的后母。这种生活的痛苦,我的笨笔写不出一万分之一二。家中财政本不宽裕,全靠二哥在上海经营调度。大哥从小便是败子,吸鸦片烟,赌博,钱到手就光,光了便回家打主意,见了香炉便拿出去卖,捞着锡茶壶便拿出去押。我母亲几次邀了本家长辈来,给他定下每月用费的数目。但他总不够用,到处都欠下烟债赌债。每年除夕我家中总有一大群讨债的,每人一盏灯笼,坐在大厅上不肯去。大哥早已避出去了。大厅的两排椅子上满满的都是灯笼和债主。我母亲走进走出,料理年夜饭、灶神、压岁钱等事,只当做不曾看见这一群人。到了近半夜,快要"封门"了,我母亲才走后门出去,央一位邻居本家到我家来,每一家债户开发一点钱。做好做歹的,这一群讨债的才一个一个提着灯笼走出去。一会儿,大哥敲门回来了。我母亲从不骂他一句。并且因为是新年,她脸上从不露出一点怒色。这样的过年,我过了六七次。

大嫂是个最无能而又最不懂事的人,二嫂是个很能干而气量很窄小的人。他们常常闹意见,只因为我母亲的和气榜样,她们还不曾有公然相骂相打的事。她们闹气时,只是不说话,不答话,把脸放下来,叫人难看;二嫂生气时,脸色变青,更是怕人。她们对我母亲闹气时,也是如此,我起初全不懂这一套,后来也渐渐懂得看人的脸色了。我渐渐明白,世间最可厌恶的事莫如一张生气的脸;世间最下流的事莫如把生气的脸摆给旁人看。这比打骂还难受。

我母亲的气量大,性子好,又因为做了后母后婆,她更事事留心,事事格外容忍。大哥的女儿比我只小一岁,她的饮食衣服总是和我的一样。我和她有小争执,总是我吃亏,母亲总是责备我,要我事事让她。后来大嫂二嫂都生了儿子了,她们生气时便打骂孩子来出气,一面打,一面用尖刻有刺的话骂给别人听。我母亲只装做不听见。有时候,她实在忍不住了,便悄悄走出门去,或到左邻立大嫂家去坐一会,或走后门到后邻度嫂家去闲谈。她从不和两个嫂子吵一句嘴。

　　每个嫂子一生气,往往十天半个月不歇,天天走进走出,板着脸,咬着嘴,打骂小孩子出气。我母亲只忍耐着,忍到实在不可再忍的一天,她也有她的法子。这一天的天明时,她便不起床,轻轻的哭一场。她不骂一个人,只哭她的丈夫,哭她自己苦命,留不住她丈夫来照管她。她先哭时,声音很低,渐渐哭出声来。我醒了起来劝她,她不肯住。这时候,我总听得见前堂(二嫂住前堂东房)或后堂(大嫂住后堂西房)有一扇房门开了,一个嫂子走出房向厨房走去。不多一会,那位嫂子来敲我们的房门了。我开了房门,她走进来,捧着一碗热茶,送到我母亲床前,劝她止哭,请她喝口热茶。我母亲慢慢停住哭声,伸手接了茶碗。那位嫂子站着劝一会,才退出去。没有一句话提到什么人,也没有一个字提到这十天半个月来的气脸,然而各人心里明白,泡茶进来的嫂子总是那十天半个月来闹气的人。奇怪的很,这一哭之后,至少有一两个月的太平清静日子。

　　我母亲待人最仁慈,最温和,从来没有一句伤人感情的话。但她有时候也很有刚气,不受一点人格上的侮辱。我家五叔是个无正业的浪人,有一天在烟馆里发牢骚,说我母亲家中有事总请某人帮忙,大概总有什么好处给他。这句话传到了我母亲耳朵里,她气得大哭,请了几位本家来,把五叔喊来,她当面质问他,她给了某人什么好处。直到五叔当众认错赔罪,她才罢休。

　　我在我母亲的教训之下住了九年,受了她的极大极深的影响。我十四岁(其实只有十二岁零两三个月)便离开她了,在这广漠的人海里独自混了二十多年,没有一个人管束过我。如果我学得了一丝一毫的好脾气,如果我学得了一点点待人接物的和气,如果我能宽恕人,体谅人——我都得感谢我的慈母。

 赏　析

　　"如果我学得了一丝一毫的好脾气,如果我学得了一点点待人接物的和气,如果我能宽恕人,体谅人——我都得感谢我的母亲。"——现代著名学者胡适的那几句感人肺腑的话语,那种对母亲刻骨铭心的真情流露,深感它对每一个已为人父母的,即将为人父母的,都将是一笔弥足珍贵的财富。胡适的母亲和适用他们的真爱和真情诠释了这样一个家庭教育的哲理——用真爱换取真情的一生。

　　胡适自幼失去了父亲,母亲用那瘦弱的身躯撑起了整个家。在家里,母亲一人担当起了

慈母和严父两个角色——既要把母爱倾注给孩子,让他们感受家的温馨,又要严格管束孩子,让他们学会怎样去做人。事实证明,胡母的慈爱和严厉,实践了她作为家长的职责,也赢得了孩子对她的尊敬,这不得不对她肃然起敬。同时我们从中也悟到了成功的家庭教育的真谛:真爱等于爱而有度,严而有格。

胡适在《我的母亲》中是这样说到他的既是慈母又是严父的母亲的:她每天催我早起、早学,要我学父亲做一个完全的人;她从来不在别人面前骂我一句,打我一下,在我犯错时,无论怎样重罚,母亲总不许我哭出声来,她教训儿子不是借此出气叫别人听的。胡母在说与处罚上是很有"创造性"。她是黎明即起算隔天的"账",大概是怕睡前算账儿子会睡不好觉吧,这里面又透露着心计与爱心。用舌头舔眼翳的事又画出了母亲严中有慈、严慈相补的形象。

最后是母亲以身教儿的方式对胡适的人格影响。我母亲待人最仁慈,最温和,从来没有一句伤人感情的话;母亲很刚气,不受一点人格上的侮辱。胡母对孩子的早期教育的理念和做人原则堪称先进,母亲的言传身教影响了胡适的一生,母亲的人格魅力使胡适成为了一个大度、大气、大智的一代名人,胡母用真爱换得了胡适的真情。

当然,胡适的母亲毕竟是旧式的传统的母亲。她在儿子的婚姻上给儿子带来的痛苦也是无庸讳言的。

郭沫若 （1892—1978），原名郭开贞，常用名郭鼎堂，笔名郭沫若。四川省乐山县人。现代杰出作家、诗人、戏剧家、历史学家、古文学家。1914年春赴日留学。五四运动时期即从事新诗创作，1921年回国后与郁达夫、成仿吾等人发起建立创造社、出版《创造季刊》。主要著作有诗集《女神》；戏剧《卓文君》《屈原》《虎符》《孔雀胆》等；长篇自传《少年时代》《青年时代》；以及《甲骨文字研究》等史论多种。现有《郭沫若文集》等行世。

月 蚀

八月二十六日夜，六时至八时将见月蚀。

早晨我们在报纸上看见这个预告的时候，便打算到吴淞去，一来想去看看月亮，二来也想去看看我们久别不见的海景。

我们回到上海来不觉已五个月了。住在这民厚南里里面，真真是住了五个月的监狱一样。寓所中没有一株草木，竟连一杯自然的地面也找不出来。游戏的地方没有，空气又不好，可怜我两个大一点的儿子瘦削得真是不堪回想。他们初来的时候，无论是么人见了都说是活泼肥胖；如今呢，不仅身体瘦削得不堪，就是性情也变得很乖僻的了。儿童是都市生活的barometer，这是我此次回上海来得的一个唯一的经验。啊！但是，是何等高价的一个无聊的经验呢。

几次想动身回四川去，但又有些畏途。想到乡下去生活，但是经济又不许可。呆在上海，连市内的各处公园都不曾引他们去过。我们与狗同运命的华人，公园是禁止入内的。要叫我穿洋服我已经不喜欢，穿洋服去是假充东洋人，生就了的狗命又时常同我反抗。所以我们到了五个月了，竟连一次也没有引他们到公园里去过。

我们在日本的时候，住在海边，住在森林的怀抱里，真所谓清风明月不用一钱买，回想起那时候的幸福，倍增我们现在的不满。我们跑到吴淞去看海——这是我们好久以前的计划了，但只这么邻近的吴淞，我们也不容易跑去，我们是太为都市所束缚了。今天我要发誓：我们是定要去的，无论如何是定要去的了，坐汽车去罢？坐火车去罢？想在午前去，但又怕热，改到午后。

小孩子们听说要到海边，他们的欢喜真比得了一本新买的画本时还要加倍。从早起来便预想起午后的幸福，一天只是跳跳跃跃的，中午时连饭都不想吃了。因为我说了要到五点时才能去，平常他们是全不关心的时钟，今天却时时去瞻望，还莫到五点！还莫到五点！长的针和短的针动得分外慢呢！

好容易等到了五点钟，我们正要准备动身的时候，突然来了一个朋友，我们便约他同去。我跑到静安寺旁边汽车行里去问问车费。

不去还好了，跑了一趟去问，只骇得我抱头鼠窜地回来。说是单去要五块！来回要九块！本是穷途人不应该妄想去做邯郸梦。我们这里请的一位娘姨辛辛苦苦做到一个月，工钱才只三块半呢！五块！九块！

我跑了回来，朋友劝我不要去。他说到吴淞去没有熟人，坐火车的时候把钟点错过了很麻烦的，况且又要带着几个小孩子，上车下车真是够当心。要到吴淞时，顶小的一个孩子又不能带去。

啊，罢了，罢了！我们的一场高兴，便被这五块九块打坏得七零八碎了！可怜我们等了一天的两个小儿，白白受了我们的欺骗。

朋友走的时候，已经将近七点钟了。

没有法子，走到黄浦滩公园去罢，穿件洋服去假充东洋人去罢！可怜的亡国奴！我们连亡国奴都还够不上，印度人都可以进出自由，只有我们华人是狗！……

满肚皮的愤慨没处发泄，但想到小孩子的分上也只好忍忍气，上楼去学披件西洋人的鬼皮。

我们先把两个孩子穿好，叫他们到楼下去等着。出了一身汗，套上一件狗穿洞的衬衫。我的女人在穿她自己手制的中国料的西服。

——"为甚么，不穿洋服便不能去吗？"她问了我一声。

——"不能。穿和服也可以，穿印度服也可以，只有中国衣服是不行的。上海几处的公园都禁止狗与华人入内，其实狗倒可以进去，人是不行，人要变成狗的时候便可以进去了。"

我的女人她以为我是在骂人了，她也助骂了一声："上海市上的西洋人怕都是些狼心狗肺罢！"

——"我单看他们的服装，总觉得他们是一条狗。你看，这衬衫上要套一片硬领，这硬领下要结一根领带，这不是和狗颈上套的项圈和铁链是一样的么？"——我这么一说，倒把我的女人惹笑了。

哈哈，新发现！在我的话刚好说完的时候，我的心中突然悟到了一个考古学上的新发现。我从前在甚么书上看过，说是女人用的环镯，都是上古时候男子捕掳异族的女人时所用的枷镣的蜕形；我想这硬领和领带的起源也怕是一样，一定是奴隶的徽章了。弱族男子被强族捕掳为奴，项带枷锁；异日强弱易位，被支配者突然成为支配者，项上的枷锁更变形而为永远的装饰了。虽是这样说，但是你这个考古的见解，却只是一个想象，恐怕真正的考古专家一定不以为然。……然不然我倒不管，好在我并不想去作博士论文，我也不必兢兢于去求出甚么实证。……

在我一面空想，一面打领带结子的时候，我的女人早比我穿好，两个小孩儿在楼下催促得甚么似的了。啊，究竟做狗也不容易，打个结子也这么费力！我早已出了几通汗，领带结终竟打不好，我只好敷敷衍衍地便带着他们动身。

走的时候，我的女人把第三的一个才满七个月的儿子交给娘姨，还叮咛了一些话。

我们从赫德路上电车，车到跑马厅的时候，月亮已经现在那灰青色的低空下。因为初出土的缘故，看去分外的大，颜色也好象落日一样作橙红色，在第一象限上有一部分果然是残缺了。

二儿最初看见，他便号叫道："Moon！Crescentmoon！"（作者原注："月！新月！"）他还不知道是月蚀，他以为是新月了。

小时候每逢遇着日月蚀，真好象遇着甚么灾难的一样。全村的寺院都击钟鸣鼓，大人们也叫我们在家中打板壁作声响。在冥冥之中有一条天狗，想把日月食了，击钟鸣鼓便是想骇去那条天狗，把日月救出。这是我们四川乡下的俗传，也怕是我们中国自古以来的传说。小时读的书上，据我所能记忆的说：《周礼》《地官》《鼓人》救日月则诏王鼓，春官太仆也赞王鼓以救日月，秋官庭氏更有救日之弓和救月之矢。《谷梁传》上也说是天子救日陈五兵五鼓，诸侯三兵三鼓，大夫击门，士击柝。这可见救日月蚀的风俗自古已然。北欧人也有和这绝相类似的神话，他们说：天上有二狼，一名黑蹄（Hati），一名马纳瓜母（Managrm），黑蹄食日，马纳瓜母食月，民间作声鼓噪，以望逐去二狼救出日月。

这些传说，在科学家看来，当然会说是迷信；但是我们虽然知道月蚀是由于地球的掩隔，我们谁又能把天狗的存在否定得了呢？如今地球上所生活着的灵长，不都是成了黑蹄和马纳瓜母，不仅在吞噬日月，还在互相啮杀么？

啊啊，温柔敦厚的古之人！你们的情性真是一首好诗。你们的生命充实，把一切的自然现象都生命化了。你们互助的精神超乎人间以外，竟推广到了日月的身上去。可望而不可及的古之人，你们的鼓声透过了几千万重的黑幕，传达到我耳里来了！

啊，我毕竟昧了我科学的良心，对于我的小孩子们说了个天大的谎话！我说："那不是新月，那是有一条恶狗要把那圆圆的月亮吃了。"

二儿的义愤心动了，便在电车上叱咤起来："狗儿，走开！狗儿！"

大的一个快满六岁的说："怕是云遮了罢！"

我说："你看，天上一点云也没有。"

——"天上也没有狗啦。"

啊，我简直找不出话来回答了。

车到了黄浦滩口，我们便下了车。穿过街，走到公园内的草坪里去，两个小孩子一走到草地上来，他们真是欢喜得不得。他们跑起来了，跳起来了，欢呼起来了。我和我的女人找到一只江边上的凳子坐下，他们便在一旁竞跑。

月亮依然残缺着悬在浦东的低空，橙红的颜色已渐渐转苍白了。月光照在水面上亮晶晶地,黄浦江的昏水在夜中也好象变成了青色一般。江心有几只游船,满饰着灯彩,在打铜器,放花炮,游来游去地回转,想来大约是救月的了。啊,这点古风万不想在这上海市上也还保存着,但可怜吃月的天狗,才就是我们坐着望月的地球,我们地球上的狗类真多,铜鼓的震动,花炮的威胁,又何能济事呢?

两个孩子跑了一会,又跑来挨着我们坐下:

——"那就是海?"指着黄浦江同声问我。

我说:"那不是海,是河。我们回上海的时候就在那儿停了船的。"

我的女人说:"是扬子江?"

——"不是,是黄浦江,只是扬子江的一条小小的支流。扬子江的上游就在我们四川的嘉定叙府等处,河面也比这儿要宽两倍。"

——"唉!"她惊骇了,"那不是大船都可以走吗?"

——"是,是可以走。大水天,小火轮可以上航至嘉定。"

大儿又指着黑团团的浦东问道:"那是山?"

我说:"不是,是同上海一样的街市,名叫浦东:因为是在这黄浦江的东方。你看月亮不是从那儿升上来的吗?"

——"哦,还没有圆。……那打锣打鼓放花炮呢?"

——"那就是想把那吃月的狗儿赶开的。"

——"是那样吗?吓哟,吓哟,……"

——"赶起狗儿跑罢!吓哟,吓哟,……"

两人又同声吆喝着向草地上跑去了。

电灯四面辉煌,高昌庙一带有一最高的灯光时明时暗,就好象在远海中望见了灯台的一样。这时候我也并没有什么怀乡的情趣,但总觉得我们四川的山灵水伯远远在招呼我。

——"我们四川的山水真好,"我便自言自语地说了起来,"我们不久大概总可以回去吧。巫峡中的奇景恐怕是全世界中所没有的。江流两岸对立着很奇怪的岩石,有时候真如象刀削了的一样。山顶常常戴着白云。船进了峡的时候,前面看不见去路,后面看不见来路,就好象一个四山环拱着的大湖,但等峡路一转,又是别有一洞天地了。人在船上想看山顶的时候,仰头望去,帽子可以从背后落下。我们古时的诗人说那山里面有美好绝伦的神女,时而为暮雨,时而为朝云,这虽然只是一种幻想,但人到那地方总觉得有一种神韵袭人,在我们的心眼间自然会生出这么一种暗示。

"啊啊,四川的山水真好,那儿西部更还有未经跋涉的荒山,更还有未经斧钺的森林,我们回到那儿,我们回到那儿去罢!在那儿的荒山古木之中自己去建筑一椽小屋,种些芋粟,养些鸡犬,工作之暇我们唱我们自己做的诗歌,孩子们任他们同獐鹿跳舞。啊啊,我们在这个亚当与夏娃做坏了的世界当中,另外可以创造一个理想的世界。……"

我说话的时候,我的女人凝视着我,听得有几分人神。

——"啊,我记起来了。"她突然向我说道,"我昨晚上做了一个很奇怪的梦。"

——"甚么梦呢?"

她说:"我们前几天不是想过要到东京去吗?我昨晚上竟梦见到了东京。我们在东京郊外找到一所极好的房子,构造就和我们在博多湾上住过的抱洋阁一样,是一种东西洋折中式的。里面也有花园,也有鱼池,也有曲桥,也有假山。紫荆树的花开满一园,中间间杂了些常青的树木。更好是那间敞豁的楼房,四面都有栏杆,可以眺望四方的松林,所有与抱洋阁不同的地方,只是看不出海罢了。我们没有想出在东京郊外竟能寻出那样的地方。房金又贱,每月只要十五块钱。我们便立刻把行李搬了进去。晚上因为没有电灯,你在家里守小孩们,我便出去买蜡烛。一出门去,只听楼上有甚么东西在晚风中吹弄作响,我回头仰望时,那楼上的栏杆才是白骨做成,被风一吹,一根根都脱出臼来,在空中打击。黑洞洞的楼头只见几多尸骨一上一下地浮动。我骇得甚么似的急忙退转来,想叫你和小孩们快走,后面便跟来了许几多尸骨进来踞在厅上。尸骨们的颚骨一张一合起来,指着一架特别瘦长的尸骨对我们说,一种怪难形容的喉音。他们指着那位特别瘦长的说:这位便是这房子的主人,他是受了鬼祟,我们也都是受了鬼祟。他们叫我们不要搬。说那位主人不久就要走了。只见那瘦长的尸骨把颈子一偏,全身的骨节都在震栗作声,一扭一拐地移出了门去。其余的尸骨也同样地移出了门去。两个大的小孩子骇得哭也不敢哭出来,我催你赶紧搬,你才始终不肯。我看你的身子也一刻一刻地变成了尸骸,也吐出一种怪声,说要上楼去看书。你也一扭一拐地移上楼去了。我们母子只骇得在楼下暗哭,后来便不知道怎么样了。"

——"啊,真好一场梦!真好一场意味深长的梦!象这上海市上垩白砖红的华屋,不都是白骨做成的吗?我们住在这儿的人不都是受了鬼祟的吗?不仅我一个人要变成尸骸,就是你和我们的孩子,不都是瘦削得如象尸骸一样吗,啊,我们一家五口,睡在两张棕网床上,我们这五个月来,每晚做的怪梦,假使一一笔记下来,在分量上说,怕可以抵得上一部《胡适文存》了呢!"

——"《胡适文存》?"

——"是我们中国的一个'新人物'的文集,有一寸来厚的四厚册。"

——"内容是甚么?"

——"我还没有读过。"

——"我昨晚上也梦见宇多姑娘。"

——"啊,你梦见了她吗?不知道她现刻怎么样了呢?"

我们这么应答了一两句,我们的舞台便改换到日本去了。

民国六年的时候,我们同住在日本的冈山市内一个偏僻的小巷里。巷底有一家姓二木的邻居,是一位在中学校教汉文的先生。日本人对于我们中国人尚能存几分敬意的只有两种人。一种是六十岁以上的老人；一种便是专门研究汉文的学者了。这位二木先生人很古僻，他最崇拜的是孔子。周年四季除白天上学而外，其余都住在楼上，脚不践地。

因为是汉学家的家庭，又因为我的女人是他们同国人的原故，所以他家里人对于我们特别地另眼看待。他家里有三女一男。长女居孀，次女便名宇多，那时只有十六岁，还有个十三岁的幼女。男的一位已经在东京的帝国大学读书了。

宇多姑娘她的面庞是圆圆的，颜色微带几分苍白，她们取笑她便说是"盘子"。她的小妹子尤为俏皮，一想挖苦她，便把那《月儿出了》的歌来高唱，歌里的意思是说：

月儿出了，月儿出了，
出了，出了，月儿呀。
圆的，圆的，圆圆的，
盘子一样的月儿呀！

这首歌凡是在日本长大的儿童都是会唱的，他们蒙学的读本上也有。只消把这首歌唱一句或一字，或者把手指来比成一个圆形，宇多姑娘的脸便要涨得绯红，跑去干涉。她愈干涉，唱的人愈要唱，唱到后来，她的两只圆大的黑眼水汪汪地含着两眶眼泪。

因为太亲密了的缘故，他们家里人——宇多姑娘的母亲和孀姐——总爱探问我们的关系。那时我的女人才从东京来和我同居，被她们盘诘不过了，只诿说是兄妹，说是八岁的时候，自己的父母死在上海，只剩了她一个人，是我的父亲把她收为义女抚养大了的。宇多姑娘的母亲把这番话信以为真了，便时常对人说：要把我的女人做媳妇，把宇多许给我。

我的女人在冈山从正月住到三月便往东京去读书去了。宇多姑娘和她的母亲便常常来替我煮饭或扫地。

宇多姑娘来时，大概总带她小妹子一道来。一个人独自来的时候也有，但手里总要拿点东西，立不一刻她便就走了。她那时候在高等女学也快要毕业了。有时她家里有客，晚上不能用功的时候，她每得她母亲的许可，拿起书到我家里来。我们对坐在一个小桌上，我看我的，她看她的。我如果要看她读的是甚么的时候，她总十分害羞，立刻用双手来把书掩了。我们在桌下相接触的膝头有一种温暖的感觉交流着。结局两个人都用不了甚么功，她的小妹妹又走来了。

只有一次礼拜，她一个人悄悄地走到了我家里来。刚立定脚，她又急忙蹑手蹑足地跑到我小小的厨房里去了。我以为她在和她的小妹子捉迷藏。停了会她又蹑手蹑足地走了出来，她说："刚才好象姐姐回来了的一样，姐姐总爱说闲话，我回去了。"她又轻悄悄地走出去，出门时向我笑了一下走了。

五月里女人由东京回来了，在那年年底我们得了我们的大儿。自此以后二木家对于我们的感情便完全变了,简直把我们当成罪人一样,时加白眼。没有变的就只有宇多姑娘一个人。只有她对于我们还时常不改她那笑容可掬的态度。

我们和她们共总只相处了一年半的光景,到明年六月我便由高等学校毕业了。毕业后暑假中我们打算在日本东北海岸上去洗海水澡,在一个月之前,我的女人带着我们的大儿先去了。

那好象是六月初间的晚上,我一个人在家里准备试验的时候。

——"K君,K君,"宇多姑娘低声地在窗外叫,"你快出来看……"

她的声音太低了,最后一句我竟没有听得明白。我忙掩卷出去时,她在窗外立着向我招手,我跟了她去,并立在她家门前空地上,她向空中指示。

我抬头看时,才知道是月蚀。东边天上只剩一钩血月,弥天黑云怒涌,分外显出一层险恶的光景。

我们默立了不一会,她孀姐恶狠狠地叫起来了:

——"宇多呀!进来!"

她向我目礼了一下,走进门去了。

我的女人说:"六年来不通音问了,不知道她们还在冈山没有?"这是我们说起她们时,总要引起的一个疑问。我们在回上海之前,原想去探访她们一次,但因为福冈和冈山相隔太远了,终竟没有去成。

——"她现在已经二十二岁了,怕已经出了阁罢。"

——"我昨晚梦见她的时候,她还是从前的那个样子,是我们三个人在冈山的旭川上划船,也是这样的月夜。好象是我们要回上海来了,我们去向她辞行。她对我说:'她要永远过独身生活,想随着我们一同到上海。'"

——"到上海?啊啊,'可怜无定河边骨,犹是春闺梦里人'了。"

我们还坐了好一会,觉得四面的嘈杂已镇静了好几分,草坪上坐着的人们大都散了。江上吹来的风,添了几分湿意。

眼前的月轮,不知道几时已团□地升得很高,变着个苍白的面孔了。

我们起来,携着小孩子才到公园里去走了一转,园内看月的日本人很不少,印度人也有。

我的女人挂心着第三的一个孩子,催我们回去。我们走出园门的时候,大儿对我说道:"爹爹,你天天晚上都引我们到这儿来罢!"二儿也学着说。他们这样一句简单的要求,使我听了几乎流出了眼泪。

一九二三年八月二十八日夜

 赏 析

　　这篇作品像一首优美的散文诗。作者从观赏月蚀这一小"点",恣肆地向四面八方扩展,鞭挞时事弊政,贯通古今中外,从而形成一个大"面"。以小见大,入木三分,感动人心,以致使读者也为几个不懂事的孩子提出的天天晚上都上这儿来玩的小小奢求而"几乎流出了眼泪"。

　　作者以亲身所感、所受、所见、所闻,写出了一代知识分子热烈的民族忧患意识,表现了对"狗与华人禁止入内"现实的愤懑和身为亡国奴的哀痛,包容着深刻的社会内涵。作者并未直接去描述现实如何贫穷黑暗,社会如何民不聊生,帝国主义如何飞扬跋扈,卖国政府如何奴颜媚骨,而是巧妙地以由看月蚀所引起的感触为线索,放纵情感。由黄浦江观月,忽然想到长江,忽然又忆起了故乡——四川的山水风光、美丽景致,忽儿又引出了妻的恶梦——"像这上海市上垩白砖红的华屋,不都是白骨做成的么?"忽儿又把"舞台"移动了日本——"到上海?啊啊,'可怜无定河边骨,犹是春闺梦里人'。"虽笔触纵横捭阖却不见其纷乱繁复,情感奔放真挚动人,丑的现实与美的联想,情与景相融的生动画面,贯穿着强烈的爱国精神和对帝国主义、对黑暗社会的憎恨的感情主线。

　　另外,作者还赋予了《月蚀》以诗的浪漫主义色彩。关于月蚀的民间传说及黄浦江船只的救月仪式,如离奇荒诞的梦和"我"的所谓"考古学"的新发现,如对"同獐鹿跳舞"的理想世界的向往等等,而这些充满浪漫的色彩里,深蕴着浓郁的象征。作者赋予"击鼓救月"以"我们地球上的狗类真多,铜鼓的震动,花炮的威胁,又何能济事呢?"的联想,对于"考古学"的新发现,则赋予西洋人衬衫上的"领结"以狗和奴隶的象征,令人感到作品中浓厚的抒情气息和情感的爱憎分明。

卖　书

　　我平生苦受了文学的纠缠,我弃它也不知道弃过多少次数了。我小的时候便喜欢读《楚辞》、《庄子》、《史记》、《唐诗》,但在民国二年出省的时候,我便全盘把它们丢了。民国三年的正月我初到日本来的时候,只带着一部《文选》,这是二年的年底在北京琉璃厂的旧书店里买的了。走的时候本也想丢掉它,是我大哥劝我,终竟没有把它丢掉。但我在日本的起初的一两年,它在我的箧里是没有取出过的呢。

　　在日本住久了,文学的趣味不知不觉之间又抬起头来,我在高等学校快要毕业的时候,又收集了不少的中外的文学书籍了。

　　那是民国七年的初夏,我从冈山的第六高等学校毕了业,以后是要进医科大学的了。我

决心要专精于医学的研究,文学的书籍又不能不和它们断缘了。

我起了决心,又先后把我贫弱的藏书送给了友人们,明天便是我永远离开冈山的时候了。剩着《庚子山全集》和《陶渊明全集》两书还在我的手里。这两部书我实在是不忍丢去,但我又不能不把它们丢去。这两部书和科学的精神尤为是不相投合的呢。那时候我因手里没有多少钱,便想把这两位诗人拿去拍卖。我想日本人是比较尊重汉籍的,这两部书也比较珍奇,在书店里或者可以多卖些价格。

那是晚上,天在落雨。我打起一把雨伞向冈山市上走去,走到了一家书店,我进去问了一声。我说:"我有几本中国书……"

话还没有说完,坐店的一位青年的日本人怀着两只手粗暴的反问着我:"你有几本中国书?怎么样?"

我说:"想让给你。"

"哼",他从鼻孔里哼了一声,又把下颚向店外指了一下:"你去看看招牌罢,我不是买旧书的人!"说着把头一掉便各自去做他的事情了。

我碰了这样一个大钉,失悔得甚么似的,心里又是恼恨。这位书贾太不把人当钱了,我就偶尔把招牌认错,也犯不着以这样侮慢的态度待我! 我抱着书仍旧回我的寓所去。路从冈山图书馆经过的时候,我突然对于它生出无限的惜别意来。这儿是使我认识了Spinoza, Tagore, Kabir, Gocthe, Hcine, Nctzsche诸人的地方, 我的青年时代的一部分是埋葬在这儿的了。我便想把我肘下挟着的两部书寄付在这儿。我一起了决心,便把书抱进馆去。那时因为下雨,馆里看书的没有一个人。我向着一位馆员交涉了,说我愿寄付两部书。馆员说馆长回去了,叫我明天再来。我觉得这是再好没有的,便把书交给了馆员,透说明天再来,便各自走了。

啊,我平生没有遇着过这样快心的事情。我把书寄付了之后,觉得心里非常的恬静,非常的轻灵,雨伞上滴落着的雨点声都带着音乐的谐调,赤足上蹴触着的行潦也觉得爽腻。啊,那爽腻的感觉! 我想就是耶稣的脚上受着Magdalen用香油涂抹时的感觉,也不过是这样罢? ——这样的感觉,我到现在也还能记忆,但是已经融了六年了。

自从把书寄付后的第二天我便离去了冈山,我在那天不消说是没有往图书馆里去过。六年以来,我坐火车虽然前前后后地经过了冈山五六次,但是没有机会下车。在冈山的三年间的生活的回忆是时常在我脑中苏活着的;但我恐怕永没有重到那儿的希望了罢?

呵,那儿有我和芳坞同过学的学校,那儿有我和晓芙同栖的小屋,那儿有我时常去登临的操山,那儿有我时常弄过舟的旭川,那儿有我每朝清晨上学、每晚放学回家,必然通过的清丽的后乐园,那儿有过一位最后送我上车的处女,这些都是使我永远不能忘怀的地方。但我现在最初想到的是我那庚子山和陶渊明的两部书呀! 我那两部书不知道果安然寄放在图书馆里没有? 无名氏的寄付,未经馆长的过目,不知道究竟遭了登录没有? 看那样的书籍的人,我怕近代的日本人中终竟少有罢? 即使遭了登录,我想来定被置诸高阁,或者是被蠹蛀食了?啊,但是哟,我的庾子山!我的陶渊明!我的旧友们哟!你们没有怨我抛撒!你们也没有怨知音的寥落罢!我虽然把你们抛撒了,但我到了现在也还在镂心刻骨地思念你们。你们即使不遇知音,但假如在图书馆中健存,也比落在贪婪的书贾手中经过一道铜臭的烙印的,总还要幸福些罢?

啊,我的庾子山!我的陶渊明!旧友们哟!现在已是夜深,也是正在下雨的时候,我寄居在这儿的山中,也和你们冷藏在图书馆里一样的呢。但我想起六年前和你们别离的那个幸福的晚上,我觉得我也算不曾虚度此生了,我现在也还要希望甚么呢?

啊,我现在的身体比从前更加不好了,新添了三个儿子已渐渐长大了起来,生活的严威紧逼着我,我不知道能够看着他们长到几时?但我要把他们养大,送到社会上去做个好人,也是我生了他们的一番责任呢。我在今世假使没有重到冈山来看望你们的时候,我死后的遗言,定要叫我的儿子们便道来看望。你们的生命是比我长久的,我的骨化成灰,肉化成泥时,我的神魂是藉着你们永在。

一九二四年十月十七日于日本

这是一篇回忆性散文,主题是文人的至爱——书。

1913年,郭沫若东渡日本求学,先在东京第一高等学校医科预备班读书;1915年毕业后升入冈山第六高等学校第三部医科学习;1918年毕业后升入福冈九州帝国大学医科。他在冈山待了三年,这篇散文写的就是离别冈山时发生的事情以及六年后的怀念之情。

"我平生苦受了文学的纠缠,我弃它也不知道弃过多少次数了。"这开篇一句,似叹又似悔,就拨动了全文在情感上的弦,进出了充满着内心矛盾的基调。"那是民国七年初夏……是要进医科大学的了。我决心要专精于医学的研究,文学的书籍又不能不和它们断缘了。"当时他从冈山第六高等学校毕业时,想继续在医学上深造,而且心知肚明文学与科学是"不相投合的",这就是他卖书的主要动机。加之他已经成家,微薄的"官费"难以支撑全家的生活,经济拮据,想拿书换些钱。其实,即使在当时,他的内心也是极其矛盾的。医学占了上风,但文学之火仍未熄灭,这也就成了他由卖书转为赠书的潜在原因了。忽然改变卖书的念头当然与"书贾"的态度有关。但是郭沫若在潜意识里,还是想让书回归它应有的位置,即找到书的"知音"。

本篇散文的语言尤其值得品味,通篇都明白如话,却又绝非拙简无文。文采都在那叙事的跌宕起伏,抒情的扬抑之间。心旌的纷乱,平添了文采的斑驳。"把这两位诗人拿去拍卖"也好,"太不把人当钱了"也罢,这般竟都看似与事理文理相悖的语句,正透露出文章揭示力的沉着与严酷。在全文相当平和的调子中间,忽的进出这样的奇句,所造成的语言感觉正好给人以十分强烈的印象,过目难忘。

> **陈衡哲** (1893—1976),女,笔名莎菲,湖南衡山人。作家,教授。1918年开始文学创作,十年动乱期间精神颇受刺激。主要作品有短篇小说集《小雨点》;散文集《衡哲散文集》等。

再游北戴河

  提到北戴河,我们一定要联想到两件事,其一是洋化,其二是时髦。我不幸是一个出过大洋也不曾洗掉泥土气的人,又不幸是一个最笨于趋时,最不会摩登的人。故我的到北戴河去——不仅是去,而且是去时心跃跃,回时心恋恋的——当然另有一个道理。

  千般运动,万般武艺,于我都是无缘的,虽然这是我生平的一件愧事。想起来,我幼小时也学过骑马,少年时也学过溜冰,打过网球,骑过自行车,但它们于我似乎都没有缘。一件一件的碰到我,又一件一件的悄悄走开去,在我的意志上从不曾留下一点点的痕迹,在我的情感上也从不曾留下一点点的依恋和惆怅。却不料在这样一个没出息的人身上,游泳的神反而找到了一个忠爱的门徒。当我跃身入水的时候,真如渴者得饮,有说不出的愉快。游泳之后,再把身子四平八稳的放在水面,全身的肌肉便会松弛起来,而脑筋也就得到了比睡眠更为安逸的休息。但闻呼呼的波浪声在耳畔来去,但觉身如羽毛,随波上下,心神飘逸,四大皆空。

  除去游水之外,北戴河于我还有一个大引诱,那便是那无边无际的海。当你坐著洋车,自车站出发之后,不久便可以看见远远的一片弧形浮光,你的心便会不自主的狂跃起来,而你的窒塞的心绪,也立刻会感到一种疏散的清凉。此次我同叔永在那里共住了六天。最初的四天,是白天晴日当空,天无片云,入夜乌云层层,不见月光,但我们每晚仍到沙滩上去看雪浪拍岸,听海潮狂啸。虽然重云蔽月,但在微明半暗之中,也可以另外感到一种自然的伟大。有一天,夕阳方下,馀光未灭,沙上海边,阒无一人。远望去,天水相接,一样的无边无垠。忽见东方远远的飞来了三只孤鸟,它们飞得那样的从容,那样的整齐。飞过我们的坐处,再向西去,便渐飞渐小,成为三个黑点。黑点又渐渐地变淡,淡到与天际浮烟一样,才不见了。那时不知怎的,我心中忽然起了一阵深刻的寂寞与悲哀。三只孤鸟,不知从何处来,也不知到何处去,在海天茫茫,暮色凄凉之时,与我们这两个孤客,偶尔有此一遇,便又从此天涯。山石海潮,千古如此,而此小小的一个遇会,却是万劫不能复有的了。

  朝日出来的地方,在东山的背后,故我们虽可以看见朝霞,但不能见到朝阳。待朝阳出现时,已是金光满天,人影数丈了。落日也在西山背后,只有满天红霞,暗示我们山后的情景而已。唯有月出是在海面可见的。我们天天到海边去等待,天天有乌云阻障。到了第五晚,我们等到了七点半钟,还不见有丝毫影响。那时沙滩上一个人也不见了,天也渐渐黑了下来,环境是那样的静,那样的带有神秘性。忽然听见叔永一声惊叫,把我的灵魂从梦游中惊了回来。你道怎的?原来在东方水天相接处,忽然显出一条红光了。那光渐渐的肥大,成为一个大红火球,徘徊摇荡在天水相接处。不到一刻钟,便见沧波万里,银光如泻,一丸冷月,傲视天空。我们五天来忠诚的守候,今天算是得到了酬报。于是我们便赶快回到旅馆,吃了晚饭,雇了人力车,到联峰山去,在莲花石公园的莲花石上,松林之下,卧看天上海面的光辉。那晚的云是特别可爱,疏散的是那样的潇洒轻盈,浓厚的是那样的整齐,那样的有层次,它们使得那圆月时时变换形态与光辉,使得它更加可爱。不过若从水面上看,却又愿天空净碧,方能见到万里银波的伟大与清丽。

最后的一天,我们到东山的一位朋友家去,玩了大半天。我又学到了一个新的游泳法。晚上又同主人夫妇儿女到鸽子窝去吃野餐,直待沧波托出了一丸红月。人影渐显之后,主客方怏怏的戴月归去。我们也只得快快的与主人夫妇道别,乘着人力车,向车站进发。一路尚见波光云影,闪烁在树林之中,送我们归去。

北戴河的海滨是东西行的一长条沙滩,海水差不多在它的正南,所以那里的区域,也就可以粗分为东中西的三部。

东部是以东山为大本营的。住在那里的人,大抵是教会派,智识也不太新,也不太旧,也不太高,也不太低。他们生活的中心点是家庭,常常是太太们带着孩子在那里住过全夏,而先生们不过偶然去住住而已。他们中间十分之九是外国人,尤以美国人为最多。其中约占十分之一的中国人,也以协和医院及教会派的为多。他们大概是年年来的,彼此都很认识,但对于外来的人,也能十分友善。我在那里游水的时候,常在水中遇见许多熟人,又常被人介绍,在水中和不认识的人拉手,说:"很高兴认识了你!"但实际上何能认识?一个人在水中的形状与表情,和他在陆地上时是很不同的。

中部以石岭为中心点。住在那里的人,大抵是商人,近年来尤多在中国经商暴发的德俄商人。他们生活的中心点不是家庭,乃是社交,虽然也有例外,也有带着孩子的太太们,但这不能代表中部的精神。代表中部精神的,是血红的嘴唇,流动的秋波,以及富商们的便便大腹。他们大刀阔斧的"做爱",苍蝇沾蜜似的亲密,似乎要在几个星期之内,去补充自亚当以来的性生活的不足与枯燥。但你若仔细观察一下,你便可以觉得,在这样情感狂放,肉感浓厚的空气之下,还藏着一个满不在乎的意味,似乎大家所企求的,不过是一个"今朝有酒今朝醉"的享乐而已。

在他们中间很少有中国人,尤其是女子。他们看见我在那里游泳,都发出惊讶的注意。他们对于中国人的态度,也是传统的"上海脑筋"。我现在且述一个故事,来证明这种态度怎样的普遍于这类外国人之中。我有一个朋友,在一天的下午,曾同着她的丈夫到西山顶上去游玩。那里下山的路是不甚好走的。他们正走着,忽然看见了两个法国孩子,男的约有十岁,女的大约是七八岁。

那女孩子看见山崖峭陡,直骇得发抖,央求那男孩子扶助,但他硬不肯,一溜烟独自跑下山去了。我的朋友看不过,她让那位正在扶着她的丈夫去扶携那个女孩子。下山之后,女孩子十分感激,便与他们谈天,问他们是哪一国的人。她让她猜,她说:"英国吧?""不是,你不看见我的黄皮肤黑头发吗?"那女孩有点惊讶了,说:"日本吗?"亦不是,"我们是中国人。"说也不信,那女孩一听之下,立刻骇得唇白眼直,脸上的肌肉瑟瑟的抖着,拼命的叫她的哥哥。那男孩并未走远,他也骇着了,立刻走来携着女孩子的手,显出在患难中相依为命的一种心绪。我的朋友看了,又气,又觉得他们可怜。她故意的瞪着眼,叱着说:"不准走!"两个孩子更骇了,真的立着不敢动。她对他们说:"我此时若不教训你们,你们将长成为两个国际的蟊贼。听我说,回去告诉你的父母,说今天遇到了两个你们又怕又看不起的中国人,那太太宁可很困难的走下山去,却让那先生扶着你这女孩子,因为她的哥哥不助她下山。问你的父母,这两个中国匪贼,比了你们法国的匪贼怎样?比了你们法国的绅士又怎样?走吧,愿你们今天睁开了你们的眼睛!"那男的到底大些,很羞惭的伸出手来,给他们道了谢,道了歉,方一步三回顾的、很惊讶的,同着他的妹妹走回去了。

西部以联峰山为中心点。住在那里的,除了外交界中人之外,有的是中国的富翁,与休养林泉的贵人。公益会即是他们办的。我们虽然自度不配做那区域的居民,但一想到那些红唇肥臀,或是秃头油嘴,自命为天之骄子的白种人,我们便不由得要感谢这些年高望重,有势有钱的公益先生们,感谢他们为我民族保存了一点自尊心。我们在公益的浴场游泳时,心里觉得自由,觉得比在中部浴场游泳时快乐得多了。并且那里还有水上巡警,他们追随着你,使你没有沉没的恐惧。

住居西部的中国人既多,女子当然也有不少。但我所见下水游泳,或是骑马骤驰的,却仍以幼年女子为多。二三十岁的女子,大抵是很斯文的坐着,撑着伞看看而已。至多也不过慢慢的脱下袜子,提着那时髦美丽的长衫,小心谨慎的,在沙滩上轻移莲步而已。三十岁至四十岁的女子,则在我住居六天之内,就压根儿没见到一个。但做爱的年轻男女却不是没有,不过他们的做爱,与西人真不相同。中部西人的做爱,是大刀阔斧一气呵成的,而我所见西部的中国"摩登",却是乘着月暗潮狂的时候,遮遮掩掩,羞羞涩涩,在沙滩上走走说说而已。并且两个人单独外出的很少,大概是五六成群,待到了海边再分成一对对的为多。虽然我因住居之时不久,见闻有限,但这个情形也未尝不可以代表住在那里的一部分的中国青年在社交上的自由与管束。

廿一年九月

大海无边的蔚蓝带给内心的那份松缓与宽弛,是每个走近北戴河的人都可感知的。对于漂泊的旅人,更如经历一次精神的还乡,找回生命本真状态的种种美丽。这一切,到了陈衡哲那里，又表现出女性散文家优雅纤细的风格。

　　大海向作者呈示着性格的另一面：安详、温煦、柔静，恰如中年的人。哪里还有百尺狂澜的躁怒？她"去时心跃跃，回时心恋恋"，仿佛在践行同大自然的一个美妙的约定。陈衡哲漫跛海滨，"远远的一片弧形浮光"会让她悠然畅想。此次旅行，有任叔永相伴，迎着自由的海风，正可以把当年远隔太平洋雁帛传情的恋爱岁月甜蜜地温习。在巨大岬湾中坦展的渤海哟，是一片心灵的牧场！叫她如何不欢声吟唱？

　　浩阔的大海，固守着原初的形态，因缺少细节而使表情永远单一。再次走向它的陈衡哲已近中年，虽则也欣然看海景，却更爱打量形形色色的人，端详陌生的面孔。她要透过自然的表层，着意品鉴世间的况味。

　　作者从大海中看到了诗：夕阳的余光下，岑寂的海滩上连人影也稀，只有孤鸟从容地掠过水天，融入一片忧郁的浮烟。在这暮色凄凉时分，映目的海景竟撩起她"一阵深刻的寂寞与悲哀"。而在满天晴光映射下的长滩游望，又见着一张"云霞出海曙"的诗意画了，人也笼入明灿的霞辉里去。陈衡哲到了渤海边，在这万顷烟波上升落的日月星，舒卷的云雾霞，如何不让她一一写来？笔墨所到的联峰山、鸽子窝，我又岂能觉得陌生？在松间的清光下，在水浪的唏嘘里，凝望东升之月，何等欣畅！她这样写着，我这样念着，心也飘入文字泛出的光影中了。是如许的数句："松林之下，卧看天上海面的光辉。那晚的云是特别可爱，疏散的是那样的潇洒轻盈，浓厚的是那样的整齐，那样的有层次，它们使得那圆月时时变换形态与光辉，使得它分外可爱。不过若从水面上看，却又愿天空净碧，方能见到万里银波的伟大与清丽。"在鸽子窝，伴他们野餐的，是海波托出的一丸红月；而送他们戴月归去的，则是闪烁于树林之中的波光云影。陈衡哲仿佛偏爱这略带几分孤独气的恬静，才肯花费字句来对景描摹，且把淡淡的情愫也凭寄在里面。

　　陈衡哲也写在海边游嬉的男女，那个远去的年代的侧影依稀可以辨出。她将长带形的海滩划为三段，而在这不同的部分中度夏的人，风俗和肤色又是多么的相异！金色的沙滩在她眼里不啻一个社会的展场。教会派占据的东山，在旧式的智识空气里，是激不起什么波澜的。只有在石岭一带的中部，那些在中国经商暴发的德俄商人，则用"血红的嘴唇，流动的秋波"造出一片"情感狂放、肉感浓厚的空气"。揣摩这番语调，何尝没潜含一点嫉俗的态度呢？岁月流转，洋人的习性有何改变呢？到了西部的联峰山，眼见的全是耽享林泉之乐的中国富翁和贵人。那些年轻女子，受着公益会的影响，面对辽阔的大海，也收紧浪漫的心情——或是撑开伞很斯文地坐着，或是"提着那时髦美丽的长衫，小心谨慎的，在沙滩上轻移莲步而已"。陈衡哲写着风景里的人，实则是在勾勒斑杂的世象，是在喻示中西文化的异质。她的精神徜徉于自然与人、诗境和实境之间。这样的述游，使风光不枯，又使在山水里游乐的人，有了生动的背景。静美的文思、温婉的意态，又都透出世家出身的她所特具的娴雅气度。

许地山 （1893—1941），名赞堃，字地山，笔名落花生。生于台湾。现代著名作家、学者。1917年考入燕京大学，曾积极参加五四运动，合办《新社会》旬刊。1920年毕业时获文学学士学位，翌年参与发起成立文学研究会。1922年又毕业于燕大宗教学院。1923~1926年在美国哥伦比亚大学研究院和英国牛津大学研究宗教史、哲学、民俗学等。回国途中短期逗留印度，研究梵文及佛学。1927年起任燕京大学教授，《燕京学报》编委，并在北京大学、清华大学兼课。1935年赴香港大学任教，1941年病逝于香港。主要作品集《空山灵雨》；小说集《缀网劳蛛》等。现有《许地山选集》等行世。

落 花 生

我们屋后有半亩隙地，母亲说："让它荒芜着怪可惜，既然你们那么爱吃花生，就辟来做花生园罢。"我们几姊弟和几个小丫头都很喜欢——买种的买种，动土的动土，灌园的灌园；过不了几个月，居然收获了！

妈妈说："今晚我们可以做一个收获节，也请你们爹爹来尝尝我们的新花生，如何？"我们都答应了。母亲把花生做成好几样的食品，还吩咐这节期要在园里的茅亭举行。

那晚上的天色不太好，可是爹爹也到来，实在很难得！爹爹说："你们爱吃花生么？"

我们都争着答应："爱！"

"谁能把花生的好处说出来？"

姊姊说："花生的气味很美。"

哥哥说："花生可以制油。"

我说："无论何等人都可以用贱价买它来吃；都喜欢吃它。这就是它的好处。"

爹爹说："花生的用处固然很多；但有一样是很可贵的。这小小的豆不像那好看的苹果、桃子、石榴，把它们的果实悬在枝上，鲜红嫩绿的颜色，令人一望而发生羡慕的心。它只把果子埋在地底，等到成熟，才容人把它挖出来。你们偶然看见一棵花生瑟缩地长在地上，不能立刻辨出它有没有果实，非得等到你接触它才能知道。"

我们都说："是的。"母亲也点点头。爹爹接下去说："所以你们要像花生，因为它是有用的，不是伟大、好看的东西。"我说："那么，人要做有用的人，不要做伟大、体面的人了。"爹爹说："这是我对于你们的希望。"

我们谈到夜阑才散，所有花生食品虽然没有了，然而父亲的话现在还印在我心版上。

（选自1922年8月10日《小说月报》第13卷第8号《空山灵雨》）

《落花生》全文由种花生、过收获节两部分组成,情感真挚,详略得当。文章的重点部分是放在"过收获节"。那天晚上,父亲也来了,于是哥、姐三人由花生的好处,譬如:"味美"、"能榨油"、"价格便宜"等特点,进而深入到对于花生更深层次的领悟。

在父亲的循循善诱之下,作者逐渐感悟到落花生的价值。它,不追求外表华美而重在实用,不是那种外表好看而对社会无用的东西,这便是全文的主旨。

《落花生》这篇文章,它每一段话,甚至每一个字,都包含着一个深刻的道理。如:"花生虽然不好看,可是很有用,不是外表好看而没有实用的东西。"这句话既说明了落花生的特点:外表不好看,可是很有用。这说明了人一生的道理:一个人外表虽然长得丑,可是心灵可以感化大家,成为人们尊敬的人。

我们要学习落花生的品格,要想长大后做一个对社会有用之人,就要从小严格要求自己,脚踏实地,安分守己干好本职工作。不断鞭策自己,树立坚定的信念,全心全意为人民服务,奉献自己的人生价值。

先 农 坛

曾经一度繁华过底香厂,现在剩下些破烂不堪的房子,偶尔经过,只见大兵们在广场上练国技。望南再走,排地摊底犹如往日,只是好东西越来越少,到处都看见外国来底空酒瓶、香水樽、胭脂盒,乃至簇新的东洋磁器,估衣摊上的不入时底衣服,"一块八"、"两块四"叫卖底伙计连翻带地兜揽,买主没有,看主却是很多。

在一条凹凸得格别底马路上走,不觉进了先农坛底地界。从前在坛里惟一新建筑,"四面钟",如今只剩一座空洞的高台,四围的柏树早已变成富人们底棺材或家私了。东边一座礼拜寺是新的。球场上还有人在那里练习。绵羊三五群,遍地披着枯黄的草根。风稍微一动,尘土便随着飞起,可惜颜色太坏,若是雪白或朱红,岂不是很好的国货化妆材料?

到坛北门,照例买票进去。古柏依旧,茶座全空。大兵们住在大殿里,很好看底门窗,都被拆作柴火烧了。希望北平市游览区划定以后,可以有一笔大款来修理。北平底旧建筑,渐次少了,房主不断地卖折货。像最近的定王府,原是明朝胡大海底府邸,论起建筑的年代足有五百多年。假若政府有心保存北平古物,决不致于让市民随意拆毁。拆一间是少一间。现在坛里,大兵拆起公有建筑来了。爱国得先从爱惜公共的产业做起,得先从爱惜历史的陈迹做起。

观耕台上坐着一男一女,正在密谈,心情的热真能抵御环境底冷。桃树柳树都脱掉叶衣,做三冬底长眠,风摇鸟唤,都不听见。雩坛边的鹿,伶俐的眼睛瞭望着过路底人。游客本来有三两个,它们见了格外相亲。在那么空旷的园囿,本不必拦着它们,只要四围开上七八尺深底沟,斜削沟的里壁,使当中成一个圆丘,鹿放在当中,虽没遮栏也跳不上来。这样,园景必定优美得多。星云坛比岳渎坛更破烂不堪。干蒿败艾,满布在砖缝瓦罅之间,拂人衣裾,便发出一种清越的香味。老松在夕阳底下默然站着。人说它像盘旋的虬龙,我说它像开屏的孔雀,一颗一颗底松球,衬着暗绿的针叶,远望着更像得很。松是中国人底理想性格,画家没有不喜欢画它。孔子说它后凋还是曲了它,应当说它不凋才对。英国人对于橡树底情感就和中国对于松树底一样。中国人爱松并不尽是因为它长寿,乃是因它当飘风飞雪底时节能够站得住,生机不断,可发荣底时间一到,便又青绿起来。人对着松树是不会失望的,它能给人一种兴奋,虽然树上留着许多枯枝丫,看来越发增加它底壮美。就是枯死,也不像别的树木等闲地倒下来。千年百年是那么立着,藤萝缠它,薜荔粘它,都不怕,反而使它更优越更秀丽。古人说松籁好听得像龙吟。龙吟我们没有听过,可是它所发出底逸韵,真能使人忘掉名利,动出尘底想头。可是要记得这样的声音,决不是一寸一尺底小松所能发出,非要经得百千年底磨练,受过风霜或者吃过斧斤底亏,能够立得定以后,是做不到的。所以当年壮底时候,应学松柏底抵抗力,忍耐力,和增进力,到年衰底时候,也不妨送出清越的籁。

对着松树坐了半天。金黄色的霞光已经收了,不免离开雩坛直出大门。门外前几年挖的战壕,还没填满。羊群领着我向着归路。道边放着一担花菊花,卖花人站在一家门口与那淡妆底女郎讲价,不提防担里底黄花教羊吃了几棵。那人索性将两棵带泥丸底菊花向羊群猛掷过去,口里骂:"你等死的羊孙子!"可也没奈何。吃剩底花散布在道上,也教车轮碾碎了。

(选自《杂感集》,商务印书馆1946年11月版)

《先农坛》夹叙夹议——抒写了对国家命运的忧虑之情。

作者先描写先农坛附近的景象。文章开头就议论论道:"曾经一度繁华过底香厂,现在只剩下些破烂不堪的房子。""破烂不堪的房子"与繁华形成了鲜明的对照。作者有重点地描写先农坛附近的景象:"到处都看见外国来底空酒瓶,香水樽,胭脂盒,乃至簇新的东洋磁器,估衣摊上的不入时底衣服。"作者描写的这些景象,具体、生动、形象地展示了国民党政府的反动统治、帝国主义的疯狂入侵造成了我国国运的衰颓、人民的贫穷。

作者接着再描写先农坛的景象。既与开头相呼应,又为进一步描写先农坛的破旧奠定了基础。文章重点放在叙写先农坛的景象。作者边叙边议。在沉痛叙写了做生意萧条、国民党士兵破坏大殿、市民随意拆毁建筑后,作者议论论道:"希望北平市游览区划定以后,可以有一笔大款来修理。""假若政府有心保护北平古物,决不至于让市民随意拆毁。……爱国得先从爱惜公共的产业做起,得先从爱惜历史的陈迹做起。"这些议论,层层深入、提高,既浸润着湛醇的情感又闪烁着清澈的理智;既揭露了国民党政府表面上高唱保存古物的高调、实质任意破坏古物的本质,又抒发了作者强烈、深厚的爱国主义感情。

这篇散文的语言也极有特色。文章以感情的起伏变化为线索,运用色彩浓烈的词语,充分表达出作者的爱憎之情。比如"黄的睫毛下闪着绿光"来形容外国巡捕;用"如鼠的觳觫的眼睛,如兔的颤动的嘴"形容麻木不仁的旁观者;而对奋不顾身的爱国者则用"伟大""刚强"来歌颂、赞美。在正义与邪恶,革命与反对革命的流血斗争面前,作者一抛含蓄、暗示等手法,直抒胸臆,让激越之情如火山焰般迸发出来,用最强烈的火一般的语言去启迪和震撼读者的心灵。

一篇优秀散文,"感人心者,莫先于情"。这篇散文正是用它那强烈的战斗精神和震撼人心的情感,以及在语言运用上的深厚功力,深深地打动了我们的心。

傅东华 （1893—1971），原名傅则黄，浙江省金华县人。文学翻译家，文字学家。著作有《字源》《汉字》《现代汉语的演变》，译著有《堂·吉诃德》《珍妮姑娘》《奥得赛》《伊利亚特》等。

杭江之秋

从前谢灵运游山，"伐木取径……从者数百人"，以致被人疑为山贼。现在人在火车上看风景，虽不至象康乐公那样杀风景，但在那种主张策杖独步而将自己也装进去做山水人物的诗人们，总觉得这样的事情是有伤风雅的。

不过，我们如果暂时不谈风雅，那末觉得火车上看风景也有一种特别的风味。

风景本是静物，坐在火车上看就变成动的了。步行的风景游览家，无论怎样把自己当做一具摇头摄影器，他的视域能有多阔呢？又无论他怎样健步，无论视察点移得怎样多，他目前的景象总不过有限几套。若在火车上看，那风景就会移步换形，供给你一套连续不断的不同景象，使你在数小时之内就能获得数百里风景的轮廓。"火车风景"（如果许我铸造一个名词的话）就是活动的影片，就是一部以自然美做题材的小说，它是有情节的，有布局的——有开场，有Climax也有大团圆的。

新辟的杭江铁路从去年春天通车到兰溪，我们的自然文坛就又新出版了一部这样的小说。批评家的赞美声早已传到我耳朵里，但我直到秋天才有功夫去读它。然而秋天是多么幸运的一个日子啊！我竟于无意之中得见杭江风景最美的表现。

"火车风景"是有个性的。平浦路上多黄沙，沪杭路上多殡屋。京沪路只北端稍觉雄健，其余部分也和沪杭路一样平凡。总之，这几条路给我们一个共同的印象——就是单调。它们都是差不多一个图案贯彻到底的。你在这段看是这样，换了一段看也仍是这样——一律是平畴，平畴之外就是地平线了。偶然也有一两块山替那平畴做背景，但都单调得多么寒伧啊！

秋是老的了，天又下着濛濛雨，正是读好书的时节。

从江边开行以后，我就壹志凝神的准备着——准备着尽情赏鉴一番，准备着一幅幅的画图连续映照在两边玻璃窗上。

萧山站过去了，临浦站过去了。这样差不多一个多钟头，只偶然瞥见一两点遥远的山影，大部分还是沪杭路上那种紧接地平线的平畴，我便开始有点觉得失望。于是到了尖山站，你瞧，来了——山来了。

山来了，平畴突然被山吞下去了。我们夹进了山的行列，山做我们前面的仪仗了。那是重叠的山,"自然"号里加料特制的山。你决不会感着单薄,你决不会疑心制造时减料偷工。

有时你伸出手去差不多就可摸着山壁,但是大部分地方山的倾斜都极大。你虽在两面山脚的缝里走,离开山的本峰仍旧还很远,因而使你有相当的角度可以窥见山的全形。但是那一块山肯把它的全形给你看呢?那一块山都和它的同伴们或者并肩,或者交臂,或者搂抱,或者叠股。有的从她伙伴们的肩膊缝里露出半个罩着面幕的容颜,有的从她姊妹行的云鬓边透出一弯轻扫淡妆的眉黛。浓妆的居于前列,随着你行程的弯曲献媚呈妍;淡妆的躲在后边,目送你忍心奔驶而前,有若依依不舍的态度。

这样使我们左顾右盼的应接不暇了二三十分钟,这才又像日月蚀后恢复期间的状态,平畴慢慢的吐出来了,但是地平线终于不能恢复。那逐渐开展的平畴随处都有山影作镶绲;山影的浓淡就和平畴的阔狭成了反比例。有几处的平畴似乎是一望无际的,但仍有饱蘸着水的花青笔在它的边缘上轻轻一抹。

于是过了湄池,便又换了一幕。突然间,我们车上的光线失掉均衡了。突然间,有一道黑影闯入了我们的右侧。急忙抬头看时,原来是一列重叠的山嶂从烟雾迷漫中慢慢地遮上前来。这一列山嶂和前段看见的那些对峙山峦又不同。它们是朦胧的,分不出它们的层叠,看不清它的轮廓,上面和天空浑无界线,下面和平地不辨根基,只如大理石里隐约透露的青纹,究不知起自何方,也难辨这于何处。

那时我们的左侧本是一片平旷,但不知怎么一转,山嶂忽然移到左侧来,平旷忽然搬到右侧去。如是者交互着搬动了数回,便又左右都有山嶂,只不如从前那么夹紧,而左右各一段平畴做缓冲了。

这时最奇的景象,就是左右两侧山容明暗之不一。你向左看时,山的轮廓很暧昧,向右看时,却如几何图画一般的分明。你以为这当然是"秋雨隔田塍"的现象所致,但是走过几分钟之后,暧昧和分明的方向忽然互换了,而我们却是明明按直线走的。谁能解释这种神秘呢?

到直埠了。从此神秘剧就告结束,而浓艳的中古浪漫剧开幕了。幕开之后,就见两旁竖着不断的围屏,地上铺着一条广漠的厚毯。围屏是一律浓绿色的,地毯则由黄、红、绿三种彩色构成。黄的是未割的缓稻,红的是乔麦,绿的是菜蔬。可是谁管它什么是什么呢?我们目不暇接了。这三种彩色构成了平面几何的一切图形,织成了波斯毯、荷兰毯、纬成绸、云霞缎……上一切人类所能想象的花样。且因我们自己如飞的奔驶,那三种基本色素就起了三色板的作用,在向后飞驰的过程中化成一切可能的彩色。浓艳极了,富丽极了!我们领略着文艺复兴期的荷兰的画图,我们身入了《天方夜谭》里的苏丹的宫殿。

这样使我们的口胃腻得化不开了一回,于是突然又变了。那是在过了诸暨牌头站之后。以前,山势虽然重叠,虽然复杂,但只能见其深,见其远,而未尝见其奇,见其险。以前,山容无论暧昧,无论分明,总都载着厚厚一层肉,至此,山才挺出岣嶙的瘦骨来。山势也渐兀突了,不象以前那样停匀了。有的额头上怒挺出铁色的巉岩,有的半腰里横撑出骇人的刀戟。

我们从它旁边擦过去,头顶的悬崖威胁着要压碎我们。就是离开稍远的山岩,也象铁罗汉般踞坐着对我们怒视。如此,我们方离了肉感的奢华,便进入幽人的绝域。

但是调剂又来了。热一阵,冷一阵,闹一阵,静一阵,终于又到不热亦不冷,不闹亦不静的郑家坞了。山还是那么兀突,但是山头偶有几株苍翠欲滴的古松,将山骨完全遮没,狰狞之势也因而减杀。于是我们于刚劲肃杀中复得领略柔和的秀气。那样的秀,那样的翠,我生平只在宋人的古画里看见过。从前见古人画中用石绿,往往疑心自然界没有这种颜色,这番看见郑家坞的松,才相信古人著色并非杜撰。

而且水也出来了。一路来我们也曾见过许多水,但都不是构成风景的因素。过了郑家坞之后,才见有曲折澄莹的山涧山溪,随山势的纡回共同构成了旋律。杭江路的风景到郑家坞而后山水备。

于是我们转了一个弯,就要和杭江秋景最精彩的部分对面——就要达到我们的Climax了。

苏溪!——就是这个名字也像具有几分的魅惑,但已不属出产西施的诸暨境了。我们那个弯一转过来,眼前便见烧野火般的一阵红——满山满坞的红,满坑满谷的红。这不是枫叶的红,乃是柏子叶的红。柏子叶的隙中又有荞麦的连篇红秆弥补着,于是一切都被一袭红锦制成的无缝天衣罩着了。

但若这幅红锦是四方形的,长方形的,菱形的,等边三角形的,不等边三角形的,圆形的,椭圆形的,或任何其他几何图形的,那就不算奇,也就不能这般有趣。因为既有定形,就有尽处,有尽处就单调了。即使你的活动的视角可使那幅红锦忽而方,忽而圆,忽而三角,忽而菱形,那也总不过那么几套,变尽也就尽了。不;这地方的奇不在这样的变,而在你觉得它变,却又不知它怎样变。这叫我怎么形容呢?总之,你站在这个地方,你是要对几何学的本身也发生怀疑的。你如果尝试说:在某一瞬间,我前面有一条路。左手有一座山,右手有一条水。不,不对;决没有这样整齐。事实上,你前面是没有路的,最多也不过几码的路,就又被山挡住,然而你的火车仍可开过去,路自然出来了。你说山在左手,也许它实在在你的背后;你说水在右手,也许它实在在你的面前。因为一切几何学的图形都被打破了。你这一瞬间是在这样畸形的一个圈子里,过了一瞬间就换了一个圈子,仍旧是畸形的,却已完全不同了。这样,你的火车不知直线呢或是曲线地走了数十分钟,你的意识里面始终不会抓住那些山、水、溪滩的部位,就只觉红、红、红,无间断的红,不成形的红,使得你离迷惝恍,连自己立脚的地点也要发生疑惑。

寻常,风景是由山水两种要素构成的,平畴不是风景的因素。所以山水画者大都由水畔起山,山脚带水,断没有把一片平畴画入山水之间的。在这一带,有山,有水,有溪滩,却也有平畴,但都布置得那么错落,支配得那么调和,并不因有平畴而破坏了山水自然的结构,这就又是这最精彩部分的风景的一个特色。

此后将近义乌县城一带,自然的美就不得不让步给人类更平凡的需要了,山水退为田畴了,红叶也渐稀疏了。再下去就可以"自郐无讥"。不过,我们这部小说现在尚未完成,其余三分之一的回目不知究竟怎样,将来的大团圆只好听下回分解了。

真所谓"文章本天成,妙手自得之"。自古造铁路的计划何曾有把风景作参考的呢?然而杭江路居然成了风景的杰作!

不过以上所记只是我个人一时得的印象。如果不是细雨蒙蒙红叶遍山的时节,当然你所得的印象不会相同。你将来如果"查与事实不符",千万莫怪我有心夸饰!

本文描写的是作者乘坐在疾驶的列车上所见到的杭江铁路沿线的自然风光。

计划从浙江杭州建造到江西玉山的杭江铁路,当时虽然才修筑到浙江兰溪,却因"养在深闺人未识",第一次向世人展露出她的迷人的风姿而声名鹊起,赢得了文坛的一片赞美声。作者也于通车后第二年秋天慕名而来,乘兴游览,写下了这篇优美的游记。

在火车看风景,作者与自然景观之间构成了一种新的关系:首先,风景是静的,火车是动的。火车上看风景,视野开阔,视角多变,移步换形,瞬息万变,数小时内,便能饱览数百里景观,这绝不是"策杖独步"所能达到的境界。其次,飞驰的列车使得窗外各自独立、各具特色、不断变化的景观,连接成了一个有机的艺术整体。这种动静结合所构成的联绵风景画,恰似一部以自然美作题材的"活动影片"或小说和戏剧。它提供了一般游记作者所不曾提供的观感和审美体验。其三,一般游记总要描山绘水,写景抒情。作者也写山、水、平畴。但是作者凭借他的博学多才和深厚的文学底蕴,使他始终以艺术家的眼光,欣赏和描摹眼前掠过的景物。在制作这部以自然美为题材的"活动影片"或小说和戏剧的过程中,他既是摄影师,更是小说家、戏剧家和画家。

古人云:"智者乐山,仁者乐水。"杭江路沿线多山,而作者也特别钟情于山。因此,本文几乎花了二分之一的篇幅描写这里的山峦风光,而且角度多变,手法不同。到了尖山站,"我们进了山的行列,山做我们前面的仪仗了。那是重叠的山,'自然'号里加料特制的山。……那一块山都和它的同伴们或者并肩,或者交臂,或者搂抱,或者叠股。有的从她伙伴们的肩膀缝里露出半个罩着面幕的容颜,有的从她姐妹行的云鬓边透出一弯轻扫淡妆的眉黛。浓妆的居于前列,有若依依不舍的态度。"这里,奔驰的火车把静态的山变为动态的山,通过作者的心灵感应,群山化为俏丽的少女,幻化为姿态各异、形神兼备,具有生命力的形象。

作者不但善于描写多种色彩的交织,而且,单一的色彩也被他描绘得灿烂炫目,令人心醉。当列车驶近苏溪,这部有情节、有布局、有开场、有高潮的活动的影片,终于推向了顶点:"我们那个弯一转过来,眼前便见烧野火般的一阵红……一切都被一袭红锦制成的无缝天衣罩着了。"更令人惊奇的是,这幅变化无穷的红锦,"你觉得它变,却又不知它怎样变……"红、红、红,烧野火一般的红,变幻莫测的红,画出了浓浓的秋意!未见过杭江路秋景的人固然写不出这样的美景,即使到此游历过的人,也未必能写出这样神奇的色彩来。"杭江之秋"的题意在这里获得了充分的表现。

　　作者的情感随着列车的行进而起伏激荡,由欣喜、惊诧,到振奋、折服,心旷神怡,令未曾目睹这一带秋景的读者心驰神往,如临其境,如见其貌;也使游览过该处的人的审美情趣获得了理性的升华。作者把欣赏自然风光,比作是读一部小说,可谓解味之言。游记并不是对山、水、草、木、地貌的冷漠的记述,而是作者对自然之美的新发现和解读。只有发现美,才能欣赏美,才能"读"出他人所没有领略到的境界。

　　杭江铁路还未最后建成,浙江兰溪到江西玉山这一带自然风光尚未为人所知。所以作者篇末留言:"我们这部小说现在尚未完成,其余三分之一的回目不知究竟怎样,将来的大团圆只好听下回分解了。"《杭江之秋》最后留给读者无穷的遐思和热切的期盼。人们期盼着铁路工人用汗水开创出新的更加壮丽的美的境界。

叶圣陶 (1894—1988)，原名叶绍钧，字圣陶、秉丞。曾用笔名柳山、桂山、湛陶等。江苏省苏州市人。现代著名作家、编辑家、教育家。早年试验新式教学。文学研究会发起人之一，曾主编《小说月报》，作品在文学史上占有重要位置。代表作有小说集《隔膜》《线下》《火灾》等；长篇小说《倪焕之》；童话集《稻草人》短篇小说《潘先生在难中》；散文集《叶圣陶散文（甲）集》《叶圣陶散文（乙）集》。现有《叶圣陶文集》《叶圣陶集》等行世。

没有秋虫的地方

阶前看不见一茎绿草，窗外望不见一只蝴蝶，谁说是鹁鸽箱里的生活，鹁鸽未必这样枯燥无味呢。秋天来了，记忆就轻轻提示道："凄凄切切的秋虫又要响起来了。"可是一点影响也没有，邻舍儿啼人闹弦歌杂作的深夜，街上轮震石响邪许并起的清晨，无论你靠着枕头听，凭着窗沿听，甚至贴着墙角听，总听不到一丝秋虫的声息。并不是被那些欢乐的劳困的宏大的清凉的声音淹没了，以致听不出来，乃是这里根本没有秋虫。啊，不容留秋虫的地方！秋虫所不屑居留的地方！

若是在鄙野的乡间，这时候满耳朵是虫声了。白天与夜间一样安闲；一切人物或动或静，都有自得之趣；嫩暖的阳光和轻淡的云覆盖在场上，到夜间呢，明耀的星月和轻微的凉风看守着整夜，在这境界这时间里唯一足以感动心情的就是秋虫的合奏。它们高、低、宏、细、疾、徐、作、歇，仿佛经过乐师的精心训练，所以这样地无可批评，踌躇满志，其实他们每一个都是神妙的乐师；众妙毕集，各抒灵趣，哪有不成人间绝响的呢。

虽然这些虫声会引起劳人的感叹，秋士的伤怀，独客的微喟，思妇的低泣，但是这正是无上的美的境界，绝好的自然诗篇，不独是旁人最欢喜吟味的，就是当境者也感受一种酸酸麻麻的味道，这种味道在另一方面是非常隽永的。

大概我们所蕲求的不在于某种味道，只要时时有点儿味道尝尝，就自诩为生活不空虚了。假若这味道是甜美的，我们固然含着笑来体味它，若是酸苦的，我们也要皱着眉头来辨尝它；这总比淡漠无味胜过百倍。我们以为最难堪而极欲逃避的，惟有这个淡漠无味！

所以心如槁木不如工愁善感，迷朦的醒不如热烈的梦，一口苦水胜于一盏白汤，一场痛哭胜于哀乐两忘。这里并不是说愉快欢乐是要不得的，清健的醒是不必求的，甜汤是罪恶的，狂笑是魔道的；这里只是说有味道胜于淡漠罢了。

所以虫声是足系恋念的东西，何况劳人秋士独客思妇以外还有无量的人，他们当然也是酷嗜趣味的，当这凉意微逗的时候，谁能不忆起那美妙的秋之音乐？

可是没有,绝对没有!井底似的庭院,铅色的水门汀地,秋虫早已避去惟恐不速了。而我们没有它的翅膀与大腿,不能飞又不能跳,还是死守在这里。想到"井底"与"铅色",觉得象征的意味丰富极了。

一九二三年八月三十一日

赏析

  本文以秋虫为切入点,借物抒情,通过对没有秋虫的地方的诅咒来表达对秋虫自抒灵趣的赞美,热烈而深刻地表达了对淡漠沉寂、枯燥无味的生活的厌倦,对充满生机、真切丰富、自由和谐的生活的憧憬。

  文章从渲染环境起笔,着意将居处儿啼人闹、弦歌杂作、轮震石响、邪许并起的窒息环境,与清风明月、虫声唧唧、生机勃勃、乡情浓郁的乡村生活形成鲜明对比,从而突出期盼之情的急切和无奈之心的焦灼。素来是秋愁怨曲的秋虫音响,却正与作者不甘沉寂的心灵律动相应和。进一步,他将愉快乐观的状态与酸苦悲愁的感受对比,强化了对淡漠生活的厌倦之情和积极达观的人生态度。

  文章还运用了象征手法,将井底、鹁鸽箱、没有秋虫的地方等作为冷漠窒息的环境的象征,而恋念秋虫的鸣曲,羡慕长翅的秋虫,正是作者不愿辜负生活馈赠,让生命充实起来的心曲的真实写照。

  本文以精致、简练、声情并茂的语言,展现出作者心中理想的秋的境界、生活的境界,具有很强的音乐感,极富感染力。

  对偶(如"阶前看不见一茎绿草,窗外望不见一只蝴蝶")、排比(如"劳人的感叹,秋士的伤怀,独客的微喟,思妇的低泣")、反复(如"不容留秋虫的地方!秋虫所不屑留的地方!")等手法的使用,若干韵脚的穿插(如第5段中的"感""汤""忘"),感叹句、反问句等多种句式的变换,整散的结合,造成了一种节奏鲜明、音韵和谐的表达效果,恰如秋虫唧唧一般美妙,表达出作者浓烈、真切的情感。

  比喻、拟人等修辞手法的运用,词语的精确锤炼(如"高、低、宏、细、疾、徐、作、歇"),细腻的描写笔触,都使文章更有生动形象、含蓄隽永的表达效果。

藕与莼菜

  同朋友喝酒,嚼着薄片的雪藕,忽然怀念起故乡来了。若在故乡,每当新秋的早晨,门前经过许多乡人:男的紫赤的胳膊和小腿肌肉突起,躯干高大且挺直,使人起康健的感觉;女

的往往裹着白地青花的头巾,虽然赤脚却穿短短的夏布裙,躯干固然不及男的那样高,但是别有一种康健的美的风致;他们各挑着一副担子,盛着鲜嫩玉色的长节的藕。在产藕的池塘里,在城外曲曲弯弯的小河边,他们把这些藕一濯再濯,所以这样洁白了。仿佛他们以为这是供人体味的珍品,这是清晨的画境里的重要题材,倘若涂满污泥,就把人家欣赏的浑凝之感打破了;这是一件罪过的事,他们不愿意担在身上,故而先把它们洗濯得这样洁白,才挑进城里来。他们想要休息的时候,就把竹扁担横在地上,自己坐在上面,随便拣择担里过嫩的藕或是较老的藕,大口地嚼着解渴。过路的人便站住了,红衣衫的小姑娘拣一节,白头发的老公公买两支。清淡的甘美的滋味于是普遍于家家且人人了。这样情形差不多是平常的日课,直到叶落秋深的时候。

  在这里,藕这东西几乎是珍品了。大概也是从我们故乡运来的。但是数量不多,自有那些伺候豪华公子硕腹巨贾的帮闲茶房们把大部分抢去了;其余的就要供在较大的水果铺里,位置在金山苹果吕宋香芒之间,专善待价而沽。至于挑着担子在街上叫卖的,也并不是没有,但不是瘦得像乞丐的臂腿,便涩得像未熟的柿子,实在无从欣羡。因此,除了仅有的一回,我们今年竟不曾吃过藕。

  这仅有的一回不是买来吃的,是邻舍送给我们吃的。他们也不是自己买的,是从故乡的亲戚带来的。这藕离开它的家乡大约有好些时候了,所以不复呈玉样的颜色,却满被着许多锈斑。削去皮的时候,刀锋过处,很不爽利。切成片送进嘴里嚼着,有些儿甘味,但是没有那种鲜嫩的感觉,而且似乎含了满口的渣,第二片就不想吃了。只有孩子很高兴,他把这许多片嚼完,居然有半点钟工夫不再作别的要求。

  想起了藕就联想到莼菜。在故乡的春天,几乎天天吃莼菜。莼菜本身没有味道,味道全在于好的汤。但是嫩绿的颜色与丰富的诗意,无味之味真足令人心醉。在每条街旁的小河里,石埠头总歇着一两条没篷的船,满舱盛着莼菜,是从太湖里捞来的。取得这样方便,当然能日餐一碗了。

  而在这里又不然;非上馆子就难以吃到这东西。我们当然不上馆子,偶然有一两回去叨扰朋友的酒席,恰又不是莼菜上市的时候,所以今年竟不曾吃过。直到最近,伯祥的杭州亲戚来了,送他几瓶瓶装的西湖莼菜,他送给我一瓶,我才算也尝了新了。

  向来不恋故乡的我,想到这里,觉得故乡可爱极了。我自己也不明白,为什么会起这么深浓的情绪?再一思索,实在很浅显:因为在故乡有所恋,而所恋又只在故乡有,就萦系着不能割舍了。譬如亲密的家人在那里,知心的朋友在那里,怎得不恋恋?怎得不怀念?但是仅仅为了爱故乡么?不是的,不过在故乡的几个人把我们牵系着罢了。若无所牵系,更何所恋念?像我现在,偶然被藕与莼菜所牵系,所以就怀念起故乡来了。

  所恋在那里,那里就是我们的故乡了。

一九二三年四月七日

赏析

　　《藕与莼菜》就是由对家乡的藕和莼菜的描写转而抒发思乡之情的。物产具有较强的地方性,本身就是一个地方文化的组成部分,写它们,故乡的个性就出来了,也容易寄托作者对故乡的思恋,对故乡的热爱。读者可以通过文中生动细致描写故乡风物的语句来感受作者对故乡的深厚情感,进而激发对自己故乡的热爱之情。

　　从整体看,文章写得平和质朴。细细品味,却发现作者在对藕与莼菜的种种谈论中,流露出对故乡的眷恋和怀旧之情。文章开头说:"同朋友喝酒,嚼着薄片的雪藕,忽然怀念起故乡来了。"由吃藕写起,实际要表现思乡之情。"忽然"一词让我们看到了作者思念家乡的情感至深,只要有一点小小的"触引"——具有家乡特色的藕,就可以撩拨起作者的乡情。紧接着,作者通过回想,为我们描绘了一幅故乡清秋图:在产藕的池塘和城外曲曲弯弯的小河的映衬下,勤劳、淳朴、康健的男女藕农们,挑着"一濯再濯"的"鲜嫩玉色的长节的藕"往城里去,让"清淡的甘美的滋味""普遍于家家且人人"。故乡极普通的藕让作者想到"在这里",藕成了珍品,成了"帮闲茶房"讨好"硕腹巨贾"的物品;成了被供在水果铺,"待价而沽"的高贵商品。至于在街上叫卖的藕,"不是瘦得像乞丐的臂腿,便涩得像未熟的柿子",邻舍送的藕"满被锈斑",索然无味,不想再吃第二片。因为想起藕,作者又联想到故乡的莼菜。从太湖里捞上来,很方便。无味的莼菜要好汤烘托,故乡正是这"好汤"。所以才有了"嫩绿的颜色与丰富的诗意,无味之味真足令人心醉"的感受。而莼菜到了上海,"非上馆子",否则难以吃到。故乡极平常的藕与莼菜,离开了它们的生长地,变得面目全非,使作者不禁怀想起故乡淳朴的民风,字里行间,渗透着作者浓重的思乡之情。故乡不是一个抽象的语词,是由许多人、事、物、景构成的,是融汇了许多内容的情感和记忆。所以,思乡类的作品往往都是从一些具体的东西出发,由眼前之景激起乡思之情,即借物抒情。作者笔下的藕与莼菜因为融汇了乡思而有了特别的意味。

　　文章语言平实朴素,亲切自然。最幸福的时光是过去的时光,最真挚的友谊是过去的友谊,最难得的情感是已成往事的情感,最让人留恋的美食是儿时的美食,这差不多是人皆有之的一种共同心理经验和情感体验。文章开头写因喝酒吃藕而想到故乡,起笔自然,平实,为全文确立了朴实、亲切的基调,这种兴之所至,随物赋形的文风,给人以良朋话旧,任意而谈的印象。又如"一濯再濯"、"他们想要休息的时候,就把竹扁担横在地上,自己坐在上面,随便拣择担里过嫩的藕或是较老的,大口地嚼着解渴"中,"濯"、"横"、"坐"、"拣择"、"嚼"等平实动作的描写,一群憨厚、质朴的农民跃然纸上。那"鲜嫩玉色的长节的藕",没有华丽辞藻铺陈,却早已让人垂涎。叶圣陶的散文以写实为主,很少直接抒情,也很少直接表明作者的观点。综观全文,作者直抒胸臆的文字很少,只是顺着他的思路,听他把一些藕和莼菜的琐事娓娓道来,细细品味,那平实的一字一句才是作者真情的流露,使整篇文章韵味隽永,令人回味无穷。

精于布局，讲究结尾，留有余味，也是本文的一个特色。作者把故乡的藕与莼菜和"在这里"的藕与莼菜作对比，使故乡的藕与莼菜形象更鲜明丰满，作者对故乡的怀念之情溢于言表。由藕写到莼菜写到乡情，过渡自然。文章的结尾也颇具特色，五个问句，是叶圣陶写作时少见的直抒情怀，那份乡思离情令人动容。五个问句，意思层层递进，最后点出自己所恋为何。结尾处的"所以就怀念起故乡来了"又与文章开头"忽然怀念起故乡来了"前后照应，因为"在故乡有所恋，而所恋又只在故乡有"，思乡之情跃然纸上，贯穿始终。

五月卅一日急雨中

从车上跨下，急雨如恶魔的乱箭，立刻湿了我的长衫。满腔的愤怒，头颅似乎戴着紧紧的铁箍，我走，我奋疾地走。路人少极了，店铺里仿佛也很少见人影。那里去了！那里去了！怕听昨天那样的排枪声，怕吃昨天那样的急射弹，所以如小鼠如蜗牛般，蜷伏在家里，躲藏在柜台底下么？这有什么用！你蜷伏，你躲藏，枪声会来找你的耳朵，子弹会来找你的肉体，你看有什么用？

猛兽似的张着巨眼的汽车冲驰而过，泥水溅污我的衣服，也溅及我的项颈。我满腔的愤怒。一口气赶到"老闸捕房"的门前，我想参拜我们的伙伴的血迹，我想用舌头舐尽所有的血迹，咽入肚里。但是，没有了，一点儿没有了！已给仇人的水机冲得光光，已给腐心的人们践得光光，更给恶魔的乱箭似的急雨洗得光光！

不要紧，我想。血总是曾经淌在这块地方的，总有渗入这块土的吧。那就行了。这块土是血的土，血是我们的伙伴的血，还不够是一课严重的功课么？血灌溉着，血温润着，行见血的花开在这里，血的果结在这里。

我注视这块土，全神地注视着，其余什么都不见了，仿佛已把整个儿躯体已经融化在里头。

抬起眼睛，那边站着两个巡捕：手枪在他们的腰间；泛红的脸肉，深深的纹刻在嘴围，黄的睫毛下闪着绿光，似乎在那里狞笑。

手枪，是你么？似乎在那里狞笑的，是你么？

是的，什么都是，你便怎样！我仿佛看见。无量数的手枪点头，听见无量数的狞笑的开口。

我吻着嘴唇咽下去，把看见的听见的一齐咽下去，如同咽一块糙石，一块热铁。我满腔的愤怒。

雨越来越急，风吹着把我的身体卷住，全身湿透了，伞全然不中用。我回身走才来的路，路上有人了。三四个，六七个，显然可见是青布大褂的队伍，虽然中间也有穿洋服的，也有穿各色衫子的断发的女子。他们有的张着伞,大部分却直任狂雨乱淋。

我开始惊异于他们的脸。从来没有看见过,这么严肃的脸,有如昆仑的耸峙,这么郁怒的脸,有如雷电之将作;青年的柔秀的颜色退隐了,换上了壮士的北地人的苍劲。他们的眼睛冒得出焚烧一切的火。吻紧的嘴唇里藏着咬得死生物的牙齿,鼻头不怕闻血腥与死人的尸臭,耳朵不怕听大炮与猛兽的咆哮,而皮肤简直是百练的铁甲。

佩弦的诗道,"笑将不复在我们唇上!"用以歌咏这许多的脸,正是合适。他们不复笑,永远不复笑! 他们有的是严肃与郁怒,永远是严肃与郁怒。

似乎店铺里人脸多起来了,从家里才跑出来呢,从柜台底下才探出来呢,我没有工夫想。这些人脸而且露出在店门首了,他们惊讶地望着路上那些严肃的郁怒的脸。

青布大褂的队伍纷纷投入各家店铺,我也跟着一队跨进一家,记得是布匹庄。我听见他们开口了,差不多掬示出整个的心,涌起满腔的血,这样真挚地热烈地讲说着。他们讲及民族的命运,他们讲及群众的力量,他们讲及反抗的必要。他们不惮郑重叮咛的是"咱们是一伙儿!"我感动,我心酸,酸得痛快。

店伙的脸也比较严肃了;没有话说,暗暗点头。

我跨出布匹庄,"中国人不会齐心呀! 如果齐心,吓,怕什么!"这句带有尖刺的话传来,我回头去看。

是一个三十左右的男子,粗布的短衫露着胸,苍黯的肤色标记他是露天出卖劳力的,眼睛里放射出英雄的光。

不错呀,我想。露胸的朋友,你喊出这样简要精练的话来,你伟大! 你刚强! 你是具有解放的优先权者! 我虔敬地向他点头。

但是,恍惚有蓝袍玄褂小髭须的影子在我眼前晃过,玩世地微笑,又仿佛鼻子里发出轻轻的一声"嗤"。接着又晃过一个袖手的,漂亮的嘴脸,漂亮的衣着,在那里低吟,依稀是"可怜无补费精神!"袖手的幻灭了,抖抖地,显出一个瘠瘦的中年人,如鼠的觳觫的眼睛,如兔的颤动的嘴,含在喉际,欲吐又不敢吐的是一声"怕……"

我倒楣,我如受奇辱,看见这样等等的魔影! 我愤怒地张大眼睛,什么魔影都没有了,只见满街恶魔的箭似的急雨。

微笑的魔影,漂亮的魔影,惶恐的魔影,我咒诅你们:你们灭绝!你们销亡!你们是拦路的荆棘! 你们是伙伴的牵累! 你们灭绝,你们销亡,永远不存一丝儿痕迹,永远不存一丝儿痕迹于这块土!

有淌在路上的血,有严肃的郁怒的脸,有露胸朋友那样的意思,"咱们一伙儿",有救,一定有救——岂但有救而已!

我满腔的愤怒。再有露胸朋友那样的话在路上吧? 我向前走去。

依然是满街恶魔的乱箭似的急雨。

一九二五年五月三十一日

赏 析

这篇散文写于1925年5月31日,时值"五卅"惨案的第二天。

文章感情激越,如波涛汹涌;它悲愤满腔,如火山烈焰,炽热奔腾。字里行间,无不充满着对帝国主义及其走狗的极端仇恨,和对广大劳动人民、爱国青年的热情歌颂。

这篇散文作者成功地运用了将感情抒发与对事物的叙述、描写融为一体的独特手法,寓爱憎于事物的描画之中,同时亦借描述以喷吐心中感情的火焰,浑然一体,自然真挚。如那"恶魔的乱箭"般的急雨,"猛兽似的张着巨眼的汽车","泛红的脸肉"的巡捕,在作者笔下,急雨、汽车、外国巡捕都得到了交代和叙述,但同时也溶注了作者的强烈的憎恨与怒斥。而那"严肃的脸,有如昆仑的耸峙",那穿着粗布短衫的工人"眼睛放射出英雄的光",又无不饱含了作者的颂扬之心和赞叹之情。

本文的行文节奏也是"急雨"式的。"急雨"不仅构成了现实的氛围,也是一种激愤的心情。外部世界的"急雨"与内心世界的"激愤"形成了一种对抗,这是力量的对抗,内涵的对抗,但形式上都有急骤、激烈的倾向。因此,叙述节奏也急切、紧迫起来,与对抗形势和内在心境契合起来。在这篇散文中,句子短促有力,犹如作者急行中的步伐;段落短小,往往一二句话就是一段,表现作者激动的心情。例如:"我走,我奋疾地走。""那里去了!那里去了!""你蜷伏,你躲藏",或用排比句,或用重复句,将心情衬托得十分真切。这与其说是作者在语言运用上的成功,不如说是作者那激愤的感情使之然。由此足见,一篇优秀散文,"感人心者,莫先于情"。这篇散文正是用它那强烈的战斗精神和震撼人心的情感,以及在语言运用上的深厚功力,深深地打动了我们的心。

孙伏园 （1894—1966），原名孙福源，浙江绍兴人。现代作家，著名编辑家。主要作品有《鲁迅二三事》《伏园游记》等。

红　叶

因为看红叶，特地跑到绍兴去。上海是春天连蝴蝶也不肯光降的，秋天除了墓地里的法国梧桐呈着枯黄以外，红叶这一样东西从未入梦，更何论实景了。

绍兴是水乡，但与别处的水乡又不同。因为原来是鉴湖，以后长出水田来，所以几百里广袤以内，还留着大湖的痕迹。在这大湖中，船舶是可以行驶无阻的，几乎没有一定的河道，只要不弄错方向，舟行真是左右逢源。

在这样交叉的河道的两旁，我们鉴赏着绍兴的红叶。红叶是各地不同的，我与春苔、以刚两位谈论着：绍兴的是柏叶，红叶丛中夹着白色柏实，有的叶只是红半片，余下的半片还是黄绿，加上柏实的白色，是红绿白三色相映了；杭州的是枫叶，是全树通红的，并没有果实等等来冲淡它，除了最高处的经不起严寒变成了灰红色以外；北京人讲究看红叶，这时我想起老友林宰平先生来了，我们的看红叶完全是他提起兴趣来的，也赖他的指示，知道北京人所谓看红叶完全是看的柿叶。柿叶虽然没有像绍兴柏树那般绿白的衬色，也没有像杭州枫叶那般满树的鲜红，但柿树也有它的特色，就是有与柿叶差不多颜色的柿子陪伴着，使鉴赏者的心中除了感到秋冬的肃杀之处，还感到下一代的柿树将更繁荣的希望。

这时候我不知怎的，突然发生一种悲哀的预感，觉得我们的眼福渐渐缩小了。这不是很明显的事么，我们今年就没有看到京西的红叶？北京的柿子是著名的，虽在大雪的天气，整车的红柿子还推着沿街叫卖，柿子上盖着一层薄雪，因为老年人说吃了可以戒煤毒的，所以大家不怕冻的坦然吃着。而在上海是，要想买一个好好的柿子也得不到。桔子与苹果，是有"生基斯德"的，我们不愁没得吃。生基斯德如果不运桔子苹果来，我们一定没有桔子苹果吃了，柿子就是个好例。十几年前，一到这个时候，不是广东的柑子，福州的蜜桔，浙江的黄岩桔，都要上市了吗？生基斯德一到，这些东西完全销声匿迹了。而柿子更脆弱，简直不等生基斯德到，早已吓得魂不附体，不敢跨入洋场一步了。

于是我们大在绍兴吃柿子。我预料，果子的命运与民族的命运，也许是有一脉相通的。上海现在已经没有柿子的足迹，绍兴的领域也许只是十年五年的事了，再过五十年，一定只有深山荒谷里还找得着，与台湾的"番席"一样，必有汉人挑了担子从深山荒谷出来，一担柿子换一盒火柴回去，而这担柿子一入洋场，便放进玻璃柜里，上面写着大字广告道："华柿：新从深山荒谷得来，曾耗去子弹三万粒，步马枪各五千杆，本店店员采办队，尚有十八人负伤住院未愈,除略取医药费外,特别廉价出售,以飨各界士女,每个洋五十元整"云。

岂但柿子的命运如此,衣食住各项的命运无一不如此。你到上海木器铺里去问,他们有没有一件木器,是用完全中国的木料,中国的油漆,中国的铁链做的?当然没有的。木料是从斐列滨、日本运来,漆是一擦便掉的,中国的锁钥无人中意,也只好改用洋锁了。最使你听了惊异的是,如果你一旦驾鹤仙游了,棺材也斐列滨日本的木材不办,龙游寿木的来源据说早经断绝了。举个最近的例,我们这个《贡献》杂志的书皮上不是有一条棉线么,在上海各处大小杂货铺里搜了两三天,竟得不到一根中国的棉线,结果还是用J.P.Coats的。

趁时看看中国的红叶,大概不久也要没有得看了。

(选自1927年12月15日的《贡献》)

这是一篇很有特色的散文。全篇多用反语,极尽夸张,寓庄于谐,以小见大,且又妙语连珠,令人解颐。充分体现了作者所具有的目光敏锐,笔法犀利的风格。

文中有这样两段发人警醒的文字:"我预料,果子的命运与民族的命运,也许是有一脉相通的。上海现在已经没有柿子的足迹,绍兴的领域也许只是十年五年的事了,再过五十年,一定只有深山荒谷里还找得着,与台湾的'番藷'一样,必有汉人挑了担子从深山荒谷出来,一担柿子换一盒火柴回去,而这担柿子一入洋场,便放进玻璃柜里,上面写着大字广告道:'华柿:新从深山荒谷得来,曾耗去子弹三万粒,步马枪各五千杆,本店店员采办队,尚有十八人负伤住院未愈,除取医药费外,特别廉价出售,以飨各界士女,每个洋五十元整'云。"

"举个最近的例,我们这个《贡献》杂志的书皮上不是有一条棉线么,在上海各处大小杂货铺里搜了两三天,竟得不到一根中国的棉线,结果还是用J.P.Coats的。"

这两段写得相当精彩,作者仿佛是漫不经心地从生活中撷取材料,信手拈来,涉笔成趣,并寄托了深刻的寓意。同样都是生活中的小事情,前者汉人一担柿子换回来的是一盒火柴,而柿子一到洋人手里,一个竟卖五十个洋元!后者在偌大一个上海城,竟无法买到一根中国产的棉线!这种强烈的对比和高度的夸张,把帝国主义列强对中国经济掠夺和扼杀中国民族工业的本质鲜明生动、具体形象地表现出来。文章在诙谐中饱含着愤怒,揶揄中充满了轻蔑,嬉笑怒骂,句句都像挥向敌人的利剑和投枪。这篇散文,具有杂文那种明快平实、犀利老辣的特点。

作者在文章中运用了古典诗歌传统的比兴手法,从红叶生发开去,自绍兴的红叶谈到北京的红叶,由北京的红叶想到北京的柿子,由柿子的兴衰联想到民族的命运,由民族的命运……一环接一环,环环相扣,段与段之间过渡得自然巧妙,犹如羚羊挂角,了无痕迹。且又从一步一步的深入中开掘出重大的主题,发人深省,启人反思。

> **周瘦鹃** （1894—1968），原名周国贤，江苏省苏州市人。现代作家，文学家，翻译家。鸳鸯蝴蝶派早期代表作家。著有散文集《行云集》《花花草草》《花前琐记》《花前续记》等。

绿水青山两相映带的富春江

在若干年以前，我曾和几位老友游过一次富春江，留下了一个很深刻的印象。我们原想溯江而上，一路游到严州为止，不料游侣中有爱西湖的繁华而不爱富春的清幽的，所以一游钓台就勾通了船夫，谎说再过去是盗贼出没之区，很多危险，就忙不迭的拨转船头回杭州去了。后来揭破阴谋，使我非常懊丧。虽常有重续旧游之想，却蹉跎又蹉跎，终未如愿。那知八一三事变以后，在浙江南浔镇蛰伏了三个月，转往安徽黟县的南屏村，道出杭州，搭了江山船，经过了整整一条富春江，十足享受了绿水青山的幽趣，才弥补了我往年的缺憾；恍如身入黄子久富春长卷，诗情画意，不断的奔凑在心头眼底，真个是飘飘然的，好像要羽化而登仙了。可是当年到此，是结队寻春，而现在却为的避乱，令人不胜今昔之感。

富春江最美的一段要算七里泷，又名七里濑、七里滩，那地点是在钓台以西的七里之间，两岸都是一迭迭的青山，仿佛一座座的翠屏一样。那水又浅又清，可以见水中的游鱼，水底的石子。遇到滩的所在，可以瞧到滚滚的急流，圈圈的漩涡，实在是难得欣赏的奇观。写到这里，觉得我这一枝拙笔不能描摹其万一，且借昔人的好诗好词来印证一下，诗如钱塘梁晋竹《舟行七里泷阻风长歌》云："层青迭翠千万重，一峰一格羞雷同，篷窗坐眺快眼饱，故乡无此青芙蓉。或如兔鹘起落势，或如鸾鹤回翔容，槎丫或似踞猛虎，蜿蜒或若游神龙。忽堂忽奥忽高圹，如壁如堵如长墉，老苍滴成悲翠绿，旧赭流作珊瑚红。巨灵手擘逊巉峭，米颠笔写输玲珑，中间素练若布障，两行碧玉为屏风。无波时露石齿齿，不雨亦有云蒙蒙，一滩一锁束浩荡，一山一转殊□□。前行已若苇港断，后径忽觉桃源通，樵歌隐隐深树外，帆影历历斜阳中。东西二台耸山半，乾坤今古流清风，我来祠畔仰高节，碧云岩下停游踪。搜奇履险辟藤葛，攀附无异开叠丛，千盘百折始到顶，眼界直欲凌苍穹。斯游寂寞少同志，知者惟有羊裘翁，狂飙忽起酿山雨，四围岚气青葱茏。老鱼跳波瘦蛟泣，怒涛震荡冯夷宫，舟师深惧下滩险，渡头小泊收帆篷。子陵鱼肥新笋大，舵楼晚饭饤盘充，三更风雨五更月，画眉啼遍峰头峰。"词如番禺陈兰甫《百字令》一阕，系以小序："夏日过七里泷，飞雨忽来，凉沁肌骨，推篷看山，新黛如沐，岚影入水，扁舟如行绿颇黎中，临流洗笔，赋成此阕，傥与樊榭老仙倚笛歌之，当令众山皆响也。词云：江流千里，是山痕寸寸，染成浓碧。两岸画眉声不断，催送蒲帆风急。迭石皴烟，明波蘸树，小李将军笔。飞来山雨，满船凉翠吹入。便欲舣棹芦花，渔翁借我，一领闲蓑笠。不为鲈香兼酒美,只爱岚光呼吸。野水投竿,高台啸月,何代无狂客?晚来新霁,一星云外犹湿。"读了这一诗一词,就可知道七里泷之美,确是名不虚传的。

航行于富春江中的船,叫做江山船,有二三丈长的,也有四五丈长的,船身用杉木造成,满涂着黄润润的桐油,一艘艘都是光焕如新。船棚用芦叶和竹片编成,非常结实,低低的罩在船上,作半月形;前后装着门板,左右开着窗子,两面架着铺位:小的船有四个,大的船就有六个和八个,以供乘客坐卧之用。船上撑篙把舵,打桨摇橹的,大抵是船主的合家眷属,再加上三四名伙计,遇到了滩或水浅的所在,就由他们跳上岸去背纤,看了他们同心协力的合作精神,真够使人兴奋!

一船兀兀,从钱塘江摇到屯溪,前后足足有十三四天之久,而其中六七天,却在富春江至严江中度过,青山绿水间的无边好景,真个是够我们享受了。我们曾经迎朝旭,挹彩云,看晚霞,送夕阳,数繁星,延素月,沐山雨,栉江风。也曾听滩声,听瀑声,听渔唱声,听樵歌声,听画眉百啭声,听松风谡谡声。耳目的供养,尽善尽美,虽南面王不与易,真不啻神仙中人了。我为了贪看好景,不是靠窗而坐,就是坐在船头,不怕风雨的袭击,只怕有一寸一尺的好山水,轻轻溜走。但是每天天未破晓,船长就下令开行,在这晓色迷蒙中,却未免溜走了一些,这是我所引为莫大憾事的。幸而入夜以后,总得在什么山村或小镇的岸旁停泊过宿,其他的船只,都来聚在一起。短篷低烛之下,听着水声汩汩,人语喁喁,也自别有一种佳趣。我曾有小词《诉衷情》一阕咏夜泊云:"夜来小泊平。富春江。左右芳邻都是住轻□;波心月,清辉发,映篷窗。静听怒泷吞石水淙淙。"除了这江上明月,使人系恋以外,还有那白天的映日乌桕,也在我心版上刻下了一个深深的影子。因为我们过富春江时,正在十一月中旬深秋时节,两岸山野中的乌桕树,都已红酣如醉,掩映着绿水青山,分外娇艳。我们近看之不足,还得唤船家拢船傍岸,跳上去走这么十里五里,在树下细细观赏,或是采几枝深红的桕叶,雪白的桕子,带回船去做纪念品。关于这富春江上的乌桕,不用我自己咏叹,好在清代名词人郭频迦有《买陂塘》一词,写得加倍的美,郭词系以小序,全文如下:"富阳道中,见乌桕新霜,青红相间;山水映发,帆樯洄沿,断岸野屋,皆入图绘,竟日赏玩不足,词以写之:绕清江一重一掩,高低总入明镜。青要小试婵娟手,点得疏林妆靓。红不定。衬初日明霞,斜日余霞映。风帆烟艇。尽闷拓窗棂,斜欹巾帽,相对醉颜冷。桐江道,两度沿缘能认。者回刚及霜讯。萧闲鸥侣风标鹭,笑我鬓丝飘影。风一阵,怕落叶漫空,埋却寻幽径。归来重省。有万木号风,千山积雪,物候更凄紧。"

船从富阳到严州的一段,沿江数百里,真个如在画图中行。那青青的山,可以明你的眼,那绿绿的水,可以洗净你的脏腑;无怪当初严子陵先生要薄高官而不为,死心塌地的隐居在富春山上,以垂钓自娱了。富阳以出产草纸著名,是一个大县。我经过两次,只为船不拢岸,都不曾上去观光,可是遥望鳞次栉比的屋宇,和岸边的无数船只,就可想像到那里的繁荣。

桐庐在富阳县西,置于三国吴的时代,真是一个很古老的县治了。在明代和清代,属于严州府,民国以来,改属金华,因为这是往游钓台和通往安徽的必经之路,游人和客商,都得在这里逗留一下，所以沿江一带，就特别繁荣起来。

过了桐庐，更向西去，约四五十里之遥，就到了富春山。山上有东西二台，东台是后汉严子陵钓台，西台是南宋谢翱哭文天祥处，都是有名的古迹。可是我们这时急于赶路，不及登山游览，但是想到一位高士，一位忠臣，东西台两两对峙，平分春色，也可使富春山水，增光不少。

自钓台到严州，一路好山好水，真是目不暇接，美不胜收。严州本为府治，置于明代，民国以后，改为建德县。我在严州曾盘桓半天，在江边的茶楼上与吴献书前辈品茗谈天，饱看水光山色。当夜在船上过宿；赋得绝句四首："浮家泛宅如沙鸥，欸乃声繁似越讴；听雨无聊耽午睡，兰桡摇梦下严州。""玲珑楼阁峨峨立，品茗清淡逸兴赊；塔影亭亭如好女，一江春水绿于茶。""粼粼碧水如罗縠，渔父扁舟挂网回；生长烟波生计足，鸬鹚并载卖鱼来。""灯火星星随水动，严州城外客船多；篷窗夜听潇潇雨，江上明朝涨绿波。"

从富春江入新安江而达屯溪，一路上有许多急滩，据船夫说：共有大滩七十二，小滩一百几。他是不是过甚其辞，我们可也无从知道了。在上滩时，船上的气氛，确是非常紧张，把舵的把舵，撑篙的撑篙，背纤的背纤，呐喊的呐喊，完全是力的表现。儿子铮曾有过一篇记上滩的文字，摘录几节如下："汹涌的水流，排山倒海似的冲来，对着船猛烈的撞击，发出了一阵阵咆哮之声。船老大雄赳赳地站在船头，把一根又长又粗的顶端镶嵌铁尖的竹篙，猛力的直刺到江底的无数石块之间，把粗的一头插在自己的肩窝里，同时又把脚踏在船尖的横杠上，横着身子，颈脖上凸出了青筋，满脸涨得绯红。当他把脚尽力挺直时，肚子一突，便发出了一阵'唷—嘿'的挣扎声。船才微微地前进了一些。这样的打了好几篙，船仍没有脱险，他便将桅杆上的藤圈，圈上系有七八根纤绳，用浑身的力，拉在桅杆的下端，于是全船的重量，全都吃紧在纤夫们的身上，船老大仍一篙连一篙的打着，接着一声又一声的呐喊。在船艄上，那发白的老者双手把着舵；同时嘴里也在呐喊，和船老大互相呼应。有时急流狂击船艄，船身立刻横在江心，老者竭力挽住了那千斤重的舵，半个身子差不多斜出船外，呐喊的声音，直把急流的吼声掩盖住了。在岸滩上，纤夫们竟进住不动了。他们的身子接近地面，成了个三十度的角，到得他们的前脚站定了好一会之后，后脚才慢慢地移上来，这两只脚一先一后的移动，真的是慢得无可再慢的慢动作了。他们个个人都咬紧了牙关，紧握了拳头，垂倒了脑袋，腿上的肌肉，直似栗子般的坟起。这时的纤绳，如箭在张大的弓弦上，千钧一发似的，再紧张也没有了。终于仗着伟大的人力，克服了有限的水力，船身直向前面泻下去。猛吼的水声，渐渐地低了；最后的胜利，终属于我！"这一篇文字虽幼稚，描写当时情景，却还逼真。富春江上的大滩，以鸬鹚滩与怒江滩为最著名。我过怒江滩时，曾有七绝一首："怒江滩上湍流急，郁郁难平想见之，坐看船头风浪恶，神州鼎沸正斯时。"关于上滩的诗，清代张祥河有《上滩》云："上滩舟行难，一里如十里。自过桐江驿，滩曲出沙觜。束流势不舒，遂成激箭驶。游鳞清可数，累累铺石子。忽焉涉深波，鼋鼍伏中沚。舟背避石行，邪许声满耳。瞿塘滟滪堆，其险更何似？"

画眉是一种黄黑色的鸣禽,白色的较少,它的眉好似画的一般,因此得名。据说产于四川;但是富春江上,也特别多。你的船一路在青山绿水间悠悠驶去,只听得夹岸柔美的鸟鸣声,作千百啭,悦耳动听,这就是画眉。所以昔人歌颂富春江的诗词中,往往有画眉点缀其间。我爱富春江,我也爱富春江的画眉,虽然瞧不见它的影儿,但听那宛转的鸣声,仿佛是含着水在舌尖上滚,又像百结连环似的,连绵不绝,觉得这种天籁,比了人为的音乐,曼妙得多了。我有《富春江凯歌》一绝句,也把画眉写了进去:"将军倒挽秋江水,洗尽粘天战血斑;十万雄师齐卸甲,画眉声里凯歌还。"此外还有一件俊物,就是鲥鱼。富春江上父老相传,鲥鱼过了严子陵钓台之下,唇部微微起了红斑,好像点上一星胭脂似的。试想鳞白如银,加上了这嫣红的脂唇,真的成了一尾美人鱼了。我两次过富春江,一在清明时节,一在中秋之后,所以都没有尝到富春鲥的美味,虽然吃过桃花鳜,似乎还不足以快朵颐呢。据张祥河钓台诗注中说:"鲥之小者,谓之鲥婢,四五月间,仅钓台下有之。"鲥婢二字很新,《尔雅》中不知有没有?并且也不知道张氏所谓小者,是小到如何程度。往时我曾吃过一种很大的小鱼,长不过一寸左右,桐庐人装了瓶子出卖,味儿很鲜,据说也出在钓台之下,名子陵鱼。

一九三八年一月

《绿水青山两相映带的富春江》是一篇别具一格的游记,说它别具一格,首先是文中大胆而巧妙地使用了引用修辞手法。

引用最讲究恰切,最忌讳为引用而引用,同时还应当力求避免沿袭老套,要体现自己的表达意旨。大凡提到富春江夹岸迷人的山光水色,人们便会情不自禁地想到南北朝时期梁代才子吴均那篇脍炙人口的《与朱元思书》,但本文作者偏不引用这一千古名篇,而是另辟蹊径,独创新路。如他写《舟行七里泷阻风光歌》一诗洋洋300余字,写得相当精彩,作者一字不遗全诗照录文中,其良苦用心颇令人玩味。首先,所引诗作虽非大家手笔,但文辞优美,笔调清新,极为精当地把"富春江最美的一段"风景再现于诗中,融抒情描绘于一体,感染力很强。如渲染氛围用"狂飙忽起酿山雨,四周岚气青葱茏"一句,借鉴"米颠"笔意,诗画合璧,气势壮阔。吴均的《与朱元思书》中"风烟俱静,天山一色"的恬淡风貌,不过是富春江景色的一面而已,作者引《长歌》与之互补,显然是有意为之。更进一步说,作者此番舟楫富春江是"为的避战,令人不胜今昔之感",品味梁晋竹"七里泷阻风"之作,格调上更为相宜,诗中"三更风雨五更月,画眉啼遍峰上峰"两句莫非与作者当时的心境产生了共鸣?

其次,作者引《长歌》又顺藤摸瓜牵出了鲜为人知的陈兰甫《百字令》,同样写七里泷,同样写"飞雨忽来",同样写"两岸画眉声不断",一诗一词交相辉映。正是在这样的引用中,自然见出渊博的学识、不凡的才气。

第三,本文之引用还启示人们,名家大师之外,小人物笔下也时有闪光之奇珍异宝,"晚来新霁,一星云外犹湿"比起宋代词坛盟主辛弃疾词作的某些佳句来就难分伯仲。又如文中在写观赏老秋中"红酣如醉"的乌桕叶时,信手拈来清人郭频迦的《买陂塘》词,词中"红不定。衬初日明霞,斜日余霞映"等句文辞优美,令人无不拍案叫绝,而这种引用又不露斧凿痕迹,因为郭词中写的乌桕恰恰又是生在"富阳道中",故而天衣无缝。引用古人奇文嘉作犹嫌不够,作者又特意引录儿子的几节笔记文字,也是另有妙处。

  另外,本文的"化用"也颇为成功。如开首一节忆若干年前游富春江因受诳骗而游兴未尽,事后"非常懊丧",显然是化用了王安石《游褒禅山记》中"既其,则或咎其欲出者。而予亦悔其随之,而不得极夫游之乐也"。自疚之论的语句,以及这种"化用",文中还有多处,平添了文章的意蕴,令人回味无穷。

林语堂（1895—1976），原名林和乐，改名林玉堂、语堂，笔名毛驴、宰予、岂青等。福建龙溪人。现代著名作家、翻译家、教授。1912年入上海圣约翰大学。1919年后留学美国、德国。1923年回国，在北京大学、北京女子师范大学任教，支持爱国学生运动。1926年去厦门大学任教，写杂文，并研究语言。1932年后陆续创办《论语》、《人世间》、《宇宙风》，推动小品文的创作，成为论语派主要人物。1936年旅居美国。1947年任联合国教科文组织美术与文学主任。1954年任新加坡南洋大学校长。1966年定居台北。著有《剪拂集》、《开明英文读本》、《开明英文文法》、《大荒集》、《我的话》、《生活的艺术》、《吾国与吾民》、《无所不读》、《京华烟云》、《风声鹤唳》和《语堂文存》等。

说避暑之益

我新近又搬出分租的洋楼，而住在人类所应住的房宅了。十月前，当我搬进去住洋楼的分层时，我曾经郑重的宣告，我是生性不喜欢这种分租的洋楼的。那时我说我本性反对住这种楼房，这种楼房是预备给没有小孩而常住在汽车不住在家里的夫妇住的，而且说，除非现代文明能够给人人一块宅地，让小孩去翻筋斗捉蟋蟀弄得一身肮脏痛快，那种文明不会被我所看重。我说明所以搬去住那所楼层的缘故，是因那房后面有一片荒园，有横倒的树干，有碧绿的池塘，看出去是枝叶扶疏，林鸟纵横，我的书窗之前，又是夏天绿叶成荫冬天子满枝。在上海找得到这样的野景，不能不说是重大的发现，所以决心租定了。现在我们的房东，已将那块园地围起来，整理起来，那些野树已经栽植的有方圆规矩了，阵伍也渐渐整齐了，而且虽然尚未砌出来星形八角等等的花台，料想不久总会来的。所以我又搬出。

现在我是住在一所人类所应住的房宅，如以上所言。宅的左右有的是土，足踏得土，踢踢瓦砾是非常快乐的。我宅中有许多青蛙蟾蜍，洋槐树上的夏蝉整天价的鸣着，而且前晚发见了一条小青蛇，使我猛觉我已成为归去来兮的高士了。我已发见了两种的蜘蛛，还想到城隍庙去买一只龟，放在园里，等着看龟观蟾蜍吃蚊子的神情，倒也十分有趣。我的小孩在这园中，观察物竞天择优胜劣败的至理，总比在学堂念自然教科书，来得亲切而有意义。只可惜尚未找到一只壁虎。壁虎与蜘蛛斗起来真好看啊！……我还想养只鸽子，让它生鸽蛋给小孩玩。所以目前严重的问题是有没有壁虎？假定有了，会不会偷鸽蛋？

由是我想到避暑的快乐了。人家到那里去避暑的可喜的事，我家里都有了。平常人不大觉悟，避暑消夏旅行最可纪的事，都是那里曾看到一条大蛇，那里曾踏着壁虎或蝎子的尾巴。前几年我曾到过莫干山，到现在所记得可乐的事，只是在上山路中看见石龙子的新奇式样，及曾半夜里在床上发见而且用阿摩尼亚射杀一只极大的蜘蛛，及某晚上曾由右耳里逐出一只火萤。此外便都忘记了。在消夏的地方,谈天总免不了谈到大虫的。你想,在给朋友的信中,你可以说"昨晚归途中,遇见一条大蛇,相觑而过!"这是多么称心的乐事。而且在城里接到这封信的人,是怎样的羡慕。假定他还有点人气,阅信之余,必掷信慨然而立曰:"我一定也要去。我非请两星期假不可,不管老板高兴不高兴!"自然,这在于我,现在已不能受诱惑了,因为我家里已有了蛇,这是上海人家里所不大容易发见的。

避暑还有一种好处,就是可以看到一切的亲朋好友。我们想去避暑旅行时,心里总是想着:"现在我要去享一点清福,隔绝尘世,依然故我了。"弦外之音,似乎是说,我们暂时不愿揖客,鞠躬,送往迎来,而想去做自然人。但是这不是真正避暑的理由,如果是,就没人去青岛牯岭避暑了。或是果然是,但是因为船上就发见你的好友陈太太,使你不能达到这个目的。你在星期六晚到莫干山,正在黄昏外出散步,忽然背后听见有人喊着:"老王!"你听见这样喊的时候,心中有何感觉,全凭你自己。星期日早,你星期五晚刚见到的隔壁潘太太同她的一家小孩,也都来临了。星期一下午,王太太也翩然莅临了。星期二早上,你出去步行,真真出乎意外,发见何先生何太太也在此地享隔绝尘世的清福,由是你又请大家来打牌,吃冰淇淋,而陈太太说:"这多么好啊!正同在上海一样,你想是不是?"换句话说,我们避暑,就如美国人游巴黎,总要在 I'opera 前面的一家咖啡馆,与同乡互相见面。据说 montmartre 有一家饭店,美国人游巴黎,非去赐顾不可,因为那里可以吃到真正美国的炸团饼。这一项消息,Anit 女史早已在《碧眼儿日记》郑重载录了。

自然,避暑还有许多益处。比方说,你可以带一架留声机,或者同居的避暑家总会带一架,由是你可以听到年头到年底所已听惯的乐调,如《璇宫艳》舞,《丽娃·栗姐》之类。还有一样,就是整备行装的快乐高兴。你跑到永安公司,在那里思量打算,游泳衣是淡红的鲜艳,还是浅绿的淡素,而你如果是卢骚、陶渊明的信徒,还须考虑一下:短统的反翻口袜,固然凉爽,如鱼网大花格的美国"开索"袜,也颇肉感,有寓露于藏之妙,而且巴黎胭脂,也是"可的"的好。因为你不擦胭脂,总觉得不自然,而你到了山中避暑,总要得其自然为妙。第三样,富贾,银行总理,要人也可以借这机会,带几本福尔摩斯小说,看看点书。在他手不释卷躺藤椅上午睡之时,有朋友叫醒他,他可以一面打哈一面喃喃的说:"啊!我正在看一点书。我好久没看过书了。"第四样益处,就是一切家庭秘史,可在夏日黄昏的闲话中流露出来。在城里,这种消息,除非由奶妈传达,你是不容易听到的。你听见维持礼教乐善好施的社会中坚某君有什么外遇,平常化装为小商人,手提广东香肠工冬工冬跑入弄堂来找他的相好,或是何老爷的丫头的婴孩相貌,非常像何老爷。如果你为人善谈,在两星期的避暑期间,可以听到许多许多家庭秘史,足做你回城后一年的谈助而有余。由是我们发现避暑最后一样而最大的益处,就是——可以做你回城后交际谈话上的题目。

要想起来,避暑的益处还有很多。但是以所举各点,已经有替庐山青岛饭店做义务广告的嫌疑了。就此搁笔。

一九三三年

赏析

林语堂的散文幽默自然、清淡超脱、妙趣横生。看起似信手拈来,却又恰到好处。读罢使人胸怀舒适,洗涤心灵。

全篇文学清淡,没有艳丽的形容词,都来自于实际生活,但又具有生活情趣,没有道学家的说教,又不"之、乎、者、也"摆腐儒或士大夫的臭架子,更没有博小市民欢心的俗气,总之,这些文字是自然的。

作者借谈避暑,反观社会上各色人等的精神空虚。所说避暑的种种快乐与好处,确实是那么回事,看不出丝毫讽刺的痕迹,因为有"我"置身其中,但掩卷沉思,又觉出这许多快乐与好处十分卑微而可笑。这艺术效果从何而来?不就是用避暑与城市生活对比而来的吗?作者对由于避暑引出的趣事不加渲染,还原避暑中的生活趣事,如写旅店的客房里出现壁虎、蝎子或蜘蛛之类的小动物时,避暑者的惊骇状态,这在喧嚣的城市是很少有的。虽然惊骇却颇有趣,这只有在隔绝尘世的避暑处所才会发生,这也叫享清福。避暑可以暂时摆脱诸多烦恼,但常常又难办到,在车船上或散步时会碰到熟人或亲友,而这又是传播轶闻趣事的机会:什么家庭秘史,某某先生的外遇,何老爷丫头的婴孩酷像何老爷之类新闻,这些"足做你回城后一年的谈助而有余"。还有那些富贾、要人借避暑标榜风雅,貌似手不释卷地看流行小说福尔摩斯探案,实际是在安乐椅上打盹,岂不可笑!作者写这些顺手拈来,不矫饰,不夸张,合情合理,但回味时却油然发笑,这是深层的笑,这才是幽默的效果。

阿　芳

我家里有个童仆,我们姑且叫他阿芳,因为阿芳不是他的名字。他是一位绝顶聪明的小孩子。由某兑换铺雇来时,阿芳年仅十五,最多十六岁。现在大约十八岁了,喉管已经增长,说话听来已略如小雄鸡喔喔啼的声调了。但是骨子里还是一身小孩脾气,加上他的绝顶聪明,骂既不听,逐又不忍,闹得我们一家的规矩都没有,主人的身份也不易支撑了。阿芳的聪明乖巧,确乎超人一等,能为人所不能,有许多事的确非他不可,但是做起事来,又像诗人赋诗,全凭雅兴。论其混乱,仓皇,健忘,颠倒,世上罕有其匹。大约一星期间,阿芳打破的杯盘,总够其余佣人打破半年的全额。然而他心地又是万分光明,你责备他,他只低头思过。而在厨房里,他也是可以称雄称帝,不觉中几位长辈的佣人,也都屈服他的天才。也许是因为大家感觉他天分之高,远在一班佣人之上。你只消听他半夜在电话上骂误打电号的口气,便知道他生成是一副少爷的身份。

我得预先解释,我何以肯放阿芳在我们家里造反,在其他佣人所不敢为的事他居然可以为之而不受责斥。在阿芳未来的时候,修理电铃,接保险线,悬挂镜框,补抽水马桶的浮球,这些杂差,都是轮到我身上的。现在一切有阿芳可以代拆代行了,我可以安然读柏拉图的《共和国》,不会奉旨释卷去修理自来水马桶,或是文章做得高兴不至于有人从厨房里喊着:"喂!水管漏了。"单单这一层的使我放心,已经足以抵补我受阿芳的损失而有余了。他有特赋的天才,多能鄙事,什么家具坏了,会自出心裁,一补一塞,一拉一敲,登时可以使用起来;闲时也会在花园中同小孩讲其《火烧红莲寺》的故事,到底不知道是讲得小孩有趣,还是听的小孩有趣。尤其是有一件事,使我佩服。自从到我家之后,他早已看准了我的英文打字机。每晨我在床上,他总在书房里打扫两个钟头,其实正在玩弄那一副打字机。这大概是他生平看到的第一架,已把他迷住了。在这个时候,书房中每有一种神秘的声音传出来。有一天,打字机凭空坏了。我花了两小时修理不好。我骂他不该玩弄这个机器。那天下午,我出去散步回来,阿芳对我说:"先生,机器修理好了。"从此以后,我只好认他为一位聪明而无愧色的同胞了。

　　还有许多方面,确乎非有阿芳莫办。他能在电话上用英语、国语、上海语、安徽语、厦门语骂人(外人学厦门话非天才不可,平常人总是退避三舍)。而且他哪里学来一口漂亮的英语,这只是赋与天才的上帝知道罢。只消教他一次便会。他说Waiterminit而不像普通大学生说Wait-a-meenyoot。我劝他晚上去念英文夜校,并愿替他出三分之二的学费,但是他不肯去。像一切的天才,他生性就恨学堂。

　　这大概可以解释阿芳可以在家里造反的理由。但是叫阿芳做事,又是另一回事了。比方叫他去买一盒洋火,一去就是两个钟头,回来带了一双新布鞋及一只送给小孩的蝗虫,但是没有洋火。幸而他天真未失,还不懂得人世工作与游戏的分别。一收拾卧房,就是三小时,因为至少一小时须喂笼鸟,或者在厨房里同新老妈打诨说笑。"阿芳你今年十八岁了,做事也得正经一点。"我的太太说。但是有什么用?还要看他摔破杯盘,把洋刀在洋炉烤焦了(洋刀洗好在洋炉里烤易干,是他天才的发明),秽箕放在饭台上,扫帚留在衣柜中,而本人在花园里替小孩捉蝗虫。现在我的茶碗没有一副全的了。到了他预备早餐时,厨房里又是如何一阵阵"乒——乒——乓"的声音,因为他相信做事要敏捷。早餐本来是厨子的事,但是不知如何,已变成阿芳的专利。大概因为阿芳喜欢炒鸡子,烧饭的老妈又是女人,只好听他吩咐。因为阿芳是看不起女人的。

　　三星期前,我们雇了一个新来洗衣的老妈,从此厨房里又翻了一新花样了。这个老妈并不老,只二十一岁,阿芳记得是十八。从此厨房重地又变成嬉笑谑弄的舞台了。工作更加废弛,笑声日日增高。打扫房间已由二小时增到三小时,阿芳连我每日应刷的皮鞋都健忘了。我教训他一次,两次,三次,都没结果,最后无法,我便下严重的警告:如果明天六时半皮鞋不给我擦亮,放好在卧房前,定然把他辞退。这一天我板起面孔,不同他说话,我下了决心非整饬纪纲不可。我必须维持主子的身份。那天晚上,我召集全家佣人,重申警告,大家都有惧色,尤其是烧饭及洗衣的老妈。我安然就寝,觉得家中的纪纲已经恢复了。

第二天早晨,我六时醒来,静听房外的声音。六时二十分,洗衣服的青年老妈把我的皮鞋放在门前。我觉得不平。

"我是叫阿芳带来的。你为什么替他带来?"

"我正要上楼,顺便替他拿来。"那老妈恭而有礼的回答。

"他自己不会带来吗?是他叫你的,还是你自己作主?"

"他没叫我。我自己作主。"

我知道她在撒谎。阿芳的梦魂还在逍遥睡乡。但是这位青年老妈婉词地替阿芳辩护,倒使我不好意思。我情愿屈服,不再整饬纪纲了。现在厨房里如何天翻地覆,我是无权过问的了。

(按:此为两年前存稿,阿芳后来与新老妈有私,串通在外行窃,入狱。今年六月出狱,至此尚未见面。)

赏析

《阿芳》是林语堂的叙事名篇。作者用幽默细腻的笔触描绘出了阿芳这个人物形象。

文章一开始就先对阿芳作了简单介绍。阿芳是个年仅18岁的佣人,却是绝顶聪明,且又满身孩子气,做事全凭雅兴。他可以在众佣人面前"称雄称帝",甚至闹得主人"连身分也不易支撑了"。作家的简略介绍,虽只是从大轮廓着手,把一个"混世魔王"的形象勾勒出来了。主人对这位"混世魔王"的态度是无可奈何的,"骂既不听,逐又不忍",那就只好任其自然了。这种现象从旧时代的主仆关系上看,似乎有些滑稽,作者好像也深知这一点,所以才要作一番解释。

这个阿芳聪明伶俐,干练天真,深得作者喜爱。在"我"与"阿芳"之间不是主人与仆人的关系,而是充满平等的气氛。有时这个小书童还有反客为主的表现,林语堂也表现得颇为容忍。作者在行文中又不是事无巨细,样样罗列,而是选择一些相互联系、相互映称的事例对阿芳进行刻画。这种简洁的手法,又给文章增色不少。在作品中,有的地方既表现了阿芳的聪明,又反映了他孩子气;有的地方却又从阿芳的孩子气中衬托了他做事不认真。比如让他打扫房间,他竟把扫帚留在衣柜中,自己却跑到花园里给小孩捉蝗虫玩。他喜欢炒鸡子,便把归厨子的事抢来自己做,但他自己该做的事,却又让新来的老妈子"代劳"。这不正是阿芳的那种做事全凭雅兴,且又满身孩子气的表现吗。而阿芳,也正是在这种互相联系、相互衬托中"活"起来的。

此篇作品的语言也是别有韵味的。一个"迷"字,把阿芳的天真好奇神情表露无疑。对主人决心整顿纪纲的叙述,则更具特色。在这里,作者并没有描写主人的神态,但我们从作品的字里行间是不难看出主人的懊丧、气愤、恼怒却又无可奈何的神态。这是很值得读者回味的。

秋天的况味

　　天的黄昏,一人独坐在沙发上抽烟,看烟头白灰之下露出红光,微微透露出暖气,心头的情绪便跟着那蓝烟缭绕而上,一样的轻松,一样的自由。不转眼缭烟变成缕缕的细丝,慢慢不见了,而那霎时,心上的情绪也跟着消沉于大千世界,所以也不讲那时的情绪,而只讲那时的情绪的况味。待要再划一根洋火,再点起那已点过三四次的雪茄,却因白灰已积得太多,点不着,乃轻轻的一弹,烟灰静悄悄的落在铜炉上,其静寂如同我此时用毛笔写在中纸上一样,一点的声息也没有。于是再点起来,一口一口的吞云吐露,香气扑鼻,宛如偎红倚翠温香在抱情调;于是想到烟,想到这烟一股温煦的热气,想到室中缭绕暗淡的烟霞,想到秋天的意味。这时才想起,向来诗文上秋的含义,并不是这样的,使人联想的是萧杀,是凄凉,是秋扇,是红叶,是荒林,是萋草。然而秋确有另一意味,没有春天的阳气勃勃,也没有夏天的炎烈迫人,也不像冬天之全入于枯槁凋零。我所爱的是秋林古气磅礴气象。有人以老气横秋骂人,可见是不懂得秋林古色之滋味。在四时中,我于秋是有偏爱的,所以不妨说说。秋是代表成熟,对于春天之明媚娇艳,夏日之茂密浓深,都是过来人,不足为奇了,所以其色淡,叶多黄,有古色苍茏之慨,不单以葱翠争荣了。这是我所谓秋的意味。大概我所爱的不是晚秋,是初秋,那时暄气初消,月正圆,蟹正肥,桂花皎洁,也未陷入慓烈萧瑟气态,这是最值得赏乐的。那时的温和,如我烟上的红灰,只是一股熏熟的温香罢了;或如文人已排脱下笔惊人的格调,而渐趋纯熟炼达,宏毅坚实,其文读来有深长意味。这就是庄子所谓"正得秋而万宝成"结实的意义。在人生上最享乐的就是这一类的事。比如酒以醇以老为佳。烟也有和烈之辨。雪茄之佳者,远胜于香烟,因其味较和。倘是烧得得法,慢慢的吸完一支,看那红光炙发,有无穷的意味。鸦片吾不知,然看见人在烟灯上烧,听那微微哔剥的声音,也觉得有一种诗意。大概凡是古老,纯熟,熏黄,熟炼的事物,都使我得到同样的愉快。如一只熏黑的陶锅在烘炉上用慢火炖猪肉时所发出的锅中徐吟的声调,是使我感到同观人烧大烟一样的兴趣。或如一本用过二十年而尚未破烂的字典,或是一张用了半世的书桌,或如看见街上一块熏黑了老气横秋的招牌,或是看见书法大家苍劲雄深的笔迹,都令人有相同的快乐。人生世上如岁月之有四时,必须要经过这纯熟时期,如女人发育健全遭遇安顺的,亦必有一时徐娘半老的风韵,为二八佳人所绝不可及者。使我最佩服的是邓肯的佳句:"世人只会吟咏春天与恋爱,真无道理。须知秋天的景色,更华丽,更恢奇,而秋天的快乐有万倍的雄壮、惊奇、都丽。我真可怜那些妇女识见偏狭,使她们错过爱之秋天的宏大的赠赐。"若邓肯者,可谓识趣之人。

一九四一年一月

 赏　析

　　许多名家笔下的秋大多为悲凉、凄惶、萧瑟、肃杀，而林语堂笔下的秋却独具一番宁静深远的况味。

　　秋是丰硕、成熟、收获的季节，可林语堂没有对秋的丰腴、肥美过多着墨，而是以一种怡然的心态，写秋的一种绵延细节的意味，有一种漫无边际的感觉。一烟在手，独对黄昏，在一片宁静、惬意的氛围中，林语堂的思绪如白色缥缈的烟雾，悠然地飘忽着，如无缰的野马，秋的温润便在心中悠悠无羁地荡漾开来。秋成了代表成熟的内蕴、古色苍茫的过来人，成为烟上的红灰，又如又老又醇的酒带一股熏熟的温香，散发着一种纯正的意味深长的气息。秋被比作雪茄、鸦片、用过20年的烂字典、用过半世纪的书桌、一块老气横秋的招牌，甚至一只熏黑的陶锅在烘炉上用慢火炖猪肉时所发出的徐吟的声调。作者写秋，写出了秋天的味觉。这是很新颖的。由酒谈起，若之醇老为佳；又谈及烟，红光炙发，有无穷的诗意。这些极言秋天的辣味醇，而这老辣味醇，能给人以美的快感，隽永的回味，依作者所言："古老，纯熟，熏黄，熟练的事物"，这是真正的气质所在，这其中的美感的意味正是秋天的内涵。

　　整个文章毫无绚烂之彩绘，但笔锋过处浓情四溢，透出浓阳袭人的醇美与丰厚。"人的一生无论成败，他都有权休息，过优哉优哉的日子"，林语堂这一人生格言在文中洒脱地飘逸出来，人生之秋的丰厚，人之生命的厚重底蕴在林语堂的笔触下从容潇洒，充满了睿智。

　　"正得秋而万宝成"，林语堂的秋有着豁达的人生观，他的《秋天的况味》制造出一种温馨而富有人情味的氛围。

　　人的生命之秋从来不应落寞、凄凉，生命底蕴的积淀浓缩、厚积薄发，秋天的收获还会不辉煌、不绚烂多姿么！

> **张恨水** (1895—1967),原名张心远,安徽潜山县人。现代著名作家。1916年就任安徽芜湖《皖江日报》,开始文学创作。代表作有长篇小说《啼笑姻缘》《夜深沉》《春明外史》《金粉世家》《魍魉世界》《纸醉金迷》《八十一梦》等,共写成120余部长篇小说,另有历史故事多种及散文、游记等。

五月的北平

能够代表东方建筑美的城市,在世界上,除了北平,恐怕难找第二处了。描写北平的文字,由国文到外国文,由元代到今日,那是太多了,要把这些文字抄写下来,随便也可以出百万言的专书。现在要说北平,那真是一部二十四史,无从说起。若写北平的人物,就以目前而论,由文艺到科学,由最崇高的学者到雕虫小技的绝世能手,这个城圈子里,也俯拾即是,要一一介绍,也是不可能。北平这个城,特别能吸收有学问、有技巧的人才,宁可在北平为静止得到生活无告的程度,他们不肯离开。不要名,也不要钱,就是这样穷困着下去,这实在是件怪事。你又叫我写哪一位才让圈子里的人过瘾呢?

静的不好写,动的也不好写,现在是五月(旧的历法是四月),我们还是写点五月的眼前景物吧。北平的五月,那是一年里的黄金时代。任何树木,都发生了嫩绿的叶子,处处是绿荫满地。卖芍药花的担子,天天摆在十字街头。洋槐树开着其白如雪的花,在绿叶上一球球的顶着。街,人家院落里,随处可见。柳絮飘着雪花,在冷静的胡同里飞。枣树也开花了;在人家的白粉墙头,送出兰花的香味。北平春季多风,但到五月,风季就过去了(今年春季无风)。市民开始穿起夹衣,在不暖的阳光里走。北平的公园,既多又大。只要你有工夫,花不成其为数目的票价,亦可以在锦天铺地、雕栏玉砌的地方消磨一半天。

照着上面所谈,这范围还是太广,像看《四库全书》一样。虽然只成个提要,也觉得应接不暇。让我来缩小范围,只谈一个中人之家吧。北平的房子,大概都是四合院。这个院子,就可以雄视全国建筑。洋楼带花园,这是最令人羡慕的新式住房。可是在北平人看来,那太不算一回事了。北平所谓大宅门,哪家不是七八上下十个院子?哪个院子里不是花果扶疏?这且不谈,就是中产之家,除了大院一个,总还有一两个小院相配合。这些院子里,除了石榴树、金鱼缸,到了春深,家家由屋里度过寒冬搬出来。而院子里的树木,如丁香、西府海棠、藤萝架、葡萄架、垂柳、洋槐、刺槐、枣树、榆树、山桃、珍珠梅、榆叶梅,也都成人家普通的栽植物,这时,都次第的开过花了。尤其槐树,不分大街小巷,不分何种人家,到处都栽着有。在五月里,你如登景山之巅,对北平作个鸟瞰,你就看到北平市房全参差在绿海里。这绿海大部分就是槐树造成的。

洋槐传到北平，似乎不出五十年，所以这类树，树木虽也有高到五六丈的，都是树干还不十分粗。刺槐却是北平的土产，树兜可以合抱，而树身高到十丈的，那也很是平常。洋槐是树叶子一绿就开花，正在五月，花是成球的开着，串子不长，远望有些像南方的白绣球。刺槐是七月开花，都是一串串有刺，像藤萝（南方叫紫藤）。不过是白色的而已。洋槐香浓，刺槐不大香，所以五月里草绿油油的季节，洋槐开花，最是凑趣。

在一个中等人家，正院子里可能就有一两株槐树，或者是一两株枣树。尤其是城北，枣树逐家都有，这是"早子"的谐音，取一个吉利。在五月里，下过一回雨，槐叶已在院子里著上一片绿荫。白色的洋槐花在绿枝上堆着雪球，太阳照着，非常的好看。枣子花是看不见的，淡绿色，和小叶的颜色同样，而且它又极小，只比芝麻大些，所以随便看不见。可是它那种兰蕙之香，在风停日午的时候，在月明如昼的时候，把满院子都浸润在幽静淡雅的境界。假使这人家有些盆景（必然有），石榴花开着火星样的红点，夹竹桃开着粉红的桃花瓣，在上下皆绿的环境中，这几点红色，娇艳绝伦。北平人又爱随地种草本的花籽，这时大小花秧全都在院子里拔地而出，一寸到几寸长的不等，全表示了欣欣向荣的样子。北平的屋子，对院子的一方面，照例下层是土墙，高二三尺，中层是大玻璃窗，玻璃大得像百货店的货商相等，上层才是花格活窗。桌子靠墙，总是在大玻璃窗下。主人翁若是读书伏案写字，一望玻璃窗外的绿色，映入眉宇，那实在是含有诗情画意的。而且这样的点缀，并不花费主人什么钱的。

北平这个地方，实在适宜于绿树的点缀，而绿树能亭亭如盖的，又莫过于槐树。在东西长安街，故宫的黄瓦红墙，配上那一碧千株的槐林，简直就是一幅彩画。在古老的胡同里，四五株高槐，映带着平正的土路，低矮的粉墙。行人很少，在白天就觉得其意幽深，更无论月下了。在宽平的马路上，如南、北池子，如南、北长街，两边槐树整齐划一，连续不断，有三四里之长，远远望去，简直是一条绿街。在古庙门口，红色的墙，半圆的门，几株大槐树在庙外拥立，把低矮的庙整个罩在绿荫下，那情调是肃穆典雅的。在伟大的公署门口，槐树分立在广场两边，好像排列着伟大的仪仗，又加重了几分雄壮之气。太多了，我不能把她一一介绍出来，有人说五月的北平是碧槐的城市，那却是一点没有夸张。

当承平之时，北平人所谓"好年头儿"。在这个日子，也正是故都人士最悠闲舒适的日子。在绿荫满街的当儿，卖芍药花的平头车子整车的花蕾推了过去。卖冷食的担子，在幽静的胡同里叮当作响，敲着冰盏儿，这很表示这里一切的安定与闲静。渤海来的海味，如黄花鱼、对虾，放在冰块上卖，已是别有风趣。又如乳油杨梅、蜜饯樱桃、藤萝饼、玫瑰糕，吃起来还带些诗意。公园里绿叶如盖，三海中水碧如油，随处都是令人享受的地方。但是这一些，我不能、也不愿往下写。现在，这里是邻近炮火边沿，南方人来说这里是第一线了。北方人吃的面粉，三百多万元一袋；南方人吃的米，卖八万多元一斤。穷人固然是朝不保夕；中产之家虽改吃糙粉度日，也不知道这糙粮允许吃多久。街上的槐树虽然还是碧净如前，但已失去了一切悠闲的点缀。人家院子里，虽是不花钱的庭树，还依然送了绿荫来，这绿荫在人家不是幽丽，乃是凄凄惨惨的象征。谁实为之？孰令致之？我们也就无从问人。《阿房宫赋》前段写得那样富丽,后面接着是一叹:"秦人不自哀!"现在的北平人,倒不是不自哀,其如他们哀亦无益何!

好一座富于东方美的大城市呀,他整个儿在战栗!好一座千年文化的结晶呀,他不断的在枯萎!呼吁于上天,上天无言;呼吁于人类,人类摇头。其奈之何!

北平不仅是王侯将相的城市,也是平民布衣的城市。从红墙碧瓦到四合院,不同等级身份的人都有自己的一方天地,并不是每一个生活在北京城里的人都能够发现"风景"的,也难怪,这"风景"是深藏着的,不是轻易就能够发现的。张恨水先生就为读者撷取了五月的北京,春夏之交,北平也进入了生机勃发的季节。百花盛开,绿树成荫,人们生活在这座古老的城市中,古老的生活习惯,风土人情透露出几分悠闲,但是所有这一切都难以掩饰他的没落。

本文在写法上采用平铺直叙的手法,这种手法为一般文学家之大忌,因为用起来最难。人们常说散文是最不讲究技法的文体,大凡就是针对这类写法而言,而要写好,则需要作者的学识、机遇、功力和深厚的生活阅历,同时还有赖于作者写景状物的语言功夫。这些在这篇散文中都有充分的体现。如:"在古庙门口,红色的墙,半圆的门,几株大槐树在庙外拥立,把低矮的庙整个罩在绿荫下,那情调是肃穆典雅的。""洋槐树开着其白如雪的花,在绿叶上一球球的顶着。""桌子靠墙,总是在大玻璃窗下。主人翁若是读书伏案写字,一望玻璃窗外的绿色,映入眉宇,那实在是含有诗情画意的。"此类平淡而又神奇、朴素具象而又充满生趣的语言,文中比比皆是。

本文结尾部分笔峰陡转,直抒胸中之块垒:"现在的北平人,倒不是不自哀,其如他们哀亦无益何!""好一座富于东方美的大城市呀,他整个儿在战栗!好一座千年文化的结晶呀,他不断的在枯萎!"抗日时期,日寇入侵,北平遭难,如今国难当头,作者忧心如焚,"呼吁于上天,上天无言;呼吁于人类,人类摇头。其奈之何!"这愤极无奈之言,是对40年代末国民党政府的专制独裁、残害人民、摧毁文化的抗议。

> **郁达夫**　（1896—1945）现代作家。原名郁文，浙江富阳人。现代著名作家。1913年到日本留学，1922年回国后专门从事文学创作活动，与郭沫若、成仿吾等人组织创造社。1930年中国自由运动大同盟成立，为发起人之一，并参加中国左翼作家联盟。1937年抗战后辗转南洋，1945年9月被日本宪兵秘密杀害。主要著作有小说《沉沦》《银灰色的死》《春风沉醉的晚上》《薄奠》等，散文集《闲书》《达夫游记》《屐痕处处》等。现有《达夫文集》《达夫选集》等行世。

钓台的春昼

因为近在咫尺，以为什么时候要去就可以去，我们对于本乡本土的名区胜景，反而往往没有机会去玩，或不容易下一个决心去玩的。正唯其是如此，我对于富春江上的严陵，二十年来，心里虽每在记着，但脚却没有向这一方面走过。一九三一，岁在辛未，暮春三月，春服未成，而中央党帝，似乎又想玩一个秦始皇所玩过的把戏了，我接到了警告，就仓皇离去了寓居。先在江浙附近的穷乡里，游息了几天，偶尔看见了一家扫墓的行舟，乡愁一动，就定下了归计。绕了一个大弯，赶到故乡，却正好还在清明寒食的节前。和家人等去上了几处坟，与许久不曾见过面的亲戚朋友，来往热闹了几天，一种乡居的倦怠，忽而袭上心来了，于是乎我就决心上钓台访一访严子陵的幽居。

钓台去桐庐县城二十余里，桐庐去富阳县治九十里不足，自富阳溯江而上，坐小火轮三小时可达桐庐，再上则须坐帆船了。

我去的那一天，记得是阴晴欲雨的养花天，并且系坐晚班轮去的，船到桐庐，已经是灯火微明的黄昏时候了，不得已就只得在码头近边的一家旅馆的楼上借了一宵宿。

桐庐县城，大约有三里路长，三千多烟灶，一二万居民，地在富春江西北岸，从前是皖浙交通的要道，现在杭江铁路一开，似乎没有一二十年前的繁华热闹了。尤其要使旅客感到萧条的，却是桐君山脚下的那一队花船的失去了踪影。说起桐君山，却是桐庐县的一个接近城市的灵山胜地，山虽不高，但因有仙，自然是灵了。以形势来论，这桐君山，也的确是可以产生出许多口音生硬，别具风韵的桐严嫂来的生龙活脉。地处在桐溪东岸，正当桐溪和富春江合流之所，依依一水，西岸便瞰视着桐庐县市的人家烟树。南面对江，便是十里长洲；唐诗人方干的故居，就在这十里桐洲九里花的花田深处。向西越过桐庐县城，更遥遥对着一排高低不定的青峦，这就是富春山的山子山孙了。东北面山下，是一片桑麻沃地，有一条长蛇似的官道，隐而复现，出没盘曲在桃花杨柳洋槐榆树的中间，绕过一支小岭，便是富阳县的境界，大约去程明道的墓地程坟，总也不过一二十里地的间隔。我的去拜谒桐君，瞻仰道观，就在那一天到桐庐的晚上,是淡云微月,正在作雨的时候。

鱼梁渡头,因为夜渡无人,渡船停在东岸的桐君山下。我从旅馆踱了出来,先在离轮埠不远的渡口停立了几分钟。后来向一位来渡口洗夜饭米的年轻少妇,弓身请问了一回,才得到了渡江的秘诀。她说:"你只须高喊两三声,船自会来的。"先谢了她教我的好意,然后以两手围成了播音的喇叭,"喂,喂,渡船请摇过来!"地纵声一喊,果然在半江的黑影当中,船身摇动了。渐摇渐近,五分钟后,我在渡口,却终于听出了咿呀柔橹的声音。时间似乎已经入了酉时的下刻,小市里的群动,这时候都已经静息,自从渡口的那位少妇,在微茫的夜色里,藏去了她那张白团团的面影之后,我独立在江边,不知不觉心里头却兀自感到了一种他乡日暮的悲哀。渡船到岸,船头上起了几声微微的水浪清音,又铜东的一响,我早已跳上了船,渡船也已经掉过头来了。坐在黑影沉沉的舱里,我起先只在静听着柔橹划水的声音,然后却在黑影里看出了一星船家在吸着的长烟管头上的烟火,最后因为被沉默压迫不过,我只好开口说话了:"船家!你这样的渡我过去,该给你几个船钱?"我问。"随你先生把几个就是。"船家的说话冗慢幽长,似乎已经带着些睡意了,我就向袋里摸出了两角钱来。"这两角钱,就算是我的渡船钱,请你候我一会,上山去烧一次夜香,我是依旧要渡过江来的。"船家的回答,只是恩恩乌乌,幽幽同牛叫似的一种鼻音,然而从继这鼻音而起的两三声轻快的咳声听来,他却似已经在感到满足了,因为我也知道,乡间的义渡,船钱最多也不过是两三枚铜子而已。

到了桐君山下,在山影和树影交掩着的崎岖道上,我上岸走不上几步,就被一块乱石拌倒,滑跌了一次。船家似乎也动了恻隐之心了,一句话也不发,跑将上来,他却突然交给了我一盒火柴。我于感谢了一番他的盛意之后,重整步武,再摸上山去。先是必须点一枝火柴走三五步路的,但到得半山,路既就了规律,而微云堆里的半规月色,也朦胧地现出一痕银线来了,所以手里还存着的半盒火柴,就被我藏入了袋里。路是从山的西北,盘曲而上,渐走渐高,半山一到,天也开朗了一点。桐庐县市上的灯火,也星星可数了。更纵目向江心望去,富春江两岸的船上和桐溪合流口停泊着的船尾船头,也看得出一点一点的火来。走过半山,桐君观里的晚褥钟鼓,似乎还没有息尽,耳朵里仿佛听见了几丝木鱼钲钹的残声。走上山顶,先在半途遇着了一道道观外围的女墙,这女墙的栅门,却已经掩上了。在栅门外徘徊了一刻,觉得已经到了此门而不进去,终于是不能满足我这一次暗夜冒险的好奇怪僻的。所以细想了几次,还是决心进去,非进去不可,轻轻用手往里面一推,栅门却呀的一声,早已退向了后方开开了,这门原来是虚掩在那里的。进了栅门,踏着为淡月所映照的石砌平路,向东向南的前走了五六十步,居然走到了道观的大门之外,这两扇朱红漆的大门,不消说是紧闭在那里的。到了此地,我却不想再破门进去了,因为这大门是朝南向着大江开的,门外头是一条一丈来宽的石砌步道,步道的一旁是道观的墙,一旁便是山坡,靠山坡的一面,并且还有一道二尺来高的石墙筑在那里,大约是代替栏杆,防人倾跌下山去的用意;石墙之上,铺的是二三尺宽的青石,在这似石栏又似石凳的墙上,尽可以坐卧游息,饱看桐江和对岸的风景,就是在这里坐它一晚,也很可以,我又何必去打开门来,惊起那些老道的恶梦呢!

空旷的天空里,流涨着的只是些灰白的云,云层缺处,原也看得出半角的天,和一点两点的星,但看起来最饶风趣的,却仍是欲藏还露,将见仍无的那半规月影。这时候江面上似乎起了风,云脚的迁移,更来得迅速了。而低头向江心一看,几多散乱着的船里的灯光,也忽阴忽灭地变换了一变换位置。

这道观大门外的景色,真神奇极了。我当十几年前,在放浪的游程里,曾向瓜洲京口一带,消磨过不少的时日。那时觉得果然名不虚传的,确是甘露寺外的江山;而现在到了桐庐,昏夜上这桐君山来一看,又觉得这江山之秀而且静,风景的整而不散,却非那天下第一江山的北固山所可与比拟的了。真也难怪得严子陵,难怪得戴征士,倘使我若能在这样的地方结屋读书,以养天年,那还要什么的高官厚禄,还要什么的浮名虚誉哩?一个人在这桐君观前的石凳上,看看山,看看水,看看城中的灯火和天上的星云,更做做浩无边际的无聊的幻梦,我竟忘记了时刻,忘记了自身,直等到隔江的击柝声传来,向西一看,忽而觉得城中的灯影微茫地减了,才跑也似的走下了山来,渡江奔回了客舍。

第二日侵晨,觉得昨天在桐君观前做过的残梦正还没有续完的时候,窗外面忽而传来了一阵吹角的声音。好梦虽被打破,但因这同吹筚篥似的商音哀咽,却很含着些荒凉的古意,并且晓风残月,杨柳岸边,也正好候船待发,上严陵去;所以心里虽怀着了些儿怨恨,但脸上却现出了一痕微笑,起来梳洗更衣,叫茶房去雇船去。雇好了一只双桨的渔舟,买就了些酒菜鱼米,就在旅馆前面的码头上上了船,轻轻向江心摇出去的时候,东方的云幕中间,已现出了几丝红晕,有八点多钟了。舟师急得利害,只在埋怨旅馆的茶房,为什么昨晚上不预先告诉,好早一点出发。因为此去就是七里滩头,无风七里,有风七十里,上钓台去玩一趟回来,路程虽则有限,但这几日风雨无常,说不定要走夜路,才回来得了的。

过了桐庐,江心狭窄,浅滩果然多起来了。路上遇着的来往的行舟,数目也是很少,因为早晨吹的角,就是往建德去的快班船的信号,快班船一开,来往于两岸之间的船就不十分多了。两岸全是青青的山,中间是一条清浅的水,有时候过一个沙洲,洲上的桃花菜花,还有许多不晓得名字的白色的花,正在喧闹着春暮,吸引着蜂蝶。我在船头上一口一口的喝着严东关的药酒,指东话西地问着船家,这是什么山,那是什么港,惊叹了半天,称颂了半天,人也觉得倦了,不晓得什么时候,身子却走上了一家水边的酒楼,在和数年不见的几位已经做了党官的朋友高谈阔论。谈论之余,还背诵了一首两三年前曾在同一的情形之下做成的歪诗:

不是尊前爱惜身,
伴狂难免假成真,
曾因酒醉鞭名马,
生怕情多累美人。
劫数东南天作孽,

鸡鸣风雨海扬尘,
悲歌痛哭终何补,
义士纷纷说帝秦。

直到盛筵将散,我酒也不想再喝了,和几位朋友闹得心里各自难堪,连对旁边坐着的两位陪酒的名花都不愿意开口。正在这上下不得的苦闷关头,船家却大声的叫了起来说:

"先生,罗芷过了,钓台就在前面,你醒醒罢,好上山去烧饭吃去。"

擦擦眼睛,整了一整衣服,抬起头来一看,四面的水光山色又忽而变了样子了。清清的一条浅水,比前又窄了几分,四围的山包得格外的紧了,仿佛是前无去路的样子。并且山容峻削,看去觉得格外的瘦格外的高。向天上地下四围看看,只寂寂的看不见一个人类。双桨的摇响,到此似乎也不敢放肆了,钩的一声过后,要好半天才来一个幽幽的回响,静,静,静,身边水上,山下岩头,只沉浸着太古的静,死灭的静,山峡里连飞鸟的影子也看不见半只。前面的所谓钓台山上,只看得见两大个石垒,一间歪斜的亭子,许多纵横芜杂的草木。山腰里的那座祠堂,也只露着些废垣残瓦,屋上面连炊烟都没有一丝半缕,象是好久好久没有人住了的样子。并且天气又来得阴森,早晨曾经露一露脸过的太阳,这时候早已深藏在云堆里了,余下来的只是时有时无从侧面吹来的阴飕飕的半箭儿山风。船靠了山脚,跟着前面背着酒菜鱼米的船夫走上严先生祠堂的时候,我心里真有点害怕,怕在这荒山里要遇见一个干枯苍老得同丝瓜筋似的严先生的鬼魂。

在祠堂西院的客厅里坐定,和严先生的不知第几代的裔孙谈了几句关于年岁水旱的话后,我的心跳也渐渐儿的镇静下去了,嘱托了他以煮饭烧菜的杂务,我和船家就从断碑乱石中间爬上了钓台。

东西两石垒,高各有二三百尺,离江面约两里来远,东西台相去只有一二百步,但其间却夹着一条深谷。立在东台,可以看得出罗芷的人家,回头展望来路,风景似乎散漫一点,而一上谢氏的西台,向西望去,则幽谷里的清景,却绝对的不象是在人间了。我虽则没有到过瑞士,但到了西台,朝西一看,立时就想起了曾在照片上看见过的威廉退儿的祠堂。这四山的幽静,这江水的青蓝,简直同在画片上的珂罗版色彩,一色也没有两样,所不同的就是在这儿的变化更多一点,周围的环境更芜杂不整齐一点而已,但这却是好处,达正是足以代表东方民族性的颓废荒凉的美。

从钓台下来,回到严先生的祠堂——记得这是洪杨以后严州知府戴 重建的祠堂——西院里饱啖了一顿酒肉,我觉得有点酩酊微醉了。手拿着以火柴柄制成的牙签,走到东面供着严先生神像的龛前,向四面的破壁上一看,翠墨淋漓,题在那里的,竟多是些俗而不雅的过路高官的手笔。最后到了南面的一块白墙头上,在离屋檐不远的一角高处,却看到了我们的一位新近去世的同乡夏灵峰先生的四句似邵尧夫而又略带感慨的诗句。夏灵峰先生虽则只知崇古,不善处今,但是五十年来,象他那样的顽固自尊的亡清遗老,也的确是没有第二个人。比较起现在的那些官迷的南满尚书和东洋宫婢来,他的经术言行,姑且不必去论它,就是以骨头来称称,我想也要比什么罗三郎郑太郎辈,重到好几百倍。慕贤的心一动,熏人臭技自然是难熬了,堆起了几张桌椅,借得了一枝破笔,我也向高墙上在夏灵峰先生的脚后放上了一个陈屁,就是在船舱的梦里,也曾微吟过的那一首歪诗。

从墙头上跳将下来,又向龛前天井去走了一圈,觉得酒后的干喉,有点渴痒了,所以就又走回到了西院,静坐着喝了两碗清茶。在这四大无声,只听见我自己的啾啾喝水的舌音冲击到那座破院的败壁上去的寂静中间,同惊雷似地一响,院后的竹园里却忽而飞出了一声闲长而又有节奏似的鸡啼的声来。同时,在门外面歇着的船家,也走进了院门,高声的对我说:

"先生,我们回去罢,已经是吃点心的时候了,你不听见那只鸡在后山啼么?我们回去罢!"

一九三二年八月在上海写

郁达夫的游记在现代文学史上,理应坐一把交椅。他的录游踪、摹风光,尽运用着"中国旧诗词里所说的以景述情、缘情叙景等诀窍",情景兼到真如他下笔前的意想,而节奏的疾徐、韵味的浓淡皆调和得同山水一般的自然,字句间深浸的越人才调也飘逸得可想,性灵天赋却断非袁中郎、张宗子一类旧式名士所可与比拟的。他的游记,又以抒写家乡风物的那些篇翰拔萃。在这中间,《钓台的春昼》尤是如此。

论起旅行的写生,郁达夫较倾心于公安、竟陵两派小品的逸致,"大约描写田园野景,和闲适的自然生活以及纯粹的情感之类,当以这一种文体为最美而最合"。细密、清新、真切,是他所追慕的文境,而视清新为至上。他在往严陵濑去的路上,踏入十里桐洲九里花的花田深处,醉赏着青峦下的桑麻沃地,以及随着几声微微的水浪的清音渡到印着月痕的桐君山下,此番游迹的描写直似在绘着秀静清美的图画。

七里泷一段水光山影,用笔极简而景色宛然,是我常常要默诵的。比方这几句散淡的白描:"两岸全是青青的山,中间是一条清浅的水,有时候过一个沙洲,洲上的桃花菜花,还有许多不晓得名字的白色的花,正在喧闹着暮春,吸引着蜂蝶。"又如:"这四山的幽静,这江水的青蓝,简直同在画片上的珂罗版色彩,一色也没有两样。"富春江是以风景的整而不散和子陵耕钓旧事出入他的文章,而江岸上的严光古祠,却又荒寂幽昧得让人悚然:"前面的所谓钓台山上,只看得见两个大石垒,一间歪斜的亭子,许多纵横芜杂的草木。山腰里的那座祠堂,也只露着些废垣残瓦,屋上面连炊烟都没有一丝半缕,像是好久好久没有人住了的样子。并且天气又来得阴森,早晨曾经露一露脸的太阳,这时候早已深藏在云堆里了,余下来的只是时有时无从侧面吹来的阴飕飕的半箭儿山风。船靠了山脚,跟着前面背着酒菜鱼米的船夫走上严先生祠堂去的时候,我心里真有点害怕,怕在这荒山里要遇见一个干枯苍老得同丝瓜筋似的严先生的鬼魂。"严陵遗迹已经涵着郁氏散逸的情致。《钓台的春昼》中那些清丽的描画和冷静的抒情,极为难得。同他不久以后写成的《故都的秋》、《江南的冬景》来比,情感是半隐在景物的后面去了。

文中这首七律是全文的点睛之笔。诗文借景抒情、情景交融,巧妙地讽刺时政,渲染了此时此景的特定心情,诗文一体,使文章显得章法灵活且耐人寻味。

故都的秋

秋天,无论在什么地方的秋天,总是好的;可是啊,北国的秋,却特别地来得清,来得静,来得悲凉。我的不远千里,要从杭州赶上青岛,更要从青岛赶上北平来的理由,也不过想饱尝一尝这"秋",这故都的秋味。

江南,秋当然也是有的;但草木凋得慢,空气来得润,天的颜色显得淡,并且又时常多雨而少风;一个人夹在苏州上海杭州,或厦门香港广州的市民中间,浑浑沌沌地过去,只能感到一点点清凉,秋的味,秋的色,秋的意境与姿态,总看不饱,尝不透,赏玩不到十足。秋并不是名花,也并不是美酒,那一种半开、半醉的状态,在领略秋的过程上,是不合适的。

不逢北国之秋,已将近十余年了。在南方每年到了秋天,总要想起陶然亭的芦花,钓鱼台的柳影,西山的虫唱,玉泉的夜月,潭柘寺的钟声。在北平即使不出门去罢,就是在皇城人海之中,租人家一椽破屋来住着,早晨起来,泡一碗浓茶,向院子一坐,你也能看得到很高很高的碧绿的天色,听得到青天下驯鸽的飞声。从槐树叶底,朝东细数着一丝一丝漏下来的日光,或在破壁腰中,静对着象喇叭似的牵牛花(朝荣)的蓝朵,自然而然地也能够感觉到十分的秋意。说到了牵牛花,我以为以蓝色或白色者为佳,紫黑色次之,淡红色最下。最好,还要在牵牛花底,教长着几根疏疏落落的尖细且长的秋草,使作陪衬。

北国的槐树,也是一种能使人联想起秋来的点缀。象花而又不是花的那一种落蕊,早晨起来,会铺得满地。脚踏上去,声音也没有,气味也没有,只能感出一点点极微细极柔软的触觉。扫街的在树影下一阵扫后,灰土上留下来的一条条扫帚的丝纹,看起来既觉得细腻,又觉得清闲,潜意识下并且还觉得有点儿落寞,古人所说的梧桐一叶而天下知秋的遥想,大约也就在这些深沉的地方。

秋蝉的衰弱的残声,更是北国的特产;因为北平处处全长着树,屋子又低,所以无论在什么地方,都听得见它们的啼唱。在南方是非要上郊外或山上去才听得到的。这秋蝉的嘶叫,在北平可和蟋蟀耗子一样,简直象是家家户户都养在家里的家虫。

还有秋雨哩,北方的秋雨,也似乎比南方的下得奇,下得有味,下得更象样。

在灰沉沉的天底下,忽而来一阵凉风,便息列索落地下起雨来了。一层雨过,云渐渐地卷向了西去,天又青了,太阳又露出脸来了;著着很厚的青布单衣或夹袄的都市闲人,咬着烟管,在雨后的斜桥影里,上桥头树底下去一立,遇见熟人,便会用了缓慢悠闲的声调,微叹着互答着的说:

"唉,天可真凉了——"(这了字念得很高,拖得很长。)

"可不是么?一层秋雨一层凉了!"

北方人念阵字,总老象是层字,平平仄仄起来,这念错的歧韵,倒来得正好。

北方的果树,到秋来,也是一种奇景。第一是枣子树;屋角,墙头,茅房边上,灶房门口,它都会一株株地长大起来。象橄榄又象鸽蛋似的这枣子颗儿,在小椭圆形的细叶中间,显出淡绿微黄的颜色的时候,正是秋的全盛时期;等枣树叶落,枣子红完,西北风就要起来了,北方便是尘沙灰土的世界。只有这枣子、柿子、葡萄,成熟到八九分的七八月之交,是北国的清秋的佳日,是一年之中最好也没有的GoldenDays。

有些批评家说,中国的文人学士,尤其是诗人,都带着很浓厚的颓废色彩,所以中国的诗文里,颂赞秋的文字特别的多。但外国的诗人,又何尝不然?我虽则外国诗文念得不多,也不想开出账来,做一篇秋的诗歌散文钞,但你若去一翻英德法意等诗人的集子,或各国的诗文的Anthology来,总能够看到许多关于秋的歌颂与悲啼。各著名的大诗人的长篇田园诗或四季诗里,也总以关于秋的部分,写得最出色而最有味。足见有感觉的动物,有情趣的人类,对于秋,总是一样的能特别引起深沉,幽远,严厉,萧索的感触来的。不单是诗人,就是被关闭在牢狱里的囚犯,到了秋天,我想也一定会感到一种不能自已的深情;秋之于人,何尝有国别,更何尝有人种阶级的区别呢?不过在中国,文字里有一个"秋士"的成语,读本里又着很普遍的欧阳子的《秋声》与苏东坡的《赤壁赋》等,就觉得中国的文人,与秋的关系特别深了。可是这秋的深味,尤其是中国的秋的深味,非要在北方,才感受得到底。

南国之秋,当然是也有它的特异的地方的,比如廿四桥的明月,钱塘江的秋潮,普陀山的凉雾,荔枝湾的残荷等等,可是色彩不浓,回味不永。比起北国的秋来,正象是黄酒之与白干,稀饭之与馍馍,鲈鱼之与大蟹,黄犬之与骆驼。

秋天,这北国的秋天,若留得住的话,我愿把寿命的三分之二折去,换得一个三分之一的零头。

一九三四年八月,在北平

 赏 析

从题目来说,在"故都"两字中便可深切的体会到作者对文章中所描写的地点含有眷恋之意和牵挂之情,而"秋"字就确定了文章的中心内容,与"故都"紧密地结合在一起,暗含自然景观与人文景观的相融合的境界。从那些存在于天空、地面、千家万户的秋态秋姿秋声秋意秋实中,可以看出作者对具有浓厚北方特色的风土人情的热爱与赞美,对故都的秋的神

往与眷恋,且可以品出作者心中的人生之味,落寞和悲凉的心境。

　　作者在文章中还将南国之秋与北国之秋相比较,更突出了北国的深沉和她的幽静,充分描写出了北秋比南秋那更深更浓的秋之美,同时也体现出作者对故都的秋的深刻感受和无比的热爱。作者又说:"可是这秋的深味,尤其是中国的秋的深味,非要在北方,才感受得到底。"所以他才不远千里,辗辗转转地跑到北平,去感受"秋的深味",给我们看北国的秋天是如何更像秋天——用他自己的话来说,就是北国的秋,"来得清,来得静,来得悲凉"。

　　作者在文中大量运用衬托的手法,使事物更鲜明、更突出地显现出来。文中写道:"早晨起来,泡一碗浓茶,向院子一坐",能看到"很高的碧绿的天色",听到"驯鸽的飞声","秋蝉的衰弱的残声","息列索落"的雨声,"缓慢悠闲"的人声。这些都是细小的声音,能听到这些细小的声音,就能给人以幽静的感觉,作者以动衬静,以有声衬无声,运用"蝉噪林逾静,鸟鸣山更幽"的衬托手法,既说明这个地方的寂静,又说明景中人的悠闲自得。其次,作者除了直接描述故都的"秋"外,着意以南方的"秋"为写照,以"南"衬"北",以南国之秋的"淡"衬北国之秋的"浓",以这秋味的深味在南国的"尝不透"衬北国的"才感受得到底",以正衬反,或以反显正,这中间的衬托手法使作者对故都的秋的向往之情和浓厚情意表现得淋漓尽致,使读者不禁细细去领会那故都的秋意,去品尝那故都的秋味,去思索那秋的人生。

　　先撇开景物描写,读后半部分的议论。这段议论是不难懂的。"足见有感觉的动物,有情趣的人类,对于秋,总是一样的能特别引起深沉,幽远,严厉,萧索的感触来的。不单是诗人,就是被关闭在牢狱里的囚犯,到了秋天,我想也一定会感到一种不能自已的深情。"有情趣的人类对秋天的青睐,就是这个原因啊。"枯藤、老树、昏鸦"的枯寂、孤独,"病翼惊秋,枯形阅世,消得斜阳几度"的衰残、憔悴,"袅袅兮秋风,洞庭波兮木叶下"的迢远、惆怅,都是因为秋天的景致暗合了多情善感的人类的内心,激发了抒情的兴致,催生出了咏叹的调子。古今中外的"秋士"们,受着大自然的感召,把心怀敞开了,借着秋风秋雨让郁积的情绪飘洒出来。

　　历来的文人骚客爱秋,是因为秋触动了他们或深沉或幽远或严厉或萧索的心怀,而郁达夫爱秋,却并不是因为秋引动了他的"萧索,严厉"的感触——从文中看来,他并不萧索——而是因为秋触动了别人的心怀,他因为爱着他们的心怀,于是也爱上了秋。他玩味着别人的心怀,也玩味着触人心怀的秋。这种有趣的情形,用卞之琳的一首诗来描述再合适不过了:"你站在桥上看风景/看风景的人在楼上看你/明月装饰了你的窗子/你装饰了别人的梦。"

　　这种玩赏的态度,就显出他的优游。那些骚客一见到秋天,便是止不住的深思、叹息,或者眼泪滚滚,可郁达夫是来享受来了,他的心境是那么闲,那么兴味十足,所以他的文字是那么细致入微,那么从容不迫。这真算得上是中国的典型士大夫,正配得北平的人情风物呢。

江南的冬景

　　凡在北国过过冬天的人，总都道围炉煮茗，或吃煊羊肉，剥花生米，饮白干的滋味。而有地炉、暖炕等设备的人家，不管它门外面是雪深几尺，或风大若雷，而躲在屋里过活的两三个月的生活，却是一年之中最有劲的一段蛰居异境；老年人不必说，就是顶喜欢活动的小孩子们，总也是个个在怀恋的，因为当这中间，有的萝卜、雅儿梨等水果的闲食，还有大年夜、正月初一、元宵等热闹的节期。

　　但在江南，可又不同；冬至过后，大江以南的树叶，也不至于脱尽。寒风——西北风——间或吹来，至多也不过冷了一日两日。到得灰云扫尽，落叶满街，晨霜白得象黑女脸上的脂粉似的清早，太阳一上屋檐，鸟雀便又在吱叫，泥地里便又放出水蒸气来，老翁小孩就又可以上门前的隙地里去坐着曝背谈天，营屋外的生涯了。这一种江南的冬景，岂不也可爱得很么？

　　我生长江南，儿时所受的江南冬日的印象，铭刻特深；虽则渐入中年，又爱上了晚秋，以为秋天正是读读书、写写字的人的最惠节季，但对于江南的冬景，总觉得可以抵得过北方夏夜的一种特殊情调，说得摩登些，便是一种明朗的情调。

　　我也曾到过闽粤，在那里过冬天，和暖原极和暖，有时候到了阴历的年边，说不定还不得不拿出纱衫来着；走过野人的篱落，更还看得见许多杂七杂八的秋花！一番阵雨雷鸣过后，凉冷一点，至多也只好换上一件夹衣。在闽粤之间，皮袍棉袄是绝对用不着的，这一种极南的气候异状，并不是我所说的江南的冬景，只能叫它作南国的长春，是春或秋的延长。

　　江南的地质丰腴而润泽，所以含得住热气，养得住植物；因而长江一带，芦花可以到冬至而不败，红叶也有时候会保持得三个月以上的生命。象钱塘江两岸的乌桕树，则红叶落后，还有雪白的柏子着在枝头，一点一丛，用照相机照将出来，可以乱梅花之真。草色顶多成了赭色，根边总带点绿意，非但野火烧不尽，就是寒风也吹不倒的。若遇到风和日暖的午后，你一个人肯上冬郊去走走，则青天碧落之下，你不但感不到岁时的肃杀，并且还可以饱觉着一种莫名其妙的含蓄在那里的生气；"若是冬天来了，春天也总马上会来"的诗人的名句，只有在江南的山野里，最容易体会得出。

　　说起了寒郊的散步，实在是江南的冬日，所给与江南居住者的一种特异的恩惠；在北方的冰天雪地里生长的人，是终他的一生，也决不会有享受这一种清福的机会的。我不知道德国的冬天，比起我们江浙来如何，但从许多作家的喜欢以Spaziergang一字来做他们的创造题目的一点看来，大约是德国南部地方，四季的变迁，总也和我们的江南差仿不多。譬如说十九世纪的那位乡土诗人洛在格（PeterRosegger1843-1918）罢，他用这一个"散步"做题目的文章尤其写得多，而所写的情形，却又是大半可以拿到中国江浙的山区地方来适用的。

江南河港交流，且又地滨大海，湖沼特多，故空气里时含水分；到得冬天，不时也会下着微雨，而这微雨寒村里的冬霖景象，又是一种说不出的悠闲境界。你试想想，秋收过后，河流边三五家人家会聚在一道的一个小村子里，门对长桥，窗临远阜，这中间又多是树枝槎丫的杂木树林；在这一幅冬日农村的图上，再洒上一层细得同粉也似的白雨，加上一层淡得几不成墨的背景，你说还够不够悠闲？若再要点景致进去，则门前可以泊一只乌篷小船，茅屋里可以添几个喧哗的酒客，天垂暮了，还可以加一味红黄，在茅屋窗中画上一圈暗示着灯光的月晕。人到了这一个境界，自然会得胸襟洒脱起来，终至于得失俱亡，死生不同了；我们总该还记得唐朝那位诗人做的"暮雨潇潇江上树"的一首绝句罢？诗人到此，连对绿林豪客都客气起来了，这不是江南冬景的迷人又是什么？

一提到雨，也就必然的要想到雪："晚来天欲雪，能饮一杯无？"自然是江南日暮的雪景。"寒沙梅影路，微雪酒香村"，则雪月梅的冬宵三友，会合在一道，在调戏酒姑娘了。"柴门村犬吠，风雪夜归人"，是江南雪夜，更深人静后的景况。"前树深雪里，昨夜一枝开"又到了第二天的早晨，和狗一样喜欢弄雪的村童来报告村景了。诗人的诗句，也许不尽是在江南所写，而做这几句诗的诗人，也许不尽是江南人，但假了这几句诗来描写江南的雪景，岂不直截了当，比我这一枝愚劣的笔所写的散文更美丽得多？

有几年，在江南，在江南也许会没有雨没有雪的过一个冬，到了春间阴历的正月底或二月初再冷一冷下一点春雪的；去年(一九三四)的冬天是如此，今年的冬天恐怕也不得不然，以节气推算起来，大约太冷的日子，将在一九三六年的二月尽头，最多也总不过是七八天的样子。象这样的冬天，乡下人叫作旱冬，对于麦的收成或者好些，但是人口却要受到损伤；旱得久了，白喉、流行性感冒等疾病自然容易上身，可是想恣意享受江南的冬景的人，在这一种冬天，倒只会得到快活一点，因为晴和的日子多了，上郊外去闲步逍遥的机会自然也多；日本人叫作Hiking，德国人叫作Spaziergang狂者，所最欢迎的也就是这样的冬天。

窗外的天气晴朗得象晚秋一样；晴空的高爽，日光的洋溢，引诱得使你在房间里坐不住。空言不如实践，这一种无聊的杂文，我也不再想写下去了，还是拿起手杖，搁下纸笔，上湖上散散步罢！

一九三五年十二月一日

《江南的冬景》是一篇特别别致的写景散文。若为一般散文，常常用写游记的方法，动态地描绘春景、秋景，而这篇散文所写的冬景，是静态地直接写冬天的景色。这种写法，当然比起以游记写景来，难度要大得多了。

本文共写了曝背谈天图、冬郊植被图、寒村微雨图、江南雪景图、冬日散步图，从不同角度,刻画了不同时间、不同场合、不同天气下的江南的冬景。把江南冬景特殊的情调,特殊的美,从细细的江浙景色的描绘中流出来。

江南的冬景:温润、晴暖、优美。北国与江南的冬天的比较,突出了江南冬天的晴暖温和,渲染北国冬天所不能提供的屋外曝背谈天的乐趣;江南冬天与秋天的比较,作者将江南的冬景比作北方的夏景,写那种"明朗的情调";闽粤等地的冬天与作者所说的江南冬天的比较,作者将他所感受到的"江南的冬景"作了更明确的区域界定;德国与江南的寒郊散步的比较,这和后文提到的散步形成呼应。比较的着眼点各不相同,但都突出了作者所钟爱的江南冬景的主要特征。

屋外曝背谈天图:太阳照,小鸟叫,哪像冬天?如此晴暖温和的天气倒像是在春,更有屋外空地里的那老翁小孩,也许是祖孙俩,正逗玩得高兴,也许远处的白霜还没有全化去,但是一副和乐融融的气氛已经弥漫在画面里了。如此晴暖和煦的冬天,确实可爱。

冬郊植被图:这里描绘的是一幅充满生气的明丽的画面。在丰腴润泽的江南冬郊的青天碧落下,有白色的芦花,有红叶,有顶着白色乌桕籽的乌桕树,还有顶部赭色、局部带点绿意的小草。作者将充满生气的色彩点染到了画里,使整个画面明丽了起来,泛出了生气。以色彩入文,给画着色。

寒村微雨图:运用(淡笔写意)虚实相生、侧面烘托。小桥流水人家、孤村细雨细树、乌蓬茅屋酒客(长桥、乌蓬小船、细雨、灯晕)。色彩朴素淡雅,意境朦胧悠远,诗中有画,画中有诗。——悠闲、洒脱、得失俱亡。

虚实相生是营造意境的主要方法之一。在本画面中,"秋收过后"是时间,"河流边三五人家会聚的小村子"是地点,"门对长桥窗临远阜"、"树枝槎丫的杂木树林"等构成了冬日农村图景,是实景。在这个实景上,作者"洒上一层细得同粉也似的白雨……月晕"这些虚景,使实在的冬日农村图景具有了"微雨寒村"的意境。

江南雪景图:这幅画,作者并没有从正面去刻画,而是巧妙地引用了前人的诗句来表现江南冬景的意境。作者巧用前人诗句,以补散文没有说尽的余意,使文章跌宕多姿:时而使人沉浸在古典诗词的意境中,时而又将人带进优美的画镜里,取得以少胜多的效果。围炉对酒、月映梅花、美酒飘香、柴门犬吠、行人投宿、雪中红梅、村童弄雪。色彩浓淡相宜。——淡雅高洁、优美宁静。

江南冬景充满着生机的情调,充满着春之将到美,作者对这美好景致的情感,在纸上流动,在字里行间流动,让你读着本文,感情也随之流动起来了。

陈西滢 （1896—1970），原名陈源，字通伯，笔名西滢。江苏无锡人。现代著名作家，学者。1912年赴英国留学，后入爱丁堡大学和伦敦大学，1922年获博士学位，回国后任北京大学外文系教授。1924年在胡适支持下，与徐志摩等人创办《现代评论》周刊，任文艺部主编，在该刊开辟"闲话"专栏，发表许多杂文。另外还翻译了屠格涅夫等人的小说。1929年到武汉大学任教授兼文学院院长。1943年到伦敦中英文化协会工作，1946年出任国民党政府驻巴黎联合国教科文组织首任常驻代表。著有《西滢闲话》《西滢后话》及《少年歌德之创造》《梅立克小说集》等译著。

菊　子

这样的事现在也何尝没有？就是新近我还遇见了一个人，叫我为难了好半天。事情倒很简单，一会儿就可以说完的。

河南小胡比我早来两年。我到的时候，他已经娶过半年了。我第一次到他家去，遇见了他的夫人菊子，就得到一个很好的印象。不是，她的样子并不美，不过是中人之姿罢了。可是她的柔顺，她的亲切的态度，和婉的举动，给我一个很深的好感。因为这样，并且因为小胡是我的老同学，所以上他家去的时候很不少。

他们是住一家楼下的两间屋子。每天的三餐饭，当然是菊子烧，他们俩的衣裳，当然也是菊子洗。这在他们本是习惯如是，并不觉得怎样苦。可是，最困难的是，官费并不按月发，常常一月有一月没的，房金却得月月付，菜钱却得天天出。我们那时谁都苦得不得。大家总以为小胡有了家眷，特别要受压迫了吧？那里知道他除了一天吃三餐饭外，家里的事，什么也不用管，什么也不用愁。而且朋友去了，一碟点心永远是不缺的。究竟菊子是怎样刻苦怎样撑节来的，恐怕只有她自己知道——小胡是末一个人会知道这样的事。

第二年的夏天，小胡得了时疫，一病病了三个月。医院他当然住不起。我们那时虽然大家多少借几个钱给他请大夫，可是一切的事自然又在菊子的肩上。除了主妇的日常家事外，她又添了看护妇的职责。可是象她那样的看护妇，那样的周到那样的体贴，恐怕花了钱也没处请吧。除了服侍他饮食起居，按时进药外，她还告诉他一切的新闻，念小说给他听。我们在他养病的时候，常常取笑他说：他是在享福，并不是在生病。

而且要是我有事几天没有去，她就自己跑来请。

"李先生，有没有时候请走一趟。今天没有人来看他，闷得慌，能不能请去谈一会，让他散散心。"

因为那时天天有人去解闷，大家说着中国话，她也学到了好些话。而且她很想学，常常

问我这字在中文是什么,这句在中文怎样说。她还觉得自己太笨,常常的说:

"象我这样的一句话也不会说,回国去后怎样是了!"——她总说她"回国",从来不说"去中国"。

"有胡样当翻译,还怕什么呢?"我说。

"可是那能处处都要他翻译呢?而且有些事你们男人也管不了,譬如早晨上菜市怎办?"她说。

"喔,到了中国,自有厨子代你去上菜市,全不用你担心了。"

"厨子!"她笑道,"我们那有福气?就是用得起的话,也总没有自己去看的好。他怎会知道人家是怎样的口味。"

这样的话,是时时可以听见的。

去年小胡毕业了。他回去的时候,叫菊子回娘家去住几时,说他找到了安定的事就来接她。究竟他走的时候,就不想要她了呢,还是最初诚意的想接她,可是回去之后,因为种种事实方面的压迫,使他变了心,我就无从知道了。我只知道,他回去了四个月后,得到一个消息,说他在上海结婚了,而且新人是一个有名政客的妹妹。亦许他的心是那时才变的。无论如何,小胡不是轻易能让这样的机会错过去的人。

我起先还去看过菊子几次。她的娘家住的地方,我到学校去的时候要走过,所以顺便可以去看看她。自从听了小胡结婚的消息之后,我永远绕道的到学校去,从不走她的家门过了。前一星期,我在路上碰见了她的母亲,说许久不见了,一定要我到她家去坐一会。我那时想走也走不掉;而且规避得太厉害,也未免使她们疑心,我硬硬头皮的去了。

只不过四五个月不见,菊子的样子可苍老得多了。我们三个坐在火钵旁,喝着茶,谈着闲事情,可是谈了半天,总不谈到大家心中最关切的一件事上去,只是上不着天,下不着地的绕着这题目绕弯子。菊子说的话并不多,可是她眼睛盯着了我,好象要穿进我的心里去找一个答复似的,我浑身都不舒服,可是却装出很自然的样子来。

末了,她的母亲实在忍不住了。问我接到胡样的信没有。我回道:

"我正要向你打听他的消息咧。我一向没接到他的信。"这下一句是实话,可是小胡的消息,我那天早晨还在中国报上看到。他是做了某部的科长了。可是我又怎样的说?

"我们也得不到他的消息,听说河南在打仗,又有什么红枪会,常常绑票。不要遇了什么不幸的事了罢?"菊子的母亲说。她话没说完,菊子就起身进去了。

"这倒不见得吧。中国因为到处兵灾。交通极不方便,有些地方简直邮便都不通。就是我的家信,也得两三个月才寄到,我的家乡还算不顶乱的呢。而且信件遗失,也是常有的事。"我说,除了这话,还有什么说的呢?

以后自然也没有什么话可说了。胡扯了几句之后,我就起身告辞,说了一句:"我可以写信回国,打听胡样的消息。"惹得老太太再三的磕头道谢。

我出门的时候,菊子也出来跪送。我连看都不敢看她。可是最后的一瞥,瞧见了她那惨淡的面容,红红的眼圈儿,已经叫我半天不舒服。

我新近想搬家,就是为了想不再有遇见她们的可能。

一九三四年

赏析

　　此文与唐代元稹的《莺莺传》为同一个主题的故事。作品描写了菊子——一个具有"中人之姿"的典型日本女人,"她的柔顺,她的亲切的态度,和婉的举动",给人留下了深刻的印象。在一份平淡如水的婚姻生活里,一个始乱终弃的感情结局……一切的一切实在没有大书特书的必要,作者用平实而理性的笔调,使这篇散文笼罩在平平淡淡的氛围中。但是,如果仔细地体味这份平平淡淡,你却又会捕捉到一份悠远的韵味蕴蓄其中,让你不能轻易忘怀。

　　菊子是家庭妇女,操持着所有家务。丈夫小胡虽然时时因"官费并不按月发",但从未为生活负担加大而犯过难,相反,小胡什么心也不用操,还能在朋友来时端上一碟体面的点心。菊子用她的勤劳、节俭、持家,让小胡在艰难时势中过着衣食无忧的平静生活。特别是小胡生病时,菊子的看护"那样的周到那样的体贴,花了钱也没处请",为了避免小胡病中寂寞,菊子不但"告诉他一切的新闻,念小说给他听",还跑到小胡朋友的寓所来"请",说"今天没有人来看他,闷得慌,能不能请去谈一会,让他散散心"。更令人动容的是,菊子为了将来能够跟小胡回国(菊子说"回国"而不是"去中国"),处处留心学说中国话,憧憬着将来在中国的生活情景。从菊子心甘情愿地服侍小胡,善解人意地伴随小胡,甚至死心塌地地跟随小胡,可以看出她的痴情、她的善良、她的忠贞和柔顺,以及她对小胡感情的珍视。

　　小胡在菊子的服侍和爱抚下完成了学业,对菊子"说他找到了安定的事就来接她"后,就踏上了回国的路程。从此,对菊子来说,小胡就杳如黄鹤,音信全无。作者得到了小胡的消息,听说他回国四个月就结婚了,"新人是一个有名政客的妹妹"。菊子并不知道小胡回国后的这一切,还在担心他"不要遇了什么不幸的事了吧?"作者不忍看到迅速苍老的菊子,不忍心看到菊子母女期盼而又绝望的眼神,"为了想不再有遇到她们的可能",而用搬家来躲避。

　　在不动声色的叙述中,作者是怀着对菊子的强烈的悲悯之情,以及对小胡无声的谴责,强烈的爱憎就在这"不动声色"的叙述中纤毫毕现,且所悲更深、所悯更切。

> **茅盾**（1896-1981），本名沈德鸿，字雁冰，曾用笔名玄珠、郎损、方璧、石萌、石崩等。浙江省桐乡县人。现代著名作家。1920年与郑振铎、叶绍钧等人发起成立"文学研究会"，提倡"为人生"的现实主义文学。主要著作有小说《春蚕》《子夜》《林家铺子》《腐蚀》《霜叶红于二月花》等；散文《茅盾散文集》《话匣子》《见闻杂记》等。

雷 雨 前

清早起来，就走到那座小石桥上。摸一摸桥石，竟像还带点热。昨天整天里没有一丝儿风。晚快边响了一阵子干雷，也没有风，这一夜就闷得比白天还厉害。天快亮的时候，这桥上还有两三个人躺着，也许就是他们把这些石头又困得热烘烘。

满天里张着个灰色的幔。看不见太阳。然而太阳的威力好像透过了那灰色的幔，直逼着你头顶。

河里连一滴水也没有了，河中心的泥土也裂成乌龟壳似的。田里呢，早就像开了无数的小沟——有两尺多阔的，你能说不像沟么？那些苍白色的泥土，干硬得就跟水门汀差不多。好像它们过了一夜工夫还不曾把白天吸下去的热气吐完，这时它们那些扁长的嘴巴里似乎有白烟一样的东西往上冒。

站在桥上的人就同浑身的毛孔全都闭住，心口泛淘淘，像要呕出什么来。

这一天上午，天空老张着那灰色的幔，没有一点点漏洞，也没有动一动，也许幔外边有的是风，但我们罩在这幔里的，把鸡毛从桥头抛下去，也没见它飘飘扬扬踱方步。就跟住在抽出了空气的大筒里似的，人张开两臂用力行一次深呼吸，可是吸进来只是热辣辣的一股闷。

汗呢，只管钻出来，钻出来，可是胶水一样，胶得你浑身不爽快，像结了一层壳。

午后三点钟光景，人像快要干死的鱼，张开了一张嘴，忽然天空那灰色的幔裂了一条缝！不折不扣一条缝！像明晃晃的刀口在这幔上划过。然而划过了，幔又合拢跟没有划过的时候一样，透不进一丝儿风。一会儿，长空一闪，又是那灰色的幔裂了一次缝。然而中什么用？

象有一只巨人的手拿着明晃晃的大刀在外边想挑破那灰色的幔，像是这巨人已在咆哮发怒；越来越紧了，一闪一闪满天空瞥过那大刀的光亮，隆隆隆，幔外边来了巨大的愤怒的吼声。

猛可地闪光和吼声都没有了，还是一张密不通风的灰色的幔！

空气比以前加倍闷!那幔比以前加倍厚!天加倍黑!

你会猜想这时那幔外边的巨人在揩着汗,歇一口气;你断定他想要进攻。你焦躁地等着,等着那挑破灰色幔的大刀的一闪电光,那隆隆的怒吼声。

可是你等着,等着,却等来了苍蝇。它们从龌龊的地方飞出来,嗡嗡的,绕住你,叮你的涂二层胶似的皮肤。戴红顶子像个大员模样的金苍蝇刚从粪坑里吃饱了来,专拣你的鼻子尖上蹲。

也等来了蚊子。哼哼哼地,像老和尚念经,或者老秀才读古文。苍蝇给你传染病,蚊子却老是要喝你的血呢!

你跳起来拿着蒲扇乱扑,可是赶走了这一边的,那一边又是一大群乘隙进攻。你大声叫喊,它们只回答你个哼哼哼,嗡嗡嗡!

外边树梢头的蝉儿却在那里唱高调:"要死哟!要死哟!"

你汗也流尽了,嘴里干得像烧,你手脚也软了,你会觉得世界末日也不会比这再坏!

然而猛可地电光一闪,照得屋角里都雪亮。幔外边的巨人一下子把那灰色的幔扯得粉碎了!轰隆隆,轰隆隆,他胜利地叫着。胡——胡——挡在幔外边整整两天的风开足了超高速度扑来了!蝉儿噤声,苍蝇逃走,蚊子躲起来,人身上像剥落了一层壳那么一爽。霍!霍!霍!巨人的刀光在长空飞舞。轰隆隆,轰隆隆,再急些!再响些罢!

让大雷雨冲洗出个干净清凉的世界!

赏　析

《雷雨前》发表于1934年,登在《漫画生活》月刊第1期。关于《雷雨前》的寓意、艺术构思和写作手法,茅盾先生曾说过:"我愿意推荐《雷雨前》和《沙滩上的足迹》;这两篇也是象征意义的散文,但所象征者,和《白杨礼赞》与《风景谈》之所象征,时代不同,背景也不同,方法也不同,可以说,《白杨礼赞》等两篇只是把真人真地用象征手法来描写,而《雷雨前》等两篇,是用象征的手法描写了30年代整个中国的政治与社会矛盾。"(《茅盾散文速写集》)

阅读这篇作品,可注意了解自然、逼真的象征手法的运用。文中不着一字,甚至连暗示性的词句也没有,一切都以自然界的事物的本来面目为基础,抓住其特征用比拟、夸张等修辞手法作形象概括,并在其自身运动中和相互冲突中显现其象征寓意。如写"清早"的氛围:闷热、无风,露宿的人、灰白的幔,河干、土硬还像在"吐""热气"。从视觉、触觉得来的实际感受。"这一天上午"的氛围:幔外也许有风而幔纹丝不动所造成的"热辣辣的一股闷",汗腻胶着皮肤"像结成了一层壳",真实地再现了随时间推移,热闷增强、压抑郁闷的气氛也随之增浓的真切情景。"午后三点钟光景",到"人像快要干死的鱼"时,"天空那灰色的幔"才"裂了一条缝"!但这"黑暗王国的一线光明"转瞬即逝,那幔和密云不雨的情势也极其顽固:"空气比以前加倍闷!那幔比以前加倍厚!天加倍黑!"把闷腻热的氛围渲染到极点。这一系列逼真的描述给人以身临其境、身受其害的真切感受,所激起的扑息闷热、改变环境的渴求也愈来愈烈,使处在国民党反动派制造的白色恐怖之中的读者,自然地由自然环境联想到重压的政治环境,自然地接受了作品的象征性寓意,也很自然地了解"执刀巨人"这一象征性形象,会赞赏和支持其奋力砍幔的举动,甚至也和他一起"咆哮发怒",这是在逼真描写中寓以象征意义的成功之处。

开头以雷雨前闷热难忍的窒息气氛,象征国民党统治之下的黑暗社会现实,接着指出由于反动统治"满天里张着个灰色的幔",因而引起革命力量的反抗,又"巨人的手拿着明晃晃的大刀在外边想挑破那灰色的幔"。在激烈的斗争中,尽管帮凶们纷纷出来捣乱,然而革命者不畏强暴,迎着黑暗势力搏击,"巨人一下子把那灰色的幔扯得粉碎了!"文章结尾表明美好社会必将到来,"让大雷雨冲洗出个干净清凉的世界!"

茅盾的语句精练、有力。"你会觉得世界末日也不会比这再坏!"这句双关语有深刻的含意,分外打动人心,分外能反映人民要求推翻反动统治的渴望,分外激励读者和巨人一起去破坏由幔和可恶的虫豸们组成的让人透不过气的"雷雨前"的处境。作品中用短促遒劲的语句,写形势巨变,有震撼人的力量。"猛可地"一语很有气势;"电光一闪"一语给人以强烈的快感;"轰隆隆,轰隆隆",雷声威猛,"胡——胡——"风力强劲,"蝉儿噤声,苍蝇逃走,蚊子躲起来"和"人身上像剥落了一层壳那么一爽"相对照,局势突变,痛快之极。最后用分行诗句方式点出散文的"眼":

霍!霍!霍!巨人的刀光在长空飞舞。
轰隆隆,轰隆隆,再急些!再响些罢!
让大雷雨冲洗出个干净清凉的世界!

这画龙点睛之笔遒劲、洒脱,似闪电、如雷鸣!喊出了读者的心声,唱出了时代的最强音。

白杨礼赞

白杨树实在是不平凡的,我赞美白杨树!

当汽车在望不到边际的高原上奔驰,扑入你的视野的,是黄绿错综的一条大毡子;黄的,那是土,未开垦的处女土,几十万年前由伟大的自然力所堆积成功的黄土高原的外壳;绿的呢,是人类劳力战胜自然的成果,是麦田,和风吹送,翻起了一轮一轮的绿波——这时你会真心佩服昔人所造的两个字"麦浪",若不是妙手偶得,便确是经过锤炼的语言的精华。黄与绿主宰着,无边无垠,坦荡如砥,这时如果不是宛若并肩的远山的连峰提醒了你

（这些山峰凭你的肉眼来判断，就知道是在你脚底下的），你会忘记了汽车是在高原上行驶。这时你涌起来的感想也许是"雄壮"，也许是"伟大"，诸如此类的形容词，然而同时你的眼睛也许觉得有点倦怠，你对当前的"雄壮"或"伟大"闭了眼。而另一种味儿在你心头潜滋暗长了——"单调"！可不是，单调，有一点儿吧。

然而刹那间，要是你猛抬眼看见了前面远远地有一排——不，或者甚至只是三五株，一株，傲然地耸立，象哨兵似的树木的话，那你的恹恹欲睡的情绪又将如何？我那时是惊奇地叫了一声的！

那就是白杨树，西北极普通的一种树，然而实在不是平凡的一种树！

那是力争上游的一种树，笔直的干，笔直的枝，它的干呢，通常是丈把高，象是加以人工似的，一丈以内，绝无旁枝；它所有的桠枝呢，一律向上，而且紧紧靠拢，也象是加以人工似的，成为一束，绝无横斜逸出；它的宽大的叶子也是片片向上，几乎没有斜生的，更不用说倒垂了；它的皮，光滑而有银色的晕圈，微微泛出淡青色。这是虽在北方的风雪的压迫下却保持着倔强挺立的一种树！哪怕只有碗来粗细罢，它却努力向上发展，高到丈许，二丈，参天耸立，不折不挠，对抗着西北风。

这就是白杨树，西北极普通的一种树，然而绝不是平凡的树！

它没有婆娑的姿态，没有屈曲盘旋的虬枝，也许你要说它不美丽，——如果美是专指"婆娑"或"横斜逸出"之类而言，那么白杨树算不得树中的好女子；但是它却是伟岸，正直，朴质，严肃，也不缺乏温和，更不用提它的坚强不屈与挺拔，它是树中的伟丈夫！当你在积雪初融的高原上走过，看见平坦的大地上傲然挺立这么一株或一排白杨树，难道你就只觉得树只是树，难道你就不想到它的朴质，严肃，坚强不屈，至少也象征了北方的农民；难道你竟一点也不联想到，在敌后的广大土地上，到处有坚强不屈，就象这白杨树一样傲然挺立的守卫他们家乡的哨兵！难道你又不更远一点想到这样枝枝叶叶靠紧团结，力求上进的白杨树，宛然象征了今天在华北平原纵横激荡用血写出新中国历史的那种精神和意志。

白杨不是平凡的树，它是西北极普遍，不被人重视，就跟北方农民相似；它有极强的生命力，磨折不了，压迫不倒，也跟北方的农民相似。我赞美白杨树，就因为它不但象征了北方的农民，尤其象征了今天我们民族解放斗争中所不可缺的朴质，坚强，以及力求上进的精神。

让那些看不起民众，贱视民众，顽固的倒退的人们去赞美那贵族化的楠木（那也是直挺秀颀的），去鄙视这极常见，极易生长的白杨罢，但是我要高声赞美白杨树！

一九四一年三月

《白杨礼赞》托物言志，借树写人。它的出奇之处，在于成功地描绘了白杨这一崭新的艺术形象，且画意鲜明，诗情浓郁，格调高昂，意境深邃而雄浑。

在茅盾笔下的白杨树，与大自然的白杨树不但貌合，而且还神似。作者从外在方面描绘白杨树：它有着"笔直的干"，"通常是丈把高，像是加以人工似的，一丈以内，绝无旁枝"；它还有着"笔直的枝"，"它所有的桠枝呢，一律向上，而且紧紧靠拢"，"绝无横斜逸出"；它的叶子，宽大且片片向上；它的皮"光滑而有银色的晕圈，微微泛出淡青色"。从这些细致的描写中，我们领悟到白杨树外观极为平凡，它"没有婆娑的姿态，没有屈曲盘旋的虬枝"，可谓是"西北极普通的一种树"。面对白杨树这种平凡的树，茅盾却以非凡的笔触描述其不平凡的气质，这才显示出作者的大手笔。

本文之所以出奇，还在于结构精妙。在布局严谨、章法细密的同时，又能跌宕起伏，纵横恣肆，忽开忽合，舒卷自如。文章以白杨为线索，以赞美白杨为中心，用白杨连接各段，对白杨的态度始终是站在赞美的角度。赞美的原因——不平凡。以此开端，以此结尾，首尾关合，浑然一体。而且意脉贯穿，反复强调，由远而近，从树到人，一唱三叠，着力发挥，层层深入，更使内容集中，精聚神凝。文章的语言既刚劲豪迈，又细致优美；丰富多彩，凝炼精湛，呈现一种清新的风格。讲究炼字，描摹形容都很精准。写景状物、抒情咏怀，词汇丰富，善用成语来展现充实内容，又有助于表现庄穆凝重的感情色彩。特别是善于变化句式，跌宕多姿，曲尽其妙。写心理变化，文气由委婉迂缓到急骤高昂，句式和情意融合无间。写到白杨引起的联想，句子由委婉铺陈到排比反诘，思潮奔涌，浮想联翩。用七个词语：伟岸、正直、朴质、严肃、温和、坚强不屈、挺拔来写白杨的品质，虽多却不嫌堆砌；发深思，连用四句"难道"，逐层开拓，反复诱导，虽长而不觉其冗赘。同时，文中巧妙地使用了反复回环的句子，有如歌曲中的主旋律一样。在语言形式上，表现出复沓的美和错综的美，不但生动活泼，而且回旋应节，音韵铿锵，和谐协调。

文章围绕讴歌白杨树，从外形到内核各个层面深入抒发，同是，开头、结尾相互呼应，这样一来强化了白杨树的英姿，给人留下难忘的记忆。

风 景 谈

前夜看了《塞上风云》的预告片，便又回忆起猩猩峡外的沙漠来了。那还不能被称为"戈壁"，那在普通地图上，还不过是无名的小点，但是人类的肉眼已经不能望到它的边际。如果在中午阳光正射的时候，那单纯而强烈的反光会使你的眼睛不舒服；没有隆起的沙丘，也不见有半间泥房，四顾只是茫茫一起，那样的平坦，连一个"坎儿井"也找不到，那样的纯然一色，即使偶尔有些驼马的枯骨，它那微小的白光，也早融入了周围的苍茫，又是那样的寂静，似乎只有热空气在作哄哄的火响。然而，你不能说，这里就没有"风景"。当地平线上出现了第一个黑点，当更多的黑点成为线，成为队，而且当微风把铃铛的柔声，丁当，丁当，送到你的耳鼓,而最后,当那些昂然高步的骆驼,排成整齐的方阵,安详然而坚定地愈行愈近,当骆驼队中领队驼所掌的那一杆长方形猩红大旗耀入你眼帘,而且大小丁当的谐和的合奏充满了你耳管——这时间,也许你不出声,但是你的心里会涌上了这样的感想的:多么庄严,多么妩媚呀!这里是大自然的最单调最平板的一面,然而加上了人的活动,就完全改观,难道这不是"风景"吗?自然是伟大的,然而人类更伟大。

于是我又回忆起另一个画面,这就在所谓"黄土高原"!那边的山多数是秃顶的,然而层层的梯田,将秃顶装扮成稀稀落落有些黄毛的癞头,特别是那些高秆植物颀长而整齐,等待检阅的队伍似的,在晚风中摇曳,别有一种惹人怜爱的姿态。可是更妙的是三五月明之夜,天是那样的蓝,几乎透明似的,月亮离山顶,似乎不过几尺,远看山顶的谷子丛密挺立,宛如人头上的怒发。这时候忽然从山脊上长出两支牛角来,随即牛的全身也出现,掮着犁的人形也出现,并不多,只有三两个,也许还跟着个小孩,他们姗姗而下,在蓝的天,黑的山,银色的月光的背景上,成就了一幅剪影,如果给田园诗人见了,必将赞叹为绝妙的题材。可是没有完。这几位晚归的种地人,还把他们那粗朴的短歌,用愉快的旋律,从山顶上飘下来,直到他们没入了山坳,依旧只有蓝天明月黑魆魆的山,歌声可是缭绕不散。

另一个时间,另一个场面。夕阳在山,干坼的黄土正吐出它在一天内所吸收的热,河水汤汤急流,似乎能把浅浅河床中的鹅卵石都冲走了似的。这时候,沿河的山坳里有一队人,从"生产"归来,兴奋的谈话中,至少有七八种不同的方音。忽然间,他们又用同一的音调,唱起雄壮的歌曲来了,他们的爽朗的笑声,落到水上,使得河水也似在笑。看他们的手,这是惯拿调色板的,那是昨天还拉着提琴的弓子伴奏着《生产曲》的,这是经常不离木刻刀的,那又是洋洋洒洒下笔如有神的,但现在,一律都被锄锹的木柄磨起了老茧了。他们在山坡下,被另一群所迎住。这里正燃起熊熊的野火,多少曾调朱弄粉的手儿,已经将金黄的小米饭,翠绿的油菜,准备齐全。这时候,太阳已经下山,却将它的余辉幻成了满天的彩霞,河水喧哗得更响了,跌在石上的便喷出了雪白的泡沫,人们把沾着黄土的脚伸在水里,任它冲刷,或者掬起水来,洗一把脸。在背山面水这样一个所在,静穆的自然和弥满着生命力的人,就织成了美妙的图画。

在这里,蓝天明月,秃顶的山,单调的黄土,浅濑的水,似乎都是最恰当不过的背景,无可更换。自然是伟大的,人类是伟大的,然而充满了崇高精神的人类的活动,乃是伟大中之尤其伟大者!

我们都曾见过西装革履烫发旗袍高跟鞋的一对儿,在公园的角落,绿荫下长椅上,悄悄儿说话;但是试想一想,如果在一个下雨天,你经过一边是黄褐色的浊水,一边是怪石峭壁的崖岸,马蹄很小心地探入泥浆里,有时还不免打了一下跌撞,四面是静寂灰黄,没有一般所谓的生动鲜艳,然而,你忽然抬头看见高高的山壁上有几个天然的石洞,三层楼的亭子间似的,一对人儿促膝而坐,只凭剪发式样的不同,你方能辨认出一个是女的,他们被雨赶到了那里,大概聊天也聊够了,现在是摊开着一本札记簿,头凑在一处,一同在看——试想一想,这样一个场面到了你眼前时,总该和在什么公园里看见了长椅上有一对儿在偎倚低语,颇有点味儿不同罢?如果在公园时你一眼瞥见,首先第一会是"这里有一对恋人",那么,此时此际,倒是先感到那样一个沉闷的雨天,寂寞的荒山,原始的石洞,安上这么两个人,是一个"奇迹",使大自然顿时生色!他们之间是否恋人,落在问题之外。你所见的,是两个生命力旺盛的人,是两个清楚明白生活意义的人,在任何情形之下,他们不倦怠,也不会百无聊赖,更不至于从胡闹中求刺激,他们能够在任何情况之下,拿出他们那一套来,怡然自得。但是什么能使他们这样呢?

　　不过仍旧回到"风景"罢;在这里,人依然是"风景"的构成者,没有了人,还有什么可以称道的?再者,如果不是内生活极其充满的人作为这里的主宰,那又有什么值得怀念?

　　再有一个例子:如果你同意,二三十棵桃树可以称为林,那么这里要说的,正是这样一个桃林。花时已过,现在绿叶满株,却没有一个桃子。半盘旧石磨,是最漂亮的圆桌面,几尺断碑,或是一截旧阶石,那又是难得的几案。现成的大小石块作为凳子——而这样的石凳也还是以奢侈品的姿态出现。这些怪样的家具之所以成为必要,是因为这里有一个茶社。桃林前面,有老百姓种的荞麦,也有大麻和玉米这一类高秆植物。荞麦正当开花,远望去就像一张粉红色的地毯;大麻和玉米就像是屏风,靠着地毯的边缘。太阳光从树叶的空隙落下来,在泥地上,石家具上,一抹一抹的金黄色。偶尔也听得有草虫在叫,带住在林边树上的马儿伸长了脖子就树干搔痒,也许是乐了,便长嘶起来。"这就不坏!"你也许要这样说。可不是,这里是有一般所谓"风景"的一些条件的!然而,未必尽然。在高原的强烈阳光下,人们喜欢把这一片树荫作为户外的休息地点,因而添上了什么茶社,这是这个"风景区"成立的因缘,但如果把那二三十棵桃树,半盘磨石,几尺断碣,还有荞麦和大麻玉米,这些其实到处可遇的东西,看成了此所谓风景区的主要条件,那或者是会贻笑大方的。中国之大,比这美得多的所谓风景区,数也数不完,这个值得什么?所以应当从另一方面去看。现在请你坐下,来一杯清茶,两毛钱的枣子,也做一次桃园的茶客罢。如果你愿意先看女的,好,那边就有三四个,大概其中有一位刚接到家里寄给她的一点钱,今天来请请同伴。那边又有几位,也围着一个石桌子,但只把随身带来的书籍代替了枣子和茶了。更有两位虎头虎脑的青年,他们走过"天下最难走的路",现在却静静地坐着,温雅得和闺女一般。男女混合的一群,有坐的,也有蹲的,争论着一个哲学上的问题,时时哗然大笑,就在他们近边,长石条上躺着一位,一本书掩住了脸。这就够了,不用再多看。总之,这里有特别的氛围,但并不古怪。人们来这里,只为恢复工作后的疲劳,随便喝点,要是袋里有钱;或不喝,随便谈谈天;在有闲的只想找一点什么来消磨时间的人们看来,这里坐的不舒服,吃的喝的也太粗糙简单,也没有什么可以供赏玩,至多来一次,第二次保管厌倦。但是不知道消磨时间为何物的人们却把这一片简陋的绿荫看得很可爱,因此,这桃林就很出名了。

　　因此,这里的"风景"也就值得留恋,人类的高贵精神的辐射,填补了自然界的疲乏,增添了景色,形式的和内容的。人创造了第二自然!

最后一段回忆是五月的北国。清晨,窗纸微微透白,万籁俱静,嘹亮的喇叭声,破空而来。我忽然想起了白天在一本贴照簿上所见的第一张,银白色的背景前一个淡黑的侧影,一个号兵举起了喇叭在吹,严肃、坚决、勇敢和高度的警觉,都表现在小号兵的挺直的胸膛和高高的眉棱上边。我赞美这摄影家的艺术,我回味着,我从当前的喇叭声中也听出了严肃、坚决、勇敢和高度的警觉来,于是我披衣出去,打算看一看。空气非常清洌,朝霞笼住了左面的山,我看见山峰上的小号兵了。霞光射住他,只觉得他的额角异常发亮,然而,使我惊叹叫出声来的,是离他不远有一位荷枪的战士,面向着东方,严肃地站在那里,犹如雕像一般。晨风吹着喇叭的红绸子,只这是动的,战士枪尖的刺刀闪着寒光,在粉红的霞色中,只这是刚性的。我看得呆了,我仿佛看见了民族的精神化身而为他们两个。如果你也当它是"风景",那便是真的风景,是伟大中之最伟大者!

1940年12月,于枣子岚垭

茅盾先生的散文《风景谈》,构思精巧,文笔跌宕,结构严谨,富于变化,一向为人们所称颂。文章共描写了六个画面,用五节概括性抒情议论的文字串联起来,表在写风景,意在歌颂人,在写景颂人艺术上实在独具匠心。

作者用静景勾勒出猩猩峡外的沙漠,向读者展现的是"大自然的最单调最平板的一面"。颜色纯白,声音寂静。"然而"一转,用动静手法描写了驼阵,形在变化,由远而近;色在变化,由黑到猩红;声在变化,由丁当到和谐的旋律。这些一般的人类活动出现在荒凉而死寂的山漠上,就成了一幅风景画面。末句用抽象而简括的文字,提示读者,本文虽谈的是风景,然而赞美的却是人的活动,使文章不一样的枢纽一下子打开了。

农歌夜唱地点是黄土高原,时间是夜晚,对象是辛勤劳作、生产归来的农民。先也用静景手法来描绘背景,有梯田、秃顶的山、高秆植物。当写到"三五月明"之夜,农民生产归来,人和牛从山背上走过来,由远而近,由少而多,并且节奏缓慢"姗姗而下",在背景上形成了"一幅剪影"。但人走过后,依旧飘来了"缭绕不散"的"粗朴的短歌",于是乎,蓝天明月加上农民歌唱,就可称为"绝妙的题材"了,把人类的活动,更推进了一层。

学员晚归地点仍同前一样,时间是傍晚,对象是学员,各地来延安的知识分子,也是生产归来。如果说前一节在写人时高了一步,那么这一节更侧重于人物描写。作者用工笔描写的手法,刻画了学员们职业不同、口音不同,但多唱着同一个调子,这是晚归之景;还写了个晚餐之景,画面的色彩是金黄、翠绿、白沫、黄土等,并以河水喧哗流淌衬托了这些学员的愉快,更突出了他们为寻求革命来到延安的高尚精神。这一画面,是"静穆的自然和弥漫着生命力的人,就织成了美妙的图画"。

第二三两景的联系都是生产归来,共一节评论文字。在写人方面,更是强调了人的活动、人的精神、人的生命力。这一节议论,比前一节议论更拔高了一步。

在描写荒山雨景作者换了一种表现手法,先写"西装革履"与"烫发女郎"在公园谈情说爱的情景,再花大笔墨去描写荒山、泥水、怪石、石洞这样一个恶劣的自然环境,一对解放区的青年男女在这样艰苦的条件下,仍在一起抓紧时间学习,追求革命真理。通过对比,突出了后者敦厚朴实、好学上进的进取精神,突出了他们"是两个生命力旺盛的人,是两个清楚明白生活意义的人",突出了他们"不倦息,也不会百无聊赖,更不至于从胡闹中求刺激"的高尚品质,而这些无疑是前者所望尘莫及的。这能不使大自然失色?这就是荒山奇迹。怎么不值得去怀念呢?这一节评论文字,说明"人依然是'风景'的构成者",而只有"内生活极其丰富的人"才能成为这里的主宰。这第三次评论,是我们更明白了风景与人的关系。

桃林茶社这一节文字表面上平淡无味,其实从文思的俯视角度看,写得文姿跌宕,谈笑风生。作者采用了抑扬法来写景颂人。开头句子写得模棱两可,仅交代了"二三十棵桃树"、"半盘石磨"、"几尺断碑",石块为凳竟以奢侈品的姿态出现。桃林旁还有一些庄稼。这也会成为风景?与公园比,岂不"贻笑大方"?但在这桃林茶社里,由于有一群青年在热烈追求革命真理,从一般的人物描写角度(语言、行动、形态等)描写了这些人,又从与"消磨时间"的人作对比的角度,突出了追求革命的浓厚气氛。用这种抑景扬人的手法颂人,比前面又更高一筹了。因此,这一节的议论文字说:"人类的高贵精神的辐射,填补了自然界的贫乏,增添了景色,形式的和内容的。"这"辐射"、"填补"、"增添",更说明了人的精神尤其重要。作者随感情的逐步加深,不禁发出了"人创造了第二自然!"的深刻感叹。

在描绘北国风光上,作者又从形、声、色描写了两个战士,写得一波三折,引人入胜。作者由听到"嘹亮的喇叭声,破空而来",而想起一张放哨士兵的侧影。这照片是静景,也是近景,作者着力刻画了战士严肃勇敢的神情。由这严肃勇敢,又联系到听到的号声,并着力突出了战士高尚的精神情操和鲜明的形象。粉红的霞光与象征着胜利的飘动的红绸子,刺刀闪着寒光,通过动静结合、刚柔结合、远近结合,突出了战士的高大形象。作者浮想联翩:"我看得呆了,我仿佛看见了民族的精神化身而为他们两个。"作者直抒胸臆,公开地、纯粹地歌颂我们中华民族的伟大精神。

行文至此,作者不得不如笋剥壳、如茧抽丝,用第五个比喻句结束全文:"是真的'风景',是伟大中之最伟大者!"虽然用的是假设句,在当时那个时代背景下,显得文词委婉些,但这一惊人之语,尤如画龙点睛之笔,把热情歌颂共产党领导下的延安军民及超越一切的民族的高贵精神这一主题,在层层深化中表达得淋漓尽致。

徐志摩 （1896—1931），现代诗人、散文家。名章垿，笔名南湖、云中鹤等。浙江海宁人。1915年毕业于杭州一中、先后就读于上海沪江大学、天津北洋大学和北京大学。1918年赴美国学习银行学。1920年赴英国留学，入伦敦剑桥大学当特别生，研究政治经济学。在剑桥两年深受西方教育的熏陶及欧美浪漫主义和唯美派诗人的影响。1922年回国，历任北京大学、清华大学等教授。1923年，新月社成立，他是主要成员。1931年殁于飞机失事。主要作品有：诗集《志摩的诗》；诗文集《翡冷翠的一夜》《猛虎集》《云游》；散文集《落叶》《自剖集》《巴黎的鳞爪》《秋》等。另有译著多种。

翡冷翠山居闲话

在这里出门散步去，上山或是下山，在一个晴好的五月的向晚，正像是去赴一个美的宴会，比如去一果子园，那边每株树上都是满挂着诗情最秀逸的果实，假如你单是站着看还不满意时，只要你一伸手就可以采取，可以恣尝鲜味，足够你性灵的迷醉。阳光正好暖和，决不过暖；风息是温驯的，而且往往因为他是从繁花的山林里吹度过来他带来一股幽远的澹香，连着一息滋润的水气，摩挲着你的颜面，轻绕着你的肩腰，就这单纯的呼吸已是无穷的愉快；空气总是明净的，近谷内不生烟，远山上不起霭，那美秀风景的全部正像画片似的展露在你的眼前，供你闲暇的鉴赏。

作客山中的妙处，尤在你永不须踌躇你的服色与体态，你不妨摇曳着一头的蓬草，不妨纵容你满腮的苔藓；你爱穿什么就穿什么；扮一个牧童，扮一个渔翁，装一个农夫，装一个走江湖的桀卜闪，装一个猎户；你再不必提心整理你的领结，你尽可以不用领结，给你的颈根与胸膛一半日的自由，你可以拿一条这边颜色的长巾包在你的头上，学一个太平军的头目，或是拜伦那埃及装的姿态；但最要紧的是穿上你最旧的旧鞋，别管他模样不佳，他们是顶可爱的好友，他们承着你的体重却不叫你记起你还有一双脚在你的底下。

这样的玩顶好是不要约伴，我竟想严格的取缔，只许你独身；因为有了伴多少总得叫你分心，尤其是年轻的女伴，那是最危险最专制不过的旅伴，你应得躲避她像你躲避青草里一条美丽的花蛇！平常我们从自己家里走到朋友的家里，或是我们执事的地方，那无非是在同一个大牢里从一间狱室移到另一间狱室去，拘束永远跟着我们，自由永远寻不到我们；但在这春夏间美秀的山中或乡间你要是有机会独身闲逛时，那才是你福星高照的时候，那才是你实际领受，亲口尝味，自由与自在的时候，那才是你肉体与灵魂行动一致的时候；朋友们，我们多长一岁年纪往往只是加重我们头上的枷，加紧我们脚胫上的链，我们见小孩子在草里在沙堆里在浅水里打滚作乐，或是看见小猫追他自己的尾巴，何尝没有羡慕的时候，但我们的枷,我们的链永远是制定我们行动的上司!所以只有你单身奔赴大自然的怀抱时,像一个裸体的小孩扑入他母亲的怀抱时,你才知道灵魂的愉快是怎样的,单是活着的快乐是怎样的,单就呼吸单就走道单就张眼看耸耳听的幸福是怎样的。因此你得严格的为己,极端的自私,只许你,体魄与性灵,与自然同在一个脉搏里跳动,同在一个音波里起伏,同在一个神奇的宇宙里自得。我们浑朴的天真是像含羞草似的娇柔,一经同伴的抵触,他就卷了起来,但在澄静的日光下,和风中,他的姿态是自然的,他的生活是无阻碍的。

你一个人漫游的时候,你就会在青草里坐地仰卧,甚至有时打滚,因为草的和暖的颜色自然的唤起你童稚的活泼;在静僻的道上你就会不自主的狂舞,看着你自己的身影幻出种种诡异的变相,因为道旁树木的阴影在他们纡徐的婆娑里暗示你舞蹈的快乐;你也会得信口的歌唱,偶尔记起断片的音调,与你自己随口的小曲,因为树林中的莺燕告诉你春光是应得赞美的;更不必说你的胸襟自然会跟着漫长的山径开拓,你的心地会看着澄蓝的天空静定,你的思想和着山壑间的水声,山罅里的泉响,有时一澄到底的清澈,有时激起成章的波动,流,流,流入凉爽的橄榄林中,流入妩媚的阿诺河去……

并且你不但不须约伴,每逢这样的游行,你也不必带书。书是理想的伴侣,但你应得带书,是在火车上,在你住处的客室里,不是在你独身漫步的时候。什么伟大的深沉的鼓舞的清明的优美的思想的根源不是可以在风籁中、云彩里、山势与地形的起伏里、花草的颜色与香息里寻得?自然是最伟大的一部书,葛德说,在他每一页的字句里我们读得最深奥的消息。并且这书上的文字是人人懂得的;阿尔帕斯与五老峰、雪西里与普陀山、莱茵河与扬子江、梨梦湖与西子湖、建兰与琼花、杭州西溪的芦雪与威尼市夕照的红潮、百灵与夜莺,更不提一般黄的黄麦、一般紫的紫藤、一般青的青草同在大地上生长,同在和风中波动——他们应用的符号是永远一致的,他们的意义是永远明显的,只要你自己心灵上不长疮瘢,眼不盲,耳不塞,这无形迹的最高等教育便永远是你的名分。这不取费的最珍贵的补剂便永远供你的受用:只要你认识了这一部书,你在这世界上寂寞时便不寂寞,穷困时不穷困,苦恼时有安慰,挫折时有鼓励,软弱时有督责,迷失时有南针。

一九二五年七月

此篇文章是富有田园牧歌情调的"诗化"小品散文。全文情调悠闲纡徐,从容自适,虽仍然大致是"跑野马"的风格,但细细品赏,却绝非信马由缰。

虽然题目只是有关翡冷翠(意大利的佛罗伦萨)山居的一种闲话,一种漫谈式的随笔,实际上却是一篇关于自由的颂歌。

文章以与隐含的读者"你"交谈"闲话"的口吻和叙述方式展开写景和抒情——亲切自然,又带有些急于让"你"与之共享、与之众乐乐的迫不及待。作者始终扣住"自然是最伟大的一部书"的中心主题,着意从个体内心感受的角度和方式着意渲染抒写独自作客于翡冷翠山中的妙处和快乐的心境。且让我们假想成那个面聆徐志摩之娓娓"闲话"的"你",而作一次返归自然、充分解放性灵的诗性漫游吧! 自然,这种充分解放性灵的精神漫游,除主体心境首需"空"("空故纳万象")外,言为心声,语言表达上尤需顺畅无碍,一气贯通。

徐志摩这篇散文先声夺人,首先在"语感"的层面上,营构出一种畅流不息、行云流水的美,令读者有"如行山阴道上,目不暇接"的促迫流动感。再如"在这里出门散步去,上山或是下山,在一个晴好的五月的向晚,正像是去赴一个美的宴会,比如,去一果子园,那边每株树上都是满挂着诗情最透逸的果实,假如你单是站着看还不满意时,只要你一伸手就可以摘取,可以恣尝鲜味,足够你性灵的迷醉"。到这儿你好像可以勉强歇一口气,可若再接着读:"阳光正好暖和,决不过暖;风息是温驯的,而且往往因为他是以繁花的山林里吹度过来他带来一股幽远的淡香,连着……"

又该上气难接下气了。仿佛只要你一开始读,就像跳舞女穿上了着魔的"红舞鞋",不管长句、短句,似乎那儿都无法打住,非得一气儿读完才够那么一点"性灵的迷醉"。那种"如万斛泉水不择地而出"的流动之气,着实使得文章"言之短长与声之高下者皆宜"。我们不能不承认并且惊奇:不管徐志摩给人以"西化"的印象有多强烈,他终究还是一个地道的中国现代诗人。在他这儿(尤其体现于这篇散文这一段)汉语言作为一种非形态语言之形式松弛、联想丰富、组合自由、气韵生动、富于弹性和韵律的艺术禀赋,在这里发挥到淋漓尽致的程度。

"作客山中"的妙处,作者显然体会尤深。因为山中的大自然是远离现代文明之嚣闹繁杂的一个幽僻去处。在那儿,你可摆脱日常文明社会的种种羁绊和束缚,可以完全自由自在、无拘无束:不用在乎人家怎样看你,不必矫饰、"不须踌躇你的服色与体态","再不必提心整理你的领结"……

作为诗人,徐志摩永远有着孩童般的天真和单纯,也对逝去的童年格外珍惜,充满追忆和思念。徐志摩在《想飞》中写过"人们原来都是会飞的"的浪漫童话,在这篇"闲话"中,又同样用天真稚朴的语气给我们讲一个类似的童话:"朋友们,我们多长一岁年纪往往只是加重我们头上的枷,加紧我们脚胫上的链……"在这个童话背后,作者揭露的一个更令人震惊的事实则是:"平常我们从自己家里走到朋友的家里,或是我们执事的地方,那无非是在同一个大牢里从一间狱室移到另一间狱室去,拘束永远跟着我们。自由永远寻不到我们"。这里,以一贯执着徐志摩批判文明,崇尚自然的自由理想。

大自然这部奇书,并非那么好读懂,作者提出的条件是:"心灵上不长苍癣,眼不盲,耳不塞",若以此结合作者在文章中一再强调的"山居"、"独行"而不带女伴,"不带书"等要求和叮咛,我们可以约略窥得读懂大自然这部奇书的方法和途径:不但需暂时远离尘俗和现代文明的喧嚣,也需一个从容、空旷、能容万物的自由心境,更要在大自然的怀抱中,如裸体的婴儿般赤纯、天真,与大自然体悟相通,妙契同化。概而言之,需要个人性灵之完全的解放与高扬。

总之,本文可以看做是用优美文字、饱满的热情,谱写成的一曲关于自由的赞歌。由于作者使用了不少的形象比喻、准确生动的描绘,以及一气呵成的众多的排比,给读者留下了难忘的印象,深深地打动了读者。

我所知道的康桥

一

我这一生的周折,大都寻得出感情的线索。不论别的,单说求学。我到英国是为要从罗素。罗素来中国时,我已经在美国。他那不确的死耗传到的时候,我真的出眼泪不够,还作悼诗来了。他没有死,我自然高兴。我摆脱了哥伦比亚大博士衔的引诱,买船票过大西洋,想跟这位二十世纪的福禄泰尔认真念一点书去。谁知一到英国才知道事情变样了:一为他在战时主张和平,二为他离婚,罗素叫康桥给除名了,他原来是TrinityCollege的Fellow,这一来他的Fellowship也给取消了。他回英国后就在伦敦住下,夫妻两人卖文章过日子。因此我也不曾遂我从学的始愿。我在伦敦政治经济学院里混了半年,正感着闷想换路走的时候,我认识了狄更生先生。狄更生(GalsworthyLowesDickinson)是一个有名的作者,他的《一个中国人通信》(LettersFormJohnChinaman)与《一个现代聚餐谈话》(AModernSymposium)两本小册子早得了我的景仰。我第一次会着他是在伦敦国际联盟协会席上,那天林宗孟先生演说,他做主席;第二次是宗孟寓里吃茶,有他。以后我常到他家里去。他看出我的烦闷,劝我到康桥去,他自己是王家学院(KingsCollege)的Fellow。我就写信去问两个学院,回信都说学额早满了,随后还是狄更生先生替我去在他的学院里说好了,给我一个特别生的资格,随意选科听讲。从此黑方巾黑披袍的风光也被我占着了。初起我在离康桥六英里的乡下叫沙士顿地方租了几间小屋住下,同居的有我从前的夫人张幼仪女士与郭虞裳君。每天一早我坐街车(有时骑自行车)上学,到晚回家。这样的生活过了一个春,但我在康桥还只是个陌生人,谁都不认识,康桥的生活,可以说完全不曾尝着,我知道的只是一个图书馆,几个课室,和三两个吃便宜饭的茶食铺子。狄更生常在伦敦或是大陆上,所以也不常见他。那年的秋季我一个人回到康桥,整整有一学年,那时我才有机会接近真正的康桥生活,同时,我也慢慢的"发见"了康桥。我不曾知道过更大的愉快。

二

"单独"是一个耐寻味的现象。我有时想它是任何发见的第一个条件。你要发见你的朋友的"真",你得有与他单独的机会。你要发见你自己的真,你得给你自己一个单独的机会。你要发见一个地方(地方一样有灵性),你也得有单独玩的机会。我们这一辈子,认真说,能认识几个人?能认识几个地方?我们都是太匆忙,太没有单独的机会。说实话,我连我的本乡都没有什么了解。康桥我要算是有相当交情的。再次许只有新认识的翡冷翠了。啊,那些清晨,那些黄昏,我一个人发痴似的在康桥!绝对的单独。

但一个人要写他最心爱的对象,不论是人是地,是多么使他为难的一个工作?你怕,你怕描坏了它,你怕说过分了恼了它,你怕说太谨慎了辜负了它。我现在想写康桥,也正是这样的心理,我不曾写,我就知道这回是写不好的——况且又是临时逼出来的事情。但我却不能不写,上期预告已经出去了。我想勉强分两节写。一是我所知道的康桥的天然景色,一是我所知道的康桥的学生生活。我今晚只能极简的写些,等以后有兴会时再补。

三

康桥的灵性全在一条河上;康河,我敢说,是全世界最秀丽的一条水。河的名字是葛兰大(Granta),也有叫康河(River Cam)的,许有上下流的区别,我不甚清楚。河身多的是曲折,上游是有名的拜伦潭("Byrou's Pool")当年拜伦常在那里玩的;有一个老村子叫格兰骞斯德,有一个果子园,你可以躺在累累的桃李树荫下吃茶,花果会掉入你的茶杯,小雀子会到你桌上来啄食,那真是别有一番天地。这是上游;下游是从骞斯德顿下去,河面展开,那是春夏间竞舟的场所。上下河分界处有一个坝筑,水流急得很,在星光下听水声,听近村晚钟声,听河畔倦牛刍草声,是我康桥经验中最神秘的一种;大自然的优美、宁静,调谐在这星光与波光的默契中不期然的淹入了你的性灵。

但康河的精华是在它的中权,著名的"Backs",这两岸是几个最蜚声的学院的建筑。从上面下来是Pembroke, St. Katharine's, King's, Clare, Trinity, St. John's。最令人留连的一节是克莱亚与王家学院的毗连处,克莱亚的秀丽紧邻着王家教堂(King's Chapel)的闳伟。别的地方尽有更美更庄严的建筑,例如巴黎赛因河的罗浮宫一带,威尼斯的利阿尔多大桥的两岸,翡冷翠维基乌大桥的周遭;但康桥的"Backs"自有它的特长,这不容易用一二个状词来概括,它那脱尽尘埃气的一种清澈秀逸的意境可说是超出了画图而化生了音乐的神味。再没有比这一群建筑更调谐更匀称的了!论画,可比的许只有柯罗(Corot)的田野;论音乐,可比的许只有萧班(Chopin)的夜曲。就这也不能给你依稀的印象,它给你的美感简直是神灵性的一种。

假如你站在王家学院桥边的那棵大椈树荫下眺望,右侧面,隔着一大方浅草坪,是我们的校友居(Fellows Building)，那年代并不早，但它的妩媚也是不可掩的，它那苍白的石壁上春夏间满缀着艳色的蔷薇在和风中摇头，更移左是那教堂，森林似的尖阁不可浼的永远直指着天空；更左是克莱亚，啊！那不可信的玲珑的方庭，谁说这不是圣克莱亚(St.Clare)的化身，哪一块石上不闪耀着她当年圣洁的精神？在克莱亚后背隐约可辨的是康桥最潇贵最骄纵的三清学院(Trinity)，它那临河的图书楼上坐镇着拜伦神采惊人的雕像。

但这时你的注意早已叫克莱亚的三环洞桥魔术似的摄住。你见过西湖白堤上的西泠断桥不是(可怜它们早已叫代表近代丑恶精神的汽车公司给踩平了，现在它们跟着苍凉的雷峰永远辞别了人间？)你忘不了那桥上斑驳的苍苔，木栅的古色，与那桥拱下泄露的湖光与山色不是？克莱亚并没有那样体面的衬托，它也不比庐山栖贤寺旁的观音桥，上瞰五老的奇峰，下临深潭与飞瀑；它只是怯伶伶的一座三环洞的小桥，它那桥洞间也只掩映着细纹的波粼与婆娑的树影，它那桥上栉比的小穿阑与阑节顶上双双的白石球，也只是村姑头上不夸张的香草与野花一类的装饰；但你凝神的看着，更凝神的看着，你再反省你的心境，看还有一丝屑的俗念沾滞不？只要你审美的本能不曾汨灭时，这是你的机会实现纯粹美感的神奇！

但你还得选你赏鉴的时辰。英国的天时与气候是走极端的。冬天是荒谬的坏，逢着连绵的雾盲天你一定不迟疑的甘愿进地狱本身去试试；春天(英国是几乎没有夏天的)是更荒谬的可爱，尤其是它那四五月间最渐缓最艳丽的黄昏，那才真是寸寸黄金。在康河边上过一个黄昏是一服灵魂的补剂。啊！我那时蜜甜的单独，那时蜜甜的闲暇。一晚又一晚的，只见我出神似的倚在桥阑上向西天凝望：

> 看一回凝静的桥影，
> 数一数螺细的波纹：
> 我倚暖了石阑的青苔，
> 青苔凉透了我的心坎；……
> 还有几句更笨重的怎能仿佛那游丝似轻妙的情景：
> 难忘七月的黄昏，远树凝寂，
> 像墨泼的山形，衬出轻柔暝色
> 密稠稠，七分鹅黄，三分橘绿，
> 那妙意只可去秋梦边缘捕捉；……

四

这河身的两岸都是四季常青最葱翠的草坪。从校友居的楼上望去，对岸草场上，不论早晚，永远有十数匹黄牛与白马，胫蹄没在恣蔓的草丛中，从容的在咬嚼，星星的黄花在风中动荡,应和着它们尾鬃的扫拂。桥的两端有斜倚的垂柳与荫护住。水是澈底的清澄,深不足四尺,匀匀的长着长条的水草。这岸边的草坪又是我的爱宠,在清朝,在傍晚,我常去这天然的织锦上坐地,有时读书,有时看水;有时仰卧着看天空的行云,有时反仆着搂抱大地的温软。

但河上的风流还不止两岸的秀丽。你得买船去玩。船不止一种:有普通的双桨划船,有轻快的薄皮舟(Canoe),有最别致的长形撑篙船(Punt)。最末的一种是别处不常有的。约莫有二丈长,三尺宽,你站直在船梢上用长竿撑着走的。这撑是一种技术。我手脚太蠢,始终不曾学会。你初起手尝试时,容易把船身横住在河中,东颠西撞的狼狈。英国人是不轻易开口笑人的,但是小心他们不出声的皱眉!也不知有多少次河中本来优闲的秩序叫我这莽撞的外行给搅乱了。我真的始终不曾学会;每回我不服输跑去租船再试的时候,有一个白胡子的船家往往带讥讽的对我说:"先生,这撑船费劲,天热累人,还是拿个薄皮舟溜溜吧!"我哪里肯听话,长篙子一点就把船撑了开去,结果还是把河身一段段的腰斩了去!

你站在桥上去看人家撑,那多不费劲,多美!尤其在礼拜天有几个专家的女郎,穿一身缟素衣服,裙裾在风前悠悠的飘着,戴一顶宽边的薄纱帽,帽影在水草间颤动,你看她们出桥洞时的姿态,捻起一根竟像没有分量的长竿,只轻轻的,不经心的往波心里一点,身子微微的一蹲,这船身便波的转出了桥影,翠条鱼似的向前滑了去。她们那敏捷,那闲暇,那轻盈,真是值得歌咏的。

在初夏阳光渐暖时你去买一支小船,划去桥边荫下躺着念你的书或是做你的梦,槐花香在水面上漂浮,鱼群的唼喋声在你的耳边挑逗。或是在初秋的黄昏,近着新月的寒光,望上流僻静处远去。爱热闹的少年们携着他们的女友,在船沿上支着双双的东洋彩纸灯,带着话匣子,船心里用软垫铺着,也开向无人迹处去享他们的野福——谁不爱听那水底翻的音乐在静定的河上描写梦意与春光!

住惯城市的人不易知道季候的变迁。看见叶子掉知道是秋,看见叶子绿知道是春;天冷了装炉子,天热了拆炉子;脱下棉袍,换上夹袍,脱下夹袍,穿上单袍;不过如此罢了。天上星斗的消息,地下泥土里的消息,空中风吹的消息,都不关我们的事。忙着哪,这样那样事情多着,谁耐烦管星星的移转,花草的消长,风云的变幻?同时我们抱怨我们的生活、苦痛、烦闷、拘束、枯燥,谁肯承认做人是快乐?谁不多少间咒诅人生?

但不满意的生活大都是由于自取的。我是一个生命的信仰者,我信生活决不是我们大多数人仅仅从自身经验推得的那样暗惨。我们的病根是在"忘本"。人是自然的产儿,就比枝头的花与鸟是自然的产儿;但我们不幸是文明人,入世深似一天,离自然远似一天。离开了泥土的花草,离开了水的鱼,能快活吗?能生存吗?从大自然,我们取得我们的生命;从大自然,我们应分取得我们继续的资养。哪一株婆婆的大木没有盘错的根柢深入在无尽藏的地里?我们是永远不能独立的。有幸福是永远不离母亲抚育的孩子,有健康是永远接近自然的人们。不必一定与鹿豕游,不必一定回"洞府"去;为医治我们当前生活的枯窘,只要"不完全遗忘自然"一张轻淡的药方我们的病相就有缓和的希望。在青草里打几个滚,到海水里洗几次浴,到高处去看几次朝霞与晚照——你肩背上的负担就会轻松了去的。

这是极肤浅的道理,当然。但我要没有过过康桥的日子,我就不会有这样的自信。我这一辈子就只那一春,说也真可怜,算是不曾虚度。就只那一春,我的生活是自然的,是真愉快的!(虽则碰巧那也是我最感受人生痛苦的时期)。我那时有的是闲暇,有的是自由,有的是绝对单独的机会。说也奇怪,竟像是第一次,我辨认了星月的光明,草的青,花的香,流水的殷勤。我能忘记那初春的睥睨吗?曾经有多少个清晨我独自冒着冷去薄霜铺地的林子里闲步——为听鸟语,为盼朝阳,为寻泥土里渐次苏醒的花草,为体会最微细最神妙的春信。啊,那是新来的画眉在那边涧不尽的青枝上试它的新声!啊,这是第一朵小雪球花挣出了半冻的地面!啊,这不是新来的潮润沾上了寂寞的柳条?

静极了,这朝来水溶溶的大道,只远处牛奶车的铃声,点缀这周遭的沉默。顺着这大道走去,走到尽头,再转入林子里的小径,往烟雾浓密处走去,头顶是交枝的榆荫,透露着漠楞楞的曙色;再往前走去,走尽这林子,当前是平坦的原野,望见了村舍,初青的麦田,更远三两个馒形的小山掩住了一条通道。天边是雾茫茫的,尖尖的黑影是近村的教寺。听,那晓钟和缓的清音。这一带是此邦中部的平原,地形像是海里的轻波,默沉沉的起伏;山岭是望不见的,有的是常青的草原与沃腴的田壤;登那土阜上望去,康桥只是一带茂林,拥戴着几处娉婷的尖阁。妩媚的康河也望不见踪迹,你只能循着那锦带似的林木想象那一流清浅。村舍与树林是这地盘上的棋子,有村舍处有佳荫,有佳荫处有村舍。这早起是看炊烟的时辰:朝雾渐渐的升起,揭开了这灰苍苍的天幕(最好是微霰后的光景),远近的炊烟,成丝的、成缕的、成卷的、轻快的、迟重的、浓灰的、淡青的、惨白的,在静定的朝气里渐渐的上腾,渐渐的不见,仿佛是朝来人们的祈祷,参差的翳入了天厅。朝阳是难得见的,这初春的天气。但它来时是起早人莫大的愉快。顷刻间这田野添深了颜色,一层轻纱似的金粉糁上了这草,这树,这通道,这庄舍。顷刻间这周遭弥漫了清晨富丽的温柔。顷刻间你的心怀也分润了白天诞生的光荣。"春"!这胜利的晴空仿佛在你的耳边私语。"春!"你那快活的灵魂也仿佛在那里回响。

伺候着河上的风光,这春来一天有一天的消息。关心石上的苔痕,关心败草里的花鲜,关心这水流的缓急,关心水草的滋长,关心天上的云霞,关心新来的鸟语。怯怜怜的小雪球是探春信的小使。铃兰与香草是欢喜的初声。窈窕的莲馨,玲珑的石水仙,爱热闹的克罗克斯,耐辛苦的蒲公英与雏菊——这时候春光已是漫烂在人间,更不须殷勤问讯。

瑰丽的春放。这是你野游的时期。可爱的路政,这里不比中国,哪一处不是坦荡荡的大道?徒步是一个愉快,但骑自转车是一个更大的愉快,在康桥骑车是普遍的技术;妇人、稚子、老翁,一致享受这双轮舞的快乐。(在康桥听说自转车是不怕人偷的,就为人人都自己有车,没人要偷。)任你选一个方向,任你上一条通道,顺着这带草味的和风,放轮远去,保管你这半天的逍遥是你性灵的补剂。这道上有的是清荫与美草,随地都可以供你休憩。你如爱花,这里多的是锦绣似的草原。你如爱鸟,这里多的是巧啭的鸣禽。你如爱儿童,这乡间到处是可亲的稚子。你如爱人情,这里多的是不嫌远客的乡人,你到处可以"挂单"借宿,有酪浆与嫩薯供你饱餐,有夺目的果鲜恣你尝新。你如爱酒,这乡间每"望"都为你储有上好的新酿,黑啤如太浓,苹果酒、姜酒都是供你解渴润肺的。……带一卷书,走十里路,选一块清静地,看天,听鸟,读书,倦了时,和身在草绵绵处寻梦去——你能想象更适情更适性的消遣吗?

陆放翁有一联诗句:"传呼快马迎新月,却上轻舆趁晚凉。"这是做地方官的风流。我在康桥时虽没马骑,没轿子坐,却也有我的风流:我常常在夕阳西晒时骑了车迎着天边扁大的日头直追。日头是追不到的,我没有夸父的荒诞,但晚景的温存却被我这样偷尝了不少。有三两幅画图似的经验至今还是栩栩的留着。只说看夕阳,我们平常只知道登山或是临海,但实际只须辽阔的天际,平地上的晚霞有时也是一样的神奇。有一次我赶到一个地方,手把着一家村庄的篱笆,隔着一大田的麦浪,看西天的变幻。有一次是正冲着一条宽广的大道,过来一大群羊,放草归来的,偌大的太阳在它们后背放射着万缕的金辉,天上却是乌青青的,只剩这不可逼视的威光中的一条大路,一群生物! 我心头顿时感着神异性的压迫,我真的跪下了,对着这冉冉渐翳的金光。再有一次是更不可忘的奇景,那是临着一大片望不到头的草原,满开着艳红的罂粟,在青草里亭亭的像是万盏的金灯,阳光从褐色云里斜着过来,幻成一种异样紫色,透明似的不可逼视,霎那间在我迷眩了的视觉中,这草田变成了……不说也罢,说来你们也是不信的!

一别二年多了,康桥,谁知我这思乡的隐忧? 也不想别的,我只要那晚钟撼动的黄昏,没遮拦的田野,独自斜倚在软草里,看第一个大星在天边出现!

一九二六年一月十四日至一月二十三日作

一篇《我所知道的康桥》通过对康桥自然景色令人神往的描写,表露了作者的审美情趣,抒发了对这片地方无限眷恋的悠悠情思。

第一段像是用了一支炭素笔,以线条勾勒出作者与康桥之间几乎具有某种宿命意味的互属关系。语言平浅、意象单纯,而作者心中的意念却温和地随着文字的节拍,不疾不缓地淡淡点出。上前一步,即抵达你营造的"单独"境界,这正是你智慧的灵光一闪,也需得以犀利的心灵去抚触。仅以平静客观的态度和三个"你要发现"的排比句,就完成了一个人生的大颖悟,这出自性灵的会心之见,悟透的人自有心领神会的一笑。再如后文中"不满意的生活大都是由于自取的""有幸福是永远不离母亲扶养的孩子,有健康是永远接近自然的人",这种从眼前景物荡开去,通过冥想的途径,反映个人情思的格言警句式的哲理短句,文中俯拾皆是,可圈可点。恰如散置在夜空里的星星,让人眼前一亮又一亮。从中可窥志摩炼字炼句,想象比喻的功夫,已达圆熟境界。若以版画技法相拟,一刀一刀是刻在画版上的,无法随意涂改,没有相当把握,怎敢轻易下刀? 也是最见画家功力所在。

康桥,那是作者心中千遍万遍唱不尽的爱宠,是断断不肯对它做骚人墨客式的清论高谈、评头论足。作者将要尽全部心力、笔力之所能,画一个心中的康桥给我们的。

第一幅:拜伦潭——果子园——星光下的水声——近村晚钟声——河畔倦牛刍草声。第二幅:志摩并不着意描绘学院建筑群,而以具有暗示性的墨意留白,提供给人想象的空间和回味不尽的"意趣"。第三幅:克莱亚三环洞桥,在志摩笔下,美得不夸张也不尖锐。

一篇好文章全靠"文气充沛"。"文气"是文章的灵魂,也最见作品的尽境。这篇散文之所以成为我国现代早期游记散文的代表作,徐志摩散文的巅峰之作而脍炙人口,首先在于它的感人,其次是它完美的艺术形式。而感人的是志摩的真情投入。"真正震撼人心的作品,必然是直指本心,写出人性的共相,触及人性的本然,使读者会其心而同其心",这篇散文便是了。

文气也在回荡中饱满高涨,充沛于字里行间,让读者一次又一次震慑于作者不凡的才情。而在此文完美的艺术形式中最为亮丽袭人的,是志摩的语言艺术,颇值一提。写景时惯常使用欧化长句,把读者"消化"一个句子的时间拉长、节奏放慢,恰似一种从容漫步山水的心情;而写感悟,则多用短句,以适合表达感情的急促与热烈。或用长句把一串短句轻轻托住,或长短句错综出现,使长短相间,错落有致,快慢相节,形成一种起伏的韵律美。反复、排比手法恰到好处的运用,使语言有了强烈的节奏感和音乐感,洋溢着灵动的乐谱情调,甚至写出了满纸的回音与乐声。

此篇散文如同一首满怀柔情、用诗一般语言谱写的康桥梦幻曲。带着几分思念,几分惆怅,读罢不禁掩卷叹息,为作者的柔情深深地感动。

成仿吾 （1897—1984），湖南新化人。1910年去日本留学，1921年回国后与郭沫若、郁达夫等人创办创造社。1924年至1927年任广州大学教授。主要作品有文学评论集《使命》；短篇小说集《流浪》《从革命文学到文学革命》等。

太湖纪游

"仅仅几分钟的工夫，就能使我们由龌龊的都市逃出，投到纯朴的大自然的怀里来，我们是不能不感谢发明蒸汽机的人，我们是不能不感谢Watt。"

我心里这样想着，我的双眼不住地在一望无涯的平原之中狂驰。远方的树木在同我们赛跑，近处的田畴在为我们后退；大地好象分做了两半边在我们的两边旋转；左边的与钟表的双针同一方向，右边的却恰恰相反。我把全身靠在车上月台的后壁(因为我们始终不曾得着一个坐位，直到我们的目的地点)，眼睛跟着电线的Catenary在玻璃窗上波动：有时电线低到与我们齐肩，有时直涌出车窗以上。无尽藏的电柱一根根把我们一瞥便过去了。

无锡的梅园与太湖的风景，去年此节便有友人Y君与K君约过我去游玩。那时候，一因不得闲暇，二因游兴不佳，终于不曾实现。这回又是两君来信劝诱，爱牟首先心动，他好象打算一件重大的事情一般，用了回想的神气说道：

"明天是礼拜六，还有大学的筹备会议要去来，后天恰是礼拜日，他们正可以引导我们去探访。后天我们早点起来，乘早班火车去，我们可以玩一天整的。第二天他们有功课我们可以自己去游玩。"

N也是无可无不可，于是我们便决定了采用爱牟的计划。

我从长沙来到上海，不觉已经一年有半，我常常对江浙的朋友们诉我这一年余还不曾感到江南的情调，他们之中有些说：这是因为我总是一个南方人；然而大多数都责我不应长在上海不去游玩。我知道他们的话很有道理，不过杭州与苏州我曾去过，结果是使我失望了，我更不知尚有何处可去，我也不曾有过许多的余闲。

我常常这般想：我们如果要领略江南的情调，我们不应当向俗人麇集的地方去寻，我们反应当向时人罕识的赤裸裸的大自然中去欣赏。因为审美观念尚未发达的一般的中国人，当他们破坏一切美的事物的时候，他们实比恶魔还要凶狠。

无锡是一个小小县治，太湖尤是强盗出没之所。他们或能使我感到江南的情调。我这样想，所以爱牟提议坐三等车的时候，我还笑说坐四等车都不要紧。昨晚有人请我们吃饭，爱牟高兴起来，便拉着大家饮了不少的酒。结果是他喝得大醉了。我护他回来睡下之后，因为还有一点事故，便又坐了电车往上海的中央部来，但我也饮了不少的酒，不知不觉之间，我在电车上睡着了。等我醒过来,我已坐过了约莫有两倍多的路。

今早我从醉梦中醒来。从衣袋里抽出表来看时,已经是七点了! 不仅早班已过,七点半的第二班车也已来不及了。我急忙穿了衣服来看爱牟时,他兀自酣睡未醒!

我们幸而赶上第三班快车了。虽然没有得着坐位,然而一到这久阔的另一世界之中,我们便什么苦痛都忘记了。

现在在我们面前展开着的是一片一望茫茫的旷野。我们远望浑浊的层云,我们近看澄清的流水,我们看远树,看近树,看阡陌上的行人来往。

在这爽人神魄的慈惠自然之中,有使我们看了不快的,那便是在田亩中散着的棺材与高冢。这是人为的破坏之一例。我觉得好象有唤人复归现实的呼声在响,又觉得好象在葛雷的"墓畔哀歌"的世界,大地顿如一片荒坟在眼中高高涌起。我把带来的季刊二卷二号中爱牟所译的这首名诗翻出来低吟了几遍,心中不觉起了一阵不可遏的悲响。

到处只是一样的树木,一样的人家与一样的田亩,上海到无锡的旅程毋宁说是单调已极。在这样的单调之中,多少可以给人一点新的刺激的,只是昆山、天平山与苏州的城廓。然而以这点新的刺激来破这极端的单调,未免太微弱了,我们终于在这种单调之中到了无锡。

Y君与K君在出月台的地方引领观望,我们在人群之中挣扎着,相望而点首。他们显然是很愉快;他们是从九点钟以来钉在这里。

无锡是这样大的一个都市,这事情便先使我噤住了。惠泉山形似长沙的岳麓山尤使我惊喜。我们在一个馆子里吃了一点便饭之后,便雇车直赴惠山。

我把惠泉与岳麓并提,不过是就山的外形说。若就山的外观与内容说,到底不能同日而语。岳麓前临湘江,湘江不是运河所可比拟;岳麓有葱蔚的树林,有深幽的禅院,有醉人的钟声,有滴滴的泉水——这些都是惠泉所无的。岳麓虽与长沙城只隔着湘江,然而湘江既甚广阔,中间尚有一洲(即古长沙,今已成为陆地,有居民不少),我们从长沙望此洲,已经好象是海中的仙岛,我们更由此洲望岳麓,那便直是另外的一个世界。我在长沙年余,终日不是由长沙城远望岳麓寄我的遐想,便是遥趋岳麓,避城市的喧嚣。在死城一般的长沙,我能在死尸的堆中住至一年以上,实是因为有了岳麓。

我在长沙一年余的生活电影似的显出在我的眼膜,多少事使我悲酸,又多少事使我苦笑不已! 成败是什么?荣辱又是什么?只要是此心所安,那便是天国的实现。浅薄无聊的世人哟! 不可救药的群盲哟! ……当我这般热狂起来,我们已经到了惠山的脚下。

我们在寄畅园与淮军昭忠祠走了一转,看了所谓天下第二泉之后,便直取向梅园的路走去。这条路说是梅园的主人荣某所修的,路的两旁差不多尽是一样高的桑树。间有勤劳的农夫在田中一根一根的丁宁处理。我常在路的两边行,便有媚人的小枝时常把我的衣袖牵住。我幻想到采桑的时节应当是如何明媚的一片风景。美妙的年轻的姑娘,艳阳的天气,含烟吐翠的桑园,欲绝还飞的低唱。我想大抵要这样才是真的江南的情景。

同是一样的行路，然而一个哲学家可以没入玄妙的思想，一个科学家可以感受自然的启示，一个诗人可以翱翔于美妙的诗境，一个社会学者可以聚神于生活的观察。我既不是这些人中之这一种人，也不能说是那一种。在上海禁锢了年余以来：我的心情已经失了它旧时的微妙的感受性了。三年前与爱牟同游西湖时，我看见了故国的好山好水，便想起了不少的童时的情景；我恍惚童时有过一双健强的羽翼。然而三年后的现在的我，只觉童时的我已如幻想中的安琪儿一般，已经渺不可即；便是三年前的我，也好象从我手里放了去的一只鸟儿，只是望着那边没有边际的天空在飞，已经无法可以呼唤转来了!

　　在我的心眼之中尚能隐约查看出来的，只是年余以前的长沙的情景。我们绕着惠山行动时，多少有点相象的岳麓山便也徐徐在我眼中旋转。今天因为是礼拜日，有许多年青的学生成群结队而来，他们是看花回来了，他们的笑语飞扬在乳浊的恼人的低空，他们的红颜照耀在晶明的柔和的桑树。他们的质朴的服装是何等轻快而皎洁，他们的青春的四肢是何等柔软而活泼! 我注视着他们的丰实的神气与他们的澄明的眼睛，不禁要流出感激的眼泪来了。

　　带路的Y君和K君忽然把我们带上了大路右边的一条小径，我们现在是对准山洼在前进了。去年夏天我们极想移到乡下来住，两君写信来说有一个风景极佳的房子，只是我们终于不曾来过。现在我们是要往这个地方。

　　路旁有一个私立的小学，虽然狭小，却很精洁。水径从这里右转。一池碧玉般的静水首先牵住了我们的视线。接着便是左右两条雪白的小桥，与对岸的一个两层的洁白的亭子。稍远处便是一栋矮而明洁的红漆的小屋。我们加了速度，看看左面的池水，又左右看看路旁的梅花，高兴得什么似的前进。有时梅花的香气飞来，我们也不禁为它暂时停止。桥旁的柳树下有三五个小儿在喧叫。我们轻轻地走上桥来，似乎把他们吓了一跳。小屋共三间，还没有人住。我们从阶下回头望远，隐隐有连山在那边的天际横卧着。亭子建在屋前的假山上，中有长椅，可以坐看这自然清绝的小天地。屋右的林中时有萧萧的风声在响。我们大家倾耳而听，大地顿如沉入了静默的深渊，只闻风声在大空之中消涨，世界在静默之中推移，我们好象超然物外，独立着在的样子。

　　理智命令我们离开了此处，也不管我们是怎样依依不舍。回到大路上来时，我们还是偷偷地频频回首，我们口里不断地说要移来，虽然心里明明知道世事鲜如人意，明朝的事谁也不能断定在先。

　　因为怕我的痛脚不好多走，大家改坐了车。归来的游客渐渐增多，他们显然是已经在赶他们的归路。欢乐使他们忘了一日的疲劳，他们的笑语欢呼，依然在低空之中跳跃。梅园的梅花在低垣上静悄悄地探望。门前的车夫在向门内张罗着等候游人归去。我们因为要先往太湖，便飞一般的过去了。墙内有尖锐的笑声飞扬，春游的欢愉的情绪顿涨。

　　翻过一座小山，前面已经有了一片澄明的清水。

　　"这是五里湖。"K君回过头来说，他的眼镜上有湖光在辉闪。

　　湖水好象在绕着几个远岛右旋：不多远的路，便转到了我们的脚底。我们弃车直下水滨，恰巧有只小船在等着。

我们曾从车上望见有几片孤帆在远处的水天之间倾欹，但是湖边的水却很平静。湖中的鼋头渚在招引我们，犹如神怪小说中的仙岛。当我们离开湖边的时候，我们觉得好象是能够离开了这现在的世界，向着一个新的可惊异的世界在走；我们被一种不知从何而来的希望萦绕着，舟子的橹声是异常轻快而果敢。

转瞬之间，我们已经发见了自己完全在一个水的世界，我们刚才所离开的岸与岸上的湖神庙已经远隔着浮在那边，我们是在水天之间徙倚。我环顾湖山，日本濑户内海的风景无端又显出在我的前面。那是七八年前的事。在一个春假中，我与爱牟曾在这湖一般的内海畅游过一次。那明媚的风光，至今还不时来入我的清梦。只是鲜明的程度一年不如一年了。我竭力想捕住当年的情景，然而在我眼中显出的，只是一些模模糊糊的幻象。清风徐来，把我眼中的幻象也吹得象湖水一样激荡不宁，却使我想起了歌德的"湖上AufdemSee"：

  Und frische Nahrung, neues Blut,
  Saug Yich aus freier Welt;
  Wi ist Natur sohold uud gut,
  Die mich am Busen halte!
  Die Welle wieget unsern kahn
  Im Rudertakt hinauf,
  Und Berge, wolkig himmelan;
  Begegnen unserm Lauf.

  Aug´, mein Aug´, was sinkst du nieder?
  Goldne Traume, Kommt ihr wieder?
  Weg, du Traum! so gold du bist:
  Hier auch Lieb, und Leben iSt

  新的营养，新的血涛，
  我由大空之中吮吸；
  自然是怎样惠好，
  这拥我于怀的！
  波荡摇我们的小船
  常与棹声相和，
  连山耸入云间，
  遥遥在迎你我。

眼哟,我的眼哟,你为何下垂?
黄金般的好梦,于今再回?
去罢,梦哟!你虽则美如黄金;
这里也有爱情,也有生命。

我默念到这里时,怎么也不能再念下去。歌德真是太幸福了。他虽是辞别了心爱的人而来,然而他的澄明的心境常能从大自然中发现新的爱情与新的生命。到处飘流的我却只能在朝雾一般消残了的梦境中搜寻我的营养。爱情与生命是给Tantalus的两种最惨酷的刑罚。

隐忧一来,我眼前的世界忽然杳无痕迹了。一片茫漠的"虚无"逼近我来,我如一只小鸟在昏暗之中升沉,又如一片孤帆在荒海之上漂泊。一种突发的震动把我惊醒时,多谢舟子们,他们把我由荒海之上救到鼋头渚了。

我们一个个奋勇先登,好象战胜了的骄兵争先占领城地一样。我们已从渚上面对着汪汪的太湖了。Y君抢着到水边的岩石上去听湖声,但是今天的太湖好象正在酣眠,只不住地在把层岩轻舐。

我遥瞰着太湖,徐徐吞吐新鲜的呼吸;觉得神清气爽,好象可以振翼飞去。这时候夕阳已将下山,好象一个将溺的人红着脸独在云海之中奋斗。东边的连山映在夕照中,显出了他们的色彩的变化之丰富。N是一个画家,便从衣袋中抽出一个小簿子来临写。我们一齐抬头仰看Apollo的车骑在云海之中动摇;金鞭指处,一片灿烂的金光射来,暂时辉耀不已。

渚的高处有亭,亭的那边尚有一座花神庙。我们匆匆跑过一遍时,渚下的舟子已经在招我们归去。我们同夕阳一步步往下行来,我们下得船来时,夕阳也已经沉下去了。

连山与我们之间,渐渐垂下了一重重的帘幕;山洼岛上忽然吐出了一片片的青烟。天空越发低下来了。

我们在沉默之中登了岸,又入岸上的古项王庙看了一回;庙中的人已经在吃晚饭,我们便匆匆出来了。车夫好象已经等得不耐,见我们出来,便一个个活跃起来了。

我们在昏冥之中,还从车上不住回头远望。我们自恨没有更多的时间,我们同太湖诚恳地约了再会。太湖哟,永远的太湖哟!我们虽是乍见便要分离,我们是永远不能忘你!

过梅园时,门前已经没有人影,我们入园约略跑了一遍,人为的风景总觉引不起我们的兴趣来,一堆堆绰约的梅花空在晚风之中把她们的清香徐吐。一路犬吠声把我们送出门来,四围已经打成了一片无缝的黑暗。我在车上不禁又想起了《暮畔哀歌》中的

"把全盘的世界剩给我与黄昏。"

一九二四年三月九日
(选自1924年3月23日《创造周报》第45号)

# 赏 析

　　本文是篇游记散文。作者通过旅游中的所见所闻所感,歌颂了祖国大好山河,抒发了他对当时黑暗现实的感慨愤怒之情。

　　这篇游记的突出特点,是作者把所见所闻所感写得很丰富,很具体。作者不仅摄取了自然界美好的景物,也摄取一些丑陋的东西,美丑杂陈,对比鲜明,使美景显得更美。

　　作者离开喧嚣的城市,投入到大自然的怀抱,呼吸新鲜空气,领略大好河山,情绪高涨。于是许多山川美景涌到笔下。如五里湖的景色:"我们曾从车上望见有几片孤帆在远处的水天之间倾敧,但是湖边的水却很平静。湖中的鼋头渚在招引我们,犹如神怪小说中的仙岛。当我们离开湖边的时候,我们觉得是能够离开了这现在的世界,向着一个新的可惊异的世界在走;我们被一种不知从何而来的希望萦绕着,舟子的橹声是异常轻快而果敢。转瞬之间,我们已经发现了自己完全在……水天之间徙倚。"这描写让读者身临其境,多美!但与此同时作者也没有忽视丑。他由田亩中散着的棺材和高冢,由惠泉山联想到岳麓山进而联想到长沙的丑恶现实和群盲小人的丑恶嘴脸。用社会之丑来反衬自然之美,更增添了大自然的光彩。

　　作者在描写景物的时候也不孤立来写,而是把自然景观与作者当时的感受有机结合起来进行描述和抒发,比较好地实现了由景生情,情在景中,情景交融。

> **许钦文**（1897—1984），浙江绍兴人，原名许绳尧，现代著名作家。著有短篇集《故乡》《石宕》《理想的伴侣》《口约三章》《小狗的命运》等。另外注释讲解鲁迅著作的书有《呐喊分析》《彷徨分析》《鲁迅文选释》等。

殉情的鲨

那天从集美到厦门去,在将靠趸船的时候,忽由一个作伴的同事指点我看鲨,随即报告我这种动物的情形,知道是从海边捕来的,春间才有,可以做汤吃,味道很鲜。末了他又这样说:"这种东西很有点奇怪,总是两个接连在一起的,雄的背在雌的上面;渔人去捕的时候,一定捉住下面的雌的,那末雄的也就跟着来,不会逃,好像是舍不得雌的,但如捉着上面的雄的,雌的就滑去了!"

我连忙赶到船头上去察看,果然都是成着对的,颜色好像是甲鱼的,形状也有点像,不过来得大,背壳分成两部分,尾巴尖长而硬,见不到头和脚,因为一对对的被稻草绳缚住,船又已经停泊,拥挤得很,终于不曾看清楚。

凑巧得很,上岸以后,就在中山路上碰到了一个乡下人,挑着担子是卖小鲨的。我说不好厦门话,跟着旁人出钱买,四个铜子得到了六只,小的不过铜元一般大,大的也只像个双铜元。放在水中会得游,桌子上面会得爬,尾巴一耸一耸的翘动,很有点像小乌龟,只是不露头脚,其实根本没有显明的头。因为太小,仍然看不大清楚。在碗中用淡水养了两天,死去一只;以后每隔一两天死去一只;较大的一只,却一直活了十二天。

过了些日子,我到厦门大学去参观生物展览会,蒙方君殷勤招待,参观以后同在招待室里休息,看见壁间挂着鲨的标本,是大的,就要求拿了来观察,这才看了明白:原来嘴巴长在腹部的中间,从嘴边四展,生着六对脚,能曲能伸。脚端各成钳形,仿佛是虾所有的,可是长得大。第六对脚较长,末端分裂为五,其中有一支特别长出,另成一个钳形。

照方君的解释,这是归在蜘蛛类的了:做汤吃的是尾部的肉,就是附着游泳器的。方君也说,这是一种殉情的动物。可是所谓殉情,只是雄鲨对于雌鲨;——捉住了雄的,雌的会得自顾溜脱,难道也是殉情么?

雄鲨这样重情,雌鲨却要顾自逃生,好像原是薄情的;殉死于这种薄情的对象,雄鲨好像是痴情了。

但我以为不该随便这样断言;虽然对于鲨,我未作过有系统长时间的研究,可是动物的性同生活的关系,实在是很复杂而多变化的:比如蜜蜂和蚂蚁,雌的都比雄的寿命长,为的是要完成生殖的使命;又如蛾,雄的交尾以后不再进食,不久就毕命,雌的要产完了卵才死去。如果本同蛾类一样,那末雄鲎既经交尾,反正生命就要了结,当然用不着逃,同"爱妻"共存亡;何乐而不为呢?雌的还得产子,所以要图生;有着如此重情的"夫君",共生死本也是甘愿的罢;忍心生别,苟延残喘,为着"传宗接代",由于不得已,雌鲎的"薄情",或者原是母性的伟大!

据说鲎,平时生活在海中,不容易去捕;春间才到海边的沙滩上面来,为的是生育;可见所谓殉情,根本为着繁殖种子。只是人,无论是殉情也罢,殉种族也罢,总要捉得来吃,连小的都要收罗得来供玩弄。

赏析

本文是篇别致的科普小品文。将客观描述与主观抒情有机地结合在一起,使读者既获得了一定的生物学知识,又得到了某种生活哲理的思考。

文章篇幅虽小,但在写作上却很有特色。先是在文章开始用了很多文字来介绍鲎,描述既具体生动又冷静客观。而后笔调突转,将读者带入另一番境界中去——"这种东西很有点奇怪,总是两个接连在一起的,雄的背在雌的上面;渔人去捕的时候,一定捉住下面的雌的,那么雄的也就跟着来,不会逃,好像舍不得雌的,但如捉着上面的雄的,雌的就滑去了。""可是所谓殉情,只是雄鲎对于雌鲎——捉住了雄的,雌的会自顾滑脱。"都是鲎,为什么一个"痴情"的去殉情?一个薄情的逃生?

同是低级动物,鲎就不如天鹅、鸳鸯,据说,天鹅、鸳鸯一只故去,另一只不独活,不论雄的还是雌的。可是,最近的电视报道打破了天鹅这种"痴情"鸟的神圣的爱情传说。一农妇救了一只受伤的天鹅,结果天鹅和家鹅结为"夫妇"且妻妾成群。鸳鸯呢?也可能不是传说的那样。

其实,高级动物人类和低级动物鸟兽类,在情爱和性爱上没什么太大的区别,生理的客观的欲望是一样的。不一样的是人之所以成为高级动物,是人类的头脑进化到了能用理智来判断是非取舍,用理智来约束感情。人,如果没有这理智也就不成其为人,有的人被贬为"畜生",就是没了理智做出了"畜生"之类的事的人。许多蛾类,雄的交尾后再不进食,不久毙命;有些蜂类,雄的交尾后立即死亡,为了那瞬间的爱付出生命,因为他们没有理智,只是本能客观的需要。鲎可能和蛾类、蜂类一样,雄的交尾后生命反正要结束,何不同"爱妻共存亡",雌的还要产子,所以逃生了。动物界的痴情、薄情、殉情本是客观的需要——雌鲎的"薄情"原本是母爱的伟大。

结尾的收笔也很巧妙:"据说鲎,平时生活在海中,不容易去捕,春间才到海边的沙滩上面来,为的是生育;可见所谓殉情,根本为着繁殖种子。只是人,无论是殉情也罢,殉种族也罢,总要捉得来吃,连小的都要收罗得来供玩弄。"正好照应开头,回答了开头关于"这种东西有点奇怪"的疑问。

> 王统照 (1897-1957)字剑三,山东诸城县人。现代著名文学家。20世纪20年代初王统照与茅盾等人发起成立文学研究会。主要作品有诗集《童心》《横吹集》《放歌集》等;小说集《华亭鹤》《号声》《一叶》;长篇小说《山雨》;杂文集《青纱帐》等。

青 纱 帐

　　稍稍熟悉北方情形的人,当然知道这三个字——青纱帐,帐子上加青纱二字,很容易令人想到那幽幽地,沉沉地,如烟如雾的趣味。其中大约是小簟轻衾吧?有个诗人在帐中低吟着"手倦抛书午梦凉"的句子;或者更宜于有个雪肤花貌的"玉人",从淡淡地灯光下透露出横陈的丰腴的肉体美来,可是煞风景得很!现在在北方一提起青纱帐这个暗喻格的字眼,汗喘气力,光着身子的农夫,横飞的子弹,枪,杀,劫掳,火光,这一大串的人物与光景,便即刻联想得出来。

　　北方有的是遍野的高粱,亦即所谓秋稼,每到夏季,正是它们茂生的时季。身个儿高,叶子长大,不到晒米的日子,早已在其中可以藏住人,不比麦子豆类隐蔽不住东西。这些年来北方,凡是有乡村的地方,这个严重的青纱帐季,便是一年中顶难过而要戒严的时候。

　　当初给遍野的高粱赠予这个美妙的别号的,够得上是位幽雅的诗人吧?本来如刀的长叶,连接起来恰像一个大的帐幔,微风过处,秆,叶摇拂,用青纱的色彩作比,谁能说是不对?然而高粱在北方的农产植物中是具有雄伟壮丽的姿态的。它不象黄云般的麦穗那么轻袅,也不是谷子穗垂头委琐的神气,高高独立,昂首在毒日的灼热之下,周身碧绿,满布着新鲜的生机。高粱米在东北几省中是一般家庭的普通食物,东北人在别的地方住久了,仍然还很欢喜吃高粱米煮饭。除那几省之外,在北方也是农民的主要食物,可以糊成饼子,摊作煎饼,而最大的用处是制造白干酒的原料,所以白干酒也叫做高粱酒。中国的酒类性烈易醉的莫过于高粱酒。可见这类农产物中所含精液之纯,与北方的土壤气候都有关系,但高粱的特性也由此可以看出。

　　为什么北方农家有地不全种能产小米的谷类,非种高粱不可?据农人讲起来自有他们的理由。不错,高粱的价值不要说不及麦、豆,连小米也不如。然而每亩的产量多,而尤其需要的是燃料。我们的都会地方现在是用煤,也有用电与瓦斯的,可是在北方的乡间因为交通不便与价值高贵的关系,主要的燃料是高粱秸。如果一年地里不种高粱,那末农民的燃料便自然发生恐慌。除去为作粗糙的食品外,这便是在北方夏季到处能看见一片片高杆红穗的高粱地的缘故。

　　高粱的收获期约在夏末秋初。从前有我的一位族侄,——他死去十几年了,一位旧典型的诗人，——他曾有过一首旧诗，是极好的一段高粱赞：

"高粱高似竹，遍野参差绿。粒粒珊瑚珠，节节琅玕玉。"

农人对于高粱的红米与长杆子的爱惜，的确也与珊瑚琅玕相等。或者因为这等农产物品格过于低下的缘故，自来少见诸诗人的歌咏，不如稻、麦、豆类常在中国的田园诗人的句子中读得到。

但这若干年来，高粱地是特别的为人所憎恶畏惧！常常可以听见说："青纱帐起来，如何，如何？……""今年的青纱帐季怎么过法？"因为每年的这个时季，乡村中到处遍布着恐怖，隐藏着杀机。通常在黄河以北的土匪头目，叫做"杆子头"，望文思义，便可知道与青纱帐是有关系的。高粱杆子在热天中既遍地皆是，容易藏身，比起"占山为王"还要便利。

青纱帐，现今不复是诗人，色情狂者所想象的清幽与挑拨肉感的所在，而变成乡村间所恐怖的"魔帐"了！

多少年来帝国主义的压迫，与连年内战，捐税重重，官吏，地主的剥削，现在的农村已经成了一个待爆发的空壳。许多人想着回到纯洁的乡村，以及想尽方法要改造乡村，不能不说他们的"用心良苦"，然而事实告诉我们，这样枝枝节节，一手一足的办法，何时才有成效！

青纱帐季的恐怖不过是一点表面上的情形，其所以有散布恐惶的原因多得很呢。

"青纱帐"这三个字徒然留下了极淡漠的，如烟如雾的一个表象在人人的心中，而内里面却藏有炸药的引子！

一九三三年七月四日

王统照的创作经历了从"诗的理想境界"到"现实人生的认识"。此篇散文就是这种变化的一个标志。

文章一开始就运用对比手法，引读者去产生联想，并加以思考看到青纱帐所暗喻的意义。作者说，平常提起青纱帐，令人想起如烟如雾的趣味，想起小簟轻衾和雪肤花貌的玉人，而"现在在北方一提起青纱帐这个暗喻格的字眼，"这就为全篇暗示深刻、小中见大奠定了基础。

接着作者抓住形成青纱帐的农作物高粱生长的季节特点和形状特色，并结合当时的社会特点"这些年来北方，凡是有乡村的地方，这个严重的青纱帐季，便是顶难过而要戒严的时候"，逐步让读者理解青纱帐暗喻的意义。《青纱帐》不平铺直叙，而是峰回路转，曲径通幽。作者通过对比麦穗、谷穗来体现高粱壮丽的姿态。还写了高粱的用处，集中赞美高粱。

作者始终把"事实告诉我们"当做前提，明确肯定却又层层递进地指出了迎来"纯洁乡村"的必由之路。诚恳地告诫那些用心良苦的好心人，不伤筋动骨、角动根本的"枝枝节节，一手一足的办法"是根本不能改造农村的。进而深入一层，一语点破地指出，青纱帐引来的恐怖。它"散布恐惶的原因"还"多得很呢"。这里的"恐惶",一个"惶"字,使读者似乎看到了面对风起云涌的民众斗争,反动派惶惶不安之丑态。"多得很"语句平常,却可使读者由此加深对人民力量的认识。文章结尾再推进一层,作者满怀信心地宣告,只有那"炸药的引子",才真正是中国农村的希望所在。

　　作者由小见大,由青纱帐谈起,至此直接揭露三座大山压迫下的20世纪30年代农村破产的社会现实。在揭露农村破产现实的同时,其实也是在说,30年代改良主义的乡村发行运动此路不通。

> **徐蔚南** （1898—1953），江苏吴县人，现代作家、翻译家。著有小说集《奔流》、《都市男女》、《水面桃花》等；散文集有《乍浦游简》《春之花》等；翻译有法朗士的《女优泰绮思》梅特林支的《茂娜凡娜》，莫泊桑的《他的一生》等。

快阁的紫藤花

  细雨蒙蒙，百无聊赖之时，偶然从《花间集》里翻出了一朵小小的枯槁的紫藤花，花色早褪了，花香早散了。啊，紫藤花！你真令人怜爱呢！岂仅怜爱你，我还怀念着你的姊妹们——一架白色的紫藤，一架青莲色的紫藤——在那个园中静悄悄地消受了一宵冷雨，不知今朝还能安然无恙否？

  啊，紫藤花！你常住在这诗集里吧；你是我前周畅游快阁的一个纪念。

  快阁是陆放翁饮酒赋诗的故居，离城西南三里，正是鉴湖绝胜之处；去岁初秋，我曾经去过了，寒中又重游一次，前周复去是第三次了。但前两次都没有给我多大印象，这次去后，情景不同了，快阁底景物时时在眼前显现——尤其使人难忘的，便是那园中的两架紫藤。

  快阁临湖而建，推窗外望：远处是一带青山，近处是隔湖的田亩。田亩间分成红绿黄三色：红的是紫云英，绿的是豌豆叶，黄的是油菜花。一片一片互相间着，美丽得远胜人间锦绣。东向，丛林中，隐约间露出一个塔尖，尤有诗意，桨声渔歌又不时从湖面飞来。这样的景色，晴天固然好，雨天也必神妙，诗人居此，安得不颓放呢！放翁自己说："桥如虹，水如空，一叶飘然烟雨中，天教称放翁。"是的，确然天叫他称放翁的。

  阁旁有花园二，一在前，一在后。前面的一个又以墙壁分成为二，前半叠假山，后半凿小池。池中植荷花；如在夏日，红莲白莲盖满一地，自当另有一番风味。池前有春花秋月楼，楼下有匾额曰"飞跃处"，此是指池鱼言。其实，池中只有很小很小的小鱼，要它跃也跃不起来，如何会飞跃呢？

  园中的映山红和踯躅都很鲜妍，但远不及山中野生的自然。

  自池旁折向北，便是那后花园了。

  我们一踏进后花园，便有一架紫藤呈在我们眼前。这架紫藤正在开花最盛的时候，一球一球重叠盖在架上的，俯垂在架旁的尽是花朵。花心是黄的，花瓣是洁白的，而且看上去似乎很肥厚的。更有无数的野蜂在花朵上下左右嗡嗡地叫着——乱哄哄地飞着。它们是在采蜜吗？它们是在舞蹈吗？它们是在和花朵游戏吗？……

  我在架下仰望这一堆花，一群蜂，我便想象这无数的白花朵是一群天真无垢的女孩子，伊们赤裸裸地在一块儿拥着，抱着，偎着，卧着，吻着，戏着；那无数的野蜂便是一大群底男孩,他们正在唱歌给伊们听,正在奏乐给伊们听。渠们是结恋了。渠们是在痛快地享乐那阳春。渠们是在创造只有青春,只有恋爱的乐土。

这种想象决不是仅我一人所有,无论谁看了这无数的花和蜂都将生出一种神秘的想象来。同我一块儿去的方君看见了也拍手叫起来,他向那低垂的一球花朵热烈地亲了个嘴,说道:"鲜美呀!呀,鲜美!"他又说:"我很想把花朵摘下两枝来挂在耳上呢。"

离开这架白紫藤十几步,有一围短短的冬青。绕过冬青,穿过一畦豌豆,又是一架紫藤。不过这一架是青莲色的,和那白色的相比,各有美处。但是就我个人说,却更爱这青莲色的,因为淡薄的青莲色呈在我眼前,便能使我感得一种和平,一种柔婉,并且使我有如饮了美酒,有如进了梦境。

很奇异,在这架花上,野蜂竟一只也没有。落下来的花瓣在地上已有薄薄的一层。原来这架花朵底青春已逝了,无怪野蜂散尽了。

我们在架下的石凳上坐了下来,观看那正在一朵一朵飘下的花儿。花也知道求人爱怜似的,轻轻地落了一朵在我膝上,我俯下看时,颈项里感得飕飕地一冷,原来又是一朵。它接连着落下来,落在我们的眉上,落在我们底脚上,落在我们肩上。我们在这又轻又软又香的花雨里几乎睡去了。

猝然"骨碌碌"一声怪响,我们如梦初醒,四目相向,颇形惊诧。即刻又是"骨碌碌"地响了。

方君说:"这是啄木鸟。"

临去时,我总舍不得这架青莲色的紫藤,便在地上拾了一朵夹在《花间集》里。夜深人静的时候,我每取出这朵花来默视一会儿。

赏 析

绍兴的旧迹,有些是久湮了。依着鉴湖波光而在的快阁,它的倾颓不知是在哪一年,实在减去这一带风景的部分颜色。快阁的美丽要到旧文章里去寻,即如《花间集》中夹着的那朵紫藤花,纵使"花色早褪了,花香早散了",仍可以忆起一天的花雨和如梦的眠歌。

作者通过吟咏快阁的紫藤花,抒发了缕缕情思,表现了审美取向。文章的思路是由夹在书里的紫藤花联想到快阁的紫藤花,进而描写快阁及其后园的紫藤花,最后写拾一朵花夹在书里,照应开头。

徐氏笔墨多在快阁后园的两架紫藤上。花容写尽,犹未适意,又用了一点辞格上的拟人法,把满目彩花写得热热闹闹:"我在架下仰望这一堆花,一群蜂,我便想象这无数的白花朵是一群天真无垢的女孩子,伊们赤裸裸地在一块儿拥着、抱着、偎着、卧着、吻着、戏着;那无数的野蜂便是一大群底男孩,他们正在唱歌给伊们听,正在奏乐给伊们听。渠们是结恋了。渠们是在痛快地享乐那阳春。渠们是在创造只有青春,只有恋爱的乐土。"心醉花丛的徐蔚南,恰是二十几岁的青年,选了这般精隽的字眼,这般灵活的句式表现着对于春花的赞美,古人赏花诗的长吟短叹仿佛无好处可夸。只说那一串有情味的动词,就是我苦想不来的。

另一架紫藤,浮着青莲色,同旁邻的白紫藤色泽不同,情味也就相迥:"很奇异,在这架花上,野蜂竟一只也没有。落下来的花瓣在地上已有薄薄的一层。原来这架花朵底青春已逝了,无怪野蜂散尽了。"快阁为之空旷,只好怅叹花期的难如人意了。不过,"和那白色的相比,各有美处。但是就我个人说,却更爱这青莲色的,因为淡薄的青莲色呈在我眼前,便能使我感得一种和平,一种柔婉,并且使我有如饮了美酒,有如进了梦境"。看游丝落絮而不凝眉,大约也是《葬花吟》中所无的。花色不同的两架紫藤,一个是蓬勃的春,一个是静美的秋,自然之花在纸上一荣一枯,字缝中潜含的则是人生意味。

照《绍兴古迹笔谭》所说,快阁邈矣,临河只剩下一个台门斗。小园香径都随日月去了,颇有怕读桃花人面词之感。风晨雨夕,倚枕凭阑,目送江南芳菲,还是静心为快阁描画旧貌吧。

孙福熙　（1898—1962），浙江绍兴人。现代散文作家、美术家。著有散文集《山野掇拾》《归航》《大西洋之滨》《早看西北》；杂文集《北京乎》《三湖游记》；翻译有《越南民间故事》等。

清华园之菊

归途中，我屡屡计划回来后画中国的花鸟，我的热度是很高的。不料回到中国，事事不合心意，虽然我相信这是我偷懒之故，但总觉得在中国的花鸟与在中国的人一样的不易亲近，是个大原因。现在竟得与这许多的菊花亲近而且画来的也有六十二种，我意外的恢复对我自己的希望。

承佩弦兄之邀，我第一次游清华学校。在与澳青君一公君三人殷勤的招待中，我得到很好的印象，我在回国途中渴望的中国式的风景中的中国式人情，到此最浓厚的体味了；而且他们兼有法国富有的活泼与喜悦，这也是我回国后第一次遇见的。

在这环境中我想念法国的友人，因为他们是活泼而喜悦的，尤其因为他们是如此爱慕中国的风景人情。在信中我报告他们的第一句就说我在看菊花；实在，大半为了将来可以给他们看的缘故，我尽量的画了下来。

从这个机会以后，我与菊花结了极好的感情，于是凡提到清华就想起菊花，而遇到菊花又必想见清华了。

在我们和乐的谈话中，电灯光底下，科学馆、公事厅与古月堂等处，满是各种秀丽的菊花，为我新得的清华的印象做美。然而我在清华所见的菊花，大部并不在此而在西园。

广大的西园中，大小的柳树，带了一半未落的黄叶，杂立其间，我们在这曲折的路径中且走且等待未曾想像过的美景。走到水田的旁边，芦苇已转为黄色，小雀们在这里飞起而又在稍远处投下。就在这旁边，有一道篱笆，我们推开柴门进去。花畦很整齐的排列着，其中有一条是北面较高中间洼下的，上面半遮芦帘。许多菊花从这帘中探头向外，呵，我的心花怒放了！

然而引导者并不停足，径向前面的一所茅屋进行。屋向南，三面有土墙，就是挖窝中的泥所筑的，正可利用。留南面，日光可以射入。当我一步一步的从土阶下去时，骤然间满室高低有序的花朵印上我的心头，我惊惧似的喘息，比初次对大众演说时更是害羞，听演说的人的心理究竟还容易推测，因为他们只是与我仿佛的人；而众菊花则不然，只要看它能竭尽心力的表现出各个的特长，可见它们不如大多数人的浅薄的，我疑惧它们不知如何的在窃笑我的丑陋呢。可是,我静下心来体察,满室的庄严与和蔼,它们个个在接纳我。在温和而清丽的气流中,众香轻扑过来,更不必说叶片的向我招展与花头的向我顾盼了。于是我证明在归航中所渴望的画中国花鸟不只是梦想了。

等我上城来带了画具第二次到清华时,再见菊花,知道已变了些样子,半放者已较放大,有几朵的花瓣已稍下垂了。我着急,知道我的生命的迫促,而且珍惜我与花的因缘之难得,于是恨不得两手并画恨不得两眼分看的忙乱开工了。

可是,我敢相信第一次拥抱爱人时所发的情感:满心包围着快乐的畏惧,想立刻得到安慰,又怕亵渎了爱人的尊严,我对于我所爱慕的花将怎样的下笔呢!我深深的体味:此后,这样富有的花将永远保藏在我的纸上,虽然不敢说将为我所主有;然而我将怎样能使它保留在我的纸上呢?我九分九的相信我不能画像它。试想一想,在一百笔二三百笔始能完成的一幅画中何难有一笔两笔的败笔呢。所以,在这短促不及踌躇中我该留神使这一二百笔丝毫没有污点,我敢说,这比第一次拥抱爱人时之戚戚为将来一生中的交际的污点而担忧者更甚了。因为时间是这样的短促,于是,虽然很急,却因为爱它而不敢轻试,我尽管拿了笔擎在纸上不敢放下去。

我虽然刻刻竭力勉励从阔大处落墨,然而爱好细微的性质总像不可改易的了。在这千变万化奇上有奇的二百余种的当中,我第一张画的是"春水绿波"。洁白的花朵浮在翠绿的叶上,这已够妩媚的了,还有细管的花瓣抱蕉黄的花心而射向四周,管的下端放开,其轻柔起伏有如水波的荡漾。我不怕亵渎它而在它面前来说尘埃:无论怎样巨细的秽物沾在它的上面,决不能害它的洁白,因为它有它的本性,不必矜夸而人自然的仰慕它,所以也决不以外物之污浊而害真。我竭尽心目的对它体味,自信当已能领会它的外表不九分也八分了。可是我失败了,明白的看得出,在我纸上的远不及盆中的——虽然我曾很担忧,因为我的纸上将保藏这样灿烂的花,非我所宜有。然而现在并不因失败而觉得担负的轻松。

镇静了我的抱歉、羞愧与失望的心思,我想,侥幸的花起眼帘在看我作画,也决不因我不能传出它的神而恼怒的罢,我当如别的浊物之不能损害它是一样的。看了它的宽大与静默,我敢妄想,或者它在启示我:羞愧是不必的,失望尤其是不该,它这样装束这样表现的向人,想必不是毫无用意。于是我学了它静默的心,自然的有了勇气,继续画下去了。

这许多菊种于我都是新奇而十分可以爱慕的,在急忙而且贪多的手下将先画那几种呢?每一种花有纸条标出花名。"夕阳楼"高丈余,宽阔的瓣,内红而外如晚霞;"快雪时晴"直径有一尺,是这样庞大的一个雪球,闪着银光;"碧窗纱"细软而嫩绿,丝丝如垂帘;"银红龙须"从遒劲的细条中染出红芽的柔嫩……满眼各种性质不同的美丽,这与对一切事物一样,我不能品定谁第一,谁其次;我想指定先画谁也是做不到。于是我完全打消优劣的观念,在眼光如灯塔的旋转的时候,我一种一种的画。

高大的枝条上,绛红的一周,围在一轮黄色的花心外,这是很确切的名为"晓霞捧日"的。它的红色非我所能用我可怜的画盘中的颜色配合而模拟的。它最不愿有人世所有的形与色,却很喜欢有人追过它。少年人学了它的性质,做成愈难愈好的谜语要人去猜,人家猜中了,它便极其高兴。

我要感谢侍奉这种菊花的杨鲁二君,并且很想去领教他们的经验,特请一公兄为我请求。

四点钟以后,太阳渐渐的从花房斜过,只留得一角了,在微微的晚寒中我忙乱的画着。缓得几乎听不出的步声近我而来,到了我近旁时我才仰起头来看他,这就是种这菊花的杨寿卿先生。

眉目不轩不轾,很平静的表出他的细致与和蔼,从不轻易露出牙齿的口唇上立刻知道他是沉默而忍耐的,而额角以下口鼻之间的丝丝脉理是十分灵敏,自然的流露他的智慧,杨先生或指点或抚弄他亲爱的菊花,对我讲他培养的经验。

他种菊已五年了,然而他的担任清华学校职务是从筹备开办时起的。他说:

"每天做事很单调也很辛苦,所以种种菊花。"辛苦而再用心用力来种菊花就可不辛苦,这有点道理了!

我竭力设想他所感觉到的菊花,然而这是怎么能够呢。他是从菊花的很小的萌芽看起的,而且他知道它们的爱恶,用了什么肥料它们便长大,受了多少雨水与日光它们便喜悦。他还知道今年的花与往年的比较。我是外行人,就是辨别花的形色也是不确实的;而他们要在没有花时识别花的种类,所以他只要见到叶的一角就认识这是那一种了,这与对家人好友听步声就知道是谁,看物品移动的方位就知道谁来过了是一样的。

每天到四点钟杨先生按时到来了。他提了水壶灌在干渴的花盆中,同时我也得到他灌输给我的新知识。

我以前只知道菊花是插枝的,倘若接枝他便开得更好,有的接在向日葵上,开来的菊花就如向日葵的大了。现在知道菊是可以采用种子。插枝永远与母枝不变;而欲得新奇的花种非用子种不可。

这里就有奇怪的事了,取种子十粒下种,长起来便是不同的十种。可是这等新种并不株株是好的,今年四百新种当中只采了二十余种。不足取的是怎样的呢?这大概是每一朵中花瓣大小杂乱,不适合于美的条件统一匀称,所谓不成品是也。不成品的原因大概在于花粉太杂之故,所以收种应用人工配合法。

"紫虬龙"那样美丽的花就是配合而成的。细长直管的"喜地泥封"与拳曲"紫气东来"相配合,就变了长管而又拳曲,如军乐用号的管子,这样有特性的了。它的父母都是紫色的,它也是紫色。倘若父母是异色的,则新种常像两者之一或介于两者之间,但决不出两者之外。

因为它们在无穷的变化中也有若干的规律,所以配种当有制限了。大概花瓣粗细不同的两种配合总是杂乱的,所以配合以粗细相仿者为宜。

花房中,两株一组,有如跳舞的,有许多摆着,杨先生每次来时,拿了纸片,以他好生之德在各组的花间传送花粉。据说种子的结成是很迟的,有的要到第二年一月可收。我推想这类种子当年必不能开花的了,讵知大不然,下种在四月,当初确实很细弱,但到六月以后,他们就加工赶长,竟能长到一丈多高与插枝一样。

凡新种的花一定是很大的,不像老种如"天女散花"与"金连环"等等永远培植不大也不高者。可是第一年的花瓣总是很单的,以后一年一年的多起来;而在初年,花的形状也易变更,第一年是很整齐的,或者次年是很坏了,几年之后始渐渐的固定。

我很爱"大富贵"它正在与"素带"配合。牡丹是被称为富贵花的,然而这名字不能表示它所有性状的大部。我要改称这种菊花为"牡丹",因为它有牡丹所有一切的美德,它的身材一直高到茅屋的顶篷再俯下头来。花的直径大过一尺;展开一瓣,可以做一群小鸟的窝,可以做一对彩蝶的衾褥。我也仰着头瞻望它,希望或者我将因它而有这样丰满这样灿烂的一个心。我明白,它不过是芥子的一小粒花蕾长大起来的,除少数有经验的以外,谁想到他是要成尺余大的花朵的。到现在,蜜蜂闹营营的阵阵飞来道贺,它虽静默着,也乐受蜂们的厚意。杨先生每晚拂刷"牡丹"的花粉送给"素带",他身上是北京人常穿的蓝布大褂,然而他立在锦绣丛中可无愧色,他的服装因他的种菊而愈有荣誉了。我可预料而且急切的等待明年新颖种子的产出,我敢与杨鲁二先生约,"你们每年培植出新鲜颜色的菊种,而我也愿竭力研究我可怜的画盘中的颜色,希望能够追随。"这样两种美丽的花,在我们以为无可再美的了,不知明年还要产出许多的更美的新种,我真的神往了。对大众尽力表现这等奥妙是我们"做艺"的人的天职;在不可能的时候,我们只有尽心超脱自己,虽然我是不以此为满足的。

一人在远隔人群的花房中,听晚来归去的水鸟单独的在长空中飞鸣,枯去的芦叶惊风而哀怨,花房的茅篷也丝丝飘动,我自问是否比孤鸟衰草较有些希望。满眼的菊花是我的师范,而且做了陪伴我的好友。他们偏不与众草同尽,挺身抗寒,且留给人间永不磨灭的壮丽的印象。我手下正在画"趵突喷玉",它用无穷的力,缕缕如花筒的放射出来。它是纯白的,然而是灿烂;它是倔强的,然而是建立在柔弱的身体上的。我心领这种教训了。

与杨先生合种菊花的鲁璧光先生正与杨先生同任舍务部职务的。每天正午是公余时间,轮到他来看护菊花。有一次,他引导几位客人来看菊,同时看我纸上的菊花,他看完每页时必移开得很缓,使不露出底下一张上我注有的花名。很高兴的,他与客人看了画猜出花的名字来,他说:"画到这样猜得出,可不容易了。"

当时我非但不觉得他的话对我过誉,我要想,难道画了会不像的?所以我还可以生气的。我自己所觉得可以骄傲的,我相信,在中国不会有人为他们画过这许多种,我对他们感激,而他们也当认我为难逢罢。

　　临行的前夜,我到俱乐部去向杨先生道别,他在看人下棋。这一次的谈话又给我许多很大的见识,其中有一段,他说:"北京曾有一人,画过一本菊谱。"我全神贯注的听他了,他继续说:"他们父女合画,那是画得精细,连叶脉都画得极真的。因为每一种的叶都不同,叶子比花还重要,花不是年年一样的,在一年内必定画不好。所以要画一定要自己种花知道今年这花好了,可以画了,那两位父女自己种花,而且画了五年才成的。"我以为我的画菊是空前的,然而这时候我无暇忏悔我以前的自满了,我渴想探问他,在那里可以见到这本菊谱,但我不敢急忙就说,于是曲折的先问:

"这位先生姓什么呢?"

"姓蔡的。"

"杨先生与他很熟识吗?"

"不熟识的。"

"能够间接介绍去一看吗?"

"我也只见过一页,那真精细,真的用工夫的呢。"

　　杨先生幼年时就种花,因为他的父亲是爱花的,而且他家已三代种菊了。

　　为什么自己以为是高尚以为是万能的人总是长着一样可憎的口鼻心思,用了这肉体与精神所结构的出品无非像泥模里铸出来的铁锅的冥顽而且脱不出旧样?菊花们却能在同样的一小粒花蕾中放出这样新奇这样变化富有一切的花朵,非无能的人所曾想象得到甚且看了也不会模仿的。有一种的花瓣细得如玉蜀黍的须了,一大束散着,人没有方法形容它的美,只给它"棕榈拂尘"的一个没有生气的名字;有一种是玉白色的,返光闪闪,它的瓣宽得像莲花的样子,所以名为"银莲",其实还只借用了别种自然物的名称,人不能给它一个更好的名字。还有可奇的,它们为了要不与它种苟同,奇怪得使我欲笑,有一种标明"黄鹅添毛"者,松花小鹅的颜色,每瓣钩曲如受惊的鹅头,挨挤在一群中,最妙的它怕学得不像,特在瓣上长了毛,表示真的受惊而毛悚了,题首的图就是。"黄鹅添毛"的名字我不喜欢,乃改称他为"小鹅"。

　　有许多名称是很有趣的,这胜过西洋的花名,然而也有不对的。况且种菊者各自定名,不过用于与人谈讲,最好能如各种科学名词的选择较好者应用,然而这还待先有一种精细而且丰富的菊谱出现。

　　一班人叫中国要亡了,为什么不去打仗;一班人叫闭门读书就是爱国。倘若这两种人知道我画了菊花甚且愿消费时间做无聊的笔记,必定要大加训斥的。我很知道中国近来病急乱投药的情形,他们是无足怪的。其实在用武之地的非英雄的悲哀远比英雄无用武之地者为甚。现在的中国舆论不让人专学乐意的一小部分;因为缺人,所以各人拉弄他人入伍。实在像我这样的人只配画菊花的,本来不必劳这一班人责备的——可是,我要对自己交代明白,我应该画他人不爱而我爱的菊花,一直画到老。我喜欢学他人所不喜欢学的东西,这将是我的长处。

做人二十七年了,以前知道有这许多菊花,知道这许多菊花的性情吗?我知道还有更多的事物为我所不知道的,就是关于菊花的也千倍万倍的多着,我想耐心而且尽力的去考究。宰平先生于讲起古琴时说北京各种专门家之多,可惜他们不说,没有方法知道他们。真的,我们在这富有的人海中感着寂寞感着干燥,可惜我们不知道愿意陪伴我们给我们滋润的人。我肯定人间多着有知识懂得生活的人,不只是种菊一事。

十二月二十九日

这篇描写清华园的菊花的散文,不是从一般游览者的角度出发,而是以画家的眼光,从艺术的角度去展示。文章以细腻的笔触,生动具体地描写了赏菊,画菊,种菊,以及关于菊花的各种知识。

文章大致可以分为二个部分,(共十二大段)第一部分写赏菊和画菊(主要是一到五大段),文章开头介绍了作者刚从法国回来的归途中,"热度是很高",但回国后"事事不合心意"也就失了热情。后得友人相约游清华园看到"满是各种秀丽的菊花",对清华遂产生了美好印象,便决心画菊。文章特用二段的篇幅来描述初画菊花的心情。对菊花的爱缘于对事业的爱,所以一见菊花就产生了要立即把它画下来的愿望。但对生活和艺术的高标准要求,使得"我"在作画时想立即画下来又怕画坏。这种矛盾心理作者在第三段描绘得淋漓尽致。当"我"全身心地投入进去后,面对琳琅满目、新奇可爱的菊种,不能"品定谁第一,谁其次","想指定先画谁也是做不到的"。"于是我完全打消优劣的观念","一种一种的画"起来,所画的品种有"六十二种"之多,对事业执著的付出,获得了巨大的成功。

第二部分写种菊和关于菊花的有关知识。(六到十二大段)记叙了杨先生的事迹和他对"我"的帮助。让"我"领悟到任何成功都只能局限于自己所治的领域,人外有人。画菊是难,当画家难,但种菊也是难的,做一个园艺师更属不易!于是集中笔墨叙述"杨鲁二君"种菊的事,而着重写杨先生。使作者认识到原来种菊也是很深奥的学问。后又描述了"我"和菊花之间的情缘。一开始说他爱"大富贵"菊花,因为它具有牡丹所有的一切品德。后又谈起杨先生向我说起菊谱的事,增长了我的见识。作者面对时局和社会舆论,自己的意愿还是喜欢菊花的,并且为菊花和其他方面有许多东西不知道而感到惋惜,有继续探索的意思。

本文表达了对画菊的深沉的爱和执著追求。作者作画时,进入了积极的创作状态,仿佛花木也是有情的,似乎在鼓励自己增添勇气,这是一种最佳的创作境界,也是成功的主要条件。对其他事物如此,要干事业,就要能排除一切杂念。全身心地努力,达到物我交融的境地,把握和揭示事物的本质。这是对我们达到成功的一种启示。文章还给人另一种启示:一个人的事业成功了,往往容易满足,应该认识到这只是在自己的领域,天外有天,人外有人,面对你的未知领域,应该认识到自己的不足。只有孜孜不倦地追求和探索,才能取得更大的成功。

　　这篇散文以记叙为主,也使用了大量的描写,把赏菊、画菊、种菊等作了形象生动的描绘,给人以身临其境之感。本文的抒情色彩也很浓烈,作者开头就写对清华的感受,写到西园赏菊的心花怒放,写初作画时的惊惧畏怯,写作者与花的那种亲切情缘等。最后两大段有一些议论,它点出了写作动机与文章的主题。

郑振铎 （1898—1958），生于浙江温州，原籍福建长乐。现代著名作家、文史学家、学者。字西谛，有郭源新、芬等多个笔名，是中国民主促进会发起人之一。五四运动期间，与瞿秋白创办《新社会》杂志倡导新文化运动。20年代初与茅盾等人发起成立文学研究会，创办《文学周刊》，并先后担任清华大学、燕京大学的教授与暨南大学文学院院长。1958年在率中国文化代表团出国访问途中殁于飞机失事。主要著作有《中国文学史》《中国俗文化史》《西谛书话》等以及小说散文集多种。译作有《新月集》《飞鸟集》等。

黄昏的观前街

我刚从某一个大都市归来。那一个大都市，说得漂亮些，是乡村的气息较多于城市的。它比城市多了些乡野的荒凉况味，比乡村却又少了些质朴自然的风趣。疏疏的几簇住宅，到处是绿油油的菜圃，是蓬蒿没膝的废园，是池塘半绕的空场，是已生了荒草的瓦砾堆。晚间更是凄凉。太阳刚刚西下，街上的行人便已"寥若晨星"。在街灯如豆的黄光之下，踽踽的独行着，瘦影显得更长了，足音也格外的寂寥。远处野犬，如豹的狂吠着。黑衣的警察，幽灵似的扶枪立着。在前面的重要区域里，仿佛有"站住！""口号！"的呼叱声。我假如是喜欢都市生活的话，我真不会喜欢到这个地方；我假如是喜欢乡间生活的话，我也不会喜欢到这个所在。我的天！还是趁早走了吧。（不仅是"浩然，"简直是"凛然有归志"了！）

归程经过苏州，想要下去，终于因为舍不得抛弃了车票上的未用尽的一段路资，蹉跎的被火车带过去了，归后不到三天，长个子的樊与矮而美髯的孙，却又拖了我逛苏州去。早知道有这一趟走，还不中途而下，来得便利么？

我的太太是最厌恶苏州的，她说舒舒服服的坐在车上，走不了几步，却又要下车过桥了。我也未见得十分喜欢苏州；一来是，走了几趟都买不到什么好书，二来是，住在阊门外，太像上海，而又没有上海的繁华。但这一次，我因为要换换花样，却拖他们住到城里去。不料竟因此而得到了一次永远不曾领略到的苏州景色。

我们跑了几家书铺，天色已经渐渐的黑下来了，樊说："我们找一个地方吃饭吧。"饭馆里是那末样的拥挤，走了两三家，才得到了一张空桌。街上已上了灯。楼窗的外面，行人也是那末样的拥挤。没有一盏灯光不照到几堆子人的，影子也不落在地上，而落在人的身上。我不禁想起了某一个大城市的荒凉情景，说道："这才可算是一个都市！"

这条街是苏州城繁华的中心的观前街。玄妙观是到过苏州的人没有一个不熟悉的；那末粗俗的一个所在，未必有胜于北平的隆福寺、南京的夫子庙、扬州的教场。观前街也是一条到过苏州的人没有一个不曾经过的;那末狭小的一道街,三个人并列走着,便可以不让旁的人走,再加之以没头苍蝇似的乱攒而前的人力车,或箩或桶的一担担的水与蔬菜,混合成了一个道地的中国式的小城市的拥挤与纷乱无秩序的情形。

然而,这一个黄昏时候的观前街,却与白昼大殊。我们在这条街上舒适的散着步,男人,女人,小孩子,老年人,摩肩接踵而过,却不喧哗,也不推拥。我所得的苏州印象,这一次可说是最好。——从前不曾于黄昏时候在观前街散步过。半里多长的一条古式的石板街道,半部车子也没有,你可以安安稳稳的在街心踱方步。灯光耀耀煌煌的,铜的,布的,黑漆金字的市招,密簇簇的排列在你的头上,一举手便可触到了几块。茶食店里的玻璃匣,亮晶晶的在繁灯之下发光,照得匣内的茶食通明的映入行人眼里,似欲伸手招致他们去买几色苏制的糖食带回去。野味店的山鸡野兔,已烹制的,或尚带着皮毛的都一串一挂的悬在你的眼前——就在你的眼前,那香味直扑到你的鼻上。你在那里,走着,走着,你如走在一所游艺园中。你如在暮春三月,迎神赛会的当儿,挤在人群里,跟着他们跑,兴奋而感到浓趣。你如在你的少小时,大人们在做寿,或娶亲,地上铺着花毯,天上张着锦幔,长随打杂老妈丫头,客人的孩子们,全都穿戴着崭新的衣帽,穿梭似的进进出出,而你在其间,随意的玩耍,随意的奔跑。你白天觉得这条街狭小,在这时,你,才觉这条街狭小得妙。她将你紧压住了,如夜间将自己的手放在心头,做了很刺激的梦;他将你紧紧的拥抱住了,如一个爱人身体的热情的拥抱;她将所有的宝藏,所有的繁华,所有的可引动人的东西,都陈列在你的面前,即在你的眼下,相去不到三尺左右,而别用一种黄昏的灯纱笼罩了起来,使他们更显得隐约而动情,如一位对窗里面的美人,如一位躲于绿帘后的少女。她假如也像别的都市巷道那样的开朗阔大,那末,便将永远感不到这种亲切的繁华的况味,你便将永远受不到这种紧紧的□压于你的全身,你的全心的燠暖而温馥的情趣了。你平常觉得这条街闲人太多,过于拥挤,在这时却正显得人多的好处。你看人,人也看你;你的左边是一位时装的小姐,你的右边是几位随了丈夫、父亲上城的乡姑,你的前面是一二位步履维艰的道地的苏州老,一二位尖帽薄履的苏式少年,你偶然回过头来,你的眼光却正碰在一位容光射人,衣饰过丽的少奶奶的身上。你的团团转转都是人,都是无关系的无关心的最驯良的人;你可以舒舒适适的踱着方步,一点也不用担心什么。这里没有乘机的偷盗,没有诱人入魔窟的"指导者",也没有什么电掣风驰,左冲右撞的一切车子。每一个人都是那末安闲的散步着;川流不息的在走,肩摩踵接的在走,他们永不会猛撞你身上而过。他们是走得那末安闲,那末小心。你假如偶然过于大意的撞了人,或踏了人的足——那是极不经见的事! 他们抬眼望了你,你对他们点点头,表示歉意,也就算了。大家都感到一种的亲切,一种的无损害,一种的无忧无虑的生活;大家都似躲在一个乐园中,在明月之下,绿林之间,悠闲的微步着,忘记了园外的一切。

那末鳞鳞比比的店房,那末密密接接的市招,那末耀耀煌煌的灯光,那末狭狭小小的街道,竟使你抬起头来,看不见明月,看不见星光,看不见一丝一毫的黑暗的夜天。她使你不知道黑暗,她使你忘记了这是夜间。啊,这样的一个"不夜之城"!

"不夜之城"的巴黎,"不夜之城"的伦敦,你如果要看,你且去歌剧院左近走着,你且去辟加德莱圈散步,准保你不会有一刻半秒的安逸;你得时时刻刻的担心,时时刻刻的提防着,大都市的灾害,是那末多。每个人都是匆匆的走灯似的向前走,你也得匆匆的走;每个人都是紧张着矜持着,你也自然得会紧张着,矜持着。你假如走惯了黄昏时候的观前街,你在那里准得是吃大苦头,除非你已将老脾气改得一干二净。你假如为店铺的窗中的陈列品所迷住了,譬如说,你要站住了仔仔细细的看一下,你准得要和后面的人猛碰一下,他必定要诧异的望了望你,虽然嘴里说的是"对不起"。你也得说"对不起",然而你也饱受了他,以至他们的眼光的奚落。你如走到了歌剧院的阶前,你如走到了那尔逊的像下,你将见斗大的一个个市招或广告牌,闪闪在放光;一片的灯光,映射得半个天空红红的。然而那里却是如此的开朗敞阔,建筑物又是那末的宏伟,人虽拥挤,却是那样的藐小可怜,Taxi和Bus也如小甲蚁似的在一连串的走着。大半个天空是黑漆漆的,几颗星在冷冷的□着眼看人。大都市的繁华终敌不住黑夜的侵袭,你在那里,立了一会,只要一会,你便将完全的领受到夜的凄凉了。像观前街那样的燠暖温馥之感,你是永远得不到的。你在那里是孤零的,是寂寞的,算不定会有什么飞灾横祸光临到你身上,假如你要一个不小心。像在观前街的那末舒适无虑的亲切的感觉,你也是永远不会得到的。

有观前街的燠暖温馥与亲切之感的大都市,我只见到了一个委尼司;即在委尼司的St. Mark方场的左近。那里也是充满了闲人,充满了紧压在你身上的燠暖的情趣的;街道也是那末狭小,也许更要狭,行人也是那末拥挤,也许更要拥挤,灯光也是那末辉辉煌煌的,也许更要辉煌。有人口口声声的称呼苏州为东方的委尼司;别的地方,我看不出,别的时候,我看不出,在黄昏时候的观前街,我却深切的感到了。——虽然观前少了那末弘丽的Piazza of St. Mark少了那末轻妙的此奏彼息的乐队。

《黄昏的观前街》一文,作者对江南名城苏州进行了细腻感人的描写,抒发了一种沉醉于醇厚民情的依恋和向往。

文章的主要笔墨是描写景物。作者采用印象的抒写方法,情景交融,在描写中,又不时地夹叙平议。先采取先抑后扬的笔法,将苏南小城中特有"燠暖而温馥"的情调渲染得极为浓郁。观前街繁荣却不喧哗,街上甚至不能并行三人,却又没有一般建筑物给人的逼迫之感,反而像是"如一个爱人身体的热情的拥抱",这奇妙的感觉由于黄昏的到来显得更加的迷人,每一个游客是这里的一分子,柔媚地欢笑着。观前街用它独特的体现着诗意的美。

夹叙夹议是《黄昏的观前街》的显著特色。作者在生动展示观前街的狭小、拥挤情形之后,议论道:这一切"混合成了一个道地的中国式的小城市的拥挤与纷乱无秩序的情形",这一概括,饱满着作者的主观评价。文章抒写黄昏时观前街虽然拥挤,但游人驯良、亲切、安闲,进而议论说:"大家都感到一种的亲切,一种的无损害,一种的无忧无虑的生活;大家都似躲在一个乐园中,在明月之下,绿林之间,悠闲的微步着,忘记了园外的一切。"这里的议论,浸透了作者对于观前街的深切而独特的感受,因此有很强的抒情色彩。

为了更突出地刻画出观前街具有人间乐园般美妙的意境,作者运用多样而丰富的联想,由其灯月交辉转而忆起世界名著的不夜城伦敦与巴黎,这是形式相似而实质不同的一种联想。以后者的空阔、冷漠来反衬出前者的亲切、随和。通过这样的比照,更突出了黄昏时观前街的舒适、悠闲,从而给人以不尽的回味。

访笺杂记

我搜求明代雕版画已十余年,初仅留意小说戏曲的插图,后更推及于画谱及他书之有插图者。所得未及百种。前年冬,因偶然的机缘,一时获得宋元及明初刊印的出相佛道经二百余种。于是宋元以来的版画史,粗可踪迹。间亦以余力,旁鹜清代木刻画籍。然不甚重视之。像万寿盛典图、避暑山庄图、泛槎图、百美新咏一类的书,虽亦精工,然颇嫌其匠气过重。至于流行的笺纸,则初未加以注意。为的是十年来久和毛笔绝缘。虽未尝不欣赏十竹斋笺谱、萝轩变古笺谱,却视之无殊于诸画谱。

约在六年前,偶于上海有正书局得诗笺数十幅,颇为之心动:想不到今日的刻工,尚能有那样精丽细腻的成绩,仿佛记得那时所得的笺画,刻的是罗两峰的小幅山水,和若干从十竹斋画谱描摹下来的折枝花卉和蔬果。这些笺纸,终于舍不得用,都分赠给友人们当做案头清供了。

二十年九月,我到北平教书,琉璃厂的书店断不了我的足迹。有一天,偶过清秘阁,选购得笺纸若干种,颇高兴。觉得比在上海所得的,刻工色彩都高明得多了。仍只是作为礼物送人。

引起我对于诗笺发生更大的兴趣的是鲁迅先生,我们对于木刻画有同嗜。但鲁迅先生所搜集的范围却比我广泛得多了;他尝斥资重印士敏土之图数百部——后来这部书竟鼓动了中国现代木刻画的创作的风气。他很早的便在搜访笺纸,而尤注意于北平所刻的。今年春天,我们在上海见到了,他以为北平的笺纸是值得搜访而成为专书的。再过几时这工作恐怕更不易进行。我答应一到北平,立刻便开始工作。预定只印五十部分赠友人们。

我回北平后,便设法进行刷印笺谱的工作。第一着还是先到清秘阁。在这里又购得好些笺样。和他们谈起刷印笺谱之事时,掌柜的却斩钉截铁的回绝了。说是五十部绝对不能开印。他们有种种理由:板片太多,拼合不易,刷印时调色过难;印数少,板刚拼好,调色尚未顺手,便已竣工,损失未免过甚。他们自己每次开印总是五千一万的。

"那末印一百部呢?"我说。

他们答道:"且等印的时候再商量罢。"

这场交涉虽是没有什么结果,但看他们口气很松动,我想印一百部也许不成问题。正要再向别的南纸店进行,而热河的战事开始了,一搁置便是一年。

九月初,战事告一段落,我又回到上海,与鲁迅先生相见时,带着说不出凄婉的感情,我们又提到印这笺谱的事。

"便印一百部,总不会没人要的。"鲁迅先生道。

"回去便进行。"我道。

工作便又开始进行,第一步自然是搜访笺样,清秘阁不必再去。由清秘阁向西走,路北第一家是淳菁阁。在那里很惊奇的发见了许多清隽绝伦的诗笺,特别是陈师曾氏所作的,虽仅寥寥数笔,而笔触却是那样的潇洒不俗,转以十竹斋、萝轩诸笺为烦琐、为做作。像这样的一片园地,前人尚未之涉及呢。我舍不得放弃了一幅。吴待秋、金拱北诸氏所作和姚茫父氏的唐画壁砖笺、西域古迹笺等,也都使我喜欢。

过了五六天,又进城到琉璃厂,由淳菁阁再往西走,第一家是松华斋;松华斋对门在路南的是松石斋,由松华斋再往酉,在路北的是懿文斋。再西便是厂西门,没有别的南纸店了。

先进松华斋,在他们的笺样簿里,又见到陈师曾所作的八幅花果笺。说他们"清秀"是不够的,"神采之笔"的话也有些空洞。只是赞赏,无心批判。陈半丁、齐白石二氏所作,其笔触和色调,和师曾有些同流,惟较为繁褥燠暖。他们的大胆的涂抹,颇足以代表中国现代文人画的倾向;自吴昌硕以下,无不是这样的粗枝大叶的不屑屑于形似的。我很满意的得到不少的收获。

带着未消逝的快慰,过街而到松石斋。古旧的门面,老店的规模,却不料售的倒是洋式笺。所谓洋式笺,便是把中国纸染了矾水,可以用钢笔写;而笺上所绘的大都是迎亲、抬轿、舞灯、拉车一类的本地风光;笔法粗劣,且惯喜以浓红大绿涂抹的。其少数还保存着旧式的图版画。然以柔和的线条,温蔚的色调,刷印在又涩又糙的矾水拖过的人造纸面上,却格外的显得不调和。那一片一块的浮出的彩光,大损中国画的秀丽的情绪。

懿文斋没有什么新式样的画笺,所有的都是光宣时所流行的李伯霖、刘锡玲、戴伯和、李毓如诸人之作;只是谐俗的应市的通用笺而已。故所画不离吉祥、喜庆之景物,以至通俗的着色花鸟一类的东西。但我仍选购了不少。

第三次到琉璃厂已是九月底;这一次是由清秘阁向东走。偏东路北是荣宝斋,一家不失先正典型的最大的笺肆,仿古和新笺,他们都刻了不少。我在那里见到林琴南的山水笺,齐白石的花果笺,吴待秋的梅花笺,以及齐、王诸人合作的壬申笺、癸酉笺等等,刻工较清秘阁为精。仿成亲王的拱花笺,尤为诸肆所见这一类笺的白眉。

半个下午,便完全耗在荣宝斋,和他们谈到印笺谱的事,他们也有难色,觉得连印一百部都不易动工；但仍是那么游移其词的回答道："等到要印的时候再商量罢。"

　　从荣宝斋东行，过厂甸的十字路口，便是海王村；过海王村东行，路北有静文斋，也是很大的一家笺肆。当我一天走进静文斋的时候，已在午后，太阳光淡淡的射在罩了蓝布套的桌上，我带着怡悦的心情在翻笺样簿，很高兴的发现了齐白石的人物笺四幅，说是仿八大山人的，神情色调都臻上乘。吴待秋、汤定之等二十家合作的梅花笺，也富于繁颐的趣味。清道人、姚茫父、王梦白诸人的罗汉笺、古佛笺等，都还不坏，古色斑斓的彝器笺，也静雅足备一格。

　　静文斋的附近，路南有荣禄堂，规模似很大，却已衰颓不堪，久已不印笺。亦有笺样簿，却零星散乱，尘土封之，似久已无从顾问及之。循样以求。十不得一，即得之亦都暗败变色，盖搁置架上已不知若干年，纸都用舶来之薄而透明的一种，色彩偏重于浓红深绿，似意在迎合光宣时代市人们的口味。肆主人须发皆白，年已七十余，惟精神尚矍铄，与谈往事，娓娓可听。但搜求将一小时，所得仅馒卿作的数笺。由荣禄更东行，近厂东门，路北有宝晋斋。此肆诗笺，都为光宣时代的旧型，佳者殊鲜，仅选得朱良材做的数笺。

　　出厂东门折而南，过一尺大街，即入杨梅竹斜街。东行百数步，路北有成兴斋。此肆有冷香女士作的月令笺，又有清末为慈禧代笔的女画家谬素筠作的花鸟笺；在光宣时代似为一当令的笺店。然笺样都缺，月令笺仅存其七。再东行有彝宝斋，笺样多陈列窗间，并样簿而无之。选得王诏作的花鸟笺十余幅，颇可观，而亦零落不全。

　　以上数次的所得，都陆续的寄给鲁迅先生，由他负最后选择的责任。寄去的大约有五百数十种，由他选定的是三百三十余幅，就是现在印出来的样式。

　　这部北平笺谱所以有现在的样式，全都是鲁迅先生的力量——由他倡始，也由他结束了这事。

　　说起访笺的经过来，也不是没有失望与徒劳。我不单在厂甸一带访求。在别的地方也尝随时随地的留意过，却都不曾给我以满足。好几个大市场里，都没有什么好的笺样被发现。有一次，曾从东单牌楼走到东四牌楼，经隆福寺街东口而更往北走，推门而入的南纸店不下十家，大多数都只售洋纸笔墨和八行素笺。最高明的也只卖少数的拱花笺，却是那么的粗陋浮躁，竟不足以当一顾。

　　在厂甸也不是不曾遇见同样狼狈的事。厂甸中段的十字街头，路南有两家规模不小的南纸店，一名崇文堂，在路东，有笺样簿，多转贩自诸大肆者。一名中和丰，在路西，专售运动器具及纸墨，并诗笺而无之。由崇文东行数十步，路南有豹文斋，专售故宫博物院出品，亦尝翻刻黄瘿瓢人物笺，然执以较清秘、荣宝所刻，则神情全非矣。

　　但北平地域甚广，搜访所未及者一定还有不少。即在琉璃厂，像伦池斋，因无笺样簿遂失之交臂。他们所刻"思古人笺"，版已还之沈氏，故不可得；而其王雪涛花卉笺四幅，刻印俱精，色调亦柔和可爱。惜全书已成，不及加入。又北平诸文士利用之笺纸，每多设计奇诡，绘刻精丽的。惟访求较为不易。补所未备，当俟异日。

选笺既定,第二步便交涉刷印。淳菁、松华、松石三家,一说便无问题。荣宝、宝晋、静文诸家,初亦坚执百部不能动工之说,然终亦答应下来。独清秘最为顽强,交涉了好多次,他们不是说百部太少不能印,便是说人工不够没有工夫印;再说下去便给你个不理睬;任你说得舌疲唇焦,他们只是给你个不理睬,颇想抽出他们的一部分不印,终于割舍不下溥心畲、江采诸家的二十余幅作品。再三奉托了刘淑度女士和他们商量,方才肯答应印。而色调较繁的十余幅蔬果笺,却仍因无人担任刷印而被剔出。蔬果笺刻印不精,去之亦未足惜。荣禄堂的笺纸,原只想印馒卿作的四幅,他们说年代已久,不知板片还在否,找得出来便可开印,只怕残缺不全,但后来究竟算是找全了。

最后到彝宝斋,一位仿佛湖南口音的掌柜的,一开口便说:"不能印,现在已经没有印刷这种信笺的工人了,我们自己要几千几万份的印,尚且不能,何况一百张。"我见他说得可笑,便取出些他家的定印单给他看,他无辞可对,只得说老实话:"成兴斋和我们是联号,老到他们那里看看罢,这些花鸟笺的板片他们那里也有。"我立刻明白那是怎么一回事,到成兴斋一打听,果然那板片已归他们所有。

为了访问画家和刻工的姓氏,也费了很大的工夫。有少数的画家,其姓氏是我所不知的——我对于近代的画坛是那样的生疏。访之笺肆亦多不知者,求之润单间亦无之。打听了好久,有的还是见到了他的画幅,看到他的图章方才知道。只有缦卿的一位,他的姓氏到现在还是一个谜。

刻工实为制笺的重要分子,其重要也许不下于画家。因彩色诗笺,不仅要精刻,而且要就色彩有不同而分刻为若干板片;笺画之有无精神,全靠分板之能否得当。画家可以恣意的使用着颜料,刻工必须仔细的把那么复杂的颜色,分析为四五个乃至一二十个单色板片。所以刻工之好坏,是主宰着制笺的命运的。在北平笺谱里,实在不能不把画家和刻工并列着。但为访问刻工姓名,也颇遭白眼,他们都觉得这是可怪的事,至多只是敷衍的回答着。有的是经了再三的追问,四处的访求,方才能够确知的。有的因为年代已久,实在无法知道。目录里所注的刻工姓名,实在是不止三易稿而后定的。宋版书多附刊刻工姓名,明代中叶以后,刻图之工尤自珍其所作,往往自署其名,若何钤、王士珩、魏少峰、刘素明、黄应瑞、刘应祖、洪国良、项南洲、黄子立其尤著者。然其后则刻工渐被视为贱技,亦鲜有自标姓名者。当此木板雕刻业像晨星似的摇摇欲坠之时,而复有此一番表彰,殆亦雕板史末页上重要的文献。

淳菁阁的刻工,姓张但不知其名;他们说此人已死,人皆称之为张老西,住厂西门,其技能为一时之最。我根据了张老西的这个诨名,到处的打听着,后来还是托荣宝斋查考到,知道他的真名是启和。松华斋的刻工,据说是专门为他们刻笺的,也姓张;经了好多次的追问,才知道其名为东山。静文斋的刻工,初仅知其名为板儿杨,再三恳托着去查问,才知道其名为华庭。清秘阁的刻工,也经了数次的访问后,方知其亦为张东山。因此,我颇疑刻工和制笺业的关系,也许不完全是处在雇工的地位;他们也许是自立门户,有求始应,像画家那个样子的。然未细访,不能详。

荣宝斋的刻工名李振怀，懿文斋的刻工名李仲武，松石斋的刻工名杨朝正，成兴斋的刻工名扬文、萧桂，也颇费恳托，方能访知。至于荣禄、宝晋二家，则因刻者年代已久，他们已实在记不清了。姑阙之。刻工中，以张、李、杨三名为多，颇疑其有系属的关系，像明末之安徽黄氏、鲍氏。这种以一个家庭为中心的手工业是至今也还存在的。

刷印之工，亦为制笺的重要一个步骤，因不仅拆板不易，即拼板、调色，亦煞费工夫。惜印工太多，不能一一记其姓名。

对此数册之笺谱，不禁也略略有些悲喜和沧桑之感。自慰幸不辜负搜访的勤劳，故记之如右。

一九三三年十一月十五日

赏析

郑振铎以治学之余力，对于诗画笺亦有兴致旁骛。十竹斋笺谱、萝轩变古笺谱和刻着小幅山水或折枝花卉、蔬果的笺画，虽未尝不欣赏，也还是"都分赠给友人们当作案头清供了"。

作者谓："引起我对于诗笺发生更大兴趣的是鲁迅先生……他很早的便在搜访笺纸，而尤注意于北平所刻的。今年春天，我们在上海见到了，他以为北平的笺纸是值得搜访而成为专书的。"这篇《访笺杂记》即是自述在京城搜求笺纸的经过。流连于笺肆之间，同闲行山水比较，近雅的种种，别有可观。

琉璃厂的古董气久为集藏家看重，求仿古和今笺，货多，此处有网可下，故足当屡顾。推门走入的老店，数家，虽只是看笺样，亦饶不浅的游趣可得。在淳菁阁，"很惊奇的发见了许多清隽绝伦的诗笺，特别是陈师曾氏所作的，虽仅寥寥数笔，而笔触却是那样的潇洒不俗……吴待秋、金拱北诸氏所作和姚茫父氏的唐画壁砖笺、西域古迹笺等，也都使我喜欢"。在清秘阁之东的荣宝斋，他"见到林琴南的山水笺，齐白石的花果笺，吴待秋的梅花笺，以及齐、王诸人合作的壬申笺、癸酉笺等等，刻工较清秘阁为精。仿成亲王的拱花笺，尤为诸肆所见这一类笺的白眉"。过海王村东行，为静文斋，郑振铎把此处写得较细："当我一天走进静文斋的时候，已在午后，太阳光淡淡的射在罩了蓝布套的桌上，我带着怡悦的心情在翻笺样簿。很高兴的发见了齐白石的人物笺四幅，说是仿八大山人的，神情色调都臻上乘。吴待秋、汤定之等二十家合作的梅花笺，也富于繁颐的趣味。清道人、姚茫父、王梦白诸人的罗汉笺、古佛笺等，都还不坏，古色斑斓的彝器笺，也静雅足备一格。"所见所购既已这样多，步仍不能止。"出厂东门折而南，过一尺大街，即入杨梅竹斜街。东行百数步，路北有成兴斋。此肆有冷香女士作的月令笺，又有清末为慈禧代笔的女画家缪素筠作的花鸟笺……"引录而毫不惮烦，是因为在我读，并非行走的记账，或说意与味都不浅。

数次往来，间或还要走出琉璃厂，过东四牌楼而入隆福寺。求而庋之的结果确乎洋洋大观,寄至沪上鲁迅那里的约有五百数十种,经他选定三百三十余幅,木版彩色水印的数册《北平笺谱》,盖由此出。

叙写了访笺所得之后,文章转而叙写访笺过程中的失望与徒劳,与各家交涉印刷的艰难,访问画家和刻工所费的工夫,既使文章波澜起伏,也便于内容题目《访笺杂记》的要求。

文章结尾,作者写道:"对此数册之笺谱,不禁也略略有些悲喜和沧桑之感。自慰幸不辜负搜访的勤劳,故记之如右。"由此可以看出,为了整理和弘扬祖国文化遗产,需要付出多么辛勤的劳动和心血。

> **朱自清**（1898–1948），原名自华，字佩弦，号秋实，江苏东海人，中国现代散文家、诗人、教授。主要作品有诗文集《踪迹》；散文集《背影》《欧游杂记》《你我》；文艺论著《诗言志辩》《论雅俗共赏》《新诗杂话》等。现有《朱自清选集》等行世。

匆　匆

　　燕子去了，有再来的时候；杨柳枯了，有再青的时候；桃花谢了，有再开的时候。但是，聪明的，你告诉我，我们的日子为什么一去不复返呢？——是有人偷了他们罢：那是谁？又藏在何处呢？是他们自己逃走了罢：现在又到了哪里呢？

　　我不知道他们给了我多少日子；但我的手确乎是渐渐空虚。在默默里算着，八千多日子已经从我手中溜去；像针尖上一滴水滴在大海里，我的日子滴在时间的流里，没有声音，也没有影子。我不禁头涔涔而泪潸潸了。

　　去的尽管去了，来的尽管来着；去来的中间，又怎样地匆匆呢？早上我起来的时候，小屋里射进两三方斜斜的太阳。太阳他有脚啊，轻轻悄悄地挪移了；我也茫茫然跟着旋转。于是——洗手的时候，日子从水盆里过去；吃饭的时候，日子从饭碗里过去；默默时，便从凝然的双眼前过去。我觉察他去的匆匆了，伸出手遮挽时，他又从遮挽着的手边过去，天黑时，我躺在床上，他便伶伶俐俐地从我身上跨过，从我脚边飞去了。等我睁开眼和太阳再见，这算又溜走了一日。我掩着面叹息。但是新来的日子的影儿又开始在叹息里闪过了。

　　在逃去如飞的日子里，在千门万户的世界里的我能做些什么呢？只有徘徊罢了，只有匆匆罢了；在八千多日的匆匆里，除徘徊外，又剩些什么呢？过去的日子如轻烟，被微风吹散了，如薄雾，被初阳蒸融了；我留着些什么痕迹呢？我何曾留着像游丝样的痕迹呢？我赤裸裸来到这世界，转眼间也将赤裸裸的回去罢？但不能平的，为什么偏要白白走这一遭啊？

　　你聪明的，告诉我，我们的日子为什么一去不复返呢？

一九二二年三月二十八日

　　读朱自清的《匆匆》总让人不由自主地想起高尔基咏物言志的名篇《时钟》。尽管格调各异，但两位作家不谋而合，抓住人们日常习见而又易于忽略的物象，或寄情述怀，或生发议论，感叹韶华易逝，人生短促，亟需珍惜时间，爱惜生命，有所作为。

　　《匆匆》写于1922年3月，时当五四运动落潮之际。作者面对令人失望的现实，心情苦闷，念旧、低徊、惋惜和惆怅之情不能自已。但他毕竟是一个狷介自守、认真处世、勤奋踏实的人，虽感伤而并不颓唐，虽彷徨而并不消沉。他在1922年11月7日致俞平伯的信中曾披露了自己矛盾的思绪："极感到诱惑底力量，颓废底滋味，与现代的懊恼"，"深感时日匆匆到底可惜"，决心"丢去玄言，专崇实际"，实行"刹那主义"。俞平伯曾评论朱自清的"这种意想，是把颓废主义与实际主义合拢来，形成一种有积极意味的刹那主义"，这种刹那观"在行为上却始终是积极的，肯定的，呐喊着的，挣扎着的"（《读〈毁灭〉》）。了解朱自清写作《匆匆》时的心态，有助于把握作者对光明流驶而触发的独特审美感受。

　　时间，它既看不见，又摸不着，但却又实实在在地在人们身边无情而匆匆地流逝。朱自清以他丰富的想象力，形象地捕捉住时光逝去的踪迹。文章起首，作者描绘了燕子去了来，杨柳枯了青，桃花谢了开的画面，以自然物的荣枯现象、时序的变迁作渲染，暗示时光流逝的痕迹。作者由此想起自己24年共8000多个日子像"一滴水滴在大海里"无影无踪，"不禁头涔涔而泪潸潸"。作者再进一步，具体而微地刻绘了在日常生活中吃饭、洗手，上床乃至叹息的瞬间，时间就此"逃去如飞"，自己过去的日子犹如"被微风吹散了"的"轻烟"，"被初阳蒸融了"的"薄雾"那样消逝。作者深感既然"来到这世界"，就不能"白白走这一遭"，层次井然地揭示了题旨。朱自清珍惜寸阴的思想无疑与古人"少壮不努力，老大徒伤悲"的诗句，和"一寸光阴一寸金，寸金难买寸光阴"的箴言的精义暗合，但因朱自清"于人们忽略的地方，加倍地描写，使你于平常身历之境，也会有惊异之感"（《〈山野掇拾〉》），这一写法就使空灵而抽象的时间概念化为具体的物象，给人以真切的质感和强烈的流动感，仿佛成为人们朝夕与共的伴侣，鲜活灵动地呈现于读者面前。

　　值得注意的是，在仅只600余字的短小篇幅内，朱自清运用多种修辞方式，淋漓尽致地展示自己的内心世界，让读者清晰地把握住他意念流动的脉络。文章开头，作者以三个排比句来描写春景，把燕子再来，杨柳再青，桃花再开，跟与之相反的"日子一去不复返"相映衬，使人想起时光的流逝，引动思绪，点出题眼，以抒情性的设问句式，提出时间是被人"偷了"，还是"自己逃走了"的问题，深感时不我待。然后，在第二、三段，紧接着前面的设问，引出另外的问题，作者把自己过去生命时间的流喻作一滴水，把大自然"时间的流"比作大海，以渺小和浩瀚两相对比，抒发了伤时而又惜时的感喟。在时光来去匆匆中间，以拟人化手法，赋予时光的象征太阳以生命，说太阳在自己身旁悄声地挪移，伶俐地跨过，轻盈地飞去，作者为此而感到茫然和惶恐。他借饶有情味的太阳之匆匆出没，寄托奔涌的情思，深化题旨。最后在第四段内，作者全用设问句来追寻自己过去生命"游丝样的痕迹"，显示了对生命价值的严肃思考和对生活执著的追求，并以"我们的日子为什么一去不复返呢"作结，与开头反复和呼应，表现了难以平静的心情。作者一方面发挥奇妙的想象力，另一方面充分运用多种修辞方法，特别是用贯穿全篇的11个设问或反问句，作为情绪发展的线索，借有限的物象，展示无限的思绪，并借助于精巧的构思，把"磅礴郁积，在心里盘旋回荡"已久的感情加以极尽的表达，叩人心扉，耐人吟味。

《匆匆》的格调委婉、流畅、轻灵、悠远。全文篇幅短小，结构较为单纯，句式大多简短，燕子、杨柳、轻烟、微风、薄雾、初阳、蒸融、游丝等词语飘忽灵动，意境清隽淡远，通篇显得和谐匀称，融洽得体，而这一切又是与作者为寻觅时光流逝的踪迹，以表现思想情绪的微妙流动相一致。

桨声灯影里的秦淮河

一九二三年八月的一晚，我和平伯同游秦淮河；平伯是初泛，我是重来了。我们雇了一只"七板子"，在夕阳已去，皎月方来的时候，便下了船。于是桨声汩——汩，我们开始领略那晃荡着蔷薇色的历史的秦淮河的滋味了。

秦淮河里的船，比北京万生园，颐和园的船好，比西湖的船好，比扬州瘦西湖的船也好。这几处的船不是觉着笨，就是觉着简陋、局促；都不能引起乘客们的情韵，如秦淮河的船一样。秦淮河的船约略可分为两种：一是大船；一是小船，就是所谓"七板子"。大船舱口阔大，可容二三十人。里面陈设着字画和光洁的红木家具，桌上一律嵌着冰凉的大理石面。窗格雕镂颇细，使人起柔腻之感。窗格里映着红色蓝色的玻璃；玻璃上有精致的花纹，也颇悦人目。"七板子"规模虽不及大船，但那淡蓝色的栏杆，空敞的舱，也足系人情思。而最出色处却在它的舱前。舱前是甲板上的一部。上面有弧形的顶，两边用疏疏的栏杆支着。里面通常放着两张藤的躺椅。躺下，可以谈天，可以望远，可以顾盼两岸的河房。大船上也有这个，但在小船上更觉清隽罢了。舱前的顶下，一律悬着灯彩；灯的多少，明暗，彩苏的精粗，艳晦，是不一的，但好歹总还你一个灯彩。这灯彩实在是最能勾人的东西。夜幕垂垂地下来时，大小船上都点起灯火。从两重玻璃里映出那辐射着的黄黄的散光，反晕出一片朦胧的烟霭；透过这烟霭，在黯黯的水波里，又逗起缕缕的明漪。在这薄霭和微漪里，听着那悠然的间歇的桨声，谁能不被引入他的美梦去呢？只愁梦太多了，这些大小船儿如何载得起呀？我们这时模模糊糊的谈着明末的秦淮河的艳迹，如《桃花扇》及《板桥杂记》里所载的。我们真神往了。我们仿佛亲见那时华灯映水，画舫凌波的光景了。于是我们的船便成了历史的重载了。我们终于恍然秦淮河的船所以雅丽过于他处，而又有奇异的吸引力的，实在是许多历史的影象使然了。

秦淮河的水是碧阴阴的；看起来厚而不腻，或者是六朝金粉所凝么？我们初上船的时候，天色还未断黑，那漾漾的柔波是这样的恬静，委婉，使我们一面有水阔天空之想，一面又憧憬着纸醉金迷之境。等到灯火明时，阴阴的变为沉沉了：黯淡的水光，像梦一般；那偶然闪烁着的光芒，就是梦的眼睛了。我们坐在舱前，因了那隆起的顶棚，仿佛总是昂着首向前走着似的；于是飘飘然如御风而行的我们，看着那些自在的湾泊着的船，船里走马灯般的人物,便像是下界一般,迢迢的远了,又像在雾里看花,尽朦朦胧胧的。这时我们已过了利涉桥,望见东关头了。沿路听见断续的歌声:有从沿河的妓楼飘来的,有从河上船里度来的。我们明知那些歌声,只是些因袭的言词,从生涩的歌喉里机械的发出来的;但它们经了夏夜的微风的吹漾和水波的摇拂,袅娜着到我们耳边的时候,已经不单是她们的歌声,而混着微风和河水的密语了。于是我们不得不被牵惹着,震撼着,相与浮沉于这歌声里了。从东关头转湾,不久就到大中桥。大中桥共有三个桥拱,都很阔大,俨然是三座门儿;使我们觉得我们的船和船里的我们,在桥下过去时,真是太无颜色了。桥砖是深褐色,表明它的历史的长久;但都完好无缺,令人太息于古昔工程的坚美。桥上两旁都是木壁的房子,中间应该有街路?这些房子都破旧了,多年烟熏的迹,遮没了当年的美丽。我想象秦淮河的极盛时,在这样宏阔的桥上,特地盖了房子,必然是髹漆得富富丽丽的;晚间必然是灯火通明的,现在却只剩下一片黑沉沉!但是桥上造着房子,毕竟使我们多少可以想见往日的繁华;这也慰情聊胜无了。过了大中桥,便到了灯月交辉,笙歌彻夜的秦淮河,这才是秦淮河的真面目哩。

  大中桥外,顿然空阔,和桥内两岸排着密密的人家的景象大异了。一眼望去,疏疏的林,淡淡的月,衬着蓝蔚的天,颇像荒江野渡光景;那边呢,郁丛丛的,阴森森的,又似乎藏着无边的黑暗:令人几乎不信那是繁华的秦淮河了。但是河中眩晕着的灯光,纵横着的画舫,悠扬着的笛韵,夹着那吱吱的胡琴声,终于使我们认识绿如茵陈酒的秦淮水了。此地天裸露着的多些,故觉夜来的独迟些;从清清的水影里,我们感到的只是薄薄的夜——这正是秦淮河的夜。大中桥外,本来还有一座复成桥,是船夫口中的我们的游踪尽处,或也是秦淮河繁华的尽处了。我的脚曾踏过复成桥的脊,在十三四岁的时候。但是两次游秦淮河,却都不曾见着复成桥的面;明知总在前途的,却常觉得有些虚无缥缈似的。我想,不见倒也好。这时正是盛夏。我们下船后,藉着新生的晚凉和河上的微风,暑气已渐渐销散;到了此地,豁然开朗,身子顿然轻了——习习的清风荏苒在面上,手上,衣上,这便又感到了一缕新凉了。南京的日光,大概没有杭州猛烈;西湖的夏夜老是热蓬蓬的,水像沸着一般,秦淮河的水却尽是这样冷冷地绿着。任你人影的憧憧,歌声的扰扰,总像隔着一层薄薄的绿纱面幕似的;它尽是这样静静的,冷冷的绿着。我们出了大中桥,走不上半里路,船夫便将船划到一旁,停了桨由它荡着。他以为那里正是繁华的极点,再过去就是荒凉了;所以让我们多多赏鉴一会儿。他自己却静静的蹲着。他是看惯这光景的了,大约只是一个无可无不可。这无可无不可,无论是升的沉的,总之,都比我们高了。

  那时河里闹热极了;船大半泊着,小半在水上穿梭似的来往。停泊着的都在近市的那一边,我们的船自然也夹在其中。因为这边略略的挤,便觉那边十分的疏了。在每一只船从那边过去时,我们能画出它的轻轻的影和曲曲的波,在我们的心上;这显着是空,且显着是静了,那时处处都是歌声和凄厉的胡琴声,圆润的喉咙,确乎是很少的。但那生涩的,尖脆的调子能使人有少年的、粗率不拘的感觉,也正可快我们的意。况且多少隔开些儿听着,因为想象与渴慕的做美,总觉更有滋味;而竟发的喧嚣,抑扬的不齐,远远的杂沓,和乐器的嘈嘈切切,合成另一意味的谐音,也使我们无所适从,如随着大风而走。这实在因为我们的心枯涩久了,变为脆弱;故偶然润泽一下,便疯狂似的不能自主了。但秦淮河确也腻人。即如船里的人面,无论是和我们一堆儿泊着的,无论是从我们眼前过去的,总是模模糊糊的,甚至渺渺茫茫的;任你张圆了眼睛,揩净了眦垢,也是枉然。这真够人想呢。在我们停泊的地方,灯光原是纷然的;不过这些灯光都是黄而有晕的。黄已经不能明了,再加上了晕,便更不成了。灯愈多,晕就愈甚;在繁星般的黄的交错里,秦淮河仿佛笼上了一团光雾。光芒与雾气腾腾的晕着,什么都只剩了轮廓了;所以人面的详细的曲线,便消失于我们的眼底了。但灯光究竟夺不了那边的月色;灯光是浑的,月色是清的。在浑沌的灯光里,渗入了一派清辉,却真是奇迹!那晚月儿已瘦削了两三分。她晚妆才罢,盈盈的上了柳梢头。天是蓝得可爱,仿佛一汪水似的;月儿便更出落得精神了。岸上原有三株两株的垂杨树,淡淡的影子,在水里摇曳着。它们那柔细的枝条浴着月光,就像一支支美人的臂膊,交互的缠着,挽着;又像是月儿披着的发。而月儿偶尔也从它们的交叉处偷偷窥看我们,大有小姑娘怕羞的样子。岸上另有几株不知名的老树,光光的立着;在月光里照起来,却又俨然是精神矍铄的老人。远处——快到天际线了,才有一两片白云,亮得现出异彩,像是美丽的贝壳一般。白云下便是黑黑的一带轮廓;是一条随意画的不规则的曲线。这一段光景,和河中的风味大异了。但灯与月竟能并存着、交融着,使月成了缠绵的月,灯射着渺渺的灵辉,这正是天之所以厚秦淮河,也正是天之所以厚我们了。

　　这时却遇着了难解的纠纷。秦淮河上原有一种歌妓,是以歌为业的。从前都在茶舫上,唱些大曲之类。每日午后一时起,什么时候止,却忘记了。晚上照样也有一回。也在黄晕的灯光里。我从前过南京时,曾随着朋友去听过两次。因为茶舫里的人脸太多了,觉得不大适意,终于听不出所以然。前年听说歌妓被取缔了,不知怎的,颇涉想了几次——却想不出什么。这次到南京,先到茶舫上去看看,觉得颇是寂寥,令我无端的怅怅了。不料她们却仍在秦淮河里挣扎着,不料她们竟会纠缠到我们,我于是很张皇了。她们也乘着"七板子",她们总是坐在舱前的。舱前点着石油汽灯,光亮炫人眼目;坐在下面的,自然是纤毫毕见了——引诱客人们的力量,也便在此了。舱里躲着乐工等人,映着汽灯的余辉蠕动着;他们是永远不被注意的。每船的歌妓大约都是二人;天色一黑,她们的船就在大中桥外往来不息的兜生意。无论行着的船,泊着的船,都要来兜揽的。这都是我后来推想出来的。那晚不知怎样,忽然轮着我们的船了。我们的船好好的停着,一只歌舫划向我们来;渐渐和我们的船并着了。烁烁的灯光逼得我们皱起了眉头;我们的风尘色全给它托出来了,这使我蓺艒不安了。那时一个伙计跨过船来,拿着摊开的歌折,就近塞向我的手里,说,"点几出吧!"他跨过来的时候,我们船上似乎有许多眼光跟着。同时相近的别的船上也似乎有许多眼睛炯炯的向我们船上看着。我真窘了!我也装出大方的样子,向歌妓们瞥了一眼,但究竟是不成的!我勉强将那歌折翻了翻,却不曾看清了几个字;便赶紧递还那伙计,一面不好意思地说,"不要,我们……不要。"他便塞给平伯。平伯掉转头去，摇手说，"不要！"那人还腻着不走。平伯又回过脸来，摇着头道，"不要！"于是那人重到我处，我窘着再拒绝了他。他这才有所不屑似的走了。我的心立刻放下，如释了重负一般。我们就开始自白了。

　　我说我受了道德律的压迫，拒绝了她们；心里似乎很抱歉的。这所谓抱歉，一面对于她们，一面对于我自己。她们于我们虽然没有很奢的希望；但总有些希望的。我们拒绝了她们，无论理由如何充足，却使她们的希望受了伤；这总有几分不做美了。这是我觉得很怅怅的。至于我自己，更有一种不足之感。我这时被四面的歌声诱惑了，降服了；但是远远的，远远的歌声总仿佛隔着重衣搔痒似的，越搔越搔不着痒处。我于是憧憬着贴耳的妙音了。在歌舫划来时，我的憧憬，变为盼望；我固执的盼望着，有如饥渴，虽然从浅薄的经验里，也能够推知，那贴耳的歌声，将剥去了一切的美妙；但一个平常的人像我的，谁愿凭了理性之力去丑化未来呢？我宁愿自己骗着了。不过我的社会感性是很敏锐的；我的思力能拆穿道德律的西洋镜，而我的感情却终于被它压服着。我于是有所顾忌了，尤其是在众目昭彰的时候。道德律的力，本来是民众赋予的；在民众的面前，自然更显出它的威严了。我这时一面盼望，一面却感到了两重的禁制：一，在通俗的意义上，接近妓者总算一种不正当的行为；二，妓是一种不健全的职业，我们对于她们，应有哀矜勿喜之心，不应赏玩的去听她们的歌。在众目睽睽之下，这两种思想在我心里最为旺盛。她们暂时压倒了我的听歌的盼望，这便成就了我的灰色的拒绝。那时的心实在异常状态中，觉得颇是昏乱。歌舫去了，暂时宁静之后，我的思绪又如潮涌了。两个相反的意思在我心头往复：卖歌和卖淫不同，听歌和狎妓不同，又干道德甚事？——但是，但是，她们既被逼的以歌为业，她们的歌必无艺术味的；况她们的身世，我们究竟该同情的。所以拒绝倒也是正办。但这些意思终于不曾撇开我的听歌的盼望。它力量异常坚强；它总想将别的思绪踏在脚下。从这重重的争斗里，我感到了浓厚的不足之感。这不足之感使我的心盘旋不安，起坐都不安宁了。唉！我承认我是一个自私的人！平伯呢，却与我不同。他引周启明先生的诗："因为我有妻子，所以我爱一切的女人；因为我有子女，所以我爱一切的孩子。"他的意思可以见了。他因为推及的同情，爱着那些歌妓，并且尊重着她们，所以拒绝了她们。在这种情形下，他自然以为听歌是对于她们的一种侮辱。但他也是想听歌的，虽然不和我一样，所以在他的心中，当然也有一番小小的争斗；争斗的结果，是同情胜了。至于道德律，在他是没有什么的；因为他很有蔑视一切的倾向，民众的力量在他是不大觉着的。这时他的心意的活动比较简单，又比较松弱，故事后还怡然自若；我却不能了。这里平伯又比我高了。

　　在我们谈话中间，又来了两只歌舫。伙计照前一样的请我们点戏，我们照前一样的拒绝了。我受了三次窘，心里的不安更甚了。清艳的夜景也为之减色。船夫大约因为要赶第二趟生意，催着我们回去；我们无可无不可的答应了。我们渐渐和那些晕黄的灯光远了，只有些月色冷清清的随着我们的归舟。我们的船竟没个伴儿，秦淮河的夜正长哩！到大中桥近处，才遇着一只来船。这是一只载妓的板船，黑漆漆的没有一点光。船头上坐着一个妓女；暗里看出,白地小花的衫子,黑的下衣。她手里拉着胡琴,口里唱着青衫的调子。她唱得响亮而圆转;当她的船箭一般驶过去时,余音还袅袅的在我们耳际,使我们倾听而向往。想不到在弩末的游踪里,还能领略到这样的清歌!这时船过大中桥了,森森的水影,如黑暗张着巨口,要将我们的船吞了下去。我们回顾那渺渺的黄光,不胜依恋之情;我们感到了寂寞了!这一段地方夜色甚浓,又有两头的灯火招邀着;桥外的灯火不用说了,过了桥另有东关头疏疏的灯火。我们忽然仰头看见依人的素月,不觉深悔归来之早了!走过东关头,有一两只大船湾泊着,又有几只船向我们来着。嚣嚣的一阵歌声人语,仿佛笑我们无伴的孤舟哩。东关头转弯,河上的夜色更浓了;临水的妓楼上,时时从帘缝里射出一线一线的灯光,仿佛黑暗从酣睡里眨了一眨眼。我们默然的对着,静听那汩——汩的桨声,几乎要入睡了;朦胧里却温寻着适才的繁华的余味。我那不安的心在静里愈显活跃了!这时我们都有了不足之感,而我的更其浓厚。我们却只不愿回去,于是只能由懊悔而怅惘了。船里便满载着怅惘了。直到利涉桥下,微微嘈杂的人声,才使我豁然一惊;那光景却又不同。右岸的河房里,都大开了窗户,里面亮着晃晃的电灯,电灯的光射到水上,蜿蜒曲折,闪闪不息,正如跳舞着的仙女的臂膊。我们的船已在她的臂膊里了;如睡在摇篮里一样,倦了的我们便又入梦了。那电灯下的人物,只觉像蚂蚁一般,更不去萦念。这是最后的梦;可惜是最短的梦!黑暗重复落在我们面前,我们看见傍岸的空船上一星两星的、枯燥无力又摇摇不定的灯光。我们的梦醒了,我们知道就要上岸了;我们心里充满了幻灭的情思。

一九二四年一月二十五日

赏 析

  在郁达夫看,文学研究会的散文作家中,除冰心女士外,文字之美,要算朱自清了。此篇为桨声灯影所伴的文章,以花设譬,其香清芳、淡远,是由作者古典的学养来;其色妍美、鲜丽,折射的是一束诗性的慧光。

  散文从作者与友人一起雇"七板子"游秦淮河写起,巧妙地以"桨声灯影"为行文线索,由利涉桥到大中桥外,自夕阳西下到素月依人,表现了完整的游踪,形成明显的时空顺序。文章的另一个线索是作者的情感。在开始的游程中,作者的心境是平静的,从容品味,赏心悦目,陶醉于秦淮河入夜的景色。并且在描绘灯光、水色和月光时,将自己深沉的感情灌注了进去。而后遇着的秦淮河的妓船,使作者"遇着了难解的纠纷",散文就此出现了一个大转折。朱自清的心绪起了变化,由对美景的沉醉转为落入现实的怅惘。文章的后半部分,在作者抒发"幻灭的情思"时,为读者造成了一个回味想象的空间。特别之处,将月色、灯光、水色等诸多自然景致作为描写对象。其中又以灯光为重点,细致地描写了不同时间、不同水域的河水、灯光、月色三者的变化,还表现了华灯映水,灯月交辉的独特意境,使人读之产生"天之所以厚秦淮河","天之所以厚我们"等新异滋味。朱自清的散文在感情与联想上十分丰富,隐含着一种独特的美:朦胧中的真切。在淡雅的词语里埋藏着起伏跌宕的情怀,文随情迁,似江水一般波动着,扣人心弦。作者认为写抒情的散文,可以自由些。"我自己是没有什么定见的,只当时觉着要怎样写,便怎样写了。我意在表现自己,尽了自己的力便行;仁智之见,是在读者。"此篇散文大致体现了他的创作主张。在特定时空的界域内,他的精神之翼翔入一片非限定的天地,自由挥写着;游踪之链上闪烁的情绪和思想的灵辉,又是"精心结撰,方能有成"的吧。

绿

我第二次到仙岩的时候,我惊诧于梅雨潭的绿了。

梅雨潭是一个瀑布潭。仙岩有三个瀑布,梅雨瀑最低。走到山边,便听见花花花花的声音;抬起头,镶在两条湿湿的黑边儿里的,一带白而发亮的水便呈现于眼前了。我们先到梅雨亭。梅雨亭正对着那条瀑布;坐在亭边,不必仰头,便可见它的全体了。亭下深深的便是梅雨潭。这个亭踞在突出的一角的岩石上,上下都空空儿的;仿佛一只苍鹰展着翼翅浮在天宇中一般。三面都是山,象半个环儿拥着;人如在井底了。这是一个秋季的薄阴的天气。微微的云在我们顶上流着;岩面与草丛都从润湿中透出几分油油的绿意。而瀑布也似乎分外的响了。

那瀑布从上面冲下,仿佛已被扯成大小的几绺;不复是一幅整齐而平滑的布。岩上有许多棱角;瀑流经过时,作急剧的撞击,便飞花碎玉般乱溅着了。那溅着的水花,晶莹而多芒;远望去,象一朵朵小小的白梅,微雨似的纷纷落着。据说,这就是梅雨潭之所以得名了。但我觉得象杨花,格外确切些。轻风起来时,点点随风飘散,那更是杨花了。——这时偶然有几点送入我们温暖的怀里,便倏的钻了进去,再也寻它不着。

梅雨潭闪闪的绿色招引着我们;我们开始追捉她那离合的神光了。揪着草,攀着乱石,小心探身下去,又鞠躬过了一个石穹门,便到了汪汪一碧的潭边了。瀑布在襟袖之间;但我的心中已没有瀑布了。我的心随潭水的绿而摇荡。那醉人的绿呀,仿佛一张极大极大的荷叶铺着,满是奇异的绿呀。我想张开两臂抱住她;但这是怎样一个妄想呀。——站在水边,望到那面,居然觉着有些远呢!这平铺着,厚积着的绿,着实可爱。她松松的皱缬着,象少妇拖着的裙幅;她轻轻的摆弄着,象跳动的初恋的处女的心;她滑滑的明亮着,象涂了"明油"一般,有鸡蛋清那样软,那样嫩,令人想着所曾触过的最嫩的皮肤;她又不杂些儿尘滓,宛然一块温润的碧玉,只清清的一色——但你却看不透她!我曾见过北京什刹海拂地的绿杨,脱不了鹅黄的底子,似乎太淡了。我又曾见过杭州虎跑寺近旁高峻而深密的"绿壁",重叠着无穷的碧草与绿叶的,那又似乎太浓了。

其余呢,西湖的波太明了,秦淮河的又太暗了。可爱的,我将什么来比拟你呢?我怎么比拟得出呢?大约潭是很深的,故能蕴蓄着这样奇异的绿;仿佛蔚蓝的天融了一块在里面似的,这才这般的鲜润呀。——那醉人的绿呀!我若能裁你以为带,我将赠给那轻盈的舞女;她必能临风飘举了。我若能挹你以为眼,我将赠给那善歌的盲妹;她必明眸善睐了。我舍不得你;我怎舍得你呢?我用手拍着你,抚摩着你,如同一个十二三岁的小姑娘。我又掬你入口,便是吻着她了。我送你一个名字,我从此叫你"女儿绿",好么?

我第二次到仙岩的时候,我不禁惊诧于梅雨潭的绿了。

二,八,温州作

《绿》是朱自清先生早期的游记散文《温州的踪迹》里的一篇,作于1924年2月8日,是一篇贮满诗意的美文。文章不仅取题为《绿》,也用"绿"自然地将全文勾连在一起。

文章结构小巧,全篇只有四段文字,大约有1200字。这不同于一般的游记散文,而是通过梅雨潭的绿绿的潭水,抒写作者之情。所以,第一段只用了一句话,"我第二次到仙岩的时候,我惊诧于梅雨潭的绿了。"起笔突兀,却点了题,使读者对本文抒写的中心一目了然。"梅雨潭是一个瀑布",写瀑布的飞流直泻,飞花碎玉般的美景,正是为了映衬梅雨潭的奇异、可爱的潭水;写梅雨亭,正是为了过渡到写亭下深深的梅雨潭。这都在为下文着意刻画梅雨潭的"绿"作好铺垫。所以,作者没有详细地描述游览的经过,而只是顺着游历的足迹,对瀑布、对梅雨亭作了简洁而形象的介绍。在描写梅雨亭与瀑布的中间,插入了这样两句话:"这是一个秋季的薄阴的天气。微微的云在我们顶上流着;岩面与草丛都从润湿中透出几分油油的绿意。"既交代了出游的时节,也从那"透出几分油油的绿意"中,扣紧"绿"字,时时与文章要描写的中心相照应。最后,全文以"我第二次到仙岩的时候,我不禁惊诧于梅雨潭的绿了"一语骤然刹笔,仍然归结到"绿"字上,与开头相映照。起笔不凡,收束利索。结尾与开头的不同处,只加了"不禁"二字,却是传神之笔。经过作者的一番描绘,连读者也"不禁"要为梅雨潭的绿所惊诧。

"绿"字不仅在文章的结构上起关连作用,它更是全文情景交融的焦点。作者像一个善调丹青的能手,调动了比喻、拟人、联想等多种手法,从各个角度,波澜起伏地描绘了奇异、可爱、温润、柔和的梅雨潭水,把自己倾慕、欢愉、神往的感情融汇在这一片绿色之中。"梅雨潭闪闪的绿色招引着我们;我们开始追捉她那离和的神光了。""招引"与"追捉"这两个词默契得多么好啊!把梅雨潭的绿对"我"的强烈的吸引,把我领略那可爱的绿色的急切心理,融为一体,至此,情与景真像水乳那样难分解了。作者通过比喻不仅描绘了潭水静态的美,"仿佛一张极大极大的荷叶铺着,满是奇异的绿呀",使作者禁不住产生想抱住她的妄想;更形容了她那动态的美,"她松松的皱缬着,像少妇拖着的裙幅;……"随着作者的笔触,随着作者感情的波澜,不仅我们的眼前出现了那微微泛起的绿色涟漪,而且我们的指肤间仿佛还能感触到那闪着光亮的绿波的跳动,一种柔和、明快、亲切的感情也会从心头漾起。作者甚至把她想象为"如同一个十二三岁的小姑娘",想拍她、抚她、亲她,别致地把她叫做"女儿绿",感情柔美到了极点。那明艳多姿的画面,那逸趣横生的情怀,多么和谐地统一在一起了。在这饱含诗情、充满生趣的绿意中,透露出作者对生活的爱,升腾着作者向上的激情。

朱自清先生在语言上颇有造诣。其散文语言多用口语,简洁朴素,平易自然。为了表情达意的需要,他十分注重语言的锤炼加工,注重创辞炼字,努力以生动而传神的语言创造出诗的意境,于朴素之中见风华,达到一个"不易达到的境界"。《绿》的语言就很有代表性。概括起来,主要有三个方面的美感特征:绘画美、动态美、音乐美。

背　影

我与父亲不相见已二年余了,我最不能忘记的是他的背影。那年冬天,祖母死了,父亲的差使也交卸了,正是祸不单行的日子,我从北京到徐州,打算跟着父亲奔丧回家。到徐州见着父亲,看见满院狼藉的东西,又想起祖母,不禁簌簌地流下眼泪。父亲说,"事已如此,不必难过,好在天无绝人之路!"

回家变卖典质,父亲还了亏空;又借钱办了丧事。这些日子,家中光景很是惨淡,一半为了丧事,一半为了父亲赋闲。丧事完毕,父亲要到南京谋事,我也要回北京念书,我们便同行。

到南京时,有朋友约去游逛,勾留了一日;第二日上午便须渡江到浦口,下午上车北去。父亲因为事忙,本已说定不送我,叫旅馆里一个熟识的茶房陪我同去。他再三嘱咐茶房,甚是仔细。但他终于不放心,怕茶房不妥帖;颇踌躇了一会。其实我那年已二十岁,北京已来往过两三次,是没有甚么要紧的了。他踌躇了一会,终于决定还是自己送我去。我两三回劝他不必去;他只说,"不要紧,他们去不好!"

我们过了江,进了车站。我买票,他忙着照看行李。行李太多了,得向脚夫行些小费,才可过去。他便又忙着和他们讲价钱。我那时真是聪明过分,总觉他说话不大漂亮,非自己插嘴不可。但他终于讲定了价钱;就送我上车。他给我拣定了靠车门的一张椅子;我将他给我做的紫毛大衣铺好坐位。他嘱我路上小心,夜里要警醒些,不要受凉。又嘱托茶房好好照应我。我心里暗笑他的迂;他们只认得钱,托他们直是白托!而且我这样大年纪的人,难道还不能料理自己么?唉,我现在想想,那时真是太聪明了!

我说道,"爸爸,你走吧。"他望车外看了看,说,"我买几个橘子去。你就在此地,不要走动。"我看那边月台的栅栏外有几个卖东西的等着顾客。走到那边月台,须穿过铁道,须跳下去又爬上去。父亲是一个胖子,走过去自然要费事些。我本来要去的,他不肯,只好让他去。我看见他戴着黑布小帽,穿着黑布大马褂,深青布棉袍,蹒跚地走到铁道边,慢慢探身下去,尚不大难。可是他穿过铁道,要爬上那边月台,就不容易了。他用两手攀着上面,两脚再向上缩;他肥胖的身子向左微倾,显出努力的样子。这时我看见他的背影,我的泪很快地流下来了。我赶紧拭干了泪,怕他看见,也怕别人看见。我再向外看时,他已抱了朱红的橘子往回走了。过铁道时,他先将橘子散放在地上,自己慢慢爬下,再抱起橘子走。到这边时,我赶紧去搀他。他和我走到车上,将橘子一股脑儿放在我的皮大衣上。于是扑扑衣上的泥土,心里很轻松似的,过一会说,"我走了,到那边来信!"我望着他走出去。他走了几步,回过头看见我,说,"进去吧,里边没人。"等他的背影混入来来往往的人里,再找不着了,我便进来坐下,我的眼泪又来了。

近几年来,父亲和我都是东奔西走,家中光景是一日不如一日。他少年出外谋生,独立支持,做了许多大事。那知老境却如此颓唐!他触目伤怀,自然情不能自已。情郁于中,自然要发之于外;家庭琐屑便往往触他之怒。他待我渐渐不同往日。但最近两年的不见,他终于忘却我的不好,只是惦记着我,惦记着我的儿子。我北来后,他写了一信给我,信中说道,"我身体平安,惟膀子疼痛厉害,举箸提笔,诸多不便,大约大去之期不远矣。"我读到此处,在晶莹的泪光中,又看见那肥胖的,青布棉袍,黑布马褂的背影。唉!我不知何时再能与他相见!

一九二五年十月在北京

赏 析

《背影》作于1925年,是一篇回忆性抒情散文。它既无生动曲折的事件,又无华丽炫目的辞藻。它从祖母去世,回家奔丧谈起,到办完丧事,与父亲一起北上至浦口车站,又不得不分手。文章记叙的就是这一段分别的情景,展现了父亲的舐犊之情。尤其是其中一段:父亲胖胖的身体吃力地穿过铁道,为"我"买橘子更是感人肺腑,流露出一个父亲对儿子真诚的、无微不至的关心、爱护。也正是这种深厚的感情拨动了读者的心弦。

《背影》中的父亲形象,是慈父的形象。同时作者也体现了父亲性格中刚强的一面。听他面对双重灾难的心声:"事已如此,不必难过,好在天无绝人之路!"大有泰山压顶不弯腰的气概。而浦口送行,则更多地表现他慈爱的一面。父亲买橘子爬月台的背影,作者印象最深。那一回送行,整个过程,这一刻是父亲最费劲的,也是父爱表现得最强烈的一刻。在父亲的许多好处中,这次送行是最突出的,在这次送行过程中,过铁道买橘子是最突出的,在过铁道买橘子的过程中,爬那边月台的背影是最突出的,背影可以说是重中之重。着力描写背影,可以强烈地表现父爱,可以给人最深刻的印象。重中之重,也是精彩瞬间,形象的定格。突出这一瞬间形象,提起父亲,头脑里就出现这一形象,由这一形象又会想起前前后后的种种事情。再则,背影这种视角也新。背影引人想象正面形象,开拓了想象空间,无尽的想象更能引起感情的激荡。总之,将背影作为全文的焦点,可以凝聚作者对父爱的独特发现和深刻体认,给人留下不可磨灭的印象。

《背影》与一般写人的散文不同,没有从正面刻画父亲的肖像、神情、音容、笑貌,而是另辟蹊径,以父亲的"背影"为全文谋篇布局的中心和行文遣笔的线索,结构缜密,反复点题。作者善于抓住特定情景中的最富有表现力的细节,以具体细腻并凝聚着浓烈感情的笔触,写出在浦口车站出现在"我"面前的两次背影和"我"三次流泪的情景,抒发父子间真挚的感情。全文一共四次提到"背影",前后呼应,点题点中心,充分体现了一个父亲对出远门的孩子放心不下,关切的心情和儿子对父亲的感激、思念之情。

全篇文字质朴简约,不事雕琢。文章把父亲为谋生而不得不与儿子分离的苦忧和儿子当时悲酸惆怅的哽咽,于澹澹而低沉的氛围中再现于读者眼前。文章主要是叙述,但字里行间被感情的色彩所笼罩,读起来情真意浓,"于平淡中见神奇"。

荷塘月色

这几天心里颇不宁静。今晚在院子里坐着乘凉,忽然想起日日走过的荷塘,在这满月的光里,总该另有一番样子吧。月亮渐渐地升高了,墙外马路上孩子们的欢笑,已经听不见了;妻在屋里拍着闰儿,迷迷糊糊地哼着眠歌。我悄悄地披了大衫,带上门出去。

沿着荷塘,是一条曲折的小煤屑路。这是一条幽僻的路;白天也少人走,夜晚更加寂寞。荷塘四面,长着许多树,蓊蓊郁郁的。路的一旁,是些杨柳,和一些不知道名字的树。没有月光的晚上,这路上阴森森的,有些怕人。今晚却很好,虽然月光也还是淡淡的。

路上只我一个人,背着手踱着。这一片天地好像是我的;我也像超出了平常的自己,到了另一世界里。我爱热闹,也爱冷静;爱群居,也爱独处。像今晚上,一个人在这苍茫的月下,什么都可以想,什么都可以不想,便觉是个自由的人。白天里一定要做的事,一定要说的话,现在都可不理。这是独处的妙处;我且受用这无边的荷香月色好了。

曲曲折折的荷塘上面,弥望的是田田的叶子。叶子出水很高,像亭亭的舞女的裙。层层的叶子中间,零星地点缀着些白花,有袅娜地开着的,有羞涩地打着朵儿的;正如一粒粒的明珠,又如碧天里的星星,又如刚出浴的美人。微风过处,送来缕缕清香,仿佛远处高楼上渺茫的歌声似的。这时候叶子与花也有一丝的颤动,像闪电般,霎时传过荷塘的那边去了。叶子本是肩并肩密密地挨着,这便宛然有了一道凝碧的波痕。叶子底下是脉脉的流水,遮住了,不能见一些颜色;而叶子却更见风致了。

月光如流水一般,静静地泻在这一片叶子和花上。薄薄的青雾浮起在荷塘里。叶子和花仿佛在牛乳中洗过一样;又像笼着轻纱的梦。虽然是满月,天上却有一层淡淡的云,所以不能朗照;但我以为这恰是到了好处——酣眠固不可少,小睡也别有风味的。月光是隔了树照过来的,高处丛生的灌木,落下参差的斑驳的黑影,峭楞楞如鬼一般;弯弯的杨柳的稀疏的倩影,却又像是画在荷叶上。塘中的月色并不均匀;但光与影有着和谐的旋律,如梵婀玲上奏着的名曲。

荷塘的四面,远远近近,高高低低都是树,而杨柳最多。这些树将一片荷塘重重围住;只在小路一旁,漏着几段空隙,像是特为月光留下的。树色一例是阴阴的,乍看像一团烟雾;但杨柳的丰姿,便在烟雾里也辨得出。树梢上隐隐约约的是一带远山,只有些大意罢了。树缝里也漏着一两点路灯光,没精打采的,是渴睡人的眼。这时候最热闹的,要数树上的蝉声与水里的蛙声;但热闹是它们的,我什么也没有。

忽然想起采莲的事情来了。采莲是江南的旧俗,似乎很早就有,而六朝时为盛;从诗歌里可以约略知道。采莲的是少年的女子,她们是荡着小船,唱着艳歌去的。采莲人不用说很多,还有看采莲的人。那是一个热闹的季节,也是一个风流的季节。梁元帝《采莲赋》里说得好:

于是妖童媛女,荡舟心许,鹢首徐回,兼传羽杯;櫂将移而藻挂,船欲动而萍开。尔其纤腰束素,迁延顾步,夏始春余,叶嫩花初,恐沾裳而浅笑,畏倾船而敛裾。

可见当时嬉游的光景了。这真是有趣的事,可惜我们现在早已无福消受了。
于是又记起《西洲曲》里的句子:

采莲南塘秋,莲花过人头;低头弄莲子,莲子清如水。

今晚若有采莲人,这儿的莲花也算得"过人头"了;只不见一些流水的影子,是不行的。这令我到底惦着江南了。——这样想着,猛一抬头,不觉已是自己的门前;轻轻地推门进去,什么声息也没有,妻已睡熟好久了。

一九二七年七月,北京清华园

《荷塘月色》是朱自清的代表作之一,这篇散文借助多种修辞手法,巧妙地运用典雅华丽,富有诗意的语言,抒发了作者淡淡的喜悦和淡淡的哀愁,以及对现实的苦闷与怅惘之情。

文章开头的一段夹叙夹议,将作者的一时心情告诉给读者;第二段只用简单几笔便将荷塘四周的轮廓勾勒出来,给人有个比较清晰的印象;到第三段直写荷塘独处的妙处。作者真正用力描写的荷塘月色,那是从第四段开始,他十分巧密地写了荷塘月色、荷叶、荷花和荷花的形、色、香;到第五段才写到月色:月光如流水,叶子、花朵儿在柔和的月光中做着美丽的梦,一忽儿月光给淡云遮住,一忽儿月光透过树丛筛落下斑驳的黑影。朦胧的月光不仅静静地泻在荷塘上,她还静静地泻在四面的树林和远山上。我们在这样的月夜的静穆中,阴森森的,真有些怕人。这时作者大约也嫌太过寂静罢,紧接着便写出蝉鸣蛙叫。当你听到"知了,知了"和"阁、阁、阁"的叫声时,那四面几乎已经凝结住的空气便顿然活泼起来,使人感到还有生命的存在。这种境界是美的,写法也是层次分明的。作者从平视到俯视,从细察到鸟瞰,由远及近、从上到下,从里到外细致地描绘了荷塘月色的无边风光。月色是荷塘里的月色,荷塘是月下的荷塘,层次里复有层次,使整个画面有立体感,渗透感,其中虚实、浓淡、疏密,是画意的设置也是诗情的安排,使画不仅色彩均匀悦目,而且透出一股神韵,氤氲着一重浓郁的诗意。

关于语言文字,作者一向比较讲究,就以这篇散文的遣词造句来说,一丝也不含糊。句中虚字可省即省,句子也力求顺口,较少运用欧化的语式。因此,句子显得比较干净、洗练。作者似乎也还爱用叠字的形容词和状词,本文就用了30多个叠字,不但传神地描摹出眼前之景,同时有一种音韵美。蓊蓊郁郁、远远近近、高高低低的绿树,隐隐约约的远山,曲曲折折的荷塘,亭亭玉立的荷花,缕缕的清香,静静的花叶,薄薄的青雾,既加强了语意,又使文气舒展,音韵和谐。

春

盼望着,盼望着,东风来了,春天的脚步近了。

一切都像刚睡醒的样子,欣欣然张开了眼。山朗润起来了,水长起来了,太阳的脸红起来了。

小草偷偷地从土里钻出来,嫩嫩的,绿绿的。园子里,田野里,瞧去,一大片一大片满是的。坐着,躺着,打两个滚,踢几脚球,赛几趟跑,捉几回迷藏。风轻悄悄的,草绵软软的。

桃树、杏树、梨树,你不让我,我不让你,都开满了花赶趟儿。红的像火,粉的像霞,白的像雪。花里带着甜味,闭了眼,树上仿佛已经满是桃儿、杏儿、梨儿。花下成千成百的蜜蜂嗡嗡地闹着,大小的蝴蝶飞来飞去。野花遍地是:杂样儿,有名字的,没名字的,散在花丛里,像眼睛,像星星,还眨呀眨的。

"吹面不寒杨柳风",不错的,像母亲的手抚摸着你。风里带来些新翻的泥土的气息,混着青草味,还有各种花的香,都在微微润湿的空气里酝酿。鸟儿将窠巢安在繁花嫩叶当中,高兴起来了,呼朋引伴地卖弄清脆的喉咙,唱出婉转的曲子,与轻风流水应和着。牛背上牧童的短笛,这时候也成天在嘹亮地响。

雨是最寻常的,一下就是三两天。可别恼,看,像牛毛,像花针,像细丝,密密地斜织着,人家屋顶上全笼着一层薄烟。树叶子却绿得发亮,小草也青得逼你的眼。傍晚时候,上灯了,一点点黄晕的光,烘托出一片安静而和平的夜。乡下去,小路上,石桥边,撑起伞慢慢走着的人;还有地里工作的农夫,披着蓑,戴着笠的。他们的草屋,稀稀疏疏的在雨里静默着。

天上风筝渐渐多了,地上孩子也多了。城里乡下,家家户户,老老小小,他们也赶趟儿似的,一个个都出来了。舒活舒活筋骨,抖擞抖擞精神,各做各的一份事去。"一年之计在于春";刚起头儿,有的是工夫,有的是希望。

春天像刚落地的娃娃,从头到脚都是新的,它生长着。

春天像小姑娘,花枝招展的,笑着,走着。

春天像健壮的青年,有铁一般的胳膊和腰脚,他领着我们上前去。

(原载朱文叔编《初中语文读本》第1册1933年7月版)

赏　析

《春》是一篇写景抒情散文,是朱自清脍炙人口的名篇。春本是季节的抽象概念,但《春》却能灵巧地把握住春的千差万殊的个性特征,从而生动地描绘了情意绵绵,生机勃勃的春天美景,令人无限神往。

《春》描写细腻,富于情致。盼春,是文章的开端。作者写道:"盼望着,盼望着,东风来了,春天的脚步近了。"连用两个"盼望着",可见期待春天来临的心情是多么殷切。东风来了,报告了春天的消息,你听,那春天的脚步声近了。短短的十几个字,就将作者殷切而又喜悦的心情表现得淋漓尽致。然后,作者从容不迫地"推"出五幅"特写",细致描写春天的动人景象。先写草,"小草偷偷地从土里钻出来,嫩嫩的,绿绿的",突出草的"嫩绿",描写春天绿草如茵的情景。次写花,"桃树、杏树、梨树,你不让我,我不让你,都开满了花赶趟儿。红的像火,粉的像霞,白的像雪",突出花的"争相斗妍",画出春天百花盛开的繁荣景象。第三幅画写春风,着力刻画春风的"温馨""鸣唱",描绘出春风送暖的胜境。第四幅画面写春雨,渲染春雨"轻柔""湿润",画出夜雨和郊外的美丽画面。最后,画出了一幅迎春图:"天上风筝渐渐多了,地上孩子也多了。城里乡下,家家户户,老老小小,也赶趟儿似的,一个个都出来了。舒活舒活筋骨,抖擞抖擞精神,各做各的一份事去。一年之计在于春,刚起头儿,有的是工夫,有的是希望。"这里笔墨不多,但写出"城里乡下,家家户户,老老小小"迎春的一片欢乐景象。人们像赶趟儿似的都出来了,舒活筋骨,抖擞精神,在春草、春花、春风、春雨几幅风景画交相辉映的绮丽春色中,"各做各的一份事去",充满了无限的活力和希望。如果说前四幅画是侧重写自然界的"春"(其中也有穿插写人的活动的),那么第五幅画是集中笔墨写人勤春早的"春"。

结尾写得颇奇崛,俏丽。作者在完美地制作了春天的画卷之后,纵情地对春天予以赞美,进一步揭示春天有不可遏制的创造力和无限美好的希望。三个形象化的比喻,渐次排比,气势迭起,戛然有力地归结全文。

全文语言朴实、隽永。朱自清善于提炼通俗易懂、生动形象的口语。他的散文语言具有清新朴实的特点。如写草"园子里,田野里,瞧去,一大片一大片满是的";如写花"你不让我,我不让你,都开满了花赶趟儿",这些短句浅语都是从口语中来。从达意说,平易好懂,从修辞说,经过作者的艺术加工之后,节奏明快,不平淡,有浓厚的抒情味。作者还善于运用奇妙的比喻,增强语言的情味。如写春风拂面,说"像母亲的手抚摸着你",如把春天比作"刚落地的娃娃""小姑娘""健壮的青年"等,这些比喻新颖、贴切,不落俗套,富有表现力,蕴藉深厚,句外有意,朴实清新中有隽永的意味。

> **田汉**（1898—1968），字寿昌，曾用笔名伯鸿、陈瑜、漱人、汉仙等。湖南长沙人，我国著名剧作家、戏剧活动家、诗人、文艺批评家、文艺工作领导者。中国现代戏剧的奠基人。生平著作颇丰，今有《田汉文集》16卷行世。

月　光

　　有的人当心里有什么不愉快的事情的时候总爱喝酒，说因此可以忘记他的痛苦。但以他的经验，却不然，他越喝酒，心里越加明白。内心的悲哀不独不能因酒支吾过，而且因为酒的力量把妨碍悲哀之发泄的种种的顾虑全除去了，反显出他真正的姿态来。

　　他到这异乡的上海生活以来，不知不觉又过了两个节了。七月七刚过了，又是八月中秋，好快的日子！他的弟弟买了许多桂花来插在瓶里，摆在靠墙放置的桌上。没有读过什么书的弟弟也懂得色调的配合。他因嫌白壁太单调了，不足以显出桂花的好处来，便借邻居叶君的一块紫色的花布钉在墙上，那金黄的桂花得了紫色的衬托果然越加夺目，萧索的寓楼中有了她发散出来的芳香，顿时温馨了许多。因为今晚是八月节，清澄皎洁的月光不可辜负。和他同居的E君爱喝几杯，打了许多酒来，晚间便大吃大喝，他约莫也喝了斤把花雕，正如上面说的，将欲销愁，而愁的形态像雨过天晴的月色一样更加明显起来，他便倒在床上睡了。E君与他弟弟邀他到街头步月，他没有应他们，他们以为他睡着了，便不勉强他。他们去后，他起来拿起笔来要写一点东西，但是写不了，头好像有一点痛，便熄了电灯，依然睡在床上，电灯一黑，那清圆的好月立刻趁着她那放射的银线由窗子里跳进他房里来，吻着他的床。他此时的心里虽因喝了酒愈加明白，但在他眼里的月的姿态却模糊起来了。

　　"S妹。"他喊她一声，她不答应，知道她睡着了。他把她的被盖好，起来放好帐子，房里虽然有一盏美孚灯，但不足以抵御月光的侵入。他走到书桌旁边坐下了，桌上还放着栈房里老板送来的月饼，他虽不饥，无聊地也拿着吃了，一面吃一面痴痴的抬头望着窗外，真是玉宇无尘，晶光似濯，他想此时若能同她一块儿去步月是何等幸福，偏她又一病至此。又念刚回去的慈母、幼儿，今晚不知在哪里过节，他一边想，一边听着帐子里的呼吸，也还均匀，似乎一时不至于醒来。他便慢慢的出了房门，走到院子里，满地银光，真如积水空明。由院子直走，出了大门便是扬子江边了，由堤边一带垂杨荫里望那扬子江时，滚滚江涛映在月光之中，就像无数人鱼在清宵浴舞，他独自一人伫立多时，渐渐觉得身上穿的单衫挡不住午夜的江风，又恐怕那卧病在异乡客舍中的可怜的人要醒了，急忙拭干眼中因江风送来的水珠，慢馒地踱回房里去了——这是他的去年今夜。

这时是他和她回上海的第一年。他们和他的朋友Z君夫妇住在哈同花园后面民厚南里的一家楼上。这天晚上也是八月中秋,Z君和另一朋友邀他们俩同去步月,她穿着红色的毛衣同他们出去。从静安寺路转到赫德路,又转到福煦路,就是围着民厚里打了一个圈圈,他们便和Z君等分开了,他们沿着古拔路,在丰茂的白杨树荫下携手徐行,低声地谈着他们谈不完的心曲。那时的古拔路一边是洋房子,一边却是一条小港,小港的那边,是几畦菜园,还有一座有栏杆的小桥,桥头有几株垂杨低低地拂着桥栏,桥下水虽不流,却有浓绿的浮萍,浮萍里还偶然伸出一两朵鲜艳的水仙花。靠着菜园那边,还有一带芦苇,参差有致。他们自从发现了这块地方,常常爱到这里来散步。今晚他们因想这块具备了长芦垂柳碧水小桥的地方在明月之中不知更增几许姿态。所以特来领略这美丽的自然。果然不使他们失望,柳、芦、桥、水、浮萍、水仙都好像特作新妆迎接他们,他们站在桥头受着月光的祝福,他觉得这种情境很有画意,回家后他便画了几张小桥观月图分送他的好友。

　　他回忆了去年和前年今日的情景,又联想到今夜的故乡,母亲和孩子在乡里过节。母亲一定思念她在外面的儿子,孩子虽小也一定想念他在外面的父亲,但他一定以为他的妈妈也同他的爸爸一起在上海,他哪里知道今晚的月光,不能照到他妈妈的脸上,只能照着她坟上的青草呢!

　　　　可怜一样团□月,
　　　　半照孤坟半照人。

　　他还没有念完这两句诗,便痛哭得在床上打滚了。

　　上面这几段东西是他昨晚写的。因为都是月夜的回忆,他题之曰"月光"。不过他今早起来,照着他床上的不是"凄凉的月光",却是和暖的阳光。他昨夜的泪痕在阳光中一忽儿都晒干了。他以后不敢再在月光底下回忆,不敢再于佳节良辰喝酒,不敢再惹起他的旧痛。他年纪还不大,还想忍着痛苦做些事,这也是她所希望于他的,他现在与惠特曼同样要求着"赫耀而沉默的太阳",他与惠特曼同样唱着《大道之歌》"从此以后,他不再呜咽了,不再因循了,他什么都不要,他要勇敢地、专心致志地登他的大道!"

作于一九二六年

　　中秋圆月最容易引起思念之情,历代文人尤喜借月抒怀,出现了许多与"月"有关的优秀文学作品,田汉的此篇《月光》同样也是如此。

文章将"今年"的中秋节同去年、前年进行比较,一股"物是人非"的悲凉浸透全文。又是一年团圆时,此时的他却形单影只,好友与弟弟的好意并不能安抚他此时黯淡的心,窗外清澄皎洁的月光只能更加清晰地照见他内心凄凉与悲哀,"将欲销愁,而愁的形态像雨过天晴的月色一样更加明显起来"。

　　去年今夜——"S妹"睡卧在异乡病榻上,他无聊地吃了几口月饼,独自一人出了房门,在"满地银光"里只有"滚滚江涛"为伴,那不息的江水并没有为他带来奔腾的快感、生命的律动,相反带给他的是更多的孤独和凄清,独立的他抵御不住凄然,急忙回去陪伴她了。前年今夜——他们携手徐行在诗情画意的月夜中,那丰茂的白杨树、静默的小桥、潺潺的流水、浓绿的浮萍、鲜艳的水仙花、参差有致的芦苇,都在祝福他们,倾听着他们谈不完的心曲,衬托着他们的美好爱情。今年今夜——他想到远在故乡的母亲和孩子,母亲可能正在为自己担心,担心他无法排解丧妻之痛,年幼的孩子不知道母亲已经去世,肯定正在想象着远方父母的一举一动。物是人非,生死两界,苏轼的《江城子》正好印证了此时他的心境:"十年生死两茫茫,不思量,自难忘。千里孤坟,无处话凄凉。"

　　同样的月夜、同样的景物,由于人的不同,在他心中便截然不同了。文章在写三年中秋的夜月,处处是抒情。感情又在承受着景物的移转而交融其中,真是景中含情,情中寓景,情景交融,相应生辉。虽然文章的感情浓厚,但是一张一弛,喜不一味喜,悲亦不一味悲,在悲喜的交替中更加凸现他的深情。特别是文末,当他度过了难过的月夜之后,看到照在他床上的不再是"凄凉的月光",却是和暖的的阳光,昨夜的泪痕在阳光中一忽儿都晒干了。沉浸于过去并不是对逝都最好的怀念,只有重新振作起来,"忍着痛苦做些事","这才"是她所希望于他的",所以他要"勇敢地、专心致志地登他的大道",更好地活着。这样就使文章的情感不一味溺于其中,一转全篇"清冷""凄凉"的情感基调,给人以"和暖"的感受和力量。

罗黑芷　（1898—1927），原名罗象陶，笔名罗黑芷、黑子、晋思等。江西省武宁县人。现代作家。1925年为文学研究会会员。主要作品有小说集《春日》《醉里》；散文集《乡愁》《甲子年终之夜》被郁达夫编入《中国新文系大学·散文二集》内。

雨　　前

　　时节是阴历六月中间的一日。微细到分辨不清的油一般的小汗粒从肥壮的章君的鼻头和颊上续续渗出，随后竟蔓延到颈际了。他睡在一间胡乱叫做书斋的书中一张藤躺椅上；照那样子看去，可以称为是午后二时光景的夏天的打盹。一只赤露的胳膊旁逸到藤椅的外侧，软软地向下垂着，那一只却屈弯在椅扶手上；两条腿和脚挺直伸出，叉开来搁在椅前的地方；那全身颇像一个三岁孩子用秃笔涂成的畸形的"大"字。他朦胧合着眼皮；那歪在椅顶枕上的发毛毿毿的脑袋，有时因为一两匹小蝇在他眼缝或嘴里的湿津津的处所吮咂得厉害，便"唔？"的在梦中发出了向来不曾有仇但为什么定要来烦扰的不得已的抗议，于是只得摆动一下，随即那鼻孔里似乎又有了小的鼾声了。

　　窗外的天空不像是可以教人看了会愉快的天空：说是夏天，总应该是青青朗朗有润凉的西南风吹送着一小片白云过来的，可以起人悠然遐思的天空；可是那在四边地平线上层层叠叠堆上了还要堆上去似的隐藏在树木背后的云，不绝地慢慢向天顶推合，虽不曾响着雷声，人的心里总以为"快响雷了吧？"的这样沉闷暑湿的天气，所以竟使大小的蝇时刻攒围在这个有些汗臭的肉体的身旁，而且一只很大的蚊虫钉在他的屁股旁边；本能的作用使他那条大腿上的肉不时颤动。

　　什么像鞋匠正用了锤子在木砧上敲打鞋底似的连续而又中断的响声，正从那边的厢房里送到这半眠着的人的耳膜上，那震动特别尖脱。模模糊糊地意识使他在心里猜疑：这简直变成鞋匠店了么？不错，他的妻子恰正在那房里做着鞋匠。十多只尚未完工的大形小形的布鞋底，像干鱼一般横七竖八散乱在桌上凳上和竹榻上。伊却仿佛是一个永不会变动的世界里的人，和十年前一模一样的，手里捶打着伊自己的和伊儿女的鞋底，同时又和伊的老得像一座陈朽的留声机似的母亲唧唧哝哝不间歇地作长谈，而且有快乐的笑声时常从伊们中间漏了出来。这使藤椅上半睡着的人奇异地感到：他仿佛被人装纳在一个大的满盛着棉花的麻布袋内，同时又仿佛浮在幽远的古昔所吹来的空旷的寂寞里，又伤感，又新鲜，教人很愿意就这样睡着不动地给搬运了去；我们要为他祝祷平安，为个半睡着的人。

全个身躯动弹了一下，大约是一只苍蝇爬上他的鼻尖了，或者是那钉在屁股旁边的大蚊虫把那长针般的嘴从肉里抽了出来，于是他醒了。

　　他从椅上抬起身来，坐着，抓起那柄落在椅旁地上的破葵扇，向头面胸部不成仪式地乱扑了几下："热呵！"便站了起来，慢慢踱离开去，似乎预备了要去寻找那什么地方会挂搭着的冷湿的毛巾来拭干脸上颈上和胸前的汗水和油脂。一颗蚕豆大的红色肉疱在他右股上坟肿起来了，有点麻麻作痒，他用手爪去搔爬。

　　窗内的空气是湿漉漉的带有浴堂的气味，窗外的天色是那样恢恢地灰白得骇人。在窗角的上方有一个半大的蜘蛛正忙着结网。天边什么地方已经轰轰地响着低的雷声了。

　　他看着那搁置洗面盆架的上方墙上的挂钟，镗镗的鸣了五下；其实长针正到了十二点，而短针却又停在三点过一分的地方。内面的机械早生了锈蚀的挂钟的报时，原来只能求其如此。做着主人翁的颇能首肯这一种时间的错乱，他走出到阶前了。

　　一个人也不见。那厢房内敲打鞋底的响声也不知在什么时候早沉寂了。天空还是那样的天空，有厚的薄的云块推动着。在这种境地，一个人每每能够瞧着眼前的大小参差的种种物象而寻不出一点意见来。

　　院中，此刻也如昨日一样，如前日一样，两端各矗立着一株被毛虫吃得快残废了但仍旧纷披地缀着些网膜一般的枯叶的月桂；中间是一个长方形残缺的花坛，蓬蓬杂杂从里面生出些黄瓜的藤蔓，一株幼小的柘树的枝叶，和许多开着小点白花的野草之类的植物；在花坛外面，那做着基础的砖缝里剥落了灰泥而被青苔占领了的阴湿处，挺生出一株二尺来高的凤仙花，因为无风的缘故，那些叶儿一动也不动。

　　单从这院中的情形看来，进步是没有的，退化也似乎只退到物质那方面的穷。这样的文句或许有点受着时代的叱责的嫌疑吧？然而在这个地方，西方的气味无论如何是没有的了。

　　他走近一步，现在站在那阶沿的边；觉到头顶上的云块中间仿佛透下一线明亮的光在阶下不远的一洼黑色的污水里忽然倒映着那株凤仙花的鲜明的姿影。那黑色的水底，此时看去，仿佛是无尽穷的窅渺，无尽穷的空阔。一种黝黑而蔚蓝的光穿透了那凤仙花的每匹明亮的绿色的叶背，射在每朵掩盖在叶下的淡红色的花瓣上，刹那间变成了莲青色。那花的全体亭亭地倒植在这个璀璨明净的世界里，倘若落下一瓣一叶，必定是会作破碎的琉璃的响声的。谁能够移到这个世界里去呢？他想：倘若他能够立刻象一只蜻蜓，展开翼翅，贴近那水面飞旋，他或许可以看见更辽阔更明净的另一个宇宙，而且倘若他能够象一个浮尘子，一直向那有光的里面撞了进去，他便可以清凉无汗的在那里面的空中翱翔起来，忘记了这个烦杂昏瞀的现世了。

　　然而那一洼浅水，深不到二寸，无论那样肥壮的人撞不进去；即使是那细小的浮尘子，也只能飘停在水面；纵令翱翔，只在宽广不过尺余的空间罢了。他大概这样想着吧？真的，这样一看着泥浆便会想出莫名其妙的事情来的头脑，一定是有了什么神经上的障碍呵！

沉闷的热的空气沾着在皮肤上,在肥壮的人,是比什么都更不爽快的事,从这檐标仰望去,一大块灰色的云横过来了。试想这屋外,人的视野所能吸收进来的树林、山野、屋舍、稻田,必定都扁扁的贴伏在地面上,静听着云端里的低雷声。忽然几颗很大的雨点飒飒地打在他的额上了。那突然感到凉意而仰望着的脸无端地浮出了些微笑。

(原载《小说月报》1928年1月10日第19卷第1期)

本文是以人物的活动和景物的状貌构成了雨前特定的景象。文章的结构层次是:盛夏的中午两点以后,天气奇热,章君打盹,天空云层辏集,地下空气沉闷,蚊蝇肆行;妻子补鞋,朦胧中使他伤感;醒后依然闷热,远处已响起了雷声;三点以后,院中的一切处于静寂之中,在天光辉映下,污水洼幻出明净的水底世界,令人退想;在闷热的空气里,灰云横过来了,雷声响起来了,雨点打下来了。

文章写雨前的人物与景物,构成了"雨前"的也是那时社会的人生写照。但是,它却不在人生处落墨,而把重点放在了环境和景物上。其环境和景物又以下面三者为主要意象:

首先是写"热"。"时节是阴历六月中旬的一日",文章开头便点明了季节,告诉读者这是一个不容置疑的溽暑之日。继而写章君午睡,"微细到分辨不清的油一般的小汗粒从肥壮的章君的鼻头和颊上续续渗出,随后竟蔓延到颈际了。"以及他醒后乱扑破葵扇而叫"热呵",把难耐的燠热尽情渲染,使你立刻与之有着共同的感受。

其次是"天象"。"窗外的天空不像是可以教人看了会愉快的天空",一句话逼人心魄,道出人对天空的"不愉快"感。从天空写到云,那云原本是"隐藏"在树林背后的,而现在却是从"四边地平线""层层叠叠"并且是"堆上了还要堆上","向天顶推合",这些语言把那种黑云压城,弥天盖地的情状描写得淋漓尽致,到了可感可触的程度。"窗内的空气是湿漉漉的带有浴堂的气味,窗外的天色是那样恹恹地灰白得骇人","天空还是那样的天空,有厚的薄的云块推动着"。作者这样反反复复地写天空,写云,而且写得这般可厌、可怖,目的就是创造出窒闷压抑得人们不能忍受的氛围,人们自然会产生对雨的迫切的渴望。

再写"雷"。全文有三处,开头一处是"人的心里总以为'快响雷了吧'"中间一处是"天空什么地方已经轰轰地响着低的雷声了",雷声是雨的前奏,煎熬在暑热里的人们殷切地盼望着雷雨的沛然而至。不过读者的心境几乎被"天空"和"云"压得难以喘息了,这两句是很容易忽略过去的。以至到了最后,"忽然几颗很大的雨点飒飒地打在他的额上时,才会感到"云端里的低雷声",已经在窒闷压抑中孕育着并昭示着这有声的希望了。

透过环境和景物描写,我们可以看到作品所写的人生是什么样的人生。主人公章君从前大概是个读书人,家境也许不错,他有正房有厢房,壁上有挂钟,庭院中有花坛,午睡也是书斋的藤椅。不过,现在却穷愁潦倒了,从钟已锈蚀,花坛已残破,"做着鞋匠"的妻子和妻子的母亲忍着午后二时的暑热不停在劳作,他躺在藤椅上百无聊赖地半睡,这些对比可以看出,他的处境可说是一种窒闷压抑的处境。他对雷雨的渴望是希望改变这压抑环境的体现,这是处在压抑环境下的人的共性。这篇写于1927年,联系当时的社会环境考察,雨前的环境象征了当时的社会;人们在雨前的愿望,象征着人们对一种新的社会的渴望。什么样的新社会,可以不言而喻了。由此可见,文章写的虽然是常见的自然现象,而其寓意却是深远的。

> **丰子恺** (1898—1975)，原名丰润、丰仁。浙江崇德人。1914年入杭州浙江省第一师范学校，从李叔同学习音乐和绘画。1918年秋，李叔同在杭州虎跑寺出家，对他的思想影响甚大。1921年赴日本留学。1927年出版《子恺漫画》，1928年任开明书店编辑，1930年起在家著书作画。主要作品有散文《缘缘堂随笔》《随笔二十篇》、《子恺漫画全集》等；译著有《猎人笔记》《源氏物语》等。现有《丰子恺散文选》行世。

秋

　　我的年岁上冠用了"三十"二字，至今已两年了。不解达观的我，从这两个字上受到了不少的暗示与影响。虽然明明觉得自己的体格与精力比二十九岁时全然没有什么差异，但"三十"这一个观念笼在头上，犹之张了一顶阳伞，使我的全身蒙了一个暗淡色的阴影，又仿佛在日历上撕过了立秋的一页以后，虽然太阳的炎威依然没有减却，寒暑表上的热度依然没有降低，然而只当得余威与残暑，或霜降木落的先驱，大地的节候已从今移交于秋了。

　　实际，我两年来的心情与秋最容易调和而融合。这情形与从前不同。在往年，我只慕春天。我最欢喜杨柳与燕子。尤其欢喜初染鹅黄的嫩柳。我曾经名自己的寓居为"小杨柳屋"，曾经画了许多杨柳燕子的画，又曾经摘取秀长的杨柳，在厚纸上裱成各种风调的眉，想象这等眉的所有者的颜貌，而在其下面添描出眼鼻与口。那时候我每逢早春时节，正月二月之交，看见杨柳枝的线条上挂了细珠，带了隐隐的青色而"遥看近却无"的时候，我心中便充满了一种狂喜，这狂喜又立刻变成焦虑，似乎常常在说："春来了！不要放过！赶快设法招待它，享乐它，永远留住它。"我读了"良辰美景奈何天"等句，曾经真心地感动。以为古人都叹息一春的虚度，前车可鉴！到我手里决不放它空过了。最是逢到了古人惋惜最深的寒食清明，我心中的焦灼便更甚。那一天我总想有一种足以充分酬偿这佳节的举行。我准拟作诗，作画，或痛饮，漫游。虽然大多不被实行；或实行而全无效果，反而中了酒，闹了事，换得了不快的回忆；但我总不灰心，总觉得春的可恋。我心中似乎只有知道春，别的三季在我都当做春的预备，或待春的休息时间，全然不曾注意到它们的存在与意义。而对于秋，尤无感觉：因为夏连续在春的后面，在我可当作春的过剩；冬先行春的前面，在我可当作春的准备；独有与春全无关联的秋，在我心中一向没有它的位置。

　　自从我的年龄告了立秋以后，两年来的心境完全转了一个方向，也变成秋天了。然而情形与前不同：并不是在秋日感到像昔日的狂喜与焦灼。我只觉得一到秋天，自己的心境便十分调和。非但没有那种狂喜与焦灼，且常常被秋风秋雨秋色秋光所吸引而融化在秋中，暂时失却了自己的所在。而对于春，又并非像昔日对于秋的无感觉。我现在对于春非常厌恶。每当万象回春的时候,看到群花的斗艳,蜂蝶的扰攘,以及草木昆虫等到处争先恐后地滋生繁殖的状态,我觉得天地间的凡庸,贪婪,无耻,与愚痴,无过于此了!尤其是在青春的时候,看到柳上挂了隐隐的绿珠,桃枝上着了点点的红斑,最使我觉得可笑又可怜。我想唤醒一个花蕊来对它说:"啊!你也来反复这老调了!我眼看见你的无数祖先,个个同你一样地出世,个个努力发展,争荣竞秀;不久没有一个不憔悴而化泥尘。你何苦也来反复这老调呢?如今你已长了这孽根,将来看你弄娇弄艳,装笑装颦,招致了蹂躏,摧残,攀折之苦,而步你祖先们的后尘!"

实际,迎送了三十几次的春来春去的人,对于花事早已看得厌倦,感觉已经麻木,热情已经冷却,决不会再像初见世面的青年少女似地为花的幻姿所诱惑而赞之,叹之,怜之,惜之了。况且天地万物,没有一件逃得出荣枯,盛衰,生夭,有无之理。过去的历史昭然地证明着这一点,无须我们再说。古来无数的诗人千遍一律地为伤春惜花费词,这种效颦也觉得可厌。假如要我对于世间的生荣死夭费一点词,我觉得生荣不足道,而宁愿欢喜赞叹一切的死灭。对于死者的贪婪,愚昧,与怯弱,后者的态度何等谦逊,悟达,而伟大!我对于春与秋的舍取,也是为了这一点。

夏目漱石三十岁的时候,曾经这样说:"人生二十而知有生的利益;二十五而知有明之处必有暗;至于三十岁的今日,更知明多之处暗也多,欢浓之时愁也重。"我现在对于这话也深抱同感;有时又觉得三十的特征不止这一端,其更特殊的是对于死的体感。青年们恋爱不遂的时候惯说生生死死,然而这不过是知"死"的一回事而已,不是体感。犹之在饮冰挥扇的夏日,不能体感到围炉拥衾的冬夜的滋味。就是我们阅历了三十几度寒暑的人,在前几天的炎阳之下也无论如何感不到浴日的滋味。围炉,拥衾,浴日等事,在夏天的人的心中只是一种空虚的知识,不过晓得将来须有这些事而已,但是不可能体感它们的滋味。须得入了秋天,炎阳逞尽了威势而渐渐退却,汗水浸胖了的肌肤渐渐收缩,身穿单衣似乎要打寒噤,而手触法兰绒觉得快适的时候,于是围炉,拥衾,浴日等知识方能渐渐融入体验界中而化为体感。我的年龄告了立秋以后,心境中所起的最特殊的状态便是这对于"死"的体感。以前我的思虑真疏浅!以为春可以常在人间,人可以永在青年,竟完全没有想到死。又以为人生的意义只在于生,而我的一生最有意义,似乎我是不会死的。直到现在,仗了秋的慈光的鉴照,死的灵气钟育,才知道生的甘苦悲欢,是天地间反覆过亿万次的老调,又何足珍惜?我但求此生的平安的度送与脱出而已,犹之罹了疯狂的人,病中的颠倒迷离何足计较?但求其去病而已。

我正要搁笔,忽然西窗外黑云弥漫,天际闪出一道电光,发出隐隐的雷声,骤然洒下一阵夹着冰雹的秋雨。啊!原来立秋过得不多天,秋心稚嫩而未曾老练,不免还有这种不调和的现象,可怕哉!

一九二九年秋作

赏析

  这篇散文虽题为《秋》，却是从秋天的感受入手，写出了作者对春秋的取舍、对生死的看法，既有秋心老练、超脱风俗的成熟，也有看破红尘又无法了却凡心的矛盾。是作者对人生真谛深一层的领悟，也折射出当时中国阶级搏斗的激烈现实，反映了丰子恺皈依佛门的矛盾心理。尤其是作者拂去了"自古逢秋悲寂寥"的感伤，更给人一份达观与成熟。

  在《秋》这篇文章中丰子恺先生抒发了自己对"秋"的独特的感受。这主要通过"秋"与"春"的对比体现出来。年轻的先生对春有着一种独爱，所以总是"设法招待它，享乐它，永远留住它"。而且作诗作画，痛饮三江，并秉烛夜游，享用春色。此时的他完全陶醉于眼前的明媚春光。但是秋天毕竟还是要来的。正如人的一生，短暂的青春过去，便是漫漫的艰难跋涉。去除了对春的那份挚爱，先生感悟中领悟到了秋色的神韵。因为他已习惯于花开花谢，春去秋来；因为他已体验到人生的进程不过如寒来暑往的四季交叠。所以，他的心境与秋意冥合，且不像年轻时候那样对于春的狂喜与焦灼而对秋的淡漠与悲哀，此时他只感觉秋的可爱与融化其中的宁静，有了"只觉得一到秋天，自己的心境便十分调和"。并常常在不自觉中感悟到自己"被秋风秋雨秋色秋光所吸引而融化在秋中"，以至于"暂时失却了自己的所在"。在这其中，不自觉地增添了几分对春天的蔑视："每当万象回春的时候，看到群花的斗艳，蜂蝶的扰攘，以及草木昆虫等到处争先恐后的滋生繁殖的状态，我觉得天地间的凡庸，贪婪、无耻，与愚昧，不过于此了！"甚至觉得柳条上挂了隐隐的绿珠与桃枝上着了点点的红斑也是可笑又可怜的。

  当然，在对春的不满中也流露出丰子恺先生对扰扰攘攘纷纷争争的人生现实的不满。这不满，既是20年代末中国社会现实的反映，同时也是佛家思想的一种参与。佛家主张生死轮回、涅槃寂静，宣称一切生物包括人类在内都在不断的轮回中生活，正像春夏秋冬四季之景不同一样，处于生灭变化的瞬时状态。因缘聚合，刹那生灭，何须争奇斗艳、尔虞我诈，何须流连忘返、沉醉方酣。所以，处于轮回中的人，其最后目的不是追求一种轰轰烈烈昂扬奋发的入世精神，而是追求一种绝对安静神秘的涅槃境界。这必然要摆脱现实的困扰与情感的纠缠。所以，先生冥合于秋意而鄙弃于春天的滋生繁衍便是这种佛像思想的反映。

  此文的艺术特色，不但表现了叙议结合的抒情笔法，还加入了作者擅长的形象与抒情相结合的议论，使得整篇文章富有强烈的感情色彩。作者根据"景"与"情"的这种艺术辩证法，运用"物著我色"、"情与景融"的笔法，叙议了他由慕春到厌春、由对秋无感觉到喜爱的感情变化过程。表达了作者对人生、世态的看法。

忆 儿 时

一

我回忆儿时,有三件不能忘却的事。

第一件是养蚕。那是我五六岁时,我祖母在日的事。我祖母是一个豪爽而善于享乐的人。不但良辰佳节不肯轻轻放过,就是养蚕,也每年大规模地举行。其实,我长大后才晓得,祖母的养蚕并非专为图利,叶贵的年头常要蚀本,然而她欢喜这暮春的点缀,故每年大规模地举行。我所欢喜的,最初是蚕落地铺。那时我们的三开间的厅上,地上统是蚕,架着经纬的跳板,以便通行及饲叶。蒋五伯挑了担到地里去采叶,我与诸姊跟了去,去吃桑葚。蚕落地铺的时候,桑葚已很紫而甜了,比杨梅好吃得多。我们吃饱之后,又用一张大叶做一只碗,采了一碗桑葚,跟了蒋五伯回来。蒋五伯饲蚕,我就以走跳板为戏乐,常常失足翻落地铺里,压死许多蚕宝宝。祖母忙喊蒋五伯抱我起来,不许我再走。然而这满屋的跳板,像棋盘街一样,又很低,走起来一点也不怕,真是有趣。这真是一年一度的难得的乐事!所以虽然祖母禁止,我总是每天要去走。

蚕上山之后,全家静默守护,那时不许小孩子们噪了,我暂时感到沉闷。然过了几天要采茧,做丝,热闹的空气又浓起来了。我们每年照例请牛桥头七娘娘来做丝。蒋五伯每天买枇杷和软糕来给采茧、做丝、烧火的人吃。大家似乎以为现在是辛苦而有希望的时候,应该享受这点心,都不客气地取食。我也无功受禄地天天吃多量的枇杷与软糕,这又是乐事。

七娘娘做丝休息的时候,捧了水烟筒,伸出她左手上的短少半段的小指给我看,对我说:做丝的时候,丝车后面是万万不可走近去的,她的小指,便是小时候不留心被丝车轴棒轧脱的。她又说:"小团团不可走近丝车后面去,只管坐在我身旁,吃枇杷,吃软糕。还有做丝做出来的蚕蛹,叫妈妈油炒一炒,真好吃哩!"然而我始终不要吃蚕蛹,大概是我爸爸和诸姊不要吃的原故。我所乐的,只是那时候家里的非常空气。日常固定不动的堂窗、长台、八仙椅子,都并垒起,而变成不常见的丝车、匾、缸,又不断地公然地可以吃小食。

丝做好后,蒋五伯口中唱着"要吃枇杷,来年蚕罢",收拾丝车,恢复一切陈设。我感到一种兴尽的寂寥。然而对于这种变换,倒也觉得新奇而有趣。

现在我回忆这儿时的事,真是常常使我神往!祖母、蒋五伯、七娘娘和诸姊,都像童话里的人物了。且在我看来,他们当时这剧的主人公便是我。何等甜美的回忆!只是这剧的题材,现在我仔细想想觉得不好:养蚕做丝,在生计上原是幸福的,然其本身是数万的生灵的杀虐!所谓饲蚕,是养犯人;所谓缲丝,是施炮烙!原来当时这种欢乐与幸福的背景,是生灵的虐杀！早知如此，我决计不要吃他们的桑葚，枇杷，和软糕了。近来读《西青散记》，看到里面有两句仙人的诗句："自织藕丝衫子嫩，可怜辛苦赦春蚕。"安得人间也发明织藕丝的丝车，而尽赦天下的春蚕的性命！

我七岁上祖母死了，我家不复养蚕。不久父亲与诸姊弟相继死亡，家道衰落了，我的幸福的儿时也过去了。因此这件回忆，一面使我永远神往，一面又使我永远忏悔。

二

第二件不能忘却的事，是父亲的中秋赏月，而赏月之乐的中心，在于吃蟹。

我的父亲中了举人之后，科举就废，他无事在家，每天吃酒、看书。他不要吃羊牛猪肉，而欢喜吃鱼虾之类。而对于蟹，尤其欢喜。自七八月起直到冬天，父亲平日的晚酌规定吃一只蟹，一碗隔壁豆腐店里买来的开锅热豆腐干。他的晚酌，时间总在黄昏。八仙桌上一盏洋油灯，一把紫砂酒壶，一只盛热豆腐干的碎器盖碗，一把水烟筒，一本书，桌子角上一只端坐的老猫，这印象在我脑中非常深，到现在还可以清楚地浮现出来。我在旁边看，有时他给我一只蟹脚或半块豆腐干。然我欢喜蟹脚。蟹的味道真好，我们五六个姊妹兄弟，都欢喜吃，也是为了父亲欢喜吃的原故。只有母亲与我们相反，欢喜吃肉，而不欢喜又不会吃蟹，吃的时候常常被蟹螯上刺刺开手指，出血，而且抉剔得很不干净，父亲常常说她是外行。父亲说：吃蟹是风雅的事，吃法也要内行才懂得。先折蟹脚，后开蟹斗……脚上的拳头（即关节）里的肉怎样可以吃干净，脐里的肉怎样可以剔出……脚爪可以当作剔肉的针……蟹上的骨可以拼成一只很好的蝴蝶……父亲吃蟹真是内行，吃得非常干净。所以陈妈妈说："老爷吃下来的蟹壳，真是蟹壳。"

蟹的储藏所，就在天井角里的缸里。经常总养着五六只。

到了七夕，七月半，中秋，重阳等节候上，缸里的蟹就满了，那时我们都有得吃，而且每人得吃一大只，或一只半。尤其是中秋一天，兴致更浓。在深黄昏，移桌子到隔壁的白场上的月光下面去吃。更深人静，明月底下只有我们一家的人，恰好围成一桌，此外只有一个供差使的红英坐在旁边。谈笑，看月，他们——父亲和诸姊——直到月落时光，我则半途睡去，与父亲和诸姊不分而散。

这原是为了父亲嗜蟹，以吃蟹为中心而举行的。故这种夜宴，不仅限于中秋，有蟹的节季里的月夜，无端也要举行数次。不过不是良辰佳节，我们少吃一点，有时两人分吃一只。我们都学父亲，剥得很精细，剥出来的肉不是立刻吃的，都积受在蟹斗里，剥完之后，放一点姜醋，拌一拌，就作为下饭的菜，此外没有别的菜了。因为父亲吃菜是很省的，且他说蟹是至味。吃蟹时混吃别的菜肴，是乏味的。我们也学他，半蟹斗的蟹肉，过两碗饭还有馀，就可得父亲的称赞，又可以白口吃下馀多的蟹肉，所以大家都勉励节省。现在回想那时候，半条蟹腿肉要过两大口饭，这滋味真是好！自父亲死了以后，我不曾再尝这种好滋味。现在，我已经自己做父亲，况且已茹素，当然永远不会再尝这滋味了。唉！儿时欢乐，何等使我神往！

然而这一剧的题材,仍是生灵的杀虐!当时我们一家团栾之乐的背景,是杀生。我曾经做了杀生者的一分子,以承父亲的欢娱。血食,原是数千年来一般人的习惯,然而残杀生灵,尤其是残杀生灵来养自己的生命,快自己的口腹,反求诸人类的初心,总是不自然的,不应该的。文人有赞咏吃蟹的,例如甚么"右手持螯,左手持杯",甚么"秋深蟹正肥",作者读者,均因于习惯,赞叹其风雅。倘质诸初心,杀蟹而持其螯,见蟹肥而起杀心,有甚么美,而值得在诗文中赞咏呢?

因此这件回忆,一面使我永远神往,一面又使我永远忏悔。

三

第三件不能忘却的事,是与隔壁豆腐店里的王囝囝的交游,而这交游的中心,在于钓鱼。

那是我十二三岁时的事。隔壁豆腐店里的王囝囝是当时我的小伴侣中的大阿哥。他是独子,他的母亲,祖母,和大伯,都很疼爱他,给他很多的钱和玩具,而且每天放任他在外游玩。他家与我家贴邻而居。我家的人们每天赴市,必须经过他家的豆腐店的门口,两家的人们朝夕相见,互相来往。

小孩子们也朝夕相见,互相来往。此外他家对于我家似乎还有一种邻人以上的深切的交谊,故他家的人对于我家特别要好,他的祖母常常拿自产的豆腐干、豆腐衣等来送给我父亲下酒。同时在小伴侣中,王囝囝也特别对我要好,他的年纪比我大,气力比我好,生活比我丰富,我们一道游玩的时候,他时时引导我,照顾我,犹似长兄对于幼弟。我们有时就在我家的染坊店里的榻上谈笑,有时相偕出游。他的祖母每次看见我俩一同玩耍,必叮嘱囝囝好好看侍我,勿要相骂。我听人说,他家似乎曾经患难,而我父亲曾经帮他们忙,所以他家大人们吩咐王囝囝照应我。

我起初不会钓鱼,是王囝囝教我的。他叫他大伯买两副钓竿,一副送我,一副他自己用。他到米桶里去捉许多米虫,浸在盛水的罐头里,领了我到木场桥头去钓鱼。他教给我看,先捉起一个米虫来,把钓钩由虫尾穿进,直穿到头部。然后放下水去。他又说:"浮珠一动,你要立刻拉,那么钩子拉住鱼的颚,鱼就逃不脱。"我照他所教的试验,果然第一天钓了十几头白条,然而都是他帮我拉钓竿的。

第二天,他手里拿了半罐头扑杀的苍蝇。又来约我去钓鱼。途中他对我说:"不一定是米虫,用苍蝇钓鱼更好。鱼欢喜吃苍蝇!"这一天我们钓了一小桶各种的鱼。回家的时候他把鱼桶送到我家里,说他不要。我母亲就叫红英去煎一煎,给我下晚饭。

自此以后,我只管欢喜钓鱼。不一定要王囝囝陪去,自己一人也去钓,又学得了掘蚯蚓来钓鱼的方法。而且钓来的鱼,不仅够自己下晚饭,还可送给店里人吃,或给猫吃。我记得这时候我的热心钓鱼,不仅出于游戏欲,又有几分功利的兴味在内。有三四个夏季,我热心于钓鱼,给母亲省了不少的菜蔬钱。

后来我长大了，赴他乡入学，不复有钓鱼的工夫。但在书中常常读到赞咏钓鱼的文句，例如甚么"独钓寒江雪"，甚么"羊裘钓叟"，甚么"渔樵度此身"，才知道钓鱼原来是很高雅的事。后来又晓得有所谓"游钓之地"的美名称，是形容人的故乡的。我大受其煽惑，为之大发牢骚：我想，"钓确是雅的，我的故乡，确是我的游钓之地，确是可怀的故乡。"

但是现在想想，不幸而这题材也是生灵的杀虐！王囝囝所照应我的，是教我杀米虫，杀苍蝇，以诱杀许多的鱼。所谓"羊裘钓叟"，其实是一个穿羊裘的鱼的诱杀者；所谓"游钓之地"，其实就是小时候谋杀鱼的地方，想起了应使人寒栗，还有甚么高雅，甚么可恋呢？

"杀"，不拘杀甚么，总是不祥的。我相信，人的吃荤腥，都是掩耳盗铃。如果眼看见猪的受屠，一定咽不下一筷肉丝。

杀人的五卅事件足以动人的公愤，而杀蚕，杀蟹，杀鱼反可有助人的欢娱，同为生灵的人与蚕蟹鱼的生命的价值相去何远呢？

我的黄金时代很短，可怀念的又只有这三件事。不幸而都是杀生取乐，都使我永远忏悔。

一九二七年

这篇文章是丰子恺的散文名篇，选自《丰子恺作品精选》，是一篇很质朴，很感人的文章。

丰子恺的散文里那种对儿童心性、人性况味的细致体验印证了"绘心复合于文心"之说，他曾经将八指头陀(寄禅法师)的一首赞美儿童的诗刻在烟斗上："吾爱童子身，莲花不染尘。骂骂唯解笑，打亦不生嗔。对境心常定，逢人语自新。可慨年既长，物欲敝天真"。这是他对儿童纯洁真诚的赞美，也是他心灵深处童真未泯的体现。

丰子恺回忆儿时，说有三件事不能忘却，一是养蚕，二是中秋赏月，三是钓鱼。养蚕主要为了纪念祖母，这是一个良辰佳节，祖母将"养蚕"也大规模地举行，作者看着祖母、诸姐……后来祖母去世了，养蚕也不再继续；中秋赏月是跟着父亲、姐姐一起吃蟹，父亲最爱吃蟹，再配上一壶酒就更不错了，我和姐姐也很享受这一晚的宁静；钓鱼是好朋友王囝囝教"我"的，两个小伙伴在一起互相关照，很开心。三件事都让作者难以忘怀。然而，在文章结尾他说："我的黄金时代很短，可怀念的又只有这三件事。不幸而都是杀生取乐，都使我永远忏悔。"作者很有爱心，对动物有怜悯之情，他也很淳朴，很善良，和小伙伴很友好。

丰子恺的《忆儿时》中，"这回忆一面使我神往，一面又使我永远忏悔"在全文中曾三次指点。这种反复指点当然不是累赘，而是主题表达、情感抒发之必需。

给我的孩子们

我的孩子们！我憧憬于你们的生活，每天不止一次！我想委曲地说出来，使你们自己晓得。可惜到你们懂得我的话的意思的时候，你们将不复是可以使我憧憬的人了。这是何等可悲哀的事啊！

瞻瞻！你尤其可佩服。你是身心全部公开的真人。你什么事体都像拼命地用全副精力去对付。小小的失意，像花生米翻落地了，自己嚼了舌头了，小猫不肯吃糕了，你都要哭得嘴唇翻白，昏去一两分钟。外婆普陀去烧香买回来给你的泥人，你何等鞠躬尽瘁地抱他，喂他；有一天你自己失手把他打破了，你的号哭的悲哀，比大人们的破产、失恋、broken heart、丧考妣、全军覆没的悲哀都要真切。两把芭蕉扇做的脚踏车，麻雀牌堆成的火车、汽车，你何等认真地看待，挺直了嗓子叫"汪——""咕咕咕……"来代替汽油。宝姐姐讲故事给你听，说到"月亮姐姐挂下一只篮来，宝姐姐坐在篮里吊了上去，瞻瞻在下面看"的时候，你何等激昂地同她争，说"瞻瞻要上去，宝姐姐在下面看！"甚至哭到漫姑面前去求审判。我每次剃了头，你真心地疑我变了和尚，好几时不要我抱。最是今年夏天，你坐在我膝上发见了我腋下的长毛，当作黄鼠狼的时候，你何等伤心，你立刻从我身上爬下去，起初眼瞪瞪地对我端详，继而大失所望地号哭，看看，哭哭，如同对被判定了死罪的亲友一样。你要我抱你到车站里去，多多益善地要买香蕉，满满地撷了两手回来，回到门口时你已经熟睡在我的肩上，手里的香蕉不知落在哪里去了。这是何等可佩服的真率，自然，与热情！大人间的所谓"沉默"、"含蓄"、"深刻"的美德，比起你来，全是不自然的、病的、伪的！

你们每天做火车、做汽车、办酒、请菩萨、堆六面画、唱歌，全是自动的，创造创作的生活。大人们的呼号，"归自然！""生活的艺术化！""劳动的艺术化！"在你们面前真是出丑得很了！依样画几笔画，写几篇文的人称为艺术家、创作家，对你们更要愧死！

你们的创作力，比大人真是强盛得多哩：瞻瞻！你的身体不及椅子的一半，却常常要搬动它，与它一同翻倒在地上；你又要把一杯茶横转来藏在抽斗里，要皮球停在壁上，要拉住火车的尾巴，要月亮出来，要天停止下雨。在这等小小的事件中，明明表示着你们的弱小的体力与智力不足以应付强盛的创作欲、表现欲的驱使，因而遭逢失败。然而你们是不受大自然的支配，不受人类社会的束缚的创造者，所以你的遭逢失败，例如火车尾巴拉不住，月亮呼不出来的时候，你们决不承认是事实的不可能，总以为是爸爸妈妈不肯帮你们办到，同不许你们弄自鸣钟同例，所以愤愤地哭了，你们的世界何等广大！

你们一定想：终天无聊地伏在案上弄笔的爸爸，终天闷闷地坐在窗下弄引线的妈妈，是何等无气性的奇怪的动物！你们所视为奇怪动物的我与你们的母亲，有时确实难为了你们，摧残了你们,回想起来,真是不安心得很!

阿宝!有一晚你拿软软的新鞋子,和自己脚上脱下来的鞋子,给凳子的脚穿了,光袜立在地上,得意地叫"阿宝两只脚,凳子四只脚"的时候,你母亲喊着"龌龊了袜子!"立刻擒你到藤榻上,动手毁坏你的创作。当你蹲在榻上注视你母亲动手毁坏的时候,你的小心里一定感到"母亲这种人,何等杀风景而野蛮"吧!

瞻瞻!有一天开明书店送了几册新出版的毛边的《音乐入门》来。我用小刀把书页一张一张地裁开来,你侧着头,站在桌边默默地看。后来我从学校回来,你已经在我的书架上拿了一本连史纸印的中国装的《楚辞》,把它裁破了十几页,得意地对我说:"爸爸!瞻瞻也会裁了!"瞻瞻!这在你原是何等成功的欢喜,何等得意的作品!却被我一个惊骇的"哼!"字喊得你哭了。那时候你也一定抱怨"爸爸何等不明"吧!

软软!你常常要弄我的长锋羊毫,我看见了总是无情地夺脱你。现在你一定轻视我,想道:"你终于要我画你的画集的封面!"

最不安心的,是有时我还要拉一个你们所最怕的陆露沙医生来,教他用他的大手来摸你们的肚子,甚至用刀来在你们臂上割几下,还要教妈妈和漫姑擒住了你们的手脚,捏住了你们的鼻子,把很苦的水灌到你们的嘴里去。这在你们一定认为是太无人道的野蛮举动吧!

孩子们!你们果真抱怨我,我倒欢喜;到你们的抱怨变为感谢的时候,我的悲哀来了!

我在世间,永没有逢到像你们这样出肺肝相示的人。世间的人群结合,永没有像你们样的彻底地真实而纯洁。最是我到上海去干了无聊的所谓"事"回来,或者去同不相干的人们做了叫做"上课"的一种把戏回来,你们在门口或车站旁等我的时候,我心中何等惭愧又欢喜!惭愧我为什么去做这等无聊的事,欢喜我又得暂时放怀一切地加入你们的真生活的团体。

但是,你们的黄金时代有限,现实终于要暴露的。这是我经验过来的情形,也是大人们谁也经验过的情形。我眼看见儿时的伴侣中的英雄、好汉,一个个退缩、顺从、妥协、屈服起来,到像绵羊的地步。我自己也是如此。"后之视今,亦犹今之视昔",你们不久也要走这条路呢!

我的孩子们!憧憬于你们的生活的我,痴心要为你们永远挽留这黄金时代在这册子里。然这真不过像"蜘蛛网落花"略微保留一点春的痕迹而已。且到你们懂得我这片心情的时候,你们早已不是这样的人,我的画在世间已无可印证了!这是何等可悲哀的事啊!

用当下世界范围内最流行的词来说,这篇散文是一次父亲与自己儿女的"对话",有着受话的具体对象,——瞻瞻、阿宝、软软。但是,这又是一次推延至未来的对话。由于孩子们年龄太小,不但无法读懂文学,更谈不上理解对话的内容。当他们能做到"受话者"的要求时,他们受话者的身份却已经部分改变了,他们已不复当初的童蒙无知的"自我"了。

　　文中写孩子的真的文字读来忍俊不禁。"你的号哭的悲哀、比大人们的破产、失恋、broken heart、丧考妣,全军覆没的悲哀都要真切。"这是夸张吗?不,这是对真实的描写,因为在孩子的眼中,打破那个泥人就是天大的事,所以他哭得如此伤心,而他的伤心毫不掩饰,就让眼泪尽情地流,就让自己撕心裂肺地喊,这就是"身心全部公开的真人"。尤其是"你坐在我膝上发见了我腋下的长毛,当做黄鼠狼的时候,你何等伤心……继而大失所望地号哭",多有意思!为什么那么伤心?因为孩子在想:我亲爱的人竟然是一只黄鼠狼,我爱的人竟然是一只黄鼠狼。你看,这对于孩子来说是一件多么可怕多么不愿接受的事,只能用号哭来表达他的失望之至吧。

　　丰子恺悲哀的是孩子的这份真终究要散去,终究会变成大人。失望着甚至责骂着大人"退缩、顺从、妥协、屈服起来,到像绵羊的地步"的"犬儒"形象。是在责骂"虚伪、卑躬屈膝"的国人形象吗?还是对人性的彻底失望?抑或对现实的最终的无奈?想来丰子恺,也是一个理想化的至情至性之人。世间最真,最诚,最永恒的是亲情。父母与子女间那份超越一切的爱可以征服每个人的心,哪怕全世界。作者以这一"永恒"的话题为中心,将自己曾经经历的事作为题材,真切地表达了自己与子女间的那份普通而真挚的爱。他从一些细小的情节入手,再现生活的真实,反映现实中普通人物的内在性格特征。

　　对人物的描写,作者并不挖掘人物那面对特殊环境、特殊事件时候的特殊身份、特殊地位、特殊表情、特殊性格,而是把人物定格在平日里最真最普通的生活场景中进行描述,抓取生活中最细小的事物来反映人物的真实。他对任何事都像拼命地用全副精力去对付,就像"花生米翻落地了,自己嚼了舌头了,小猫不肯吃糕了,你都要哭得嘴唇翻白,昏去一两分钟"这样的描述简简单单、三言两语却透出了孩子的直率、自然与热情。而大人间的所谓"沉默"、"含蓄"、"深刻"的美德,比起来,全是不自然的、病的、伪的。孩子们曾经调皮的点点滴滴,却成了父母心中永恒的记忆,抹不去,忘不了。丰子恺先生对孩子们的爱就是那么地细腻,没有父亲对孩子刻意的表示,却使孩子们真真切切地体会到了父爱,对生活的点点滴滴都能那么仔细地观察并翔实地记录,并不是每一位做父亲的都会用心去做的,即使用心去做,也很少有人能像丰子恺先生那样地精致细腻,真实感人。

　　丰子恺先生的这篇散文,不仅记载了自己的历史,更记载了千千万万的父母的历史。每一个父母也不正是牢牢地记着自己子女以前的一切,生怕会将一切遗忘,于是他们不断地咀嚼,不断地回味,哪怕这些都已不再新鲜,但细心的父母总将它保存得最好,记得最牢。直到白了两鬓,也依旧这样。

> **老舍** (1899—1966),满族,原名舒庆春,字舍予,北京市人。现代著名小说家、剧作家。曾任英国东方学院、山东齐鲁大学、青岛大学教授。解放后历任北京市文联主席、全国文联副主席等职。著有小说《二马》《老张哲学》《骆驼祥子》《四世同堂》等;话剧《茶馆》《龙须沟》等;散文集有《我热爱新北京》《老舍散文选》等。

济南的冬天

对于一个在北平住惯的人,像我,冬天要是不刮大风,便是奇迹;济南的冬天是没有风声的。对于一个刚由伦敦回来的人,像我,冬天要能看得见日光,便是怪事;济南的冬天是响晴的。自然,在热带的地方,日光是永远那么毒,响亮的天气反有点叫人害怕。可是,在北中国的冬天,而能有温晴的天气,济南真得算个宝地。

设若单单是有阳光,那也算不了出奇。请闭上眼睛想:一个老城,有山有水,全在蓝天底下,很暖和安适的睡着,只等春风来把它们唤醒,这是不是个理想的境界?

小山整把济南围了个圈儿,只有北边缺着点口儿。这一圈小山在冬天特别可爱,好像是把济南放在一个小摇篮里,它们全安静不动的低声的说:"你们放心吧,这儿准保暖和。"真的,济南的人们在冬天是面上含笑的。他们一看那些小山,心中便觉得有了着落,有了依靠。他们由天上看到山上便不觉的想起:"明天也许就是春天了吧?这样的温暖,今天夜里山草也许就绿起来吧?就是这点幻想不能一时实现,他们也并不着急,因为有这样慈善的冬天,干啥还希望别的呢。"

最妙的是下点小雪呀。看吧,山上的矮松越发的青黑,树尖上顶着一髻儿白花,好像小日本看护妇。山尖全白了,给蓝天镶上一道银边。山坡上,有的地方雪厚点,有的地方草色还露着;这样,一道儿白,一道儿暗黄,给山们穿上一件带水纹的花衣;看着看着,这件花衣好像被风儿吹动,叫你希望看见一点更美的山的肌肤。等到快日落的时候,微黄的阳光斜射在山腰上,那点薄雪好像忽然害了羞,微微露出点粉色。就是下小雪吧,济南是受不住大雪的,那些小山太秀气。

古老的济南,城内那么狭窄,城外又那么宽敞,山坡上卧着些小村庄,小村庄的房顶上卧着点雪,对,这是张小水墨画,或者是唐代的名手画的吧。

那水呢,不但不结冰,反倒在绿藻上冒着点热气。水藻真绿,把终年贮蓄的绿色全拿出来了。天儿越晴,水藻越绿,就凭这些绿的精神,水也不忍得冻上;况且那长枝的垂柳还要在水里照个影儿呢!看吧,由澄清的河水慢慢往上看吧,空中、半空中、天上,自上而下全是那么清亮,那么蓝汪汪的,整个是块空灵的蓝水晶。这块水晶里,包着红屋顶、黄草山,像地毯上的小团花的小灰色树影;这就是冬天的济南。

初载1931年4月《齐大月刊》第1卷第6期

这是一篇极其精致的短小散文,全文不足千字,由于作者用辞遣句和构思立意的深厚功力,它既像是一首声情并茂的抒情诗,又像一幅清新淡雅的水墨画。那山、那水、那阳光、那白雪……都给人一种美的享受。特别是浸透在如诗如画美景中的浓郁情致,更使作品带有了一种神韵,一种悠长的味道。本文值得玩味的地方是很多的,在此略述以下几点:

文章布局谋篇层次井然。开头一段,写济南冬天的天气。作者以自己的亲身感受,通过和北平、伦敦、热带的对比,写济南冬天无风声、无重雾、无毒日的"奇迹""怪事",突出它的"温晴",赞誉它是个"宝地"。这是贯串全文的主线,济南冬天独有的美景,都是与此相联系的。第二段开始,"设若单单是有阳光,那也算不了出奇"是个重要的过渡句,转到对冬天山水的描写。在分写山水之前,先给人以济南的总体感,用拟人的笔法烘托出一个"暖和安适"的"理想的境界"。作者紧扣住这一点,绘山景,描水色,寓情于景,既表现济南冬天山水之美,又寄寓对祖国河山真挚的爱。文章用了三段文字写冬天的山景,先写阳光朗照下的山,次写薄雪覆盖下的山,再写城外远山,勾画出一幅淡雅的水墨画。第五段写冬天的水色。作者极写水藻之绿,以衬托水之清澈、透明。又拓展想象,将天光、水色融为一体,描绘泉城鲜亮明丽的色彩。最后,以简明有力、含义丰富的一句结束。全文安排有序,脉络清楚,衔接紧密,推进自然。

文章运用比喻和拟人的写法,不但形似,而且神似,生动贴切。比喻突出的例子,如把济南比作"小摇篮";把山坡上小村庄的雪景比作"小水墨画";把整个冬天的济南比作一块"蓝水晶",无一不小巧秀丽,用来比喻济南不高的山,不冷的冬天,是恰到好处的。拟人的句子更多,个性化更明显,如把济南老城说成是"暖和安适的睡着,只等春风来把他们唤醒";把济南周围的一圈小山写得很有温情,"它们全安静不动的低声的说:你们放心吧,这儿准保暖和。"把山坡上斑驳的色彩,说成是"给山们穿上一件带水纹的花衣",秀美动人;把夕阳斜照下粉色的薄雪,比拟为害羞的少女,情态可掬;把水藻、水和垂柳都人格化了,说"把终年贮蓄的绿色全拿出来了","就凭这些绿的精神,水也不忍得冻上","垂柳还要在水里照个影儿呢!"这些都表现出济南冬天的无限生机和在冬天里孕育着的朦胧春意。

情景交融是本文写作的又一个特点。文章在描写济南的冬景时,处处流露出作者的赞美之情,大致有这样几种写法:一是直接抒发感情。如开头写"对于一个在北平住惯的人""对于一个刚由伦敦回来的人",通过对比,得出"济南真得算个宝地"的结论,既写出了自己的独特感受,又显得情真意切。后边还有"这一圈小山在冬天特别可爱","那些小山太秀气!"结尾一句蕴涵着"我爱济南的冬天,我爱冬天的济南"的情意。二是创造意境,流露深情。如,"请闭上眼睛想:一个老城……这是不是个理想的境界?""最妙的是下点小雪呀!""这是张小水墨画"。在优美的意境中,表达作者赞美的真情。三是虚实结合,展开想像,抒发热爱之情。如,"树尖上顶着一髻儿白花,好像小日本看护妇","山尖全白了,给蓝天镶上一道银边"等,不但写出景物的外形,而且饱含喜爱的心情。

文章以"济南的冬天"作标题,表明所写的是济南这个特定环境的冬天,不同于其他地方的冬天。最后的"这就是冬天的济南"是全文的结束语,抒发了作者对"冬天"这个特定时令里的济南的总的观感。意思是:这温暖如春、秀丽如画、天明水净的蓝水晶的世界,就是冬天的济南啊!这样的结尾,既和开头"济南真得算个宝地"相呼应,又点了题,抒发了作者的赞美之情,给人以回味的余地。读这样的美文,真是一种享受。

大明湖之春

北方的春本来就不长,还往往被狂风给七手八脚的刮了走。济南的桃李丁香与海棠什么的,差不多年年被黄风吹得一干二净,地暗天昏,落花与黄沙卷在一处,再睁眼时,春已过去了!记得有一回,正是丁香乍开的时候,也就是下午两三点钟吧,屋中就非点灯不可了;风是一阵比一阵大,天色由灰而黄,而深黄,而黑黄,而漆黑,黑得可怕。第二天去看院中的两株紫丁香,花已像煮过一回,嫩叶几乎全破了!济南的秋冬,风倒很少,大概都留在春天刮呢。

有这样的风在这儿等着,济南简直可以说没有春天;那么,大明湖之春更无从说起。

济南的三大名胜,名字都起得好:千佛山、趵突泉、大明湖,都多么响亮好听!一听到"大明湖"这三个字,便联想到春光明媚和湖光山色等等,而心中浮现出一幅美景来。事实上,可是,它既不大,又不明,也不湖。

湖中现在已不是一片清水,而是用坝划开的多少块"地"。"地"外留着几条沟,游艇沿沟而行,即是逛猢。水田不需要多么深的水,所以水黑而不清;也不要急流,所以水定而无波。东一块莲,西一块蒲,上坝挡住了水,蒲苇又遮住了莲,一望无景,只见高高低低的"庄稼"。艇行沟内,如穿高粱地然,热气腾腾,碰巧了还臭气烘烘。夏天总算还好,假若水不太臭,多少总能闻到一些荷香,而且必能看到些绿叶儿。春天,则下有黑汤,旁有破烂的土坝;风又那么野,绿柳新蒲东倒西歪,恰似挣命。所以,它既不大,又不明,也不湖。

话虽如此,这个湖到底得算个名胜。湖之不大与不明,都因为湖已不湖。假若能把"地"都收回,拆开土坝,挖深了湖身,它当然可以马上既大且明起来:湖面原本不小,而济南又有的是清凉的泉水呀。这个,也许一时作不到。不过,即使作不到这一步,就现状而言,它还应当算作名胜。北方城市,要找有这么一片水的,真是好不容易了。千佛山满可以不算数儿,配作个名胜与否简直没多大关系,因为山在北方不是什么难找的东西呀。水,可太难找了。济南城内据说有七十二泉,城外有河,可是还非有个湖不可。泉,池,河,湖,四者具备,这才显出济南的特色与可贵。它是北方唯一的"水城",这个湖是少不得的。设若我们游湖时,只见沟而不见湖,请到高处去看看吧,比如在千佛山上往北眺望,则见城北灰绿的一片——大明湖;城外,华鹊二山夹着弯弯的一道灰亮光儿——黄河。这才明白了济南的不凡,不但有水,而且是这样多呀。

况且,湖景若无可观,湖中的出产可是很名贵呀。懂得什么叫作美的人或者不如懂得什么好吃的人多吧,游过苏州的往往只记得此地的点心,逛过西湖的提起来便念道那里的龙井茶、藕粉与莼菜什么的,吃到肚子里的也许比一过眼的美景更容易记住,那么大明湖的蒲菜、茭白、白花藕,还真许是它驰名天下的重要原因呢。不论怎么说吧,这些东西既都是水产,多少总带着些南国风味;在夏天,青菜挑子上带着一束束的大白莲花菁荚出卖,在北方大概只有济南能这么"阔气"。

我写过一本小说——《大明湖》——在"一·二八"与商务印书馆一同被火烧掉了。记得我描写过一段大明湖的秋景,词句全想不起来了,只记得是什么什么秋。桑子中先生给我画过一张油画,也画的是大明湖之秋,现在还在我的屋中挂着。我写的,他画的,都是大明湖,而且都是大明湖之秋,这里大概有点意思。对了,只是在秋天,大明湖才有些美呀。济南的四季,唯有秋天最好,晴暖无风,处处明朗。这时候,请到城墙上走走,俯视秋湖,败柳残荷,水平如镜;唯其是秋色,所以连那些残破的土坝也似乎正与一切景物配合:土坝上偶尔有一两截断藕,或一些黄叶的野蔓,配着三五枝芦花,确是有些画意。"庄稼"已都收了,湖显着大了许多,大了当然也就显着明。不仅是湖宽水净,显着明美,抬头向南看,半黄的千佛山就在面前,开元寺那边的"橛子"——大概是个塔吧——静静的立在山头上。往北看,城外的河水很清,菜畦中还生着短短的绿叶。往南往北,往东往西,看吧,处处空阔明朗,有山有湖,有城有河,到这时候,我们真得到个"明"字了。桑先生那张画便是在北城墙上画的,湖边只有几株秋柳,湖中只有一只游艇,水作灰蓝色,柳叶儿半黄。湖外,画上了千佛山;湖光山色,联成一幅秋图,明朗,素净,柳梢上似乎吹着点不大能觉出来的微风。

对不起,题目是大明湖之春,我却说了大明湖之秋,可谁叫亢德先生出错了题呢!

选自1937年3月16日《宇宙风》第37期

赏 析

文章题为《大明湖之春》,而行文偏偏以大明湖之秋作结,貌似离题,实有深意。文章一波三折地对大明湖进行描写,以艺术之美掩盖了湖春之"丑",又以吃、秋、画"三美"淡化大明湖春之"丑",这就表达了作者对第二故乡济南,对大明湖的拳拳之心与眷眷之情。

此篇散文不但内容别致,而且艺术上也很有特色。文中对大明湖秋景的描写,形象再现了大明湖秋色的明朗、素净,表现了作者对大明湖的怀念和热爱。在写法上有下面的特点:写景画意,相得益彰。作者在描写大明湖秋天的景色时,穿插了桑子中先生的油画以作烘托,增添了文章的诗情画意。定点换景,多角度描写。在描写秋景时,先立足城墙,"俯视秋湖",然后分别"往南往北,往东往西"眺望,视野开阔,写景宏大。淡笔轻描,疏笔传神。作者在描写秋天的景色时,没有浓墨铺张,而是淡笔点出,"两截断藕""一些黄叶""三五枝芦花"等,即写出了大明湖秋景中残破素淡的诗意。

《大明湖之春》在写景状物、表情达意上显示了作者很强的驾驭语言文字的功力。"诗画本一律,天工与清新。"(苏轼语)用"天工与清新"来评价《大明湖之春》的语言技巧诚不为过。造句尊重口语的句法。短句的使用符合口语习惯,如,"它既不大,又不明,也不湖"。语气词的使用亲切自然,如,"大概都留在春天刮呢""湖中的出产可是很名贵的呀"。叙述和描写时的句式符合人们的朗读节奏,或长或短,纯然天成,如,写湖的不大,则用短句,"东一块莲,西一块蒲";写湖的大则用长句,"比如在千佛山上往北眺望,则见城北灰绿的一片——大明湖"。

景物描写清新素淡,意味浓厚。文章写了大明湖的春秋两季的风景,写大明湖的春,用笔似乎多有贬抑,但笔锋一转,又写"到底算个名胜",清新素淡的叙述中却包含作者的深情,全没有了"贬春"之意。写《大明湖》的小说在"一·二八"时被日军的战火烧毁,平淡的叙述中含着对大明湖的惋惜,对美好春光的期盼。

想 北 平

设若让我写一本小说,以北平作背景,我不至于害怕,因为我可以捡着我知道的写,而躲开我所不知道的。让我单摆浮搁的讲一套北平,我没办法。北平的地方那么大,事情那么多,我知道的真觉太少了,虽然我生在那里,一直到廿七岁才离开。以名胜说,我没到过陶然亭,这多可笑!以此类推,我所知道的那点只是"我的北平",而我的北平大概等于牛的一毛。

可是,我真爱北平。这个爱几乎是要说而说不出的。我爱我的母亲。怎样爱?我说不出,在我想作一件讨她老人家喜欢的时候,我独自微微的笑着;在我想到她的健康而不放心的时候,我欲落泪。言语是不够表现我的心情的,只有独自微笑或落泪才足以把内心揭露在外面一些来。我之爱北平也近乎这个。夸奖这个古城的某一点是容易的,可是那就把北平看得太小了。我所爱的北平不是枝枝节节的一些什么,而是整个儿与我的心灵相粘合的一段历史,一大块地方,多少风景名胜,从雨后什刹海的蜻蜓一直到我梦里的玉泉山的塔影,都积凑合到一块,每一小的事件中有我,我的每一思念中有个北平,这只有说不出而已。真愿成为诗人,把一切好听好看的字都浸在自己的心血里,象杜鹃似的啼出北平的俊伟。啊!我不是诗人!我将永远道不出我的爱,一种象由音乐与图画所引起的爱。这不但是辜负了北平,也对不住我自己,因为我的最初的知识与印象都得自北平,它是在我的血里,我的性格与脾气里有许多地方是这古城所赐给的,我不能爱上海与天津,因为我心中有个北平。可是我说不出来!

　　伦敦、巴黎、罗马与堪司坦丁堡,曾被称为欧洲的四大"历史的都城"。我知道一些伦敦的情形;巴黎与罗马只是到过而已;堪司坦丁堡根本没有去过。就伦敦、巴黎、罗马来说,巴黎更近似北平——虽然"近似"两字要拉扯得很远——不过,假使让我"家住巴黎",我一定会和没有家一样的感到寂苦。巴黎,据我看,还太热闹。自然,那里也有空旷静寂的地方,可是又未免太旷;不象北平那样既复杂而又有个边际,使我能摸着——那长着红酸枣的老城墙!面向着积水滩,背后是城墙,坐在石上看水中的小蝌蚪或苇叶上的嫩蜻蜓,我可以快乐的坐一天,心中完全安适,无所求也无可怕,象小儿安睡在摇篮里。是的,北平也有热闹的地方,但是它和太极拳相似,动中有静。巴黎有许多地方使人疲乏,所以咖啡与酒是必要的,以便刺激;在北平,有温和的香片茶就够了。

　　论说巴黎的布置已比伦敦罗马匀调的多了,可是比上北平还差点事儿。北平在人为之中显出自然,几乎是什么地方既不挤得慌,又不太僻静:最小的胡同里的房子也有院子与树;最空旷的地方也离买卖街与住宅区不远。这种分配法可以算——在我的经验中——天下第一了。北平的好处不在处处设备得完全,而在它处处有空儿,可以使人自由的喘气;不在有好些美丽的建筑,而在建筑的四围都有空闲的地方,使它们成为美景。每一个城楼,每一个牌楼,都可以从老远就看见。况且在街上还可以看见北山与西山呢!

　　好学的,爱古物的,人们自然喜欢北平,因为这里书多古物多。我不好学,也没钱买古物。对于物质上,我却喜爱北平的花多菜多果子多。花草是种费钱的玩艺,可是此地的"草花儿"很便宜,而且家家有院子,可以花不多的钱而种一院子花,即使算不了什么,可是到底可爱呀。墙上的牵牛,墙根的靠山竹与草茉莉,是多么省钱省事而也足以招来蝴蝶呀!至于青菜、白菜、扁豆、毛豆角、黄瓜、菠菜等等,大多数是直接由城外担来而送到家门口的。雨后,韭菜叶上往往还带着雨时溅起的泥点。青菜摊子上的红红绿绿几乎有诗似的美丽。果子有不少是由西山与北山来的,西山的沙果、海棠,北山的黑枣、柿子,进了城还带着一层白霜儿呀!哼,美国的橘子包着纸;遇到北平的带霜儿的玉李,还不愧杀!

　　是的,北平是个都城,而能有好多自己产生的花、菜、水果,这就使人更接近了自然。从它里面说,它没有象伦敦的那些成天冒烟的工厂;从外面说,它紧连着园林、菜圃与农村。采菊东篱下,在这里,确是可以悠然见南山的;大概把"南"字变个"西"或"北",也没有多少不得的吧。象我这样的一个贫寒的人,或者只有在北平能享受一点清福了。

　　好,不再说了吧;要落泪了,真想念北平呀!

赏析

《想北平》是一篇散文,在一篇短短的散文作品中,如何表现北京,老舍觉得很为难:"北平的地方那么大,事情那么多",都写什么? 他又不愿只"凭着我知道的写,而躲开我不知道的",更怕挂一漏万,埋没了北京的种种好处。如果只是机械地罗列,平铺直叙,写成一篇北京地方风光的指南就更没味道了。老舍决定写出"我的北平",通过他与故乡亲如母子的关系,写出他对北京的无限眷恋。

作品一开始,老舍就情不自禁地说道:"我真爱北平。"但他马上又说"这个爱几乎是要说而说不出的"。这"说不出"三个字,在两段文字中四次重复出现,反复强调,作者解释是因为他"不是诗人",不会"把一切好听好看的字都浸在自己的心灵里,像杜鹃似的啼出北平的俊伟",实际上,并不是作者做不到,而是他不愿意义照着通常的方法去写,因为即使用尽了"一切好听好看的字"也难以道尽自己对北京的爱。于是他另辟蹊径,抛开一切美好的词语,用最通俗质朴的言辞,用最能引人共鸣的表达方式,将自己对北京的爱喻为对母亲的爱。扑克似平常最奇崛,这不仅恰当地道出了作者对北京爱得真切和深沉,也很容易打动读者的心。老舍特别爱自己的母亲,是文坛佳话,他将北京喻自己的母亲,这其中的分量,要超出常人几分,因此,他对北京表达的爱心,也颇有自己的独特个性。他说,"我所爱的北平不是枝枝节节的一些什么,而是整个儿与我的心灵相粘合的一段历史,一大块地方","我的最初的知识与印象都得自北平,它是在我的血里,我的性格与脾气里有许多地方是这古城所赐给的",北京的"每一小的事件中有个我,我的每一思念中有个北平"。他所表现的,是"我"和北京,"我"中有"你","你"中有"我",融为一体,密不可分。这就超出了一般的客观描写,他不仅要告诉读者北京是个什么样子,而且还要人们分享他对北京的爱,他不是在"写"北京,而是在"想"北京。

文章的核心部分是用比较的手法来指出北平特点,表达他对北平的爱。文章把北平与伦敦、巴黎和罗马相比,尤其是与巴黎相比,指出它强在哪里,美在哪里。从这个意义上看,《想北平》不仅感情至深,而且表现出大手笔的气魄。通过比较让人知道,巴黎是"热闹",但"挤得慌";北平虽有热闹的地方,但动中有静。巴黎有些地方空旷寂静,但是"太旷";北平则是"复杂而有个边际"。总起来说,北平的特点是"在人为之中显出自然"。其"人为之中"的特点是"处处有空儿",那"建筑的四周都有空闲的地方,使他们成为美景",即使是"最小的胡同里的房子也有院子与树;最空旷的地方也离买卖街与住宅区不远",这样"可以使人自由的喘气"。"处处有空儿"这是老舍对北平建筑特点的概括,也是他的一个了不起的发现,这几乎成了现代大都市必须遵循的定律了。其"显出自然"的特点是使人接受自然,也就是能处处看到大自然,接触到大自然:你看,在城里就"可以看见北山与西山";在"那长着红酸枣的老城墙,面向着积水滩,背后是城墙,坐在石上看水中的小蝌蚪或菜叶上的嫩蜻蜓,我可以快乐的坐一天,心中完全安适,无所求无可怕,像小儿安睡在摇篮里"。更为突出的是,街上花多菜多果子多,花是街上、院子里随处可见;菜是品种繁多,送来门口,甚至雨后还带着泥点;果子则是进城还带着霜,"这就使人更接近了自然"。由于北平的这些优点,又"没有像伦敦的那些整天冒烟的工厂",所以,使北平人"能享有一点清福了"。从这些比较中,突出了北平的特点,表现了作者对北平的深情的热爱。

《想北平》的语言通俗、纯净而又简洁、亲切。通白是为了加强作品的生活气息,使它亲切感人,也是锤炼语言的结果。本文不仅立论高远,观点独特,而且极富现代性,时至今日,它对城市的建设依然有很大的现实意义与指导意义。全文营造一个至美的艺术境界,有力地表达了作者对故土的深切思念之情。

> **瞿秋白**（1899—1935），原名瞿爽、瞿霜。江苏常州人。早年曾在北京大学旁听。1920年以《晨报》记者身份访问苏俄。回国后曾当选为中共中央委员、中共临时中央政治局书记。1931年后在上海领导左翼文化运动。1933年中央革命根据地，任中央工农民主政府人民教育委员。1935年牺牲。一生写有大量报告文学、杂文、文学批评等。

一 种 云

天总是皱着眉头。太阳光如果还射得到地面上，那也总是稀微的淡薄的。至于月亮，那更不必说，他只是偶然露出半面，用他那惨淡的眼光看一看这罪孽的人间，这是寡妇孤儿的眼光，眼睛里含着总算还没有流干的眼泪。受过不只一次封禅大典的山岳，至少有大半截是上了天，只留一点山脚给人看。黄河，长江……据说是中国文明的母亲，也不知道怎么变了心，对于他们的亲骨肉，都摆出一副冷酷的面孔。从春天到夏天，从秋天到冬天，这样一年年的过去，淫虐的雨，凄厉的风和肃杀的霜雪更番的来去，一点光明也没有。那云是从什么地方来的？这是太平洋上的大风暴吹过来的，这是大西洋上的狂飙吹过来的。还有那模糊的血肉——榨床底下淌着的模糊的血肉蒸发出来的。那些会画符的人——会写借据，会写当票的人，就用这些符箓在呼召。那些吃泥土的土蜘蛛——虽然死了也不过只要六尺土地藏他的遗体，可是活着总要吃这么一二百亩三四百亩的土地，——这些土蜘蛛就用屁股在吐着。那些肚里装着铁心肝钢肚肠的怪物，又竖起了一根根的烟囱在那里喷着。狂飙风暴吹来的，血肉蒸发的，呼召来的，吐出来的，喷出来的，都是这种云。这是战云。

难怪总是漫漫的长夜了！

什么时候才黎明呢？

看那刚刚发现的虹。祈祷是没有用的了。只有自己去做雷公公闪电娘娘。那虹发现的地方，已经有了小小的雷电，打开了层层的乌云，让太阳重新照到紫铜色的脸。如果是惊天动地的霹雳，这可只有自己做了雷公公闪电娘娘才办得到，要使小小的雷电变成惊天动地的霹雳！那才拨得开这些愁云惨雾。

这是一首散文诗。1931年发表。描写天空被乌云遮盖，日月无光，当彩虹出现时，雷电打开了层层乌云，太阳重新照耀大地。文章通过对云的描述，深刻的反映出作者对国家前途的担忧和痛心，但同时坚信革命的成功。文章中云象征着中国人民的反抗和斗争精神。作品以象征手法,揭露帝国主义侵略和反动阶级统治的罪恶,歌颂中国人民的斗争,并展现中国的灿烂前景。

文章大量运用象征的手法,将一连串的象征,加以有机的组织安排,简洁生动地表现出主题思想。它先描绘阴云遮蔽下的人间,将人间的种种不平,各派反动势力对人民的压酷压榨,比喻为自然界的乌云、惨雾;再写天际刚刚出现的虹,开始响起来的雷电;最后预示必将有惊天动地的霹雳,那便是大规模的人民暴力革命的到来,它将冲破层层乌云,拨开愁云惨雾,迎来灿烂阳光。全文似乎都是描绘自然景象,但几乎所有的景象,各各是某一种社会力量的象征。因此这篇杂文虽只有短短600百余字,却高度概括地、鲜明地暴露了旧中国的无比黑暗及其根源,显现了复杂的阶级关系,揭示出唯有以人民的革命暴力才能改造中国的真理。象征手法的广泛运用,简洁生动地表达出主题思想,增强了文章磅礴的气势。

作者是一位对旧中国有着真知的革命家,又有文学天赋,因此能成功地运用象征手法,以极为短小的篇幅,提供出旧社会的完整图画。整篇散文寓意深远,耐人寻味,又令人振奋,是难得一见的完整反映当时中国社会的散文。

那 个 城

沿着大路走向一个城,——一个小孩子赶赶紧紧的跑着。

那个城躺在地上,好大的建筑都横七竖八的互相枕藉着,仿佛呻吟,又像是挣扎。远远的看来,似乎他刚刚被火,——那血色的火苗还没熄灭,一切亭台楼阁砖石瓦砾都锻得煊红。

黑云的边际也像着了火似的,灿烂的红点煊映着,那是深深的创痕。他放着热烈惨黯的烟苗,扫着将坏未坏的城角。那城呵——无限苦痛斗争,为幸福而斗争的地方——流着鲜红……鲜红的血。

小孩子走着;黄昏黯淡的时分,灰色的道旁,那些树影——沉沉的垂枝,一动不动覆着默默不语的大地:——只隐隐的听着蹬蹬的足音。

天上满布着云,星也看不见,丝毫物影都没有,深晚呵,又悲哀又沉寂。小孩子的足音是唯一的神秘的"动"。四围为什么这样静?——小孩子背后跟着就是无声的夜,披着黑氅,——愈看他愈远。

黄昏已经畏缩,赶紧拥抱一切城头塔顶,雁行的房屋,拥抱在自己的怀里。园圃、树木、烟囱;一切一切都渐渐的黑,渐渐的消灭,始终镇压在夜之黑暗里。

他却默然的走着,漠然的看着那个城,脚步也不加快,孤寂、细小……可是似乎那个城却等待着他,他是必须的,人人所渴望的,就是青焰赤苗的火也都等着他。

夕阳——熄灭了。雉堞、塔影，都不见了。城小了些，矮了些，差不多更紧贴了那哑的大地。

城上喷着光华奇彩，在模模糊糊的雾里。现在他已经不像火烧着，血染着的了。——那些行列不整的屋脊墙影，仿佛含着什么仙境，——可是还没建筑完全，好像是那为人类创造这伟大的城的人已经疲乏了，睡着了，失望了，抛弃了一切而去了，或者丧失了信仰——就此死了。

那个城呢——活着，热烈至于晕绝的希望着自己完成仙境，高入云霄，接近那光华的太阳。他渴望生活，美，善；而在他四围静默的农田里，奔流着潺湲的溪涧，垂覆在他之上的苍穹又渐渐的映着紫……暗，红的新光。

小孩子站住，掀掀眉，舒舒气，定定心心的，勇勇敢敢的向前看着；一会儿又走起来了，走得更快。

跟在他后面的夜，却低低的，像慈母似的向他说道：

"是时候了，小孩子，走罢！他们——等着呢……"

读高尔基后。一九二三年十一月十五日

赏 析

文章用"那个城"做题目，意义深刻。但本文的重要意义，不仅在于提示了"那个城"的深刻寓意，而且还在于表达了正在觉醒中的中国人民对"那个城"的认真探索和热烈向往。你看，"沿着大路走向一个城——一个小孩子赶赶紧紧的跑着。"文章开篇就把那一心向往着包括作者在内的黑暗中的摸索前进的中国人民！俄国十月革命的胜利让大众看到了希望，所以作者在访问苏联的过程中逐渐克服了思想上一度表现出的彷徨和犹豫，坚定了走十月革命道路的决心。

本文真实而深刻地表现了"小孩子"思想的发展过程。他虽然一面在"赶赶紧紧的跑着"，脚下发出"蹬蹬的足音"，但当感觉到"那个城""始终镇压在夜之黑暗里"时，心情不免又产生了一时的彷徨。虽然他并未背离"那个城"，但"却默然的走着，漠然的看着那个城，脚步也不加快"！然而，"小孩子"一旦明确了十月革命的意义，一旦更清楚地看到了当年列宁领导的世界第一个社会主义国家放射出"红的新光"，"小孩子"便不再犹豫，而是"定定心心的，勇勇敢敢的向前看着；一会儿又走起来了，走得更快。"文章就是如此真实而深刻地提示了革命者怎样曲折地抛弃犹豫而坚定革命信念的！

文章用浓丽的笔墨，诗的语言，绘出了"那个城"光华奇彩的伟貌，勾勒了"小孩子"活泼可爱的形象，同时表现了他从犹豫到坚定的思想发展过程。这一切都是透过拟人的描写和象征的艺术给人以美的享受和巨大的鼓舞，使之甘愿为建立一个新的世界而奋斗。

> **苏雪林** （1897—1999），原名苏小梅，字雪林，笔名绿漪、天婴、杜苦等，安徽省太平县人。现代著名女作家、文学研究家、教授。30年代初，苏雪林曾被称为"女性作家中最优秀的散文作者"。主要著作有《绿天》《棘心》《九歌中人神恋爱问题》、《我与鲁迅》《屈赋新探》等。

收 获

一九二四年，我由法友介绍到里昂附近香本尼乡村避暑，借住在一个女子小学校里。因在假期，学生都没有来，校中只有一位六十岁上下的校长苟理夫人和女教员玛丽女士。

我的学校开课本迟，我在香乡整住了一夏，又住了半个秋天；每天享受新鲜的牛乳和鸡蛋，肥硕的梨桃，香甜的果酱，鲜美的乳饼，我的体重竟增加了两基罗。

到了葡萄收获的时期，满村贴了La Vendange的招纸，大家都到田里相帮采葡萄。

记得一天傍晚，我和苟理夫人同坐院中菩提树下谈天，一个脚登木舄，腰围犊鼻裙的男子到门口问道："我所邀请的采葡萄工人还不够，明天你们几位肯来帮忙吗，苟理夫人？"

我认得这是威尼先生，他在村里颇有田产，算得一位小地主。平日白领高冠，举止温雅，俨然是位体面的绅士，在农忙的时候，却又变成一个垢腻的工人了。

苟理夫人答应他明天；他过去之后，又问我愿否加入。她说，相帮采葡萄并不是劳苦的工作，一天还可以得六法郎的工资，并有点心晚餐，她自己是年年都去的。

我并不贪那酬劳，不过她们都走了，独自一个在家也闷，不如去散散心，便也答应明天一同去。

第二天，太阳第一条光线，由菩提树叶透到窗前，我们就收拾完毕了。苟理夫人和玛丽女士穿上围裙。吃了早点，大家一齐动身。路上遇见许多人，男妇老幼都有，都是到田里去采葡萄去的。香本尼是产葡萄的区域，几十里内，尽是人家的葡萄园，到了收获时候，阖村差不多人人出场，所以很热闹。

威尼先生的葡萄圃，在女子小学的背后，由学校后门出去，五分钟便到了。威尼先生和他的四个孩子，已经先在园里。他依然是昨晚的装束；孩子们也穿着极粗的工衣，笨重的破牛皮鞋。另有四五个男女，想是邀来帮忙的工人。

那时候麦垅全黄；而且都已空荡荡的一无所有，只有三五只白色的牛，静悄悄地在那里吃草；无数长短距离相等的白杨，似枝枝朝天绿烛，插在淡青朝雾中；白杨外隐约看见一道细细的河流和连绵的云山，不过烟霭尚浓，辨不清楚，只见一线银光，界住空蒙的翠色。天上紫铜色的云像厚被一样，将太阳包掩着；太阳却不甘蛰伏，挣扎着要探出头来，时时从云阵罅处,漏出奇光,似放射了一天银箭。这银箭落在大地上,立刻传明散采,金碧灿烂,渲染出一幅非常奇丽的图画。等到我们都在葡萄地里时,太阳早冲过云阵,高高升起了,红霞也渐渐散尽了,天色蓝艳艳的似一片清的海水;近处黄的栗树红的枫,高高下下的苍松翠柏,并在一处,化为斑斓的古锦;"秋"供给我们的色彩真丰富呀!

凉风拂过树梢,似大地轻微的噫气;田间陇畔,笑语之声四彻,空气中充满了快乐。我爱欧洲的景物,因它兼有北方的爽皑和南方的温柔,她的人民也是这样,有强壮的体格而又有秀美的容貌,有刚毅的性质而又有活泼的精神。

威尼先生田里葡萄种类极多,有水晶般的白葡萄,有玛瑙般的紫葡萄,每一球不下百余颗,颗颗匀圆饱满。采下时放在大箩里,用小车载到他家的榨酒坊。

我们一面采,一面拣那最大的葡萄吃;威尼先生还怕我们不够,更送来装在瓶中榨好的葡萄汁和切好的面包片充作点心;但谁都吃不下,因为每人工作时至少吞下两三斤葡萄了。

天黑时,我们到威尼先生家用晚餐,那天帮忙的人,同围一张长桌,都是木鸟围裙的朋友,无拘无束地喝酒谈天。玛丽女士讲了个笑话;有两个意大利的农人合唱了一阕意大利的歌;大家还请我唱了一个中国歌。我的唱歌,在中学校时常常是不及格的,而那晚居然博得许多掌声。

这一桌田家饭,吃得比巴黎大餐馆的盛筵还痛快。

我爱我的祖国,然而我在祖国中只尝到连续不断的"破灭"的痛苦,却得不到一点收获的愉快;过去的异国之梦,重谈起来,是何等的教我亲恋呵!

在苏雪林的早期散文作品中,处处都能品味到其间所散发的"意与境浑"的意境美,古典的意境中隐隐闪烁出西洋画的构成,把中国的传统美学与西洋绘画观有机地结合起来。本文是一篇难得的小品美文。把绘景与抒情结合得十分完美。

开头几段,几乎平直的叙说,姿采虽少,却也简练明晓,能领略到作者闲适的心境。当写到"我"同苟理夫人、玛丽女士一起出村庄,进入葡萄园以后,笔锋一转,文章立即华采纷呈。作者用大幅篇幅描绘早晨景色的文字,既似一幅立体的油画,又似一幅幅跳动的画页,写尽了奇丽动人,瞬间变化的晨辉景象,这是本文描写最出彩的地方。在这幅作者用文字描绘的画上,动植物是宁静的,如"只有三五只白色的牛静悄悄地在那里吃草";无数距离相等、似枝枝朝天绿烛的白杨;细细的流水和连绵的远山等。可却在这宁静氛围中不安定的涌动着、变化着。称是露出一一银光,后是不甘蛰伏于云被下的挣扎,再到"放射了一天银箭",把大地照得金碧辉煌,作者把早晨描绘得多么层次分明,有声有色,静中有动,动中有静。树似绿烛,光似银箭,比喻贴切,形色俱佳。作品还十分朴素地描写到我与当地人们的交往情形,感受到他们的真挚情谊及勤朴性格和自己在与他们一起生活时的愉快心情等情景,看似随意,实却自然,真切而富于特性,从而造成了一个使人感到温煦的外在和内在环境。在实与虚中显现出一个既是写实又是象征的主题,"收获",在这里,不光是秋收,是收获葡萄的季节,也是收获欢乐和友谊的时候。把欢乐推上一层,也使文章透过现象深入到理意之中了。

末尾文章突然一转,回到现实。记忆中的欢快情形、舒适心情被眼下的"破灭"感的"痛苦"所替代,使人更觉记忆的美好和现实的悲哀。对比分明,有力深沉。恰是一种怅然的心境,颇令人思味。

秃 的 梧 桐

——这株梧桐,怕再也难得活了!

人们走过秃梧桐下,总这样惋惜地说。

这株梧桐,所生的地点,真有点奇怪,我们所住的屋子,本来分做两下给两家住的,这株梧桐,恰恰长在屋前的正中,不偏不倚,可以说是两家的分界牌。

屋前的石阶,虽仅有其一,由屋前到园外去的路却有两条——一家走一条,梧桐生在两路的中间,清荫分盖了两家的草场,夜里下雨,潇潇淅淅打在桐叶上的雨声,诗意也两家分享。不幸园里蚂蚁过多,梧桐的枝干,为蚁所蚀,渐渐的不坚牢了,一夜雷雨,便将它的上半截劈折,只剩下一根二丈多高的树身,立在那里,亭亭有如青玉。

春天到来,树身上居然透出许多绿叶,团团附着树端,看去好像一棵棕榈树。

谁说这株梧桐不会再活呢?它现在长了新叶,或者更会长出新枝,不久定可以恢复从前的美荫了。

一阵风过,叶儿又被劈下来,拾起一看,叶蒂已啮断了三分之二——又是蚂蚁干的好事,哦,可恶!

但勇敢的梧桐,并不因此挫了它求生的志气。

蚂蚁又来了,风又起了,好容易长得巴掌大的叶儿又飘去了,但它不管,仍然萌新的芽,吐新的叶,整整的忙了一个春天,又整整的忙了一个夏天。

秋来,老柏和香橙还沉郁的绿着,别的树却都憔悴了。年近古稀的老榆,护定它青青的叶,似老年人想保存半生辛苦贮蓄的家私,但哪禁得西风如败子,日夕在耳畔絮聒?——现在它的叶子已去得差不多,园中减了葱茏的绿意,却也添了蔚蓝的天光。爬在榆干上的薜荔,也大为喜悦,上面没有遮蔽,可以酣饮风霜了,它脸儿醉得枫叶般红,陶然自足,不管垂老破家的榆树,在它头上瑟瑟地悲叹。

大理菊东倒西倾,还挣扎着在荒草里开出红艳的花。牵牛的蔓,早枯萎了,但还开花呢,可是比从前纤小,冷冷凉露中,泛满浅紫嫩红的小花,更觉娇美可怜。还有从前种麝香连理花和凤仙花的地里,有时也见几朵残花,秋风里,时时有玉钱蝴蝶,翩翩飞来,停在花上,好半天不动,幽情凄恋,它要僵了,它愿意僵在花儿的冷香里!

这时候,园里另外一株梧桐,叶儿已飞去大半,秃的梧桐,自然更是一无所有,只有亭亭如青玉的干,兀立在惨淡斜阳中。

——这株梧桐,怕再也不得活了!

人们走过秃梧桐下,总是这样惋惜的说。

但是,我知道明年还有春天要来。

明年春天仍有蚂蚁和风呢?

但是,我知道有落在土里的桐子。

(选自《绿天》,上海北新书店,1928年3月版)

 赏 析

《秃的梧桐》节选自苏雪林的散文集《绿天》,是一篇托物言志的抒情散文。

文章描述了一株濒临枯死的秃的梧桐,即使在遭到风和雷雨的劈折、蚂蚁的啃蚀后,在春天到来时,树上仍透出许多绿叶,但是这新的生命又遭到风的侵袭,遭到了蚂蚁的伤害。但勇敢的梧桐并不因此挫了它求生的志气,仍然萌新的芽,吐新的叶,整整地忙了一个春天,又整整地忙了一个夏天。作者赋予梧桐以顽强的意志和强大的生命力,充分表现了作者对生命的热爱之情。这对当时社会风貌的积极展现也是作者在开掘题旨上的一大特色。

作者托物言志。自古以来,梧桐便深得文人墨客钟情,且一贯是凄凉悲伤的象征。作者苏雪林却一反梧桐的伤感情调,赋予了梧桐以顽强的意志和坚强的生命力,揭示了人生并不总是一帆风顺的,面对困难与挫折,我们必须有坚定的信念和顽强的毅力!欲扬先抑是本文的另一个特色。作者一开始先极力描写梧桐濒临枯死的状态,以及恶劣的环境,"这株梧桐,怕再也难得活了","梧桐的枝干,为蚂蚁所蚀,渐渐的不坚牢了","一夜雷雨,便将它的上半截劈折,只剩下一根二丈多高的树身"。在这种状态下,梧桐居然透出许多绿叶,这突出了作品的主题。同时作者又从侧面衬托来写梧桐。为把主题表现得更深广,能给读者留下更广阔的想象空间,除了正面歌颂梧桐外,还从侧面烘托梧桐的顽强生命力。"老柏和香橙还沉郁地绿着""年近古稀的老榆,护定它青青的叶",但它们最终都禁不住西风而"瑟瑟地悲叹",跟乐观坚强的梧桐形成了鲜明的对比,再一次歌颂了梧桐的顽强。类比运用是本文的另一大特点。挣扎在荒草里的大理菊、早枯萎了蔓的牵牛花,还有连理花、凤仙花都在冷冷凉露中顽强地活着,开出花朵来,显示出生的力量,作者歌颂它们,其实也在歌颂梧桐,使梧桐体现出来的顽强生命力有了普遍意义。作者在结尾采用了首尾呼应。文章以秃的梧桐在不同季节的变化为线索来组织材料,且首尾呼应。开头借路人发出的惋惜声落笔,"这株梧桐,怕再也难得活了"!结尾再次写人们的惋惜,"这株梧桐,怕再也不得活了",回应开头。

但作者并未就此结束,一句"我知道有落在土里的桐子",给人们带来了新的希望,即使这株梧桐死了,它的种子也会将它的生命延续下去,生命是生生不息的!

  本文语句简洁、清细,富有诗意,具有浓浓的感情色彩,增加了作品的艺术性。比如,写梧桐的形神,是"不偏不倚"生于正中,成了两家的"分界牌","劈折"过的树身还"亭亭有如青玉";许多绿叶是"透出"来的,被摧折后仍萌芽吐叶,是整个春天、整个夏天都"忙"。细品起来,实在有味有趣。

> **庐隐** (1898—1934),原名黄英,福建闽侯人。在"五四"以后的新文坛上她是享有盛名的一名女作家。著有短篇小说《海滨故人》《地上的乐园》;中篇小说《归雁》《象牙戒指》;散文集《东京小品》《火焰》等。

异国秋思

  自从我们搬到郊外以来,天气渐渐清凉了。那短篱边牵延着的毛豆叶子,已露出枯黄的颜色来,白色的小野菊,一丛丛由草堆里攒出头来,还有小朵的黄花在凉劲的秋风中抖颤,这一景象,最容易勾起人们的秋思,况且身在异国呢!低声吟着"帘卷西风,人比黄花瘦"之句,这个小小的灵宫,是弥漫了怅惘的情绪。
  书房里格外显得清寂,那窗外蔚蓝如碧海似的青天,和淡金色的阳光,还有夹着桂花香的阵风,都含了极强烈的、挑拨人类心弦的力量。在这种刺激之下,我们不能继续那死板的读书工作了。在那一天午饭后,波便提议到附近吉祥寺去看秋景,三点多钟我们乘了市外电车前去——这路程太近了,我们的身体刚刚坐稳便到了。走出长甬道的车站,绕过火车轨道,就看见一座高耸的木牌坊,在横额上有几个汉字写着"井之头恩赐公园"。我们走进牌坊,便见马路两旁树木葱茏,绿阴匝地,一种幽妙的意趣,萦绕脑际,我们怔怔地站在树影下,好象身入深山古林了。在那枝柯掩映中,一道金黄色的柔光正荡漾着。使我想象到一个披着金绿柔发的仙女,正赤着足,踏着白云,从这里经过的情景。再向西方看,一抹彩霞,正横在那迭翠的峰峦上,如黑点的飞鸦,穿林翩翩,我一缕的愁心真不知如何安排,我要吩咐征鸿把它带回故里吧!无奈它是那样不着迹的去了。
  我们徘徊在这浓绿深翠的帷幔下,竟忘记前进了。一个身穿和服的中年男人,脚上穿着木屐,提塔提塔的来了。他向我们打量着,我们为避免他的觑视,只好加快脚步走向前去。经过这一带森林,前面有一条鹅卵石堆成的斜坡路,两旁种着整齐的冬青树,只有肩膀高,一阵阵的青草香,从微风里荡过来。我们慢步的走着,陡觉神气清爽,一尘不染,下了斜坡,面前立着一所小巧的东洋式茶馆,里面设了几张小矮几和坐褥,两旁列着柜台,红的蜜桔、青的苹果、五色的杂糖,错杂地罗列着。
  "呀!好眼熟的地方!"我不禁失声地喊了出来。于是潜藏在心底的印象,陡然一幕幕地重映出来。唉!我的心有些抖颤了,我是被一种感怀已往的情绪所激动,我的双眼怔住,胸膈间充塞着悲凉,心弦凄紧地搏动着。自然是回忆到那些曾被流年蹂躏过的往事:
  "唉!往事,只是不堪回首的往事呢!"我悄悄地独自叹息着。但是我目前仍然有一幅逼真的图画再现出来……

一群骄傲于幸福的少女们,她们孕育着玫瑰色的希望,当她们将由学校毕业的那一年,曾随了她们德高望重的教师,带着欢乐的心情,渡过日本海来访蓬莱的名胜。在她们登岸的时候,正是暮春三月樱花乱飞的天气。那些缀锦点翠的花树,都是使她们乐游忘倦。她们从天色才黎明,便由东京的旅舍出发;先到上野公园看过樱花的残妆后;又换车到井之头公园来。这时疲倦袭击着她们,非立刻找个地点休息不可。最后她们发现了这个位置清幽的茶馆;便立刻决定进去吃些东西。大家团团围着矮凳坐下来,点了两壶龙井茶,和一些奇甜的东洋点心,她们吃着喝着,高声谈笑着,她们真象是才出谷的雏莺;只觉眼前的东西,件件新鲜,处处都富有生趣。当然她们是被搂在幸福之神的怀抱里了。青春的爱娇,活泼快乐的心情,她们是多么可艳羡的人生呢?

但是流年把一切都毁坏了!谁能相信今天在这里低徊追怀往事的我,也正是当年幸福者之一呢!哦!流年,残酷的流年呵!它带走了人间的爱娇,它蹂躏英雄的壮志,使我站在这似曾相识的树下,只有咽泪,我有什么方法,使年光倒流呢?

唉!这仅仅是九年后的今天。呀,这短短的九年中,我走的是崎岖的世路,我攀缘过陡峭的崖壁,我由死的绝谷里逃命,使我尝着忍受由心头淌血的痛苦,命运要我喝干自己的血汁,如同喝玫瑰酒一般……

唉!这一切的刺心回忆,我忍不住流下辛酸的泪滴,连忙离开这容易激动感情的地方吧!我们便向前面野草漫径的小路上走去,忽然听见一阵悲恻的唏嘘声,我仿佛看见张着灰色翅翼的秋神,正躲在那厚密的枝叶背后。立时那些枝叶都窸窸窣窣地颤抖起来。草底下的秋虫,发出连续的唧唧声,我的心感到一阵阵的凄冷,不敢向前去,找到路旁一张长木凳子坐下。我用滞呆的眼光,向那一片阴阴森森的丛林里睁视,当微风分开枝柯时,我望向那小河里潺湲碧水了。水上绉起一层波纹,一只小划子,从波纹上溜过。两个少女摇着桨,低声唱着歌儿。我看到这里,又无端感触起来,觉得喉头梗塞,不知不觉叹道:"故国不堪回首呵!"同时那北海的红漪清波浮现眼前,那些手携情侣的男男女女,恐怕也正摇着画桨,指点着眼前清丽秋景,低语款款吧!况且又是菊茂蟹肥时候,料想长安市上,车水马龙,正不少欢乐的宴聚,这漂泊异国,秋思凄凉的我们当然是无人想起的。不过,我们却深深的暮怀着祖国,渴望得些好消息呢!况且我们又是神经过敏的,揣想到树叶凋落的北平,凄风吹着,冷雨洒着的那些穷苦的同胞,也许正向茫茫的苍天悲诉呢!唉,破碎紊乱的祖国呵!北海的风光不能粉饰你的寒伧! 来今雨轩的灯红酒绿,不能安慰忧患的人生,深深眷念着祖国的我们,这一颗因热望而颤抖的心,最后是被秋风吹冷了。

庐隐是"五四"时期最负盛名的女作家之一。虽然是以小说登上文坛的,但散文写作贯穿于她的整个创作生涯,是她文学成就中不可忽视的方面。她的散文风格清婉幽丽,又喜用景来烘托感伤的氛围,所以常常透露着一种古典式的忧伤。《异国秋思》很能体现她的这种风格。

作客他乡,在秋风萧瑟、洪波涌起的异地,怎能不牵动作者那一根根思乡的愁绪!这份离愁别绪在作者笔下表现得委婉细腻,淋漓尽致!井之头牌坊处作者意欲将愁心寄征鸿,它却不着痕迹地去了,寄情无处的悲哀更增添了几多的无奈与伤感;小河中画桨情波又让作者的思绪遥寄千里,飞回到故土家园,想那凄风苦雨中饱受苦难的同胞,那苍茫大地上破碎紊乱的祖国,内心的悲愤、沉郁便如火山熔浆直冲云霄,一发而不可收拾。

散文中对景物的描写,极大地增强了散文的艺术感染力,让散文多了一份浓重的诗情。文章虽以抒情为主,但对景物的描写却有力地衬托了情感的抒发。除了寄寓作者秋思乡愁的悲凉、凄楚的情感的景物外,作者还描写了一些与之相对的事物,如蔚蓝如碧海似的青天、淡金色的阳光,挟着桂花香的阵风,西天的一抹彩霞等。这些景物的描写与寄寓作者情思、触动作者秋思乡愁的东洋茶馆、草底的秋虫、阴森森的丛林、摇桨的少女等形成鲜明对比,更衬出作者飘零异国愁心无所寄的悲凉之情。

在文中,她巧妙地运用多种修辞方式,以细腻的笔触传神地描绘了秋景幽妙的意趣。"绿阴匝地"、"枝柯掩映"、"穿林翩翩"这些词的运用,更传达了一种古雅的韵味。自楚国宋玉开文学史上"悲秋"主题之先河以来,"秋"常常笼罩着一层感伤的氛围。当庐隐敏感的心弦让秋风拨动的时候,异国他乡的美景在她看来竟是满目的愁苦与忧郁。但是,她将这种愁情诗化了,融化在写景状物之中,造成一种悠远的意境。更可贵的是,庐隐并不是只一味沉溺于个人的悲切之中,她浮想联翩,情绪由个人往事不堪回首转到"故国不堪回首"。可见,好的抒情散文不仅能细致描写个人的情感活动,更能从这种感情活动中捕捉到时代的脉搏。

雷峰塔下
——寄到碧落

涵!记得吧!我们徘徊在雷峰塔下,地上芊芊碧草,间杂着几朵黄花,我们并肩坐在那软绵的草上。那时正是四月间的天气,我穿的一件浅紫麻沙的夹衣,你采了一朵黄花插在我的衣襟上,你仿佛怕我拒绝,你羞涩而微怯地望着我。那时我真不敢对你逼视,也许我的脸色变了,我只觉心脏急速地跳动,额际仿佛有些汗湿。

黄昏的落照,正射在塔尖,红霞漾射于湖心,轻舟蓝桨,又有一双双情侣,在我们面前泛过。涵!你放大胆子,悄悄的握住我的手——这是我们头一次的接触,可是我心里仿佛被利剑所穿,不知不觉落下泪来,你也似乎有些抖颤,涵!那时节我似乎已料到我们命运的多磨多难!

　　山脚上忽涌起一朵黑云,远远的送过雷声——湖上的天气,晴雨最是无凭,但我们凄恋着,忘记风雨无情的吹淋,顷刻间豆子般大的雨点,淋到我们的头上身上,我们来时原带着伞,但是后来看见天色晴朗,就放在船上了。

　　雨点夹着风沙,一直吹淋。我们拼命的跑到船上,彼此的衣裳都湿透了,我顿感到冷意,伏作一堆,还不禁抖颤,你将那垫的毡子,替我盖上,又紧紧地靠着我,涵!那时你还不敢对我表示什么!

　　晚上依然是好天气,我们在湖边的椅子上坐着,看月。你悄悄对我说:"雷峰塔下,是我们生命史上一个大痕迹!"我低头不能说什么,涵!真的!我永远觉得我们没有幸福的可能!

　　唉!涵!就在那夜,你对我表白你的心曲,我本是怯弱的人,我虽然恐惧着可怕的命运,但我无力拒绝你的爱意!

　　从雷峰塔下归来,一直四年间,我们是度着悲惨的恋念的生活。四年后,我们胜利了!一切的障碍,都在我们手里粉碎了。我们又在四月间来到这里,而且我们还是住在那所旅馆,还是在黄昏的时候,到雷峰塔下,涵!我们那时是毫无所拘束了。我们任情的拥抱,任意的握手,我们多么骄傲……

　　但是涵!又过了一年,雷峰塔倒了,我们不是很凄然地惋惜吗?不过我绝不曾想到,就在这一年十月里你抛下一切走了,永远的走了!再不想回来了!呵!涵!我从前惋惜雷峰塔的倒塌,现在,呵!现在,我感谢雷峰塔的倒塌,因为它的倒塌,可以扑灭我们的残痕!

　　涵!今年十月就到了。你离开人间已经三年了!人间渐渐使你淡忘了吗?唉!父亲年纪老了!每次来信,都提起你,你们到底是什么因果?而我和你确是前生的冤孽呢!

　　涵!去年你的二周年纪念时,我本想为你设祭,但是我住在学校里,什么都不完全,我记得我只作了一篇祭文,向空焚化了。你到底有灵感没有?我总痴望你,给我托一个清清楚楚的梦,但是哪有?!

　　只有一次,我是梦见你来了,但是你为甚那么冷淡?果然是缘尽了吗?涵!你抛得下走了,大约也再不恋着什么!不过你总忘不了雷峰塔下的痕迹吧!

　　涵!人间是更悲惨了!你走后一切都变更了。家里呢,也是树倒猢狲散,父亲的生意失败了!两个兄弟都在外洋飘荡,家里只剩母亲和小弟弟,也都搬到乡下去住,父亲忍着伤悲,仍在洋口奔忙,筹还拖欠的债,涵!这都是你临死而不放心的事情,但是现在我都告诉了你,你也有点眷恋吗?

　　我!大约你是放心的,一直扎挣着呢,涵!雷峰塔已经倒塌了,我们的离合也都应验了。——今年是你死后的三周年——我就把这断藕的残丝,敬献你在天之灵吧!

 赏析

庐隐这篇悼念亡夫的散文采用书信体形式,格外缠绵悱恻,哀惋怅惘。这是生者向死者的诉说和呼唤,是灵魂深处的绝唱。

1923年夏,庐隐与文学研究会最早成员之一的郭梦良在相恋数年后结合;因郭梦良已有包办婚姻在前,引起社会的非议诽谤。同年10月郭梦良病逝,庐隐扶棺回到郭梦良的故乡。在郭梦良的母亲、妻子身边度过了平生绝少提及的黑暗半年。据考证:郭梦良的妻子对庐隐还是不错的,而郭梦良的母亲对这个冒出来的媳妇无法认同。真不知道庐隐是如何度过这半年。后她携带女儿四处漂泊,饱经世态炎凉。本文就是庐隐忍耐不住,以书信形式向亡夫诉说孤身一人时的凄凉和悲惨。

雷峰塔在结构中起到枢纽作用,同时又具深刻的象征意味。塔既是庐隐爱情的见证,又是庐隐爱情的终结。文章多处提到雷峰塔在两人爱情中的位置与作用。"雷峰塔下,是我们生命史上一个大痕迹!"暗示庐隐同郭梦良两人冲破世俗障碍相聚在塔下私定终身。四年后他们再次欢聚在塔下,雷峰塔成了他们终成眷属的见证。然而仅一年后,塔倒了。雷峰塔的倒塌不幸应验了他俩的悲欢离合,扑灭了他俩的婚姻。塔倒了,人去了。但作者思念亡夫的迫切心情却逐年倍增,心心念念全是早在碧落的丈夫。因而有了这篇夫亡三年后的寄往碧落的信函,把这相思的"断藕残丝"寄于亡夫的在天之灵。

本文风格清婉幽丽,通篇均是作者自我情感的抒发。大喜大悲,如歌似泣;时而跌宕起伏,时而和风细雨。全文以雷峰塔作为切入点并以此为贯穿全文的中心线索,有条不紊地描写了庐隐与郭梦良在塔下喜结良缘时的羞涩、惊喜与忧虑,四年后故地重游时的胜利感与恣意忘形的狂放,以及塔倒夫亡后的孤寂、凄凉与失落,把一个亡妇的心路历程清晰的展现在读者面前。使人对这位在记忆里"寻寻觅觅"的弱女子不忍多睹。

冰心（1900—1999），原名谢婉莹，笔名冰心。福建闽侯县人。现代著名作家、儿童文学家、文学翻译家。1914年入北京教会学校贝满女中，"五四"运动时，在协和女子大学预科学习，开始文学创作。1921年参加文学研究会。1923年赴美留学，专事文学研究。1926年回国后先后到燕京、清华大学任教。主要作品有散文《寄小读者》《冰心散文集》《归来以后》《樱花赞》《小桔灯》《拾穗小札》等；小说集《往事》《冰心小说集》等；现有《冰心选集》《冰心小说散文集》等。

闲　　情

　　弟弟从我头上，拔下发针来，很小心的挑开了一本新寄来的月刊。看完了目录，便反卷起来，握在手里。笑说："莹哥，你真是太沉默了，一年无有消息。"

　　我凝思地，微微答以一笑。

　　是的，太沉默了！然而我不能，也不肯忙中偷闲；不自然地，造作地，以应酬为目的地，写些东西。

　　病的神慈悲我，竟赐予我以最清闲最幽静的七天。

　　除了一天几次吃药的时间，是苦的以外，我觉得没有一时，不沉浸在轻微的愉快之中。——庭院无声。枕簟生凉，温暖的阳光，穿过苇帘，照在淡黄色的壁上。浓密的树影，在微风中徐徐动摇。窗外不时的有好鸟飞鸣。这时世上一切，都已抛弃隔绝，一室便是宇宙，花影树声，都含妙理。是一年来最难得的光阴呵，可惜只有七天！

　　黄昏时，弟弟归来，音乐声起，静境便砉然破了。一块暗绿色的绸子，蒙在灯上，屋里一切都是幽凉的，好似悲剧的一幕。镜中照见自己玲珑的白衣，竟悄然的觉得空灵神秘。当屋隅的四弦琴，颤动着，生涩的，徐徐奏起。两个歌喉，由不同的调子，渐渐合一。由悠扬，而宛转，由高亢，而沉缓的时候，怔忡的我，竟感到了无限的怅惘与不宁。

　　小孩子们真可爱，在我睡梦中，偷偷的来了，放下几束花，又走了。小弟弟拿来插在瓶里，也在我睡梦中，偷偷的放在床边几上。——开眼瞥见了，黄的和白的，不知名的小花，衬着淡绿的短瓶。……原是不很香的，而每朵花里，都包含着天真的友情。

　　终日休息着，睡和醒的时间界限，便分得不清。有时在中夜，觉得精神很圆满。——听得疾雷杂以疏雨，每次电光穿入，将窗台上的金钟花，轻淡清切的映在窗帘上，又急速的隐抹了去。而余影极分明的，印在我的脑膜上。我看见"自然"的淡墨画，这是第一次。

　　得了许可，黄昏时便出来疏散。轻凉袭人。迟缓的步履之间，自觉很弱，而弱中隐含着一种不可言说的愉快。这情景恰如小时在海舟上——我完全不记得了，是母亲告诉我的，——

众人都晕卧,我独不理会,颠顿的自己走上舱面,去看海。凝注之顷,不时的觉得身子一转,已跌坐在甲板上,以为很新鲜,很有趣。每坐下一次,便嬉笑个不住,笑完再起来,希望再跌倒。忽忽又是十余年了,不想以弱点为愉乐的心情,至今不改。

一个朋友写信来慰问我,说:

"东坡云'因病得闲殊不恶',我亦生平善病者,故知能闲真是大功夫,大学问。……如能于养神之外,偶阅《维摩经》尤妙,以天女能道尽众生之病,断无不能自己其病也!恐扰清神,余不敢及。"

因病得闲,是第一慊心事,但佛经却没有看。

一九二二年六月十二日

(本篇最初发表于《晨报副镌》1923年6月15日,后收入诗、散文集《闲情》。)

《闲情》写的是因病得闲的一段心情,但是透过这亲情,其背后是作者对人生的一种态度,而这人生态度又和她的人格与艺术修养息息相关。细细品读不难辨认出冰心创作关于"大自然·童真·母爱"三大主题痕迹。

散文开篇便把我们带到一种温馨的氛围中,手足间的亲情跃然纸上。《闲情》所叙,全是由病而得的"最清闲最幽静的七天"中的事情与感受。和冰心早期的其他作品一样,《闲情》也充满着对童心,对大自然的讴歌。"弟弟归来,音乐声起……","小孩们天真可爱……都包含着天真的友情。"随着她娓娓动听的叙述,几个充满诗意的画面接连展现在我们面前。歌颂童心,是冰心著名的"爱的哲学"的一部分。她的心向往着天真烂漫的人类童年,因为在她看来童年是人痛苦的一生中的黄金时代。然而,对于她来说,这一时代已不可复得了,她便只有去追慕一切的孩子,回忆自己的童年。文中对于"小时在海舟上"中跌倒嬉笑的回忆,正表现了这种纯真的稚气。

冰心作品中表现出的淡淡的哀伤,也是与她的审美趣味密切相关的。比较起来,她更偏爱感伤、忧郁的情调,因此,她并没打算去克服内心深处涌现出来的忧伤情绪,甚或欣赏、玩味、渲染它,把它加以诗化,使其弥漫于作品中,造成了一种特有的艺术气氛。

冰心作品的语言也有特色,像文中的"黄昏时,弟弟归来……静境便耆然破了。""终日休息着,睡和醒的时间界限,便分得不清。""得了许可,黄昏时便出来疏散。"等等,以白话为主,同时合理地吸取,溶化了某些文言词汇和句式,可见作者古典文学的修养。语言上的特点,加之舒缓的叙述节奏、软软如春风的温柔的语调,使她的散文独具艺术特色,时人称之为"冰心体"。

南　归

——贡献给母亲在天之灵

　　去年秋天，楫自海外归来，住了一个多月又走了。他从上海十月三十日来信说："……今天下午到母亲墓上去了，下着大雨。可是一到墓上，阳光立刻出来。母亲有灵！我照了六张相片。照完相，雨又下起来了。姊姊！上次离国时，母亲在床上送我，嘱咐我，不想现在是这样的了！……"

　　我的最小偏怜的海上漂泊的弟弟！我这篇《南归》，早就在我心头，在我笔尖上。只因为要瞒着你，怕你在海外孤身独自，无人劝解时，得到这震惊的消息，读到这一切刺心刺骨的经过。我挽住了如澜的狂泪，直待到你归来，又从我怀中走去。在你重过飘泊的生涯之先，第一次参拜了慈亲的坟墓之后，我才来动笔！你心下一切都已雪亮了。大家颤栗相顾，都已做了无母之儿，海枯石烂，世界上慈怜温柔的恩福，是没有我们的份了！我纵然尽写出这深悲极恸的往事，我还能在你们心中，加上多少痛楚?！我还能在你们心中，加上多少痛楚?！

　　现在我不妨解开血肉模糊的结束，重理我心上的创痕。把心血呕尽，眼泪倾尽，和你们恣情开怀的一恸，然后大家饮泣收泪，奔向母亲要我们奔向的艰苦的前途！

　　我依据着回忆所及，并参阅藻的日记，和我们的通信，将最鲜明，最灵活，最酸楚的几页，一直写记了下来。我的握笔的手，我的笔儿，怎想到有这样运用的一天！怎想到有这样运用的一天！

　　前冬十二月十四日午，藻和我从城中归来，客厅桌上放着一封从上海来的电报，我的心立刻震颤了。急忙的将封套拆开，上面是"……母亲云，如决回，提前更好"，我念完了，抬起头来，知道眼前一片是沉黑的了！

　　藻安慰我说："这无非是母亲想你，要你早些回去，决不会怎样的。"我点点头。上楼来脱去大衣，只觉得全身战栗，如冒严寒。下楼用饭之先，我打电话到中国旅行社买船票。据说这几天船只非常拥挤，须等到十九日顺天船上，才有舱位，而且还不好。我说无论如何，我是走定了。即使是猪圈，是狗窦，只要能把我渡过海去，我也要蜷伏几宵——就这样的定下了船票。

　　夜里如同睡在冰穴中，我时时惊跃。我知道假如不是母亲病的危险，父亲决不会在火车断绝、年假未到的时候，催我南归。他拟这电稿的时候，虽然有万千的斟酌使词气缓和，而背后隐隐的着急与悲哀是掩不住的——藻用了无尽的言语来温慰我；说身体要紧，无论怎样，在路上，在家里，过度的悲哀与着急，都与自己母亲是无益有害的。这一切我也知道，便饮泪收心的睡了一夜。

以后的几天，便消磨在收拾行装，清理剩余手续之中。那几天又特别的冷。朔风怒号，楼中没有一丝暖气。晚上藻和我总是强笑相对，而心中的怔忡，孤悬，恐怖，依恋，在不语无言之中，只有钟和灯知道了！

杰还在学校里，正预备大考。南归的消息，纵不能瞒他，而提到母亲病的推测，我们在他面前，总是很乐观的，因此他也还坦然。天晓得，弟弟们都是出乎常情的信赖我。他以为姊姊一去，母亲的病是不会成问题的。可怜的孩子，可祝福的无知的信赖！

十八日的下午四时二十五分的快车，藻送我到天津。这是我们蜜月后的第一次同车，虽然仍是默默的相挨坐着，而心中的甜酸苦乐，大不相同了！窗外是凝结的薄雪，窗隙吹进砭骨的冷风，斜日黯然，我已经觉得腹痛。怕藻着急，不肯说出，又知道说了也没用，只不住的喝热茶。七点多钟到天津，下了月台，我已痛得走不动了。好容易挣出站来，坐上汽车，径到国民饭店，开了房间，我一直便躺在床上。藻站在床前，眼光中露出无限的惊惶："你又病了？"我呻吟着点一点头。——我以后才发现这病是慢性的盲肠炎。这病根有十年了，一年要发作一两次。每次都痛彻心腑，痛得有时延长至十二小时。行前为预防途中复发起见，曾在协和医院仔细验过，还看不出来。直到以后从上海归来，又患了一次，医生才绝对的肯定，在协和开了刀，这已是第二年三月中的事了。

这夜的痛苦，是逐秒逐分的加紧，直到夜中三点。我神志模糊之中，只觉得自己在床上起伏坐卧，呕吐，呻吟，连藻的存在都不知道了。中夜以后，才渐渐的缓和，转过身来对坐在床边拍抚着我的藻，作颓乏的惨笑。他也强笑着对我摇头不叫我言语。慢慢的替我卸下大衣，严严的盖上被。我觉得刚一闭上眼，精魂便飞走了！

醒来眼里便满了泪；病后的疲乏，临别的依恋，眼前旅行的辛苦，到家后可能的恐怖的事实，都到心上来了。对床的藻，正做着可怜的倦梦。一夜的劳瘁，我不忍唤醒他，望着窗外天津的黎明，依旧是冷酷的阴天！我思前想后，除了将一切交给上天之外，没有别的方法了！

这一早晨，我们又相倚的坐着。船是夜里十时开，藻不能也不敢说出不让我走的话，流着泪告诉我："你病得这样！我是个穷孩子，忍心的丈夫。我不能陪你去，又不能替你预备下好舱位，我让你自己在这时单身走！……"他说着哽咽了。我心中更是甜酸苦辣，不知怎么好，又没有安慰他的精神与力量，只有无言的对泣。

还是藻先振起精神来，提议到梁任公家里，去访他的女儿周夫人，我无力的赞成了。到那里蒙他们夫妇邀去午饭。席上我喝了一杯白兰地酒，觉得精神较好。周夫人对我提到她去年的回国，任公先生的病以及他的死。悲痛沉挚之言，句句使我闻之心惊胆跃，最后实在坐不住，挣扎着起来谢了主人。发了一封报告动身的电报到上海，两点半钟便同藻上了顺天船。

房间是特别官舱，出乎意外的小！又有大烟囱从屋角穿过。上铺已有一位广东太太占住，箱儿篓子，堆满了一屋。幸而我行李简单，只一副卧具，一个手提箱。藻替我铺好了床，我便蜷曲着躺下。他也蜷伏着坐在床边。门外是笑骂声,叫卖声,喧呶声,争竞声;杂着油味,垢腻味,烟味,咸味,阴天味;一片的拥挤,窒塞,纷扰,叫嚣!我忍住呼吸,闭着眼。藻的眼泪落在我的脸上:"爱,我恨不能跟了你去!这种地方岂是你受得了的!"我睁开眼,握住他的手:"不妨事,我原也是人类中之一!"

直挨到夜中九时,烟囱旁边的横床上,又来了一位女客,还带着一个小女儿。屋里更加紧张拥挤了,我坐了起来,拢一拢头发,告诉藻:"你走罢,我也要睡一歇,这屋里实在没有转身之地了!"因着早晨他说要坐三等车回北平去,又再三的嘱咐他:"天气冷,三等车上没有汽炉,还是不坐好。和我同甘苦,并不在于这情感用事上面!"他答应了我,便从万声杂沓之中挤出去了。

——到沪后,得他的来信说:"对不起你,我毕竟是坐了三等车。试想我看着你那样走的,我还有什么心肠求舒适?即此,我还觉得未曾分你的辛苦于万一!更有一件可喜的事,我将剩下的车费在市场的旧书摊上,买了几本了……"——这几天的海行,窗外只看见唐沽的碎裂的冰块,和大海的洪涛。人气蒸得模糊的窗眼之内,只听得人们的呕吐。饭厅上,茶房连叠声叫"吃饭咧!"以及海客的谈时事声,涕唾声。这一百多钟头之中,我已置心身于度外,不饮不食,只求能睡,并不敢想到母亲的病状。睡不着的时候,只瞑目遐思夏日蜜月旅行中之西湖莫干山的微蓝的水,深翠的竹,以求超过眼前的地狱景况于万一!

二十二日下午,船缓缓的开进吴淞口,我赶忙起来梳头著衣,早早的把行装收拾好。上海仍是阴天!我推测着数小时到家后可能的景况,心灵上只有战栗,只有祈祷!江上的风吹得萧萧的,寒星般的万船楼头的灯火,照映在黄昏的深黑的水上,画出弯颤的长纹。晚六时,船才缓缓的停在浦东。

我又失望,又害怕,孤身旅行,这还是第一次。这些脚夫和接水,我连和他们说话的胆量都没有,只把门紧紧的关住,等候家里的人来接。直等到七时半,客人们都已散尽,连茶房都要下船去了。无可奈何,才开门叫住了一个中国旅行社的接客,请他照应我过江。

我坐在颠簸的摆渡上,在水影灯光中,只觉得不时摇过了黑而高大的船舷下,又越过了几只横渡的白篷带号码的小船。在料峭的寒风之中,淋漓精湿的石阶上,踏上了外滩。大街楼顶广告上的电灯联成的字,仍旧追逐闪烁着,电车仍旧是隆隆不绝的往来的走着。我又已到了上海!万分昏乱的登上旅行社运箱子的汽车,连人带箱子从几个又似迅速又似疲缓的转弯中,便到了家门口。

按了铃,元来开门。我头一句话,是"太太好了么?"他说:"好一点了。"我顾不得说别的,便一直往楼上走。父亲站在楼梯的旁边接我。走进母亲屋里,华坐在母亲床边,看见我站了起来。小菊倚在华的膝旁,含羞的水汪汪的眼睛直望着我。我也顾不得抱她,我俯下身去,叫了一声"妈!"看母亲时,真病得不成样子了!所谓"骨瘦如柴"者,我今天才理会得!比较两月之前,她仿佛又老了二十岁。额上似乎也黑了。气息微弱到连话也不能说一句,只用悲喜的无主的眼光看着我……

父亲告诉我电报早接到了。涵带着苑从下午五时便到码头去了，不知为何没有接着。这时小菊在华的推挽里，扑到我怀中来，叫了一声"姑姑"。小脸比从前丰满多了，我抱起她来，一同伏到母亲的被上。这时我的眼泪再也止不住了，赶紧回头走到饭厅去。

涵不久也回来了，脸冻得通红——我这时方觉得自己的腿脚，也是冰块一般的僵冷。——据说是在外滩等到七时。急得不耐烦，进到船公司去问，公司中人待答不理的说："不知船停在哪里，也许是没有到罢！"他只得转了回来。

饭桌上大家都默然。我略述这次旅行的经过，父亲凝神看着我，似乎有无限的过意不去。华对我说发电叫我以后，才告诉母亲的，只说是我自己要来。母亲不言语，过一会子说："可怜的，她在船上也许时刻提心吊胆的想到自己已是没娘的孩子了！"

饭后涵华夫妇回到自己的屋里去。我同父亲坐在母亲的床前。母亲半闭着眼，我轻轻的替她拍抚着。父亲悄声的问：

"你看母亲怎样？"我不言语，父亲也默然，片晌，叹口气说：

"我也看着不好，所以打电报叫你，我真觉得四无依傍——我的心都碎了……"

此后的半个月，都是侍疾的光阴了。不但日子不记得，连昼夜都分不清楚了！一片相连的是母亲仰卧的瘦极的睡容，清醒时低弱的语声和憔悴的微笑，窗外的阴郁的天，壁炉中发爆的煤火，凄绝静绝的半夜炉台上滴答的钟声，黎明时四壁黯然的灰色，早晨开窗小立时镑镑的朝雾！在这些和泪的事实之中，我如同一个无告的孤儿，独自赤足拖踏过这万重的火焰！

在这一片昏乱迷糊之中，我只记得侍疾的头几天，我是每天晚上八点就睡，十二点起来，直至天明。起来的时候，总是很冷。涵和华摩挲着忧愁的倦眼，和我交替，我站在壁炉边穿衣裳，母亲慢慢的倒过头来说："你的衣服太单薄了，不如穿上我的黑骆驼绒袍子，省得冻着！"我答应了，她又说：

"我去年头一次见藻，还是穿那件袍子呢。"

她每夜四时左右，总要出一次冷汗，出了汗就额上冰冷。

在那时候，总要喝南枣北麦汤，据说是止汗滋补的。我恐她受凉，又替她缝了一块长方的白绒布，轻轻的围在额上。母亲闭着眼微微的笑说："我像观世音了。"我也笑说："也像圣母呢！"

因着骨痛的关系，她躺在床上，总是不能转侧。她瘦得只剩一把骨了，褥子嫌太薄，被又嫌太重。所以褥子底下，垫着许多棉花枕头，鸭绒被等，上面只盖着一层薄薄的丝绵被头。她只仰着脸在半靠半卧的姿势之下，过了我和她相亲的半个月。可怜的病弱的母亲！

夜深人静，我偎卧在她的枕旁。若是她精神较好，就和我款款的谈话，语音轻得似天边飘来，在半朦胧半追忆的神态之中，我看她的石像似的脸，我的心绪和眼泪都如潮涌上。

她谈着她婚后的暌离和甜蜜的生活，谈到幼年失母的苦况，最后便提到她的病。她说："我自小千灾百病的，你父亲常说：'你自幼至今吃的药，总集起来，够开一间药房的了。'真是我万想不到,我会活到六十岁!男婚女嫁,大事都完了。人家说,'久病床前无孝子',我这次病了五个月,你们真是心力交瘁!我对于我的女儿,儿子,媳妇,没有一毫的不满意。我只求我快快的好了,再享两年你们的福……"我们心力交瘁,能报母亲的恩慈于万一么?母亲这种过分爱怜的话语,使听者伤心得骨髓都碎了!

如天之福,母亲临终的病,并不是两月前的骨疯。可是她的老病"胃痛"和"咳嗽"又回来了。在每半小时一吃东西之外,还不住的要服药,如"胃活""止咳丸"之类,而且服量要每次加多。我们知道这些药品都含有多量的麻醉性的,起先总是竭力阻止她多用。几天以后,为着她的不能支持的痛苦,又渐渐的知道她的病是没有痊愈的希望,只得咬着牙,忍着心肠,顺着她的意思,狂下这种猛剂,节节的暂时解除她突然袭击的苦恼。

此后她的精神愈加昏弱了,日夜在半醒不醒之间。却因着咳嗽和胃痛,不能睡得沉稳,总得由涵用手用力的替她揉着,并且用半催眠的方法,使她入睡。十二月二十四夜,是基督降生之夜。我伏在母亲的床前,终夜在祈祷的状态之中!

在人力穷尽的时候,宗教的倚天祈命的高潮,淹没了我的全意识。我觉得我的心香一缕勃勃上腾,似乎是哀求圣母,体恤到婴儿爱母的深情,而赐予我以相当的安慰。那夜街上的欢呼声,爆竹声不停。隔窗看见我们外国邻人的灯彩辉煌的圣诞树,孩子们快乐的歌唱跳跃,在我眼泪模糊之中,这些都是针针的痛刺!

半夜里父亲低声和我说:"我看你母亲的身后一切该预备了。旧式的种种规矩,我都不懂。而且我看也没有盲从的必要。关于安葬呢——你想还回到故乡去么?山遥水隔的,你们轻易回不去,年深月久,倒荒凉了,是不是?不过这须探问你母亲的意思。"我说:"父亲说出这话来,是最好不过的了。本来这些迷信禁忌的办法,我们所以有时曲从,都是不忍过拂老人家的意思。如今父亲既不在乎这些,母亲又是个最新不过的人。纵使一切犯忌都有后验,只要母亲身后的事能舒舒服服的办过去,千灾五毒,都临到我们四个姊弟身上,我们也是甘心情愿的!"

——第二天我们便托了一位亲戚到万国殡仪馆接洽一切。钢棺也是父亲和我亲自选定的。这些以后在我寄藻和杰的信中,都说得很详细。——这样又过了几天。母亲有时稍好,微笑的躺着。小菊爬到枕边,捧着母亲的脸叫"奶奶"。华和我坐在床前,谈到秋天母亲骨痛的时候,有时躺在床上休息,有时坐在廊前大椅上晒太阳,旁边几上总是供着一大瓶菊花。母亲说:"是的,花朵儿是越看越鲜,永远不使人厌倦。病中阳光从窗外进来,照在花上,我心里便非常的欢畅!"母亲这种爱好天然的性情,在最深的病苦中,仍是不改。她的骨痛,是由指而臂,而肩背,而膝骨,渐渐下降,全身僵痛,日夜如在桎梏之中,偶一转侧,都痛彻心腑。假如我是她,我要痛哭,我要狂呼,我要咒诅一切,弃掷一切。而我的最可敬爱的母亲,对于病中的种种,仍是一样的接受,一样的温存。对于儿女,没有一句性急的话语;对于奴仆,却更加一倍的体恤慈怜。对于这些无情的自然,如阳光,如花卉,在她的病息中,也加倍的温煦馨香。这是上天赐予,惟有她配接受享用的一段恩福!

我们知道母亲决不能过旧历的新年了,便想把阳历的新年,大大的点缀一下。一清早起来,先把小菊打扮了,穿上大红缎子棉袍,抱到床前,说给奶奶拜年。桌上摆上两盘大福桔,炉台窗台上的水仙花管,都用红纸条束起。又买了十几盏小红纱灯,挂在床角上,炉台旁,电灯下。我们自己也略略的妆扮了,——我那时已经有十天没有对镜梳掠了!我觉得平常过年,我们还没有这样的起劲!到了黄昏我将十几盏纱灯点起挂好之后,我的眼泪,便不知是从哪里来的,一直流个不断了!

有谁经过这种的痛苦?你的最爱的人,抱着最苦恼的病,要在最短的时间内从你的腕上臂中消逝;同时你要佯欢诡笑的在旁边伴着,守着,听着,看着,一分一秒的爱惜恐惧着这同在的光阴!这样的生活,能使青年人老,老年人死,在天堂上的人,下了地狱!世间有这样痛苦的人呵,你们都有了我的最深极厚的同情!

裁缝来了,要裁做母亲装裹的衣裳。我悄悄的把他带到三层楼上。母亲平时对于穿著,是一点不肯含糊的。好的时候遇有出门,总是把要穿的衣服,比了又比,看了又看,熨了又熨。所以这次我对于母亲寿衣的材料,颜色,式样,尺寸,都不厌其详的叮咛嘱咐了。告诉他都要和好人的衣裳一样的做法,若含糊了要重做的。至于外面的袍料,帽子,袜子,手套等,都是我偷出睡觉的时间来,自己去买的。那天上海冷极,全市如冰。而我的心灵,更有万倍的僵冻!

回来脱了外衣,走到母亲跟前。她今天又略好了些,问我:"睡足了么?"我笑说:"睡足了。"因又谈起父亲的生日——阳历一月三日,阴历十二月四日——快到了。父亲是在自己生日那天结婚的。因着母亲病了,父亲曾说过不做生日,而父母亲结婚四十年的纪念,我们却不能不庆祝。这时父亲,涵,华等都在床前,大家凑趣谈笑,我们便故作娇痴的伴问母亲做新娘时的光景。母亲也笑着,眼里似乎闪烁着青春的光辉。她告诉我们结婚的仪式,赠嫁的妆奁,以及佳礼那天怎样的被花冠压得头痛。我们都笑了。爬在枕边的小菊看见大家笑,也莫名其妙的大声娇笑。这时,眼前一切的悲怀,似乎都忘却了。

第二天晚上为父亲暖寿。这天母亲又不好,她自己对我说:"我这病恐怕不能好了。我从前看弹词,每到人临危的时候总是说'一日轻来一日重,一日添症八九分'。便是我此时的景象了。"我们都忙笑着解释,说是天气的关系,今天又冷了些。母亲不言语。但她的咳嗽,愈见艰难了,吐一口痰,都得有人使劲的替她按住胸口。胃痛也更剧烈了,每次痛起,面色惨变。——晚上,给父亲拜寿的子侄辈都来了。涵和华忙着在楼下张罗。我仍旧守在母亲旁边。母亲不住的催我,快拢拢头,换换衣服,下楼去给父亲拜寿。我含着泪答应了。草草的收拾毕,下得楼来,只看见寿堂上红烛辉煌,父亲坐在上面,右边并排放着一张空椅子。我一跪下,眼泪突然的止不住了,一翻身赶紧就上楼去,大家都默然相视无语。

夜里母亲忽然对我提起她自己儿时侍疾的事了:"你比我有福多了,我十四岁便没了母亲!你外祖母是痨病,那年从九月九卧床,就没有起来。到了腊八就去世了。病中都是你舅舅和我轮流伺候着。我那时还小,只记得你外祖母半夜咽了气,你外祖父便叫老妈子把我背到前院你叔祖母那边去了。从那时起,我便是没娘的孩子了。"她叹了一口气:"腊八又快到了。"我那时真不知说什么好。母亲又说:"杰还不回来——算命的说我只有两孩子送终,有你和涵在这里,我也满意了。"

父亲也坐在一边,慢慢的引她谈到生死,谈到故乡的茔地。父亲说:"平常我们所说的'狐死首丘',其实也不是……"母亲便接着说:"其实人死了,只剩一个躯壳,丢在哪里都是一样。何必一定要千山万水的运回去,将来糊口四方的子孙们也照应不着。"

现在回想,那时母亲对于自己的病势,似乎还模糊,而我们则已经默晓了,在轮替休息的时间内,背着母亲,总是以眼泪洗面。我知道我的枕头永远是湿的。到了时候,走到母亲面前,却又强笑着,谈些不要紧的宽慰的话。涵从小是个浑化的人,往常母亲病着,他并不会怎样的小心伏侍。这次他却使我有无限的惊奇!他静默得像医生,体贴得像保姆。我在旁静守着,看他喂桔汁,按摩,那样子不像儿子伏侍母亲,竟像父亲调护女儿!他常对我说:"病人最可怜,像小孩子,有话说不出来。"他说着眼眶便红了。

这使我如何想到其余的两个弟弟!杰是夏天便到唐沽工厂实习去了。母亲的病态,他算是一点没有看见。楫是十一月中旬走的。海上漂流,明年此日,也不见得会回来。母亲对于楫,似乎知道是见不着的,并没有怎样的念道他。却常常的问起杰:"年假快到了,他该回来了罢?"一天总问起三四次,到了末几天,她说:"他知道我病,不该不早回!做母亲的一生一世的事,……"我默然,母亲哪里知道可怜的杰,对于母亲的病还一切蒙在鼓里呢!

十二月三十一夜,除夕。母亲自己知道不好,心里似乎很着急,一天对我说了好几次:"到底请个大医生来看一看,是好是坏,也叫大家定定心。"其实那时隔一两天,总有医生来诊。照样的打补针,开止咳的药,母亲似乎腻烦了。我们立刻商量去请V大夫,他是上海最有名的德国医生,秋天也替她看过的。到了黄昏,大夫来了。我接了进来,他还认得我们,点首微笑。替母亲听听肺部,又慢慢的扶她躺下,便走到桌前。我颤声的问:"怎么样?"他回头看了看母亲,"病人懂得英文么?"我摇一摇头,那时心胆已裂!他低声说:

"没有希望了,现时只图她平静的度过最后的几天罢了!"

本来是我们意识中极明了的事,却经大夫一说破,便似乎全幕揭开了。一场悲惨的现象,都跳跃了出来!送出大夫,在甬道上,华和我都哭了,却又赶紧的彼此解劝说:"别把眼睛哭红了,回头母亲看出,又惹她害怕伤心。"我们拭了眼泪,整顿起笑容,走进屋里,到母亲床前说:"医生说不妨事,只要能安心静息,多吃东西,精神健朗起来,就慢慢的会好了。"母亲点一点头。我们又说:"今夜是除夕,明天过新历年了,大家守岁罢。"

领略人生,可是一件容易事?我曾说过种种无知,痴愚,狂妄的话语,我说:"我愿遍尝人生中的各趣,人生中的各趣,我都愿遍尝。"又说:"领略人生,要如滚针毡,用血肉之躯,去遍挨遍尝,要它针针见血。"又说:"哀乐悲欢,不尽其致时,看不出生命之神秘与伟大。"其实所谓之"神秘","伟大",都是未经者理想企望的言词,过来人自欺解嘲的话语!

我宁可做一个麻木,白痴,浑噩的人,一生在安乐,卑怯,依赖的环境中过活。我不愿知神秘,也不必求伟大!

话虽如此,而人生之逼临,如狂风骤雨。除了低头闭目战栗承受之外,没有半分方法。待到雨过天青,已另是一个世界。地上只有衰草,只有落叶,只有曾经风雨的凋零的躯壳与心灵。霎时前的浓郁的春光,已成隔世!那时你反要自诧!你曾有何福德,能享受了从前种种怡然畅然,无识无忧的生活!

我再不要领略人生,也更不领略如十九年一月一日之后的人生!那种心灵上惨痛,脸上含笑的生活,曾碾我成微尘,绞我为液汁。假如我能为力,当自此斩情绝爱,以求免重过这种的生活,重受这种的苦恼!但这又有谁知道!

一月三日,是父亲的正寿日。早上便由我到市上,买了些零吃的东西,如果品、点心、熏鱼、烧鸭之类。因为我们知道今晚的筵席,只为的是母亲一人。吃起整桌的菜来,是要使她劳乏的。到了晚上,我们将红灯一齐点起;在她床前,摆下一个小圆桌;桌上满满的分布着小碟小盘;一家子团团的坐下。把父亲推坐在母亲的旁边,笑说:"新郎来了。"父亲笑着,母亲也笑了!她只尝了一点菜,便摇头叫"撤去罢,你们到前屋去痛快的吃,让我歇一歇。"我们便把父亲留下,自己到前头匆匆的胡乱的用了饭。到我回来,看见父亲倚在枕边,母亲 卑卑的似乎睡着了。父亲眼里满了泪! 我知道他觉得四十年的春光,不堪回首了!

如此过了两夜。母亲的痛苦,又无限量的增加了。肺部狂热,无论多冷,被总是褪在胸下;炉火的火焰,也隔绝不使照在脸上(这总使我想到《小青传》中之"痰灼肺然,见粒而呕"两语),每一转动,都喘息得接不过气来。大家的恐怖心理,也无限量的紧张了。我只记得我日夜口里只诵祝着一句祈祷的话,是:"上帝接引这纯洁的灵魂!"这时我反不愿看母亲多延日月了,只求她能恬静平安的解脱了去! 到了夜半,我仍半跪半坐的伏在她床前,她看着我喘息着说:"辛苦你了⋯⋯等我的事情过去了,你好好的睡几夜,便回到北平去,那时什么事都完了。"母亲把这件大事说得如此平凡,如此稳静! 我每次回想,只有这几句话最动我心!那时候我也不敢答应,喉头已被哽咽塞住了!

张妈在旁边,抚慰着我。母亲似乎又入睡了。张妈坐在小凳上,悄声的和我谈话,她说:"太太永远是这样疼人的! 秋天养病的时候,夜里总是看通宵的书,叫我只管睡去。半夜起来,也不肯叫我。我说:'您可别这样自己挣扎,回头摔着不是玩的。'她也不听。她到天亮才能睡着。到了少奶奶抱着菊姑娘过来,才又醒起。"

谈到母亲看的书,真是比我们家里什么人看的都多。从小说,弹词,到杂志,报纸,新的,旧的,创作的,译述的,她都爱看。平常好的时候,天天夜里,不是做活计,就是看书,总到十一二点才睡。晨兴绝早,梳洗完毕,刀尺和书,又上手了。她的针线匣里,总是有书的。她看完又喜欢和我们谈论,新颖的见解,总使我们惊奇。有许多新名词,我们还是先从她口中听到的,如"普罗文学"之类。我常默然自惭,觉得我们在新思想上反像个遗少,做了落伍者!

一月五日夜,父亲在母亲床前。我困倦已极,侧卧在父亲床上打盹,被母亲呻吟声惊醒,似乎母亲和父亲大声争执。我赶紧起来,只听见母亲说:"你行行好罢,把安眠药递给我,我实在不愿意再俄延了!"那时母亲辗转呻吟,面红气喘。我知道她的痛苦,已达极点!她早就告诉过我,当她骨痛的时候,曾私自写下安眠药名,藏在袋里,想到了痛苦至极的时候,悄悄的叫人买了,全行服下,以求解脱——这时我急忙走到她面前,万般的劝说哀求。她摇头不理我,只看着父亲。

父亲呆站了一会,回身取了药瓶来,倒了两丸,放在她嘴里。

她连连使劲摇头,喘息着说:"你也真是……又不是今后就见不着了!"这句话如同兴奋剂似的,父亲眉头一皱,那惨肃的神字,使我起栗。他猛然转身,又放了几粒药丸在她嘴里。我神魂俱失,飞也似的过去攀住父亲的臂儿,已来不及了!母亲已经吞下药,闭上口,垂目低头,仿佛要睡。父亲颓然坐下,头枕在她肩旁,泪下如雨。我跪在床边,欲呼无声,只紧紧的牵着父亲的手,凝望着母亲的睡脸。四周惨默,只有时钟滴答的声音。那时是夜中三点,我和父亲战栗着相倚至晨四时。母亲睡容惨淡,呼吸渐渐急促,不时的干咳,仍似日间那种咳不出来的光景,两臂向空抱捉。我急忙悄悄的去唤醒华和涵,他们一齐惊起,睡眼 的走到床前,看见这景象,都急得哭了。华便立刻要去请大夫,要解药,父亲含泪摇头。涵过去抱着母亲,替她抚着胸口。我和华各抱着她一只手,不住的在她耳边轻轻的唤着。母亲如同失了知觉似的,垂头不答。在这种状态之下,延至早晨九时。直到小菊醒了,我们抱她过来坐在母亲床上,教她抱着母亲的头,摇撼着频频的唤着"奶奶"。她唤了几十声,在她将要急哭了的时候,母亲的眼皮,微微一动。我们都跃然惊喜,围拢了来,将母亲轻轻的扶起。母亲仍是卑卑的,只眼皮不时的动着。在这种状态之下,又延至下午四时。这一天的工夫,我们也没有梳洗,也不饮食,只围在床前,悬空挂着恐怖希望的心!这一天比十年还要长,一家里连雀鸟都住了声息!

四时以后母亲才半睁开眼,长呻了一声,说"我要死了!"

她如同从浓睡中醒来一般,抬眼四下里望着。对于她服安眠药一事,似乎全不知道。我上前抱着母亲,说"母亲睡得好罢?"母亲点点头,说"饿了!"大家赶紧将久炖在炉上的鸡露端来,一匙一匙的送在她嘴里。她喝完了又闭上眼休息着我们才欢喜的放下心来,那时才觉得饥饿,便轮流去吃饭。

那夜我倚在母亲枕边,同母亲谈了一夜的话。这便是三十年来末一次的谈话了!我说的话多,母亲大半是听着。那时母亲已经记起了服药的事,我款款的说:"以后无论怎样,不能再起这个服药的念头了! 母亲那种咳不出来,两手抓空的光景,别人看着,难过不忍得肝肠都断了。涵弟直哭着说:'可怜母亲不知是要谁? 有多少话说不出来!'连小菊也都急哭了。母亲看……"母亲听着,半响说:"我自己一点不觉得痛苦,只如同睡了一场大觉。"

那夜,轻柔得像湖水,隐约得像烟雾。红灯放着温暖的光。父亲倦乏之余,睡得十分甜美。母亲精神似乎又好,又是微笑的圣母般的瘦白的脸。如同母亲死去复生一般,喜乐充满了我的四肢。我说了无数的憨痴的话:我说着我们欢乐的过去,完全的现在,繁衍的将来,在母亲迷糊的想象之中,我建起了七宝庄严之楼阁。母亲喜悦的听着,不时的参加两句。……

到此我要时光倒流,我要诅咒一切,一逝不返的天色已渐渐的大明了!

一月七晨,母亲的痛苦已到了终极了!她厉声的拒绝一切饮食。我们从来不曾看见过母亲这样的声色,觉得又害怕,又胆怯,只好慢慢轻轻的劝说。她总是闭目摇头不理,只说:"放我去罢,叫我多捱这几天痛苦做什么!"父亲惊醒了,起来劝说也无效。大家只能围站在床前,看着她苦痛的颜色,听着她悲惨的呻吟!到了下午,她神志渐渐昏迷,呻吟的声音也渐渐微弱。医生来看过,打了一次安眠止痛的针。又拨开她的眼睑,用手电灯照了照,她的眼光已似乎散了!

这时我如同痴了似的,一下午只两手抱头,坐在炉前,不言不动,也不到母亲跟前去。只涵和华两个互相依傍的,战栗的,在床边坐着。涵不住的剥着橘子,放在母亲嘴里,母亲闭着眼都吸咽了下去。到了夜九时,母亲脸色更惨白了。头摇了几摇,呼吸渐渐急促。涵连忙唤着父亲。父亲跪在床前,抱着母亲在腕上。这时我才从炉旁慢慢的回过头来,泪眼模糊里,看见母亲鼻子两边的肌肉,重重的抽缩了几下,便不动了。我突然站起过去,抱住母亲的脸,觉得她鼻尖已经冰凉。涵俯身将他的银表,轻轻的放在母亲鼻上,战兢的拿起一看,表壳上已没有了水气。母亲呼吸已经停止了。他突然回身,两臂抱着头大哭起来。那时正是一月七夜九时四十五分。我们从此是无母之人了,呜呼痛哉!

关于这以后的事,我在一月十一晨寄给藻和杰的信中,说的很详细,照录如下:

亲爱的杰和藻:

我在再四思维之后,才来和你们报告这极不幸极悲痛的消息。就是我们亲爱的母亲,已于正月七夜与这苦恼的世界长辞了!她并没有多大的痛苦,只如同一架极玲珑的机器,走的日子多了,渐渐停止。她死去时是那样的柔和,那样的安静。那快乐的笑容,使我们竟不敢大声的哭泣,仿佛恐怕惊醒她一般。那时候是夜中九时四十五分。那日是阴历腊八,也正是我们的外祖母,她自己亲爱的母亲,四十六年前高世之日!

至于身后的事呢,是你们所想不到的那样庄严,清贵,简单。当母亲病重的时候,我们已和上海万国殡仪馆接洽清楚,在那里预备了一具美国的钢棺。外面是银色凸花的,内层有整块的玻璃盖子,白绫捏花的里子。至于衣衾鞋帽一切,都是我去备办的,件数不多,却和生人一般的齐整讲究。……

经过是这样:在母亲辞世的第二天早晨,万国殡仪馆便来一辆汽车,如同接送病人的卧车一般,将遗体运到馆中。我们一家子也跟了去。当我们在休息室中等候的时候,他们在楼下用药水灌洗母亲的身体。下午二时已收拾清楚,安放在一间紫色的屋子里,用花圈绕上,旁边点上一对白烛。我们进去时,肃然的连眼泪都没有了!

堂中庄严,如入寺殿。母亲安稳的仰卧在矮长榻之上,深棕色的锦被之下,脸上似乎由他们略用些美容术,觉得比寻常还好看。我们俯下去偎着母亲的脸,只觉冷彻心腑,如同石膏制成的慈像一般!我们开了门,亲友们上前行礼之后,便轻轻将母亲举起,又安稳装入棺内,放在白绫簇花的枕头上,齐肩罩上一床红缎绣花的被,盖上玻璃盖子。棺前仍旧点着一对高高的白烛。紫绒的桌罩下立着一个银十字架。母亲慈爱纯洁的灵魂,长久依傍在上帝的旁边了!

五点多钟诸事已毕。计自逝世至入殓,才用十七点钟。一切都静默,都庄严,正合母亲的身分。客人散尽,我们回家来,家里已洒扫清楚。我们穿上灰衫,系上白带,为母亲守孝。家里也没有灵位。只等母亲放大的相片送来后,便供上鲜花和母亲爱吃的果子,有时也焚上香。此外每天早晨合家都到殡仪馆,围立在棺外,隔着玻璃盖子,瞻仰母亲如睡的慈颜!

这次办的事,大家亲友都赞成,都艳羡,以为是没有半分糜费。我们想母亲在天之灵一定会喜欢的。异地各戚友都已用电报通知。楫弟那里,因为他远在海外,环境不知怎样,万一他若悲伤过度,无人劝解,可以暂缓告诉。至于杰弟,因为你病,大考又在即,我们想来想去,终以为恐怕这消息是终久瞒不住的,倘然等你回家以后,再突然告诉,恐怕那时突然的悲痛和失望,更是难堪。杰弟又是极懂事极明白的人。你是母亲一块肉,爱惜自己,就是爱母亲。在考试的时候,要镇定,就凡事就序,把书考完再回来,你别忘了你仍旧是能看见母亲的!

我们因为等你,定二月二日开吊,三日出殡。那万国公墓是在虹桥路。草树葱笼,地方清旷,同公园一般。

上海又是中途,无论我们下南上北,或是到国外去,都是必经之路,可以随时参拜,比回老家去好多了。

藻呢,父亲和我都十二分希望你还能来。母亲病时曾说:"我的女婿,不知我还能见着他否?"你如能来,还可以见一见母亲。父亲又爱你,在悲痛中有你在,是个安慰。不过我顾念到你的经济问题,一切由你自己斟酌。

这事的始末是如此了。涵仍在家里,等出殡后再上南京。我们大概是都上北平去,为的是父亲离我们近些,可以照应。杰弟要办的事很多,千万要爱惜精神,遏抑感情,储蓄力量。这方是孝。你看我写这信时何等安静,稳定?杰弟是极有主见的人,也当如此,是不是?

此信请留下,将来寄楫!

永远爱你们的冰心

正月十一晨

我这封信虽然写的很镇定,而实际上感情的掀动,并不是如此!一月七夜九时四十五分以后,在茫然昏然之中,涵、华和我都很早就寝,似乎积劳成倦,睡得都很熟。只有父亲和几个表兄弟在守着母亲的遗体。第二天早起，大家乱烘烘的从三层楼上，取下预备好了的白衫，穿罢相顾，不禁失声！

下得楼来，又看见饭厅桌上，摆着厨师父从早市带来的一筐蜜桔——是我们昨天黄昏，在厨师父回家时，吩咐他买回给母亲吃的。才有多少时候？蜜桔买来，母亲已经去了！

小菊穿着白衣，系着白带，白鞋白袜，戴着小蓝呢白边帽子，有说不出的飘逸和可爱。在殡仪馆大家没有工夫顾到她，她自在母亲榻旁，摘着花圈上的花朵玩耍。等到黄昏事毕回来，上了楼，尽了梯级，正在大家彷徨无主，不知往哪里走，不知说什么好的时候，她忽然大哭说："找奶奶，找奶奶。奶奶哪里去了？怎么不回来了！"抱着她的张妈，忍不住先哭了，我们都不由自主的号啕大哭起来。

吃过晚饭，父亲很早就睡下了。涵、华和我在父亲床前炉边，默然的对坐。只见炉台上时钟的长针，在凄清的滴答声中，徐徐移动。在这针徐徐的将指到九点四十分的时候，涵突然站起，将钟摆停了，说"姊姊，我们睡罢！"他头也不回，便走了出去。华和我望着他的背影，又不禁滚下泪来。九时四十五分！又岂只是他一个人，不忍再看见这炉台上的钟，再走到九时四十五分！

天未明我就忽然醒了，听见父亲在床上转侧。从前窗下母亲的床位，今天从那里透进微明来，那个床没有了，这屋里是无边的空虚，空虚，千愁万绪，都从晓枕上提起。思前想后，似乎世界上一切都临到尽头了！

在那几天内，除了几封报丧的信之外，关于母亲，我并没有写下半个字。虽然有人劝我写哀启，我以为不但是"语无伦次"之中，不能写出什么来，而且"先慈体素弱"一类的文字，又岂能表现母亲的人格于万一？母亲的聪明正直，慈爱温柔，从她做孙女儿起，至做祖母止，在她四围的人对她的疼怜，眷恋，爱戴，这些情感，在我知识内外的，在人人心中都是篇篇不同的文字了。受过母亲调理，栽培的兄姊弟侄，个个都能写出一篇最真挚最沉痛的哀启。我又何必来敷衍一段，使他们看了觉得不完全不满意的东西？

虽然没有写哀启，我却在父亲下泪搁笔之后，替他凑成一副挽联。我觉得那却是字字真诚，能表现那时一家的情感！

联语是：

死别生离，儿辈伤心失慈母。
晚近方知我老，四十载春光顿歇，那忍看稚孙弱媳，承欢强笑，举家和泪过新年。

在那几天内，除了每天清晨，一家子从寓所走到殡仪馆参谒母亲的遗容之外，我们都不出门。从殡仪馆归来，照例是阴天。进了屋子，刚擦过的地板，刚旺上来的炉火——脱了外面的衣服，在炉边一坐，大家都觉得此心茫茫然无处安放！我那几天的日课，是早晨看书，做活计。下午多有戚友来看,谈些时事,一天也就过去。到了夜里,不是呆坐,就是写信。夜中的心情,现在追忆已模糊了,为写这篇文章,检出旧信,觉得还可以寻迹:

藻:

真想不到现在才能给你写这封长信。藻,我从此是没有娘的孩子了!这十几天的辛苦,失眠,落到这么一个结果。我的悲痛,我的伤心,岂是千言万语所说得尽?

前日打起精神,给你和杰弟写那一封慰函,也算是肝肠寸断。……这两天家中倒是很安静,可是更显出无边的空虚,孤寂。我在父亲屋中,和他作伴。白天也不敢睡,怕他因寂寞而伤心,其实我躺下也睡不着。中夜惊醒,尤为难过,……

——摘录一月十三信

母亲死后的光阴真非人过的!就拿今晚来说,父亲出门访友去了;涵和华在他们屋里;我自己孤零零的坐在母亲屋内。四周只有悲哀,只有寂寞,只有凄凉。连炉炭爆发的声音,都予我以辛酸的联忆。这种一人独在的时光,我已过了好几次了,我真怕,彻骨的怕,怎么好?

因着母亲之死,我始惊觉于人生之极短。生前如不把温柔尝尽,死后就无从追讨了。我对于生命的前途,并没有一点别的愿望,只愿我能在一切的爱中陶醉,沉没。

这情爱之杯,我要满满的斟,满满的饮。人生何等的短促,何等的无定,何等的虚空呵!

千言万语仍回到一句话来,人生本质是痛苦,痛苦之源,乃是爱情过重。但是我们仍不能不饮鸩止渴,仍从生痛苦之爱情中求慰安。何等的痴愚呵,何等的矛盾呵!

写信的地方,正是母亲生前安床之处。我愈写愈难过了,愈写愈糊涂了。若再写下去,我连气息也要窒住了!　　　　　——摘录一月十八夜信

一月二十六夜,因为杰弟明天到家,我时时惊跃,终夜不寐,想到这可怜的孩子,在风雪中归来,这一路哀思痛哭的光景,使我在想象中,心胆俱碎!二十七日下午,报告船到。涵驱车往接,我们提心吊胆的坐候着,将近黄昏,听得门外车响,大家都突然失色。华一转身便走回她屋里。接着楼梯也响着。涵先上来,一低头连忙走入他屋里去了。后面是杰,笑容满面,脱下帽子在手里,奔了进来。一声叫"妈",我迎着他,忍不住哭了起来。他突然站住呆住了!那时惊痛骇疾的惨状,我这时追思,一枝秃笔,真不能描写于万一!雷掣电掣一般,他垂下头便倒在地上,双手抱住父亲的腿,猛咽得闭过气去。缓了一缓,他才哭喊了出来,说:"你们为什么不早告诉我!你们为什么不早告诉我!"这时一片哭声之中涵和华也从他们屋里哭着过

来。父亲拉着杰,泪流满面。婢仆们渐渐进来,慢慢的劝住,大家停了泪。杰立刻便要到殡仪馆去,看看母亲的遗容。父亲和涵便带了他去。回来问起母亲病中情状,又重新哭泣。在这几天内,杰从满怀的希望与快乐中,骤然下堕。他失魂落魄似的,一天哭好几次。我们只有勉强劝慰。幸而他有主见,在昏迷之中,还能支拄,我才放下了心。

二月二日开吊。礼毕,涵因有紧急的公事,当晚就回到南京去了。母亲曾说命里只有两个孩子送她,如今送葬又只剩我和杰了。在涵未走之前,我们大家聚议,说下葬之后,我们再看不见母亲了,应该有些东西殉葬,只当是我们自己永远随侍一般。我们随各剪下一缕头发,连父亲和小菊的,都装在一个小白信封里。此外我自己还放入我头一次剃下来的胎发(是母亲珍重的用红线束起收存起来的)以及一把"斐托斐"(PhiTauPhi)名誉学位的金钥匙。这钥匙是我在大学毕业时得到的,上面刻有年月和姓名。我平时不大带它,而在我得到之时,却曾与母亲以很大的喜悦。这是我觉得我的一切珍饰,都是母亲所赐与,只有这个,是我自己以母亲栽培我的学力得来的。我愿意以此寄托我的坚逾金石的爱感的心,在我未死之前,先随侍母亲于九泉之下!

二月三日,下午二时,我们一家收拾了都到殡仪馆。送葬的亲朋,也陆续的来了。我将昨夜封好了的白信封儿,用别针别在棺盖里子的白绫花上。父亲俯在玻璃盖上,又痛痛的哭了一场。我们扶起父亲,拭去了盖上的眼泪,珍重的将棺盖掩上。自此我们再无从瞻仰母亲的柔静慈爱的睡容了!

父亲和杰及几个伯叔弟兄,轻轻的将钢棺抬起,出到门外,轻轻的推进一辆堆满花圈的汽车里。我们自己以及诸亲友,随后也都上了汽车,从殡仪馆徐徐开行。路上天阴欲雨,我紧握着父亲的手,心头一痛,吐出一口血来。父亲惨然的望着我。

二时半到了虹桥万国公墓,我们又都跟着下车,仍由父亲和杰等抬着钢棺。执事的人,穿着黑色大礼服,静默前导。

到了坟地上,远远已望见地面铺着青草似的绿毡。中央坟穴里嵌放着一个大水泥框子。穴上地面放着一个光辉射目的银框架。架的左右两端,横牵着两条白带。钢棺便轻轻的安稳的放在白带之上。父亲低下头去,左右的看周正了。执事的人,便肃然的问我说:"可以了罢?"我点一点首,他便俯下去,拨开银框上白带机括。白带慢慢的松了,盛着母亲遗体的钢棺,便平稳的无声的徐徐下降。这时大家惨默的凝望着,似乎都住了呼吸。在钢棺降下地面时,万千静默之中,小菊忽然大哭起来,挣出张妈的怀抱,向前走着说:"奶奶掉下去了!我要下去看看,我要下去看看!"华一手拉住小菊,一手用手绢掩上脸。这时大家又都支持不住,忽然都背过脸去,起了无声的幽咽!

钢棺安稳平正的落在水泥框里,又慢慢的抽出白带来。几个人夫,抬过水泥盖子来,平正的盖上。在四周合缝里和盖上铁环的凹处,都抹上灰泥。水泥框从此封锁。从此我们连盛着母亲遗体的钢棺也看不见了!

堆掩上黄土,又密密的绕覆上花圈。大家向着这一杯香云似的土丘行过礼。这简单严静的葬礼，便算完毕了。我们谢过亲朋，陆续的向着园门走。这时林青天黑，松梢上已洒上丝丝的春雨。走近园门，我回头一望。蜿蜒的灰色道上，阴沉的天气之中，松荫苍苍，杰独自落后，低头一步一跛的拖着自己似的慢慢的走。身上是灰色的孝服，眉宇间充满了绝望，无告，与迷茫！我心头刺了一刀似的！我止了步，站着等着他。可怜的孩子呵！我们竟到了今日之一日！

回家以后，呵，回家以后！家里到处都是黑暗，都是空虚了。我在二月五夜寄给藻的信上说：

跟着我最宝爱的母亲葬在九泉之下了。前天两点半钟的时候，母亲的钢棺，在光彩四射的银架间，由白带上徐徐降下的时光，我的心，完全黑暗了。这心永远无处捉摸了，永远不能复活了！……

不说了，爱，请你预备着迎接我，温慰我。我要飞回你那边来。只有你，现在还是我的幻梦！

以后的几个月中，涵调到广州去，杰和我回校，父亲也搬到北平来。只有海外的楫，在归舟上，还做着"偎依慈怀的温甜之梦"。

九月七日晨，阴。我正发着寒热，楫归来了。轻轻推开屋门，站在我的床前。我们握着手含泪的勉强的笑着。他身材也高了，手臂也粗了，胸脯也挺起了，面目也黧黑了。海上的辛苦与风波，将我的娇生惯养的小弟弟，磨炼成一个忍辱耐劳的青年水手了！我是又欢喜，又伤心。他只四面的看着，说了几句不相干的话，才欵欵的坐在我床沿，说："大哥并没有告诉我。船过香港，大哥上来看我，又带我上岸去吃饭，万分恳挚爱怜的慰勉我几句话。送我走时，他交给我一封信，叫我给二哥。我珍重的收起。船过上海，亲友来接，也没有人告诉我。船过芝罘，停了几个钟头，我倚阑远眺。那是母亲生我之地！我忽然觉得悲哀迷惘，万不自支，我心血狂涌，颠顿的走下舱去。我素来不拆阅弟兄们的信，那时如有所使，我打开箱子，开视了大哥的信函。里面赫然的是一条系臂的黑纱，此外是空无所有了！……"

他哽咽了，俯下来，埋头在我的衾上，"我明白了一大半，只觉得手足冰冷！到了天津，二哥来接我，我们昨夜在旅馆里，整整的相抱的哭了一夜！"他哭了，"你们为什么不早告诉我？我一道上做着万里来归，偎依慈怀的温甜的梦，到得家来，一切都空了！忍心呵，你们！"我那时也只有哭的分儿。是呵，我们都是最弱的人，父亲不敢告诉我；藻不敢告诉杰；涵不敢告诉楫；我们只能战栗着等待这最后的一天！忍心的天，你为什么不早告诉我们，生生的突然的将我们慈爱的母亲夺去了！

完了，过去这一生中这一段慈爱，一段恩情，从此告了结束。从此宇宙中有补不尽的缺憾，心灵上有填不满的空虚。

只有自家料理着回肠，思想又思想，解慰又解慰。我受尽了爱怜，如今正是自己爱怜他人的时候。我当永远勉励着以母亲之心为心。我有父亲和三个弟弟，以及许多的亲眷。我将永远拥抱爱护着他们。我将永远记着楫二次去国给杰的几句话："母亲是死去了，幸而还有爱我们的姊姊,紧紧的将我们搂在一起。"

窗外是苦雨,窗内是孤灯。写至此觉得四顾彷徨,一片无告的心,没处安放!藻迎面坐着,也在写他的文字。温静沉着者,求你在我们悠悠的生命道上,扶助我,提醒我,使我能成为一个像母亲那样的人!

一九三一年六月三十日夜,燕南园,海淀,北平

赏析

慈母病逝对冰心来说是一次极严峻的考验。她尝到丧母的深悲极恸,写下长歌当哭的《南归》。在挽悼母爱的同时,她虽慨叹"人生本质是痛苦,痛苦之源,乃是爱情过重。但是我们仍不能不饮鸩止渴,仍从痛苦之爱情中求慰安。何等的痴愚呵,何等的矛盾呵!"却甘当情痴,反躬自勉"以母亲之心为心","成为一个像母亲那样的人!"她义无反顾地负起身体力行的使命,开始以母性的爱心关爱一切,即便在战乱流离中"尝尽了爱的痛苦",也坚信"人类是有爱的",人类世界中"只有爱,只有互助,才能达到永久的安乐与和平",进一步体认作为"人类以及一切生物爱的起点"的"母亲的爱","是慈蔼的,是温柔的,是容忍的,是宽大的;但同时也是最严正的,最强烈的,最抵御的,最富有正义感的!"(《给日本的女性》)这就丰富和深化了爱的内涵,使之增强了庄肃神圣的命意。

《南归》只是两万多字,但这却是作者较长的作品。与其说是散文,还不如说是回想录更来得尊重作者一些。她不是拿幻想的事实来娱乐我们,而是拿她的一颗真诚的女儿的心热烈的托出来献给我们。她一方面是在苦痛的追忆她那死去的母亲,一方面却要一些同情于她的或与她遭遇相同的人互通灵魂上的交感。这是至情至性的文字,虽然全篇所写的只是她的母亲之死的记录,她的母亲病前每日的征象。尝味了苦,但这苦里却包含了甜蜜。其中有一段甚至能引起读者很大的凄怆,这就是她写提早过阳历新年的一段。因为她恐怕她的母亲的病,不能挨到过旧历年。所以特意提前过阳历年。在病重的母亲的床前挂了十几盏小灯笼。大家穿了新衣服,假笑伴欢的逗妈妈欢喜。但在深夜无人的时候,背着母亲,却又泪珠偷弹。如同都德的《柏林之围》,泰来夏甫的《决斗》!明知本国是战败了,孙女儿却要瞒着年老而爱国的祖父;明知少年是决斗而死了,少年的朋友却要瞒着少年的母亲;现在,明知母亲是活不长久了,做女儿的冰心却要瞒着老人家,说是她的病有希望!这是乐中之苦,然而也是苦中之乐!此外像父亲做寿,有意要母亲装新娘子,寿堂里空一个位子……都写得很煊赫,然而也就愈使读者感到悲哀,愈使读者感到甜蜜;所谓花钱看悲剧,去买眼泪,就是这种道理。

在此篇散文里冰心的文体还是这样的简洁、柔和、美丽、巧妙地融和了古代的诗词和散文。在她的散文中找不到十分长的"张句",完全是"弛句"。

往　事(一)

一四

每次拿起笔来，头一件事忆起的就是海。我嫌太单调了，常常因此搁笔。

每次和朋友谈话。谈到风景，海波又侵进谈话的岸线里，我嫌太单调了，常常因此黯然，终于无语。

一次和弟弟们在院子里乘凉，仰望天河，又谈到海，我想索性今夜彻夜的谈一谈海，看词锋到何时为止，联想至何处为极。

我们说着海潮、海风、海舟……最后便谈到海的女神。

涵说："假如有位海的女神，她一定是'艳如桃李、冷若冰霜'的。"我不觉笑问："这话怎讲！"涵也笑道："你看云霞的海上，何等明媚；风雨的海上，又是何等的阴沉！"

杰两手抱膝凝听着，这时便运用他最丰富的想象力，指点着说："她……她住在灯塔的岛上，海霞是她的扇旗，海岛是她的侍从；夜里她曳着白衣蓝裳，头上插着新月的梳子，胸前挂着明星的璎珞；翩翩地飞行于海波之上……"

楫忙问，"大风的时候呢？"杰道："她驾着风车，狂飙疾转的在怒涛上驱走；她的长袖拂没了许多帆舟。下雨的时候，便是她忧愁了，落泪了，大海上一切都低头静默着。黄昏的时候，霞光粲然，便是她回波电笑，云发飘扬，丰神轻柔而潇洒……"

这一番话，带着画意，又是诗情，使我神往，使我微笑。

楫只在小椅子上，挨着我坐着，我抚着他，问："你的话必是更好了，说出来让我们听听！"他本静静的听着，至此便抱着我的臂儿，笑道："海太大了，我太小了，我不会说。"

我肃然——涵用折扇轻轻的击他的手，笑说，"好一个小哲学家！"

涵道："姊姊，该你说一说了。"我道："好的都让你们说尽了——我只希望我们都像海！"

杰笑道："我们不配做女神。也不要'艳如桃李，冷若冰霜'的。"

他们都笑了——我也笑说："不是说做女神，我希望我们都做个'海化'的青年。像涵说的，海是温柔而沉静。杰说的，海是超绝而威严。楫说的更好了，海是神秘而有容，也是虚怀，也是广博……"

我的话太乏味了，楫的头渐渐的从我的臂上垂下去，我扶住了，回身轻轻地将他放在竹榻上。

涵忽然说："也许是我看的书太少了，中国的诗里，咏海的真是不多；可惜这么一个古国，上下数千年，竟没有一个'海化'的诗人！"

从诗人上,他们的谈锋便转移到别处去了——我只默默的守着楫坐着,刚才的那些话,只在我心中,反复的寻味——思想。

 赏 析

这篇散文托物言志,咏物抒怀的物汊,借大海表达了作者立志作一个"海化"了的青年的志向。

作为作者所托之物——大海,作者作了极致的描绘。她屏弃直抒胸臆的方式,转而使用拟人化的手法,通过姐弟四人为"海的女神"共同画像的绝妙设计,描画出一位风姿绰约、品格超群的"海的女神"的形象:"在云霞的海上,海的女神明艳得若桃花若李花;在风雨的海上,海的女神又阴沉得冷若冰霜,这是写海的容貌;海霞是她的扁旗,海岛是她的侍从;夜里她曳着白衣蓝裳,头上插着新月的梳子,胸前挂着明星的璎珞;翩翩地飞行于海波之上……"这是极写海的女神的服饰、装束。大风时,"她驾着风车,狂飙疾转的在怒涛上驱走;她的长袖拂没了许多帆舟。下雨的时候,便是她忧愁了,落泪了,大海上一切都低头静默着。黄昏的时候,霞光灿然,便是她回波电笑,云发飘扬,丰神轻柔而潇洒……"这是极写海的女神的动态美,举手投足,都显示出一种仪态万方、无以伦比的美。令人更为折服的是作者还是借稚童的小弟弟楫之口,说出了最富哲理的话:"海太大了,我太小了,我不会说。"

本文的开头与结尾也很有特点。开篇就是一组排比句式,反复强调提笔时忆起海,谈话时说到海,觉得乏味、单调,不愿再谈到海,所以在乘凉时索性与弟弟们彻底的谈一次,誓有从此不再谈海、忆海、写海之意。但当纵情畅谈大海之后,三个弟弟的谈锋已由海转到诗作和诗人上去了,而作者自己却在心中反复的寻味着,思想着刚才的那些关于海的谈话。想忘掉海,却偏偏忘不掉海;文章首尾呼应,刻意求新,绝妙之极。加之冰心以悠长舒缓的抒情旋律和娓娓絮谈式的语言节奏,使得这篇散文呈现出一种宁静和谐的格调,蕴涵着一种温婉幽深的韵致,处处显示出女作家的聪慧与灵性、优雅与文静。然而透过秀美的表面文字,隐约可见的却是一具有追求、有热情、有魄力的"海化"了的"灵魂"。

作者以丰富的想象和华美的词藻将海的女神的气度、风采、品格都一一描画出来之后,作者托海所言之志,所抒之情便凸现出来,作一个"海化"的青年,像大海那样温柔而沉静、超绝而威严,神秘而有容、广博而虚怀……这便是作者的人生追求,也是作者为什么时时颂赞大海的真正原因。

> **俞平伯**（1900—1990），20世纪中国著名作家、学者，因50年代的批判而以"红学家"之名传世，事实上，其文学成就也十分可观。幼受国学教育，五四时期参加新文化运动，是新诗的代表作家之一。20岁起执教于北京大学等高等院校，后从事文学研究工作。以《红楼梦辩》闻世，是新红学派的代表人物之一。主要作品有新诗集《冬夜》；散文集《燕知草》《杂拌儿》《杂拌儿之二》；红学研究《红楼梦辨》等。现有《俞平伯散文集》《俞平伯选集》等行世。

桨声灯影里的秦淮河

我们消受得秦淮河上的灯影，当圆月犹皎的仲夏之夜。

在茶店里吃了一盘豆腐干丝，两个烧饼之后，以歪歪的脚步踅上夫子庙前停泊着的画舫，就懒洋洋躺到藤椅上去了。好郁蒸的江南，傍晚也还是热的。"快开船罢！"桨声响了。

小的灯舫初次在河中荡漾；于我，情景是颇朦胧，滋味是怪羞涩的。我要错认它作七里的山塘；可是，河房里明窗洞启，映着玲珑入画的曲栏干，顿然省得身在何处了。佩弦呢，他已是重来，很应当消释一些迷惘的。但看他太频繁地摇着我的黑纸扇。胖子是这个样怯热的吗？

又早是夕阳西下，河上妆成一抹胭脂的薄媚。是被青溪的姊妹们所熏染的吗？还是匀得她们脸上的残脂呢？寂寂的河水，随双桨打它，终是没言语。密匝匝的绮恨逐老去的年华，已都如蜜饧似的融在流波的心窝里，连呜咽也将嫌它多事，更那里论到哀嘶。心头，婉转的凄怀；口内，徘徊的低唱；留在夜夜的秦淮河上。

在利涉桥边买了一匣烟，荡过东关头，渐荡出大中桥了。船儿悄悄地穿出连环着的三个壮阔的涵洞，青溪夏夜的韶华已如巨幅的画豁然而抖落。哦！凄厉而繁的弦索，颤岔而涩的歌喉，杂着吓哈的笑语声，劈拍的竹牌响，更能把诸楼船上的华灯彩绘，显出火样的鲜明，火样的温煦了。小船儿载着我们，在大船缝里挤着，挨着，抹着走。它忘了自己也是今宵河上的一星灯火。

既踏进所谓"六朝金粉气"的销金锅，谁不笑笑呢！今天的一晚，且默了滔滔的言说，且舒了恻恻的情怀，暂且学着，姑且学着我们平时认为在醉里梦里的他们的憨痴笑语。看！初上的灯儿们一点点掠剪柔腻的波心，梭织地往来，把河水都皴得微明了。纸薄的心旌，我的，尽无休息地跟着它们飘荡，以致于怦怦而内热。这还好说什么的！如此说，诱惑是诚然有的，且于我已留下不易磨灭的印记。至于对榻的那一位先生，自认曾经一度摆脱了纠缠的他，其辨解又在何处？这实在非我所知。

我们，醉不以涩味的酒，以微漾着，轻晕着的夜的风华。不是什么欣悦，不是什么慰藉，只感到一种怪陌生，怪异样的朦胧。朦胧之中似乎胎孕着一个如花的笑——这么淡，那么淡的倩笑。淡到已不可说，已不可拟，且已不可想；但我们终久是眩晕在它离合的神光之下的。我们没法使人信它是有，我们不信它是没有。勉强哲学地说，这或近于佛家的所谓"空"，既不当鲁莽说它是"无"，也不能径直说它是"有"。或者说"有"是有的，只因无可比拟形容那"有"的光景；故从表面看，与"没有"似不生分别。若定要我再说得具体些：譬如东风初劲时，直上高翔的纸鸢，牵线的那人儿自然远得很了，知她是那一家呢？但凭那鸢尾一缕飘绵的彩线，便容易揣知下面的人寰中，必有微红的一双素手，卷起轻绡的广袖，牢担荷小纸鸢儿的命根的。飘翔岂不是东风的力，又岂不是纸鸢的含德；但其根株却将另有所寄。请问，这和纸鸢的省悟与否有何关系？故我们不能认笑是非有，也不能认朦胧即是笑。我们定应当如此说，朦胧里胎孕着一个如花的幻笑，和朦胧又互相混融着的；因它本来是淡极了，淡极了这么一个。

漫题那些纷烦的话，船儿已将泊在灯火的丛中去了。对岸有盏跳动的汽油灯，佩弦便硬说它远不如微黄的灯火。我简直没法和他分证那是非。

时有小小的艇子急忙忙打桨，向灯影的密流里横冲直撞。冷静孤独的油灯映见黯淡久的画船（？）头上，秦淮河姑娘们的靓妆。茉莉的香，白兰花的香，脂粉的香，纱衣裳的香……微波泛滥出甜的暗香，随着她们那些船儿荡，随着我们这船儿荡，随着大大小小一切的船儿荡。有的互相笑语，有的默然不响，有的衬着胡琴亮着嗓子唱。一个，三两个，五六七个，比肩坐在船头的两旁，也无非多添些淡薄的影儿葬在我们的心上——太过火了，不至于罢，早消失在我们的眼皮上。谁都是这样急忙忙的打桨，谁都是这样向灯影的密流里冲着撞；又何况久沉沦的她们，又何况飘泊惯的我们俩。当时浅浅的醉，今朝空空的惆怅；老实说，咱们萍泛的绮思不过如此而已，至多也不过如此而已。你且别讲，你且别想！这无非是梦中的电光，这无非是无明的幻相，这无非是以零星的火种微炎在大欲的根苗上。扮戏的咱们，散了场一个样，然而，上场锣，下场锣，天天忙，人人忙。看！吓！载送女郎的艇子才过去，货郎担的小船不是又来了？一盏小煤油灯，一舱的什物，他也忙得来象手里的摇铃，这样丁冬而郎当。

杨枝绿影下有条华灯璀璨的彩舫在那边停泊。我们那船不禁也依傍短柳的腰枝，欹侧地歇了。游客们的大船，歌女们的艇子，靠着。唱的拉着嗓子；听的歪着头，斜着眼，有的甚至于跳过她们的船头。如那时有严重些的声音必然说："这那里是什么旖旎风光！"咱们真是不知道，只模糊地觉得在秦淮河船上板起方正的脸是怪不好意思的。咱们本是在旅馆里，为什么不早早入睡，掂着牙儿，领略那"卧后清宵细细长"；而偏这样急急忙忙跑到河上来无聊浪荡？

还说那时的话，从杨柳枝的乱鬓里所得的境界，照规矩，外带三分风华的。况且今宵此地，动荡着有灯火的明姿。况且今宵此地，又是圆月欲缺未缺，欲上未上的黄昏时候。叮当的小锣，伊轧的胡琴，沉填的大鼓……弦吹声腾沸遍了三里的秦淮河。喳喳嚷嚷的一片，分不出谁是谁,分不出那儿是那儿,只有整个的繁喧来把我们包填。仿佛都抢着说笑,这儿夜夜尽是如此的,不过初上城的乡下佬是第一次呢。真是乡下人,真是第一次。

穿花蝴蝶样的小艇子多到不和我们相干。货郎担式的船,曾以一瓶汽水之故而拢近来,这是真的。至于她们呢,即使偶然灯影相偎而切掠过去,也无非瞧见我们微红的脸罢了,不见得有什么别的。可是,夸口早哩!——来了,竟向我们来了!不但是近,且拢着了。船头傍着,船尾也傍着;这不但是拢着,且并着了。厮并着倒还不很要紧,且有人扑冬地跨上我们的船头了。这岂不大吃一惊!幸而来的不是姑娘们,还好。(她们正冷冰冰地在那船头上)来人年纪并不大,神气倒怪狡猾,把一扣破烂的手折,摊在我们眼前,让细瞧那些戏目,好好儿点个唱。他说:"先生,这是小意思。"诸君,读者,怎么办?

好,自命为超然派的来看榜样!两船挨着,灯光愈皎,见佩弦的脸又红起来了。那时的我是否也这样?这当转问他。(我希望我的镜子不要过于给我下不去。)老是红着脸终久不能打发人家走路的。所以想个法子在当时是很必要。说来也好笑,我的老调是一味的默,或干脆说个"不",或者摇摇头,摆摆手表示"决不"。如今都已使尽了。佩弦便进了一步,他嫌我的方术太冷漠了,又未必中用,摆脱纠缠的正当道路惟有辩解。好吗!听他说:"你不知道?这事我们是不能做的。"这是诸辩解中最简洁,最漂亮的一个。可惜他所说的"不知道?"来人倒真有些"不知道!"辜负了这二十分聪明的反语。他想得有理由,你们为什么不能做这事呢?因这"为什么?"佩弦又有进一层的曲解。那知道更坏事,竟只博得那些船上人的一哂而去。他们平常虽不以聪明名家,但今晚却又怪聪明,如洞彻我们的肺肝一样的。这故事即我情愿讲给诸君听,怕有人未必愿意哩。"算了罢,就是这样算了罢;"恕我不再写下了,以外的让他自己说。

叙述只是如此,其实那时连翩而来的,我记得至少也有三五次,我们把它们一个一个的打发走路。但走的是走了,来的还正来。我们可以使它们走,我们禁止它们不来。我们虽不轻被摇撼,但已有一点杌陧了。况且小艇上总载去一半的失望和一半的轻蔑,在桨声里仿佛狠狠地说,"都是呆子,都是吝啬鬼!"还有我们的船家(姑娘们卖个唱,他可以赚几个子的佣金)眼看她们一个一个的去远了,呆呆的蹲踞着,怪无聊赖似的。碰着了这种外缘,无怒亦无哀,惟有一种情意的紧张,使我们从颓弛中体会出挣扎来。这味道倒许很真切的,只恐怕不易为倦鸦似的人们所喜。

曾游过秦淮河的到底乖些。佩弦告船家:"我们多给你酒钱,把船摇开,别让他们来罗嗦。"自此以后,桨声复响,还我以平静了,我们俩又渐渐无拘无束舒服起来,又滔滔不断地来谈谈方才的经过。今儿是算怎么一回事?我们齐声说,欲的胎动无可疑的。正如水见波痕轻婉已极,与未波时不相类。微醉的我们,洪醉的他们,深浅虽不同,却同为一醉。接着来了第二问,既自认有欲的微炎,为什么艇子来时又羞涩地躲了呢?在这儿,答语参差着。佩弦说他的是一种暗昧的道德意味,我说是一种似较深沉的眷爱。我只背诵岂君的几句诗给佩弦听,望他曲喻我的心胸。可恨他今天似乎有些发钝,反而追着问我。

前面已是复成桥。青溪之东,暗碧的树梢上面微耀着一桁的清光。我们的船就缚在枯柳桩边待月。其时河心里晃荡着的,河岸头歇泊着的各式灯船,望去,少说点也有十廿来只。惟不觉繁喧,只添我们以幽甜。虽同是灯船,虽同是秦淮,虽同是我们;却是灯影淡了,河水静了,我们倦了,——况且月儿将上了。灯影里的昏黄,和月下灯影里的昏影原是不相似的,又何况入倦的眼中所见的昏黄呢。灯光所以映她的浓姿,月华所以洗她的秀骨,以蓬腾的心焰跳舞她的盛年,以惕涩的眼波供养她的迟暮。必如此,才会有圆足的醉,圆足的恋,圆足的颓弦,成熟了我们的心田。

犹未下弦,一丸鹅蛋似的月,被纤柔的云丝们簇拥上了一碧的遥天。冉冉地行来,冷冷地照着秦淮。我们已打桨而徐归了。归途的感念,这一个黄昏里,心和境的交紫互染,其繁密殊超我们的言说。主心主物的哲思,依我外行人看,实在把事情说得太嫌简单,太嫌容易,太嫌分明了。实有的只是浑然之感。就论这一次秦淮夜泛罢,从来处来,从去处去,分析其间的成因自然亦是可能;不过求得圆满足尽的解析,使片段的因子们合拢来代替刹那间所体验的实有,这个我觉得有点不可能,至少于现在的我们是如此的。凡上所叙,请读者们只看作我归来后,回忆中所偶然留下的千百分之一二,微薄的残影。若所谓"当时之感",我决不敢望诸君能在此中窥得。即我自己虽正在这儿执笔构思,实在也无从重新体验出那时的情景。说老实话,我所有的只是忆。我告诸君的只是忆中的秦淮夜泛。至于说到那"当时之感"这应当去请教当时的我。而他久飞升了,无所存在。

……

凉月凉风之下,我们背着秦淮河走去,悄默是当然的事了。如回头,河中的繁灯想定是依然。我们却早已走得远,"灯火未阑人散";佩弦,诸君,我记得这就是在南京四日的酣嬉,将分手时的前夜。

一九二三,八,二二,北京

赏 析

本篇是作者1923年8月22日写于北京的。20世纪20年代的秦淮河,虽说是徐娘半老,却仍是风韵犹存,仍是销魂噬魄的好去处。俞平伯与朱自清共游秦淮河,以《桨声灯影里的秦淮河》为共同的题目,各作散文一篇,以风格不同、各有千秋而传世,成为现代文学史上的一段佳话。

这两篇散文写于"五四"革命风潮刚刚过去三四年的时候。当时,随着革命的深入,"五四"新文化运动的统一战线进一步分化,"有的高升,有的退隐,有的前进"。比之"五四"当时来,整个文化领域显得比较冷落。由于新的革命高潮还没有到来,一些知识分子感到前途茫茫。这两篇同题散文当可印证这一点。我们从文章中不难看出,无论是俞平伯还是朱自清,由于他们都困缚在知识分子的狭小天地里,因而他们也就不可能从秦淮河的历史和现状里,发掘出更有积极意义的思想来。他们也有所不满,有所追求,但是又感到十分迷惘,因而文中就都有着一种怅惘之感。他们不掩饰自己思想上的苦闷。朱自清写道:"这实在是因为我们的心枯涩久了,变为脆弱;故偶然润泽一下,便疯狂似的,不能自主了。"俞平伯则写道:"其实同被因袭的癖趣所沉浸。"他们都有着一种精神的渴求,想借秦淮之游来滋润心灵的干枯,慰藉一下寂寞的灵魂,这里多少还回荡着一点"五四"时期个性解放的呼声,虽然这呼声是那么轻微。但是山水声色之乐,毕竟不能解除他们精神上的苦闷,他们也不能像古代一些文人那样放浪形骸,因而在灯月交辉、笙歌彻夜的秦淮河上,他们处处显得拘谨,显得与环境很不协调。结果自然是乘兴而去,惆怅而归。但是在大致相同的思想境界中,我们又可以发现他们不同的地方。在如画的美景中,朱自清抒发的是难以消受或不堪消受的心境,对那怡人娱目的美景和粗率不拘的歌声,有着一种热切的依恋,感情上比较强烈,而这一切,写来又是那么朴直,不加文饰,更表露作者朴实诚恳的性格。有人说朱自清是"文如其人"。他的"风华从朴素出来,幽默从忠厚出来,腴厚从平淡出来",这是很中肯的评论。而俞平伯作文,喜欢在抒情写景之中,阐发所谓"主心主物的哲思",置身在秦淮河这所谓"六朝金粉"的销金窟里,他虽然被这"轻晕着的夜的风华"所陶醉,但是所感到的"不是什么欣悦,不是什么慰藉;只感到一种怪陌生,怪异样的朦胧。"比之朱自清的热切依恋之情来,俞平伯表现得冷静、理智,他在文章中极力要造成一种空灵、朦胧的意境,就像水中月、镜中花似的,使人捉摸不定。因而文中有些段落,不仅有一种淡淡的苦涩之感,而且使读者感到有些玄妙。本文的笔调是空灵而朦胧的。如"又早是夕阳西下,河上妆成一抹胭脂的薄媚,是被青溪的姊妹们所熏染的吗?还是匀得她们脸上的残脂呢?寂寂的河水,随双桨打它,终是没言语。"这向河水的发问,把河水拟人化了,河水有情,显出"薄媚","媚"是有点儿,却很薄,似有若无,朦胧若现。

  俞平伯是谙熟古典小说词曲的,因此在这篇散文中,随处可见他在这方面的功力。他把这些文艺样式的用词融汇在一起,并不显得突兀或错杂,反而增添了文章的生气和风采。"时有小小的艇子急忙忙打桨,向灯影的密流里横冲直撞。……一盏小煤油灯,一舱的什物,他也忙得来像手里的摇铃,这样叮咚而郎当。"整整这么一段,不仅读起来琅琅上口,且有着一种诗词的韵美。从句式和韵律来看,这是一段散曲,看得出来,作者在这些地方是着意经营的,但又不使人感到前后不协调,反而使文章平添了不少风采,增加了读者许多兴味,应该说,这些地方都是得力于作者古典文学修养的深厚。

> **冯沅君** （1900—1974）原名冯淑兰，笔名淦女士、漱峦等。原籍河南省唐河县。早年留学法国，获巴黎大学文学博士学位。曾在上海暨南大学、中山大学、东北大学、山东大学等校任教，1963年被任命为山东大学副校长。主要创作有小说集《劫灰》《春痕》；散文《清音》《愁》等。

清 音

一

十时改乘正太车西行，雨益大，雾益厚。凭窗望去，只见远山近村都隐入虚无飘渺的境界，依稀古代神话中所说的阆苑蓬岛。这种迷离徜恍的景物，在自然的美中最称蕴藉，较之天朗气清时所见者，格外美妙。沿道多植杨柳，长条婆娑，把它们上面的水珠送到我们的襟袖间，顿添了无限凉意。车上烟囱所喷的烟气缭绕于道侧林木间，云雾似的把它们上下隔绝；行人到此，也自疑置身云端，学古列子御风而行。行愈西，山愈深，两崖土石皆作赭色，至娘子关附近始作青色。在这些岩崖上，多有碧藤绿萝、野花、小草来点缀；甚至倒垂下来，宛如峰峦的流苏。由石家庄到太原，因必横贯太行山脉，故铁道率随山旋转；有时车行两悬崖间，石树掩蔽，不见日影；有时蛇行绝壁侧，旁临深壑。壑中溪流泠泠成韵，绝壁则拔地参天，使人望而生畏。娘子关附近，风物尤奇妙。山势既较他处峻险，溪水亦异常曲折澄澈。崖岸绿树倒垂，掩映溪面，水光树色，幻成一片碧琉璃。其遇乱石阻进时，即变为急湍，浪花怒溅，如冰凿雪积。农人就急湍作水打磨，茅亭翼然临水上，亦饶致趣。或有三五行人，骑驴乱流而渡，水鸟即骞然掠波飞去。……

二

到孝感时，天忽下雨了，但这阵微雨却使自然的美增色不少。我爱雨，赞美雨。我以为无论什么景物，在太阳的强烈的光线下，总有几分太清晰，太现实，给我们的视觉的刺激太强；这种过分的刺激，只能使人由疲倦而厌恶；只有阴雨时或晚间，一切景物的色调都暗淡了，甚或轮廓也迷离了，我们的心弦便也因之弛缓下去。在此外静内闲的境地，我们可以微微的喜悦，轻轻的惆怅，悠然，怡然，物我都冥合了，都诗化了。简单的说，日光下的景物是散文的，只能使我们兴奋；雨中月下的景是诗的，它能使我们遐想、幽思。转就实际说罢，你看那些田间的农人们，他们都披着蓑衣，戴雨帽，伛偻着插秧或薅草；这样奇怪的雨帽，连他们的头和身子都遮着了。他们的目前憧憬着来日的千仓万箱的收获，哪顾及现在的斜风细雨。他们对于职务这样的忍耐,他们的态度这样的闲暇,他们的生活这样的和真美的自然接近,这样的诚朴的静美,岂是纸迷金醉的都市人所能领略其万一。

三

潇潇梅雨,滔滔浊流,我们携着半湿的行李由汉口渡江到武昌去。汉口的洋楼,武昌的城堞,汉阳的烟树,四望都是迷离,迷离;自身所切实感到的,只有颠簸不已的舟儿,入舱扑人的风雨,船首船尾,前仆后继,与天相接的波涛。这是江心呀! 危险而雄壮的江心!

四

我在个旅馆里养病。旅馆作病院听来未免离奇,但就实际上论,这个所在确可以养病。它的后面有座小花园,据说是当代某诗人所建造的。园内有方的鱼池,有面面玲珑的水榭,有矮松或冬青之类夹植在小道边,有矮树所围成的圃内,有太湖石,有芭蕉、玫瑰等。园的四周除一面是墙外,余皆精雅的小斋、轩敞的大厅和水榭。我住的房子是座东向西的小斋。房内粗粗有几样家具。窗外的席棚,可遮蔽回光返照的太阳。由窗南望可见水榭的背面,北望可见隔墙的柳树,西望便是大厅。这些榭和斋虽未必全是空的,但这些住客似都深居简出,纵然有时望见对面廊下的客人,也因为院子太寥廓之故,觉得他们如在天末,是和我不相干的。在这里,嘈杂的市声固然难听到,就是旅馆前部唱戏声、拉弦子声、呼唤茶房声,……似也震动不破这园内的寂静的场面。这种地僻境幽、窗明几净的所在,固然宜于养病,但同时它也擅于酝酿寂寞。我一个人静静的坐一刻,昏昏的睡一刻,看着成盘的香一圈一圈的烧成了灰,窗上的日影渐渐由斜而正,由正而斜,还不看见一个相识的面孔,听不见一声熟悉的语言。这个沉没在寂寞的海中的我,早将平日厌恶喧哗的性儿消磨净尽,渴望着朋友们来探问;我不要挚友,不要成群的来,不要他多说话,只要个相识的人的一颦一笑。

五

"春水碧于天","一池春水碧于罗",江南的水本自可爱,但西湖的水又似与江南他水不同。她的颜色是那样绿,绿而有光泽;她的波面是那样平静,逶逶迤迤,说不尽的温柔闲适。她仿佛位大家闺秀,虽有些不遂心,也不对人使脾气,不过眉黛轻颦而已,而这种轻颦的姿态,却能增进她的温柔。啊,"春慵恰似春塘水,一片縠纹愁,融融泄泄,东风无力,欲绉还休。"这种细腻风光的妙语,虽非为西湖而写,却写出西湖的灵魂了。

六

到葛岭时,天已黄昏了,暗中攀登,勉强走到抱扑庐前。他人到葛岭观日出,我们却在此观灯火中的杭州。西湖诸山林木甚繁盛,葛岭的树尤多。黄昏中由树叶隙里远望灯火辉煌的彼岸,一灯如一明珠;这些明珠缀成的有璎珞,有游龙,有宝塔……

七

饭后放舟湖中,到平湖秋月去。是时月刚从东方升起,尚未到中天,清辉斜射湖面,漾成一道金光,涟漪微动,金光也因之忽聚忽散。平湖秋月只是湖中一个小岛,岛上几椽小楼,破敝得仅蔽风雨。若白昼来游,恐怕人人都要望望然而去之。可是清夜来此玩月,确不愧为西湖名胜之一。月夜原是神秘的、幽静的、凄清的,所以与其在歌吹喧阗、灯光辉煌的地方玩月,无宁在寂寥无人、幽暗闃静的所在。幽暗可以衬出月色皎洁,闃静可使观者的精神舒缓,与月冥合。平湖秋月的妙处,便是树多。树多即可增进幽暗。换句话说,就是此地能造成分外皎洁的月色。试想在这黑洞洞、四面又都是烟波渺茫的地方,望着水似的长空嵌着一轮明月,怎能不感到月色分外晶莹,水天分外寥廓?我们大家或坐在树下促膝谈心,或坐在船上叩舷高歌,或独立小石桥上对月凝思。"年年月华如练,长是人千里。"忽然有人凄然的念着,其声清切,如出金石,林木的枝柯似都为之颤动了。由平湖秋月登舟,过锦带桥,到断桥泊着。我们都到桥上步月。此时月已到中天,湖面的万道金光,竟变成一点明珠。回望葛岭、南屏诸山,只能于烟波深处得仿佛。整个西湖都浸在月华中了。

八

在如矢如砥的马路旁,耸立着枝叶茂密的树木,在枝叶茂密的树木中,透出星般的灯光。望去,纵月向前望去,路愈远愈窄,树愈远愈密,天愈远愈低;路、树、天的尽处,毗连处,煊染着一抹暮霞。

二二年作
(选自《冯沅君创作译文集》,山东人民出版社1983年版)

阅读这篇作品,宛如观赏一幅由八个片断连缀而成的山水画册。清丽的色调,使整个画面雅洁而静美,山水与风月,唤起人无限遐想,工丽的词藻使人赏心悦目,赞叹不已。

本文的结构颇有特色,从出发点的北平到目的地的杭州,作者选写了沿途能激发起自己审美情趣的景色加以描写,每个片断只记一景,内容可多可少,篇幅不限,形式活泼,都具特色,生动逼真。作者还采取大写意的方法,追求完美意境的营造。作者在行文时,并不是描写一两个孤立的意象,而选用众多的景物营造一个完美的意境,给人以身临其境之感。取景角度大多是中景和远景,无论是写高山深壑还是亭台楼阁,无论是广袤辽阔的北方还是细腻秀丽的南方,都是以遥眺远视来摄取所描写的景物。所得之景展现在读者面前富有层次感和立体感,即使小园小斋,一草一木,也甚少用工笔精绘细描,给人以迷离之感。如写梅雨中的武汉三镇,不着一字写雨中景色;不直接写月色的皎洁明媚,而采用映衬法,以树木的幽暗来衬托明月的洁白晶亮:"平湖秋月的妙处,便是树多。树多即可增进幽暗,换句话说,就此地能造成分外皎洁的月色。"这种大写意的手法,使整篇文章有一种博大辽阔的气势和诗情画意的意境。虽是如此,文中仍不失女子的婉约柔美,形成了她独特的审美情。细品之下就不难发现,作者爱水不爱山,爱雨不爱晴;喜清夜不喜白昼;喜迷离不喜明朗。如写车在太行山中行驶时,用笔最多的是山间雾气,壑中溪流,崖岸缘树,她用"娘子关附近,风物尤奇妙。山势较他处峻险,溪水亦异常曲折澄澈"一句带过,而对水却津津乐道。描绘孝感的斜风细雨,作者简直爱不释手似的,忘记了描写,直接抒发议论,向读者阐述其审美观念。恐读者不知,还连用了两个比喻,把日下景比作散文化人以兴奋,而寸中月下景比作诗歌使人遐想幽思,表现出作者爱寸的激动不已的心情。文章由"清音"正名,其意趣或许就在此吧。

  冯沅君的文字颇具魅力,清闲而独有韵味。比如第四段,写她在旅馆中养病,她很用心地描绘了旅馆后面的小花园,将它描绘成了一个清静自在、与世隔绝的桃花源,她在写水榭时,说它四面玲珑;在写小斋时,写到南望可见的风景、北望可见的风景,字里行间带着一种恬淡、自在,不由地令人生羡。她的文字的妙处,便是境美,尤擅以绮思和丽句来酿出散文诗的深味,也真合适在四围都静的月下看它。

李金发 (1900—1976)原名李淑良,笔名金发,广东梅县人。1919年赴法勤工俭学,1921年就读于第戎美术专门学校和巴黎帝国美术学校,在法国象征派诗歌特别是波特莱尔《恶之花》的影响下,开始创作格调怪异的诗歌,被称之为"诗怪",成为我国第一个象征主义诗人。主要著作有诗集《微雨》《为幸福而欢》《食客与凶年》以及《雕刻家米西朗则罗》等。

在玄武湖畔

这个不可多得的,打破六十余年纪录的,温度达一百零四度四的一九三四年,我恰从温和适意的南国的罗浮山,跑到石头城来,我是自叹倒霉,预备去受酷暑的磨难的。不料不幸中之幸,终于躲在玄武湖养园两个月,和太阳神抵抗,终得平安过去。现在秋意渐渐浓厚,我继续在居住,看着大自然逐步失去活泼之态,一面严冬又在准备它的大业。

七月初旬,知道家人要北来,我就在南京物色西式的住宅,从五台山走到阴阳营,马家街等地都空费流汗。凑巧得很,友人汪君来访,他知道我在找房子,他提议分租他住的养园一部分给我,真是再好没有,人们求之不得的。我于是遂从不脱南京旧日本色的金沙井逃出来,好像舒了一口喘息似的。

到上海去接家人回来,就在那里过昼伏夜出的生活。

这个中国式的西洋别墅,不要小看它,是当年住过许多"党国要人"的,因为以前做过荷院俱乐部,值得提起的,是它有一大客厅,可容六七十人跳舞,当年曾做过首都社交中心的工具的,其余的建筑则一无是处。然细察一会,则可看出屋主人是休养林泉的能手,房子全部的窗和门,都是铁纱窗,没有苍蝇蚊子踪影。四周栽满花草,高纵的树木包围着,在窗外还有芭蕉的绿叶,代替了窗帘。葡萄藤满生白色的果实,在预备采食之前一日,为不知什么鼠食得干净。西偏有成亩的小竹成林,因为久旱的缘故,笋子老埋在土下,一遇下过了雨,翌晨无数的幼芽,从土中如笔般长出。老园丁说,此种笋不会长成,便将它挖出来做菜;起初觉得非常可惜,煞风景,但后来看惯了,自己也每遇雨后抢着去挖,把它鲜炒或晒成笋干。杨柳在窗外摇曳,有时垂到地下,阻住人来往的路,但从不会把它砍短;有时柳枝驻下一二个富于气力的蝉儿,引吭高歌,与远处高处的和成一个合奏曲,真是热闹,有时扰人午睡又觉罪不容诛。听茵子说,秋天无力的蝉,叫声是"也余也余"地叫,与盛夏的"余余余"不变音的叫法,是不同的。后来入了秋听之,果然不错。亏得我在乡间住了十几年,还不曾听过这常识。至今思之,不快的,是有一天气压非常高的一天,我出去公园管理处打电话,看到一个穿草鞋的苦力人,手持一竹竿,腰间挂着一竹篓,正在将一种胶质糊在竿尾,然后仰首去寻蝉声所自出，将这有胶的竿，轻轻的靠在鸣着的蝉之背部，则两翼已在无用的挣扎，他徐徐将竿退下，将蝉翼上有胶的部分揭去（美丽的翼就此残缺了），放进篓中，它无数同命运者中去。犹闻闹成一张如人类狱中的罪人之骚动，我好奇地，借他的竿也捉下一个，也给他放进去了。这是我牺牲一小生命的罪过！闻此种蝉将卖给小孩子玩，——磨难小动物，是中国儿童的时色，也是无知的父母所允诺的——或卖给人做药材，这就是与人无所忤的自然吟咏者之命运。

　　不知怎的，我近十年来很觉得心肠仁慈多了，一个小小的蚱蜢及蟋蟀，甚至蚂蚁，我都不愿及不许小孩们弄死，或磨难它们，对于它们的生活，我也很趣味，充其量我可以做一个昆虫学家Fabier也说不定。他们粗人俗人，常常笑我尚有孩子气，我承认我尚有赤子之心，个中诗意及哲理，是他们不能领略的。有一次，我无意中在树根下发现两种蚂蚁在斗争，纠纷的起因为何，我可惜没有看到，迨我看见时，已有十来个大蚁（有半英寸长）为无数小蚁擒食，大蚁则派几个勇士，守在土穴之口，张开铁一般黑钳，窥伺着。环绕着的小蚁群，偶有一个过于勇敢不小心的小蚁，便会把它衔进去受极刑。有时大蚁稍不小心，走得过远，便为小蚁包围，你吃一脚，他吃一臀，就走不动了，这样就断送了它的性命。这不是人类的缩影吗？我蹲在那里，足足看了一点钟，心头非常难过，但没有法子可以排解它们，后来我回去吸一枝香烟，和写了一点译稿，再来看时，小蚁们已退至东偏，大蚁出来，到已退出的阵地，张皇地在寻觅。怎样的经过呢？小蚁自动的总退却呢，还是为大蚁吞食到如此田地呢？大蚁又何不追击呢？我想彼此牺牲必不少，这些都使我沉思了终日，这样的蚁斗，也不多见了。

　　此地的蟾蜍，是孩子们的朋友，他们叫它为"呷呷仔"，每遇下雨，它们就东一个西一个笨拙地爬出来觅食（实在下了雨，什么蚊虫也走光了，它的本能失了效用）。尤以竹林下为多，小孩子若以竹子打打它的背部，它撑起四脚，鼓胀着气来抵抗，这真是拉芳登寓言中所说的一样。

　　夕阳西下，人们鱼贯地来园中散步的时候，便见数百只麻雀群，在梧桐树枝上觅栖宿的地方，至少噪杂在半个钟头以上，才跟着夜色四合，寂然无声，大概是位置的分配罢！每当夜间雷电交作，或狂风怒吼的时候，它们在不安定的枝头受苦，我常常在深夜想起，很可怜这小动物。

　　每个大树下都有石桌石凳，可以在月亮挂在枝间或在紫金山之巅时，一壶清茶，几个知心朋友，纵谈天下事，几不知人间还有烦恼事。

　　房屋的四周，许多花枝不断地开着，远望去总是红的白的掩映在眼帘，是何等赏心悦目呀！有时，折下一些来，自私地插在大大小小的瓶里，轻淡的微黄的玫瑰花之香，与美人蕉的艳红，真使客厅生色，恨不得多几个人来赏玩。篱近有许多牵牛花我最爱，总共有七八种颜色，清晨起来散步的时候，最鲜艳，可惜不到晚间，已萎谢了。这样短促的光荣，使人多么惋惜。这边的一草一木，都是园丁老沙手栽的，我们对着他的晚景，应该感谢他而凄怆。他现年五十八岁了，面色为日光晒成深赤色，鼻子扁平的，——星相家一定说是他倒霉的原因，—

一说的满口徐州话,人还是很康健,他在此足足十年了,当主人做总办的时候,这个房子还没有造他就来此,忠实服务到现在,不知怎的他老是想回老家去。他说他有储蓄一百元,回去卖烧饼油条亦可过日子,吃完了则讨饭。他没有妻子亲属,使人对他的余年发生无限怜悯,我曾叫汪君挽留这忠仆,以后不知怎样安排。

每当热度到百零几度的时候,即闭着窗户午睡,亦挥汗如露珠,有时为蝉声或斑鸠声搅醒,还睡眼惺忪的,看着修路的工人,在猛射的太阳下推着呷呀的车子,心头真是难过,但世间不平的原因多哩。

现在新秋已徐步到人间,紫金山边白茫茫的细雨继续地洒向枯槁的园林,怪令人可爱的,习习轻风,吹向两腋,精神为之一振,可是没有涟漪的水,生起如织的波纹,只剩得湖边的杨柳,满带愁思地摇曳。

广漠的曾飘出芳香的荷田,现在也不见淡红的花朵,向人微笑,点首,隐约呈现衰老的黄叶,大概不久也会为人刈割净尽了。昔日无数画艇荡漾漾地载着□鲽漫游之湖心,现在全为高与人齐的野草占据着,出人不意的从草根下飞起一群水鸟,或白鹭,朝向浅渚去窥伺天真的小鱼。

放眼望去,没有一点水的模样,惟前次在飞机上下望,则尚有几处较深的地方,还有相当的水,为无数鱼鳖逃命之所,不禁令人有沧海桑田之感。

薄薄的银灰色的秋云,好像善意来保护我们似的,把太阳遮得没有热力了,黄昏的时候,夕阳在云端舞着最后的步伐,放出鲜艳的橙色,送着绯红的日球徐徐下坠,像忍心一日的暂别。此时绿荫之下,不缺乏比肩倩影,喁喁絮着誓语,几阵不知趣的归窠小鸟,从他们头上飞过装出怪声,没有不仰首察看一次的。湖山为他们而存在呢,还是他们为湖山之陪衬品?

一到晚饭后,寻乐的伴侣成群的从桥的那端姗姗而来,沉静的灯光,照着行人得意之色;蓝黛的长天疏星点缀着,如眉的新月,映出林木的轮廓,顿增加黑夜的神秘性。夏蝉已成为哑巴,只寻死的扑向灯光而来,土地下的雌雄蟋蟀,在得意地歌唱,也不似了解未来的命运。远处的火车汽笛声如魔鬼尖锐之音,投进满怀秋思失恋者之心曲,比塞北胡笳更凄清。城之南的天空,映出淡淡的桃红色,不消说那边是车水马龙的繁华世界,许多公子哥儿,正在酒绿灯红中谈着情话,不曾有半点水旱天灾的痕迹在他们梨涡里,大人先生也正在兴高采烈的,在觥筹交错,说着虚伪的官话,或在作揖啊。

到了九点钟时分,游人兴尽走光,提篮的卖葡萄人,也已收盘,湖畔顿成一片静寂,一点足音也听不到,只有时枝头的斑鸠扒翼的声音,或蚯蚓威威的长鸣。那时月儿已复隐到地平线下去,园中黑漆一团像有阴森的景象,使人心头有些惧怯,只好借口疲倦,自己欺骗自己逃到睡乡去。

1934年9月6日灯下

 赏 析

　　《在玄武湖畔》是一篇写景散文,本文以玄武湖养园夏天和秋天原景物为题材,结合自己的反思,表达了对大自然的热爱和对人类命运的思考和关怀,其奇妙之处是借景物作自我观照,在景物中静观自身,使物与我两相遇合,做到了情景交融,物我合一。

　　文章对景物的描写分夏天和秋天:夏天,写了养园中的花木、蝉鸣、捕蝉、蚁斗、蟾蜍,麻雀黄昏觅栖,树下喝茶闲谈,住房四周的鲜花以及园丁的景况,午睡的情景;秋天,写了荷田黄叶,玄武湖中的野草、水鸟,黄昏鸟归巢,情侣散步,蝉哑蟋蟀鸣,火车汽笛声,天气桃红色,公子哥儿谈情,大人先生饮宴,以及入夜后湖畔寂静,园中阴森,人们入睡。在写这些景物中,以自然景物为主,附带写了人事景象。在描写景物时,文章以时间为序:先夏天后秋天。而常中有变,在写夏天景物时则是用空间顺序,而写秋天景物时则是用大时间套小时间,如最后几段,用的是一天的时间顺序。这样,全文的内容虽多,但显得有条不紊。

　　对住地和湖畔周围的风景也有细腻的描写,在对景物的描写上的同时也进行了深入的反思。在反思中,进行了自我解剖,意识到自己的责任,甚至有一种原罪感受,进行了忏悔。如:他因粘蝉而想到"与人无所忤的自然吟咏者的命运",并忏悔自己"牺牲一个小生命的罪过";这种忏悔和悲哀,开始是明快的,越往后越低沉。把自己同时代联系起来,因灰暗的时局来审视自己。看到了世上的不平等,又因自己对这种不平等无能为力而无奈,正是这点,让文章读起来格外的打动人心。

> **阿英** (1900—1977)原名钱杏邨。安徽芜湖人。中国现代著名的剧作家、文艺批评家。著有小说集《义冢》;散文集《夜航集》;剧本《碧血花》《李闯王》;史论《晚清小说史》等。

城隍庙的书市

熟悉上海掌故的人,大概都知道城隍庙是中国的城隍,外国的资本。城隍庙是外国人拿出钱来建筑,而让中国人去烧香敬佛。到那里去的人,每天总是很多很多,目的也各自不同。有的带了子女,买了香烛,到菩萨面前求财乞福。有的却因为那里是一个百货杂陈,价钱特别公道的地方,去买便宜货。还有的,可说是闲得无聊,跑去散散心,喝喝茶,抽抽烟,吃吃瓜子。至于外国人,当然也要去,特别是初到中国来的;他们要在这里考察中国老百姓的风俗习惯,也是要看看他们在中国所施与的成果。所以,当芥川龙之介描写"城隍庙"的时候,特别的注意了九曲桥的乌龟,和中国人到处撒尿的神韵,很艺术的写了出来,我也常常的到城隍庙,可是我却另有一种不同于他们的目的,说典雅一点,就是到旧书铺里和旧书摊上去"访书"。

我说到城隍庙里去"访书",这多少会引起一部分人奇怪的,城隍庙那里,有什么书可访呢?这疑问,是极其有理。你从"小世界"间壁街道上走将进去,就是打九曲桥兜个圈子再进庙,然后从庙的正殿一直走出大门,除开一爿卖善书的翼化善书局,你实在一个书角也寻不到。可是,事实没有这样简单,要是你把城隍庙的拐拐角角都找到,玩得幽深一点,你就会相信不仅是百货杂陈的商场,也是一个文化的中心区域,有很大的古董铺,书画碑帖店、书局、书摊、说书场、画像店、书画展览会,以至于图书馆,不仅有,而且很多,而且另具一番风趣。对于这一方面,我是当然熟习的,就让我来引你们畅游一番吧。

我们从小世界说起。当你走进间壁的街道,你就得留意,那儿是第一个"横路",第一个"湾"。遇到"湾"了,不要向前,你首先向左边转去,这就到了一条"鸟市";"鸟市"是以卖鸟为主,卖金鱼,卖狗,以至于卖乌龟为副业的街。你闲闲的走去,听听美丽的鸟的歌声,鹦哥的学舌,北方口音和上海口音的论价还钱,同时留意两旁,那么,你稳会发现一家东倒西歪的,叫做饱墨斋的旧书铺。走进店,左壁堆的是一直抵到楼板的经史子集;右壁是东西洋的典籍,以至于广告簿;靠后面,则是些中国旧杂书:二十年来的杂志书报,和许多重要不重要的文献,是全放在店堂中的长台子上,这台子一直伸到门口;在门口,有一个大木箱,也放了不少的书,上面插着纸签——"每册五分"。你要搜集一点材料吗?那么,你可以耐下性子,先在这里面翻;经过相当的时间,也许可以翻到你中意的,定价很高的,甚至访求了许多年而得不着的；自然，有时你也会化了若干时间，弄得一手脏，而毫无结果。可是，你不会吃亏。在这"翻"的过程中，可以看到不曾见到听到过的许多图书杂志，会像过眼烟云似的温习现代史的许多断片。翻书本已是一种乐趣，而况还有一些意想不到的收获呢？中意的书已经拿起了，你别忙付钱，再去找台子上的，那里多的是整套头的书，《创造月刊》合订本啦，第一卷的《东方杂志》全年啦，《俄国戏曲集》啦，只要你机会好，有价值的总可以碰到，或者把你残缺的杂志配全。以后你再向各地方，书架上，角落里，桌肚里，一切你认为有注意必要的所在，去翻检一回，掌柜的决不会有多么误会和不高兴。最后耗费在这里的时间，就是讲价钱了，城隍庙的定价是靠不住的，他"漫天开价"，你一定要"就地还钱"，慢慢的和他们"推敲"。要是你没有中意的，虽然在这里翻了很久，一点不碍的，你尽可扑扑身上的灰，很自然的走开，掌柜有时还会笑嘻嘻的送你到大门口。

在旧书店里，徒徒的在翻书上用工夫，是不够的，因为他们的书不一定放在外面。你要问："老板，你们某一种书有吗？"掌柜的是记得自己书的，如果有，他会去寻出来给你看。要是没有，你也可以委托他寻访，留个通信处给他。不过，我说的是指的新书，要是好的版本，甚至于少见的旧木版书，那就要劝你大可不必。因为藏在他们架上的木版书虽也不少，好的却百不得一。收进的时候，并不是没有好书，这些好书，一进门就全被三四马路和他们有关系的旧书店老板挑选了去，标上极大的价钱卖出，很少有你的份。这没有什么奇怪，正和内地的经济集中上海一样，是必然的。但偶尔也有例外；说一件往事吧；有一回，我在四马路受古书店看到六册残本的《古学汇刊》，里面有一部分我很想看看，开价竟是实价十四元，原定价只有三元，当然我不会买。到了饱墨斋，我问店伙，"《古学汇刊》有吗？"他想了半天，起似乎有这部书的意念，跑进去找，竟从灶角落里找了二十多册来，差不多是全部的了。他笑嘻嘻的说："本来是全的，我们以为没有用，扔在地下，烂掉几本，给丢了。"最后讲价，是两毛钱一本。这两毛一本的书，到了三四马路，马上就会变成两块半以上，真是有些恶气。不过这种机会，是毕竟不多的。

带住闲话吧。从饱墨斋出来，你可以回到那个"湾"的所在，向右边转。这似乎是条"死路"，一面是墙，只有一面有几家小店，巷子也不过两尺来宽。你别看不起，这其间竟有两家是书铺，叫做葆光的一家，还是城隍庙书店的老祖宗，有十几年悠长的历史呢。第一家是菊龄书店，主要的是卖旧西书，和旧的新文化书，木版书偶而也有几部。这书店很小，只有一个兼充店伙的掌柜，书是散乱不整。但是，你得尊重这个掌柜的，在我的经历中，在城隍庙书市内，只有他是最典型，最有学术修养的。这也是说，你在他手里，不容易买到贱价书，他识货。这个人很喜欢发议论，只要引起他的话头，他会滔滔不绝的发表他的意见。譬如有一回，我拿起一部合订本的《新潮》一卷，"老板，卖几多钱？"他翻翻书，"一只洋。"我说，"旧杂志也要卖这大价钱吗？"于是他发议论了："旧杂志，都是绝版的了，应该比新书的价钱卖得更高呢。这些书，老实说，要买的人，我就要三块钱，他也得挺着胸脯来买；不要的，我就要两只角子，他也不会要，一块钱，还能说贵么？你别当我不懂，只有那些墨者黑也的人，才会把有价值的书当报纸买。"争执了很久,还是一块钱买了。在包书的时候,他又忍不住的开起口来:"肯跑旧书店的人,总是有希望的,那些没有希望的,只会跑大光明,那里想到什么旧书铺。"近来他的论调却转换了,他似乎有些伤感。这个中年人,你去买一回书,他至少会重复向你说两回:"唉!隔壁的葆光关了,这真是可惜!有这样长历史的书店,掌柜的又勤勤恳恳,还是支持不下去。这个年头,真是百业凋零,什么生意都不能做!不景气,可惜,可惜!"言下总是不胜感伤之至,一脸的忧郁,声调也很凄楚。当我听到"不景气"的时候,我真有点吃惊,但马上就明白了,因为在他的账桌上,翻开了的,是一本社会科学书,他不仅是一个会做生意的掌柜,而且还是一个孜孜不倦的学者呢!于是,我感到这位掌柜,真仿佛是现代《儒林外史》里的异人了。

听了菊龄书店掌柜的话,你多少有些怅惘吧?至少,经过间壁葆光的时候,你会稍稍的停留,对着上了板门而招牌仍在的这惨败者,发出一些静默的同情。由此向前,就到了九曲桥边。这里,有大批的劣货在叫卖,有业"西洋景"的山东老乡,把裸体女人放出一半,摇着手里的板铃,高声的叫"看活的",来招诱观众。你可以一路看,一路听,走过那有名的九曲桥,折向左,跑过六个铜子一看的怪人把戏场,一直向前,碰壁转湾——如果你不碰壁就转湾,你会走到庙里去的。转过湾,你就会有"柳暗花明"之感了。先呈现到你眼帘里的,会是几家镜框店,最末一家,是发卖字画古董书籍的梦月斋。你想碰碰古书,不妨走进去一看,不然,是不必停留的。沿路向右转,再通过一家规模宏大的旧书店,一样的没有什么好版本稀有的书的店,跑到护龙桥再停下来。护龙桥,提起这个名字,会使你想到苏州的护龙街。在护龙街,我们可以看到一街的旧书店,存古斋啦,艺芸阁啦,欣赏斋啦,来青阁啦,适存斋啦,文学山房啦,以及其他的书店,刻字店。护龙桥,也是一样,无论是桥上桥下,桥左桥右,桥前桥后,也都是些书店,古玩店,刻字店。所不同于护龙街者,就是在护龙街,多的是"店",而护龙桥多的是"摊",护龙街多的是"古籍",护龙桥多的是新书;护龙街来往的,大都是些"达官贵人",在护龙桥搜书的,不免是"平民小子";护龙街是贵族的,护龙桥却是平民的。

现在,就以护龙桥为中心,从桥上的书摊说下去吧。这座桥的建筑形式,和一般的石桥一样,是弓形的,桥下面流着污浊的水。桥上卖书的大"地摊",因此,也就成了弓形。一个个盛洋烛火油的箱子,一个靠一个,贴着桥的石栏放着,里面满满的塞着新的书籍和杂志,放不下的就散乱的堆铺在地下。每到吃午饭的时候,这类的摊子就摆出了,三个铜子一本,两毛小洋一扎,贵重成套的有时也会卖到一元二元。在这里,你一样的要耐着性子,如果你穿着长袍,可以将它兜到腰际,蹲下来,一本一本的翻。这种摊子,有时也颇多新书,同一种可以有十册以上。以前,有一个时期,充满着真美善的出版物,最近去的一次,却看到大批的《地泉》和《最后的一天》了,这些书都是崭新的,你可以用最低的价钱买了下来。比"地摊"高一级的,是"板摊",用两块门板,上面放书,底下衬两张小矮凳,买书的人只要弯下腰就能检书。这样的"板摊",你打护龙桥走过去,可以看到三四处;这些"摊",一样的以卖新杂志为主,也还有些日文书。一部日本的一元书,两毛线可以买到,或一部《未名》的合订本,也只要两毛钱;《小说月报》,三五分钱可以买到一本;这里面,也有很好的社会科学书,历史的资料。我曾经用十个铜子在这里买了两部绝版的书籍:《五四》和《天津事变》,文学书是更多的。这里不像"地摊",没有多少价钱好还。和这样的摊对立的,是测字摊,紧接着测字摊,就有五家的"小书铺",所谓"小书铺",是并没有正式门面,只是用木板就河栏钉隔起来的五六尺见方,高约一丈的"隔间"。这几家,有的有招牌,有的根本没有,里面有书架,有贵重的书,主要的是卖西书。不过这种人家,无论西书抑是中籍,开价总是很高,商务、中华、开明等大书店的出版物,照定价打上四折,是顶道地,你想再公道,是办不到的;杂志都移到"板摊"上卖,这里很难见到。我每次也要跑进去看看,但除非是绝对不可少的书籍,在这里买的时候是很少的。这样书铺的对面,是两三家的碑帖铺,我与碑帖无缘,可说是很少来往。在护龙桥以至于城隍庙的书区里,这一带是最平民的了。他们一点也不像三四马路的有些旧书铺,注意你的衣冠是否齐楚,而且你只要腰里有一毛钱,就可以带三两本书回去,做一回"顾客";不知道只晓得上海繁华的文人学士,也曾想到在这里有适应于穷小子的知识欲的书市否?无钱买书,而常常在书店里背手对着书籍封面神往,遭店伙轻蔑的冷眼的青年们,需要看书么?若没有图书馆可去,或者需要最近出版的,就请多跑点路,在星期休假的时候,到这里来走走吧。

由此向前,沿着石栏向左兜转过去,门对着另一面石栏的,有一家叫做学海书店的比"板摊"较高级的书铺,里面有木版旧书,有科学、有史学、哲学、社会科学、文学书;门外的石栏上,更放着大批的"鸳鸯蝴蝶派"的书。你也可以化一些时间,在这里面浏览浏览,找找你要买的书。不过,他们的书,是不会像摊上那么贱卖的。一部绝版的"新文学史料",你得化五毛钱才能买到,一部《海滨故人》或是《天鹅》,也只能给你打个四折。在这些地方,你还有一点要注意,如果有一本书名字对你很生疏,著作人的名字很熟习,你不要放过它。这一类的书,大概是别有道理的。外面标着郭沫若著的《文学评论》(是印成的),里面会是一本另一个人作的《新兴文学概论》;外面是黄炎植的《文学杰作选》,里面会是一部张若英的《现代文学读本》;外面是蒋光慈的什么《女性的日记》,里面会是一册绝不是蒋光慈著的恋爱小说;外面是一个很腐朽的名字,里面会是一部要你"雪夜闭门"读的书。至于那些脱落了封面的,你一样的要一本一本的翻,也许那里面就有你求之不得的典籍。离开这家书铺,沿店铺向右转进去,在这凹子里,又有一家叫做粹宝斋的店。这书店设立的不久,书也不多,有的是很少的木版旧籍,和辛亥革命初期的一些文献。木板旧籍中,也有一两部明版,但都是容易购求的;比较惹我注意的,只是一部古山房版的《两当轩诗钞》,然而,在数年前我早已购得了,且是棉料纸的。总之,这粹宝斋你得到要想买到新文学的文献,或者社会科学书,是很难以如愿的。看过这家书店,你可以重行过桥了,过桥向右折,是一个长阔的走廊,里面有一个卖杂书的"书摊",出了"廊",仍就回到了梦月斋的所在。到这时,护龙桥的书市,算你逛完了,但是,此行你究竟买到几册书呢?

跟着潮水一般的游客,你去逛逛城隍庙吧。各种各样的店铺,形形色色的人群,你不妨顺便的考察一番。随着他们走进城隍庙的边门,先看看最后一进的城隍娘娘的卧室,两廊用布画像代塑佛的二殿,香烟迷漫佛像高大的正殿,虔诚进香的信男信女,看中国妇女如何敬神的外国绅士,充满了"海味"的和尚,在这里认识认识封建势力,是如何仍旧的在支配着中国的民众,想一想我们还得走过怎样艰苦的路程,才能走向我们的理想。然后,你可以走将出来,转到殿外的右手,翻一翻城隍庙唯一的把杂志书籍当报纸卖的"书摊"。这"书摊"历史也是很长的了,是一个曲尺的形式的板架,上面堆着很多的中外杂志和书。我再劝你耐下性子,不要走马看花似的,在这里好好的翻一翻。而且在你翻的时候,你可以旁若无人的把看过的堆作一堆,要买的放在一起,马马虎虎的把检剩的堆子摊匀一下。卖书的是一个很和气的人,无论你怎么翻,怎么检,他都没有话说,只是在旁边的茶桌上和几个朋友谈天说地,直到你喊"卖书的",他才笑嘻嘻的走了过来。在还价上,你也是绝对的自由,他要拾个铜子,你还他一个,也没有愠意,只是说太少。讲定了价,等到你付钱,发现缺少几个,他也没有什么,还会很客气的向你说:"你带去看好了,钱不够有什么关系,下次给我吧。"他有如此的慷慨。这里的书价是很贱,一本刚出版的三四毛钱的杂志,十个铜子就可以买了来,有时还有些手抄本,东西典籍之类。最使我不能忘的,是我曾经在这里买到一部《黄爱庞人铨的遗集》。

城隍庙的书市并不这样就完。再通过迎着正殿戏台上的图书馆的下面,从右手的门走出去,你还会看到两个"门板书摊"。这类书摊上所卖的书,和普通门板摊上的一样,石印的小说,《无锡景》、《时新小调》、《十二月花名》之类。如果你也注意到这一方面的出版物,你很可以在这里买几本新出的小书,看看这一类大众读物的新的倾向,从这些读物内去学习创作大众读物的经验,去决定怎样开拓这一方面的文艺新路。本来,在城隍庙正门外,靠小东门一头,还有一家旧书铺,这里面有更丰富的新旧典籍,"一·二八"以后,生意萧条,支持不下,现在是改迁到老西门,另外经营教科书的生意了。如果时间还早,你有兴致,当然可以再到西门去看看那一带的旧书铺;但是我怕你办不到,经过二十几处的翻检,你的精神一定是很倦乏的了……

阿英的《城隍庙的书市》,仿佛他在街上引领着,缓缓地把店铺的情形讲给读者听,真是要言不烦。如实记述而不添别的手腕,文义的浅近透出叙说态度的平和亲切,是此篇文字的好处。

本文的重心是写城隍庙书市,但文章却从热闹的城隍庙庙会开始,写中外人士逛庙的目的。这样写不但富于生活的情趣还能作为引子,引出城隍庙附近的书市。此处的书市并不是聚在一处,而是散于各方。为了能描写出买书的全貌,作者用其行踪为线索,勾画出了购书的路线图:从城隍庙后面的小世界进入鸟市,在小街上左转右转来到饱墨书铺,菊龄书店,转到护龙桥附近的书摊书铺,然后又到学海书店,粹宝斋,最后转回城隍庙前面的书摊,才算走完全程。

阿英带着读者随他各处走。销书的店家他差不多都详熟,里面的摆设也极清楚。饱墨斋"左壁堆的是一直抵到楼板的经史子集;右壁是东西洋的典籍,以至于广告簿;靠后面,则是些中国旧杂书"。对于有淘书之瘾的人,真是到了一个大可眉飞色舞的地方。他"可以看到不曾见到听到过的许多图书杂志,会像过眼烟云似的温习现代史的许多断片"。《创造月刊》合订本、第一卷的《东方杂志》、《俄国戏曲集》散落于书架上、桌肚里或者各个角落,我像是看到浮在书上的积尘。阿英顺带还教几个向店东论价的招数,亦为文章增趣。窄巷里的菊龄书店售卖着发旧的西书和新文化书,那个兼充店伙的掌柜也让他注意,讲价之间,实在能够看出此人的一点修养。阿英把他赞为"现代《儒林外史》里的异人",不是无端。店外的九曲桥,成了一个闹市,招诱过往者的玩意儿不少。城隍庙中存下的这些,和十里洋场的调子总像是不相谐。转过弯,会见着"发卖字画古董书籍的梦月斋",如果不想寻古书,则不必入内,无妨直上护龙桥,这里的地摊,多有新书可搜,还能体味不浅的平民气。一个个盛洋烛火油的箱子放在桥栏边,箱内塞满新的书刊,价却颇贱。矮凳支起门板,放书来卖的所谓"板摊",自会比地摊高级些,"也有很好的社会科学书,历史的资料"。在这一带的书区转悠,不必受限,无齐整衣冠或是少钱的爱书人,不妨常来光顾。阿英静缓的记述虽是客观的,却隐隐含情。

学海书店大概尤为文人喜欢,因为门外的石栏上,更放着大批鸳鸯蝴蝶派的书,绝版的《新文学史料》、《海滨故人》和《天鹅》也能见到,只是不会像摊上那么贱卖。阿英特别提醒:"在这样的地方,你还有一点要注意。如果有一本书名字对你很生疏,著作人的名字很熟习,你不要放过它。这一类的书,大概是别有道理的。外面标着郭沫若著的《文学评论》(是印成的),里面会是一本另一个人作的《新兴文学概论》;外面是黄炎植的《文学杰作选》,里面会是一部张若英的《现代文学读本》;外面是蒋光慈的什么《女性的日记》,里面会是一册绝不是蒋光慈著的恋爱小说;外面是一个很腐朽的名字,里面会是一部要你'雪夜闭门'读的书。至于那些脱落了封面的,你一样的要一本一本地翻,也许那里面就有你求之不得的典籍。"书商的作伪,断非自今日始!从旧时代城隍庙的书市,亦可旁观彼时社会图景的一角。

粹宝斋里的木版旧籍,殿外一个曲尺形板架上堆放的中外杂志和书,还有两个"门板书摊"上的石印小说,《无锡景》、《时新小调》、《十二月花名》之类的杂书,也都值得一看。书街的里外,被阿英一一讲到,不觉得芜乱絮烦,全因他注入了一个嗜书者的感情,虽无奇峭之笔,仍使访游的过程不平淡。

文章开头写城隍庙,结尾又写到城隍庙,首尾照应,结构完整。结尾一句"城隍庙的书市并不这样就完",给读者留下了无限遐想。

夏衍（1900—1995），原名沈乃熙，字端先，浙江杭州人。现代著名剧作家。主要著作有剧本《上海屋檐下》《法西斯细菌》《芳草天涯》等；报告文学《包身工》；译著有《母亲》等。

野　草

有这样一个故事。

有人问：世界上什么东西的气力最大？回答纷纭的很，有的说"象"，有的说"狮"，有人开玩笑似的说：是"金刚"，金刚有多少气力，当然大家全不知道。

结果这一切答案完全不对，世界上气力最大的，是植物的种子。一粒种子所可以显现出来的力，简直是超越一切。这儿又是一个故事。

人的头盖骨，结合得非常致密与坚固，生理学家和解剖学者用尽了一切的方法，要把它完整地分出来，都没有这种力气，后来忽然有人发明了一个方法，就是把一些植物的种子放在要剖析的头盖骨里，给它以温度与湿度，使它发芽，一发芽，这些种子便以可怕的力量：将一切机械力所不能分开的骨骼，完整地分开了，植物种子力量之大，如此如此。

这，也许特殊了一点，常人不容易理解，那么，你看见笋的成长吗？你看见过被压在瓦砾和石块下面的一颗小草的生成吗？他为着向往阳光，为着达成它的生之意志，不管上面的石块如何重，石块与石块之间如何狭，它必定要曲曲折折地，但是顽强不屈地透到地面上来，它的根往土壤钻，它的芽望地面挺，这是一种不可抗的力，阻止它的石块，结果也被它掀翻，一粒种子的力量的大，如此如此。

没有一个人将小草叫做"大力士"，但是它的力量之大，的确是世界无比。这种力，是一般人看不见的生命力，只要生命存在，这种力就要显现，上面的石块，丝毫不足以阻挡，因为它是一种"长期抗战"的力，有弹性，能屈能伸的力，有韧性，不达目的不止的力。

种子不落在肥土而落在瓦砾中，有生命力的种子决不会悲观和叹气，因为有了阻力才有磨炼。生命开始的一瞬间就带了斗争来的草，才是坚韧的草，也只有这种草，才可为傲然地对那些玻璃棚中养育着的盆花哄笑。

一九四〇年

 赏　析

《野草》是夏衍早期的一篇很有名的散文。当时夏衍为刊物《野草》撰写的发刊词，另题

《种子的力量》，收入散文集《此时此地集》。1940年正是抗日战争处于极其艰苦的时期。无论沦陷地或是孤岛的民众，都深陷于饥饿、贫困、痛苦的深渊里；而社会则在愈演愈烈的内忧外患，国将不国的边缘苟延残喘。作者通过对种子、野草和生命力的歌颂和肯定，表达了他对黑暗现实重压的蔑视，对民众力量的信赖。本文揭示了一个真理：民众(野草)的力量是不可战胜的。

这篇散文最突出的特点，是寓意深刻，哲理性强。作者描写的是自然界的生物现象，但影射和隐喻的却是社会生活现象。作者与当时许多革命文艺家一样，他作的不是风花雪月式的"闲文"，而是革命文学。他如此强调野草的力量，把那些被人们踩在脚下的野草之力说成"世界无比"，其用意就在于唤起民众，使其意识到自己的力量，进而行动起来，达到自己的目的。

文中的哲理性，是通过作者对自然现象和社会现象的详细观察，通过对新奇、具体而又相当典型的自然现象的描绘展示出来的。比如，种子的生长之力能够分开机械力难以分开的头盖骨这个例子，就是一般人不易具备的知识，因而显得新颖奇特，也很典型。同时，为了避免以偏概全，作者紧接着又列举了一系列尽人皆知的普通事例来进一步说明之。而用普通事例来说明问题又容易失于平庸和索然寡味，于是作者便对这些普通事例进行了深入的开掘，提炼出微言大义的哲理来。

这篇散文的立意，是通过层层点染，逐步深化的，到了最后，画龙点睛，妙语惊人。由于散文的立意是逐步点染加深的，读起来很有层次，既不平直浅露，和盘托出，使作者的主旨成为枯燥无味的空洞说教，又没有把作者的思想倾向完全隐藏起来，读起来朦胧隐晦，艰深难测，不可捕捉。

> **鲁彦**（1901—1944），原名王返我，后改名王忘我，浙江省镇海人。现代著名作家。著有短篇小说集《柚子》《黄金》；长篇小说《愤怒的乡村》等。

雪

美丽的雪花飞舞起来了。我已经有三年不曾见着它。

去年在福建，仿佛比现在更迟一点，也曾见过雪。但那是远处山顶的积雪，可不是飞舞着的雪花。在平原上，它只是偶然的随着雨点洒下来几颗，没有落到地面的时候，它的颜色是灰的，不是白色；它的重量象是雨点，并不会飞舞。一到地面，它立刻融成了水，没有痕迹，也未尝跳跃，也未尝发出窸窣的声音，象江浙一带下雪子时的模样。这样的雪，在四十年来第一次看见它的老年的福建人，诚然能感到特别的意味，谈得津津有味，但在我，却总觉得索然。"福建下过雪"，我可没有这样想过。我喜欢眼前飞舞着的上海的雪花。它才是"雪白"的白色，也才是花一样的美丽。它好象比空气还轻，并不从半空里落下来，而是被空气从地面卷起来的。然而它又象是活的生物，象夏天黄昏时候的成群的蚊蚋，象春天流蜜时期的蜜蜂，它的忙碌的飞翔，或上或下，或快或慢，或粘着人身，或拥入窗隙，仿佛自有它自己的意志和目的。它静默无声。但在它飞舞的时候，我们似乎听见了千百万人马的呼号和脚步声，大海的汹涌的波涛声，森林的狂吼声，有时又似乎听见了情人的切切的密语声，礼拜堂的平静的晚祷声，花园里的欢乐的鸟歌声……它所带来的是阴沉与严寒。但在它的飞舞的姿态中，我们看见了慈善的母亲，柔和的情人，活泼的孩子，微笑的花，温暖的太阳，静默的晚霞……它没有气息。但当它扑到我们面上的时候，我们似乎闻到了旷野间鲜洁的空气的气息，山谷中幽雅的兰花的气息，花园里浓郁的玫瑰的气息，清淡的茉莉花的气息……在白天，它做出千百种婀娜的姿态；夜间，它发出银色的光辉，照耀着我们行路的人，又在我们的玻璃窗上札札地绘就了各式各样的花卉和树木，斜的，直的，弯的，倒的。还有那河流，那天上的云……

现在，美丽的雪花飞舞了。我喜欢，我已经有三年不曾见着它。我的喜欢有如四十年来第一次看见它的老年的福建人。但是，和老年的福建人一样，我回想着过去下雪时候的生活，现在的喜悦就象这钻进窗隙落到我桌上的雪花似的，渐渐融化，而且立刻消失了。

记得某年在北京，一个朋友的寓所里，围着火炉，煮着全中国最好的白菜和面，喝着酒，剥着花生，谈笑得几乎忘记了身在异乡；吃得满面通红，两个人一路唱着，一路踏着吱吱地叫着的雪，踉跄地从东长安街的起头踱到西长安街的尽头，又忘记了正是异乡最寒冷的时候。这样的生活，和今天的一比，不禁使我感到惘然。上海的朋友们都象是工厂里的机器，忙碌得一刻没有休息;而在下雪的今天,他们又叫我一个人看守着永不会有人或电话来访问的房子。这是多么孤单,寂寞,乏味的生活。"没有意思!"我听见过去的我对今天的我这样说了。正象我在福建的时候,对四十年来第一次看见雪的老年的福建人所说的一样。

但是,另一个我出现了。他是足以对着过去的北京的我射出骄傲的眼光来的我。这个我,某年在南京下雪的时候,曾经有过更快活的生活:雪落得很厚,盖住了一切的田野和道路。我和我的爱人在一片荒野中走着。我们辨别不出路径来,也并没有终止的目的。我们只让我们的脚欢喜怎样就怎样。我们的脚常常欢喜踏在最深的沟里。我们未尝感到这是旷野,这是下雪的时节。我们仿佛是在花园里,路是平坦的,而且是柔软的。我们未尝觉得一点寒冷,因为我们的心是热的。

"没有意思!"我听见在南京的我对在北京的我这样说了。正象在北京的我对着今天的我所说的一样,也正象在福建的我对着四十年来第一次看见雪的老年的福建人所说的一样。

然而,我还有一个更可骄傲的我在呢。这个我,是有过更快乐的生活的,在故乡:冬天的早晨,当我从被窝里伸出头来,感觉到特别的寒冷,隔着蚊帐望见天窗特别的阴暗,我就首先知道外面下了雪了。"雪落啦白洋洋,老虎拖娘娘……"这是我躺在被窝里反复地唱着的欢迎雪的歌。别的早晨,照例是母亲和姊姊先起床,等她们煮熟了饭,拿了火炉来,代我烘暖了衣裤鞋袜,才肯钻出被窝,但是在下雪天,我就有了最大的勇气。我不需要火炉,雪就是我的火炉。我把它捻成了团,捧着,丢着。我把它堆成了一个和尚,在它的口里,插上一支香烟。我把它当做糖,放在口里。地上厚的积雪,是我的地毯,我在它上面打着滚,翻着筋斗。它在我的底下发出嗤嗤的笑声,我在它上面哈哈的回答着。我的心是和它合一的。我和它一样的柔和,和它一样的洁白。我同它到处跳跃,我同它到处飞跑着。我站在屋外,我愿意它把我造成一个雪和尚,我躺在地上愿意它象母亲似的在我身上盖下柔软的美丽的被窝。我愿意随着它在空中飞舞。我愿意随着它落在人的肩上。我愿意雪就是我,我就是雪。我年青。我有勇气。我有最宝贵的生命的力。我不知道忧虑,不知道苦恼和悲哀……

"没有意思!你这老年人!"我听见幼年的我对着过去的那些我这样说了。正如过去的那些我骄傲地对别个所说的一样。

不错,一切的雪天的生活和幼年的雪天的生活一比,过去的和现在的喜悦是象这钻进窗隙落到我桌上的雪花一样,渐渐融化,而且立刻消失了。

然而对着这时穿着一袭破单衣,站在屋角里发抖的或竟至于僵死在雪地上的穷人,则我的幼年时候快乐的雪天生活的意义,又如何呢?这个他对着这个我,不也在说着"没有意思!"的话吗?

而这个死有完肤的他,对着这时正在零度以下的长城下,捧着冻结了的机关枪,即将被炮弹打成雪片似的兵士,则其意义又将怎样呢?"没有意思!"这句话,该是谁说呢?

天呵,我不能再想了。人间的欢乐无平衡,人间的苦恼亦无边限。世界无终极之点,人类亦无末日之时。我既生为今日的我,为什么要追求或留恋今日的我以外的我呢?今日的我虽说是寂寞地孤单地看守着永没有人或电话来访问的房子,但既可以安逸地躲在房子里烤着火,避免风雪的寒冷;又可以隔着玻璃,诗人一般地静默地鉴赏着雪花飞舞的美的世界,不也是足以自满的吗?

抓住现实。只有现实是最宝贵的。

眼前雪花飞舞着的世界,就是最现实的现实。

看呵! 美丽的雪花飞舞着呢。这就是我三年来相思着而不能见到的雪花。

本文是一篇很有特色且非常优美的散文,极具观赏性。

作者从眼前飞舞的雪花写起,采取倒叙手法,先简略地叙写上年在福建省所见到的雪的特征,再对照着具体地描绘眼前在上海所见的下雪的情形、雪花的特征。作者面对上海的雪花,开始多角度、多层次地描绘它可爱的神态。运用夸张对比手法生动地描绘了上海所见的雪花的声势,运用隐喻、拟人排比手法抒写了雪花留给人的慈善、柔和、温暖等种种美好的感受与气息,抒发了作者喜爱上海所见雪花的感情,极具打动人心的艺术魅力。作者接着叙写了某年在北京与朋友围炉畅饮,纵情谈笑后踏雪夜归的豪兴。继写爱人结伴踏雪,心热情更热,爱情也似雪般纯洁晶莹;回忆的触角更伸向遥远的童年,在亲人天伦的氛围中,不知忧虑、苦恼和悲哀,充满了天真和欢乐。如此一对比,上海生活孤单、寂寞、乏味就跃然纸上,上海见到雪花的喜悦就显得索然寡味。又把雪同雪中僵死的穷人、艰苦抗战的士兵联系起来,思索更深了一层,由此很自然地表明了人对生活应有的态度:抛弃幻想,把握现实,知足常乐。

首尾呼应,结尾又回到眼前雪花飞舞着的世界,达到完美的境界。本文对雪景生动描绘达到极致,读之难忘。

> **废名** (1901—1967),原名冯文炳,湖北黄梅人。曾为语丝社成员,师从周作人的风格,在文学史上被视为京派代表作家。著有小说集《竹林的故事》;长篇小说《桥》《莫须有先生》《莫须有先生坐飞机以后》等。

五祖寺

现在我住的地方离五祖寺不过五里路,在我来到这里的第二天我已经约了两位朋友到五祖寺游玩过了。大人们做事真容易,高兴到哪里去就到哪里去!我说这话是同情于一个小孩子,便是我自己做小孩子的时候。真的,我以一个大人来游五祖寺,大约有三次,每回在我一步登高之际,不觉而回首望远,总很有一个骄傲,仿佛是自主做事的快乐,小孩子所欣羡不来的了。这个快乐的情形,在我做教师的时候也相似感到,比如有时告假便告假,只要自己开口说一句话,记得做小学生的时候总觉得告假是一件很不容易的事了。总之我以一个大人总常常同情于小孩子,尤其是我自己做小孩子的时候——因之也常常觉得成人的不幸,凡事应该知道临深履薄的戒惧了,自己作主是很不容易的。因之我又常常羡慕我自己做小孩时的心境,那真是可以赞美的,在一般的世界里,自己那么的繁荣自己那么的廉贞了。五祖寺是我小时候所想去的地方,在大人从四祖、五祖带了喇叭,木鱼给我们的时候,幼稚的心灵,四祖寺、五祖寺真是心向往之,五祖寺又更是那么的有名,天气晴朗站在城上可以望得见那个庙那个山了。从县城到五祖山脚下有二十五里,从山脚下到庙里有五里。这么远的距离,那时我,一个小孩子,自己知道到五祖寺去玩是不可能的了。然而有一回做梦一般的真个走到五祖寺的山脚下来了,大人们带我到五祖寺来进香,而五祖寺在我竟是过门不入。这个,也不使我觉得奇怪,为什么不带我到山上去呢?也不觉得怅惘。只是我一个小孩子在一天门的茶铺里等候着,尚被系坐在车子上未解放下来,心里确是有点孤寂了。最后望见外祖母,母亲,姊姊从那个山路上下来了,又回到我们这茶铺所在的人间街上来了(我真仿佛他们好容易是从天上下来),甚是喜悦。我,一个小孩子,似乎记得始终没有说一句话。到现在那件过门不入的事情,似乎还是没有话可说,即是说没有质问大人们为什么不带我上山去的意思,过门不入也是一个圆满,其圆满真仿佛是一个人间的圆满,就在这里为止也一点没有缺欠。所以我先前说我在茶铺里坐在车上望着大人们从山上下来好像从天上下来,是一个实在的感觉。那时我满了六岁,已经上学了,所以寄放在一天门的原故,大约是到五祖寺来进香小孩子们普遍的情形,因为山上的路车子不能上去,只好在山脚下茶铺里等着。或者是我个人特别的情形亦未可知,因为我记得那时我是大病初愈,还不能好好的走路,外祖母之来五祖寺进香乃是为我求福了,不能好好走路的小孩子便不能跟大人一路到山上去,故寄放在一天门。不论为什么原故,其实没有关系,因为我已经说明了,那时我一个小孩子便没有质问的意思,叫我在这里等着就在这里等着了。这个忍耐之德,是我的好处。最可赞美的,他忍耐着他不觉苦恼,忍耐又给了他许多涵养,因为我,一个小孩子,每每在这里自己游戏了,到长大之后也就在这里生了许多记忆。现在我总觉得到五祖寺进香是一个奇迹,仿佛昼与夜似的完全,一天门以上乃是我的夜之神秘了。这个夜真是给了我一个很好的记忆。后来我在济南千佛山游玩,走到一个小庙之前白墙上横写着一天门三个字,我很觉得新鲜:"一天门?"真的,我这时乃看见一天门三个字这么个写法,儿时听惯了这个名字,没想到这个名字应该怎么写了。原来这里也有一天门,我以为一天门只在我们家乡五祖寺了。然而一天门总还在五祖寺,以后我总仿佛"一天门"三个字写在一个悬空的地方,这个地方便是我记忆里的一天门了。我记忆里的一天门其实什么也不记得,真仿佛是一个夜了。今年我自从来到亭前之后,打一天门经过了好几回,一天门的街道是个什么样子我曾留心看过,但这个一天门也还是与我那个一天门全不相干,我自己好笑了。写到这里,我想起了二天门。今年四月里,我在多云山一个亲戚家里住,一天约了几个人到五祖寺游玩,走进一天门,觉得不像,也就算了,但由一天门上山的那个路我仿佛记得是如此,因此我很喜欢的上着这个路,一直走到二天门,石径之间一个小白屋,上面写"二天门"。大约因为一天门没有写着一天门的原故,故我,一个大人,对于这个二天门很表示着友爱了,见了这个数目字很感着有趣,仿佛是第一回明白一个"一"字又一个"二"字那么好玩。我记得小时读"一去二三里,烟村四五家,楼台六七座,八九十枝花",起初只是唱着和着罢了,有一天忽然觉得这里头有一二三四五六七八九十,十个字,乃拾得一个很大的喜悦,不过那个喜悦甚是繁华,虽然只是喜欢那几个数目字,实在是仿佛喜欢一天的星,一春的花;这回喜欢"二天门",乃是喜欢数目字而已,至多不过旧雨重逢的样子,没有另外的儿童世界了。后来我在二天门休息了不小的工夫,那里等于一个凉亭,半山之上,对于上山的人好像简单一把扇子那么可爱。

那么儿时的五祖寺其实乃与五祖寺毫不相干,然而我喜欢写五祖寺这个题目。我喜欢这个题目的原故,恐怕还因为五祖寺的归途。到现在我也总是记得五祖寺的归途,其实并没有记住什么,仿佛记得天气,记得路上有许多桥,记得沙子的路。一个小孩子,坐在车上,我记得他同大人们没有说话,他那么沉默着,喜欢过着木桥,这个木桥后来乃像一个影子的桥,它那么的没有缺点,永远在一个路上。稍大读《西厢记》,喜欢"四围山色中,一鞭残照里"两句,也便是唤起了五祖寺归途的记忆,不过小孩子的"残照"乃是朝阳的憧憬罢了。因此那时也懂得读书的快乐。我真要写当时的情景其实写不出,我的这个好题目乃等于交一份白卷了。

附 记

民国二十八年秋季我在黄梅县小学教国语,那时交通隔绝,没有教科书,深感教材困难,同时社会上还是《古文观止》有势力,我个人简直奈他不何。于是我想自己写些文章给小孩们看,总题目为《父亲做小孩子的时候》,这是我的诚意,也是我的战略,因为这些文章我是叫我自己的小孩子看的,你能禁止我不写白话文给我自己的小孩子看吗?孰知小学国语教师只做了一个学期,功课又太忙,写了一篇文章就没写了,而且我知道这篇文章是失败的,因为小学生看不懂。后来我在县初中教英语,有许多学生又另外从我学国文,这时旧的初中教科书渐渐发现了,我乃注意到中学教科书里头有好些文章可以给学生读,比我自己来写要事半功倍得多,于是我这里借一种,那里借一种,差不多终日为他们找教科书选文章。我选文章时的心情,当得起大公无私,觉得自己的文章当初不该那样写,除了《桥》里头有数篇可取外,没有一篇敢保荐给自己的小孩子看,这不是自己的一个大失败吗?做了这么的一个文学家能不惶恐吗?而别人的文章确是有好的,我只可惜他们都太写少了,如今这些少数的文章应该是怎样的可贵呵,从我一个做教师与做父亲的眼光看来。现在我还想将《父亲做小孩子的时候》继续写下去,文章未必能如自己所理想的,我理想的是要小孩子喜欢读,容易读,内容则一定不差,有当作家训的意思。《五祖寺》这一篇是二十八年写的,希望以后写得好些,不要显得"庄严"相。

民国三十五年十一月八日废名记于北平

赏析

  废名留给后世的风景散文,《五祖寺》不妨可以算做一篇。文章里面的那份美丽,大约是从外国人手里学来的。这是重复废名先生自己的意思:"我读了外国人的文章,好比徐志摩所佩服的英国哈代的小说,总觉得那些文章里写风景真是写得美丽,也格外的有乡土的色彩……"

  据禅宗典籍《六祖坛经》介绍,五祖寺原名东山寺,位于废名的故乡湖北黄梅县双峰山,为禅宗五祖经忍传法之地。

  若从废名在散文方面的成就来讲,似乎不及他的小说知名,却仿佛翠枝旁逸,照例充盈着鲜润的汁液。废名称赞梁遇春的散文是"一树好花开",移用在他自己的文章上,也是形容得恰好。冯健男先生说废名写《五祖寺》,"则又回到儿时的故乡的记忆中去了",是对的。读本文,忆梦的欣悦自会有一番相似的体贴。钟磬唱偈的声音飘响得远了,花宫仙梵能存于心中的影像淡得若无,就连五祖寺的归途也忘记是如何踏上的了,"仿佛记得天气,记得路上有许多桥,记得沙子的路",印象全已模糊,空明的感觉却又尽是禅家的。废名的文章也偏好在这样的笔调中显出它的特长来。鲁迅说他"以冲淡为衣",周作人又很喜欢他的"平淡朴讷的作风",所论皆是同一种意思。

  废名的作品,总是能让人读出特别的东西。这篇忆旧游的《五祖寺》,用笔从容,似无结构可依,很悠闲,很家常,到处散发一种任率之美。追叙幼时同家人游山,雾影般的旧事让他写来也如描着一幅画:"五祖寺是我小时候所想去的地方……天气晴朗站在城上可以望得见那个庙那个山了。从县城到五祖山脚下有二十五里,从山脚下到庙里有五里。……只是我一个小孩子在一天门的茶铺里等候着,尚被系坐在车子上未解放下来,心里确是有点孤寂了。"本是再平常不过,废名竟也能够从早年的不如意中悟出"近乎道"的意味,且向生命的深处思索,是:"过门不入也是一个圆满,其圆满真仿佛是一个人间的圆满,就在这里为止也一点没有缺欠……不论为什么原故,其实没有关系,因为我已经说明了,那时我一个小孩子便没有质问的意思,叫我在这里等着就在这里等着了。这个忍耐之德,是我的好处。最可赞美的,他忍耐着他不觉苦恼,忍耐又给了他许多涵养,因为我,一个小孩子,每每在这里自己游戏了,到长大之后也就在这里生了许多记忆。现在我总觉得到五祖寺进香是一个奇迹,仿佛昼与夜似的完全,一天门以上乃是我的夜之神秘了。这个夜真是给了我一个很好的记忆。"文字"带涩味而耐人寻味",这味,乃是由虚处悟透的实理。遁世无闷的态度,大概只有在庄子的文章里才有。三尺童蒙即仿佛无哀乐可感,废名性情的奇特应当也是稀有的吧。在卞之琳先生看,废名推崇魏晋六朝文,亦不废《诗经》、《论语》、五古,还会喜欢《世说新语》一路文字,"偶出拈花妙语"。五祖寺的"一天门"、"二天门",因为数目字的有趣,只在片时,就会抛却可恋的山水,去想"虽然只是喜欢那几个数目字,实在是仿佛喜欢一天的星,一春的花",灵思闪露,真是写出了感觉美。我好像看到他飘在半山之上的影子。

  篇尾在本文就是终曲前的雅奏。只要看所写的话,笔意隐约,就知是以读写度日的文字人,亦难寻其心迹,并非无心而撰,是这样数行:"稍大读《西厢记》,喜欢'四围山色中,一鞭残照里'两句,也便是唤起了五祖寺归途的记忆,不过小孩子的'残照'乃是朝阳的憧憬罢了。"积年加多的人生经验似在书边暗示,不能轻看这番话,写下它的人像是仍在一个满愿的酣梦中浮笑。古典趣味和朦胧境界却像在读李商隐诗,锦瑟无端而诗情难解,这又尽显废名式笔墨的独秀了。

> **韦素园** （1902—1932），安徽省霍邱叶集人。现代文学翻译家。译有俄国果戈里的小说《外套》；俄国短篇小说集《最后的光芒》等。

春　雨

在干亢的、尘沙飞扬的北京城里，本来不多雨。这几日，不知为了什么，落了一次，今晚又落起来了——，想是送暮春的。

我的心陡然忆起当日青年争相传说的一件故事：

在古老的支那有一块曾经被外人蹂躏过的地方，早年来过了一个这样的异省少女：缟衣素手，意态幽然；每当午后，烈日偏西的时候，母亲睡了午觉，她便携着唯一的亲密的伴侣——约有六七岁的小弟弟，一阵轻启了扉门，向外面走去。

日子经久了，母亲有时醒来，不见爱女，便着人在外寻找。

"妈妈，我和姐姐在那边看学生体操。"刚一进门，小弟弟便这样说了。

母亲凝视着爱女，隐忍一声不语；爱女看了一看母亲，仿佛含有几分羞怯更有几丝怒意似的。

然而异乡做客，这些微的隔膜都在亲爱中燃烧去了。

有一日，小弟弟从外面跑回来，手里拿着糖果，笑眯眯的进了姐姐屋里。

"姐姐，"——他进了房门便说——"那边有个学生给我买的这些东西，他原先本说带我去摘野果。"

少女两颊微泛红意了，仿佛更有点热；她的心鹿鹿在跳，一把将小弟弟紧紧搂住，小弟弟几乎急得要哭了。

"哦，他别的可说了些什么？"少女轻轻地问，更显得不安了。

小孩子摇一摇头，从她的怀中脱出，将糖果向口中一塞，便跑往门外不见了。

日子经久了，小弟弟手中时常不断糖果；姐姐对小弟弟也更加热爱起来了。

太阳快下山了。少女临在阶前，注视着远方红光灿烂的暮霞；在这暮霞的里面仿佛有一种神秘的，不可言说——尤其对于少女——的东西似的。

这时候，小弟弟从外面走来，低低地说：

"姐姐，你回答他的，我已经告诉他了。哦你看这——"小弟弟说着这话，便将纸条递给了姐姐。她顺手将纸条塞进自己的口袋里。

——"小弟弟，"——她说：——"我们一同到后园里去，我捉蜻蜓和蝴蝶给你。"

"好,"小弟弟答了一声,他们便携着手走去了。

夜色盖笼了大地。青藤下,微风吹来,感受到丝丝地凉意。少女心中在想:"我明日傍晚怎好去践约会他呢?倘若我的母亲,倘若这四周的邻人要是道……不过这也不大要紧。我害怕,我莫名其妙的畏惧,我很害怕初次看见了他……"这时候,在少女的脑海里,现出一条满生了绿草的蜿蜒的小道向海边迤去。在这小道上,有个青年,穿着海军制服,面孔红白,身体异常秀健……少女想:"倘若我也随着这位少年顺这山路走去,到了海边,我们又将说些什么呢?——'不去'——"这只在少女意念的困难中一现,便又如迅速的流星一般躲起了。

晚钟敲了十下,慈母呼爱女就寝。

前面是无际涯的大海,两旁环绕了葱茏的丛山,小道上,夕阳下,隐约着两个人影,缓缓地前进。

这时候,不知为什么消息透露到全校中的同学耳中了。在一种不可明的力的支配下,成群的青年抛下了晚餐,如中疯魔似的,也走上小道了。

海风吹得正紧,野木忽忽有声,可怜在这异样的衰老的支那古邦的命运压抑着他们,心血异常的沸腾起来了;他们想探一探这神秘的究竟。

海天,树木,野草,晚烟,暮霞……作了这奇迹般的陪衬。

少女,面临大海,当着晚风,挺立在海边不动……晚潮渐渐地上来了,浸湿了她的足下的沙石,一转眼便又将她的两脚盖下了……成群的学生在四外做了弓形坐着,围着她和他……最后有人提议;如果她说一声:"请他们回去",我们大家便走。

……

少女,面临大海,当着晚风,挺立在海边一动不动……

晚潮渐渐地上来了。……

此时除低微的波声,一切都暂浸在沉默里。猝然间,好象发生了什么骇人的意外似的,学生都紧张地,慌忙地先后立了起来,折向旧道走去。"他"呢,在这剧烈的变化下,转睛一看,也便默然地随着他们。

晚潮是更高涨起来了。……

——"银姑娘!"——尖锐的急迫的喊声从一个约摸着有五十岁上下的,身着海军军官制服的,矍铄的老人口中发出:——"你怎么还站在这里!?"

少女听明了这正是她的父亲至友——极熟悉的海军校长的声音,她便转过了低垂的头,从晚潮中走出。

两颊映着夕阳和晚霞,红晕得不堪了。

美丽的时光和美丽的心情截然逝去。

热闹的,恼人的四壁紧包了少女的未消尽的残夏。有时弟弟邀请姐姐一同出去,她便婉辞了他:"我们就在这看一看晚霞吧!"

绿荫下面,母亲晚间爱讲些故事,听得起劲时,倒也可减却苦恼。只是……只是当晚风从远远的,远远的海边送来晚潮的低低的细语的时候,她却静静地,静静地,若有所感似的,和着沙沙的叶声,暗暗地流下泪来。

残夏急驰过去,不久她便回到了P城的学校了;在苦恼而且不敢向别人诉语时,她便将这生命上深刻了痕迹的隐情微微地泄露在洁白的纸上。

久之,她便成了一时享名的著作家——R君——有些人这样说。

我随手捻灭了灯,春雨仍滴沥地下着。这从未曾有的刹时的凄然凉爽的意绪仍继续飘浮在徒然的阴沉的暗黑里。

一九二五、四、二二,晚雨时记

(原载1925年5月18日《语丝》第27期)

作者以"春雨"作为命题,构思可谓巧妙。本文以春雨为题目,一下子就把读者带进了诗的境界。然而,读过文章之后,我们却发现作者只是在开头和结尾以极简约的笔触,描述了"春雨"的景象之外,着力叙述的却是一个充满诗意的爱情故事。而这个故事与"春雨"又毫不相干。让人觉得文不对题,但细细品味,你就会觉得作者用心良苦。诚然,故事开展过程中,从未出现过"春雨",然而故事所呈示的意境,它所展示的情意,甚至作者所表露的那种"凄然凉爽的意绪",都似"春雨"那样缠绵、迷梦。并且,这个爱情的悲剧,不也如"送暮春"的"春雨"那样令人惆怅、令人伤怀吗? 作者以"春雨"命名,实在是匠心独具。

这是一个情窦初开少女的故事。在母亲严厉的看管下,她少有出门的机会,但这并不防碍她寻找自己的情感世界。她利用小弟弟的不谙世事,让她隐秘情感不为外人知道。小弟弟的"我和姐姐在那边看学生体操"的话,也让母亲无话可说。在这样的隐秘的保护下少女的情感在一点点的氤氲、成长。当她听说那个学生给买糖果的时候,"少女两颊微泛红意了,仿佛更有点热,她的心鹿鹿在跳,一把将小弟弟紧紧搂住,小弟弟几乎急得要哭了。"这里细致地刻画了少女在听到"那个学生"的回应时的激动心情,小弟弟在其中穿梭越频繁,少女"对小弟弟也更加热爱起来了"。少女初遇爱情的激动、幸福,在对弟弟的这几个细微动作中表露无遗。而当少女真的要与那少年约会时,矛盾的心态抵挡不了对爱的向往,少女还是义无反顾地奔向了爱情。可是"他"呢,并没有少女想象中的那么坚决,在冲击前面,他默默地退却了。

这篇文章无更多对春雨的描写,只是在文章的开头,作者在暮春的细雨中想起了一则故事,文末呼应以"我随手捻灭了灯,春雨仍滴沥地下着。这从未曾有的刹时的凄然凉爽的意绪仍继续飘浮在陡然的阴沉的暗黑里。"少女并未让人感觉轻松,连想到男人与女人爱情有别,"他"的退却,或许还有些暮春的伤感。

梁实秋 （1902—1988），学名梁治华，字实秋，一度以秋郎、子佳为笔名。原籍浙江杭县，生于北京。现代著名作家、翻译家、文学评论家、教授。1915年秋考入清华学校。1923年同许地山、冰心等人同船赴美留学。1949年6月去台湾。主要作品有文学评论集《浪漫与古典的》《骂人的艺术》《文学的纪律》；散文集《雅舍小品》；杂文集《秋室杂文》等。翻译有《莎士比亚全集》等。

中　年

钟表上的时针是在慢慢的移动着的，移动的如此之慢，使你几乎不感觉到它的移动，人的年纪也是这样的。一年又一年，总有一天会蓦然一惊，已经到了中年，到这时候大概有两件事使你不能不注意。讣闻不断的来，有些性急的朋友已经先走一步，很煞风景；同时又会忽然觉得一大批一大批的青年小伙子在眼前出现，从前也不知是在什么地方藏着的，如今一齐在你眼前摇晃，磕头碰脑的尽是些昂然阔步满面春风的角色，都像是要去吃喜酒的样子。自己的伙伴一个个的都入蛰了，把世界交给了青年人。所谓："耳畔频闻故人死，眼前但见少年多，"正是一般人中年的写照。

从前杂志背面常有"韦廉士红色补丸"的广告，画着一个憔悴的人，弓着身子，手拊在腰上，旁边注着"图中寓意"四字。那寓意对于青年人是相当深奥的。可是这幅图画却常在一般中年人的脑里涌现，虽然他不一定想吃"红色补丸"，那点寓意他是明白的了。一根黄松的柱子，都有弯曲倾斜的时候，何况是二十六块碎骨头拼凑成的一条脊椎？年青人没有不好照镜子的，在店铺的大玻璃窗前照一下都是好的，总觉得大致上还有几分姿色。这顾影自怜的习惯逐渐消失，以至于有一天偶然揽镜，突然发现额上刻了横纹，那线条是显明而有力，像是吴道子的"莼菜描"，心想那是抬头纹，可是低头也还是那样。再一细看头顶上的头发有搬家到腮旁颔下的趋势，而最令人怵目惊心的是，鬓角上发现几根白发，这一惊非同小可，平夙一毛不拔的人到这时候也不免要狠心的把它拔去，拔毛连茹，头发根上还许带着一颗鲜亮的肉珠。但是没有用，岁月不饶人！

一般的女人到了中年，更着急。哪个年青女子不是饱满丰润得像一颗牛奶葡萄，一弹就破的样子？哪个年青女子不是玲珑矫健得像一只燕子，跳动得那么轻灵？到了中年，全变了。曲线都还存在，但满不是那么回事，该凹入的部分变成了凸出，该凸出的部份变成了凹入，牛奶葡萄要变成为金丝蜜枣，燕子要变鹌鹑。最暴露在外面的是一张脸，从"鱼尾"起皱纹撤出一面网，纵横辐射，疏而不漏，把脸逐渐织成一幅铁路线最发达的地图，脸上的皱纹已经不是熨斗所能烫得平的，同时也不知怎么在皱纹之外还常常加上那么多的苍蝇屎。所以脂粉不可少。除非粪土之墙,没有不可圬的道理。在原有的一张脸上再罩上一张脸,本是最简便的事。不过在上妆之前下妆之后容易令人联想起《聊斋志异》的那一篇《画皮》而已。女人的肉好像最禁不起地心的吸力,一到中年便一齐松懈下来往下堆摊,成堆的肉挂在脸上,挂在腰边,挂在踝际。听说有许多西洋女子用赶面杖似的一根棒子早晚浑身乱搓,希望把浮肿的肉压得结实一点,又有些人干脆忌食脂肪忌食淀粉,扎紧裤带,活生生的把自己"饿"回青春去。有多少效果,我不知道。

别以为人到中年,就算完事。不。譬如登临,人到中年像是攀跻到了最高峰。回头看看,一串串的小伙子正在"头也不回呀汗也不揩"的往上爬。再仔细看看,路上有好多块绊脚石,曾把自己磕碰得鼻青脸肿,有好多处陷阱,使自己做了若干年的井底之蛙。回想从前,自己做过扑灯蛾,惹火焚身;自己做过撞窗户纸的苍蝇,一心想奔光明,结果落在粘苍蝇的胶纸上! 这种种景象的观察,只有站在最高峰上才有可能。向前看,前面是下坡路,好走得多。

施耐庵水浒序云:"人生三十未娶,不应再娶;四十未仕,不应再仕。"其实"娶""仕"都是小事,不娶不仕也罢,只是这种说法有点中途弃权的意味。西谚云:"人的生活在四十才开始"。好像四十以前,不过是几出配戏,好戏都在后面。我想这与健康有关。吃窝头米糕长大的人,拖到中年就算不易,生命力已经蒸发殆尽。这样的人焉能再娶?何必再仕?服"维他赐保命"都嫌来不及了。我看见过一些得天独厚的男男女女,年青的时候愣头愣脑的,浓眉大眼,生僵挺硬,像是一些又青又涩的毛桃子,上面还带着挺长的一层毛。他们是未经琢磨过的璞石。可是到了中年,他们变得润泽了,容光焕发,脚底下像是有了弹簧,一看就知道是内容充实的。他们的生活像是在饮窖藏多年的陈酿,浓而芳冽! 对于他们,中年没有悲哀。

四十开始生活,不算晚,问题在"生活"二字如何诠释。如果年届不惑,再学习溜冰踢踺子放风筝,"偷闲学少年",那自然有如秋行春令,有点勉强。半老徐娘,留着"刘海",躲在茅房里穿高跟鞋当做踩高跷般的练习走路,那也是惨事。中年的妙趣,在于相当的认识人生,认识自己,从而作自己所能作的事,享受自己所能享受的生活。科班的童伶宜于唱全本的大武戏,中年的演员才能担得起大出的轴子戏,只因他到中年才能真懂得戏的内容。

本文是梁实秋《雅舍小品》中颇富有盛名的一篇。"雅舍"是他在抗战时期,居住在四川北碚的一座茅屋的谑称。"长日无俚,写作自遣,随想随写,不拘篇章,冠以'雅舍小品'四字,以示写作所在,且志因缘。"

本文《中年》艺术魅力首先在于幽默。作者写此文时也正年界中年,因此可以说他觉得中年之三昧,谈起来议论风生,情趣盎然,幽默味十足。如:他写出现白发,可以算做步入中年的一个标志,"而最令人怵目惊心的是,鬓角上发现几根白发,这一惊非同小可,平夙一毛不拔的人到这时候也不免要狠心的把它拔去,拔毛连茹,头发根上还许带着一颗鲜亮的肉珠。但是没有用,岁月不饶人!"这话说得多风趣,让人看了忍俊不禁,细想想又觉得真是那么回事。这样的幽默笔法,能够收到于我心有戚戚焉的艺术效果,读者当然爱读。

这篇文章是偏于议论性的,其主旨却是十分引人奋发向上,不要为人到中年而产生万事休的颓唐情绪,它是"中年颂"而不是"哀中年",使中年人读了思想上受到启迪,增添了生命的活力,更加珍惜中年这段人生的成熟季节。作者不是空发议论,干说,而是用一系列的具体生动的比喻,使人获得亲切隽永的感受。如:"哪个年青女子不是饱满丰润得像一颗牛奶葡萄,一弹就破的样子?哪个年青的女子不是玲珑矫健得像一只燕子,跳动得那么轻灵?到了中年,全变了。曲线都还存在,但满不是那么回事,该凹入的部分变成了凸出,该凸出的部分变成了凹入,牛奶葡萄要变成金丝蜜枣,燕子要变成鹌鹑。"把人们熟悉的果品,飞禽,这四样东西,两相联系,就增强了青年女子和中年妇女的对比度,而这种比喻又富有创造性,新颖奇特,不落俗套。

《中年》这篇散文,清新自然,文章浅显易懂。读之妙语连珠,趣味横生。在侃侃而谈中还长了不少见识。《中年》实该推荐!

女　人

有人说女人喜欢说谎;假如女人所捏撰的故事都能抽取版税,便很容易致富。这问题在什么叫做说谎。若是运用小小的机智,打破眼前小小的窘僵,获取精神上小小的胜利,因而牺牲一点点真理,这也可以算是说谎,那么,女人,确是比较的富于说谎的天才。有具体的例证。你没有陪过女人买东西吗?尤其是买衣料,她从不干干脆脆的说要做什么衣,要买什么料,准备出多少钱。她必定要东挑西拣,翻天覆地,同时口中念念有词,不是嫌这匹料子太薄,就是怪那匹料子花样太旧,这个不禁洗,那个不禁晒,这个缩头大,那个门面窄,批评得人家一文不值。其实,满不是这么一回事,她只是嫌价码太贵而已!如果价钱便宜,其他的缺点全都不成问题,而且本来不要买的也要购储起来。一个女人若是因为炭贵而不生炭盆,她必定对人解释说:"冬天生炭盆最不卫生,到春天容易喉咙痛!"屋顶渗漏,塌下盆大的灰泥,在未修补之前,女人便会向人这样解释:"我预备在这地方装安电灯。"自己上街买菜的女人,常常只承认散步和呼吸新鲜空气是她上市的唯一理由。艳羡汽车的女人常常表示她最厌恶汽油的臭味。坐在中排看戏的女人常常说前排的头等座位最不舒适。一个女人馈赠别人,必说:"实在买不到什么好的……"其实这东西根本不是她买的,是别人送给她的。一个女人表示愿意陪你去上街走走,其实是她顺便要买东西。总之,女人总欢喜拐弯抹角的,放一个小小的烟幕,无伤大雅,颇占体面。这也是艺术,王尔德不是说过"艺术即是说谎"么?这些例证还只是一些并无版权的谎话而已。

女人善变,多少总有些哈姆雷特式,拿不定主意;问题大者如离婚结婚;问题小者如换衣换鞋,都往往在心中经过一读二读三读,决议之后再复议,复议之后再否决,女人决定一件事之后,还能随时做一百八十度的大转弯,做出那与决定完全相反的事,使人无法追随。因为变得急速,所以容易给人以"脆弱"的印象。莎士比亚有一名句:"'脆弱'呀,你的名字叫做'女人'!"但这脆弱,并不永远使女人吃亏。越是柔韧的东西越不易摧折。女人不仅在决断上善变,即便是一个小小的别针,位置也常变,午前在领扣上,午后就许移到了头发上。三张沙发,能摆出若干阵势;几根头发,能梳出无数花头。讲到服装,其变化之多,常达到荒谬的程度。外国女人的帽子,可以是一根鸡毛,可以是半只铁锅,或是一个畚箕。中国女人的袍子,变化也就够多,领子高的时候可以使她像一只长颈鹿,袖子短的时候恨不得使两腋生风,至于纽扣盘花,滚边镶绣,则更加是变幻莫测。"上帝给她一张脸,她能另造一张出来。""女人是水做的",是活水,不是止水。

女人善哭。从一方面看,哭常是女人的武器,很少人能抵抗她这泪的洗礼。俗语说:"一哭二睡三上吊",这一哭,确实其势难当。但从另一方面看,哭也常是女人的内心的"安全瓣"。女人的忍耐的力量是伟大的,她为了男人,为了小孩,能忍受难堪的委曲。女人对于自己的享受方面,总是属于"斯多亚派"的居多。男人不在家时,她能立刻变成为素食主义者,火炉里能爬出老鼠,开电灯怕费电,再关上又怕费开关。平素既已极端刻苦,一旦精神上再受刺激,便忍无可忍,一腔悲怨天然的化做一把把的鼻涕眼泪,从"安全瓣"中汩汩而出,腾出空虚的心房,再来接受更多的委曲。女人很少破口骂人(骂街便成泼妇,其实甚少),很少揎袖挥拳,但泪腺就比较发达。善哭的也就常常善笑,迷迷的笑,吃吃的笑,格格的笑,哈哈的笑,笑是常驻在女人脸上的,这笑脸常常成为最有效的护照。女人最像小孩,她能为了一个滑稽的姿态而笑得前仰后合,肚皮痛,淌眼泪,以至于翻筋斗!哀与乐都像是常川有备,一触即发。

女人的嘴,大概是用在说话方面的时候多。女孩子从小就往往口齿伶俐,就是学外国语也容易琅琅上口,不像嘴里含着一个大舌头。等到长大之后,三五成群,说长道短,声音脆,嗓门高,如蝉噪,如蛙鸣,真当得好几部鼓吹!等到年事再长,万一堕入"长舌"型,则东家长,西家短,飞短流长,搬弄多少是非,惹出无数口舌;万一堕入"喷壶嘴"型,则琐碎繁杂,絮聒唠叨,一件事要说多少回,一句话要说多少遍,如喷壶下注,万流齐发,当者披靡,不可向迩!一个人给他的妻子买一件皮大衣,朋友问他"你是为使她舒适吗?"那人回答说:"不是,为使她少说些话!"

女人胆小,看见一只老鼠而当场昏厥,在外国不算是奇闻。中国女人胆小不至如此;但是一声霹雷使得她拉紧两个老妈子的手而仍战栗不止,倒是确有其事。这并不是做作,并不是故意在男人面前做态,使他有机会挺起胸脯说:"不要怕有我在!"她是真怕。在黑暗中或荒僻处,没有人,她怕;万一有人,她更怕!屠牛宰羊,固然不是女人的事,杀鸡宰鱼,也不是不费手脚。胆小的缘故,大概主要的是体力不济。女人的体温似乎较低一些,有许多女人怕发胖而食无求饱,营养不足,再加上怕臃肿而衣裳单薄,到冬天瑟瑟打战,袜薄如蝉翼,把小腿冻得作"浆米藕"色,两只脚放在被里一夜也暖不过来,双手捧热水袋,从八月捧起,捧到明年五月,还不忍释手。抵抗饥寒之不暇,焉能望其胆大。

女人的聪明,有许多不可及处,一根棉线,一下子就能穿入针孔,然后一下子就能在线的尽头处打上个结子,然后扯直了线在牙齿上砰砰两声,针尖在头发上擦抹两下,便能开始解决许多在人生中并不算小的苦恼,例如缝上衬衣的扣子,补上袜子的破洞之类。至于几根篾棍,一上一下的编出多少样物事,更是令人叫绝。有学问的女人,创辟"沙龙",对任何问题能继续谈论至半小时以上,不但不令人入睡,而且令人疑心她是内行。

梁实秋的这篇《女人》堪称为真正的幽默作品,是我国现代文学史上少有的幽默精品。

文章从六个方面叙述女人的特点:1.爱说谎:"女人总欢喜拐弯抹角的,放一个小小的烟幕,无伤大雅,颇占体面。这就是艺术。"2.女人善变:"'脆弱'呀,你的名字叫'女人'。女人是水做的,是活水,不是止水。"3.女人善哭:"哭常是女人的武器,很少人能抵抗她这泪的洗礼。"4.女人的嘴:分为长舌型和喷壶嘴型。长舌型是东家长,西家短,飞短流长,搬弄是非;喷壶嘴型是琐碎繁杂,"万流齐发,当者披靡"。5.女人胆小:"在黑暗中或荒僻处,没有人,她怕;万一有人,她更怕!"6.女人聪明:"一根棉线,一下子就能穿入针孔,然后一下子就能在线的尽头处打上个结子,然后扯直了线在牙齿上砰砰两声,针尖在头发上擦抹两下,便能开始解决许多在人生中并不算小的苦恼,例如缝上衬衣的扣子,补上袜子的破洞之类。"这样多方位多侧面集于一点,让人读后品位了真正居家生活女人的特点。

梁实秋的语言则亲切平静和富有幽默感。如他说"假如女人所捏撰的故事都能抽取版税,便很容易致富。""外国女人的帽子,可以是一根鸡毛,可以是半只铁锅,或是一个畚箕。"等等亲切得来,又使人婉然一笑。梁实秋挖掘的是小女人的特性,如女人的爱说谎、善变、善哭、唠叨、胆小和心灵手巧,梁实秋写女人的善变、善哭与胆小;借事议理梁实秋写女人买衣、看戏、赠礼言行不一的事来抒写女人爱说谎。把文情的表达寄寓在随笔化的抒写中,而这种随笔化的抒写又夹杂着调侃,使得《女人》的韵味表现得显豁而强烈。

男　人

男人令人首先感到的印象是脏!当然,男人当中亦不乏刷洗干净洁身自好的,甚至还有油头粉面衣裳楚楚的,但大体讲来,男人消耗肥皂和水的数量要比较少些。某一男校,对于学生洗澡是强迫的，入浴签名，每周计核，对于不曾入浴的初步惩罚是宣布姓名，最后的断然处置是定期强迫入浴，并派员监视；然而日久玩生，签名簿中尚不无浮冒情事。有些男人，西装裤尽管挺直，他的耳后脖根，土壤肥沃，常常宜于种麦！袜子手绢不知随时洗涤，常常日积月累，到处塞藏，等到无可使用时，再从那一堆污垢存货当中拣选比较干净的去应急。有些男人的手绢，拿出来硬像是土灰面制的百果糕，黑糊糊粘成一团，而且内容丰富。男人的一双脚，多半好像是天然的具有泡菜霉干菜再加糖蒜的味道，所谓"濯足万里流"是有道理的，小小的一盆水确是无济于事；然而多少男人却连这一盆水都吝而不用，怕伤元气。两脚既然如此之脏，偏偏有些"逐臭之夫"喜于脚上藏垢纳污之处往复挖掘，然后嗅其手指，引以为乐！多少男人洗脸都是专洗本部，边疆一概不理，洗脸完毕，手背可以不湿，有的男人是在结婚后才开始刷牙。"扪虱而谈"的是男人。还有更甚于此者，曾有人当众搔背，结果是从袖口里面摔出一只老鼠！除了不可挽救的脏相之外，男人的脏大概是由于懒。

对了！男人懒。他可以懒洋洋坐在旋椅上，五官四肢，连同他的脑筋（假如有），一概停止活动，像呆鸟一般；"不闻夫博弈者乎……"那段话是专对男人说的。他若是上街买东西，很少时候能令他的妻子满意，他总是不肯多问几家，怕跑腿，怕费话，怕讲价钱。什么事他都嫌麻烦，除了指使别人替他做的事之外，他像残废人一样，对于什么事都愿坐享其成，而名之曰"室家之乐"。他提前养老，至少提前三二十年。

紧毗连着"懒"的是"馋"。男人大概有好胃口的居多。他的嘴，用在吃的方面的时候多。他吃饭时总要在菜碟里发现至少一英寸见方半英寸厚的肉，才能算是没有吃素。几天不见肉，他就喊"嘴里要淡出鸟儿来！"若真个三月不知肉味，怕不要淡出毒蛇猛兽来！有一个人半年没有吃鸡，看见了鸡毛帚就流涎三尺。一餐盛馔之后，他的人生观都能改变，对于什么都乐观起来。一个男人在吃一顿好饭的时候，他脸上的表情便是在感谢上天待人不薄；他饭后衔着一根牙签，红光满面，硬是觉得可以骄人。主中馈的是女人，修食谱的是男人。

男子多半自私。他的人生观中有一基本认识，即宇宙一切均是为了他的舒适而安排下来的。除了在做事赚钱的时候不得不忍气吞声的向人奴膝婢颜外，他总是要做出一副老爷相。他的家便是他的国度，他在家里称王。他除了为赚钱而吃苦努力外，他是一个"伊比鸠派"，他要享受。他高兴的时候，孩子可以骑在他的颈上，他引颈受骑，可以像狗似的满地爬；他不高兴时，他看着谁都不顺眼；在外面受了闷气，回到家里来加倍的发作。他不知道女人的苦处。女人对于他的殷勤委曲，在他看来，就如同犬守户鸡司晨一样的稀松平常，都是自然现象。他说他爱女人，其实他不是爱，是享受女人。他不问他给了别人多少，但是他要在别人身上尽量榨取。他觉得他对女人最大的恩惠，便是把赚来的钱全部或一部拿回家来，但是当他把一卷卷的钞票从衣袋里掏出来的时候，他的脸上的表情是骄傲的成分多，亲爱的成分少，好像是在说："看我！你行么？我这样待你，你多幸运！"他若是感觉到这里不复是他的乐园，他便有多样的藉口不回到家里来。他到处云游，他另辟乐园。他有聚餐会，他有酒会，他有桥会，他有书会画会棋会，他有夜会，最不济的还有个茶馆。他的享乐的方法太多。

假如轮回之说不假,下世侥幸依然投胎为人,很少男人情愿下世做女人的。他总觉得这一世生为男身,而享受未足,下一世要继续努力。

"群居终日,言不及义",原是人的通病,但是言谈的内容,却男女有别。女人谈的往往是"我们家的小妹又病了!""你们家每月开销多少?"之类。男人的是另一套,普通的方式,男人的谈话,最后不谈到女人身上便不会散场。这一个题目对男人最有兴味。如果有一个桃色案他们唯恐其和解得太快。他们好议论人家的阴私,好批评别人的妻子的性格相貌。"长舌男"是到处有的,不知为什么这名词尚不甚流行。

梁实秋的这篇《男人》,写的就是作者认为的男人的"形象"。将一般男人身上有的文化顽症,如:脏、懒、馋、自私等方面,毫不忌讳地尽情描述,令人扼腕长叹。

他把男人的形象概括为四个特点:脏、懒、馋和自私。然后用极其幽默的文字娓娓道来。可以看出来,作者写男人,是用了最无情最刻薄的言语的。也可以说,作者把男人写的简直连躺在阳光下晒太阳的癞皮狗也不如。男人的种种丑态,脏是"他的耳后脖根,土壤肥沃,常常宜于种麦……,喜于脚上藏垢纳污之处往复挖掘,然后嗅其手指,引以为乐!多少男人洗脸都是专洗本部,边疆一概不理……"不知道各位男性同胞看了会作如何感受?男人虽然不至于个个都"油头粉面",但也不至于都猥琐若此罢?还有男人都"几天不见肉,他就喊'嘴里要淡出鸟儿来!'……"男人若个个都馋到这份上,也确实是到馋的臻境了。

男人自私,男人把一切的家务都推给女人做,男人在外面当狗熊,回家就做英雄,"除了在做事赚钱的时候不得不忍气吞声的向人奴膝婢颜外,他总是要做出一副老爷相。他的家便是他的国度,他在家里称王"。男人们在外受气,回家出气,应该是少数男人有这种劣根。至少梁实秋本人不会承认的。当一个男人不想回家时,他会找借口,他们有他们的去处,用现在流行的话说,是整天在外面泡,泡与鬼混不同。泡还不至于对不起妻子,倘若在现在,男人鬼混,当时的男人也算是"望尘莫及"的了。"长舌男"是相对于"长舌妇"而言的,长舌妇谈论的内容还好,无非是拉拉,男人倒好,最后不谈到女人身上便不会散场。这真的是所有男人的劣根了。

文章诙谐风趣的评议也是令人称羡慕的。梁实秋将一般男人那些司空见惯的文化顽疾见诸笔端,令人捧腹大笑之后,让人镇静反思,让你去革除它,正是作者风趣幽默的评议要求达到的功效。如:"都是专洗本部,边疆一概不理,洗脸完毕,手背可以不湿,有的男人是在结婚后才开始刷牙",将移就和修辞手法巧妙结合起来,平添诙谐幽默之趣。又如:"两脚既然如此之脏,偏偏有些'逐臭之夫'喜于脚上藏垢纳污之处往复挖掘,然后嗅其手指,引以为乐",形象生动的比喻之中,插入文言词汇,使文章更添姿色,增加了文章的语言魅力。在这篇《男人》里,也许我们看不到他文章的"雅",但是作者的幽默语言,文章的精巧,和作者本人的不趋炎附势态度,都无遗地表现出来。梁实秋是一个散文大师,他的散文作品,当之无愧是中国文坛的精品。

雅 舍

到四川来,觉得此地人建造房屋最是经济。火烧过的砖,常常用来做柱子,孤零零的砌起四根砖柱,上面盖上一个木头架子,看上去瘦骨嶙嶙,单薄得可怜;但是顶上铺了瓦,四面编了竹篦墙,墙上敷了泥灰,远远的看过去,没有人能说不像是座房子。我现在住的"雅舍"正是这样一座典型的房子。不消说,这房子有砖柱,有竹篦墙,一切特点都应有尽有。讲到住房,我的经验不算少,什么"上支下摘"、"前廊后厦"、"一楼一底"、"三上三下"、"亭子间"、"茅草棚"、"琼楼玉宇"和"摩天大厦"各式各样,我都尝试过。我不论住在哪里,只要住得稍久,对那房子便发生感情——不得已我还舍不得搬。这"雅舍",我初来时仅求其能蔽风雨,并不敢存奢望,现在住了两个多月,我的好感油然而生。虽然我已渐渐感觉它是并不能蔽风雨,因为有窗而无玻璃,风来则洞若凉亭,有瓦而空隙不少,雨来则渗如滴漏。纵然不能蔽风雨,"雅舍"还是自有它的个性。有个性就可爱。

"雅舍"的位置在半山腰,下距马路约有七八十层的土阶。前面是阡陌螺旋的稻田。再远望过去是几抹葱翠的远山,旁边有高粱地,有竹林,有水池,有粪坑,后面是荒僻的榛莽未除的土山坡。若说地点荒凉,则月明之夕,或风雨之日,亦常有客到,大抵好友不嫌路远,路远乃见情谊。客来则先爬几十级的土阶,进得屋来仍须上坡,因为屋内地板乃依山势而铺,一面高,一面低,坡度甚大,客来无不惊叹,我则久而安之,每日由书房走到饭厅是上坡,饭后鼓腹而出是下坡,亦不觉有大不便处。

"雅舍"共是六间,我居其二。篦墙不固,门窗不严,故我与邻人彼此均可互通声息。邻人轰饮作乐,咿唔诗章,喁喁细语,以及鼾声、喷嚏声、吮汤声、撕纸声、脱皮鞋声,均随时由门窗户壁的隙处荡漾而来,破我岑寂。入夜则鼠子瞰灯,才一合眼,鼠子便自由行动,或搬核桃在地板上顺坡而下,或吸灯油而推翻烛台,或攀援而上帐顶,或在门框桌脚上磨牙,使得人不得安枕。但是对于鼠子,我很惭愧的承认,我没有法子。"没有法子"一语是被外国人常常引用着的,以为这话最足代表中国人的懒惰隐忍的态度。其实我的对付鼠子并不懒惰。窗上糊纸,纸一戳就破;门户关紧,而相鼠有牙,一阵咬便是一个洞洞。试问还有什么法子?洋鬼子住到"雅舍"里,不也是"没有法子"?比鼠子更骚扰的是蚊子。"雅舍"的蚊风之盛,是我前所未见的。"聚蚊成雷"真有其事!每当黄昏时候,满屋里磕头碰脑的全是蚊子,又黑又大,骨骼都像是硬的。在别处蚊子早已肃清的时候,在"雅舍"则格外猖獗,来客偶不留心,则两腿伤处累累隆起如玉蜀黍,但是我仍安之。冬天一到,蚊子自然绝迹,明年夏天——谁知道我还是住在"雅舍"!

"雅舍"最宜月夜——地势较高,得月较先。看山头吐月,红盘乍涌,一霎间,清光四射,天空皎洁,四野无声,微闻犬吠,坐客无不悄然!舍前有两株梨树,等到月升中天,清光从树间筛洒而下,地上阴影斑斓,此时尤为幽绝。直到兴阑人散,归房就寝,月光仍然逼进窗来,助我凄凉。细雨濛濛之际,"雅舍"亦复有趣。推窗展望,俨然米氏章法,若云若雾,一片弥漫。但若大雨滂沱,我就又惶悚不安了,屋顶湿印到处都有,起初如碗大,俄而扩大如盆,继则滴水乃不绝,终乃屋顶灰泥突然崩裂,如奇葩初绽,砉然一声而泥水下注,此刻满室狼藉,抢救无及。此种经验,已数见不鲜。

"雅舍"之陈设,只当得简朴二字,但洒扫拂拭,不使有纤尘。我非显要,故名公巨卿之照片不得入我室;我非牙医,故无博士文凭张挂壁间;我不业理发,故丝织西湖十景以及电影明星之照片亦均不能张我四壁。我有一几一椅一榻,酣睡写读,均已有着,我亦不复他求。但是陈设虽简,我却喜欢翻新布置。西人常常讥笑妇人喜欢变更桌椅位置,以为这是妇人天性喜变之一征。诬否且不论,我是喜欢改变的。中国旧式家庭,陈设千篇一律,正厅上是一条案,前面一张八仙桌,一边一把靠椅,两旁是两把靠椅夹一只茶几。我以为陈设宜求疏落参差之致,最忌排偶。"雅舍"所有,毫无新奇,但一物一事之安排布置俱不从俗。人入我室,即知此是我室。笠翁《闲情偶寄》之所论,正合我意。

"雅舍"非我所有,我仅是房客之一。但思"天地者万物之逆旅",人生本来如寄,我住"雅舍"一日,"雅舍"即一日为我所有。即使此一日亦不能算是我有,至少此一日"雅舍"所能给予之苦辣酸甜,我实躬受亲尝。刘克庄词:"客里似家家似寄。"我此时此刻卜居"雅舍","雅舍"即似我家。其实似家似寄,我亦分辨不清。

长日无俚,写作自遣,随想随写,不拘篇章,冠以"雅舍小品"四字,以示写作所在,且志因缘。

梁实秋先生的《雅舍小品》是享誉海峡两岸的名篇。

《雅舍》1940年写于重庆。雅舍是梁实秋在重庆北碚时的居所。雅舍虽以"雅"为名,实际上是一栋典型的"陋室",缺点多多。如:结构简陋,风雨难避,地点荒凉,行走不便,门窗不严(隔墙传声)等等。"雅舍"虽有那么多缺点,也并非一无好处。从文中看,至少有两大优点:一是地势较高,得月较先,便于欣赏自然美景;二是陈设简朴,易于安排,最能彰显主人个性。物质形态未能尽如人意,作者就从自然界去找快乐,觅情趣。文章结束语引用刘克庄《玉楼春》中的名句"客里似家家似寄",是有很深感慨的。"客里"一作"客舍","寄"即临时借住。此句是说住在外边的时候多,住在家里的时候反而少。这是国家动荡年代的特征。刘克庄是南宋爱国词人,作者引刘词自然表达了抗战时期流落重庆时的某种感慨。作者对眼前的现实不会视而不见，只是他的感慨不像其他文人那样直露、激昂，而是表现得委婉、细腻。他在描写"雅舍""得月较先"这番赏心悦目的情景时，不禁插叙一段遇有暴雨辄满室狼藉的镜头；在谈感受时又写下了这样的句子：雅舍"所能给予之苦辣酸甜，我实躬受亲尝。"作者深深的感叹，蕴涵于字里行间。

《雅舍》一文的核心不在"舍"之"雅"，而在作者"意"之"暖"、"情"之"切"。统观全文，我们首先感到的是该文的这样一个特点：作者写雅舍之"雅"、"美"、"惬意"等实未有几语，通篇几乎写的都是它的"敝"、"陋"及不适于居住的特点。但细读下感到的却是雅舍的可爱、可亲，并绝不生一丝憎恶它、厌烦它、疏远它的感觉。本文包含的是艺术的辩证法，是作者的艺术匠心，而这种艺术匠心只能产生在作者真实的情绪和情感中。《雅舍》的思想特征和艺术特征是用主观感情的温暖化解消融、稀释了客观物质生活的清寒乃至困难，其具体表现就在这种艺术描写的特点上。

本文语言上的特色十分鲜明，非常值得赏析、发挥。骈散相间。作者喜用排偶，对偶、排比句式，几乎每段都有，或铺叙，或描写，异彩纷呈。作者又善于将整句与散句配合使用，奇偶互见，骈散相宜，行文活泼，舒卷自如，恰如行云流水，姿态横生。雅俗共存。梁文的主流词汇是典雅的书面词藻，梁先生深厚的古文修养，得到淋漓尽致的表现。而从全篇来看，精致、雅驯的书面语又与浅近、活泼的口语相辅相成。如第3段写各种声音破壁而来，用了两组词语，一组典雅，一组浅俗，却颠倒不得。文人吟咏诗章是风雅的事，作者连用几个措辞考究的四字格；日常生活中的种种"不登大雅之堂"的声音，则用口语罗列，使人如闻其声，如睹其状。文中许多句子书卷气甚浓，近乎文言；有的句子则又是十足大白话。引用自如。中外资料，信手拈来，内容贴近，形式多样。如引"聚蚊成雷"，就是一种成语的活用，有人称之为成语的"返祖"。"聚蚊成雷"通用义相当于"人言可畏"，而文中用的是字面义。"相鼠有牙"亦可作如是观。此句出自《诗经·鄘风》，原句为"相鼠有牙（一作齿），人而无止（通耻）"，表达的是对丧尽廉耻之人的诅咒，这里也用字面义。引李渔的《闲情偶寄》，只引其题，不征其句，有意雪藏，留有余地；引李白的文、刘克庄的词，则引其句，不述其题，非止惜墨如金，也是对读者的充分信任。两处引述外国人的言论，只引大意，未见原文。总之，引用灵活，材料丰赡，不但帮助了文章的表情达意，而且增添了作品的文化含量，显示了学者型作家的饱学多识。

幽默丛生。幽默诙谐不是一种单纯的语言手段或修辞方式，而是渗透于全篇的语言特色。比如写雅舍单薄简陋，不避风雨，本来是生活中并不"雅观"的困境，却用上一组雅正的骈句来描绘，出人意表。你说它典雅吧，文中又"水池、粪坑"一应俱全，"酣声、喷嚏"罗列无遗。这类充满人间烟火味的近乎粗俗的事物，又用上一个十分雅致的文句来收束——"荡漾而来，破我沉寂。"又如引用外国人对国人"懒惰"的讥评后，作者正儿八经地起而争辩，最后还加上一句："洋鬼子住到'雅舍'，不也是'没有法子'？"近乎反唇相讥，更像日常生活中的争辩：不然你来试试？"蚊风之盛"有谐音的效果，"最忌排偶"庄词谐用，都有新颖幽默的雅趣。

> **林徽因**　（1904—1955），生于杭州，福建省闽侯人。是中国著名的建筑家、诗人和作家，为中国第一位女性建筑学家，同时也被胡适誉为"中国一代才女"。她的主要作品有《林徽因诗集》《九十九度》《梅真同他们》等。

纪念志摩去世四周年

　　今天是你走脱这世界的四周年！朋友，我们这次拿什么来纪念你？前两次的用香花感伤的围上你的照片，抑住嗓子底下叹息和悲叹，朋友和朋友无聊的对望着，完成一种纪念的形式，俨然是愚蠢的失败。因为那时那种近于伤感，而又不够宗教庄严的举动，除却点明了你和我们中间的距离，生和死的间隔外，实在没有别的成效；几乎完全不能达到任何真实纪念的意义。

　　去年今日我意外的由浙南路过你的家乡，在昏沉的夜色里我独立火车门外，凝望着那幽黯的站台，默默的回忆许多不相连续的过往残片，直到生和死间居然幻成一片模糊。人生和火车似的蜿蜒一串疑问在苍茫间奔驰。我想起你的：

　　　　火车擒住轨，在黑夜里奔
　　　　过山，过水，过……

　　如果那时候我的眼泪曾不自主的溢出睫外，我知道你定会原谅我的。你应当相信我不会向悲哀投降，什么时候我都相信倔强的忠于生的，即使人生如你底下所说：

　　　　就凭那精窄的两道，算是轨，
　　　　驮着这份重，梦一般的累赘！

　　就在那时候我记得火车慢慢的由站台拖出一程一程的前进，我也随着酸怆的诗意，那"车的呻吟"，"过荒野，过池塘……过噤口的村庄"。到了第二站——我的一半家乡。

　　今年又轮到今天这一个日子！世界仍旧一团糟，多少地方是黑云布满粗着筋络望理想的反面猛进，我并不在瞎说，当我写：

　　　　信仰只一细炷香，
　　　　那点子亮再经不起西风，

沙沙的隔着梧桐树吹。

朋友,你自己说,如果是你现在坐在我这位子上,迎着这一窗太阳;眼看着菊花影在墙上描画作态;手臂下倚着两叠今早的报纸;耳朵里不时隐隐的听着朝阳门"打靶"的枪弹声;意识的,潜意识的,要明白这生和死的谜,你又该写成怎样一首诗来纪念一个死别的朋友?

此时,我却是完全的一个糊涂!习惯上我说,每桩事都像是造物的意旨,归根都是运命,但我明知道每桩事都有我们自己的影子在里面烙印着!我也知道每一个日子是多少机缘巧合凑拢来拼成的图案,但我也疑问其间的排布谁是主宰。据我看来:死是悲剧的一章,生则更是一场悲剧的主干!我们这一群剧中的角色自身性格与性格矛盾;理智与情感两不相容;理想与现实当面冲突,侧面或反面激成悲哀。日子一天一天向前转,昨日和昨日堆垒起来混成一片不可避脱的背景,做成我们周遭的墙壁或气氛,那么结实又那么飘缈,使我们每一个人站在每一天的每一个时候里都是那么主要,又是那么渺小无能为!

此刻我几乎找不出一句话来说,因为,真的,我只是个完全的糊涂;感到生和死一样的不可解,不可懂。

但是我却要告诉你,虽然四年了你脱离去我们这共同活动的世界,本身停掉参加牵引事体变迁的主力,可是谁也不能否认,你仍立在我们烟涛渺茫的背景里,间接的是一种力量,尤其是在文艺创造的努力和信仰方面。间接的你任凭自然的音韵,颜色,不时的风轻月白,人的无定律的一切情感,悠断悠续的仍然在我们中间继续着生,仍然与我们共同交织着这生的纠纷,继续着生的理想。你并不离我们太远。你的身影永远挂在这里那里,同你生前一样的心旋转。

说到你的诗,朋友,我正要正经的同你再说一些话。你不要不耐烦,这话迟早我们总要说清的。人说盖棺定论,前者早已成了事实,这后者在这四年中,说来叫人难受,我还未曾谈到一篇中肯或诚实的论评,虽然对你的赞美和攻讦由你去世后一两周间,就纷纷开始了。但是他们每人手里拿的都不像纯文艺的天秤;有的喜欢你的为人;有的疑问你私人的道德;有的单单尊崇你诗中所表现的思想哲学;有的仅喜爱那些软弱的细致的句子;有的每发议论必须牵涉到你的个人生活之合乎规矩方圆,或断言你是轻薄,或引证你是浮奢豪侈!朋友,我知道你从不介意过这些,许多人的浅陋老实或刻薄处你早就领略过一堆,你不止未曾生过气,并且常常表示怜悯同原谅;你的心情永远是那么洁净;头老抬得那么高;胸中老是那么完整的诚挚;臂上老有那么许多不折不挠的勇气。但是现在的情形与以前却稍稍不同,你自己既已不在这里,做你朋友的,眼看着你被误解,曲解,乃至于谩骂,有时真忍不住替你不平。

但你可别误会我心眼儿窄,把不相干的看成重要,我也知道误解曲解谩骂,都是不相干的,但是朋友,我们谁都需要有人了解我们的时候,真了解了我们,即使是痛下针砭,骂着了我们的弱处错处,那整个的我们却因而更增添了意义,一个作家文艺的总成绩更需要一种就文论文,就艺术论艺术的和平判断。

你在《猛虎集》序中说"世界上再没有比写诗更惨的事,"你却并未说明为什么写诗是一桩惨事,现在让我来个注脚好不好?我看一个人一生为着一个愚诚的倾向,把所感受到的复杂的情绪尝味到的生活,放到自己的理想和信仰的锅炉里烧炼成几句悠扬铿锵的语言,(那怕是几声小唱),来满足他自己本能的艺术的冲动,这本来是个极寻常的事,哪一个地方哪一个时代,都不断有这种人。轮着做这种人的多半是为着他情感来的比寻常人浓富敏锐,而为着这情感而发生的冲动更是非实际的——或不全是实际的——追求,而需要那种艺术的满足而已。说起来写诗的人的动机多么简单可怜,正是如你序里所说"我们都是受支配的善良的生灵"!虽然有些诗人因为他们的成绩特别高厚旷阔包括了多数人,或整个时代的艺术和思想的冲动,从此便在人中间披上神秘的光圈,使"诗人"两字无形中挂着崇高的色彩。这样使一般努力于用韵文表现或描画人在自然万物相交错的情绪思想的,便被人的成见看作夸大狂的旗帜需要同时代人的极冷酷的讥讽和不信任来扑灭它,以挽救人类的尊严和健康。

我承认写诗是惨淡经营,孤立在人中挣扎的勾当,但是因为我知道太清楚了。你在这上面单纯的信仰和诚恳的尝试,为同业者奋斗,卫护他们情感的愚诚,称扬他们艺术的创造自己从未曾求过虚荣,我觉得你始终是很逍遥舒畅的。如你自己所说"满头血水"你"仍不曾低头",你自己相信"一点性灵还在那里挣扎","还想在实际生活的重重压迫下透出一些声响来"。

简单的说,朋友,你这写诗的动机是坦白不由自主的,你写诗的态度是诚实,勇敢,而倔强的。这在讨论你诗的时候,谁都先得明了的。

至于你诗的技巧问题,艺术上的造诣,在几乎没有一定的定义时代,转入这讨论外形内容,以至于音节韵脚章句意象组织等艺术技巧问题的时期,即是根据着对这方面努力尝试过的那一些诗,你的头两个诗集子就是供给这些讨论见解最多材料的根据。外国的土话说"马总得放在马车的前面",不是?没有一些尝试的成绩放在那里,理论家是不能老在那里发一堆空头支票的,不是?

你自己一向不止在那里倔强的尝试用功,你还曾用尽你所有活泼的热心鼓励别人尝试,鼓励"时代"起来尝试,——这种工作是最犯风头嫌疑的,也只有你胆子大头皮硬顶得下来!我还记得你要印诗集子时我替你捏一把汗,老实说还替你在有文采的老前辈中间难为情过,我也记得我初听到人家找你办晨副时我的焦急,但你居然板起个脸抓起两把鼓锤子为文艺吹打开路乃至于扫地,铺鲜花,不顾旧势力的非难,新势力的怀疑,你干你的事,"事在人为,做了再说"那股子劲,以后别处也还很少见。

现在你走了,这些事渐渐在人的记忆中模糊下来,你的诗和文章也散漫在各小本集子里压在有极新鲜的封皮的新书后面,谁说起你来,不是马马虎虎的承认你是过去中一个势力,就是拿能够挑剔看轻你的诗为本事(散文人家很少提到,或许"散文家"没有诗人那么光荣不值得注意)朋友,这是没法子的事,我却一点不为此灰心,因为我有我的信仰。

我认为我们这写诗的动机既如前边所说那么简单愚诚;因在某一时,或某一刻敏锐的接触到生活上的锋芒,或偶然的触遇到理想峰巅上云彩星霞,不由得不在我们所习惯的语言中,编缀出一两串近于音乐的句子来,慰藉自己,解放自己,去追求超实际的真美,读诗者的反应一定有一大半也和我们这写诗的一样诚实天真,仅想在我们句子中间由音乐性的愉悦,接触到一些生活的底蕴掺合着美丽的憧憬;把我们的情绪给他们的情绪搭起一座浮桥;把我们的灵感,给他们生活添些新鲜;把我们的痛苦伤心再揉成他们自己忧郁的安慰!

我们的作品会不会长存下去,也就看它们会不会活在那一些我们从不认识的人,我们作品的读者,散在各时,各处互相不认识的孤单的人的心里的,这种事它自己有自己的定律,并不需要我们的关心的。你的诗据我所知道的,它们仍旧在这里浮沉流落,你的影子也就浓淡参差的系在那些诗句中,另一端印在许多不相识人的心里。朋友,你不要过于看轻这种间接的生存,许多热情的人他们会为着你的存在,而加增了生的意识的。伤心的仅是那些你最亲热的朋友们和同兴趣的努力者,你不在他们中间的事实,将要永远是个不能填补的空虚。

你走后大家就提议要为你设立一个"志摩奖金"来继续你鼓励人家努力诗文的素志,勉强象征你那种对于文艺创造拥护的热心,使不及认得你的青年人永远对你保存着亲热。如果这事你不觉到太寒伧不够热气,我希望你原谅你这些朋友们的苦心,在冥冥之中笑着给我们勇气来做这一蠢诚的事吧。

二十四年十一月十九日,北平。

 赏　析

本篇是徐志摩去世四周年时林徽因写下的纪念文字,发表在《大公报》上。林徽因是一代才女。她的文笔清新优美,诗歌、散文、小说,无一不擅长。徐志摩,文坛璀璨之星,诗文兼具唯美浪漫之风,感情真挚、深沉,读来总是回荡心胸。林徽因同徐志摩浪漫故事,在当时文坛已传为佳话。正是由于他们之间的特殊感情,所以她的纪念文字或者可以让我们更为走近这位伟大的诗人。

整篇散文抒情、叙事、议论水乳交融,感情节制含蓄、深沉真挚,叙事真实感人、自然流畅,议论清隽切,启人深思。她热情肯定了徐志摩的诗歌成就,赞扬了他的一生处处充满诗意,爱、自由和美是诗人的灵魂,真诚是徐志摩的诗人品格。并在文中抒发了她对文学与人生的独特感悟:"我们谁都需要有人了解我们的时候,真了解我们,即使是痛下针砭,骂着我们的弱处错处,那整个的我们却因而更增添了意义,一个作家文艺的总成绩更需要一种就文论文,就艺术论艺术的和平判断……""我认为我们这写诗的动机既如前面所说那么简单愚诚;因在某一时,或某一刻敏锐地接触到生活上的锋芒,或偶然地触遇到理想峰巅上的

云彩星霞,不由得不在我们所习惯的语言中,编缀出一两串近于音乐的句子来,慰藉自己,解放自己,去追求超实际的真美……"

同时对诗人诗歌创作的艺术技巧的开拓性尝试也给予了肯定,"没有一些尝试的成绩放在那里,理论家是不能老在那里发一堆空头支票的"。对于作品与读者的关系,作者站得更高,看得更远,颇有后来的接受美学为理论指导的批评家的眼光与风范。"我们的作品会不会长存下去,也就看它们会不会活在那一些我们从不认识的人,我们作品的读者,散在各时,各处互相不认识的孤单的人的心里的,这种事它自己有自己的定律,并不需要我们的关心的。"

此篇散文,文字的组合典雅脱俗,带有欧化的味道,使得全文的感情基调定格在迷惘荡漾上。

> **钟敬文** （1903—2004），广东省海丰县人。现代著名散文家，民俗家、诗人、教育家。有民俗学之父之称。著有散文《一声春雷》《碧云寺的秋色》和文学论文《一宗重大的民族文化遗产》《晚清革命派的民间文艺学》等。

西湖的雪景

——献给许多不能与我共幽赏的朋友

从来谈论西湖之胜景的，大抵注目于春夏两季；而各地游客，也多于此时翩然来临——秋季游人已暂少，入冬后，则更形疏落了。这当中自然有以致其然的道理。春夏之间，气温和暖，湖上风物，应时佳胜，或"杂花生树，群莺乱飞"，或"浴晴鸥鹭争飞，拂袂荷风荐爽"，都是要教人眷眷不易忘情的。于此时节，往来湖上，沉醉于柔媚芳馨的情味中，谁说不应该呢？但是春花固可爱，秋月不是也要使人销魂么？四时的烟景不同，而真赏者各能得其佳趣；不过，这未易以论于一般人罢了。高深父先生曾告诉过我们："若能高朗其怀，旷达其意，超尘脱俗，别具天眼，揽景会心，便得真趣。"我们虽不成材，但对于先贤这种深于体验的话，也忍只当做全无关系的耳边风么？

自宋朝以来，平章西湖风景的，有所谓"西湖十景"、"钱塘十景"之说，虽里面也曾列入"断桥残雪"、"孤山霁雪"两个名目，但实际上，真的会去赏玩这种清寒不很近情的景致的，怕没有很多人吧。《四时幽赏录》的著者，在"冬时幽赏"门中，言及雪景的，几占十分的七八，其名目有"雪霁策蹇寻梅"、"三茅山顶望江天雪霁"、"西溪道中玩雪"、"扫雪烹茶玩画"、"雪夜煨芋谈禅"、"山窗听雪敲竹"、"雪后镇海楼观晚炊"等。其中大半所述景色，读了不禁移人神思，固不徒文字粹美而已。但他是一位潇洒出尘的名士，所以能够有此独具心眼的幽赏；我们一方面自然佩服他心情的深堪，另一方面却也可以证出能领略此中的奥味者之所以稀少的必然了。

西湖的雪景，我共玩了两次：第一次是在此间初下雪的第三天。我于午前十点钟时才出去。一个人从校门乘黄包车到湖滨下车，徒步走出钱塘门。经白堤，旋转入孤山路。沿孤山西行，到西泠桥，折由大道回来。此次雪本不大，加以出去时间太迟，山野上盖着的，大都已消去，所以没有什么动人之处。现在我要细述的，是第二次的重游。

那天是一月廿四日。因为在床上感到意外冰冷之故，清晨初醒来时，我便预知昨宵是下了雪。果然，当我打开房门一看时，对面房屋的瓦上全变成白色了，天井中一株木樨花的枝叶上，也粘缀着一小堆一小堆的白粉。详细的看去，觉得比日前两三回所下的都来得大些。

因为以前的,虽然也铺盖了屋顶,但有些瓦沟上却仍然是黑色,这天却一色地白着,绝少铺不匀的地方了。并且都厚厚的,约莫有一两寸高的程度。日前的雪,虽然铺满了屋顶,但于木樨花树,却好像全无关系似的,这回它可不免受影响了,这也是雪落得比较大些的明证。

老李照例是起得很迟的,有时我上了两课下来,才看见他在房里穿衣服,预备上办公厅去。这天,我起来跑到他的房里,把他叫醒之后,他犹带着几分睡意的问我:"老钟,今天外面有没有下雪?"我回答他说:"不但有呢,并且颇大。"他起初怀疑着,直待我把窗内的白布幔拉开,让他望见了屋顶才肯相信。"老钟,我们今天到灵隐去耍子吧?"他很高兴的说。我"哼"的应了一声,便回到自己的房里来了。

我们在校门上车时,大约已九点钟左右了,时小雨霏霏,冷风拂人如泼水;从车帘两旁缺处望出去,路旁高起之地,和所有一切高低不平的屋顶,都撒着白面粉似的,又如铺陈新打好的棉被一般。街上的已大半变成雪泥,车子在上面碾过,不绝的发生唧唧的声音,与车轮转动时摩擦着中间横木的音响相杂。

我们到了湖滨,便换登汽车。往时这条路线的搭客是颇热闹的,现在却很冷落了。同车的不到十个人,为遨游而来的客人怕还没有一半。当车驶过白堤时,我们向车外眺望内外湖风景,但见一片迷蒙的水汽弥漫着,对面的山峰,只有一个几于辨不清楚的薄影。葛岭、宝石山这边,因为距离比较密迩的缘故,山上的积雪和树木,大略可以看得出来;但地位较高的保俶塔,便陷于朦胧中了。到西泠桥近前时,再回望湖中,见湖心亭四围枯秃的树干,好似怯寒般的在那里呆立着。我不禁联想起《陶庵梦忆》中一段情词俱幽绝的文字来:

> 崇祯五年十二月,余住西湖。大雪三日,湖中人鸟声俱绝。是日更定矣,余拿一小舟,拥毳衣炉火,独往湖心亭看雪。雾凇沆砀,天与云与山与水,上下一白。湖上影子,惟长堤一痕,湖心亭一点,与余舟一芥,舟中人两三粒而已。到亭上,有两人铺毡对坐,一童子烧酒,炉正沸。见余大喜,曰:"湖中焉得更有此人!"拉余同饮,余强饮三大白而别。问其姓氏,是金陵人,客此。及下船,舟子喃喃曰:"莫说相公痴,更有痴似相公者!"(《湖心亭看雪》)

不知这时的湖心亭上,尚有此种痴人否?心里不觉漠然了一会。车过西泠桥以后,车暂驶行于两边山岭林木连接着的野道中。所有的山上,都堆积着很厚的雪块,虽然不能如瓦屋上那样铺填得均匀普遍,那一片片清白的光彩,却尽够使我感到宇宙的清寒、壮旷与纯洁!常绿树的枝叶后所堆着的雪,和枯树上的,很有差别。前者因为有叶子衬托着之故,雪上特别堆积得大块点,远远望去,如开满了白的山茶花,或吾乡的水锦花。后者,则只有一小小块的雪片能够在上面粘着不堕落下去,与刚著花的梅李树绝对相似。实在,我初头几乎把那些近在路旁的几株错认了。野山上半黄或全赤了的枯草,多压在两三寸厚的雪褥下面;有些枝条软弱的树,也被压抑得欹欹倒倒的。路上行人很稀少。道旁野人的屋里,时见有衣饰破旧而笨重的老人、童子,在围着火炉取暖。看了那种古朴清贫的情况,仿佛令我忘怀了我们所处时代的纷扰、繁遽了。

到了灵隐山门,我们便下车了。一走进去,空气怪清冷的,不但没有游客,往时那些卖念珠、古钱、天竺筷子的小贩子也不见了。石道上铺积着颇深的雪泥。飞来峰疏疏落落的着了许多雪块,清泠亭及其他建筑物的顶面,一例的密盖着纯白色的毡毯。一个拍照的,当我们刚进门时,便紧紧的跟在后面。因为老李的高兴,我们便在清泠亭旁照了两个影。

好奇心打动着我,使我感觉到眼前所看到的之不满足,而更向处境较幽深的韬光庵去。我悄悄地尽移着步向前走,老李也不声张的跟着我。以灵隐寺到韬光庵的这条山径,实际上虽不见怎样的长;但颇深曲而饶于风致。这里的雪,要比城中和湖上各处的都大些。在径上的雪块,大约有半尺来厚,两旁树上的积雪,也比来路上所见的浓重。曾来游玩过的人,该不会忘记的吧,这条路上两旁是怎样的繁殖着高高的绿竹。这时,竹枝和竹叶上,大都着满了雪,向下低低地垂着。《四时幽赏录》"山窗听雪敲竹"条云:"飞雪有声,惟在竹间最雅。山窗寒夜:时听雪洒竹林;渐沥萧萧,连翩瑟瑟,声韵悠然,逸我清听。忽尔回风交急,折竹一声,使我寒毡增冷。"这种风味,可惜我没有福分消受。

在冬天,本来是游客冷落的时候,何况这样雨雪清冷的日子呢?所以当我们跑到庵里时,别的游人一个都没有,——这在我们上山时看山径上的足迹便可以晓得的——而僧人的眼色里,并且也有一种觉得怪异的表示。我们一直跑上最后的观海亭。那里石阶上下都厚厚地堆满了水沫似的雪,亭前的树上,雪着得很重,在雪的下层并结了冰块。旁边有几株山茶花,正在艳开着粉红色的花朵。那花朵有些堕下来的,半掩在雪花里,红白相映,色彩璨然,使我们感到华而不俗,清而不寒;因而联忆起那"天寒翠袖薄,日暮倚修竹"的美人儿来。

登上这亭,在平日是可以近瞰西湖,远望浙江,甚而至于缥缈的沧海的,可是此刻却不能了。离庵不远的山岭、僧房、竹树,尚勉强可见,稍远则封锁在茫漠的烟雾里了。

空斋蹋壁卧,忽梦溪山好。朝骑秃尾驴,来寻雪中道。石壁引孤松,长空没飞鸟。不见远山横,寒烟起林杪。(《雪中登黄山》)

我倚着亭柱,默默地在咀嚼着王渔洋这首五言诗的清妙;尤其是结尾两句,更道破了雪景的三昧。但说不定许多没有经验的人,要妄笑它是无味的诗句呢。文艺的真赏鉴,本来是件不容易的事,这又何必咄咄见怪? 自己解说了一番,心里也就释然了。

本来拟在僧房里吃素面的,不知为什么,竟跑到山门前的酒楼喝酒了。老李不能多喝,我一个人也就无多兴致干杯了。在那里,我把在山径上带下来的一团冷雪,放进在酒杯里混着喝。堂倌看了说:"这是顶上的冰淇淋呢。"

半因为等不到汽车,半因为想多玩一点雪景,我们决意步行到岳坟才叫划子去游湖。一路上,虽然走的是来时汽车经过的故道,但在徒步观赏中,不免觉得更有情味了。我们的革履,踏着一两寸厚的雪泥前进,频频地发出一种清脆的声音。有时路旁树枝上的雪块,忽然掉了下来,着在我们的外套上,正前人所谓"玉堕冰河,沾衣生湿"的情景。我迟回着我的步履,旷展着我的视域,油然有一脉浓重而灵秘的诗情,浮上我的心头来,使我幽然意远,漠然神凝。郑綮答人家自己的诗思,在灞桥雪中、驴背上,真是怪懂得趣儿的说法。

当我们在岳王庙前登舟时,雪又纷纷的下来了;湖里除了我们的一只小划子以外,再看不到别的舟楫。平湖漠漠,一切都沉默无哗。舟穿过西泠桥,缓泛里西湖中,孤山和对面诸山及上下的楼亭、房屋,都白了头,在风雪中兀立着。山径上,望不见一个人影;湖面连水鸟都没有踪迹,只有乱飘的雪花堕下时,微起些涟漪而已。柳宗元诗云:"千山鸟飞绝,万径人踪灭。孤舟蓑笠翁,独钓寒江雪。"我想这时如果有一个渔翁在垂钓,它很可以借来说明眼前的景物呢。

舟将驶近断桥的时候,雪花飞飘得更其凌乱,我们向北一面的外套,差不多大半白而且湿了。风也似乎吹得格外紧劲些,我的脸不能向它吹来的方面望去。因为革履渗进了雪水的缘故,双足尤冰冻得难忍。这时,从来不多开过口的舟子,忽然问我们道:"你们觉得此处比较寒冷么?"我们问他什么缘故。据说是宝石山一带的雪山风吹过来的原因。我于是默默的联想到智识的范围和它的获得等重大的问题上去了。我们到湖滨登岸时,已是下午三点余钟了。公园中各处都堆满了雪,有些已变成泥泞。除了极少数在待生意的舟子和别的苦力之外,平日朝夕在此间舒舒地来往着的少男少女、老爷太太,此时大都密藏在"销金帐中,低斟浅酌,饮羊羔美酒,"——至少也靠在腾着血焰的火炉旁,陪伴家人或挚友,无忧虑地在大谈其闲天,——以享乐着他们幸福的时光,再不愿来这风狂雪乱的水涯,消受贫穷人所应受的寒冷了!

这次的薄游,虽然也给了我些牢骚和别的苦味,但我要用良心做担保的说,它所给予我的心灵深处的欢悦,是无穷地深远的!可惜我的诗笔是钝秃了。否则,我将如何超越了一切古诗人的狂热地歌咏了它呢!

好吧,容我在这儿诚心沥情地说一声,谢谢雪的西湖,谢谢西湖的雪!

一九一八年一月末日写成

《西湖的雪景》是钟敬文老先生的颇具代表性的一篇散文。钟敬文素以民俗学和民间文艺研究大家著作,而散文创作成就就常被忽略。但钟老的散文具有不凡的魅力,郁达夫称他的散文"可继冰心的后武"。

雪,在西湖之胜景中,并不引人注目,游客们大抵注目于春夏两季,但在钟老先生笔下的《西湖的雪景》,让冬季的西湖仍然是很值得去欣赏的。作者曾两次来到西湖看雪景,第二次写得尤为详细。特别是到灵隐山的情景:以灵隐寺到韬光庵的这条山径,实际上虽不见怎么的长,但颇深曲而饶于风致。这里的雪,要比城中和湖上各处都大些,在径上的雪,大约有半尺来厚,两旁树上的积雪,也比来路上所见的浓重。

作者是一个爱雪的人,爱雪那洁白、纯洁的颜色,所以对西湖这如此美妙的雪景有着由衷地喜爱,雪下得很大,压得竹枝和竹叶都向下低低地垂着。"飞雪有声,惟在竹间最雅。山窗寒夜,时听雪洒竹林,淅沥萧萧,连翩瑟瑟,声韵悠然,逸我倾听。"诗意点点。虽然西湖的雪景不如北方的雪下得急而大,也没有把千山万水粉妆玉砌,但西湖的雪景却更令人向往。

这篇赏雪游记联想丰富,借用前人赏雪的感触来衬赤自己的不同体会,也是值得称道的。如一开始就用"独具心眼的幽赏"(《四时幽赏录》)来反衬自己第二次赏雪的趣味。用《湖心亭看雪》中痴人来比拟自己,更是恰到好处。当泛舟西湖,"湖面连水鸟都没有踪迹"时,又自然引出了柳宗元的《江雪》。本文用典之多,充分展示了钟老的学识渊博。

太湖游记

在苏州盘桓两天,踏遍了虎丘贞娘墓上的芳草,天平山下蓝碧如鲎液的吴中第一泉,也已欣然尝到了。於是,我和同行的李君奋着余勇,转赴无锡观赏汪洋万顷的太湖去。——这原是预定了的游程,并非偶起的意念,或游兴的残余。

我们是乘着沪宁路的夜车到无锡的。抵目的地时,已九点钟了。那刚到时的印象,我永远不能忘记,是森黑的夜晚,群灯灿烂着,我们冒着霏微的春雨,迷蒙地投没在她的怀中。

虽然是在不安定的旅途中,但是因为身体过于疲累,而且客舍中睡具的陈设并不十分恶劣之故,我终于舒适地酣眠了一个春宵。醒来时已是七点余钟的早晨了。天虽然是阴阴的,可是牛毛雨却没有了。我们私心不禁很欣慰。

各带着一本从旅馆帐房处揩油来的《无锡游览大全》,坐上黄包车,我们向着往太湖的路上进发了。

这是一般游客所要同样经验到的吧,当你坐着车子或轿子,将往名胜境地游玩的时候(自然说你是个生客),你总免不了要高兴地唠絮着向车夫或轿夫打探那些,打探这些,或者他不待你的询问,自己尽先把他胸里所晓得的,详尽地向你缕述(他自然有他的目的,并非无私地想尽些义务教师之责)。我们这时,便轮到这样的情形了。尽着惟恐遗漏地发问的,是同行的李君。我呢,除了一二重要非问不可的以外,是不愿过於烦屑的。在他们不绝地问答着时,我只默默地翻阅着我手上的《游览大全》。那些记载是充满着宣传性质的,看了自然要叫人多少有些神往;尤其是附录的那些名人的诗,在素有韵文癖的我,讽诵着,却不免暂时陷於一种"没人"的状态中了。

我们终于到了"湖山第一"的惠山了。刚进山门,两旁有许多食物店和玩具店,我们见了它,好像得到了一个这山是怎样"不断人迹"的报告。车夫导我们进惠山寺,在那里买了十来张风景片。登起云楼,楼虽不很高,但上下布置颇佳,不但可以纵目远眺,小坐其中,左右顾盼,也很使人感到幽逸的情致。昔人题此楼诗,有"秋老空山悲客心,山楼静坐散幽襟。一川红树迎霜老,数曲清謦远寺深"之句。现在正是"四照花开"的芳春,(楼上楹联落句云:"据一山之胜,四照花开,"真是佳句!)而非"红树迎霜"的秋暮。所以这山楼尽容我"静坐散幽襟",而无须作"空山悲客心"之叹息了。

天下第二泉,这是一个多么会耸动人听闻的名词。我们现在虽没有"独携天上小圆月",也总算"来试人间第二泉"了。泉旁环以石,上有覆亭。近亭壁上有"天下第二泉"署额。另外有乾隆御制诗碑一方,矗立泉边。我不禁想起这位好武而且能文的满洲皇帝。他巡游江南,到处题诗制额,平添了许多古迹名胜,给予后代好事的游客以赏玩凭吊之资,也是怪有趣味的事情。我又想到皮日休"时借僧庐拾寒叶,自来松下煮潺湲"的诗句,觉得那种时代是离去我们太遥远了,不免自然的又激扬起一些凄伤之感于心底。

因为时间太匆促了。不但对于惠山有和文徵明"穷瞻紫翠负跻攀"一例的抱恨,便是环山的许多园台祠院,都未能略涉其藩篱。最使我歉然的,是没有踏过五里街!朋友,你试听:

　　惠山街,五里长。
　　踏花归,蹊底香。

你再听:

　　一枝杨柳隔枝桃,
　　红绿相映五里遥。

在这些民众的诗作里,把那五里街说得多么有吸引人的魅力啊!正是柳丝初碧,夭桃吐花的艳阳天,而我却居然"失之交臂",人间事的使人拂意的,即此亦足见其一端了。我也知道真的"踏花归"时,未必不使我失望,或趣味淡然,但这聊以自慰的理由,就足以熨平我缺然不满足之感了么?那未免太把感情凡物化了。

为了路径的顺便,我们又逛了一下锡山。山顶有龙光寺,寺后有塔。但我们因怕赶不及时刻回苏州,却没有走到山的顶点便折回了。这样的匆匆,不知山灵笑我们否?辩解虽用不着,或者竟不可能,但它也许能原谅我们这无可奈何的过客之心吧。

梅园,是无锡一个有力的名胜,这是我们从朋友的谈述和《游览大全》的记载可以觉得的。当我们刚到园门时,我们的心是不期然地充满着希望与喜悦了。循名责实,我们可以晓得这个园里应该有着大规模的梅树的吧。可惜来得太迟了,"万八千株芳不孤"的繁华,已变成了"绿叶成荫子满枝"! 然而又何须斤斤然徒兴动其失时之感叹呢?园里的桃梨及其他未识名的花卉，正纷繁地开展着红白蓝紫诸色的花朵，在继续着梅花装点春光的工作啊。我们走上招鹤亭，脑里即刻联想到孤山的放鹤亭。李君说，在西湖放了的鹤，从这里招了回来。我立时感到"幽默"的一笑。在亭上凭栏眺望，可以见到明波晃漾的太湖，和左右兀立的山岭。我至此，紧张烦扰的心，益发豁然开朗了。口里非意识地念着昔年读过的"放鹤亭中一杯酒，楚山□□水鳞鳞"的诗句，与其说是清醒了悟，还不如说是沉醉忘形，更来得恰当些吧。

出了梅园，又逛了一个群花如火的桃园；更经历了两三里碧草、幽林的田野及山径，管社山南麓的万顷堂是暂时绊住我们的足步了。堂在湖滨凭栏南望，湖波渺茫，诸山突立，水上明帆片片，往来出没其间，是临湖很好的眺望地。堂旁有项王庙。这位"夭亡"的英雄，大概是给司马迁美妙的笔尖醇化了的缘故吧，我自幼就是那样的喜爱他、同情他，为他写过了翻案的文章，又为他写过了颂扬的诗歌。文章虽然是一语都记不起来了，诗歌却还存在旧稿本里。年来虽然再不抱着那样好奇喜偏的童稚心情了，可是对他的观念，至少却不见比对於他的敌人（那位幸运的亭长）来得坏。我的走进了他那简陋的庙宇，在心理上的根据，并不全是漠然的。在我的脑里，以为他的神像至少是应该和平常所见的古武士的造像一样，是神勇赫然，有动人心魄的大力。那知事实上所见的，竟是"白面、黑须、衮冕、有儒者气象"，不似拔山盖世之壮士呢！（括弧内所引，为近人王桐龄《江浙旅行记》中语）我想三吴的人民，是太把英雄的气态剥去，而给予以不必要的腐儒化了。

不久，我们离去管社山麓，乘着小汽船渡登鼋头渚了。渚在充山麓，以地形象鼋头得名的。上面除建筑庄严的花神庙外，尚有楼亭数座。这时，桃花方盛开，远近数百步，红丽如铺霞缀锦，春意中人欲醉。庙边松林甚盛，葱绿若碧海。风过时，树声汹涌如怒涛澎湃。渚上多奇石，突兀俯偃，形态千般。我们在那里徘徊顾望，四面湖波，远与天邻，太阳注射水面，银光朗映，如万顷玻璃，又如一郊晴雪。湖中有香客大船数只，风帆饱力，疾驰如飞。有山峰几点，若浊世独立不屈的奇士。湖上得此，益以显出它的深宏壮观了。

我默然深思，忆起故乡中汕埠一带的海岸，正与此相似。昔年在彼间教书，每当风的清朝、月的良夜，往往个人徒步海涯，听着脚下波浪的呼啸，凝神遥睇，意兴茫然，又复肃然。直等到远峰云涛几变或月影已渐渐倾斜，才离别了那儿回到人声扰攘的校舍去。事情是几年前的了，但印象却还是这样强烈地保留着。如果把生活去喻作图画的话，那末，这总不能不算是很有意味的几幅吧。

听朋友们说，在太湖上最好的景致是看落日。是的，在这样万顷柔波之上，远见血红的太阳，徐徐从天际落下，那雄奇诡丽的光景是值得赞美的。惜我是迫不及待了！

我想湖上不但日落时姿态迷人，月景更可爱。记得舒立人《月夜出西太湖》诗云："瑶娥明镜澹磨空，龙女烟绡熨帖工。倒卷银潢东注海，广寒宫对水晶宫。"这样透澈玲珑的世界，怪不得他要作"如此烟波如此夜，居然著我一扁舟"的感叹，及"不知偷载西施去，可有今宵月子无"的疑问了。

接着,在庙里品了一回清茗,兴致虽仍然缠绵着,但时间却不容假借了。当我们从管社山麓坐上车子,将与湖光作别的时候,我的离怀是怎样比湖上的波澜还要泛滥啊。

　　这一篇游记类散文。作者用十分贴近自然的笔法,艺术地刻画了太湖景区四大景点的特色。

　　作者按游览路线、时间顺序,用细腻的笔触,重点记叙了太湖中主要景物的特色。作者写景由近用远,层层突现,与情交融,在观景中传达出情感的跃动。《太湖游记》的艺术魅力还在于,作者在精心描画自然景观的同时,十分巧妙地发掘太湖景观所包含的文化内涵,使自然景观的展示与人文意蕴的发掘联为一体,从而大力提升了作品的审美内涵。在文章中,作者不时地把前人游玩太湖的观感与自己的感情融为一体,把古人的游迹作为一种背景烘托,遂使作品散发出强烈的人文气息。在赏玩"天下第二泉"时,适有一额乾隆皇帝的御诗碑,作者即对这位能文善武的满清皇帝巡游江南,题诗制额作了描述与赞誉。在项王庙,作者在感叹人们对项王形象扭曲时,插了一段自己对这位英雄的崇敬之情,并说明从前为他写过颂扬之诗,用来抒发自己对历史人物的认知和个人情怀。正是作者把自然景物的描写同人文内涵的发掘有机结合,使读者在观赏景致的同时得到历史知识的陶冶。

　　此文在描绘景物的笔触上相当的细腻,如:"渚在充山麓,以地形像鼋头得名的。上面除建筑庄严的花神庙外,尚有楼亭数座。这时,桃花方盛开,远近数百步,红丽如铺霞缀锦,春意中人欲醉。庙边松林甚盛,葱绿若碧海。风过时,树声汹涌如怒涛澎湃。渚上多奇石,突兀俯偃,形态千般"品过这段文字,鼋头渚的一切了然于胸:方位、得名、楼亭、花木等等,连它们的形状及声响都写出来了!此时除了惊叹作者细腻的笔触,还能说点什么呢?同时,作者又向读者展示了自己细致的观察力及写景的层次感。

　　总之,此文细腻而不繁琐,简洁精练而不粗疏,融致密的描摹与整体的勾勒于一体,创造出逼真而令人向往的意境。

> **沈从文**（1902-1988），原名沈岳焕，出生于荒僻神秘的湘西凤凰县，有苗汉土家族的血统。现代著名作家、学者，京派小说代表人物。代表作有小说《边城》；散文集《从文自传》《湘行散记》《湘西》等。

鸭窠围的夜

天快黄昏时落了一阵雪子，不久就停了。天气真冷，在寒气中一切都仿佛结了冰。便是空气，也像快要冻结的样子。我包定的那一只小船，在天空大把撒着雪子时已泊了岸。从桃源县沿河而上这已是第五个夜晚。看情形晚上还会有风有雪，故船泊岸边时便从各处挑选好地方。沿岸除了某一处有片沙滩宜于泊船以外，其余地方全是黛色如屋的大岩石。石头既然那么大，船又那么小，我们都希望寻觅得到一个能作小船风雪屏障，同时要上岸又还方便的处所。凡是可以泊船的地方早已被当地渔船占去了。小船上的水手，把船上下各处撑去，钢钻头敲打着沿岸大石头，发出好听的声音，结果这只小船，还是不能不同许多大小船只一样，在正当泊船处插了篙子，把当作锚头用的石碇抛到沙上去，尽那行将来到的风雪，摊派到这只船上。

这地方是个长潭的转折处，两岸是高大壁立千丈的山，山头上长着小小竹子，长年翠色逼人。这时节西山只剩余一抹深黑，赖天空微明为画出一个轮廓。但在黄昏里看来如一种奇迹的，却是两岸高处去水已三十丈上下的吊脚楼。这些房子莫不俨然悬挂在半空中，借着黄昏的金光，还可以把这些稀奇的楼房形体看得出个大略。这些房子同沿河一切房子有个共通相似处，便是从结构上说来，处处显出对于木材的浪费。房屋既在半山上，不用那么多木料，便不能成为房子吗？半山上也用吊脚楼形式，这形式是必须的吗？然而这条河水的大宗出口是木料，木材比石块还不值价。因此，即或是河水永远长不到处，吊脚楼房子依然存在，似乎也不应当有何惹眼惊奇了。但沿河因为有了这些楼房，长年与流水斗争的水手，寄身船中枯闷成疾的旅行者，以及其他过路人，却有了落脚处了，这些人的疲劳与寂寞是从这些房子中可以一律解除的。地方既好看，也好玩。

河面大小船只泊定后，莫不点了小小的油灯，拉了篷。各个船上皆在后舱烧了火，用铁鼎罐煮饭，饭焖熟后，又换锅子熬油，哗的把菜蔬倒进热锅里去。一切齐全了，各人蹲在舱板上三碗五碗把腹中填满后，天已夜了。水手们怕冷怕动的，收拾碗盏后，就莫不在舱板上摊开了被盖，把身体钻进那个预先卷成一筒又冷又湿的硬棉被里去休息。至于那些想喝一杯的，发了烟瘾得靠靠灯，船上烟灰又翻尽了的，或一无所为，只是不甘寂寞，好事好玩想到岸上去烤烤火谈谈天的，便莫不提了桅灯，或燃一段废缆子，摇晃着从船头跳上了岸，从一堆石头间的小路径，爬到半山上吊脚楼房子那边去，找寻自己的熟人，找寻自己的熟地。陌生人自然也有来到这条河中来到这种吊脚楼房子里的时节，但一到地，在火堆旁小板凳上一坐，便是陌生人，即刻也就可以称为熟人乡亲了。

　　这河边两岸除了停泊有上下行的大小船只三十左右以外，还有无数在日前趁融雪涨水放下形体大小不一的木筏。较小的木筏，上面供给人住宿过夜的棚子也不见，一到了码头，便各自上岸找住处去了。大一些的木筏呢，则有房屋，有船只，有小小菜园与养猪养鸡栅栏，还有女眷和小孩子。黑夜占领了全个河面时，还可以看到了木筏上的火光，吊脚楼窗口的灯光，以及土岸下船在河岸大石间飘忽动人的火炬红光。这时节岸上船上都有人说话，吊脚楼上且有妇人在黯淡灯光下唱小曲的声音，每次唱完一支小曲时，就有人笑嚷。甚么人家吊脚楼下有匹小羊叫，固执而且柔和的声音，使人听来觉得忧郁。我心中想着："这一定是从别一处牵来的，另外一个地方，那小畜生的母亲，一定也那么固执的鸣着吧。"算算日子，再过十一天便过年了。"小畜生明不明白只能在这个世界上活过十天八天？"明白也罢，不明白也罢，这小畜生是为了过年而赶来，应在这个地方死去的。此后固执而又柔和的声音，将在我耳边永远不会消失。我觉得忧郁起来了。我仿佛触着了这世界上一点东西，看明白了这世界上一点东西，心里软和得很。

　　但我不能这样子打发这个长夜，我把我的想象，追随了一个唱曲时清中夹沙的妇女声音到她的身边去了。于是仿佛看到了一个床铺，下面是草荐，上面摊了一床用旧帆布或别的旧货做成脏而又硬的棉被，搁在床正中被单上面的是一个长方木托盘，盘中有一把小茶盏，一个小烟盒，一支烟枪，一块小石头，一盏灯。盘边躺着一个人在烧烟。唱曲子的妇人，或是袖了手捏着自己的膀子站在吃烟者的面前，或是靠在男子对面的床头，为客人烧烟。房子分两进，前面临街，地是土地，后面临河，便是所谓吊脚楼了。这些人房子窗口既一面临河，可以凭了窗口呼喊河下船中人，当船上人过了瘾，胡闹已够，下船时，或者尚有些事情嘱托，或有其他原因，一个晃着火炬停顿在大石间，一个便凭立在窗口，"大佬你记着，船下行时又来。""好，我来的，我记着的。""你见了顺顺大爷就说：'会呢，完了。大牛呢，好了。'细粉三斤，冰糖三斤。""杨氏，杨氏，一共四吊七，莫错账！""是的，放心呵，你说四吊七就四吊七，年三十夜莫会要你多的！你自己记着就是了！"这样那样的说着，我一一都可听到，而且一面还可以听着在黑暗中某一处咩咩的羊鸣。我明白这些回船的人是上岸吃过"荤烟"了的。

　　我还估计得出，这些人不吃"荤烟"，上岸时只去烤烤火的，到了那些屋子里时，便多数只在临街那一面铺子里。这时节天气太冷，大门必已上好了，屋里一隅或点个小小油灯，屋中土地上必就地掘了个浅凹火炉膛，烧了些树根柴块。火光煜煜，且时时刻刻爆炸着一种难于形容的声音。火旁矮板凳上坐有船上人，木筏上人，有对河住家的熟人。且有虽为天所厌弃还不自弃年过七十的老妇人，闭着眼睛蜷成一团蹲在火边，悄悄的从大袖筒里取出一片薯干或一枚红枣，塞到嘴里去咀嚼。有穿着肮脏身体瘦弱的孩子，手擦着眼睛傍着火旁的母亲打盹。屋主人有为退伍的老军人，有翻船背运的老水手，有单身寡妇。借着火光灯光，可以看得出这屋中的大略情形,三堵木板壁上,一面必有个供奉祖宗的神龛,神龛下空处或另一面,必贴了一些大小不一的红白名片。这些名片倘若有那些好事者加以注意,用小油灯照着,去仔细检查检查,便可以发现许多动人的名衔。军队上的连副,上士,一等兵,商号中的管事,当地的团总、保正、催租吏,以及照例姓滕的船主、洪江的木排商人,与其他各行各业人物,无所不有。这是近一二十年来经过此地若干人中一小部分的题名录。这些人各用一种不同的生活,来到这个地方,且同样的来到这些屋子里,坐在火边或靠近床边,逗留过若干时间。这些人离开了此地后,在另一世界里还是继续活下去,但除了同自己的生活圈子中人发生关系以外,与一同在这个世界上其他的人,却仿佛便毫无关系可言了。他们如今也许早已死掉了:水淹死的,枪打死的,被外妻用砒霜谋杀的,然而这些名片却依然将好好的保留下去。也许有些人已成了富人名人,成了当地的小军阀,这些名片却仍然写着催租人,上士等等的衔头。……除了这些名片,那屋子里是不是还有比它更引人注意的东西呢? 锯子,小捞兜,香烟大画片,装干栗子的口袋……

    提起这些问题时使人心中很激动。我到船头上去眺望了一阵。河面静静的,木筏上火光小了,船上的灯光已很少了,远近一切只能借着水面微光看出个大略情形。另外一处的吊脚楼上,又有了妇人唱小曲的声音,灯光摇摇不定,且有猜拳声音。我估计那些灯光同声音所在处,不是木筏上的排头在取乐,就是水手们小商人在喝酒。妇人手指上说不定还戴了水手特别为从常德府捎带来的镀金戒指,一面唱曲一面把那只手理着鬓角,多动人的一幅画图! 我认识他们的哀乐,这一切我也有份。看他们在那里把每个日子打发下去,也是眼泪也是笑,离我虽那么远,同时又与我那么相近。这正同读一篇描写西伯利亚的农人生活动人作品一样,使人掩卷引起无言的哀戚。我如今只用想象去领味这些人生活的表面姿态,却用过去一分经验,接触着了这种人的灵魂。

    羊还固执的鸣着。远处不知甚么地方有锣鼓声音,那一定是某个人家禳土酬神还愿巫师的锣鼓。声音所在处必有火燎与九品蜡照耀争辉。眩目火光下必有头包红布的老巫师独立作旋风舞,门上架上有黄钱,平地有装满了谷米的平斗。有新宰的猪羊伏在木架上,头上插着小小五色纸旗。有行将为巫师用口把头咬下的活公鸡,缚了双脚与翼翅,在土坛边无可奈何的躺卧。主人锅灶边则热了满锅猪血稀粥,灶中正火光熊熊。

    邻近一只大船上,水手们已静静的睡下了,只剩余一个人吸着烟,且时时刻刻把烟管敲着船舷。也像听着吊脚楼的声音,为那点声音所激动,引起种种联想。忽然按捺自己不住了,只听到他轻轻的骂着野话,擦了支自来火,点上一段废缆,跳上岸往吊脚楼那里去了。他在岸上大石间走动时,火光便从船篷空处漏进我的船中。也是同样的情形吧,在一只装载棉军服向上行驶的船上,泊到同样的岸边,躺在成束成捆的军服上面,夜既太长,水手们爱玩牌的各蹲坐在舱板上小油灯光下玩天九,睡既不成,便胡乱穿了两套棉军服,空手上岸,借着石块间还未融尽残雪返照的微光,一直向高岸上有灯光处走去。到了街上,除了从人家门罅里露出的灯光成一条长线横卧着,此外一无所有。在计算中以为应可见到的小摊上成堆的花生，用"哈德门"长烟匣装着干瘪瘪的小橘子，切成小方块的片糖，以及在灯光下看守摊子把眉毛扯得极细的妇人（这些妇人无事可作时还会在灯光下做点针线的），如今甚么也没有。既不敢冒昧闯进一个人家里面去，便只好又回转河边船上了。但上山时向灯光凝聚处走去，方向不会错误。下河时可糟了。糊糊涂涂在大石小石间走了许久，且大声喊着，才走近自己所坐的一只船。上船时，两脚全是泥，刚攀上船舷还不及脱鞋落舱，就有人在棉被中大喊："伙计哥子们，脱鞋呀！"把鞋脱了还不即睡，便镶到水手身旁去看牌，一直看到半夜，——十五年前自己的事，在这样地方温习起来，使人对于命运感到十分惊异。我懂得那个忽然独自跑上岸去的人，为甚么上去的理由！

等了一会，邻船上那人还不回到他自己的船上来，我明白他所得的必比我多了一些。我想听听他回来时，是不是也像别的船上人，有一个妇人在吊脚楼窗口喊叫他。许多人都陆续回到船上了，这人却没有下船。我记起水手"柏子"。但是，同样是水上人，一个那么快乐的赶到岸上去，一个却是那么寂寞的跟着别人后面走上岸去，到了那些地方，情形不会同柏子一样，也是很显然的事了。

为了我想听听那个人上船时那点推篷声音，我打算着，在一切声音全已安静时，我仍然不能睡觉。我等待那点声音，大约到午夜十二点，水面上却起了另外一种声音。仿佛鼓声，也仿佛汽油船马达转动声，声音慢慢的近了，可是慢慢的又远了。像是一个有魔力的歌唱，单纯到不可比方，也便是那种固执的单调，以及单调的延长，使一个身临其境的人，想用一组文字去捕捉那点声音，以及捕捉在那长潭深夜一个人为那声音所迷惑时节的心情，实近于一种徒劳无功的努力。那点声音使我不得不再从那个业已用被单塞好空罅的舱门，到船头去搜索它的来源，河面一片红光，古怪声音也就从红光一面掠水而来。原来日里隐藏在大岩下的一些小渔船，在半夜前早已静悄悄的下了拦江网。到了半夜，把一个从船头伸在水面的铁兜，盛上燃着熊熊烈火的油柴，一面用木棒槌有节奏的敲着船舷各处漂去。身在水中见了火光而来与受了桸声吃惊四窜的鱼类，便在这种情形中触了网，成为渔人的俘虏。当地人把这种捕鱼方法叫"赶白"。

一切光，一切声音，到这时节已为黑夜所抚慰而安静了，只有水面上那一份红光与那一派声音。那种声音与光明，正为着水中的鱼和水面的渔人生存的搏战，已在这河面上存在了若干年，且将在接连而来的每个夜晚依然继续存在。我弄明白了，回到舱中以后，依然默听着那个单调的声音。我所看到的仿佛是一种原始人与自然战争的情景。那声音，那火光，都近于原始人类的战争，把我带回到四五千年那个"过去"时间里去。不知在甚么时候开始落了很大的雪，听船上人细语着，我心想，第二天我一定可以看到邻船上那个人上船时节，在岸边雪地上留下那一行足迹。那寂寞的足迹，事实上我却不曾见到，因为第二天到我醒来时，小船已离开那个泊船处很远了。

 赏 析

    沈从文的散文《鸭窠围的夜》，耐读、耐品、耐咀嚼，它以细致的笔角，描摹了一幅充满"眼泪与欢笑"的画图，寄寓了作者对湘西历史及命运的深深哀戚之情。

    作者将写景、叙事和抒情熔于一炉，湘西风情经过作者的诗意之笔，充满浓浓的诗情画意。高耸的吊脚楼本是因地理和气候等自然原因所致，但在作者看来"既好看，也好玩"，吊脚楼上黯淡灯光里妇人唱小曲的声音，特别是吊脚楼下小羊"固执而且柔和"的叫声，使得作者"仿佛触着了这世界上一点东西，看明白了这世界上一点东西，心里软和得很"，作者带着深挚的情感，15年之后回忆这一切时，有种"软和"的情愫在心底涌动。

    风雪中的小船；钢钻头敲打着大石头发出的声音；那吊脚楼在诉说过路者的疲劳与寂寞；小小的油灯摇曳着拿着烟枪的男人、唱小曲的妇人的身影；三堵木板壁上记录着若干人中一部分人的提名录等等。在众多的声音中，如打牌的嬉闹声、妇人唱小曲声、捕鱼发出的声……越是喧嚣、越是拥挤、越能给作者以寂寞与孤单，"看他们在那里把每个日子打发下去"，存在若干年，且每个夜晚继续存在。而只有"按捺自己不住了，只听他轻轻的骂着野话"的水手给他一点慰藉，对生活与爱情的憧憬与渴望，希冀在水手身上得到，哪怕是多一丝的美好。可向往那么遥远，"因为第二天到我醒来时，小船已离开那个泊船处很远了"。文章没有华丽的辞藻，如文中溢出的淳朴民风那样朴实自然，使人获得人情美与风俗美的享受，有一种如历其境、如睹其人、如悦其情、回归自然、返璞归真的感受。

    从篇首一节中的油船声到末节中的细语声，整篇散文以声音开始，又以声音终，这些声音不但催生了作者的想象，激活了作者过去的经验，更引发了作者对湘西历史与现状的忧思。时急时缓、时而单调时而复杂的声音节奏与作者的心绪变化也非常吻合。在文中沈从文说："……想用一组文字去捕捉那点声音，以及捕捉在那长潭深夜一个人为声音所迷惑时节的心情，实近于一种徒劳无功的努力。"但恰是这种用文字捕捉声音及心情的努力，使《鸭窠围的夜》成了现代散文中极为独特的架构。

常德的船

    常德就是武陵，陶潜的《续搜神记》上《桃花源记》说的渔人老家，应当摆在这个地方。德山在对河下游，离城市二十余里，可说是当地惟一的山。汽车也许停德山站，也许停县城对河另一站。汽车不必过河，车上人却不妨过河，看看这个城市的一切。地理书上告给人说这里是湘西一个大码头，是交换出口货与入口货的池方。桐油、木料、牛皮、猪肠子和猪鬃毛、烟草和水银、五倍子和鸦片烟，由川东、黔东、湘西各地用各式各样的船只装载到来，这些东

西是全得由这里转口,再运往长沙、武汉的。子盐、花纱、布匹、洋货、煤油、药品、面粉、白糖,以及各种轻工业日用消耗品和必需品,又由下江轮驳运到,也得从这里改装,再用那些大小不一的船只,分别运往沅水各支流上游大小码头卸货的。市上多的是各种庄号。各种庄号上的坐庄人,便在这种情形下成天如一个磨盘,一种机械,为职务来回忙。邮政局的包裹处,这种人进出最多。长途电话的营业处,这种坐庄人是最大主顾。酒席馆和妓女的生意,靠这种坐庄人来维持。

除了这种繁荣市面的商人,此外便是一些寄生于湖田的小地主,作过知县的小绅士,各县来的男女中学生,以及外省来的参加这个市面繁荣的掌柜、伙计、乌龟、王八。全市人口过十万,街道延长近十里,一个过路人到了这个城市中时,便会明白这个湘西的咽喉,真如所传闻,地方并不小。可是却想不到这咽喉除吐纳货物和原料以外,还有些什么东西。做这种吐纳工作,责任大,工作忙,性质杂,又是些什么人。假若一旦没有了他们,这城市会不会忽然成为河边一个废墟?这种人照例触目可见,水上城里无一不可碰头,却又最容易为旅行者所疏忽。我想说的是真正在控制这个咽喉,支配沅水流域的几万船户。

这个码头真正值得注意令人惊奇处,实在也无过于船户和他所操纵水上工具了。要认识湘西,不能不对他们先有一种认识。要欣赏湘西地方民族特殊性,船户是最有价值材料之一种。

一个旅行者理想中的武陵,渔船应当极多。到了这里一看,才知道水面各处是船只,可是却很不容易发现一只渔船。长河两岸浮泊的大小船只,外行人一眼看去,只觉得大同小异,事实上形制复杂不一,各有个性,代表了各个地方的个性。让我们从这方面来多知道一点点,对于我们也许有些便利处。

船只最触目的三桅大方头船,这是个外来客,由长江越湖来的,运盐是它主要的职务。它大多数只到此为止,不会向沅水上游走去。普通人叫它做"盐船",名实相副。船家叫它做"大鳅鱼头",《金陀粹编》上载岳飞在洞庭湖水擒杨么故事,这名字就见于记载了,名字虽俗,来源却很古。这种船只大多数是用乌油漆过,所以颜色多的是黑的。这种船按季候行驶,因为要大水大风方能行动。杜甫诗上描绘的"洋洋万斛船,影若扬白虹",也许指的就是这种水上东西。

比这种盐船略小,有两桅或单桅,船身异常秀气,头尾突然收敛,令人入目起尖锐印象,全身是黑的,名叫"乌江子"。它的特长是不怕风浪,运粮食越湖。它是洞庭湖上的竞走选手。形体结构上的特点是桅高、帆大、深舱、锐头。盖舱篷比船身小,因为船舷外还有护舱板。弄船人同船只本身一样,一看很干净秀气斯文,行船既靠风,上下行都使帆,所以帆多整齐,船上用的水手不多,仅有的水手会拉篷、摇橹、撑篙、不会荡桨,——这种船上便不常用桨。放空船时妇女还可代劳掌舵。这种船间或也沿河上溯,数目极少,船身材料薄,似不宜于冒险。这种船在沅水流域也算是外来客。

在沅水流域行驶,表现得富丽堂皇,气象不凡,可称为巨无霸的船只,应当数"洪江油船"。这种船多方头高尾,颜色鲜明,间或且有一点金漆装饰,尾梢有舵楼,可以安置家眷。大船下行可载三四千桶桐油,上行可载两千件棉花,或一票食盐。用橹手二十六人到四十人,用纤手三十人到六七十人,必待春水发后方上下行驶,路线系往返常德和洪江。每年水大至多上下三五回,其余大多时节都在休息中,成排结队停泊河面,俨然是河上的主人,船主照例是麻阳人,且照例姓滕,善交际,礼数清楚。常与商号中人拜把子,攀亲家,行船时站在船后檀木舵把边,神气庄严中带点从容不迫神气,口中含了个竹马鞭短烟管,一面看水,一面吸烟。遇有身份的客人搭船,喝了一酒后,便向客人一五一十叙述这只油船的历史,载过多少有势力的军人、阔佬,或名驰沅水流域的妓女。换言之,就是这只船与当地历史发生多少关系! 这种船只上的一切东西,无一不巨大坚实。船主的装束在船上时看不出什么特别处,上岸时却穿长袍(下脚过膝三四寸),罩青羽绫马褂,戴呢帽或小缎帽,佩小牛皮抱肚,用粗大银链系定,内中塞满了银元。穿生牛皮靴子,走路时踏得很重。个子高高的,瘦瘦的。有一双大手,手上满是黄毛和青筋。会喝酒、打牌,且豪爽大方,吃花酒应酬时,大把银元钞票从抱肚掏出,毫不吝啬。水手多强壮勇敢,眉目精悍,善唱歌、泅水、打架、骂野话。下水时如一尾鱼,上岸接近妇人时像一只小公猪。白天弄船,晚上玩牌,同样做得极有兴致。船上人虽多,却各有所事,从不紊乱。舱面永远整洁如新。拔锚开头时,必摇鼓敲锣,在船头烧纸烧香,煮白肉祭神,燃放千子头鞭炮,表示人神和乐,共同帮忙,一路福星。在开船仪式中与行船歌声中,使人想起两千年前《楚辞》发生的原因,现在还好好的保留下来,今古如一。

  比洪江油船小些,形式仿佛也比较笨拙些(一般船只用木板做成,这种船竟像用木柱做成),平头大尾,一望而知船身十分坚实,有斗拳师的神气,名叫"白河船"。白河即酉水的别名。这种船只即行驶于沅水由常德到沅陵一段,酉水由沅陵到保靖一段。酉水滩流极险,船只必经得起磕撞。船只必载重方能压浪,因此尾部如臀,大而圆。下行时在船头缚大木桡两把,木桡的用处是船只下滩,转头时比舵切于实际。照水上人俗谚说:"三桨不如一篙,三橹不如一桡。"桡读作招。酉水浅而急,不常用橹,篙桨用处多,因此篙多特别长大,桨较粗硕,肥而短。船篷用粽子叶编成,不涂油。船主多永顺保靖人,姓向、姓王、姓彭占多数。酉水河床窄,滩流多,为应付自然,弄船人所需要的勇敢能耐也较多。行船时常用相互诅骂代替共同唱歌,为的是受自然限制多,脾气比较坏一点。酉水是传说中古代藏书洞穴所在地,多的是高大宏敞充满神秘的洞穴。由沅陵起到酉阳止,沿酉水流域的每个县分总有几个洞穴。可是如沅陵的大酉洞、二酉洞,保靖的狮子洞,酉阳的龙洞,这些洞穴纵有书籍也早已腐烂了。到如今这条河流最多的书应当是宝庆纸客贩卖的石印本历书,每一条船上照例都有一本"皇历"。船家禁忌多,历书是他们行动的宝贝。河水既容易出事情,个人想减轻责任,因此凡事都俨然有天作主,由天处理,照书行事,比较心安,也少纠纷,船只出事时有所借口。酉水流域每个县分的船只,在形式上又各不相同,不过这些小船不出白河,在常德能看到的白河油船,形体差不多全是一样。

  沅水中部的辰溪县,出白石灰和黑煤,运载这两种东西的本地船只叫做"辰溪船",又名

"广舶子"。它的特点和上述两种船只比较起来，显得材料脆薄而缺少个性。船身多是浅黑色，形状如土布机上的梭子，款式都不怎么高明。下行多满载一些不值钱的货，上行因无回头货便时常放空。船身脏，所运货又少时间性，满载下驶，危险性多，搭客不欢迎，因之弄船人对于清洁时间就不甚关心。这种船上的席篷照例是不大完整的，布帆是破破碎碎的，给人印象如一个破落户。弄船人因闲而懒，精神是显得萎靡不振。

洞河（即泸溪）发源于乾城苗乡大小龙洞，和凤凰苗乡乌巢河，两条小河在乾城县的所里市相汇。向东流，到泸溪县，方和沅水同流。在这条河里的船就叫"洞河船"。河源主流由苗乡梨林地方两个洞穴中流出，河床是乱石底子，所以水特别清，水性特别猛。船身必须从撞磕中挣扎，河身既小，船身也比较轻巧。船舷低而平，船头窄窄的。在这种船上水手中，我们可以发现苗人。不过见着他时我们不会对他有何惊奇，他也不会对我们有何惊奇。这种人一切和别的水上人都差不多，所不同处，不过是他那点老实、忠厚、纯朴、戆直性情——原人的性情，因为住在山中，比城市人保存得多点罢了。乾城人极聪明文雅，小手小脚小身材，唱山歌时嗓子非常好听，到码头边时可特别沉默安静。船只太小了，不常有机会到这大码头边靠船。这种船停泊在河面对似乎很羞怯，正如水手们上街时一样羞怯。

乾城用所里作本县吐纳货物的水码头。地方虽不大，小小石头城却很整齐干净，且出了几个近三十年来历史上有名的人物。段祺瑞时代的陆军总长傅良佐将军，是生长在这个小县城里。东北军宿将，国内当前军人中称战术权威的杨安铭将军，也是这地方人。

在河上显得极活动，极有生气，而且数量极多的，是普通的中型"麻阳船"。这种船头尾高举，秀拔而灵便。这种船只的出处是麻阳河（即辰溪）。每只船上都可见到妇人、孩子、童养媳。弄船人一面担负商人委托的事务，一面还担负上帝派定的工作，两方面都异常称职。沅水流域的转运事业，大多数由这地方人支配，人口繁荣的结果，且因此在常德城外多了一条麻阳街。"一切成功都必须争斗"，这原则也可用作麻阳街的说明。据传说，这条街是个姓滕的水手滕老九双拳打出来的。我们若有兴趣特意到那条街上走走，可知道开小铺子的，做理发店生意的，卖船上家伙的，经营不用本钱最古职业的，全是麻阳乡亲，我们就会明白，原来参加这种争斗，每人都有一份。麻阳人的精力绝伦处，或者与地方出产有点关系。麻阳出各种橘子，糯米也极好，作甜酒特别相宜。人口加多，船只也越来越多，因此沅水水面的世界，一大半是麻阳人占有的。大凡船只停靠处，都有叫乡亲的麻阳人，乡亲所得的便利极多，平常外乡人，坐船时于是都叫麻阳人做"乡亲"。乡亲的特点是面目精悍而性情快乐，做水手的都能吃、能做、能喝、能打架。船主上岸时必装扮成为一个小乡绅，如驾洪江油船的大老板一样穿袍穿裤，着生牛皮盘云长统钉靴，戴有皮封耳的毡帽或博士帽，手指套上分量沉重的金戒指，皮包肚里装上许多大洋钱，短烟管上悬个老虎爪子，一端还镶包一片镂花银皮。见人就请教仙乡何处，贵府贵姓。本人大多数姓滕，名字"代富"、"宜贵"。对三十年来的本省政治，比起任何地方船主都熟习，都关心。欢喜讲礼教，臧否人物，且善于称引经典格言和当地俗谚，作为谈天时章本。恭维客人时必从恭维上增多一点收入，被客人恭维时便称客人为

"知己"，笑嘻嘻的请客人喝包谷子酒。妇女在船上不特对于行船毫无妨碍，且常常是一个好帮手。妇女多壮实能干，大脚大手，善于生男育女。

麻阳人中另外还有一双值得称赞的手，在湘西近百年实无匹敌，在国内也是一个少见的艺术家，是塑像师张秋潭那双手，小件艺术品多在烟盘边靠灯时用烟签完成的，无一不作得栩栩如生，至今还留下些在湘西私人手中。大体是各县庙宇天王观音等神像，辛亥以后破除迷信，毁去极多。

在常德水码头船只极小，漂浮水面如一片叶子，数量之多如淡干鱼，是专载客人用的"桃源划子"。木商与烟贩，上下办货的庄客，过路的公务员，放假的男女学生，同是这种小船的主顾。船身既轻小，上下行的速度较之其他船只快过一倍，下滩时可从边上小急流走，决不会出事。在平潭中且可日夜赶程，不会受关卡留难。因此在有公路以前，这种小小船只实为沅水流域交通利器。弄船人工作不需如何紧张，开销又少，收入却较多。装载客人且多阔佬，同时桃源县人的性格又特别随和（沅水一到桃源后就变成一片平潭，再无恶滩急流，自然影响到水上人性情很大），所以弄船人脾气就马虎得多。很多是瘾君子，白天弄船晚上便靠灯。有些家中人说不定还留在县里，经营一种不必需本钱的职业，分工合作，都不闲散。且能作客人向导，带访桃源洞的客人到所要到的新奇地方去。

在沅水流上下行驶，停泊到常德码头应当称为"客人"的船只，共有好几种，有从芷江上游黔东玉屏来的，有从麻阳河上游黔东铜仁来的，有从白河上游川东龙潭来的。"玉屏船"多就洪江转口，下行不多。"龙潭船"多从沅陵换货，下行不多。"铜仁船"装油碱下行的，有些庄号在常德，所以常直放常德。船只最引人注意处是颜色黄明照眼，式样轻巧，如竞赛用船。船头船尾细狭而向上翘举，舱底平浅，材料脆薄，给人视觉上感到灵便与愉快，在形式上可谓秀雅绝伦。弄船人语言清婉，装束素朴（有些水手还穿齐膝的长衣，裹白头巾，风度整洁和船身极相称。船小而载重，故下行时船舷必缚茅束挡水），这种船停泊河中，仿佛极其谦虚，一种作客应有的谦虚。然而比同样大小的船只都整齐，一种作客不能不注意的整齐。

此外常德河面还有一种船只，数量极多，有的时常移动，有的又长久停泊。这些船的形式一律是方头、方尾、无桅、无舵。用木板作舱壁，开小小窗子，木板作顶。有些当作船主的金屋，有些又作逃遁者的窟穴。船上有招纳水手客人的本地土娼，有卖烟和糖食、小吃、猪蹄子粉面的生意人。此外算命卖卜的，圆光关亡的，无不可以从这种船上发现。船家做寿成亲，也多就方便借这种水上公馆举行，因此一遇黄道吉日，总是些张灯结彩，响器声、弦索声，大小炮仗声，划拳歌呼声，点缀水面热闹。

常德县城本身也就类乎一只旱船，女作家丁玲，法律家戴修瓒，国学家余嘉锡，是这只旱船上长大的。较上游的河堤比城中高得多，涨水时水就到了城边，决堤时城四围便是水了。常德沿河的长街，街市上大小各种商铺不下数千家，都与水手有直接关系。杂货店铺专卖船上用件及零用物，可说是它们全为水手而预备的。至如油盐、花纱、牛皮、烟草等等庄号，也可说水手是为它们而有的。此外如茶馆、酒馆和那经营最素朴职业的户口，水手没有它不成,它没水手更不成。

常德城内一条长街,铺子门面都很高大(与长沙铺子大同小异,近于夸张),木料不值钱,与当地建筑大有关系。地方滨湖,河堤另一面多平田泽地,产鱼虾、莲藕,因此鱼栈莲子栈延长了长街数里。多清真教门,因此牛肉特别肥鲜。

常德沿沅水上行九十里,才到桃源县,再上行二十五里,方到桃源洞。千年前武陵渔人如何沿溪走到桃花源,这路线尚无好事的考古家说起。现在想到桃源访古的风雅人,大多数只好坐公共汽车去。到过了桃源,兴趣也许在彼而不在此,留下印象较深刻的东西,不是那个传说的洞穴,倒是另一些传说所不载的较新洞穴。在桃源县想看到老幼黄发垂髫怡然自乐的光景,并不容易。不过或者自为历史的传统,地方人倒很和气,保存一点古风。也知道欢迎客人,杀鸡作黍,留客住宿。虽然多少得花点钱,数目并不多。可是一个旅行者应当知道,这些人赠送游客的礼物,有时不知不觉太重了点,最好倒是别大意,莫好奇,更不要因为记起宋玉所赋的高唐神女,刘晨阮肇天台所遇的仙女,想从经验中去证实故事。换言之,不妨学个"老江湖",少生事!这些人并不是为外来游客预备的,木竹牌商人是唯一受欢迎者。好些极大的木竹牌,到桃源后不久就无影无踪不见了的。照俚话所说,是"进了桃源的洞穴"的。

覃振先生刘鉶军长同是桃源县人。桃源县有个省立第二女子师范学较,五四运动谈男女解放平等,最先要求男女同校,且实现它的就是这个学校的女学生。

 赏 析

《常德的船》是沈从文后期散文集《湘西》的首篇,体现了作者这一时期散文的特色。这样的题目真是难于下手。似乎用一张大纸,绘制一个常德船舶一览表,注明各类船只的形状、特点、用途,也可以了。不过作者并没有这样做,而是把各类船只依次罗列,如数家珍,只几笔,就勾画出这些船只的不同"性格",这就不是任何一览表所能达到的效果了。能把本来应该是枯燥的事说得很生动,是作者的本领。《常德的船》写了船,也写了人,写了船户。"这个码头真正值得注意令人惊奇处,实在也无过于船户和他所操纵的水上工具了。要认识湘西,不能不对他们先有一种认识。要欣赏湘西地方民族特殊性,船户是最有价值材料之一种。"《常德的船》所以能产生强烈的感情力量,是由于作者对人的同情,对人的关心。

本文正是沈从文为帮助他人对于湘西的认识而精心书写的一曲充满乡情的船歌。从表面上看,文章主要是以旅行者的视角,来介绍沿途见闻。如:沅水的几种"大同小异"、"形制复杂不一"的船。不过作者并不是要向读者单一的介绍这些船只,还蕴涵着更深的意味。他说:要认识湘西,要"欣赏湘西地方民族特殊性,船户是最有价值材料之一种。"因此,作者乃是在写船的毂和中,写操纵着这水上工具的湘西民众。以船写人,以船喻人,可说是本篇的最大特色。作者是本地人,14岁后在沅水流域上下千里各个地方大约住过六七年,既有浓厚

的乡情,又对生活非常熟悉,写起来就驾轻就熟。文章记叙的都是些琐碎的事情。作者在写的时候就交代了,乃是要将有关湘西的这一类琐细小事,分别写点出业,作为关心湘西各种问题和对酒杯还有兴味过路的人的一份'土仪'。于是作者对于船的形制、船户的性格、动作、穿着、言谈、交际礼数、开船仪式等等,都写得那么耐心而细致。在这种不厌其烦的描述中,也求学不带有向世人展览湘西真正的"好处"的某种努力,作者写作这些散文的目的之一就在是为了让人们认识湘西地方的"好处"和"坏处"。这些都是乡情使然,外人对于湘西社会的误解和湘西人自身对湘西缺少真正认识,是长久郁积在作者心中的一个心结。

《常德的船》除船户外也提到当地的一些名人,如丁玲、戴修瓒、余嘉锡,特别是麻阳人塑像师张秋潭。沈先生写家乡的散文,总不忘提及当地杰出的人物,这是中国修志的一个传统,一个好的传统。

> **巴金**（1904—2005），原名李尧棠、字芾甘，笔名佩竿、余一、王文慧等。四川成都人。是20世纪中国文学发展史中的一个重要人物，立志做社会活动家的他，却成为小说家、散文家。新时期之后历任多届作协主席，可谓德高望重。其作品感情丰沛，故三部曲式大部头之作甚多，后期作品用笔趋于沉实，其长篇小说《寒夜》堪称杰作。主要作品有长篇小说《家》《春》《秋》；中篇小说《憩园》《寒夜》；散文集《真话集》。现有《巴金文集》等行世。

鸟的天堂

在N的小学校里我们吃过晚饭。热气已经退了。太阳落下了山坡，只留了一段灿烂的红霞在天边，在山头，在树梢。

"我们划船去！"N提议说，那时候我们大家站在校前的池畔，看那山景。

"好，"别的朋友很高兴的接口说，我也跟着赞同了。

我们走过一条石子路，很快地就到了河边。那里有一个茅草的水阁，穿过它，在河边大树下我们发现了几只小船。我们陆续跳在一只船上，一个朋友解开了绳，拿起竹竿一拨，于是船缓缓地动了，向着河中间流去。

三个朋友划着船，我袖手坐在船中望四周的景致。

远远地一座塔耸立在山坡那面，许多绿树拥抱着它，在这附近很少有那样的塔，那里是朋友Y的家乡，我明天就要到那里去，登那山，上那塔。

河面是很宽的，白茫茫的水上没有一点波浪。船平静地在水面流动。三只桨有规律地在水里拨动，那声音送进耳朵就象一曲音乐。

在一个地方河面变窄了。一簇簇的绿叶突出到水面来。那树叶真绿得可爱，是许多株茂盛的榕树，但我却看不出它们的树干在什么地方。

当我说许多株榕树的时候，我的错误马上就给朋友们纠正了，一个朋友说那里只有一株榕树，另一个朋友说那里的榕树是两株。我看见过不少的大榕树，但像这样大的榕树我却是第一次看见。

我们的船渐渐逼近那榕树了。我便有机会看见它的真面，真是一株大树，枝干的数目是不可计数的。枝上又生根，有许多根直垂到地上，进入了土里。一部分的树枝垂到水面，从远处看，就看一株大树躺卧在水面一般。

这时候正是榕树茂盛的时期。(树上已经结了小小的果实，而且许多落下来了。)它现在好象在把它的全部生命力展示给我们看。那么多的绿叶，一簇堆在另一簇上面，不留一点缝隙。那翠绿的颜色明亮地照耀我们的眼睛,似乎每一片树叶上面都有一个新的生命在颤动。这美丽的南国的树。

船在树下泊了片刻,岸上很湿,我们没有上去。朋友说这里是"鸟的天堂",有许多鸟在这树上做窠,农民不许去捉它们。我仿佛听见几只鸟扑翅的声音,但等我的眼睛注意地去看那里时,我却看不见一只鸟的影儿。只有无数的树根立在地上,象许多根木桩。土地是湿的,大概潮涨时河水时常会冲上岸去,鸟的天堂里没有一只鸟儿,我不禁这样想。于是船开了。一个朋友拨着船,缓缓地流到河中间去。

在河边田畔的小径上有几株荔枝树。绿叶丛中垂着累累的红色果实,映到我们的眼帘来就带了大的引诱性。我们的船就往那里流。一个朋友拿起桨把船拨进一条小沟。在那小径边旁,船停住了,我们都跳了上岸。

两个朋友很快地爬到树上去,从树上抛了几枝带叶的荔枝下来,我们接着,我和N和Y三个人站在树下,就剥开几个来吃。等他们下地来时,我们大家一面吃着荔枝,一面回到船上去。这荔枝还没有成熟,大家后来都不想吃了。

第二天我们划着船到Y的家乡去,就是那个有山有塔的地方。从N的小学校出发,我们又经过那"鸟的天堂"。

这一次是在早晨,阳光照耀在水面上,在树梢,一切都显得更加光明了。我们也把船在树下泊了片刻。

起初四周是静寂的。后来忽然起了一声鸟叫。朋友N把手一拍,我们便看见一只大鸟飞了起来。接着又看见第二只,第三只。我们继续在拍掌。很快地这树林就变得热闹了。到处都是鸟声,到处都是鸟影。大的,小的,花的,黑的,有的站在树枝上叫,有的飞起来,有的扑翅膀。

我注意地看着。我的眼睛真是应接不暇,看清楚了这只,又看落了那只,看见了那只,第三只又飞起了。一只画眉鸟飞了出来。给我们的拍掌声惊吓着,又飞进了树林,站在一根小枝上兴奋地叫着,那歌声真好听。"走罢",Y催促着说。

当小船向着高塔下面的乡村流去的时候,我还回头去看那被抛在后面的茂盛的榕树。我感到一点儿的留恋的心情。昨天是我的眼睛骗了我。那"鸟的天堂"的确是鸟的天堂啊!

一九三三年六月十七日在广州

赏析

巴金的散文,有一种深远而冲淡的意境。《鸟的天堂》一篇,绘写着淳美的自然风光,不染一点世俗的垢滓,那颗年轻的心,在南国的清馨中漫溢着浪漫的情思。

这篇游札的文调,静缓如细风中澄澈的波流,闪闪的水光中,又浮升起那个"飞去的梦景"。夕阳落在山坡的后面,天边红艳的晚霞仿佛"一种燃烧似的感情"。他们就在霞光的辉映下荡船朝河心去。"河面很宽,白茫茫的水上没有波浪。船平静地在水面流动。"四围的声响低下去了,喧嚣被隔在远处。这恬适的光景恰能释去一切人生的负累,来怡悦他闲逸的心怀,高远的思致也尽融于一段乐山乐水的体验中了。水面浮闪着树叶的翠影,"这棵榕树好像在把它的全部生命力展览给我们看。那么多的绿叶,一簇堆在另一簇上面,不留一点缝隙。翠绿的颜色明亮地在我们的眼前闪耀,似乎每一片树叶上都有一个新的生命在颤动,这美丽的南国的树!"这就是那群活泼的水鸟敛翅栖居的繁茂的榕树了。巴金用着婉丽的语句写它,真是"笔锋常带感情"。他的叙游,本少直截的抒情,而对大自然的颂赞,都涵蕴在清畅的描述中了。霞光、树影、水浪、岸野,生命的律动、天地的音籁,合成一个仙界似的意境:宁静、安详、悠远,梦幻般美丽。这是鸟的天堂,亦是一切生命的天堂。在这片清谧的霄壤间,呼吸着自由的空气,充满快乐的灵魂会得到一种温情的抚触和诗意的净化。

初见鸟影是在翌日的清晓。水面、林梢漾溢着明艳的阳光。还是泊在那棵巨大的榕树底下,河上起先也还是悄寂的,忽然就有群鸟自深丛翔跃了。"到处都是鸟影。大的,小的,花的,黑的,有的站在枝上叫,有的飞起来,有的在扑翅膀。"它们在迎着曙色翩翩地旋舞呢!那只画眉发出的曼妙的鸣啭,是神奇的天韵地籁哟!读它的人,犹如心游方外,将世间的忧烦暂时放到角落去了,躁动的心灵也被安顿于最幽美的憩园。

《鸟的天堂》记叙了一次赏心悦目的游览,结伴同游的年轻人投入幽静的自然风光中,身心是这样的放松,气氛是这样的和谐。在大榕树下,欣赏奇景,感受徜徉在"鸟的天堂"里的乐趣。《鸟的天堂》的含情,是清婉的含情。

海 上 日 出

为了看日出,我常常早起。那时天还没有大亮,周围非常清静,船上只有机器的响声。

天空还是一片浅蓝,颜色很浅。转眼间天边出现了一道红霞,慢慢地在扩大它的范围,加强它的亮光。我知道太阳要从天边升起来了,便不转眼地望着那里。

果然过了一会儿,在那个地方出现了太阳的小半边脸,红是真红,却没有亮光。这个太阳好像负着重荷似地一步一步、慢慢地努力上升,到了最后,终于冲破了云霞,完全跳出了海面,颜色红得非常可爱。一刹那间,这个深红的圆东西,忽然发出了夺目的亮光,射得人眼睛发痛,它旁边的云片也突然有了光彩。

有时太阳走进了云堆中,它的光线却从云里射下来,直射到水面上。这时候要分辨出哪里是水,哪里是天,倒也不容易,因为我就只看见一片灿烂的亮光。

有时天边有黑云,而且云片很厚,太阳出来,人眼还看不见。然而太阳在黑云里放射的光芒,透过黑云的重围,替黑云镶了一道发光的金边。后来太阳才慢慢地冲出重围,出现在天空,甚至把黑云也染成了紫色或者红色。这时候发亮的不仅是太阳、云和海水,连我自己也成了明亮的了。

这不是很伟大的奇观么?

1927年1月
选自《海行杂记》

赏 析

1927年1月15日早晨,巴金同几位有志青年乘邮船从上海出发,2月20日到达巴黎,在海上历时37天。巴金对祖国充满了深沉的爱,为国家民族的不幸遭遇而担忧。在漫长的旅途中,巴金常常清晨起身凭栏观看日出。在浩瀚无垠的大海上,光芒四射的红日喷薄而出,这自然界的伟大奇观深深地打动了他的心,使他看到了光明和希望。他把旅行见闻整理成《海行杂记》39篇,将其中的一篇游记寄给他的哥哥,这就是《海上日出》,是杂记中的第23篇。文章展现雄伟壮丽而又十分奇妙的海上日出景象,给人奋发向上、努力拼搏的启迪,给人无限的生机。

《海上的日出》是人们公认的写景美文中的名篇。在这篇文中,巴金不仅逼真如画地层层再现了海上日出的壮丽景观,而且融进了他热烈深沉的情思,这真是"景语皆情语也"。《海上日出》通过对海上日出情景的描写,表达了作者热爱大自然和追求光明前程的思想感情。巴金在写这篇文章的前几天曾说过:"我看见了种种人间的悲剧,在这里我认识了我们所处的时代,在这里我身受了各种的痛苦。我挣扎,我苦斗……我下决心做一个社会运动者,要用人群的力量来把这个世界创造,创造成一个幸福的世界"。《海上日出》充分体现了青年时代巴金的进步思想和政治信念:新社会要到来,光明要把黑暗驱逐干净。

> 凌叔华（1904—1990），原名凌瑞棠，笔名叔华。广东省番禺县人。现代著名女作家、画家。著有小说《花之寺》《绣枕》；散文集《爱山庐梦影》；英文自传《古歌集》。

登富士山

我向来没想过富士山是怎样巍大，怎样宏丽，值得我们崇拜的，因为一向所看见的富士山影子，多是一些用彩色渲染得十分匀整可是毫无笔韵的纯东洋画与不见精彩的明信片，或是在各种漆盘漆碗上涂的色彩或金银色的花样。这些东西本来是一些只能暂视不能久赏的容易讨巧的工艺品，所以富士山在我脑子里只是一座平凡无奇的山。有时因为藐视它的原故，看见了漆画上涂的富士山头堆着皑白的雪，拥着重重的云彩，心里便笑日本人连一国最崇拜的山都要制造出来！

从西京到东京的火车道上，听说可以望见富士山影，有一次坐在车上看见几个日人探头车窗外望了许多回，引得我也想望一望，但是因为天阴始终没见到，他们面上露出失望神色，我却以为这样山看不看都没关系。

东京中国青年会要组织一个团体登富士山，据说山上的气候与下面大不相同，登山的人都得预备寒衣。这寒衣二字很是入耳，那时我们住的房子开着西窗，屋内温度与蒸笼里差不了多少，到能穿寒衣的地方去一两天倒是同吃一碗冰淇凌得的快感很相像吧，所以我便决意加入这登山团体。

由东京田町上车赴大月驿约三时半光景，途中过了三十三个山洞，可见越山过岭的多了。车虽然渐上高地，但是并不凉爽，炎日照窗，依然要时时挥汗。因七八两月为登富士时期，所以车上朝山人非常拥挤。日人作朝山装束甚多，男女皆穿白色土布之短大衣，上面印了许多朱印，为上庙的符号，裤袜皆一色白，头戴草笠，足蹬芒鞋，男人有中国行脚僧神气。女人面上仍如平日涂了厚厚的白粉，满身挂白，甚似戏台上做代夫报仇的女角装扮。

到大月驿时已过一时，大家在车上已吃了辨当（即木匣内盛菜饭的一种便饭），所以忙忙的急搭小电车赴吉田口，好趁未黑天时上山。

由大月驿至吉田口约坐二小时电车，沿途水田碧绿，远山蜿蜒不断，好风扇凉，爽气有如中秋光景，车轨两边的大沟中流水潺潺，人家借它作水磨用的很不少，车在途中暂停时，我们下车洗手，觉得冷水如冰，土人说这是富士山融雪流下来的。

车仍然前行，忽见含烟点翠连绵不断的万山中间，突然露出一座削平的山峰矫然立于云端，峰头积雪尚未全消，映着蔚蓝的天光，格外显得清幽拔俗，山的周围并不接连别的小山岭，同时也许因为富士的山形整齐的原故，周围蜿蜒不断的美山，显然见得委琐局促的样子,恰似鸡群中立着一只羽衣翩翩悠然出尘的仙鹤。

车转了几个弯,我不住的望着窗外,左右群山已不是方才看的山了,但富士还是方才看的一样,矫然立着,若不是八面玲珑的圆锥体,那会如此?山上云彩,来来去去,也只笼去富士山腰,到底没有飞上山顶去。当云彩笼着山腰时,只见山的上部,甚似一把开着的白纸扇形状。日本人咏富士的名句"白扇倒悬东海天",这时候见到了。

到吉田口已经是近五点钟。这里是一小庄镇的样子,街上小饭铺甚多,兼卖登山用具。我们跟着青年会团员进了一家饭堂,大家洗脸换登山装束。计每人买了金刚杖一个(即坚硬之木棍),莫蓙一张(短席子样的东西,披在背上,备在山上随处可以坐卧,并可避雨),白草帽一顶,白线手套一双,日本分趾袜及草鞋各一双。我们来日本不久的,穿上分趾袜就不会走路,不过他们说不穿草鞋不能走山,只好穿上吧。

我们大家吃了一碗半熟的鸡子饭,天已经快黑了,急出饭铺向吉田神社走去,从那里转出去是上山的路。我们这一团共二十三人,除了汕头李女士及我,其余都是男子,有六七个不同的省籍。我走在大家后头,望见前面人一个一个背着席子,挽着包裹,足蹬分趾的草鞋,蹒跚的前走,很像中国叫花子样儿,只差了没喊叫讨要的声音。

离神社不远,有一条路可以上山,但是据说朝山人非先拜过此庙不好登山的,所以我们只好先到庙里去了。这庙并不大,除了正殿和洗手水池亭外,好像没有别的建筑物。大家到神前在金刚杖上刻了庙印,拍了一照,便向庙左道上去。

由吉田口到山上五合目,须走二十多中里(日本三里十五丁十八间)我怕走不了,就雇了一匹马,取赁三圆半,并不甚贵,且马行稳重,有如北京之骆驼。沿途可以放心看山,马前有牵缰人,大约不容易跌下马来。

走了一条路,滢与李女士二人也雇了马骑上,步行人在前,骑马的在后缓缓跟着。我与滢笑说,这是坐马,那是骑呢?

穿过松柏树林的道上已是黄昏时候,大树底下许多小树开着雪白的小花朵,吐出清淡的幽香,林中一会有夜莺娇脆流啭的啼声,一会儿是山雉哽涩的叫唤声,时时还夹着不知名字的鸟声与微风吹送一片松涛余韵。大家不约而同的默默不作一些声息向前走着。登富士山指南的书上说,人在山上时左右前后的看,就会"山醉","山醉"会晕倒的。我们进了大树林子内,虽未曾左右前后的观看,却已为林醉了。这是耳目得了太美妙的享用不觉的醉了吧。

出了松柏林子,前面路的两旁参天的杉木笔直的对立着,我正想这些树顶准可擎云了。抬起头一望,树顶上果然有云气,云的背后却有那座超绝尘俗的富士,披了皑白的羽衣,高高踞坐在重重朵云的上面。下面百尺多高的古杉肃静的立正伺候着。山后是一片浅紫色的天幕,远处有两三颗淡黄光的星儿,像大庙宇前面的长明灯迎风闪耀着。

我愈往山望,愈觉得自己太小了,愈看清绝高超的山容,愈显得自己的局促寒伧了,有几次我真想下马俯伏道上,减轻心里的不安。

我仍旧带些诚惶诚恐的情绪骑着马穿进了杉木林。大家把纸灯笼点着提在手里,纡徐的山路上和高低的树丛中,一处一处露出一点一点灯火。我的马落在最后,马夫提了小灯笼默默在旁边走着,山中一切声息都听不见,只有马蹄上石坡声音。这目前光景好像把我做成古代童话里的人物一样,现在是一个命运不可测的小青年,骑了马进深山里探求什么需要的宝物,说不定眼前就会从大树里或岩石中跳出一个妖怪或神仙,恶意的或好意的伸出手来领我走上一条更加神秘的路,游一游不可知的奇异的国境。这是小时伏在大人们膝头上常听的故事,尝想自己有一天也那样做一做。这是十多年前最甜美的幻梦了,什么时候想起来都还觉得有一种蜜滋滋的可恋味儿。我迷迷糊糊的一边嚼念着童年的幻梦,不禁真的盼望怎样我可以跌下了马,晕倒过去一会儿,在那昏迷过去的工夫,神秘的国一定可以游到了吧!不过人间终究是人间,梦幻还是梦幻,我是安然坐在马上到第一站可以休息的马返。

　　马返距吉田口已六里多(中里),有石块搭墙,木竹作棚之卖茶及烧印处。大家坐在茶棚内喝茶休息,有人拿金刚杖去烧印,每个三钱。烧印是烧上一个某处地名的印记,表示杖主人曾到了某地,所以朝山人无不去烧。买卖倒不坏。在日本平常进铺子喝日本茶不用算钱,在此地因为取水难,喝日本茶每人亦须出八钱。

　　由吉田口上山之路是比别的路易走,路有五尺多宽,曲折甚多,所以走的时候并不觉得吃力,走牲口亦很平稳,夜间虽黑暗,路不崎岖,走起来并不感到烦难。

　　到一合目时,路头并不多,因为有人觉得冷,都停下来加上寒衣,此地海拔五千三百多尺了,温度与山下很不同了。走到路口,回望来时道,黝黑一无所见,惟有山下远处灯火烁烁放光,那里大约是吉田口吧。

　　休息了一会儿大家仍然上路,途中几个人兴致甚好,一边走一边唱着歌,山中也忽然热闹起来。我亦同马夫搭话,据他说年中除了七八两月,余时简直没有人来上山。……

　　二合目因为路不多,没有停下,过三合目进茶棚休息饮茶,有两个青年女侍者细看我的服装问我是否朝鲜国人,我答中国人,一个假装聪明的神气笑说,"支那妆束好看,朝鲜的有些怪样。"恰巧在我们三人头上挂了一盏灯,说话女侍者说完了作那挤一挤眼的怪样给我看得清清楚楚了。

　　在黑黝黝的山道上,什么景致也望不到,前面灯笼的光已经不如起先的引人幻想了,拉马的人也从他的口气里听出是一个瞧不起中国的日本人了,总而言之,山中的神秘性完全消失,只余了不成形的怅惘,及赶路常有的疲倦,徘徊于我的胸膈间。

　　到了五合目,栈房已经住得满满了,欲待再上一层,有些人已经不能走了。末后栈房人说,如果大家可以将就,也许可以勉强腾出二间屋子来。大家倦不择屋,也就安然住下。那时已经过十二时,第二天早上四时还要上山,铺下被褥,喝了茶就都睡了。

　　夜半醒来听刮风声,寒如冬月一样。穿了绒绳织衣,盖了厚棉被尚不觉暖。忽听团长张君来敲门叫起来,那时已过三点,风又太大,大家均不起来,朦胧的又入梦了。

　　不知过了多少时刻,团长又来叫,那时已经过了上山规定时刻,大家不好意思不起来了,门外松林风啸声,萧萧凛凛的,披了大氅出去,尚觉牙齿打抖,山上水甚宝贵,没有水洗漱,只有一壶水预备吃梅子饭(上山的便饭)时饮的。

吃饭时坐在松林底的板凳上,正看东面层层的群山,含着凌晨的烟雾,露出染墨施黛静寂的颜色,忽然群山上一抹腥血色红光,渐渐散起来成一片橙黄,一片金黄的云霞,天上的紫云远远的散开,渐渐地与天中的青灰云混合。

这时屋内尚点着灯火,松林饭棚下对面都看不清楚,日出云霞的微辉映照过来,山前一片松树顶及树干沾了些光辉显出青翠与赤赭色。山底的丘陵中间,有两个湖分铺在那里,因群山的阻隔,还映不着日出霞彩,只照着天上紫云化成银灰的颜色。

过了两三分钟,风势愈来愈大,刹那间东方一片血腥色的红云已不见了,天已渐渐亮了。我们收拾了东西,胡乱吃了两个饭团,随大家出了栈房。栈房一宿只要一元左右,饭是吉田饭铺送上来的,这样事皆由团长张君办理,省了我们许多麻烦。

上山路风势极猛,迎头吹来,我与李女士皆不能支持,差不多走上一步,被风打下一步的光景。不得已教领路的,又是替大家负物上山的人在前执住我们两人拉着的棍子,拉我们向上走。这个人到底是走惯山的,手牵着我们两人,背上驮着一大包东西,走起路来依然如常稳重,毫不现出吃力样子。

走了一里路光景,不知上了多高,我觉得呼吸极困难,山上空气稀薄的原故吧。正好坡上面有石室一座,望见前面的人停下来,我们也上去休息。

石室是靠大岩石作后壁,两旁堆石作墙,顶上搭了席子木片之后,再用大石头块压好的。室内亦有席铺地,有地炉煮水,并卖红豆粥,甘酒及各种罐头出卖,价钱比山下差不了多少,因为价钱是警察代定的,山上买卖人无可奈何,只好将东西材料减少一些,例如红豆粥只是一碗有豆子色的糖水而已。

吃过一碗茶之后,风也稍止了些,精神稍微恢复了,我便走去露天茶棚下想望望山景,走路时虽偷眼也曾望到一点,究竟不敢多看,因为怕"山醉"更不能上路了。

这目前的确是一幅神品的白云图!这重重舒卷自如,飘飏神逸的白云笼着千层万层青黛色蜿蜒起伏多姿的山峦是何等绰妙,山下银白色的两个湖,接着绿芊芊横着青青晓烟的水田是如何的清丽呵!我倚在柱子旁看痴了。我怕我的赞美话冲犯山灵,我恐怕我的拙劣画笔猥亵了化工,只默默的对着连带来的写生本都不敢打开了!

这海拔八千多尺的岩石上,站着我这样五尺来长的小躯体,自己能不觉得局促吗?自己能不觉得是一个委琐不堪的侏儒吗?可是同时一想,我们人的最始最终的家原是一个伟大的宇宙,这里美妙的山川,不过是我们的庭园的一部分,我们自然可以舒舒服服的享受,休息休息我们多烦扰的破碎不完的元神,舒适舒适我们不胜跋涉疲倦局促的躯壳吧!

想到这里,蓦然觉得我已经伏在美妙宇宙的怀里,我忘去了一切烦扰疲劳和世间种种,像婴儿躺在温软的摇篮里一样。

"喂,走哪!"忽然惊觉我的甜梦,只得睁着惺忪的眼,冒着冷风,拉着领路的人棍子走,那样子大约像牵牛上树一样费力气吧！

愈走上去风愈大起来，山顶上沙子因风吹下来，令人不能睁目，大约又走了两三中里，到了一石室，据说是不动岳六合目，大家又停下来。

大家皆跑进石室避风，有人吃鸡蛋红豆充饥。

这里不知又高了多少，喘气都觉得费劲，风太猛，虽有人牵着走也走不动了。有一些人自知不能上去，有一些人还鼓着勇气，非到顶上不可，末了分了两组，愿上愿下的平均起各一半，我当然归愿下的了，但是对于继续上去的人，心中不免有些羡慕与妒嫉。

我们一行十二人歇息够了，叫领路的带我们走下山到御殿场坐火车回东京。领路的也不识路，几乎走错了；幸而山上的人指引我们上了中道，由山腰穿过去须走口之六合目，由彼间下沙走道直到须走口，由彼乘自动车去御殿场。

我们依指引的路走下山去，不想山腰之路，亦无所谓路，只是在山腰斜坡处，走出一些道路印子来就是了。山腰上大概皆火山烧过松脆之岩石，常有一段路为松脆石沙子，脚一踏下去，岩石就会松落下来，或石沙子一松，纷纷滚下山去。那时风势极猛，由山顶直吹下来，左右又无可以攀扶的树木或岩石，每每脚踏着松脆石子，身子一歪，便跌倒，风又迎头吹住，想爬起来很不容易。在风沙里眼也睁不开，如若一不留神，随风跌倒几千尺深的山底也是意中事。我起先差不多给风绊住不能动了，滢也连自己都照顾不过来了，幸而有曾君江淮帮助，方才过了这一条危险万状的山腰。这山腰算来只约有四五中里长，费时约二点多钟吧。在我已经似乎走了一年了。那时时刻刻有跌下深渊的恐惧与兴奋，现在想来，宛如隔世的事。

近午时大家走进了一条羊肠曲道，两旁小树扶疏，少避风势，过一上流融雪之大岩石时，大家坐下歇憩吃干粮；再前行便到须走口之六合目茶店。

这一条路并不难行，大家稍微休息吃茶，买了新草鞋穿上，弃了旧的便走下山。

此间下山路为沙走道，路之斜度甚直。足下皆松脆之石沙，走时扶杖随沙子滑溜下去，便可步行如飞，毫不吃力。脚常常插入沙石里，穿鞋入了沙子便不能走路，所以非穿草鞋不可。我穿着日本分趾的袜子，用足尖不大好走，只好用足跟走，袜子被沙子磨破了，只好快些赶下山去。沙走道约有中国十二三里，既无店铺可购鞋袜，连可以休息坐下的大树也没有一棵，地上因为是大成岩石沙子，连草也不多见。

在沙走道上走了两个多钟头，脚倒不觉疲乏，但是持杖的手臂很有些发酸，大约用它的力量最多吧。到一合目太郎房之茶店吃茶饼少息；并买纪念明信片。然后分乘两辆马车往须走口。

马车每人八十钱坐八人极拥挤了，路复非常不平，左右摇撼，车中人如坐十几年前的北京骡子车一样受苦。忽然骤雨打入车内，我的衣服背后都湿了。在车上一无风景可看，路旁松杉树皆不大，亦无名胜所，大家皆垂头昏昏然被梦魇纠缠，约一时间才到了须走口。

到了须走口茶店休息少时，大家跑到须走口登山前一石碑处摄影，时骤雨淋漓，照好了一片，忽听茶店前几个男子高喊"不能在那里照相"，我们回头一看，始知我们乃在皇太子登山纪念碑前，大家一笑跑回茶店去。

茶店前有汽车与公共汽车去御殿场的，我们想赶四点钟的火车回东京，所以叫了一辆通常用的汽车，每人五十钱。不意车夫甚狡，非八人坐上不肯开车。我们归心如箭，只好认晦气坐上去，车内当然挤得很了。

到了御殿场车站，买票上车，三等车已经挤得水泄不通，大都穿白衣拿着金钢杖的朝山人，我与滢只好坐上二等车，换了票才安然坐下，夜来的睡不足与一天的疲劳，这时候才觉到了。途中买了一盒便饭，包裹纸的上面印着拙劣笔画的富士山，我一手便把这张纸搓了。

（原载1928年8月《现代评论》8卷193、194期）

凌叔华的散文绝大部分都写于她出国之后。内容不外两个方面：一是写她经历和见闻，如本文《登富士山》；二是写她对文学艺术的看法。她的散文数量虽然不多，但是很有特色。

这篇是山水游记，以作者的行踪为线索贯穿全文。随着作者登山的足迹从各个不同的角度、不同的侧面描绘了富士山的美丽景色，如一幅徐徐展开的山水长卷，美丽接踵而来，让人目不暇接。然中国自清末以来就屡遭列强侵凌，国力不断衰退，使得中国的国际地位日趋下降。中国人在异国他乡也被受歧视。这种被人看不起的愤恨、失落、怅惘和无奈心理在散文之中得到了尽情的抒发。文中写道："有两个青年女侍者细看我的服装问我是否朝鲜国人，我答中国人，一个假装聪明的使者神气笑说，'支那装束好看，朝鲜的有些怪异。'恰巧在我们三人头上挂了一盏灯。说话女侍者说完了作那挤一挤眼的怪样给我看得清清楚楚了"。"在黑黝黝的山道上，什么景致也望不到，前面灯笼的光已经不如起先的引人幻想了，拉马的人也从他的口气里听出是一个瞧不起中国的日本人了，总而言之，山中的神秘性完全消失，只余了不成形的怅惘，及赶路常有的疲倦，徘徊于我的胸间。"这集中反映了那个时代的中国留学生和海外华侨华人的普遍心理，极具代表性。

凌叔华是作家兼画家，具有深厚的传统文化修养，这使得她的山水游记都具有一种清新俊雅的书卷气，以绘画的手法来表现诗的意境，以简洁明快的笔触来传达自然景物的神韵。读她的散文就像置身于一幅精彩绝伦的长轴，美丽的画面一个接一个的迎面扑来。且看："穿过松柏树林的道上已是黄昏时候，大树底下许多小树开着雪白的小花朵，吐出清淡的幽香，林中一会有夜莺娇脆流啭的啼声，一会儿是山雉哽涩的叫唤声，时时还夹着不知名字的鸟声与微风吹送一片松涛余韵。"从领略山水意境的角度去欣赏凌叔华的散文能感觉得到她对大自然的描写是饱含诗情画意的。

> **刘大杰**（1904—1977），湖南省岳阳人。现代著名文学家。1925年入日本早稻田大学研究院，博览世界名著，撰《支那儿女》《昨日之花》等作品。回国后，历任安徽大学教授、四川大学中文系主任、暨南大学文学院院长、大东书局编辑。新中国建立后，任复旦大学教授兼中文系代主任、全国文联常委、农工民主党上海市委副主任。代表作《中国文学发展史》颇受赞誉，还著有《魏晋人物思想论》《红楼梦思想与人物》《德国文学概论》等。

巴东三峡

"巴东三峡巫峡长，猿啼三声泪沾裳"，猴子现在虽说看不见了，三峡中山水的险恶形势，我想同往日是没有什么不同的。在绿杨城郭桃杏林中的江南住惯了的人，一旦走到这种地方来，不知道要生出一种什么样的惊异的情感。好比我自己，两眼凝望着那些刀剑削成一般的山崖，怒吼着的江水，自然而然地生出来一种宗教的感情，只有赞叹，只有恐怖。万一那山顶上崩下一块石头来，或是船触着石滩的时候，那不就完了吗？到了这种地方，无论一个什么人，总没有不感到自己是过于渺小，自然界是过于奇伟的。

船身从宜昌上驶，不到一刻钟，山就高起来，绵延不断，一直到重庆。在这一千多里的长途中，以三峡的形势为最险恶。在三峡中，又以巫峡山最高，江最曲折，滩流最急，形势最有变化。船在三峡中，要走整天，初次入川的客人，都紧张地站在船边上看，茶房叫吃饭也没有人理，我自己早就准备了几块面包、几支烟，一本蜀游指南，坐在船边的靠椅上，舒舒服服地看了一个饱。

开始是西陵峡，约长一百二十里，共分四段。第一段是黄猫峡，山虽高，然不甚险，江水虽急，然不甚狭。三游洞在焉。三游洞者何？唐白居易兄弟和元微之，宋欧阳修和苏东坡兄弟，都到此地游历过，所以有前三游后三游之称。可惜船过下牢溪时，不能停泊，只能从崖缝里隐约地望望而已。

第二段是灯影峡。江北的山虽是险峻，都干枯无味。江南的山，玲珑秀丽，树木亦青葱可爱。黄牛峡黄陵庙在焉。古语有"朝发黄牛暮见黄牛"之语，现在并不觉得如何危险。不过南沱至美人沱一段，石滩较多，江流较急而已。在这一段，我最爱黄陵庙。在南岸一座低平的山上，建有一个小小的古庙，前面枕江，三面围绕着几百株浓绿的树木，最难得的，是在三峡中绝不容易见到的几十株潇洒的竹子，石崖上还倒悬着不少的红色紫色的花。庙的颜色和形式，同那里的山水，非常调和，带着浓厚的江南风味。袅袅不断的青烟，悠悠的钟声，好像自己是在西湖或是在扬州的样子，先前的紧张的情绪，现在突然变为很轻松很悠闲的了。船过黄陵庙的时候，我有两句即景的诗："黄陵庙下江南味，也有垂杨也有花。"不过这情景也很短促，不到两三分钟，船就驶入西陵峡的第三段了。第三段是崆岭峡，山形水势，突然险峻起来，尤以牛肝马肺峡一处最可怕。两旁的山，像刀剑削成似的，横在江中，成一个极曲折极窄的门，船身得慢慢地从那门中转折过去。在江北那一面作为门的山崖上，悬着两块石头，一块像牛肝，一块像马肺。牛肝今日犹存，马肺已被外国人用枪打坏了。在陆放翁的《入蜀记》里，写作马肝峡，想是一时的错误。在离牛肝马肺不远，有一个极险的崆岭滩。水从高的石滩上倒注下来，形势极可怕。上水船在这里都必得特别小心。他们行船的人有一句谚语，"青滩叶滩不算滩，崆岭才是鬼门关"那情形也就可想而知了。往日的木船，真不知道是如何走过去的。

第四段是米仓峡，又名兵书宝剑峡。距离虽是不长，水势虽没有从前那么急，山崖却更加高峻。出了峡，山便低平，有一个小口，那便是有名的王昭君浣妆的地方，叫做香溪。昭君村离此四十几里，在秭归县东北。杜工部诗云"群山万壑赴荆门，生长明妃尚有村"要亲自到这地方，才可以领略到前人用字之妙。一个"赴"字，把那里的山势真是写活了。那里的山峰，高的高，矮的矮，一层一层地就像无数匹的马在奔驰的样子。所谓赴荆门，那形势是一点也不假的。船过了秭归和巴东，便入了最有名的巫峡，这真是一段最奇险最美丽的山水画。江水的险，险在窄，险在急，险在曲折，险在多滩。山的妙处，在不单调。这个峰很高，那个峰还要更高，前面有一排，后面还有一排，后面的后面，还有无数排，一层一层地你围着我，我围着你，你咬着我，我咬着你。前面无路，后面也无路。四面八方，都被悬崖阻住。船身得转弯抹角地从山缝里穿过去。两旁的高山，笔直地耸立着，好像是被一把快刀切成似的，那么整齐，那么险峻。仰着头，才望峰顶，中间是一线蔚蓝的天空。偶尔看见一只黑色的鸟，拼命地飞，拼命地飞，总觉得它不容易飞过那高的峰顶。江水冲在山崖上，石滩上，发出一种横暴的怒吼，有时候可以卷起一两丈高的浪堆。

上有六龙回日之高标，
下有冲波逆折之回川。
黄鹤之飞尚不得过，
猿猱欲度愁攀缘。

李太白这几句诗，要亲自走过这一段路的人，才知道他是写得真，写得深，写得活现。在这几句诗里，并没有夸张，没有虚伪，完全是用写实的笔，把巫峡这一段险恶奇伟的形势，表现出来了。

三峡里面的山，以青石洞一带为最高，有名的巫山十二峰，便分布在大江的南北岸。"连峰去天不盈尺，枯松倒树倚绝壁"，正是这地方的写实。望着神女庙的一线白墙。好象一本书那么大，搁在一张山上，真好象是神话中的景致。高唐观在巫山县城西，连影子也望不见。最雄伟的,是松峦峰、望霞峰、朝支峰、登龙峰、翠屏峰,各自呈着不同状态,你监视我,我监视你,雄赳赳地耸立在那里,使人望了,发生一种恐怖的感情。

巫山的云,这一次因为天气晴爽,没有看到。据一位老先生说,看巫山的云,要在迷蒙细雨的天气。那时候,望不见天,望不见山峰,只见顶上云雾腾腾,有像牛马的,有像虎豹的,奇形怪状,应有尽有,那情形比起庐山来还要有趣。这一次因为正是秋高气爽的好天气,天上连云影也没有,几个极高的峰巅,我们可以望得清清楚楚。最可爱的,就是在那悬崖绝壁的上面,倒悬着一些极小的红花,映着古褐苍苍的石岩,另有一种情趣。任叔永先生过三峡有几句诗,写这情景极好:"举头千丈逼,注目一峰旋;红醉岩前树,碧澄石外天",岩前红树,石外青天,要到这地方来,才可领略得到。语堂达夫两兄弟可惜未来,若到此境界,不知如何跳跃叫喊也?

过巫山即入瞿塘峡。此峡最短,不过十三四里。山势较巫峡稍低平,水势仍险急,因有夔门滟滪堆阻在江中,水不得平流之故。过瞿塘峡,北岸有一峰突起,树木青葱,玲珑可爱,这便是历史上有名的白帝城。那一段古城刘皇叔托孤的悲惨的故事,就发生在这个地方。山顶上有一古刹,为孙夫人庙。颜色为瓦白色的墙,隐约地从树林中呈现出来。我们走过的时候,正是下午六点光景,一道斜阳,照在庙前的松树上,那颜色很苍冷。远远地朝北望去,隐约地可以望见八阵图的遗迹。庙里的钟声,同夔府那边山上传来的角声,断断续续地唱和着,那情调颇有些凄凉。所谓英雄落泪游子思乡的情感,大概就在这种境界里产生的。

到了白帝城,三峡算是走完了。山势从此平敞些,江面宽得多,水势也平得多了。满船的人,一到这地方,都感到一种"脱去危险"的愉快,心灵中自然而然地生出来一阵轻松。好像一个人从险峻的山顶上走到了平地,从一个黑暗的山洞里,走出了洞口似的,大家都放下心来,舒舒服服地喘了一口气。不到十分钟,船就泊在夔府的江岸了。天上一轮明月,正在鲤鱼山的顶上,放射着清寒的光。

九月寄自成都

李白的《早发白帝城》,郦道元的《三峡》,已经让我们初步领悟到三峡的壮美。但拜读过刘大杰先生的《巴东三峡》后,才真正领略到三峡的雄壮与秀丽,感受到它的雄、险、奇、幽。文章写出了山峡的"文学史",这正是此篇散文的特色和魅力所在。

《巴东三峡》一开头就让我们感到一种力量。"在江南住惯了的人,一旦走到这种地方来,不知道要生出一种什么样的惊异的情感。好比我自己,两眼凝望着那些刀剑削成一般的山崖,怒吼着的江水,自然而然地生出来一种宗教的感情,只有赞叹,只有恐怖。"山势险峻,滚滚江水倾入峡谷,浪涛翻卷,奔腾咆哮。刘先生还没有具体介绍三峡,已经让我们感到一种磅礴的气势,一种雄壮之美扑面而来。

为了让我们能更好地认识三峡,领悟三峡,作者依次介绍了西陵峡、巫峡和瞿塘峡。正是由西陵峡的险,巫峡的秀,瞿塘峡的雄,构成了一副巨大的山水画廊,风云际合,气象万千,有两岸连山,隐天蔽日,一川激流,水急浪高之劲健气势,又不失江流湍急,回清倒影,风光雄伟秀丽之壮美。西陵峡是险峻的,刘大杰先生分四段给我们作了描绘。写了黄猫峡的"山虽高,然不甚险,江水虽急,然不甚狭";灯影峡具有"浓厚的江南风味";崆岭峡的"山形水势,突然险峻";米仓峡的水流太急,山更高峻。试想一下,在群峰高不见顶,崖壁直立如墙的三峡,居然建有黄陵庙,并配有浓绿的树木,潇洒的竹子,红紫色的花朵,再加上袅袅不断的青烟,悠悠的钟声,让我们好像进入了"人间仙境"。难怪作者来两句即景的诗"黄陵庙下江南味,也有垂杨也有花","力与美"完美结合,怡情畅性和谐统一,这也许才是三峡的最可爱之处吧!

　　巫峡被作者认为是"一段最奇险最美丽的山水",且用排比和拟人的手法描绘到"江水的险,险在窄,险在急,险在曲折,险在多滩。山的妙处,在不单调。这个峰很高,那个峰还要更高,前面有一排,后面还有一排,后面的后面,还有无数排,一层一层地,你围着我,我围着你,你咬着我,我咬着你"让读者的眼前顿时出现了这样的景象:怪石嶙峋,峭壁屏列,绵延不断,船行其间,宛如进入一条曲折迂回的画廊,忽而大山挡前,似无去路,忽而峰回路转,一水相通。为了把游记写得更有味,作者还描绘了巫峡那变化多姿的云。"有像牛马的,有像虎豹的,奇形怪状,应有尽有,那情形比起庐山来还要有趣",的确,巫峡秀色,尽在群峦叠翠,云雾迷蒙之中,再加上"悬崖绝壁的上面,倒悬着一些极小的红花"。

梁遇春 (1906—1932),福建闽侯人。1924年进入北京大学英文系学习,1928年秋毕业后曾到上海暨南大学任教。翌年返回北京大学图书馆工作。后因染急性猩红热,猝然去世。文学活动始于大学学习期间,主要是翻译西方文学作品和写作散文。1926年开始陆续在《语丝》《奔流》《骆驼草》《现代文学》《新月》等刊物上发表散文,后大部分收入《春醪集》和《泪与笑》。

途 中

　　今天是个潇洒的秋天,飘着零雨,我坐在电车里,看到沿途店里的伙计们差不多都是懒洋洋地在那里谈天,看报,喝茶——喝茶的尤其多,因为今天实在有点冷起来了。还有些只是倚着柜头,望望天色。总之纷纷扰扰的,十里洋场顿然现出闲暇悠然的气概,高楼大厦的商店好像都化做三间两舍的隐庐,里面那班平常替老板挣钱,向主顾赔笑的伙计们也居然感到了生活余裕的乐处,正在拉闲扯散地过日,仿佛全是古之隐君子了。路上的行人也只是稀稀的几个,连坐在电车里面上银行去办事的洋鬼子们也燃着烟斗,无聊赖地看报上的广告,平时的燥气全消,这大概是那件雨衣的效力罢!到了北站,换上去西乡的公共汽车,雨中的秋之田野是别有一种风味的。外面的蒙蒙细雨是看不见的,看得见的只是车窗上不断地来临的小雨点,同河面上错杂得可喜的纤纤雨脚。此外还有粉般的小雨点从破了的玻璃窗进来,栖止在我的脸上。我虽然有些寒战,但是受了雨水的洗礼,精神变成格外地清醒。已撄世网,醉生梦死久矣的我真不容易有这么清醒,这么气爽。再看外面的景色,既没有像春天那娇艳得使人们感到它的不能久留,也不像冬天那样树枯草死,好似世界是快毁灭了,却只是静默默地,一层轻轻的雨雾若隐若现地盖着,把大地美化了许多,我不禁微吟着乡前辈姜白石的诗句,真是"人生难得秋前雨"。忽然想到今天早上她皱着眉头说道:"这样凄风苦雨的天气,你也得跑那么远的路程,这真可厌呀!"我暗暗地微笑。她哪里晓得我正在凭窗赏玩沿途的风光呢?她或者以为我现在必定是哭丧着脸,像个到刑场的死囚,万不会想到我正流连着这叶尚未凋,草已添黄的秋景。同情是难得的,就是错误的同情也是无妨,所以我就让她老是这样可怜着我的仆仆风尘罢;并且有时我有什么逆意的事情,脸上露出不豫的颜色,可以借路中的辛苦来遮掩,免得她一再追究,最后说出真话,使她凭添了无数的愁绪。

　　其实我是个最喜欢在十丈红尘里奔走道路的人。我现在每天在路上的时间差不多总在两点钟以上,这是已经有好几月了,我却一点也不生厌,天天走上电车,老是好像开始蜜月旅行一样。电车上和道路上的人们彼此多半是不相识的,所以大家都不大拿出假面孔来,比不得讲堂里,宴会上,衙门里的人们那样彼此拼命地一味敷衍。公园,影戏院,游戏场,馆子里面的来客个个都是眉开眼笑的,最少也装出那么样子,墓地,法庭,医院,药店的主顾全是眉头皱了几十纹的,这两下都未免太单调了,使我们感到人世的平庸无味。车子里面和路上的人们却具有万般色相,你坐在车里,只要你睁大眼睛不停地观察了三十分钟,你差不多可以在所见的人们脸上看出人世一切的苦乐感觉同人心的种种情调。你坐在位子上默默地鉴赏,同车的客人们老实地让你从他们的形色举止上去推测他们的生平同当下的心境,外面的行人一一现你眼前,你尽可恣意瞧着,他们并不会晓得,而且他们是这么不断地接连走过,你很可以拿他们来彼此比较,这种普通人的行列的确是比什么赛会都有趣得多,路上源源不绝的行人可说是上帝设计的赛会,当然胜过了我们佳节时红红绿绿的玩意儿了。并且在路途中我们的心境是最宜于静观的,最能吸收外界的刺激的。我们通常总是有事干,正经事也好,歪事也好,我们的注意免不了特别集中在一点上,只有路途中,尤其走熟了的长路,在未到目的地以前,我们的方寸是悠然的,不专注于一物,却是无所不留神的,在匆匆忙忙的一生里,我们此时才得好好地看一看人生的真况。所以无论从那一方面说起,途中是认识人生最方便的地方。车中,船上同人行道可说是人生博览会的三张入场券,可惜许多人把它们当做废纸,空走了一生的路。我们有一句古话:"读万卷书,行万里路。"所谓行万里路自然是指走遍名山大川,通都大邑,但是我觉换一个解释也是可以。一条的路你来往走了几万遍,凑成了万里这个数目,只要你真用了你的眼睛,你就可以算是懂得人生的人了。俗语说道:"秀才不出门,能知天下事",我们不幸未得入泮,只好多走些路,来见见世面罢!对于人生有了清澈的观照,世上的荣辱祸福不足以扰乱内心的恬静,我们的心灵因此可以获到永久的自由,可见个个的路都是到自由的路,并不限于罗素先生所钦定的:所怕的就是面壁参禅,目不窥路的人们,他们自甘沦落,不肯上路,的确是无法可办。读书是间接地去了解人生,走路是直接地去了解人生,一落言诠,便非真谛,所以我觉得万卷书可以搁开不念,万里路非放步走去不可。

　　了解自然,便是非走路不可。但是我觉得有意的旅行倒不如通常的走路那样能与自然更见亲密。旅行的人们心中只惦着他的目的地,精神是紧张的。实在不宜于裕然地接受自然的美景。并且天下的风光是活的,并不拘泥于一谷一溪,一洞一岩。旅行的人们所看的却多半是这些名闻四海的死景,人人莫名其妙地照例赞美的胜地。旅行的人们也只得依样葫芦一番,做了万古不移的传统的奴隶。这又何苦呢?并且只有自己发现出的美景对着我们才会有贴心的亲切感觉,才会感动了整个心灵,而这些好景却大抵是得之偶然的,绝不能强求。所以有时因公外出,在火车中所瞥见的田舍风光会深印在我们的心坎里,而花了盘川,告了病假去赏玩的名胜倒只是如烟如雾地浮动在记忆的海里。今年的春天同秋天,我都去了一趟杭州,每天不是坐在划子里听着舟子的调度,就是跑山,恭敬地聆着车夫的命令,一本薄薄的指南隐隐地含有无上的威权,等到把所谓胜景一一领略过了,重上火车,我的心好似去了重担。当我再继续过着我通常的机械生活,天天自由地东瞧西看,再也不怕受了舟子,车夫,游侣的责备,再也没有什么应该非看不可的东西,我真快乐得几乎发狂。西泠的景色自然是渐渐消失得无影无迹,可惜消失得太慢,起先还做了我几个噩梦的背境。当我梦到无私的车夫,带我走着崎岖难行的宝石山或者光滑不能住足的往龙井的石路,不管我怎样求免,总是要迫我去看烟霞洞的烟霞同龙井的龙角。谢谢上帝,西湖已经不再浮现在我的梦中了。而我生平所最赏心的许多美景是从到西乡的公共汽车的玻璃窗得来的。我坐在车里,任它一上一下,一左一右地跳荡,看着老看不完的十八世纪长篇小说,有时闭着书随便望一望外面天气,忽然觉得青翠迎人,遍地散着香花,晴天现出不可描摹的蓝色。我顿然感到春天已到大地,这时我真是神魂飞在九霄云外了。再去细看一下,好景早已过去,剩下的是闸北污秽的街道,明天再走到原地,一切虽然仍旧,总觉得有所不足,与昨天是不同的,于是乎那天的景色永留在我的心里。甜蜜的东西看得太久了也会厌烦,真真的好景都该这样一瞬即逝,永不重来。婚姻制度的最大毛病也就是在于日夕聚首:将一切好处都因为太熟而化成坏处了。此外在热狂的夏天,风雪载途的冬季我也常常出乎意料地获到不可名言的妙境,滋润着我的心田。会心不远,真是陆放翁所谓的"何处楼台无月明"。自己培养有一个易感的心境,那么走路的确是了解自然的捷径。

"行",不单是可以使我们清澈地了解人生同自然,它自身又是带有诗意的,最浪漫不过的。雨雪霏霏,杨柳依依,这些境界只有行人才有福享受的。许多奇情逸事也都是靠着几个人的漫游而产生的。《西游记》、《镜花缘》、《老残游记》,Cervantes的《吉诃德先生》("DonQuixote"),Swift的《海外轩渠录》("Gulliver's Travels"),Bunyan的《天路历程》("Pilgrim's Progress"),Cowper的《痴汉骑马歌》("John Gilpin"),Dickens的《Pickwick Papers》,Byron的《Childe Harold's Pilgrimage》,Fielding的《Joseph Andrews》,Gogols的《Dead Souls》等不可一世的杰作没有一个不是以"行"为骨子的,所说的全是途中的一切,我觉得文学的浪漫题材在爱情以外,就要数到"行"了。陆放翁是个豪爽不羁的诗人,而他最出色的杰作却是那些纪行的七言。我们随便抄下两首,来代我们说出"行"的浪漫性罢!

剑南道中遇微雨

衣上征尘杂酒痕,
远游无处不销魂,
此身合是诗人未,
细雨骑驴入剑门。

南定楼遇急雨

行遍梁州到益州,
今年又作度泸游,
江山重复争供眼,
风雨纵横乱入楼。

人语朱离逢峒獠,
棹歌欸乃下吴州,
天涯住稳归心懒,
登览茫然却欲愁。

　　因为"行"是这么会勾起含有诗意的情绪的,所以我们从"行"可以得到极愉快的精神快乐,因此"行"是解闷销愁的最好法子,将濒自杀的失恋人常常能够从漫游得到安慰,我们有时心境染了凄迷的色调,散步一下,也可以解去不少的忧愁。How thorne同Edgar Allen Pce最爱描状一个心里感到空虚的悲哀的人不停地在城里的各条街道上回复地走了又走,以冀对于心灵的饥饿能够暂时忘却,Dostoivsky的《罪与罚》里面的Raskolinkov犯了杀人罪之后,也是无目的到处乱走,仿佛走了一下,会减轻了他心中的重压。甚至于有些人对于"行"具有绝大的趣味,把别的趣味一齐压下了,Stevenson的《流浪汉之歌》就表现出这样的一个人物,他在最后一段里说道:"财富我不要,希望,爱情,知己的朋友,我也不要;我所要的只是上面的青天同脚下的道路。"

Wealth I ask not, hope nor love,

Nor afriend to know me;

All I ask, the heaven above

And the road below me.

Walt Whitman也是一个歌颂行路的诗人,他的《大路之歌》真是"行"的绝妙赞美诗,我就引他开头的雄浑诗句来做这段的结束罢!

A foot and Light-hearted I take to the open road,

Healthy, free, the world before me,

The long brown path before me leading wherever I choose.

　　我们从摇篮到坟墓也不过是一条道路,当我们正寝以前,我们可说是老在途中。途中自然有许多的苦辛,然而四围的风光和同路的旅人都是极有趣的,值得我们跋涉这程路来细细鉴赏。除开这条悠长的道路外,我们并没有别的目的地,走完了这段征程,我们也走出了这个世界,重回到起点的地方了。科学家说我们就归于毁灭了,再也不能重走上这段路途。主张灵魂不灭的人们以为来日方长,这条路我们还能够一再重走了几千万遍。将来的事,谁去管它,也许这条路有一天也归于毁灭。我们还是今天有路今天走罢,最要紧的是不要闭着眼睛,朦胧一生,始终没有看到了世界。

一九二九年十一月五日

梁遇春笔墨的姿彩,在现代散文中是可以特别来看的。此篇《途中》,由记沿路的秋景转为抒心底的幽情,读而思之,聊可触着他不凡的地方。

《途中》通篇的印象虽是断断续续,却有一种细微的体贴在。灵思无定,收拢在笔下,就变一瞬即逝为难以消弭了。梁氏谓:"雨中的秋之田野是别有一种风味的。"合书闭目,静心一想,行至江南,逢着落雨飘雾的天气,花发叶茂,色彩洒也似的微漾着醉意,想着意形容,又会自叹笔不能胜,而看到梁遇春抒写的流畅,就宛若入梦,且佩服得要一路去追寻他的绮思。"并且在路途中我们的心境是最宜于静观的,最能吸收外界的刺激的。"行路的烦闷与无味在梁遇春这里全无一点影子。辞十里洋场而入乡间道上,凭车窗赏玩叶尚未凋,草已添黄的秋景,"方寸是悠然的,不专注于一物却是无所不留神的"。观山看水,他的心得是:"只有自己发现出的美景对着我们才会有贴心的亲切感觉,才会感动了整个心灵,而这些好景却大抵是得之偶然的,绝不能强求。"一语写出众人旅行目的性太强反不得美景的尴尬。他的这番言谈,多半是对着大自然发出的,足见梁遇春是一位活在烟霞影里的人。"而我生平所最赏心的许多美景是从到西乡的公共汽车的玻璃窗得来的。我坐在车里,任它一上一下,一左一右地跳荡,看着老看不完的18世纪长篇小说,有时闭着书随便望一望外面天气,忽然觉得青翠迎人,遍地散着香花,晴天现出不可描摹的蓝色。我顿然感到春天已到大地,这时我真是神魂飞在九霄云外了。"以诗言志者大约无不如此。

世间的色调仿佛总不及大自然明艳,用在上面的笔墨滋味也就多得难以言尽,而行步的所观,由田舍风光转眼路上的万般色相,作者的体验是:"你差不多可以在所见的人们脸上看出人世一切的苦乐感觉同人心的种种情调。"这一感知社会的机智方法是常常为人忽略的。行途上,作者以默观替代了昏沉的酣眠,独自在轻松的心境中冷眼去对十丈红尘的气象,所求唯在看透人心与世态的眼里,洞鉴平素难觅的真,故谓"途中是认识人生最方便的地方。车中,船上同人行道可说是人生博览会的三张入场券"。"读万卷书,行万里路"这句古语,被梁遇春独解:"我们不幸未得入泮,只好多走些路,来见见世面罢!对于人生有了清澈的观照,世上的荣辱祸福不足以扰乱内心的恬静,我们的心灵因此可以获到永久的自由……读书是间接地去了解人生,走路是直接地去了解人生,一落言诠,便非真谛,所以我觉得万卷书可以搁开不念,万里路非放步走去不可。"他是适于欣然地走在十字街头的人,象牙之塔终归太过虚缈了。

作品以哲理见长,加以文字清丽、意境清新,从而别具诗意。以简洁生动地勾勒出诗一般的意境,令人折服。

黎烈文 (1904—1972)，著名文学家，翻译家。笔名李维克、林取、达五、达六等。湖南湘潭人。1922年在上海商务印书馆任编辑。1926年赴日本留学，后转学法国，获巴黎大学化学硕士学位。曾任《申报》特约撰稿人，并为商务印书馆翻译法国文学名著，任法国"哈瓦斯通讯社上海分社"法文编辑。主要作品有小说集《舟中》，散文集《崇高的母性》《法国文学巡礼》，译有《伊尔的美神》《两兄弟》《红与黑》等。

秋 外 套

回国后已经过了两个秋天了。那两个秋天都模模糊糊，如烟如梦，自己也不知道是怎么过去的；直到今年秋天，这才得着一点闲时闲情，偶然逛逛公园。

在上海所有的公园里面，谁都知道兆丰公园是最好的。除掉欠缺艺术品（如美丽的铜或石的雕刻）的点缀外，其他花木池沼的布置，和我见过的欧洲有名的公园比较起来，都没有丝毫愧色。我有时带着一本书走进园子，在树下听听虫鸣，在池边看看鸭泳，可以把每天见闻所及的许多可憎可恶之事，暂时忘掉的。

这天因为贪看暮霭，不觉回家得迟了。独自坐在荷池边，悠悠然从深沉的默想里醒转来时，四围早已一个游人都没有，昏暗中只见微风吹动低垂的柳枝，像幽灵似的摇摆着，远远近近，一片虫声，听来非常凄惨。我虽喜欢清静，但这样冷寂得颇有鬼趣的境地，却也无意留连。忍着使人微栗的凉风，循着装有路灯的小径走出公园时，我顿时忆起那件搁在箱里的秋外套，和几年前在外国遇到的一个同样荒凉得使人害怕的夜晚。

那时我和冰之都住在巴黎。我们正象一切热恋着的青年男女一样，力求与人相远。某天，我们忽然想起要搬到巴黎附近的小城去住。于是在一个正和今天一般晴朗的秋天，我们毫没准备地由里昂车站乘着火车往墨兰(Melun)。这小城是曾经有两位中国朋友住过都觉得满意的，离巴黎既近，生活也很便宜。但不幸得很，我们那天在许多大街小巷里瞎跑了半天，却什么也没找到，只在离塞莱河(Seine)岸不远的一家小饭店里吃了一顿可口的午餐。现在回想起来，那样鲜嫩的烤鸡，我大概一生也不会再吃到的了。

饭后，玩了一些地方，我们的游兴好像还没有尽，冰之便提议索性到更远的地方去看看。我们坐着火车随便在一个小站下了车。这里简直完全是原野。车站前后左右都是收割了的麦田。只在离车站约莫半个基罗米突的一座小丘上有个小的村庄。我们到那村庄上走了一圈，饱嗅了一阵牛马粪溺的臭味。后来一个好奇的老太婆邀我们到她家里去歇脚，和我们问长问短，殷勤地拿出一盆自己园里出产的酸梨款客。当她知道我们在找房子时，便慨然愿意把她的住宅的一半租给我们。她指给我们看的两间房子虽也还干净，并且有着一些古色古香的家具，但我们一想到点的是油灯，吃的是井水，便把一切诗情画意都打消了。我们决定赶快回巴黎。

走回那位置在田野正中的小站时，天已快黑了，而开往巴黎的火车，却要晚上九点钟才会经过那儿。这天那小车站除掉我们两个黄脸男女外，再没有第二个候车的乘客。站上职员因为经济的缘故，不到火车快来时，是决不肯把月台上的电灯开亮的，读者诸君试去想象罢，我们这时简直等于遗失在荒野里面了。四周一点人声都没有，只有一轮明月不时露出云端向我们狡猾地笑着。麦田里各种秋蚕的清唱，和远处此起彼伏的犬吠，送入耳朵里格外使人不安。尤其是冰之，她简直像孩子似的害怕起来了。我记得有位法国诗人说过，人在夜晚和暴风雨的时候常常感到自然的威压。这话是很有道理的。为什么夜晚会使人感到威压呢？想来大概因为黑暗的缘故。人原是憎恶黑暗，追求光明的！

这天冰之穿着一套浅灰哔叽的秋服，因为离开巴黎时，天气很暖，不曾带得有大衣。现又空着肚子给田野间的寒风一吹，便冷得微微战栗起来。但幸好我的手臂上带有那件晴雨不离身的薄呢秋外套。当时连忙给她披在身上。两人靠紧身子坐在没有遮盖的月台上的长椅里，怀着焦躁与不安的心思，等待火车到来。

当晚十一点钟转回巴黎时，冰之便喊着头痛，并且身上微微发着寒热了。陪她在饭店里吃了一盆滚烫的Soupe，然后把她送回寓所，叫她立刻蒙着被窝睡下。因为怕她盖的东西不够，我临时跑回自己的旅馆时，又把我的秋外套搭在她的脚上。虽然她说外面很凉，再三要我穿在自己身上，但我却强着她盖上了。

过了两天，从她那边把外套拿回来，并没觉得什么异样。因为那一晌天气很好，外套虽常常带在身边，但却不曾穿过，我料不到外套上有了什么新鲜物事。

两星期后的一个早上，我独自在卢森堡公园作那每天例行的散步时，忽然觉得身边有一种时无时有的幽雅的花香。向周围一看，虽然到处有着红红绿绿的洋菊，但那都是没有芳香的，更没有我所闻到的那种清妙的气味。这样兰花似的淡淡的香气，究竟是从什么地方飘来的呢？真是怪事。这香味时到处可以闻到的，站在上议院前面的Bassin旁可以闻到，坐在乔治桑（George Sand）的雕像旁也可以闻到，甚至走出了公园还可以闻到，跑进大学图书馆也仍旧闻到。这简直把我弄得糊涂了，我疑心我的鼻子出了毛病，我以为自己疯了，我这一整天都没得到安宁。晚边下了课，跑到冰之那里去看她，把这件事讲给她听了，她起初只微笑着，什么话也不说。到后来才狡猾地瞧着我身上的秋外套，噗哧一声说道："你怎么到今天才闻到呢！"

天！我糊涂到这时才领会那香味是从自己的外套上发出来的！我记起了我的外套曾在她那里放过一晚，一定是她给我洒上了一点香水。我赶快把外套脱下来闻闻看，我终于在衣领的夹里上找到了那幽妙的香味的来源。并且出乎意外的是：我那外套的夹里上有许多脱了线的地方都已修整完好。我这时的喜悦和感激是没有言语可以形容的，我觉得自己从那时起百倍的爱着那香水的主人。据冰之说,那小瓶香水是只花了一个马克从德国买来的。实在也并不是什么高贵的香水。但气味可真清妙到了极点。并且说来是没有人肯信的,在以后的四五年里,每个秋天我把那外套从箱里取出时,起初虽只闻到樟脑的恶臭,但等到樟脑的气味一散去,淡淡的兰花似的香水的清芬又流入了我的鼻管,它现在,一切愉快的时光虽已和那香水的主人一同去得遥远,但那少女的一点柔情,却悠久地记在我的心上,每次穿上那外套,嗅着外套上的飘渺的香味,我便仿佛觉得冰之坐在我的身边。

而现在又到了需要穿上那秋外套的时候了……

赏　析

这篇散文内容简单,记述了自己同冰之在法国巴黎一段感情生活的散文。通过描写一件普通的外套,表现了青年男女的纯洁爱情。散文表面看来朴实无华,细细咀嚼却是别具一番风味。

散文文笔细腻、感情悠远。文章未直接对男女情爱进行描写,而是反复写一件秋外套,他们相互之间所寄托的情感,都是通过这件秋外套来体现。文章开始,作者就写到,由于"使人微栗的凉风","我顿时忆起那件搁在箱里的秋外套"。引起了秋外套的故事:在一个"荒凉得使人害怕的夜晚",作者和女友在巴黎附近的一个小站等候巴黎的火车,由于凉风袭人,他把自己随身带来的秋外套披在女友身上。回到住处,她发烧了,他把外套盖在她的脚上。后来作者取回秋外套,并没觉得异样,后来他发觉不论走到哪里都能闻到一股幽雅的花香。经女友暗示,他才明白了原来她在衣领夹里洒上了点香水。衣领夹里上脱线的地方也都修整好了。作者通过表现在秋外套上的这些细节描写,传神地表达了男女青年之间的爱慕之情。使得散文也有诗一般的意境。

作者采用了托物抒情的手法。并不着力写热恋青年男妇的爱情,而是反复写一件普通的外套,虽然作者没有直言二人纯洁的爱情,读者也能透过文字看出,作者表现的真是二人的美好爱情,那种美好的爱情像外套上的香味一样永远伴着"我"。作者尽力铺垫、渲染达到制造悬念,引人入胜的效果。写秋外套,但开篇却写凄冷的公园,幽灵似的柳枝,惨戚的虫声,接着又一转,"我顿时忆起那件搁在箱里的秋外套";写秋外套上的香味,不直接说原因,而不惜笔墨写香味如何挥之不去,这种写法能够吸引读者的视线,让读者留下深刻的印象。

丁玲（1904—1986），原名蒋冰之，笔名彬芷、从喧等。湖南临澧人。现代著名女作家。主要著作有小说《莎菲女士日记》《太阳照在桑干河上》；散文集《丁玲散文集》《丁玲散文近作选》；辑有《丁玲选集》（三卷）《丁玲文集》（六卷）。

风雨中忆萧红

本来就没有什么地方可去，一下雨便更觉得闷在窑洞里的日子太长。要是有更大的风雨也好，要是有更汹涌的河水也好，可是仿佛要来一场骇人的风雨似的那么一块肮脏的云成天盖在头上，水声也是那么不断地哗啦哗啦在耳旁响，微微地下着一点看不见的细雨，打湿了地面，那轻柔的柳絮和蒲公英都飘舞不起而沾在泥土上了。这会使人有遐想，想到随风而倒的桃李，在风雨中更迅速迸出的苞芽。即使是很小的风雨或浪潮，都更能显出百物的凋谢和生长，丑陋或美丽。

世界上什么是最可怕的呢，决不是艰难险阻，决不是洪水猛兽，也决不是荒凉寂寞。而难于忍耐的却是阴沉和絮聒；人的伟大也不只是能乘风而起，青云直上，也不只是能抵抗横逆之来，而是能在阴霾的气压下，打开局面，指示光明。

时代已经非复少年时代了，谁还有悠闲的心情在闷人的风雨中煮酒烹茶与琴诗为侣呢？或者是温习着一些细腻的情致，重读着那些曾经被迷醉过被感动过的小说，或者低徊冥思那些天涯的故人？流着一点温柔的泪，那些天真、那些纯洁、那些无疵的赤子之心，那些轻微的感伤，那些精神上的享受都飞逝了，早已飞逝得找不到影子了。这个飞逝得很好，但现在是什么呢？是听着不断的水的絮聒，看着脏布也似的云块，痛感着阴霾，连寂寞的宁静也没有，然而却需要阿底拉斯的力背负着宇宙的时代所给予的创伤，毫不动摇地存在着，存在便是一种大声疾呼，便是一种骄傲，便是给絮聒以回答。

然而我决不会麻木的，我的头成天膨胀着要爆炸，它装得太多，需要呕吐。于是我写着，在白天，在夜晚，有关节炎的手臂因为放在桌子上太久而疼痛，患砂眼的眼睛因为在微小的灯光下而模糊。但幸好并没有激动，也没有感慨，我不缺乏冷静，而且很富有宽恕，我很愉快，因为我感到我身体内有东西在冲撞；它支持了我的疲倦，它使我会看到将来，它使我跨过现在，它会使我更冷静，它包括了真理和智慧，它是我生命中的力量，比少年时代的那种无愁的青春更可爱啊！

但我仍会想起天涯的故人的，那些死去的或是正受着难的。前天我想起了雪峰，在我的知友中他是最没有自己的了。他工作着，他一切为了党，他受埋怨过，然而他没有感伤，他对名誉和地位是那样地无睹，那样不会趋炎附势，培植党羽，装腔作势，投机取巧。昨天我又苦苦地想起秋白,在政治生活中过了那么久,却还不能彻底地变更自己,他那种二重的生活使他在临死时还不能免于有所申诉。我常常责怪他申诉的"多余",然而当我去体味他内心的战斗历史时,却也不能不感动,哪怕那在整体中,是很渺小的。今天我想起了刚逝世不久的萧红,明天,我也许会想到更多的谁,人人都与这社会有关系,因为这社会我更不能忘怀于一切了。

  萧红和我认识的时候,是在一九三八年春初。那时山西还很冷,很久生活在军旅之中,习惯于粗犷的我,骤睹着她的苍白的脸,紧紧闭着的嘴唇,敏捷的动作和神经质的笑声,使我觉得很特别,而唤起许多回忆,但她的说话是很自然而真率的。我很奇怪作为一个作家的她,为什么会那样少于世故,大概女人都容易保有纯洁和幻想,或者也就同时显得有些稚嫩和软弱的缘故吧。但我们都很亲切,彼此并不感觉到有什么孤僻的性格。我们尽情地在一块儿唱歌,每夜谈到很晚才睡觉。当然我们之中在思想上,在感情上,在性格上都不是没有差异,然而彼此都能理解,并不会因为不同意见或不同嗜好而争吵,而揶揄。接着是她随同我们一道去西安,我们在西安住完了一个春天。我们痛饮过,我们也同度过风雨之夕,我们也互相倾诉。然而现在想来,我们谈得是多么地少啊!我们似乎从没有一次谈到过自己,尤其是我。然而我却以为她从没有一句话是失去了自己的,因为我们实在都太真实、太爱在朋友的面前赤裸自己的精神,因为我们又实在觉得是很亲近的。但我仍会觉得我们是谈得太少的,因为,像这样的能无妨嫌、无拘束、不须警惕着谈话的对手是太少了啊!

  那时候我很希望她能来延安,平静地住一时期之后而致全力于著作。抗战开始后,短时期的劳累奔波似乎使她感到不知在什么地方能安排生活。她或许比我适于幽美平静。延安虽不够做为一个写作的百年长计之处,然在抗战中,的确可以使一个人少顾虑于日常琐碎,而策划于较远大的,并且这里有一种朝气,或者会使她能更健康些。但萧红却南去了。至今我还很后悔那时我对于她生活方式所参预的意见是太少了,这或许由于我们相交太浅,和我的生活方式离她太远的缘故,但徒劳的热情虽然常常于事无补,然在个人仍可得到一种心安。

  我们分手后,就没有通过一封信。端木曾来过几次信,在最后的一封信上(香港失陷约一星期前收到)告诉我,萧红因病始由皇后医院迁出。不知为什么我就有一种预感,觉得有种可怕的东西会来似的。有一次我同白朗说:"萧红决不会长寿的。"当我说这话的时候,我是曾把眼睛扫遍了中国我所认识的或知道的女性朋友,而感到一种无言的寂寞。能够耐苦的,不依赖于别的力量,有才智、有气节而从事于写作的女友,是如此其寥寥啊!

  不幸的是我的杞忧竟成了现实,当我昂头望着天的那边,或低头细数脚底的泥沙,我都不能压制我丧去一个真实的同伴的叹息。在这样的世界中生活下去,多一个真实的同伴,便多一分力量,我们的责任还不只在于打于局面,指示光明,而还是创造光明和美丽;人的灵魂假如只能拘泥于个体的褊狭之中,便只能陶醉于自我的小小成就。我们要使所有的人都能有崇高的享受,和为这享受而做出伟大牺牲。

生在现在的这世界上,要顽强地活着,给整个事业添一分力量,而死,对人对己都是莫大的损失。因为这世界上有的是戮尸的遗法,从此你的话语和文学将更被歪曲,被侮辱;听说连未死的胡风都有人证明他是汉奸,那么对于已死的人,当然更不必贿买这种无耻的人证了。鲁迅先生的《阿Q正传》曾被那批御用文人歪曲地诠释,那么《生死场》的命运也就难免于这种灾难。在活着的时候,你不能不被逼走到香港;死去,却还有各种污蔑在等着,而你还不会知道,那些与你一起的脱险回国的朋友们还将有被监视和被处分的前途。我完全不懂得到底要把这批人逼到什么地步才算够?猫在吃老鼠之前,必先玩弄它以娱乐自己的得意。这种残酷是比一切屠戮都更恶毒,更需要毁灭的。

只要我活着,朋友的死耗一定将陆续地压住我沉闷的呼吸。尤其是在这风雨的日子里,我会更感到我的重荷。我的工作已经够消磨我的一生,何况再加上你们的屈死,和你们未完的事业,但我一定可以支持下去。我要借这风雨,寄语你们,死去的,未死的朋友们,我将压榨我生命所有的余剩,为着你们的安慰和光荣。那怕就仅仅为着你们也好,因为你们是受苦难的劳动者,你们的理想就是真理。

风雨已停,朦朦的月亮浮在西边的山头上,明天将有一个晴天。我为着明天的胜利而微笑,为着永生而休息。我吹熄了灯,平静地躺到床上。

一九四二年四月二十五日

赏　析

萧红去世的消息经过几个月的时间,这时才传到延安,也传到丁玲的耳朵里。丁玲联系到自己与萧红短暂的交往,写下了她的经典散文《风雨中忆萧红》。通读整篇散文给人一种感情的打动。

散文的写作时间是1942年4月25日。这正是延安文艺座谈会召开的前夕,以及丁玲的历史问题引发争议的时候——康生重新提出丁玲的历史污点问题——使她的心情相当复杂。此前,丁玲因在她主篇的《解放日报》文艺副刊上发表了王实味的《野百合花》和自己的《三八节有感》等杂文而受到批判,便回到文协。而国民党特务机构乘机把丁玲和王实味等人的文章编印成《关于"野百合"及其他——延安新文字狱真相》小册子,四处散发,造谣惑众。散文《风雨中忆萧红》就有意无意地流露出作者的真实心态。可以说,这篇散文是丁玲延安《讲话》前夕心态分析的一个经典文本。

本文对丁玲和萧红的交往过程进行追忆,以表自己的深切怀念之情。本来丁玲完全可以追忆自己和萧红交往的过程,特别是和萧红在西北战地服务团亲密交往的情景进行追忆,以及萧红没有到达延安的遗憾进行阐发,但丁玲却在写作的过程中没有这样去写,而是把自己在这个特定时代中政治的压抑和自己的遭遇有机地结合起来,萧红只是一个情感的抒发连接线。文本中有这样一句话:"我很奇怪作为一个作家的她,为什么会那样少于世故,

大概女人都容易保有纯洁和幻想，或者也就同时显得有些稚嫩和软弱的缘故吧。"丁玲在感叹萧红的同时更深入地认识了女性的软弱和缺陷，"女人都容易保有纯洁和幻想"，也许在丁玲看来，女人天生就存在致命的弱点："稚嫩"和"软弱"。但尽管女人之间有这样的弱点，她非常怀念自己与萧红交往的日子："像这样的能无妨嫌、无拘束、不须警惕着谈话的对手是太少了啊！"是的，能够深入的交往而成为好朋友，是非常不容易的事情。作为30年代上海文坛的著名作家，并深得鲁迅先生赞赏的女作家，在战争的风雨中能够促膝相谈，"赤裸自己的精神"，实是罕见的。萧红原本打算到延安，但后来辗转回武汉到重庆以至香港，丁玲深深地感到惋惜。在文章的结尾，丁玲的感情有一种释然，身心也感觉轻松了许多，能够平静地躺在床上："风雨已停，朦朦的月亮浮在西边的山头上，明天将有一个晴天。我为着明天的胜利而微笑，为着永生而休息。我吹熄了灯，平静地躺在床上。"她借助这样一个风雨的天气，把自己胸中的郁闷愁苦终于吐露出来。她也相信着明天的美好而充满信心。

　　本文的基调是深沉而乐观向上的。文中的环境气氛虽是沉闷的，不过它却并不苦涩，没有隐晦，感情像潺潺溪水有节制地流淌，对萧红的甜蜜的回忆与突破眼前"阴霾的气压"的冲动相交替，给人以多重明朗的艺术享受。文中的深沉的笔调如实叙述自己的印象，直白中见真情，晓畅中见匠心。

> **施蛰存** (1905—2003),笔名安华等。浙江省杭州人,现代著名小说家,其创作曾被呼之为"新感觉派",作家也被归入与刘呐鸥、穆时英并列的"海派"。著有小说集《追》《梅雨之夕》《李师师》等;散文集有《灯下集》和《待旦录》;主要译作有《今日之艺术》《妇女三部曲》等。

驮 马

我第一次看见驮马队是在贵州,但熟悉驮马的生活则在云南。那据说是所谓"果下马"的矮小的马,成为一长行列地逶迤于山谷里,就是西南诸省在公路出现以前唯一的交通和运输工具了。当我乘坐汽车,从贵州公路上行过,第一次看见这些驮马队在一个山谷里行进的时候,我想,公路网的完成,将使这古老的运输队不久就消灭了罢。但是,在抗战三年后的今日,因为液体燃料供应不足,这古老的运输工具还得建立它的最后功业,这是料想不到的。

西北有二万匹骆驼,西南有十万匹驮马,我们试设想,我们的抗战乃是用这样古旧的牲口运输法去抵抗人家的飞机汽车快艇,然而还能支持到今日的局面,这场面能说不是伟大的吗?因此,当我们看见一队驮马,负着它们的重荷,在一个峻坡上翻过山岭去的时候,不能不沉默地有所感动了。

一队驮马通常是八匹十匹或十二匹,虽然有多到十六或二十匹的,但那是很少的。每一队的第一匹马,是一个领袖。它是比较高大的一匹。它额上有一个特别的装饰,常常是一面反射阳光的小圆镜子和一丛绿色的流苏。它的项颈下挂着一串大马铃;当它昂然地在前面带路的时候,铃声咚咙咚咙地响着,头上的流苏跟着它的头部一起一落地耸动着,后边的马便跟着它行进。或是看着它头顶上的标帜,或是听着它的铃声,因为后面的马队中,常常混杂着聋的或盲的。倘若马数多了,则走在太后面的马就不容易望到它们的领袖,你知道,驮马的行进,差不多永远是排列着单行的。

每一匹马背上安一个木架子,那就叫做驮鞍。在那驮鞍的左右两边便用牛皮绳绑缚了要它负荷的东西。这有两个作用:第一是不使那些形状不同的重载直接擦在马脊梁及肋骨上,因为那些重载常常有尖锐的角或粗糙的边缘,容易损伤了马的皮毛。第二是每逢行到一站,歇夜的时候,只要把那木架子连同那些负载物从马背上卸下来就行。第二天早上出发的时候,再把它搁上马背,可以省却许多解除和重又束缚的麻烦。

管理马队的人叫做马哥头,他常常管理着四五个小队的驮马。这所谓管理,实在不很费事。他老是抽着一根烟杆,在马队旁边,或前或后地行走。他们用简单的,一两个字——或者还不如说是一两个声音——的吆喝指挥着那匹领队的马。与其说他的责任是管理马队，还不如说是管理着那些领队的马。马哥头也有女的。倘若是女的，则当这一长列辛苦的驮马行过一个美丽的高原的时候，应和着那些马铃声，她的忧郁的山歌，虽然你不会懂得他们的意义，因为那些马哥头常常是夷人——会使你觉得何等的感动啊！

在荒野的山林里终日前进的驮马队，决不是单独赶路的。它们常常可能集合到一二百匹马，七八个或十几个马哥头，结伴同行。在交通方便的大路上，它们每天走六十里，总可以获得一个歇站。那作为马队的歇站的地方，总有人经营着马店。每到日落时分，马店里的伙计便到城外或寨门外的大路口去迎候赶站的马队，这是西南一带山城里的每天的最后一阵喧哗。

马店常常是一所两层的大屋子，三开间的或五开间的。底下是马厩，楼上是马哥头的宿处。但是那所谓楼是非常低矮的。没有窗户，没有家具，实在只是一个阁楼罢了。马店里的伙计们帮同那些马哥头抬下了马背上的驮鞍，洗刷了马，喂了马料，他们的职务就完了。马哥头也正如一切的西南夷人一样，虽然赶了一天路，很少有人需要洗脸洗脚甚至沐浴的。他们的晚饭也不由马店里供给，他们都随身带着一个布袋，袋里装着包谷粉，歇了店，侍候好了马匹，他们便自己去拿一副碗筷，斟上一点开水，把那些包谷粉吃了。这就是他们的晚餐。至于那些高兴到小饭店里去吃一杯升酒，叫一个炒菜下饭的，便是非常殷实的阔老了。在抗战以前，这情形是没有的，但在这一两年来，这样豪阔的马哥头已经不是稀有的了。

行走于迤西一带原始山林中的马队，常常有必须赶四五百里路才能到达一个小村子的情形。于是，他们不得不在森林里露宿了。用他们的名词说起来，这叫做"开夜"。要开夜的马队，规模比较的大，而且要随带着炊具。差不多在日落的时候，他们就得在森林中寻找一块平坦的草地。在那里卸下了驮鞍，把马拴在树上，打成一围。于是马哥头们安锅煮饭烧水。天色黑了，山里常常有虎豹或象群，所以他们必须捡拾许多枯枝，烧起火来，做成一个火圈，使野兽不敢近前。然而即使如此警戒，有时还会有猛兽在半夜里忽然袭来，咬死几匹马，等那些马哥头听见马的惊嘶声而醒起开枪的时候，早已不知去向了。所以，有的马队还得带一只猴子，在临要睡觉的时候，把猴子拴缚在一株高树上。猴子最为敏感，到半夜里，倘若它看见或闻到远处有猛兽在行近来，它便会尖锐地啼起来，同时那些马也会得跟着惊嘶，于是睡熟的人也就醒了。

在云南的西北，贩茶叶的古宗人的驮马队是最为雄壮的。在寒冷的天气，在积雪的山峰中间的平原上，高大的古宗人腰里揹着刀和小铜佛，骑着他们的披着美丽的古宗毡鞍的马，尤其是当他们开夜的时候，张起来的那个帐幕，使人会对于这些游牧民族的生活发生许多幻想。

二万匹运盐运米运茶叶的驮马，现在都在西南三省崎岖的山路上，辛苦地走上一个坡，翻下一个坡，又走上一个坡，在那无穷尽的山坡上，运输着比盐米茶更重要的国防材物，我们看着那些矮小而矫健的马背上的热汗，和它们口中喷出来的白沫，心里会感到怎样的沉重啊!

一九三九年六月

 赏　析

　　散文《驮马》写于1939年,是作者回归现实主义的一篇佳作。文章笔调浓郁严谨,缓缓地平实地描写,道出了驮马的坚韧和执著,内蕴着深厚的社会时代色彩。

　　作者并不是采用直接议论的方式来表达自己的观点,而是运用象征手法,借用驮马的叙写,引发思考。驮马是西南诸省在公路出现以前唯一的交通和运输工具。当时作者在云南大学执教,对于西南边陲常见的驮马情有独钟,他用沉稳详尽的笔触为我们介绍了这一古老的交通运输工具,细致而有条理。文章内蕴着热烈情感,包含着作者对驮马由衷的赞美之情。这些驮马不但是古老的交通运输工具,还是中华民族不屈不挠、坚韧执着的民族精神与抗战力量的象征。中国人民对日本侵略者的抗击是全方位的,侵略者用的是汽车、快艇、飞机,我们用"古老的牲口运输法",也要将抗战坚持下去!这"伟大"的壮举,令人"感动",可是作者却又心情"沉重"。作者思虑的是民族历史的深层次问题。古老的驮马生活令人留恋,勇敢勤劳的朴实人民值得赞颂。可是我们这个古朴落后的民族,由于各种原因而无历史性的超越,直到"不知魏晋",落后于世界,才遭人凌辱。引发世人的深思。

　　本篇散文的情感主线是"感动"与"沉重",所以在行文时笔调略显沉稳徐缓。描写驮马生活时严谨冷静,简洁明了,是现实主义的写法,可内敛的情感又不时突现出来,采用主观抒情的点睛之笔直抒胸臆。

> **楼适夷** （1905—2001），曾用笔名林荞,楼建南。浙江省余姚县人。现代作家、诗人、翻译家。著有剧本《活路》《SOS》；翻译有《桥》《意大利故事》《阳光底下的房子》等。另有大量诗歌、散文、论文，近年有散文集《话雨录》问世。

雨

窗外，下着雨。这样滂沱的大雨继续有好几天了。壁上苔痕漫漶，把室内的光线涂得更暗淡了。弄堂口积满了水，我不能出去；不过，我也不想出去。这小天地足够容纳我了。况且，室内除掉我，还有我的猫，它蹲在我面前，以爪子擦擦脸，它也给大雨阻住了，否则尽可在外边撒野的。现在，只有我们两个，我们是寂寞的。

它瞪着眼看我，我也瞪着眼看它。它的眼光是多么的慈和，亲切。充溢着爱和同情，这是我在人群中从来没有看见过的。它的眼珠似乎消溶成一泓水流，在这水波里映出我自己的影子。纵若，我不懂它的言语，它也不懂我的言语，不过，我们会通过相互的爱而彼此了解的。它走近我，以舌子舐舐我的皮鞋，咪咪的叫着。我知道它，它是爱护我的。我很奇怪，正当人们扰扰不已的时候，料不到人与兽之间却会消除去言语的隔阂而相互抚爱，相互了解的。这使我忘却外面的世界，以及世界上的一切恶行。室外的一切都遥远了，模糊了。

外面的雨更大了。宛若创世纪里上帝膺惩世人的那股大水，我们就像坐在诺亚的小船上，离去这个没有爱的罪恶的世界……。

为甚么独有人与人之间不能产生相互的爱呢？我亲眼看见有个佩勋章的人，雇用了一群十多岁的少年，日夜教他们怎样打人，怎样杀人。我更亲眼看见就是他们队里的一个，不眨眼杀掉一个朴朴实实的乡下佬。为甚么要使他们受这样的教育呢？在他们没有知道爱之前，却学会谋害别人了，在他们没有产生同情之前，却已会欺侮别人了。我也亲眼看见人是怎样被人殴打的，拳捶着，足蹴着，难道他们不知道被打的也是人，也是和自己一样的人么。所有的文明和教育都是错误的。我们要再出发，从爱的基础上出发。这样，人类的生活才会变得有意思起来……。

外面的世界是可怕的。只有这方小天地里充溢了爱与和睦。它看着我，我看着它。我们两个往来，从没有想到彼此谋害，妒忌，诅咒和诽谤。所有的罪行都是不存在的。纵若，我们是寂寞的，但是我们有爱，有可以向外面人类骄矜的爱来弥补这样的缺陷的。我真希望：我们的屋子就是诺亚的小船，我们就是诺亚藏着的两种生物。小船载着我们避去上帝予以人类的灾厄慢慢远去，往虹之国，云乡，雨榭……

雨太大了，承溜里的水声哗啦哗啦的。我们更挨近在一起。它跳到我膝头上，在怀里躺下来。我抚着它,它舌子舐舐我的手背。我们之间有一种不可言说的温暖,这温暖使我们能忍受一切,那无止的寂寞,那窒人的潮气,那难以排遣的悒郁……。让我们这条小船航得远远的,让更大的雨水来洗涤这个腌臜的世界吧。

  这篇散文有着散漫的思绪结构,但散漫中仍有线索可寻。"雨"作为贯彻全篇的意象提示着阴郁和湿冷,与作者郁闷的心情相应照,又衬托了小屋里的温情。"雨"的背景其实是包罗万象的,它不但象征了风雨如晦的时代,也象征了罪恶的弥漫。由"雨"想到创世纪里的大水,才会连想到"方舟",所以,"雨"在文章里还能起到结构连缀的作用。

  文章顺手拈来,即雨抒情,借雨言志。作者敏捷地抓住自然界下雨这一屡见不鲜的现象,由此联想到《圣经》中上帝为了冲刷人世间的罪恶的"那股大水"顺势将自然界的雨同丑恶的人世社会连接在一起,并因雨而困小屋联想到诺亚方舟,巧借自己的寂寞心绪来抒写自己诅咒这黑暗社会的愤懑心情。并且,随着自然界的雨愈下愈大,表达自己情感的递加与变化。"窗外,下着雨",不能出门,自然与猫生情。"外面的雨更大了",联想到"他世纪里上帝膺惩世人的大水",引寓现实的黑暗。"雨太大了",已成为了作者的希冀,最后呼唤"让更大的雨水来洗涤这腌臜的世界吧"。从而拓展了主旨,激励以社会"大雨"污浊的世界。

  作者巧妙地把自然景象同社会现象等有机地融合到一起,成功地表达了自己的主旨。

冯至 （1905-1993），原名冯承植，河北涿县人。现代著名诗人、文学家、翻译。著有诗集《昨日之歌》《十四行集》；散文《山水》《东欧杂记》；论文集《诗与遗产》等。

塞纳河畔的无名少女

修道院楼上的窗子总是关闭着。但是有一天例外，其中的一只窗子开了。窗内现出一个少女。

巴黎在那时就是世界的名城：学术的讲演，市场的争逐，政治的会议……从早到晚，没有停息。这个少女在窗边，只是微笑着，宁静地低着头，看那广漠的人间；她不知下边为什么这样繁华。她正如百年才开一次的奇花，她不知道在这百年内年年开落的桃李们做了些什么匆忙的事。

这时从热闹场中走出一个人来，他正在想为神做一件工作。他想雕一个天使，放在礼拜堂里的神的身边。他曾经悬想过，天使是应该雕成什么模样——他想，天使是从没有离开过神的国土，不像人们已经被神逐出了乐园，又千方设计地想往神那里走去。天使不但不懂得人间的机巧同悲苦，就是所谓快乐，他也无从体验。雪白的衣裳，轻轻的双翅，能够代表天使吗？那不过是天使的装饰罢了，不能表示天使的本质。他想来想去，最重要的还是天使的面庞。没有苦乐的表情，只洋溢着一种超凡的微笑，同时又像是人间一切的升华。这微笑是鹅毛一般轻。而它所包含的又比整个的世界还重——世界在他的微笑中变得轻而又轻了。但它又不是冷冷地毫不关情，人人都能从它那里懂得一点事物，无论是关于生，或是关于死……

但他只是抽象地想，他并不能把他的想象捉住。什么地方去找这样的一个模型呢？他见过许多少男少女：有的是在笑，笑得那样痴呆，有的哭，哭得又那样失态。他最初还能发现些有几分合乎他的理想的面容，但后来越找越不能满足，成绩反倒随着时日消减；归终是任何人的面貌，都禁不住他的凝视，不几分钟便显出来一些丑恶。

难道天使就雕不成了吗？

正在这般疑惑的时候他走过修道院，看见了这少女的微笑。不是悲，不是喜，而是超乎悲喜的无边的永久的微笑，笑纹里没有她祖母们的偏私，没有她祖父们的粗暴，没有她兄弟姊妹们的嫉妒，它像是什么都了解，而万物在它的笼罩之下，又像是不值得被它了解——这该是天使的微笑了，雕刻家心里想。

第二天他就把这天使的微笑引到了人间。

他在巴黎一条最清静的巷中布置了一座小小的工作室，像是从树林中摘来一朵奇花，他在这里边隐藏了这少女的微笑。

在这清静的工作室中，很少听见外边有脚步的声音走来，外边纷扰的人间是同他们隔离了万里远呢，可是把他们紧紧地包围，像是四围黑暗的山石包住了一块美玉？他自己是无从解答的。至于她，她更不知她置身在什么地方。她只是供他端详，供他寻思，供他轻轻地抚摸她的微笑，让他沉在这微笑的当中，她觉得这是她在修道院时所不曾得到过的一种幸福。

他搜集起最香的木材，最脂腻的石块。他想，等到明年复活节，一片钟声中，这些无语的木石便都会变成生动的天使。经过长时间心灵上的预备，在一个深秋的早晨开始了他第一次的工作。他怀里充满了虔敬的心，不敢有一点敷衍，不敢有一点粗率。他是这样欢喜，觉得任何一块石一块木的当中都含有那天使的微笑，只要他慢慢地刻下去，那微笑便不难实现。有时他却又感到，微笑是肥皂泡一般地薄，而他的手力太粗，刀斧太钝，万一他不留心，它便会消散。

至于微笑的本身，无论是日光下，或是月光中，永久洋溢在少女的面上。怎样才能把它引渡到他为神所从事的工作上呢？想来好像容易，做起来却又艰难。

他所雕出的面庞没有一个使他满意。最初他过于小心了，雕出来的微笑含着几分柔弱，等到他略一用力，面容又变成凛然，有时竟成为人间的冷笑。他渐渐觉得不应该过于小心，只要态度虔诚，便不妨放开胆子去做。但结果所雕出的：幼稚的儿童的微笑也有，朦胧的情人的微笑也有……天使的微笑呢，越雕越远了。

一整个冬天外边是风风雨雨地接着，而工作室里的人却不分日夜地同这些木材石块战斗。少女永久坦白地坐在他的面前——他面前的少女却一天比一天神秘，他看她像是在云雾中，虹桥上，只能翘望，不能把住。同时他的心里又充满了疑猜：不知她是人，是神，可就是天使的本身？如果是人，她的微笑怎么就不含有人所应有的分子呢？他这样想时，这天他所雕出的微笑，竟成为娼妇的微笑了……

冬天过去，复活节不久就在面前。他的工作呢：各样的笑，都已雕成，而天使的微笑却只留在少女的面上。等到他雕出娼妇的微笑时，他十分沮丧：他看他是一个没有根缘的人，不配从事干这个工作。——寒冷的春夜，他把少女抛在工作室中，无聊地跑到外边去了。少女一人坐在家中，她的微笑并没有敛去。

他半夜回来，醉了的样子像是一个疯人，他把他所雕的一切一件件地毁去，随后他便昏昏地倒在床上。少女不懂得这是什么事情，只觉得这里已经没有她的幸福。她不自主地走出房中，穿过静寂的小巷，她立在塞纳河的一座桥上。

彻夜的歌舞还没有消歇，两岸弹着哀凉的琴调。她不知这是什么声音，她一点儿也听不习惯。她想躲避这种声音，又不知向什么地方躲去。她知道，修道院的门是永久地关闭着；她出来时，外边有人迎接，她现在回去，里面却不会有人等候。工作室里的雕刻家又那样怕人，她再也不想同他相见，她只看见河里的星影灯光是一片美丽的世界，水不断地流，而它们却动也不动，只在温柔的水中向她眨眼，向她招手，向她微笑，她从没有受过这样的欢迎，她一步步从桥上走到岸边,从岸边走到水中……带着她永久的微笑。

雕刻家一晚的梦境是异样地荒凉。第二天醒来,烬灰早已寒冷。屋中除却毁去的石块木块外,一切的微笑都已不见。

他走到外边穿遍了巴黎的小巷。他明知在这些地方不能寻到她。而他也怕同她见面,但他只是拼命地寻找,在女孩、少妇、娼的中间。

复活节的钟声过了,一切都是徒然……

一天他偶然走过市场,见一家商店悬着一副"死面具"。他看着,他不能走开。

店员走过来,说:"先生想买吗?"

他摇了摇头。店员继续着说:

"这是今年初春塞纳河畔溺死的一个无名的少女。因为面貌不改生态,而口角眉目间含着一缕微笑,所以好事的人用蜡注出这副面具。价钱很便宜,比不上那些名人的——"

雕刻家没有等到店员说完,他便很惊慌地向不可知的地方走去了。

这段故事,到这里就算终了。如今那副死面具早已失落,而它的复制却传遍了许多欧洲的城市。传播着那个雕刻家无法表达的永恒的无边的微笑。

一九三二年,写于柏林

赏析

冯至是著名诗人,他的散文也同他的诗一样,清新委婉,颇耐咀嚼,回味无穷。

这篇散文是一篇域外题材的散文,写于作者在德国留学期间。故事发生在巴黎,那里有一位雕刻家想雕刻一位天使,放在礼拜堂的神的旁边。他认为"雪白的衣裳,轻轻的双翅"这些都不重要,重要的是天使的面容,这个面容上不应该出现喜怒哀乐的表情,只能洋溢着"超凡的微笑"。正当雕刻师苦苦寻找模特儿作为创作的依据时,修道院上长期关闭着的窗子打开了,现出了一个少女,带着宁静的微笑。雕刻家历时半载却始终无法表现少女的那种超凡的微笑,雕刻家丧失了信心,而少女则在迷茫中走进了塞纳河溺毙的不幸结局。

在雕刻家眼里,那天使脸上"超凡的微笑","超乎悲喜的无边的永久的微笑"要求是没有喜怒哀乐,这种微笑真的存在吗?如果说"超凡"——否定了人的喜怒哀乐,那是不是从根本上否定了"微笑"存在的理由?修道院的少女离开了修道院以后,陷入进退两难的境地,修道院不再接受她,雕刻家又不需要她,她无处可去。在恍惚中走进了塞纳河……留给世人是无数廉价的"死面具"。难道这就是少女该有的命运?这个古老传说曲折浪漫,凄楚动人。但到故事结束,作者也没有点清题旨,表明自己的想法。

作者讲述了这个亦真似幻的故事,透过故事显现了一些发人深醒的哲理。同时,又使人不得不关注它那优美的语言及独特的艺术魅力。

> **臧克家** （1905—2004），山东省诸城县人。现代著名诗人。著有诗集《从军行》《呜咽的云烟》《向祖国》《生命的秋天》《拥抱》；散文集《磨不掉的印象》等。

老 哥 哥

秋是怀人的季候。深宵里，床头上叫着蟋蟀，凉风吹一缕明光穿过纸窗来。在我没法合紧双眼的当儿，一个意态龙钟的老人的影象便朦胧在我眼前了。

可以说，我的心无论什么时候都给老哥哥牵着的。在青岛住过了五年，可是除了友情没有什么使我在回忆里怅惘，有那便是老哥哥了。青岛离家很近，起早也不过天把的路程呢。记得在中山路左角一家破旧的低级的交易场中常常可以得到老哥哥的消息。前来的乡人多半是贩卖鸡子回头带一点洋货，老哥哥的孙子也每年无定时的来跑几趟，他来我总能够知道，临走，我提一个小包亲自跑到嘈杂的交易所里从人丛中从忙乱中唤他出来交到他的手里。

"这是带给老哥哥的一点礼物。"

"这还使得呢！"口在推让著小包却早已接过去了。我知道这点礼物不比鸿毛有分量，然而一想老哥哥用残破的牙齿咀嚼着饼干时的微笑，自己的心又是酸又是甜的。

老哥哥离开我家，算来已经足足十年了。在这个长的期间里，我是一只乱飞的鸟，也偶尔的投奔一下故乡的园林。照例，在未到家以前，心先来一阵怕，怕人家说我变了，更怕有些人我已不认识有些人已见不到了。到了家一定还没坐好，就开始问短问长了。心急急想探一下老哥哥的存亡，可是话头却有些不敢往外吐，早晚用话头的偏锋敲出了老哥哥健在的消息心这才放下了。

前年旧年是在家里过的。正月的日子是无底幽闲，便把老哥哥约到我家来了。见了面我还没来得及看清楚他，他却大声喊著说："你瘦了！小时候那样的又胖又白！"从他刚劲的声音里我听出了他的康健了。

"老哥哥，你拖在背上的小辫也秃尖了。"他没有听见，便在我的扶持下爬到我的炕头上了。

我们开始了短短长长的谈话，话头随意乱摆是没有一定的方向的。他的耳朵重听，说话的声音很高，好似他觉得别人的听觉也和他一样似的。用手势，用高腔，不容易把一句话递进他的耳朵里去，他说，他常常挂念著我，他的身子虽然在家里，可是心还在我的家呢。

语丝还缠在嘴角上，可是他已经虎虎的打起鼾声来了，我心里悲伤的说："老哥哥老了！"

呼吸像拉风箱，一霎又咳嗽醒了，愣挣起来吐一口黄痰。他自己仿佛有点不好意思，要我扶他趔趄的到耳房里去，在那儿也许他觉得舒心一点，五十个年头身下的土炕会印上个血的影子吧？于今用了一把残骨他又重温别过十年的旧梦去了。

傍晚了。来留他住一宿，他一面摇头一面高声说："老了，夜里还得人服侍！日后再见吧！"我用眼泪留他，他像没有看见，起来紧了紧腰踉跄著向外面移步了。我扶著他，走下了西坡，老哥哥的村庄已在炊烟中显出影子来了。

我回步的时候晚霞正灼在西天，回头望望老哥哥，已经有些模糊了，在冷风里只一个黑影在闪。

"日后再见吧！"我一边走著一边味著老哥哥这句话。但是一个熟透了的果子谁料定它刹那会落呢？

回到家来更念念著老哥哥了。老哥哥真是老哥哥，他来到我家时曾祖父还不过十几岁呢。祖父是在他背上长大，父亲是在他背上长大的，我呢，还是。他是曾祖父的老哥哥，他是祖父和父亲的老哥哥，他是我的老哥哥。

听老人们讲，他到我家来那不过才二十岁呢。身子铜帮铁底的，一个人可以单拱八百斤重的小车，可是在我记事的时候他已是六十多岁的暮气人了。那时他的活是赶集，喂牲口，农忙了担著饭往坡里送。晒场的时节有时拿一张木叉翻一翻。扬场，他也拾起张锨来扬它几下，别人一面扬一面称赞他说："好手艺，扬出个花来，果真老将出马一个赶俩。"

从我记事以来，祖父没曾叫过他一声哥哥，都是直呼他老李。曾祖父也是一样。曾祖父的脾气很暴，好骂人"王八蛋"。他老人家一生起气来，老哥哥就变成"王八蛋"了。祖父虽然不大骂人，然而那张不大说话的脸子一望见就得叫人害怕。老哥哥赶集少买了一样东西，或是祖父说话他耳聋听不见，那一张冷脸，半天一句的冷话他便伸著头吃上了。我在一边替老哥哥心跳，替老哥哥不平。心里想："祖父不也是老哥哥手下长大了的吗？"

老哥哥对我没有那么好的。我都是牵著他的小辫玩，他说故事给我听。他说他才到我家来，我家正是旺时，六曾祖父做大京官，门前那迎风要倒的两对旗杆是他亲手加入竖起来的，那时候人口也多，真是热闹。语气间流露著"繁华歇"的感叹。我小时候最是迷赌，到了输得老鼠洞里也挖不出一个铜钱来的困窘时，我便想到老哥哥的那个小破钱袋来了。钱袋放在他枕头底下，顺手就可以偷到的，早晚他用钱时去摸钱袋，才发现里面已经空空了。他知道这个地道的贼，他一点也不生气。我后来向他自首时是这样说的：

"老哥哥，这时我还小呢，等我大了做了官，一定给你银子养老。"

他听了当真的高兴。然而这话曾祖父小时曾说过，祖父小时也曾说过了！

在黄昏，在雨夜，在月明的树下，他的老话便开始了。我侧著耳朵听他说长毛作反，听他说天下掉下彗星来。然而给我印象最深的要数这一次了。那年我八岁，母亲躺在床上，脸上蒙一张白纸，我放声哭了，老哥哥对我说母亲有病，他到吕标去取药吃上就好了。后来给母亲上坟也老是他担著菜盒我跟在后头，一路上他不住的说母亲是叫父亲气死的。"当年大相公,剪了发当革命党,还在外面和别的女人好,你小时穿一件时样的衣裳,姑们问一声'又是外边那个娘做来的',这话叫你娘听见,你想心里是什么味?而后,皇帝又一劲的杀革命党,你爷戴上假发到处亡命。这两桩事便把你娘致死了。"

老哥哥一天一天的没用了。日夜蜷缩在他那一角炕头上,像吐尽了丝的蚕一样,疲惫抓住了他的心。背屈得像张弓。小辫越显得细了。他的身子简直成了个季候表,一到秋风起来便咯咯的咳嗽起来。

"老李老了!老李老了!"

大家都一齐这么说。年老的人最不易叫人喜欢。于是老哥哥的坏话塞满了祖父的耳朵。大家都讨厌他。讨厌他耳聋,讨厌他咯咯闹得人睡不好觉,讨厌他冬天把炕烧得太热,他一身都是讨厌骨头,好似从来就没有过不讨厌的时候!祖父最会打算,日子太累,废物是得铲除的,于是寻了一点小事便把五十年来的跑里跑外的老哥哥赶走了。我当时的心比老哥哥的还不好过,真想给老哥哥讲讲情,可是望一下祖父的脸,心又冷了。

老哥哥临走泪零零的,口里半诅咒半咕噜著说:"不行了,老了。"每年十二吊钱的工价算清了账,肩一个小包(五十年来劳力的代价)走出了我的大门。我牵著他的衣角,不放松的跟在后面。

老哥哥儿花女花是没有一点的。他要去找的是一个嗣子。说家是对自己的一个可怜的安慰罢了。但是,不是自己养的儿子,又没有许多东西带去,人家能好好养他的老吗?我在替他担心著呢!

十年过去了,可喜老哥哥还在人间。暑假在家住了一天,没能够见到他。但从三机匠口里听到了老哥哥的消息,他说在西河树行子里碰到老哥哥在背著手看夕照,见了他还亲亲热热的问这问那,他还说老哥哥一心挂念我庄里的人,还待要鼓鼓劲来耍一趟,因为不过二里地的远近,老哥哥自己说脚力还能来得及呢。

又是秋天了。秋风最能吹倒老年人!我已经能赚银子了,老哥哥可还能等得及接受吗?

(原载1936年1月5日《人世间》半月刊第19期新年特大号)

臧克家出身于一个封建地主家庭,8岁母亲去世,16岁父亲也去世了。在臧家当了一辈子长工的"老哥哥",成为他童年和少年时期的好朋友。借着《老哥哥》这篇散文来揭露社会的黑暗与罪恶,抒发自己心头的悲愤与不平,表达了自己对劳动人民的热爱与同情。

"听老人们讲,他到我家来不过才20岁呢。身子铜帮铁底的,一个人可以单拱八百斤重的小车。"然而,"老哥哥"几十年吃苦耐劳,却常得不到一个好脸色。"从我记事以来,祖父没曾叫过他一声老哥哥,都是直呼他老李。曾祖父也一样。曾祖父的脾气很暴,好骂人'王八蛋'。他老人家一生起气来,老哥哥就变成'王八蛋'了。祖父虽然不大骂人,然而那张不大说话的脸子一望见就得叫人害怕。老哥哥赶集少买了一样东西,或是祖父说话他耳聋听不见,那一张冷脸,半天一句的冷话他便伸著头吃上了。我在一边替老哥哥心跳,替老哥哥不平。心里想:'祖父不也是老哥哥手下长大了的吗?'"

即便如此,生性淳朴老实的"老哥哥"还是以他的善良之心对待他人,这给臧克家留下了无法磨灭的印象。"我牵着老哥哥的小辫玩,他说故事给我听。……我小时候最是迷赌,到了输得老鼠洞里也挖不出一个铜钱来的困窘时,我便想到老哥哥的那个小破钱袋来了。钱袋放在他枕头底下,顺手就可以偷到的,早晚他用钱时去摸钱袋,才发现里面已经空空了。他知道这个地道的贼,一点也不生气。我后来向他自首时是这样说的:'老哥哥,这时我还小呢,等我大了做了官,一定给你银子养老。'……"谁曾想,当"老哥哥"年老力衰,干不动活了,竟被臧克家的祖父无情地辞退。看着无儿无女的"老哥哥"背个小包离开,臧克家非常难过,但无能为力。等到臧克家大学毕业挣钱了,他首先想到"老哥哥",并把他接到自己家里。可"老哥哥"害怕自己成为负累,最终婉拒了臧克家的好意,孤单地回了老家。"又是秋天了。秋风最能吹倒老年人!我已经能赚银子了,老哥哥可还能等得及接受吗?"

结尾部分,出现了老哥哥在树林子里"背着手看夕阳"的剪影,给人留下了无尽的想象。此文结构紧密,形象生动。语言朴实含蓄,显现出朴素之美。

> **叶灵凤** （1905—1975）原名蕴璞，江苏省南京人。少年时曾在上海专门学习美术。1925年加入创造社，开始文学创作。早期小说具有浪漫主义倾向，代表作有《女娲氏之遗孽》《红的天使》《未完成的忏悔录》等；散文小品写得平淡而意味隽永。

憔悴的弦声

每天，每天，她总从我的楼下走过。

每天，每天，我总在楼上望着她从我的楼下走过。

哑默的黄昏，惨白的街灯，黑的树影中流动着新秋的凉意。

在新秋傍晚动人乡思的凉意中，她的三弦的哀音便像晚来无巢可归的鸟儿一般，在黄昏沉寂的空气里徘徊着。

没有曲谱，也没有歌声伴着，更不是洋洋洒洒的长奏，只是断断续续信手拨来的弦响，然而在这零碎的弦声中，似乎不自已地流露出了无限的哀韵。

灰白的上衣，黑的裤，头发与面部分不清的模糊的一团，曳着街灯从树隙投下长长的一条沉重的黑影，慢慢的在路的转角消灭。似乎不是在走，是在幽灵一般的慢慢的移动。

人影消灭在路角的黑暗中，断续的弦声还在黄昏沉寂的空气里残留着。

遥想在二十年，或许三十年以前，今日街头流落的人儿或许正是一位颠倒众生的丽姝，但是无情的年华，听着生的轮转，毫不吝啬的凋剥了这造物的杰作，逝水东流，弦声或许仍是昔日的弦声，但是拨弦的手决不是昔日的纤手了。

黄昏里，倚在悄静的楼头，从凌乱的弦声中，望着她蠕动的黑影，我禁不住起了昙花易散时的怜惜。

每天，每天，她这样的从我的楼下走过。

每天，每天，我这样的望着她从我的楼下走过。

几日的秋雨，游子的楼头更增加了乡思的惆怅。小睡起来，黄昏中望着雨中的街道，灯影依然，只是低湿的空气中不再有她的弦响。

雨晴后的第一晚，几片秋风吹下的落叶还湿粘在斜阶上不曾飞起，街灯次第亮了以后，我寂寞的倚在窗口上，我知道小别几日的弦声，今晚在树荫中一定又可以相逢了。

但是，树荫中的夜色渐渐加浓，街旁的积水反映着天上的秋星，惨白的街灯下，车声沉寂了以后，我始终不曾再见有那一条沉重的黑影移过。

雨晴后的第二晚，弦声的消寂仍是依然。

秋风中的落叶日渐增多，傍晚倚了楼头，当着萧瑟的新寒，我于乡怀之外不禁又添了一重无名的眷念。

这几日的秋风更烈,窗外的两颗树有几处已露出了光脱的秃干。傍晚的街灯下,沙沙的只有缤纷的落叶,她的弦声是从不曾再听见过了。

秋光老了,憔悴的弦声大约也随着这憔悴的秋光一同老去了。我这样喟然叹着。

每天,每天,我仍是这样的倚在我的楼上。

每天,每天,我不再见她从我的楼下走过。

一九三二年十二月十八日

赏 析

叶灵凤的这篇散文是一篇诗意性的散文。文章表达了一种昙花易散、人生蹉跎的无奈,以及对这种状态的"憔悴"的焦灼心理,整篇散文散发着一股淡淡的哀愁,如同那憔悴的弦声。

读《憔悴的弦声》让人有种沉重的感觉。作者一开始就采用暗色调描写:"惨白的街灯"、"黑的树影"、"灰白的上衣"、"黑的裤"、"沉重的黑影"等。这些色彩就是文章的主色,特别是"黑",始终贯穿全文。作者笔下的弦声是沉重的。"她"弹出来的是哀音,弦声是"零碎的"、"断续的"、"凌乱的"。这种声音在新秋的傍晚听起来充满了哀韵。除此,修饰词的运用也使人感觉沉重。如"哑默的黄昏"、"沉寂的空气"、"悄静的楼头"、"萧瑟的新寒"、"憔悴的弦声"等等。这些词语给人一种窒息感,让人喘不过气来。所以,作者对色彩、声音、文字的运用无疑给文章渲染了一层深沉的气氛,垫定了文章的基调。

作者在文中描写了歌女的命运,其实是借此感叹年华的流逝。"遥想在二十年,或许三十年前,今日街头流落的人儿或许正是一位颠倒众生的丽姝,但是无情的年华,听着生的轮转,毫不吝啬的凋剥了这造物的杰作,逝水东流,弦声或许仍是昔日的弦声,但是拨弦的手决不是昔日的纤手了。"美好的年华啊,是一去不复返了。"我"在怜惜"她"之时又很自然地想到,作为一个游子,漂泊在外,自己的年华也是这样流走了。"每天,每天,我这样的望着她从我的楼下走过。"其实,"我"和"她"都是同病相怜之人,一样的漂泊,一样的随时间老去。所以,当"她"的弦声不再响起的时候,"我"的心里在乡怀之外又添一段眷恋。更重要的是"她"的不在确切地证明了时光的飞逝。透过文字表面,一层层往里看,文章的内核就藏在里面。细细品读,韵味无穷。

这篇散文富于诗意,首先在于意境的空灵。没有具体的时间和地点,超越了具体情境的限制。"秋"本身所包含的萧瑟和凋散,让作者对于无情的年华如逝水东流的慨叹获得了恰切的背景。而对无名的落魄艺人的描写又让人发出人事苍凉的感叹。用"每天,每天……"两句开头,中间又用做过渡,最后则用做结尾,使得文章在结构上也具有了诗的表达形式。

> **谢冰莹** （1906—2000），湖南省新化县人。现代著名女作家、教授。自幼热爱文学，并富有反抗精神，曾为上学读书绝食三天。青年时代积极参加北伐和抗日战争，多次被捕入狱。1948年应聘去台湾师范学院任教。后旅居美国。作品甚多，风格自然、朴素、热情、奔放。

爱 晚 亭

萧索的微风，吹动沙沙的树叶；潺潺的溪水，和着婉转的鸟声，这是一曲多么美的自然音乐呵！

枝头的鸣蝉，大概有点疲倦了？不然，何以它们的声音这样断续而凄楚呢！

溪水总是这样穿过沙石，流过小草轻软地响着，它大概是日夜不停的吧？

翩翩的蝶儿已停止了它们底工作躺在丛丛的草间去了。惟有无数的蚊儿还在绕着树枝一去一来地乱飞。

浅蓝的云里映出从东方刚射出来的半边新月，她好似在凝视着我，睁着眼睛紧紧地盯望着我——望着在这溪水之前，绿树之下，爱晚亭旁之我——我的狂态。

我乘着风起时大声呼啸，有时也蓬头乱发地跳跃着。哦哦，多么有趣哟！当我左手提着绸裙，右臂举起轻舞时，那一副天真娇憨而又惹人笑的狂态完全照在清澄的水里。于是我对着溪水中舞着的影儿笑了，她也笑了！我笑得更厉害，她也越笑得起劲。于是我又望着她哭，她也皱着眉张开口向我哭。我真的流起泪来了，然而她也掉了泪。她的泪和我的泪竟一样多，一样地快慢掉在水里。

有时我跟着虾蟆跳，它跳入草里，我也跳入草里，它跳在石上蹲着，我也蹲在石的上面，可是它洞然一声跳进溪水里，我只得怅惘地痴望着它很自由地游行罢了。

更有时鸟唱歌，我也唱歌；但是我的嗓子干了，声音嘶了。它还在很得意很快活似的唱着。

最后，我这样用了左手撑持着全身，两眼斜视着衬在蔚蓝的云里的那几片白絮似的柔云，和向我微笑的淡月。

我望久了，眼帘中像有无限的针刺着一般，我倦极了，倒在绿茸茸的嫩草上悠悠地睡了。和煦的春风，婉转的鸟声，一阵阵地，一声声地竟送我入了沉睡之乡。

梦中看见了两年前死去的祖母，和去腊刚亡的两个表弟妹。祖母很和蔼地在微笑着抱住我亲吻，弟妹则牵着我的衣要求我讲《红毛野人的故事》，我似醒非醒非醒地在觉伤心，叹了一声深长的冷气。

清醒了，完全清醒了；打开眼睛，满眼春色，于是我又忘掉了刚才的梦。

然而当我斜倚石栏,倾听枫声,睨视流水,回忆过去一切甜蜜而幸福的生活时,不觉又是"清泪斑斑襟上垂"了。

但是,清风吹干了泪痕,散发罩住着面庞的时候,我又抬起头来望着行云和流水,青山和飞鸟微微地苦笑了一声。

唉!

我愿以我这死灰,黯淡,枯燥,无聊的人生,换条欣欣向荣,生气蓬勃的新生命。

我愿以我这烦闷而急躁的心灵,变成和月姊那样恬淡,那样幽闲。

我愿所有的过去和未来的泪珠,都付之流水!

我愿将满腔的忧愤,诉之于春风!

我愿将凄切的悲歌,给予林间鸣鸟!

我愿以绵绵的情丝,挂之于树梢!

我愿以热烈的一颗赤心,浮之于太空!

我愿我所有的一切,都化归乌有,化归乌有呵!

淡淡的阳光,穿过丛密的树林,穿过天顶,渐渐地往西边的角上移去。归鸦掠过我的头顶,呜呀呜呀地叫了几声。蝉声也嘈杂起来,流水的声音似乎也宏大了,林间的晚风也开始了它们的工作,我忽而打了一个寒噤,觉得有些凉意了,站起来整理了衣裙,低头望望我坐着的青草,已被我蹂躏得烘热而稀软了。

"春风吹来,露珠润了之后,它该能恢复原状吧?"我很悲伤地叹息着说。

我提起裙子,走下亭来,一个正在锄土的农夫,忽然伸了伸腰,回转头来目不转睛地望着我——直到我拐弯之后,他才收了视线。

一九二六年春于麓山之崐涛亭

《爱晚亭》是一篇优美的写景抒情散文。爱晚亭,原名红叶亭,又名爱枫亭。位于湖南长沙岳麓山岳麓书院后清风峡的小山上。四周皆枫林,深秋枫叶红艳,别有趣味。历来为文人墨客流连胜地。亭为清乾隆五十七年建成,得名于唐朝杜牧"停车坐爱枫林晚,霜叶红于二月花"的名句。

《爱晚亭》文笔优美,洋溢着春天盎然勃发的青春气息。本篇题为爱晚亭,然而全篇未着一字描摹爱晚亭这座闻名遐迩的古亭台。文章开头先是描绘亭的四周景色,写风声、树叶声、溪水声和鸟鸣声,谱写了一曲和谐美妙的自然音乐。以音乐来为作者伴舞,以音乐来衬托作者欢愉的心情。行文似流水,顺畅、活泼、自然。为了突现自己的好心情,对景物的描写采用拟人手法,暗喻着草木虫鸟也十分懂灵性通人情。新月"凝视"着我狂态;溪水陪伴我同歌哭;鸟儿"得意"、"快活"地对着我歌唱;连刚从天边射出的新月也向我"微笑"。景物的人格化处理,无不烘托出作者兴高采烈的狂态,同时也达到了情景交融的诗化般的意境。文章至半,中间插入一段狂舞后疲倦的我进入甜蜜的梦境的描写。这一小段的描写,是情绪波动的一个缓冲,结构上有张有弛,形成一个小小的起伏,为后面情绪高涨作了铺垫。并且从梦境中透露出我离家出走后对家人的眷念和割不断的情感。这是一位少女细腻复杂心理的自然流露,并且折射出大革命时期的时代气息。

文章后半部写我梦醒后身倚石栏,倾听枫声,睨视流水,进入沉思回想。一个新女性终于在时代的召唤下,打埋了自己的感情,重新勃发起青春的激情。作者连续用八个排比句式、以诗的语言抒发我即将登上征途的壮志,使全文达到一个高潮。这时,作者抽出从容之笔,对夕阳、归鸦、蝉声、流水、晚风来一小段诗化描写,照应开首,并且融入人和自然景物于诗情画意之中,给人以振奋、给人以美的享受。

本篇散文最大的特点是,情真意切,感情热烈奔放。借助对爱晚亭周围景物的细致描述,含蓄地表达了深藏于心的情感。

余冠英（1906—1995），上海人。著名文学家、教授。青年时就学于清华大学中国文学系，常在《清华周刊》上发表新诗、散文。毕业后留校，主要研究诗史。主要著作《汉魏六朝诗论丛》。主编《中国文学史》，选编有《三曹诗选》《乐府诗选》等。

清华不是读书的好地方

我曾问人：清华大学和清华园这两个名字将来谁更出风头？有人说：照眼前的事实看来，风头是属于后者的较多。这话大概没有什么错罢？你说：可不是吗！大门口的清华园三个字是皇皇石刻而且巍巍居中，国立清华大学六个字便是写在木头牌上而且只好一旁侍立呢？我说：决不止此！

清华的来宾往往是踵趾相接的，假如我说：这些人之中被清华园的草、木、泉、石所吸引的一定比为了看清华大学的图书、仪器、标本、机械而来的多五十倍，该没有人反对罢？那末，无怪其然了你一写信约朋友来玩，多半说："请来园子里逛逛罢"，而很少用："请到敝校参观参观"。清华原是"园"的空气多于"大学"的空气啊。

这样便可以转到正题了，"清华不是一个读书的好地方"理由不和"春天不是读书天"一般简单吗？春天有比读书更有趣的事让你做，清华有比读书更有趣的事叫你不得不做。

最可怪的，没有一个外人不对"清华人"赞叹："贵校的读书环境真好！"而每一个清华人，纵然是最谦虚的你，也决不曾摇头否认。这是什么意思？你当真相信清华最适于读书么？我不信你比我缺少那些经验，随便举一件便可以做这句话的反证的。

远的不用说，就以最近这两个礼拜说罢，你如曾有一次整个钟头耐心耐意地坐在教室里笔记，那才是奇迹呢！

你有眼看得见黑板上的白字，当然也有眼看得见窗外那些轻摇慢舞的鹅黄细柳，那些笑靥迎人的碧桃，那些像有胭脂要滴下枝来的朱梅，那些火似的，像有一种要扑到你身上来的热情的不知名的花，那些，那些……迷人的东西，真的没有把你心从a、b、c、d，勾走么？就算你是道学家，有"目不窥园"的修养，还有玫瑰呢，丁香呢，她们会放香！熏风从那里钻进窗户，又在你鼻端打了一个回旋，你心不跳么？就算你受了春寒，鼻子不通，还有云雀呢，杜鹃呢，远远的唱起来了；蜜蜂又团在窗外哼；甚至一双燕子索性坐到窗槛上情话起来了，你又待怎样防御呢？总之，一切都引得你的心往外飞，这时的心固然教授们的什么论，什么史，什么法，什么问题，什么公式抓他不住，便是你书中的颜如玉也照样不行。

再切实一点举例罢，你在三院教室，即使正听着法国革命史这样热闹的演讲，你也会忽然想到钓鱼的事情，因为你看见窗外的垂柳了，你自然会联想到正被那柔丝拂着的一河春水,那正在水面吹沫的游鱼,也许那树杈上正搁着一根钓竿呢。相类的事多着呢,譬如你在科学馆做化学实习,虽然一分钟的不当心也会发生烧炸了瓶子的危险,你竟然在那时想到,今天该约你的玛丽,或是莎菲,或是兰姊,或是惠妹散步去了,这一念怎会闯进来的?因为只要你眼睛向窗外瞥一下,你不会不看见古月堂前面那可爱的树林和那曲折通幽的小径哟。

  决不止此!你在图书馆为了听见啄木鸟琅琅的鼓声而悠然掩卷的次数一定不在少,至于在生物馆听到稻田里水禽相唤而神游研究室之外的事,更不用数计了。

  决不止此!你从新大楼挟着书走出来,有时自会觉得心里一动,"怎么啦?"原来那体育馆遮而不住的一角青山蓦然跳到你的眼里来了。

  平时犹可,倘在宿雨初晴,或是夕阳将下,你的心会因而怦怦的跳个不住,因为那平时只是轻描淡写的青山,这时会紫得叫你感到重量,浓得像要溢出它的轮廓;平时是远远的、缥渺的、平面的,这时却堆起来了,逼近来了。于是你惊得喘了一口气,于是你忘了本来要去的地方,于是你拨步向西飞跑,越过草地,爬上土山(现在山上又添了一座百步高台),于是山呀,树呀,云呀,浮图呀都一涌来到你的眼里。这时燕京大学的塔,万寿山的琳宫冻宇,甚至圆明园的断垣残柱,一切都富于色彩,一切都放射光辉,一切都给你幻想,这幻想竟和这镶金镀紫的云块一般变幻奇丽。于是你呆了,直到树迷山瞑,归巢的乱鸦将你唤醒,你才跄跄下山,恍恍惚惚地向灯火辉煌的食堂走去,也许直等你一碗烩三鲜下肚之后才想起今天缺了一堂什么课或是缺席了一次什么练习了。

  你点头笑了,这就够了,我想我不用再举你为了西园捉蛙,荷塘摘莲蓬,西园塑雪狮或是大礼堂晒太阳一类傻事而费去你用功的大好的光阴的例了。

  但是你不要脸红,这并不怪你的心野,只怪自然中间有些东西太迷人了,而清华偏又具备了这样多。就如极平常的马路罢,在清华偏偏都高高的罩着翠柳的凉荫,并且还满布槐花的香气,散步的一类事,你自然会觉得是难以遏制的欲望了。说到马路不过是举其最平常最微末的,你要我谈谈清华的景物吗?清华有的是回环层叠的土山,山里有的是苍松、老桧、藤、萝、竹、石以及人工设置的小亭和长椅,爱远眺的可以高处攀登,爱幽僻的可以深处追寻,各适其适。清华一般也有四通八达的水,说到水最富丽的是三面河环一面巨厦的荷池,富于野趣就该数西园长着芦苇的水田了。

  燕大的湖虽然有人艳羡不置,我终以为那样大泥塘似的,正落了北平的许多"海"的陈套,我宁可取清华园里横贯东西的校河。好处在河身修长而且微有曲折,两岸的树丰茂可喜,河上几座桥都很好,在桥上近可以看鱼,远可以看迷离的树影。可惜就是来源不大,所以下游不得不用一个闸,因而水流很缓,虽然有平静之美,终嫌缺少活泼的气象。因此那被挤到墙外,环园而流的小溪就更可爱了。

  说到那小溪,又是你最熟悉的去处了,那里淙淙水声往往费你整个下午去坐听,你有时嫌乡村姑嫂捣衣的聒扰,你便不在西园的门外石上坐,而走到极东的一端来,或者顺着溪流拐一个湾,找到只剩你一个人的幽静地方,随处有光洁可坐的石头,有满身凉翠的树荫,有和流泉相应的蝉吟,于是你用柳条戏弄戏弄聚于水曲的小鱼,或投一个石子在那一个个碗大的小漩涡里,或伸一只脚在石块激成半尺高的小瀑布之下,你那时或许有出世之想了。

打住罢,假如再谈到清华的"花事",一定更引起你的烦恼,我知道你现在正为了园里的丁香花盛开,满处乱钻,总找不到一个地方可以躲这香气,急得想找医生给你的鼻子动手术呢。

言归正传,清华虽是一个大学而同时是一个园,所以环境并不利于读书,这是我的观察。不过我现在又疑惑了,据我所知,清华的毕业生(除我而外)读书的成绩正被人家评为"不错"呢,这又当作何解释?呵,我懂了!这叫做"地灵人杰",据说山水明秀的地方,灵气所钟,人物自然也会明秀,所以"水木清华"的清华园——也就是清华大学——人物也一样的非常之"清华"了。然则我这个题目就根本是一句废话,该由我自动收回,那么"谢罪"!

本文是一篇充满机趣与智慧的散文。文章用幽默的和言在此而意在彼的反衬手法,把自己对清华的溺爱之情表达得淋漓尽致。

清华大学闻名海内外,是各方莘莘学子向往的高等学府和科学殿堂,正是读书的好地方嘛!清华怎么会不是读书的好地方呢?原因是它太美了。美得让人忘掉了它是一所名震遐迩的学府。文中写到的碧桃、细柳、云雀、杜鹃等动植物,钓鱼、散步、爬山、戏水等活动,每一件每一项都是实实在在的。又把清华的校河同燕京大学的湖相比较,褒贬得当,各有优劣。本文虽是写的"实景实情",却并不平铺直叙,一览无余,而是层层递进,曲尽其态,这也是本文的一个特色。好几段文字都以"决不止此"、"平时犹可"等开头,然后更进一步,娓娓道来。由近而远,移步换景,让所有的良辰美景都接连向你涌来,好不热闹。这样的文章结构,曲折巧妙,值得好好琢磨。

清华不是读书的好地方不过是作者设的一个假命题,它的本意就是要引起读者对这个荒唐命题的关注与好奇。使得读者迫不及待要看下去,而被作者涮了一把。他说得越多,越好奇,也越是感受到清华的美,着实被清华的人杰地灵感动了。而作者的目的,此时也就达到了。本文只是把"人杰地灵"稍作颠倒,便轻轻巧巧地道出了文章的主旨,真是不愧为神来之笔啊!

> **柯灵** （1909—2000），原名高隆任，字季林，笔名陈浮、芜村，原籍浙江绍兴，1909年2月15日生于广州。幼时家境贫寒，小学毕业后就被迫缀学，15岁时，做了一名乡村小教师，阅读了各种时兴的报纸，杂志，对文学产生了兴趣。主要著有《望春草》《晦明》《市楼独唱》等。

苏州拾梦记

已经将近两年了，我的心里埋着这题目，像泥土里埋着草根，时时茁长着钻出地面的欲望。

在芸芸众生之间，我们曾经有过无数聪明善良生物，年轻时心里孕育着一个美丽的梦境，驾了生命之舟，开始向波涛险恶，茫无涯岸的人海启碇，像童话里追逐仙岛的孩子，去寻求那俨若可即的心灵世界。结果却为冥冥中叫做"命运"的那种力量所播弄，在一些暗礁和激湍中间，跌跌撞撞地耗尽黄金色的年轮，到头是随风逐浪到处飘流，连方向也完全迷失。这样的事我们看见过许多，我这里想提起的只是一个女性的故事。而她，也就是我的衰老的母亲。

因为避难，这年老人离开我们两个秋天又两个冬天了。在那滨海一角的家乡，魔爪还没有能够延伸到的土地上，她寂寞地数着她逐渐在少了下去的日脚。只要一想着她，我清楚地看见了彷徨于那遭过火灾的，破楼上的孤独身影，而忧愁乃如匕首，向我作无情的窬割了。我没有方法去看她，睁着眼让可以给她一点温暖的机会逝去，仿佛在准备将来不可挽救的悔恨。

苦难的时代普遍地将不幸散给人们，母亲所得到的似乎是最厚实的一份。我记起来，她今年已经是七十三岁了；这一连串悠悠的岁月中，却有近五十年的生涯伴着绝望和哀痛。在地老天荒的世界里，维系着她一线生机的，除却与生俱来的对生命的执着，是后来由大伯过继给她的一个孱弱多病的孩子——那就是我。正如传奇小说所写，她的命运悲惨得近乎离奇。二十几岁时，她作为年轻待嫁的姑娘，因为跟一个陌生男子的被动的婚约，从江南繁华城市，独自被送向风沙弥天的辽远的西北，把一生的幸福交托给我的叔父。叔父原只是个穷酸书生，那时候在潼关幕府里做点什么事情，大约已经算是较为得意，所以遣人带着大把银子，远远的迎娶新妇去了；但一半原因却是为着他的重病，想接了新妇来给自己"冲喜"。当时据说就有许多人劝她剪断了这根不吉利的足上的赤绳，她不愿意，不幸的网也就这样由自己亲手造成。她赶到潼关，重病的新郎由人搀扶着跟她行了婚礼，不过一个多月，就把她孤单单地撇下在那极其寒冷的世界里了。我的冷峻的父亲要求她为死者守节,因为这样方不致因她减损门第的光辉。那几千年来被认作女性的光荣的行为,也不许她有向命运反叛的勇气。——这到后来她所获得的是中华民国大总统题褒,一方叫做"玉洁冰清"的宝蓝飞金匾额,几年前却跟着我家的旧厅堂一起火化了。——就是这样,她依靠着大伯生活了许多年,也就在那些悲苦的日子里,我由她抚养着成长起来。

哦,我忘却提了,她的故乡就在那水软山温的苏州城里。

时光使红颜少女头白,母亲出嫁后却从此不再有机会踏上她出生的乡土。悠悠五十年,她在人海中浮荡。从陕西到四川,又到南国的广州。驴背的夕阳,渡头的晓月,雨雨风风都不打理这未亡人的哀乐。满清的覆亡使我的父亲丢了官,全家都回到浙东故乡,这以后二十年的暮景,她更从荣华的边缘跌入衰颓的困境。家里的人逐渐死去,流散了,却留着这受尽风浪的老人,再来经历冷暖人情,炎凉世味。四五年前的一把火,这才又把她烧到了上海。

老天怜悯!越过千山万水的迷路的倦鸟如今无意中飞近了旧枝,她应当去重温一次故园风物!

可是一天的风云已经过去,她疲倦的连一片归帆也懒得挂起。"算了罢,家里人都完了,亲戚故旧也没有音讯了,满城陌生人,有什么意思!"她笑,那是饱孕了人生的辛酸,像蓦然梦醒,回想起梦中险峻似的,庆幸平安的苦笑。接着吐出个轻轻的叹息:"嗳,苏州城里我只惦记着一个人,那是我的小姊妹,苦苦劝我退婚的是她,(我当时怎么肯!)出嫁时送我上船,泪汪汪望着我的是她!听说而今还在呢。可不知道什么样儿了?有机会让我见她一面才好!"蹉跎间这愿望却也延宕了两个年份。

一直到前年,也就是战争爆发的那一年春天,我才陪着她完成了这伤感的旅行。

是阴天,到苏州车站时已经飘着沾衣欲湿的微雨。雇辆马车进城,得得的蹄声在石子路上散落。当车子驶过一条旅馆林立的街道,她看看夹道相迎的西式建筑,恰像是乡下孩子闯进了城市,满眼是迷离的好奇的光。我对着这地下的天堂祝告:苏州城!你五十年前出嫁的姑娘,今天第一次归宁了。那是你不幸的女儿,不!如今她是你有着冰雪似的坚贞的娇客,看着乡土的旧谊,人类的同情,你应当张开双臂,给她个含笑的欢迎!

但时间是冷酷的家伙,一经阔别便不再为谁留下旧时痕迹,每过一条街,我告诉母亲那街道的名字,每一次,她都禁不住惊讶得忽地失笑:"哎哟,怎么!这是什么街?不认得了,一点也不认得了!"

在观前街找个旅馆,刚歇下脚,心头的愿望浮起。燕子归来照例是寻觅旧巢,她一踏上这城市,急着要见的是那少年的旧侣。可是我们向哪儿去找呢?这栉比的住房,这稠密的人海,白茫茫无边无岸,知是在谁家哪巷?纵使几十年风霜没有损伤了当年的佳人,也早该白发萧萧,见了面也不再相认了。但我哪有理由跟勇气回她个不字?

母亲在娘家时开得有一家烛铺,后来转让的主人就是那闺友的父亲,想着这些年来世事的兴替,皇室的江山也还给了百姓,一家烛铺的光景大约未必便别来无恙。但母亲忽然飞来的聪明记起了它。向旅馆的茶房打听得苏州还有着这个店号,我就陪着她开始向大海捞针。

烛铺子毕竟比人经得起风霜,虽然陈旧,却还在闹喧喧的街头兀立。母亲勇敢而且高兴地迎上去,便向那店伙问讯:"对不起,从前这儿的店主人,姓金的,你知道他家小姐嫁在哪一家,如今住在哪里?"

我站在一旁怀着凭吊古迹似的心情,这老人天真的问话却几乎使我失笑。那店伙年轻呢,看年纪不过二十开外,懂得的历史未必多,"小姐"这名词在他心里又岂不是一个娇媚的尤物?我只得替她补充:金小姐,那是几十年前的称呼,如今模样大约像母亲似的老太太一位了。听着我的解释,那店伙禁不住笑了。

可是,人生有时不缺乏意外的奇迹,这一问也居然问出了端倪。我们依着那烛铺的指示,又辗转访问了两处。薄暮时到了巷尾一家古旧的黑漆门前。

剥啄地叩了一阵,一位和祥的老大太把我们迎接了进去。可是她不认得这突兀的来客。

"找谁,你们是找房子的?"

"不,是找人,请问有一位金小姐可住在这里?"

主人呆了半天,仿佛没有听得清意思。"哎哟!"母亲这一声却忽然惊破了小院黄昏的静寂,她惊喜地一把拖住了主人。

"哦,你是金妹!"

"哦,你是……三姐!"

夜已经无声地落在庭院里了,还是霏霏的雨。从一对老年人莹然欲涕的眼睛里,我看出比海还深的人世的欢喜与辛酸,体味着不能用语言表达的奥妙的意思。我的心沉重得很,也轻松得很。我像在两小时里经历了一世纪。感谢上帝降福于我不幸的母亲!

把母亲安顿在她的旧侣的家里,我自己仍然在旅舍里住着。

春快要阑珊了!天气正愁人,我在苏州城里连听了三天潺潺的春雨。冒着雨我爬过一次虎丘,到冷落的留园和狮子林徘徊了一阵。我爱这城市的苍茫景色,静的巷,河边的古树,冷街深闭的衰落的朱门。可是在这些雾似的情调里,有多少无辜的人们,在长久的岁月中度着悲剧生涯?

我的心情有些寥落。但我为母亲的奇遇高兴。五十年旧梦从头细数,说是愁苦也许是快乐。人类的聪明并不胜如春蚕,柔情的丝缕抽完了还愿意呕心沥血,一生的厄运积累得透气的空隙也没有,有时只要在一个——仅仅一个可以诉苦的人面前赢得一把眼泪,一声同情的感喟,也可以把痛苦洗涤干净。我不能想像母亲的情怀,愿这次奇遇抖落她过去的一切。

第四天晚上离开苏州时天却晴了。一钩新月挂在城头,天上鳞鳞的云片都镶着金色的边。——好会捉弄人的天!路畔一带婆娑的柳影显得幽深而且宁静,却有蹄声得得,穿过柳荫向那永远是行色倥偬的车站上响去。别了,古旧的我的母乡苏州!明儿我们看得见的,是天上那终古不变的旧时明月!

别离的哀伤又在刺着衰老的心了。可是从母亲的脸上,我看见了一片从来没有的光辉。"唉,总算看见她了!做梦也想不到。她约我秋天再来,到她家里多住一阵子。也好,大家都老了,多见一面是一面。"我知道,她在庆幸她还了多少年来的宿愿。

可是就在这一年的夏天,时局起了激变。

在上海暴风雨的前夜母亲回到了残破的家乡,一年半来她就像被扔在一边似的寂寞的活着。而她的早已无家的母乡,落入魔掌也一年多了。在这风雪的冬天,破楼上摇曳着的煤油灯下,不会埋怨人生的过于冷酷吗?战士的心里也许只有搏斗,我却时时想起我的不幸的母亲,和这场战争中一切母亲的命运。

可是母亲却惦记着苏州,惦记着苏州的旧侣,絮絮的从信里打听消息。可怜的母亲,我可以告诉您吗?您的母乡正遭着空前的浩劫。您的唯一的旧侣,我不敢想像她家里的光景。有一时我常常把一件事情引为自慰,那就是那一次苏州的旅行,因为我想如果把那机会放走了怕也要永远无法挽回。但我如今倒有些失悔了,没有那一次坠梦的重拾,也许这不幸的消息给她的分量还要轻些?我又怀着一种隐忧:"树高千丈,落叶归根。"母亲说过她愿意长眠在祖茔所在的乡土,她不会再在晚年沦入奴隶的厄运,像她的旧侣一样,风前的残烛再使她作异乡的飘泊?

一九三九年一月

赏 析

柯灵的散文,是以清丽的美感怡人的那一种。苏州这名字,总让人泛出天上寻梦的感觉。拙政的清游、沧浪的设钓自可赏心。洞庭的橘红茶绿、邓尉的千顷雪梅更可临湖一望,并且灵岩响屐、采香芳尘似仍匀牵着吴越的风流。写到苏沪的风物,未尝无感于中,犹可让人醉入文章里面去。然而在论及自己的创作时,他却说:"对于那些吟风弄月的雅兴,面对着残酷的现实世界,再也无心重理。"当中又来记一段坎坷之愁且幽幽地抒发一缕忆母的亲情时,他在写景上素有的清丽则要为哀婉所轻笼了。

这篇《苏州拾梦记》,虽则是在水软山温的姑苏跟湖澄柳翠的钱塘同在绣画似的江南。"苦难的时代普遍地将不幸散给人们",而衬着故园的底色来写他的母亲转徙的传奇,将人生与风景做着这般结合,怎会不别添一份沉痛呢?一位无依的女子"从江南繁华城市,独自被送向风沙弥天的辽远的西北……从此不再有机会踏上她出生的乡土。悠悠五十年,她在人海中浮荡。从陕西到四川,又到南国的广州。驴背的夕阳,渡头的晓月,雨雨风风都不打理这未亡人的哀乐"。悲苦的日子催白了红颜少女的青丝,她终又返回沪上,仿佛"越过千山万水的迷路的倦鸟如今无意中飞近了旧枝"。宿命的哀感!已是入了暮景的人,"疲倦的连一片归帆也懒得挂起"了,再让她重温一回乡园旧梦,怕是连泪都无。一颗衰老的心,禁得住凄伤的磨折吗?

踏入阔别的苏州城,这位单纯善良的母亲,早过了望春景秋色而幻想月下簪花的妙龄。归燕寻觅故巢,浮在她心头的愿望,只是找见曾相伴的旧侣,而城中的风物在她那里,并无多少轻重。逝波悠悠,剩在最后的,唯有无法淡然若忘的人情。目光触着这样的文字,谁人能不在心底起着微微的怅叹呢?那比人经得起风霜的街市上的烛铺,那立在巷尾的古旧的黑漆门,那薄暮时分焦盼地响起的剥啄声,还有一对年老的姐妹在夜雨悄落的庭院里惊喜而溢的浊泪……全在叙说着人间的冷暖、世味的炎凉。柯灵这样感喟:"春快要阑珊了!天气正愁人,我在苏州城里连听了三天潺潺的春雨。冒着雨我爬过一次虎丘,到冷落的留园和狮子林徘徊了一阵。我爱这城市的苍茫景色,静的巷,河边的古树,冷街深闭的衰落的朱门。可是在这些雾似的情调里,有多少无辜的人们,在长久的岁月中度着悲剧生涯?"凄怨吗?在一位受尽风浪的老人看,刚入乡关,久断之弦便由她续弹,"五十年旧梦从头细数,说是愁苦也许是快乐",仿佛透过凋年之景而溯回花似的年华。漂泊的心也像是找到可归之乡。

　　柯灵"以散文的形式抒发忧郁",如故的城郭、难识的人面,寄于情,只可留作纸上声。他的清婉的风格,或许正可从这上面看到。在作品的最后部分,作者还由战乱、"魔掌"给自己的母亲造成的不幸,联想到"这战争中一切母亲的命运",从而把作者与母亲的命运与悲欢,同整个国家、民族、以至全人类的命运联结在一起了,表现了强烈的爱国主义精神,也表明了坚定了明确的反对法西斯侵略战争的立场和态度。正是这种精神、立场和态度,构成了看似描写战争年代母子亲情的文章,在冷郁凄苦基调下,又蕴涵着不向苦难低头,诅咒并蔑视人间邪恶势力的神髓。

> **朱大枬**　(1907—1930)，四川巴县(今重庆)人。诗人。著有诗文集《灾梨集》，短篇小说集《她的遗书》(与翟永坤合著)。

血的嘴唇的歌

在阴暗沉霾的屋角，我看见一个枯涩的嘴唇在颤，赭灰的血在上面凝结了。空气也要冻凝成晶体，我看不分明对面的物象隔绝在蒙蒙的细雾和凛凛的晶棱间。我听见一声最后的蝉鸣，我的心正随着那摇曳无尽的蝉鸣在悠回着的时候，那鸣声陡忽戛然的中断，空气已经结成晶体了。

蔚蓝的天海里荡浮着白云的冰块，我仅听到天边嘶嘶的流响渐渐细微而至于绝灭。望过气围的晶罩，恍惚有一块铅灰色的天板压着，唉，冰冻到天的海底了。

我的心开始凝缩着，终于结成一块硬冷的冰。我将要忘掉一切，从此，我可能免掉回荡激流的苦痛。

忽然一线灿金的阳光射上那颤着的嘴唇。鲜明的红血在上面微漾着，天上的死白的云的块也在嗤嗤地碎裂，同时又听见嘶嘶的流响了，晶体的气围也渐渐在融解，大地上渐至朗澈，我又见着鲜明的蔚蓝的云天。

我的心也就融化了，现在的物象和过去的梦影又映射到上面。鸣蝉接续着唱他未完的歌曲，我的心也接续着随蝉歌而悠回。那嘴唇不住发狂的鼓动着，鲜红的血直喷，喷出来一朵朵鲜艳的玫瑰，一朵朵美丽的火焰。在心里溅跳着颗颗的明润的浪珠，泛漾着汹汹的深碧的波涛，从我的眼眶里掉下一滴泪来。

(选自《莽原周刊》第32期)

《血的嘴唇的歌》篇幅很短小，却给人留下一种内涵较深的感觉。以奇丽丰富的意象构筑了一幅以血的嘴唇为核心的图景。

这篇散文在运用象征形象的同时还展开奇幻的想象。比如：血的嘴唇，"血"和"嘴唇"本身都具有形象感，容易引发人的想象。文章开始写是："一个枯涩的嘴唇在颤，赭灰的血在上面凝结了"。血与唇无不渗透着一个"冷"字；后面"一线灿金的阳光射上那颤着的嘴唇。鲜明的红血在上面微漾着"透出了极鲜明、热烈的气氛。一种强烈的对比，对惟有用在血与唇上才显得鲜明、强烈。血与唇两者本应是充满红色与活力的物体，与枯涩的赭灰入在一起，本身是种反差强烈的对比。作者在选取象征形象上是很恰当、成功的。

　　散文采用的是诗一般的跳跃的节奏,不但巧妙地将众多的稍嫌不很完整的各个形象联系组合在了一起,而且使整个文章显得更为轻巧,文字也很玄妙。这是篇以生命为代价,拒绝冷漠与平庸,能在瞬间体味生与死的壮美的散文。

> **钱钟书** (1910—1998),现代著名学者、作家。字默存,号槐聚。江苏无锡人。著有长篇小说《围城》。文论集《谈艺录》《管锥篇》,散文集《写在人生边上》等。

吃　饭

　　吃饭有时很像结婚,名义上最主要的东西,其实往往是附属品。吃讲究的饭事实上只是吃菜,正如讨阔佬的小姐,宗旨倒并不在女人。这种主权旁移,包含着一个转了弯的、不甚朴素的人生观。辨味而不是充饥,变成了我们吃饭的目的。舌头代替了肠胃,作为最后或最高的裁判。不过,我们仍然把享受掩饰为需要,不说吃菜,只说吃饭,好比我们研究哲学或艺术,总说为了真和美可以利用一样。有用的东西只能给人利用,所以存在;偏是无用的东西会利用人,替它遮盖和辩护,也能免于抛弃。柏拉图在《理想国》里把国家分成三等人,相当于灵魂的三个成份;饥渴吃喝等嗜欲是灵魂里最低贱的成份,等于政治组织里的平民或民众。最巧妙的政治家知道怎样来敷衍民众,把自己的野心装点成民众的意志和福利;请客上馆子去吃菜,还顶着吃饭的名义,这正是舌头对肚子的借口,仿佛说:"你别抱怨,这有你的份!你享着名,我替你出力去干,还亏了你什么?"其实呢,天知道——更有饿瘪的肚子知道——若专为充肠填腹起见,树皮草根跟鸡鸭鱼肉差不了多少!真想不到,在区区消化排泄的生理过程里还需要那么多的政治作用。

　　古罗马诗人波西蔼斯曾慨叹说,肚子发展了人的天才,传授人以技术。这个意思经拉柏莱发挥得淋漓尽致,《巨人世家》卷三有赞美肚子的一章,尊为人类的真主宰、各种学问和职业的创始和提倡者,鸟飞、兽走、鱼游、虫爬,以及一切有生之类的一切活动,也都是为了肠胃。人类所有的创造和活动(包括写文章在内),不仅表示头脑的充实,并且证明肠胃的空虚。饱满的肚子最没用,那时候的头脑,迷迷糊糊,只配做痴梦;咱们有一条不成文的法律:吃了午饭睡午觉,就是有力的证据。我们通常把饥饿看得太低了,只说它产生了乞丐、盗贼、娼妓一类的东西,忘记了它也启发过思想、技巧,还有"有饭大家吃"的政治和经济理论。德国古诗人白洛柯斯做赞美诗,把上帝比作"一个伟大的厨师傅",做饭给全人类吃,还不免带些宗教的稚气。弄饭给我们吃的人,决不是我们真正的主人翁。这样的上帝,不做也罢。只有为他弄了饭来给他吃的人,才支配着我们的行动。譬如一家之主,并不是赚钱养家的父亲,倒是那些乳臭未干、安坐着吃饭的孩子;这一点,当然做孩子时不会悟到,而父亲们也决不甘承认的。拉柏莱的话较有道理。试想,肚子一天到晚要我们把茶饭来向它祭献,它还不是上帝是什么?但是它毕竟是个下流不上台面的东西,一味容纳吸收,不懂得享受和欣赏。人生就因此复杂起来。一方面是有了肠胃而要饭去充实的人,另一方面是有饭而要胃口来吃的人。第一种人生观可以说是吃饭的;第二种不妨唤作吃菜的。第一种人工作、生产、创造,来换饭吃。第二种人利用第一种人活动的结果,来健脾开胃,帮助吃饭而增进食量。所以吃饭时要有音乐,还不够,就有"佳人"、"丽人"之类来劝酒;文雅点就开什么销寒会、销夏会,在席上传观法书名画;甚至赏花游山,把自然名胜来下饭。吃的菜不用说尽量讲究。有这样优裕的物质环境,舌头像身体一般,本来是极随便的,此时也会有贞操和气节了;许多从前惯吃的东西,现在吃了仿佛玷污清白,决不肯再进口。精细到这种田地,似乎应当少吃,实则反而多吃。假使让肚子作主,吃饱就完事,还不失分寸。舌头拣精拣肥,贪嘴不顾性命,结果是肚子倒楣受累,只好忌嘴,舌头也只能像李逵所说"淡出鸟来"。这诚然是它馋得忘了本的报应!如此看来,吃菜的人生观似乎欠妥。

不过,可口好吃的菜还是值得赞美的。这个世界给人弄得混乱颠倒,到处是摩擦冲突,只有两件最和谐的事物总算是人造的:音乐和烹调。一碗好菜仿佛一支乐曲,也是一种一贯的多元,调和滋味,使相反的分子相成相济,变作可分而不可离的综合。最粗浅的例像白煮蟹和醋、烤鸭和甜酱,或如西菜里烤猪肉和苹果泥、渗鳖鱼和柠檬片,原来是天涯地角、全不相干的东西,而偏偏有注定的缘分,像佳人和才子、母猪和癞象,结成了天造地设的配偶、相得益彰的眷属。到现在,他们亲热得拆也拆不开。在调味里,也有来伯尼支的哲学所谓"前定的调和",同时也有前定的不可妥协,譬如胡椒和煮虾蟹、糖醋和炒牛羊肉,正如古音乐里,商角不相协,徵羽不相配。音乐的道理可通于烹饪,孔子早已明白,《论语》记他在齐闻《韶》,"三月不知肉味"。可惜他老先生虽然在《乡党》一章里颇讲究烧菜,还未得吃道三味,在两种和谐里,偏向音乐。譬如《中庸》讲身心修养,只说"发而中节谓之和",养成音乐化的人格,真是听乐而不知肉味人的话。照我们的意见,完美的人格,"一以贯之"的"吾道",统治尽善的国家,不仅要和谐得像音乐,也该把烹饪的调和悬为理想。在这一点上,我们不追随孔子,而愿意推崇被人忘掉的伊尹。伊尹是中国第一个哲学家厨师,在他眼里,整个人世间好比是做菜的厨房。《吕氏春秋·本味篇》记伊尹以至味说汤,把最伟大的统治哲学讲成惹人垂涎的食谱。这个观念渗透了中国古代的政治意识,所以自从《尚书·顾命》起,做宰相总比为"和羹调鼎",老子也说"治国如烹小鲜"。孟子曾赞伊尹为"圣之任者",柳下惠为"圣之和者";这里的文字也许有些错简。其实呢,允许人赤条条相对的柳下惠该算是个放"任"主义者;而伊尹倒当得起"和"字——这个"和"字,当然还带些下厨上灶、调和五味的涵意。

吃饭还有许多社交的功用,譬如联络感情、谈生意经等等,那就是"请吃饭"了。社交的吃饭种类虽然复杂,性质极为简单。把饭给有饭吃的人吃,那是请饭;自己有饭可吃而去吃人家的饭,那是赏面子。交际的微妙不外乎此。反过来说,把饭给予没饭吃的人吃,那是施食;自己无饭可吃而去吃人家的饭,赏面子就一变而为丢脸。这便是慈善救济,算不上交际了。至于请饭时客人数目的多少、男女性别的配比,我们改天再谈。但是趣味洋溢的《老饕年鉴》(AlmanachdesGourmands)里有一节妙文,不可不在此处一提。这八小本名贵稀罕的奇书在研究吃饭之外,也曾讨论到请饭的问题。大意说:我们吃了人家的饭该有多少天不在背后说主人的坏话,时间的长短按照饭菜的质量而定;所以做人应当多多请客吃饭,并且吃好饭,以增进朋友的感情,减少仇敌的毁谤。这一番议论,我诚恳地介绍给一切不愿彼此成为冤家的朋友,以及愿意彼此变为朋友的冤家。至于我本人呢,恭候诸君的邀请,努力奉行猪八戒对南山大王手下小妖说的话:"不要拉扯,待我一家家吃将来。"

赏 析

钱钟书先生的这篇随笔散文,似乎是娓娓道来,侃侃而谈,语气是调侃而随意的,但目光却是冷峻而深邃的,读后觉得余味无穷。

吃饭在中国历来是件值得津津乐道的好事,从凡夫俗子见面时关切的问候,到文人墨客笔下不厌其烦的描述,都可以得到证明。然在先生笔下,竟然会引发出那么多的知识和故事来,吃饭是政治家的装点、吃饭与音乐的关系、吃饭与赏花游山的关系等等,吃饭中大有学问,吃饭中有万般气象,吃饭中有高深哲理。作者如同与你拉家常,就那么慢条斯理地细细道来,诸多人生哲理在作者的娓娓叙述中向读者自然随意地展示出来。

钱钟书先生是大学问家,他的这篇《吃饭》,具有那么多的知识,足见作者的博学多才。"世事洞明皆学问,人情练达即文章。"题目是讲《吃饭》,但你细细品味,这确实又不是纯粹讲吃饭的一篇普通作品,作者讲的是人生、哲学、政治,讲的是历史、是艺术,是怎么做人的道理。我想,没有文章大家的睿智,没有广博的哲学社会学知识,是决然写不出如此自然流畅而信息量丰富的文学的。全文不用修饰之语,少华丽之辞,即使引用柏拉图等先哲们的故事或典故,也绝无生硬扯吊书袋的造作,而是自然贴切,恰到好处。平淡的生活中含有丰富的哲理,而要把丰富的哲理讲述得平淡率真,让人潜移默化地接收那些内涵丰富的道理,需要讲究方法。

这平淡的人生却有着平淡的想不到的收获,不要小看了吃饭这两个字,俗话说得好:"人是铁,饭是钢。"我们生活的一切必须从这开始。介绍大家都来看看钱钟书的《吃饭》这篇文章,一定会受益匪浅。

一 个 偏 见

偏见可以说是思想的放假。它是没有思想的人的家常日用,而是有思想的人的星期日娱乐。假如我们不能怀挟偏见,随时随地必须得客观公平、正经严肃,那就像造屋只有客厅,没有卧室,又好比在浴室里照镜子还得做出摄影机头前的姿态。魔鬼在但丁《地狱曲》第二十七出中自称:"敝魔生平最好讲理。"可见地狱之设,正为此辈;人生在世,言动专求合理,大可不必。当然,所谓正道公理压根儿也是偏见。依照生理学常识,人心位置,并不正中,有点偏侧,并且时髦得很,偏倾于左。古人称偏僻之道为"左道",颇有科学根据。不过,话虽如此说,有许多意见还不失禅宗所谓"偏中正",例如学术理论之类。只有人生边上的随笔、热恋时的情书等等,那才是老老实实、痛痛快快的一偏之见。世界太广漠了,我们圆睁两眼,平视正视,视野还是偏狭得可怜。狗注视着肉骨头时,何尝顾到旁边还有狗呢?至于通常所谓偏见,只好比打靶的瞄准,用一只眼来看。但是,也有人以为这倒是瞄中事物红心的看法。譬如说,柏拉图为人类下定义云:"人者,无羽毛之两足动物也。"可谓客观极了!但是按照来阿铁斯(DiogenesLaertius)《哲人言行录》六卷二章所载,偏有人拿着一只拔了毛的鸡向柏拉图去质问。博马舍(Beaumarchais)剧本里的丑角说:"人是不渴而饮,四季有性欲的动物。"我们明知那是贪酒好色的小花脸的打诨,而也不得不承认这种偏宕之论确说透了人类一部分的根性。偏激二字,本来相连;我们别有所激,见解当然会另有所偏。假使我们说:"人类是不拘日夜,不问寒暑,发出声音的动物。"那又何妨?

　　禽噍于春,蛩啼于秋,蚊作雷于夏,夜则虫醒而鸟睡,风雨并不天天有,无来人犬不吠,不下蛋鸡不报。惟有人用语言,用动作,用机械,随时随地做出声音。就是独处一室,无与酬答的时候,他可以开留声机,听无线电,甚至睡眠时还发出似雷的鼻息。语言当然不就是声音,但是在不中听,不愿听,或者隔着墙壁和距离听不真的语言里,文字都丧失了主角和轮廓,变成一团忽涨忽缩的喧闹,跟鸡鸣犬吠同样缺乏意义。这就是所谓人籁!断送了睡眠,震断了思想,培养了神经衰弱。

　　这个世界毕竟是人类主宰管领的。人的声音胜过一切。聚合了大自然的万千喉舌,抵不上两个人同时说话的喧哗,至少从第三者的耳朵听来。唐子西《醉眠》诗的名句"山静如太古",大指着人类尚未出现的上古时代,否则山上住和尚,山下来游客,半山开饭店茶馆,决不容许那座山清静。人籁是寂静的致命伤,天籁是能和寂静融为一片的。风声涛声之于寂静,正如风之于空气,涛之于海水,是一是二。每日东方乍白,我们梦已回而困未醒,会听到无数禽声,向早晨打招呼。那时夜未全消,寂静还逗留着,来庇荫未找清的睡梦。数不清的麻雀的鸣噪,琐碎得像要啄破了这个寂静:乌鹊的声音清利像把剪刀,老鹳鸟的声音滞涩而有刺像把锯子,都一声两声地向寂静来试锋口。但是寂静似乎太厚实了,又似乎太流动了,太富于弹性了,给禽鸟啼破的浮面,立刻就填满。雄鸡引吭悠扬的报晓,也并未在寂静上划下一道声迹。慢慢地,我们忘了鸟噍是在破坏寂静;似乎寂静已将鸟语吸收消化,变成一种有声音的寂静。此时只要有邻家小儿的啼哭,楼上睡人的咳嗽,或墙外早行者的脚步声,寂静就像宿雾见了朝阳,破裂分散得干净。人籁已起,人事复始,你休想更有安顿。在更阑身倦,或苦思冥想时,忽闻人籁嘈杂,最博爱的人道主义者也许有时杀心顿起,恨不能灭口以博耳根清静。禽兽风涛等一切天籁能和寂静相安相得,善于体物的古诗人早已悟到。《诗经》:"萧萧马鸣,悠悠旆旌",下文就说明"有闻无声";可见马嘶而无人喊,不会产生喧闹。《颜氏家训》也指出王籍名句"蝉噪林愈静,鸟鸣山更幽",就是"有闻无声"的感觉;虫鸟鸣噪,反添静境。雪莱诗里,描写啄木鸟,也说鸟啄山更幽。柯律立治(Coleridge)《风瑟》诗(EolianHarp)云:"海声远且幽,似告我以静。"假使这个海是人海,诗人非耳聋头痛不可。所以我们常把"鸦鸣雀噪"来比人声喧哗,还是对人类存三分回护的曲笔。常将一群妇女的说笑声比于"莺啼燕语",那简直是对于禽类的侮辱了。

寂静并非是声响全无。声响全无是死,不是静;所以但丁说,在地狱里,连太阳都是静悄悄。寂静可以说是听觉方面的透明状态,正好像空明可以说是视觉方面的寂穆。寂穆能使人听见平常所听不到的声息,使道德家听见了良心的微语,使诗人们听见了暮色移动的潜息或青草萌芽的幽响。你愈听得见喧闹,你愈听不清声音。惟其人类如此善闹,所以人类相聚而寂不作声,反欠自然。例如开会前的五分钟静默,又如亲人好友,久别重逢,执手无言。这种寂静像怀着胎,充满了未发出的声音的隐动。

人籁还有可怕的一点。车马虽喧,跟你在一条水平线上,只在你周围闹。惟有人会对准了你头脑,在你顶上闹——譬如说,你住楼下,有人住楼上。不讲别的,只是脚步声一项,已够教你感到像《红楼梦》里的赵姨娘,有人在踹你的头。每到忍无可忍,你会发两个宏愿。一愿住在楼下的自己变成《山海经》所谓"刑天之民",头脑生在胸膛下面,不致首当其冲,受楼上皮鞋的践踏。二愿住在楼上的人变像基督教的"安琪儿"或天使,身体生到腰部而止,背生两翼,不用腿脚走路。你存心真好,你不愿意楼上人像孙膑那样受刖足的痛苦,虽然他何尝顾到你的头脑,顾到你是罗登巴煦所谓"给喧闹损伤了的灵魂"?

闹与热,静与冷,都有连带关系;所以在阴惨的地狱里,太阳也给人以寂寥之感。人声喧杂,冷屋会变成热锅,使人通身烦躁。叔本华《哲学小品》(ParergaundParalipomena)第二百七十八节中说,思想家应当耳聋,大有道理。因为耳朵不聋,必闻声音,声音热闹,头脑就很难保持冷静,思想不会公平,只能把偏见来代替。那时候,你忘掉了你自己也是会闹的动物,你也曾踹过楼下人的头,也曾嚷嚷以致隔壁的人不能思想和睡眠,你更顾不得旁人在说你偏见太深,你又添了一种偏见,又在人生边上注了一笔。

赏 析

钱钟书《一个偏见》的行文思路就是这样显得非常辩证,他或者从正,或者从反,或者又从别的角度讲透他对"人籁"的厌恶偏见的独特理解。作者不是从一条直线来运思,而是从多元角度来运思,这样使人生的理解讲得辩证、圆熟,让人欣然接受;同时也使文章的结构显得丰满、精致。

虽说是"人生偏见",却道破了生活的真谛:"人生在世,言动专求合理,大可不必。"这句话心平气和得令人目瞪口呆,放达得近乎颓唐:从字面上直说过去,岂不是此亦一是非,彼亦一是非,我行我素,无是无非了么?那么,人生的归宿在哪里呢?如若从自我解脱的视角看去,这句话又简直胜似李白的水中揽月,颇有超然物外的味道:有了这个发现,真不必如僧

徒的面壁九年的苦修,或道士的至死不食人间烟火,就可以悟得正果或羽化成仙了！然而,如若我们从当时社会主的全方位上去玩味的话,那真正的注解又正在下一句,"所谓正道公理压根儿也是偏见"。你就会豁然而悟:这正是一个傲骨锋锋的学者对强权财势、庸俗世情的鄙视和轻蔑……

　　钱钟书丰满的文笔还体现在材料的丰富运用上。一个主题词形成后,他立刻自然娴熟地带出一个、二个,或者三个以上的古今中外的文史资料。例如:在用具体的描述语言讲了天籁是对寂静的陪衬后,他顺带列举了《诗经》的材料、《颜氏家训》的材料、雪莱的诗的材料、柯律立治诗的材料,以及人们日常生活比喻的材料。古今中外的五个材料的连贯叙述,使散文在铺排作者对"天籁与人籁"的独特感受上显得文意充沛。作者的渊博的文史知识非常自如、非常艺术地化为了散文的血肉。

季羡林 (1911—2009)山东清平人。长期致力于梵文文学的研究和翻译,翻译了印度著名大史诗《罗摩衍那》。此外他还创作许多散文作品,已结集的有《天竺心影》《朗润集》以及《季羡林散文集》等。

黄 昏

黄昏是神秘的,只要人们能多活下去一天,在这一天的末尾,他们便有个黄昏。但是,年滚着年,月滚着月,他们活下去有数不清的天,也就有数不清的黄昏。我要问:有几个人觉到这黄昏的存在呢?

早晨,当残梦从枕边飞去的时候,他们醒转来,开始去走一天的路。他们走着,走着,走到正午,路陡然转了下去。仿佛只一溜,就溜到一天的末尾,当他们看到远处弥漫着白茫茫的烟,树梢上淡淡涂上了一层金黄色,一群群的暮鸦驮着日色飞回来的时候,仿佛有什么东西轻轻地压在他们的心头。他们知道:夜来了。他们渴望着静息;渴望着梦的来临。不久,薄冥的夜色糊了他们的眼,也糊了他们的心。他们在低隘的小屋里忙乱着,把黄昏关在门外,倘若有人问:你看到黄昏了没有? 黄昏真美啊,他们却茫然了。

他们怎能不茫然呢? 当他们再从屋里探出头来寻找黄昏的时候,黄昏早随了白茫茫的烟的消失,树梢上金色的消失,鸦背上日色的消失而消失了。只剩下朦胧的夜。这黄昏,像一个春宵的轻梦,不知在什么时候漫了来,在他们心上一掠,又不知在什么时候去了。

黄昏走了。走到哪里去了呢? ——不,我先问:黄昏从哪里来的呢? 这我说不清。又有谁说得清呢? 我不能够抓住一把黄昏,问它到底。从东方么? 东方是太阳出的地方。从西方么? 西方不正亮着红霞么? 从南方么? 南方只充满了光和热,看来只有说从北方来的最适宜了。倘若我们想了开去,想到北方的极端,是北冰洋,我们可以在想象里描画出:白茫茫的天地,白茫茫的雪原,和白茫茫的冰山。再往北,在白茫茫的天边上,分不清哪是天,是地,是冰,是雪,只是朦胧的一片灰白。朦胧灰白的黄昏不正应当从这里蜕化出来么?

然而,蜕化出来了,却又扩散开去。漫过了大平原、大草原,留下了一层阴影;漫过了大森林,留下了一片阴郁的黑暗;漫过了小溪,把深灰色的暮色融入琤琮的水声里,水面在阒静里透着微明;漫过了山顶,留给它们星的光和月的光;漫过了小村,留下了苍茫的暮烟……给每个墙角扯下了一片,给每个蜘蛛网网住了一把。以后,又漫过了寂寞的沙漠,来到我们的国土里。我能想象:倘若我迎着黄昏站在沙漠里,我一定能看着黄昏从辽远的天边上跑了来,像——像什么呢?是不是应当像一阵灰蒙的白雾?或者像一片扩散的云影?跑了来,仍然只是留下一片阴影,又跑了去,来到我们的国土里,随了弥漫在远处的白茫茫的烟,随了树梢上的淡淡的金黄色,也随了暮鸦背上的日色,轻轻地落在人们的心头,又被人们关在门外了。

但是,在门外,它却不管人们关心不关心,寂寞地,冷落地,替他们安排好了一个幻变的又充满了诗意的童话般的世界,朦胧微明,正像反射在镜子里的影子,它给一切东西涂上银灰的梦的色彩。牛乳色的空气仿佛真牛乳似的凝结起来。但似乎又在软软地粘粘地浓浓地流动里。它带来了阒静,你听:一切静静的,像下着大雪的中夜。但是死寂么?却并不,再比现在沉默一点,也会变成坟墓般地死寂。仿佛一点也不多,一点也不少,幽美的轻适的阒静软软地粘粘地浓浓地压在人们的心头,灰的天空象一张薄幕;树木、房屋、烟纹、云缕,都像一张张的剪影,静静地贴在这幕上。这里,那里,点缀着晚霞的紫曛和小星的冷光。黄昏真像一首诗,一支歌,一篇童话;像一片月明楼上传来的悠扬的笛声,一声缭绕在长空里壳唳的鹤鸣;像陈了几十年的绍酒;像一切美到说不出来的东西。说不出来,只能去看;看之不足,只能意会;意会之不足,只能赞叹。——然而却终于给人们关在门外了。

给人们关在门外,是我这样说么?我要小心,因为所谓人们,不是一切人们,也绝不会是一切人们的。我在童年的时候,就常常呆在天井里等候黄昏的来临。我这样说,并不是想表明我比别人强。意思很简单,就是:别人不去,也或者是不愿意去,这样作。我(自然也还有别人)适逢其会地常常这样作而已。常常在夏天里,我坐很矮的小凳上,看墙角里渐渐暗了起来,四周的白墙上也布上了一层淡淡的黑影。在幽暗里,夜来香的花香一阵阵地沁入我的心里。天空里飞着蝙蝠。檐角上的蜘蛛网,映着灰白的天空,在朦胧里,还可以数出网上的线条和粘在上面的蚊子和苍蝇的尸体。在不经意的时候蓦地再一抬头,暗灰的天空里已经嵌上闪着眼的小星了。在冬天,天井里满铺着白雪。我蜷伏在屋里。当我看到白的窗纸渐渐灰了起来,炉子里在白天里看不出颜色来的火焰渐渐红起来、亮起来的时候。我也会知道:这是黄昏了。我从风门的缝里望出去:灰白的天空,灰白的盖着雪的屋顶。半弯惨淡的凉月印在天上,虽然有点儿凄凉;但仍然掩不了黄昏的美丽。这时,连常常坐在天井里等着它来临的人也不得不蜷伏在屋里。只剩了灰蒙的雪色伴了它在冷清的门外,这幻变的朦胧的世界造给谁看呢?黄昏不觉得寂寞么?

但是寂寞也延长不多久。黄昏仍然要走的。李商隐的诗说:"夕阳无限好,只是近黄昏。"诗人不正慨叹黄昏的不能久留吗?它也真地不能久留,一瞬眼,这黄昏,像一个轻梦,只在人们心上一掠,留下黑暗的夜,带着它的寂寞走了。

走了,真地走了。现在再让我问:黄昏走到哪里去了呢?这我不比知道它从哪里来的更清楚。我也不能抓住黄昏的尾巴,问它到底。但是,推想起来,从北方来的应该到南方去的罢。谁说不是到南方去的呢?我看到它怎样走的了。——漫过了南墙;漫过了南边那座小山,那片树林;漫过了美丽的南国。一直到辽旷的非洲。非洲有耸峭的峻岭;岭上有深邃的永古苍暗的大森林。再想下去,森林里有老虎——老虎?黄昏来了,在白天里只呈露着淡绿的暗光的眼睛该亮起来了罢。像不像两盏灯呢?森林里还该有莽苍葳蕤的野草,比人高。草里有狮子,有大蚊子,有大蜘蛛,也该有蝙蝠,比平常的蝙蝠大。夕阳的余晖从树叶的稀薄处,透过了架在树枝上的蜘蛛网,漏了进来,一条条的灿烂的金光,照耀得全林子里都发着棕红色,合了草底下毒蛇吐出来的毒气,幻成五色绚烂的彩雾。也该有萤火虫罢。现在一闪一闪地亮起来了,也该有花;但似乎不应该是夜来香或晚香玉。是什么呢?是一切毒艳的恶之花。在毒气里,不止应该产生恶之花吗?这花的香慢慢融入棕红色的空气里,融入绚烂的彩雾里。搅乱成一团;滚成一团暖烘烘的热气。然而,不久这热气就给微明的夜色消溶了。只剩一闪一闪的萤火虫,现在渐渐地更亮了。老虎的眼睛更像两盏灯了,在静默里瞅着暗灰的天空里才露面的星星。

然而,在这里,黄昏仍然要走的。再走到哪里去呢?这却真地没人知道了。——随了淡白的疏稀的冷月的清光爬上暗沉沉的天空里去么?随了瞅着眼的小星爬上了天河么?压在蝙蝠的翅膀上钻进了屋檐么?随了西天的晕红消溶在远山的后面么?这又有谁能明白地知道呢?我们知道的,只是:它走了,带了它的寂寞和美丽走了,像一丝微飔,像一个春宵的轻梦。

走了——现在,现在我再有什么可问呢?等候明天么?明天来了,又明天,又明天。当人们看到远处弥漫着白茫茫的烟,树梢上淡淡涂上了一层金黄色,一群群的暮鸦驮着日色飞回来的时候,又仿佛有什么东西压在他们的心头,他们又渴望着梦的来临。把门关上了。关在门外的仍然是黄昏,当他们再伸头出来找的时候,黄昏早已走了。从北冰洋跑了来,一过路,到非洲森林里去了。再到,再到哪里,谁知道呢?然而,夜来了:漫漫的漆黑的夜,闪着星光和月光的夜,浮动着暗香的夜……只是夜,长长的夜,夜永远也不完,黄昏呢?——黄昏永远不存在在人们的心里的。只一掠,走了,像一个春宵的轻梦。

夕阳无限好,只是近黄昏。想到黄昏,总是会想象挂在天际的夕阳,绚丽的晚霞和即将拉开的夜幕。黄昏就是黑夜的象征,就像黎明预示着清晨的日出一样。黄昏是神秘的,只要人们在这个世界上可以多逗留一天,在这天的末尾,他们便有个黄昏。这篇文章是作者23岁时写下的。以一个年轻人的心情来体味黄昏——暮色的。

本文的用笔极其精巧华美,结构很严整,波澜起伏且跌宕有致。带着欧化色彩的自言自语,很讲究语气语态,不愠不火,不紧不慢,似在人耳边娓娓道来,亲切有味,却带着一点苍凉。这种散文又被称为"诗化散文"。

黄昏用如此丰富的内蕴为人们缔造了一个充满诗情画意的童话世界,可是似乎却总是被人忽略。它寂寞起来,同样"它走了,带了它的寂寞和美丽走了,像一丝微飔,像一个春宵的轻梦"。寂寞的、失意的黄昏,在人们不经意中悄然而至、转瞬即逝。黄昏只是一瞬间,谁都不会关心,谁都不会在意。人们赞颂夜幕下的万家灯火,朗朗初升的明月,横扫天际的流星,暗香浮动的夜晚,会有多少人会想到赞扬一下美丽的黄昏?它并不在人们的心里,无论它带来的是寂寞、是欢乐,还是美丽,如梦幻一般消失在心头。俯身写一写黄昏,回头望一望人生。

作者用丰富的想象把人们熟视无睹的、抽象的黄昏赋予了活生生的个性,让他充满了生命的律动和人性化的物质。把黄昏的短暂深刻地展现出来了。作者把黄昏同生命联系起来,让文章具有了深厚的生活质感,加上诗化的语言,又让文章有了丰厚的艺术美感。

> **萧红** （1911—1942），原名张乃莹，笔名萧红、悄吟。出生于黑龙江省呼兰县一个地主家庭。为了逃婚出走，困窘间向报社投稿。1934年，萧红完成长篇《生死场》，在鲁迅帮助下作为"奴隶丛书"之一出版，萧红由此取得了在现代文学史上的地位。萧红带有左翼现实主义风格的小说还有一部长篇《马伯乐》，但质量不高。她更有成就的长篇是写于香港的回忆性长篇小说《呼兰河传》，以及一系列回忆故乡的中短篇如《牛车上》《小城三月》等。

回忆鲁迅先生

鲁迅先生的笑声是明朗的，是从心里的欢喜。若有人说了什么可笑的话，鲁迅先生笑得连烟卷都拿不住了，常常是笑的咳嗽起来。

鲁迅先生走路很轻捷，尤其他人记得清楚的，是他刚抓起帽子来往头上一扣，同时左腿就伸出去了，仿佛不顾一切地走去。

鲁迅先生不大注意人的衣裳，他说："谁穿什么衣裳我看不见得……"

鲁迅先生生的病，刚好了一点，他坐在躺椅上，抽着烟，那天我穿着新奇的大红的上衣，很宽的袖子。

鲁迅先生说："这天气闷热起来，这就是梅雨天。"他把他装在象牙烟嘴上的香烟，又用手装得紧一点，往下又说了别的。

许先生忙着家务，跑来跑去，也没有对我的衣裳加以鉴赏。

于是我说："周先生，我的衣裳漂亮不漂亮？"

鲁迅先生从上往下看了一眼："不大漂亮。"

过了一会又接着说："你的裙子配的颜色不对，并不是红上衣不好看，各种颜色都是好看的，红上衣要配红裙子，不然就是黑裙子，咖啡色的就不行了；这两种颜色放在一起很浑浊……你没看到外国人在街上走的吗？绝没有下边穿一件绿裙子，上边穿一件紫上衣，也没有穿一件红裙子而后穿一件白上衣的……"

鲁迅先生就在躺椅上看着我："你这裙子是咖啡色的，还带格子，颜色浑浊得很，所以把红色衣裳也弄得不漂亮了。"

"……人瘦不要穿黑衣裳，人胖不要穿白衣裳；脚长的女人一定要穿黑鞋子，脚短就一定要穿白鞋子；方格子的衣裳胖人不能穿，但比横格子的还好；横格子的胖人穿上，就把胖子更往两边裂着，更横宽了；胖子要穿竖条子的，竖的把人显得长，横的把人显得宽……"

那天鲁迅先生很有兴致，把我一双短统靴子也略略批评一下，说我的短靴是军人穿的，因为靴子的前后都有一条线织的拉手,这拉手据鲁迅先生说是放在裤子下边的……我说:"周先生,为什么那靴子我穿了多久了而不告诉我,怎么现在才想起来呢?现在我不是不穿了吗?我穿的这不是另外的鞋吗?"

"你不穿我才说的,你穿的时候,我一说你该不穿了。"

那天下午要赴一个筵会去,我要许先生给我找一点布条或绸条束一束头发。许先生拿了来米色的绿色的还有桃红色的。经我和许先生共同选定的是米色的。为着取美,把那桃红色的,许先生举起来放在我的头发上,并且许先生很开心地说着:

"好看吧!多漂亮!"

我也非常得意,很规矩又顽皮地在等着鲁迅先生往这边看我们。

鲁迅先生这一看,脸是严肃的,他的眼皮往下一放向着我们这边看着:

"不要那样装饰她……"

许先生有点窘了。

我也安静下来。

鲁迅先生在北平教书时,从不发脾气,但常常好用这种眼光看人。许先生常跟我讲,她在女师大读书时,周先生在课堂上,一生气就用眼睛往下一掠,看着他们,这种眼光是鲁迅先生在记范爱农先生的文字曾自己述说过。而曾接触过这种眼光的人就会感到一个时代的全智者的催逼。

我开始问:"周先生怎么也晓得女人穿衣裳的这些事情呢?"

"看过书的,关于美学的。"

"什么时候看的……"

"大概是在日本读书的时候……"

"买的书吗?"

"不一定是买的,也许是从什么地方抓到就看的……"

"看了有趣味吗?!"

"随便看看……"

"周先生看这书做什么?"

"……"没有回答,好象很难回答。

许先生在旁说:"周先生什么书都看的。"

在鲁迅先生家里作客人,刚开始是从法租界来到虹口,搭电车也要差不多一个钟头的工夫,所以那时候来的次数比较少。记得有一次谈到半夜了,一过十二点电车就没有了,但那天不知讲了些什么,讲到一个段落就看看旁边小长桌上的圆钟,十一点半了,十一点四十五分了,电车没有了。

"反正已十二点,电车也没有,那么再坐一会。"许先生如此劝着。

鲁迅先生好象听了所讲的什么引起了幻想,安顿地举着象牙烟嘴在沉思着。

一点钟以后,送我(还有别的朋友)出来的是许先生,外边下着的蒙蒙的小雨,弄堂里灯光全然灭掉了,鲁迅先生嘱咐许先生一定让坐小汽车回去,并且一定嘱咐许先生付钱。

以后也住到北四川路来,就每夜饭后必到大陆新村来了,刮风的天,下雨的天,几乎没有间断的时候。

鲁迅先生很喜欢北方饭,还喜欢吃油炸的东西喜欢吃硬的东西,就是后来生病的时候,也不大吃牛奶。鸡汤端到旁边用调羹舀了一二下就算了事。

有一天约好我去包饺子吃,那还是住在法租界,所以带了外国酸菜和用绞肉机绞成的牛肉,就和许先生站在客厅后边的方桌边包起来。海婴公子围着闹的起劲,一会按成圆饼的面拿去了,他说做了一只船来,送在我们的眼前,我们不看他,转身他又做了一只小鸡。许先生和我都不去看他,对他竭力避免加以赞美,若一赞美起来,怕他更做的起劲。

客厅后边没到黄昏就先黑了,背上感到些微微的寒凉,知道衣裳不够了,但为着忙,没有加衣裳去。等把饺子包完了看看那数目并不多,这才知道许先生我们谈话谈得太多,误了工作。许先生怎样离开家的,怎样到天津读书的,在女师大读书时怎样做了家庭教师。她去考家庭教师的那一段描写,非常有趣,只取一名,可是考了好几十名,她之能够当选算是难的了。指望对于学费有点补助,冬天来了,北平又冷,那家离学校又远,每月除了车子钱之外,若伤风感冒还得自己拿出买阿司匹林的钱来,每月薪金十元要从西城跑到东城……

饺子煮好,一上楼梯,就听到楼上明朗的鲁迅先生的笑声冲下楼梯来,原来有几个朋友在楼上也正谈得热闹。那一天吃得是很好的。

以后我们又做过韭菜合子,又做过荷叶饼,我一提议鲁迅先生必然赞成,而我做的又不好,可是鲁迅还是在桌上举着筷子问许先生:"我再吃几个吗?"

因为鲁迅先生胃不大好,每饭后必吃"脾自美"药丸一二粒。

有一天下午鲁迅先生正在校对着瞿秋白的《海上述林》,我一走进卧室去,从那圆转椅上鲁迅先生转过来了,向着我,还微微站起了一点。

"好久不见,好久不见。"一边说着一边向我点头。

刚刚我不是来过了吗?怎么会好久不见?就是上午我来的那次周先生忘记了,可是我也每天来呀……怎么都忘记了吗?

周先生转身坐在躺椅上才自己笑起来,他是在开着玩笑。

梅雨季,很少有晴天,一天的上午刚一放晴,我高兴极了,就到鲁迅先生家去了,跑得上楼还喘着。鲁迅先生说:

"来啦!"我说:"来啦!"

我喘着连茶也喝不下。

鲁迅先生就问我:

"有什么事吗?"

我说:"天晴啦,太阳出来啦。"

许先生和鲁迅先生都笑着,一种对于冲破忧郁心境的崭新的会心的笑。

海婴一看到我非拉我到院子里和他一道玩不可,拉我的头发或拉我的衣裳。

为什么他不拉别人呢?据周先生说:"他看你梳着辫子,和他差不多,别人在他眼里都是大人,就看你小。"

许先生问着海婴:"你为什么喜欢她呢? 不喜欢别人?"

"她有小辫子。"说着就来拉我的头发。

鲁迅先生家生客人很少,几乎没有,尤其是住在他家里的人更没有。一个礼拜六的晚上,在二楼上鲁迅先生的卧室里摆好了晚饭,围着桌子坐满了人。每逢礼拜六晚上都是这样的,周建人先生带着全家来拜访的。在桌子边坐着一个很瘦的很高的穿着中国小背心的人,鲁迅先生介绍说:"这是位同乡,是商人。"

初看似乎对的,穿着中国裤子,头发剃的很短。当吃饭时,他还让别人酒,也给我倒一盅,态度很活泼,不大象个商人;等吃完了饭,又谈到《伪自由书》及《二心集》。这个商人,开明得很,在中国不常见。没有见过的就总不大放心。

下一次是在楼下客厅后的方桌上吃晚饭,那天很晴,一阵阵的刮着热风,虽然黄昏了,客厅后还不昏黑。鲁迅先生是新剪的头发,还能记得桌上有一盘黄花鱼,大概是顺着鲁迅先生的口味,是用油煎的。鲁迅先生前面摆着一碗酒,酒碗是扁扁的,好象用做吃饭的饭碗。那位商人先生也能喝酒,酒瓶就站在他的旁边。他说蒙古人什么样,苗人什么样,从西藏经过时,那西藏女人见了男人追她,她就如何如何。

这商人可真怪,怎么专门走地方,而不做买卖?并且鲁迅先生的书他也全读过,一开口这个,一开口那个。并且海婴叫他×先生,我一听那×字就明白他是谁了。×先生常常回来得很迟,从鲁迅先生家里出来,在弄堂里遇到了几次。

有一天晚上×先生从三楼下来,手里提着小箱子,身上穿着长袍子,站在鲁迅先生的面前,他说他要搬了。他告了辞,许先生送他下楼去了。这时候周先生在地板上绕了两个圈子,问我说:

"你看他到底是商人吗?"

"是的。"我说。

鲁迅先生很有意思的在地板上走几步,而后向我说:"他是贩卖私货的商人,是贩卖精神上的……"

×先生走过二万五千里回来的。

青年人写信,写得太草率,鲁迅先生是深恶痛绝之的。

"字不一定要写得好,但必须得使人一看了就认识,年轻人现在都太忙了……他自己赶快胡乱写完了事,别人看了三遍五遍看不明白,这费了多少工夫,他不管。反正这费了功夫不是他的。这存心是不太好的。"

但他还是展读着每封由不同角落里投来的青年的信,眼睛不济时,便戴起眼镜来看,常常看到夜里很深的时光。

鲁迅先生坐在××电影院楼上的第一排,那片名忘记了,新闻片是苏联纪念五一节的红场。

"这个我怕看不到的……你们将来可以看得到。"鲁迅先生向我们周围的人说。

珂勒惠支的画,鲁迅先生最佩服,同时也很佩服她的做人。珂勒惠支受希特拉的压迫,不准她做教授,不准她画画,鲁迅先生常讲到她。

史沫特烈,鲁迅先生也讲到,她是美国女子,帮助印度独立运动,现在又在援助中国。

鲁迅先生介绍人去看的电影:《夏伯阳》、《复仇艳遇》……其余的如《人猿泰山》……或者非洲的怪兽这一类的影片,也常介绍给人的。鲁迅先生说:"电影没有什么好的,看看鸟兽之类倒可以增加些对于动物的知识。"

鲁迅先生不游公园,住在上海十年,兆丰公园没有进过。虹口公园这么近也没有进过。春天一到了,我常告诉周先生,我说公园里的土松软了,公园里的风多么柔和。周先生答应选个晴好的天气,选个礼拜日,海婴休假日,好一道去,坐一乘小汽车一直开到兆丰公园,也算是短途旅行。但这只是想着而未有做到,并且把公园给下了定义。鲁迅先生说:"公园的样子我知道的……一进门分做两条路,一条通左边,一条通右边,沿着路种着点柳树什么树的,树下摆着几张长椅子,再远一点有个水池子。"

我是去过兆丰公园的,也去过虹口公园或是法国公园的,仿佛这个定义适用在任何国度的公园设计者。

鲁迅先生不戴手套,不围围巾,冬天穿着黑土蓝的棉布袍子,头上戴着灰色毡帽,脚穿黑帆布胶皮底鞋。

胶皮底鞋夏天特别热,冬天又凉又湿,鲁迅先生的身体不算好,大家都提议把这鞋子换掉。鲁迅先生不肯,他说胶皮底鞋子走路方便。

"周先生一天走多少路呢?也不就一转弯到×××书店走一趟吗?"

鲁迅先生笑而不答。

"周先生不是很好伤风吗?不围巾子,风一吹不就伤风了吗?"

鲁迅先生这些个都不习惯,他说:

"从小就没戴过手套围巾,戴不惯。"

鲁迅先生一推开门从家里出来时,两只手露在外边,很宽的袖口冲着风就向前走,腋下夹着个黑绸子印花的包袱,里边包着书或者是信,到老靶子路书店去了。

那包袱每天出去必带出去,回来必带回来。出去时带着给青年们的信,回来又从书店带来新的信和青年请鲁迅先生看的稿子。

鲁迅先生抱着印花包袱从外边回来,还提着一把伞,一进门客厅早坐着客人,把伞挂在衣架上就陪客人谈起话来。谈了很久了,伞上的水滴顺着伞杆在地板上已经聚了一堆水。

鲁迅先生上楼去拿香烟,抱着印花包袱,而那把伞也没有忘记,顺手也带到楼上去。

鲁迅先生的记忆力非常之强,他的东西从不随便散置在任何地方。鲁迅先生很喜欢北方口味。许先生想请一个北方厨子,鲁迅先生以为开销太大,请不得的,男佣人,至少要十五元钱的工钱。

所以买米买炭都是许先生下手。我问许先生为什么用两个女佣人都是年老的,都是六七十岁的?许先生说她们做惯了,海婴的保姆,海婴几个月时就在这里。

正说着那矮胖胖的保姆走下楼梯来了,和我们打了个迎面。

"先生,没吃茶吗?"她赶快拿了杯子去倒茶,那刚刚下楼时气喘的声音还在喉管里咕噜咕噜的,她确实年老了。

来了客人,许先生没有不下厨房的,菜食很丰富,鱼、肉……都是用大碗装着,起码四五碗,多则七八碗。可是平常就只三碗菜:一碗素炒豌豆苗,一碗笋炒咸菜,再一碗黄花鱼。

这菜简单到极点。

鲁迅先生的原稿,在拉都路一家炸油条的那里用着包油条,我得到了一张,是译《死魂灵》的原稿,写信告诉了鲁迅先生。鲁迅先生不以为稀奇,许先生倒很生气。

鲁迅先生出书的校样,都用来揩桌,或做什么的。请客人在家里吃饭,吃到半道,鲁迅先生回身去拿来校样给大家分着。客人接到手里一看,这怎么可以?鲁迅先生说:

"擦一擦,拿着鸡吃,手是腻的。"

到洗澡间去,那边也摆着校样纸。

许先生从早晨忙到晚上,在楼下陪客人,一边还手里打着毛线。不然就是一边谈着话一边站起来用手摘掉花盆里花上已干枯了的叶子。许先生每送一个客人,都要送到楼下门口,替客人把门开开,客人走出去而后轻轻地关了门再上楼来。

来了客人还到街上去买鱼或买鸡,买回来还要到厨房里去工作。

鲁迅先生临时要寄一封信,就得许先生换起皮鞋子来到邮局或者大陆新村旁边信筒那里去。落着雨天,许先生就打起伞来。

许先生是忙的,许先生的笑是愉快的,但是头发有一些是白了的。

夜里去看电影,施高塔路的汽车房只有一辆车,鲁迅先生一定不坐,一定让我们坐。许先生、周建人夫人……海婴、周建人先生的三位女公子。我们上车了。

鲁迅先生和周建人先生,还有别的一二位朋友在后边。

看完了电影出来,又只叫到一部汽车,鲁迅先生又一定不肯坐,让周建人先生的全家坐着先走了。

鲁迅先生旁边走着海婴,过了苏州河的大桥去等电车去了。等了二三十分钟电车还没有来,鲁迅先生依着沿苏州河的铁栏杆坐在桥边的石围上了,并且拿出香烟来,装上烟嘴,悠然地吸着烟。

海婴不安地来回地乱跑,鲁迅先生还招呼他和自己并排坐下。

鲁迅先生坐在那和一个乡下的安静老人一样。

鲁迅先生吃的是清茶,其余不吃别的饮料。咖啡、可可、牛奶、汽水之类,家里都不预备。

鲁迅先生陪客人到深夜,必同客人一道吃些点心。那饼干就是从铺子里买来的,装在饼干盒子里,到夜深许先生拿着碟子取出来,摆在鲁迅先生的书桌上。吃完了,许先生打开立柜再取一碟。还有向日葵子差不多每来客人必不可少。鲁迅先生一边抽着烟,一边剥着瓜子吃,吃完了一碟鲁迅先生必请许先生再拿一碟来。

鲁迅先生备有两种纸烟,一种价钱贵的,一种便宜的。便宜的是绿听子的,我不认识那是什么牌子,只记得烟头上带着黄纸的嘴,每五十支的价钱大概是四角到五角,是鲁迅先生自己平日用的。另一种是白听子的,是前门烟,用来招待客人的,白听烟放在鲁迅先生书桌的抽屉里。来客人鲁迅先生下楼,把它带到楼下去,客人走了,又带回楼上来照样放在抽屉里。而绿听子的永远放在书桌上,是鲁迅先生随时吸着的。

鲁迅先生的休息,不听留声机,不出去散步,也不倒在床上睡觉,鲁迅先生自己说:
"坐在椅子上翻一翻书就是休息了。"

鲁迅先生从下午二三点钟起就陪客人,陪到五点钟,陪到六点钟,客人若在家吃饭,吃完饭又必要在一起喝茶,或者刚刚吃完茶走了,或者还没走又来了客人,于是又陪下去,陪到八点钟,十点钟,常常陪到十二点钟。从下午三点钟起,陪到夜里十二点,这么长的时间,鲁迅先生都是坐在藤躺椅上,不断地吸着烟。

客人一走,已经是下半夜了,本来已经是睡觉的时候了,可是鲁迅先生正要开始工作。

在工作之前,他稍微阖一阖眼睛,燃起一支烟来,躺在床边上,这一支烟还没有吸完,许先生差不多就在床里边睡着了。(许先生为什么睡得这样快?因为第二天早晨六七点钟就要来管理家务。)海婴这时在三楼和保姆一道睡着了。

全楼都寂静下去,窗外也一点声音没有了,鲁迅先生站起来,坐到书桌边,在那绿色的台灯下开始写文章了。许先生说鸡鸣的时候,鲁迅先生还是坐着,街上的汽车嘟嘟地叫起来了,鲁迅先生还是坐着。

有时许先生醒了,看着玻璃窗白萨萨的了,灯光也不显得怎么亮了,鲁迅先生的背影不象夜里那样高大。

鲁迅先生的背影是灰黑色的,仍旧坐在那里。

人家都起来了,鲁迅先生才睡下。

海婴从三楼下来了,背着书包,保姆送他到学校去,经过鲁迅先生的门前,保姆总是吩咐他说:

"轻一点走,轻一点走。"

鲁迅先生刚一睡下,太阳就高起来了。太阳照着隔院子的人家,明亮亮的,照着鲁迅先生花园的夹竹桃,明亮亮的。

鲁迅先生的书桌整整齐齐的,写好的文章压在书下边,毛笔在烧瓷的小龟背上站着。

一双拖鞋停在床下,鲁迅先生在枕头上边睡着了。

鲁迅先生喜欢吃一点酒,但是不多吃,吃半小碗或一碗。

鲁迅先生吃的是中国酒,多半是花雕。

老靶子路有一家小吃茶店,只有门面一间,在门面里边设座,座少,安静,光线不充足,有些冷落。鲁迅先生常到这里吃茶店来,有约会多半是在这里边,老板是犹太也许是白俄,胖胖的,中国话大概他听不懂。

鲁迅先生这一位老人,穿着布袍子,有时到这里来,泡一壶红茶,和青年人坐在一道谈了一两个钟头。

有一天鲁迅先生的背后那茶座里边坐着一位摩登女子,身穿紫裙子黄衣裳,头戴花帽子……那女子临走时,鲁迅先生一看她,用眼瞪着她,很生气地看了她半天。而后说:

"是做什么的呢?"

鲁迅先生对于穿着紫裙子黄衣裳、花帽子的人就是这样看法的。

鬼到底是有的没有的?传说上有人见过,还跟鬼说过话,还有人被鬼在后边追赶过,吊死鬼一见了人就贴在墙上。但没有一个人捉住一个鬼给大家看看。

鲁迅先生讲了他看见过鬼的故事给大家听:

"是在绍兴……"鲁迅先生说,"三十年前……"

那时鲁迅先生从日本读书回来,在一个师范学堂里也不知是什么学堂里教书,晚上没有事时,鲁迅先生总是到朋友家去谈天。这朋友住的离学堂几里路,几里路不算远,但必得经过一片坟地。谈天有的时候就谈得晚了,十一二点钟才回学堂的事也常有,有一天鲁迅先生就回去得很晚,天空有很大的月亮。

鲁迅先生向着归路走得很起劲时,往远处一看,远远有一个白影。

鲁迅先生不相信鬼的,在日本留学时是学的医,常常把死人抬来解剖的,鲁迅先生解剖过二十几个,不但不怕鬼,对死人也不怕,所以对坟地也就根本不怕。仍旧是向前走的。

走了不几步,那远处的白影没有了,再看突然又有了。并且时小时大,时高时低,正和鬼一样。鬼不就是变幻无常的吗?

鲁迅先生有点踌躇了,到底向前走呢?还是回过头来走?

本来回学堂不止这一条路,这不过是最近的一条就是了。

鲁迅先生仍是向前走,到底要看一看鬼是什么样,虽然那时候也怕了。

鲁迅先生那时从日本回来不久,所以还穿着硬底皮鞋。鲁迅先生决心要给那鬼一个致命的打击,等走到那白影旁边时,那白影缩小了,蹲下了,一声不响地靠住了一个坟堆。

鲁迅先生就用了他的硬皮鞋踢了出去。

那白影噢的一声叫起来,随着就站起来,鲁迅先生定眼看去,他却是个人。

鲁迅先生说在他踢的时候,他是很害怕的,好象若一下不把那东西踢死,自己反而会遭殃的,所以用了全力踢出去。

原来是个盗墓的人在坟场上半夜作着工作。

鲁迅先生说到这里就笑了起来。

"鬼也是怕踢的,踢他一脚就立刻变成人了。"

我想,倘若是鬼常常让鲁迅先生踢踢倒是好的,因为给了他一个作人的机会。

从福建菜馆叫的菜,有一碗鱼做的丸子。

海婴一吃就说不新鲜,许先生不信,别的人也都不信。因为那丸子有的新鲜,有的不新鲜,别人吃到嘴里的恰好都是没有改味的。

许先生又给海婴一个,海婴一吃,又不是好的,他又嚷嚷着。别人都不注意,鲁迅先生把海婴碟里的拿来尝尝,果然不是新鲜的。鲁迅先生说:

"他说不新鲜,一定也有他的道理,不加以查看就抹杀是不对的。"

以后我想起这件事来,私下和许先生谈过,许先生说:"周先生的做人,真是我们学不了的。哪怕一点点小事。"

鲁迅先生包一个纸包也要包得整整齐齐,常常把要寄出的书,鲁迅先生从许先生手里拿过来自己包,许先生本来包得多么好,而鲁迅先生还要亲自动手。

鲁迅先生把书包好了,用细绳捆上,那包方方正正的,连一个角也不准歪一点或扁一点,而后拿着剪刀,把捆书的那绳头都剪得整整齐齐。

就是包这书的纸都不是新的,都是从街上买东西回来留下来的。许先生上街回来把买来的东西一打开随手就把包东西的牛皮纸折起来,随手把小细绳卷了一个卷。若小细绳上有一个疙瘩,也要随手把它解开的。准备着随时用随时方便。

鲁迅先生住的是大陆新村九号。

一进弄堂口,满地铺着大方块的水门汀,院子里不怎样嘈杂,从这院子出入的有时候是外国人,也能够看到外国小孩在院子里零星的玩着。

鲁迅先生隔壁挂着一块大的牌子,上面写着一个"茶"字。

在一九三五年十月一日。

鲁迅先生的客厅里摆着长桌,长桌是黑色的,油漆不十分新鲜,但也并不破旧,桌上没有铺什么桌布,只在长桌的当心摆着一个绿豆青色的花瓶,花瓶里长着几株大叶子的万年青。围着长桌有七八张木椅子。尤其是在夜里,全弄堂一点什么声音也听不到。

那夜,就和鲁迅先生和许先生一道坐在长桌旁边喝茶的。当夜谈了许多关于伪满洲国的事情,从饭后谈起,一直谈到九点钟十点钟而后到十一点钟。时时想退出来,让鲁迅先生好早点休息,因为我看出来鲁迅先生身体不大好,又加上听许先生说过,鲁迅先生伤风了一个多月,刚好了的。

但鲁迅先生并没有疲倦的样子。虽然客厅里也摆着一张可以卧倒的藤椅,我们劝他,几次想让他坐在藤椅上休息一下,但是他没有去,仍旧坐在椅子上。并且还上楼一次,去加穿了一件皮袍子。

那夜鲁迅先生到底讲了些什么,现在记不起来了。也许想起来的不是那夜讲的而是以后讲的也说不定。过了十一点，天就落雨了，雨点淅沥沥沥地打在玻璃窗上，窗子没有窗帘，所以偶一回头，就看到玻璃窗上有小水流往下流。夜已深了，并且落了雨，心里十分着急，几次站起来想要走，但是鲁迅先生和许先生一再说再坐一下："十二点以前终归有车子可搭的。"所以一直坐到将近十二点，才穿起雨衣来，打开客厅外边的响着的铁门，鲁迅先生非要送到铁门外不可。我想为什么他一定要送呢？对于这样年轻的客人，这样的送是应该的吗？雨不会打湿了头发，受了寒伤风不又要继续下去吗？站在铁门外边，鲁迅先生说，并且指着隔壁那家写着"茶"字的大牌子："下次来记住这个'茶'字，就是这个'茶'的隔壁。"而且伸出手去，几乎是触到了钉在锁门旁边的那个九号的'九'字，"下次来记住茶的旁边九号。"

　　于是脚踏着方块的水门汀，走出弄堂来，回过身去往院子里边看了一看，鲁迅先生那一排房子统统是黑洞洞的，若不是告诉的那样清楚，下次来恐怕要记不住的。

　　鲁迅先生的卧室，一张铁架大床，床顶上遮着许先生亲手做的白布刺花的围子，顺着床的一边折着两床被子，都是很厚的，是花洋布的被面。挨着门口的床头的方面站着抽屉柜。一进门的左手摆着八仙桌，桌子的两旁藤椅各一，立柜站在和方桌一排的墙角，立柜本是挂衣服的，衣裳却很少，都让糖盒子、饼干桶子、瓜子罐给塞满了。有一次××老板的太太来拿版权的图章花，鲁迅先生就从立柜下边大抽屉里取出的。沿着墙角往窗子那边走，有一张装饰台，桌子上有一个方形的满浮着绿草的玻璃养鱼池，里边游着的不是金鱼而是灰色的扁肚子的小鱼。除了鱼池之外另有一只圆的表，其余那上边满装着书。铁床架靠窗子的那头的书柜里书柜外都是书。最后是鲁迅先生的写字台，那上边也都是书。

　　鲁迅先生家里，从楼上到楼下，没有一个沙发。鲁迅先生工作时坐的椅子是硬的，到楼下陪客人时坐的椅子又是硬的。

　　鲁迅先生的写字台面向着窗子，上海弄堂房子的窗子差不多满一面墙那么大，鲁迅先生把它关起来，因为鲁迅先生工作起来有一个习惯，怕吹风，风一吹，纸就动，时时防备着纸跑，文章就写不好。所以屋子里热得和蒸笼似的，请鲁迅先生到楼下去，他又不肯，鲁迅先生的习惯是不换地方。有时太阳照进来，许先生劝他把书桌移开一点都不肯。只有满身流汗。

　　鲁迅先生的写字桌，铺了张蓝格子的油漆布。四角都用图钉按着。桌子上有小砚台一方，墨一块，毛笔站在笔架上。笔架是烧瓷的，在我看来不很细致，是一个龟，龟背上带着好几个洞，笔就插在那洞里。鲁迅先生多半是用毛笔的，钢笔也不是没有，是放在抽屉里。桌上有一个方大的白瓷的烟灰盒，还有一个茶杯，杯子上戴着盖。

　　鲁迅先生的习惯与别人不同，写文章用的材料和来信都压在桌子上，把桌子都压得满满的，几乎只有写字的地方可以伸开手，其余桌子的一半被书或纸张占有着。

　　左手边的桌角上有一个带绿灯罩的台灯，那灯泡是横着装的，在上海那是极普通的台灯。

　　冬天在楼上吃饭，鲁迅先生自己拉着电线把台灯的机关从棚顶的灯头上拔下，而后装上灯泡子。等饭吃过，许先生再把电线装起来，鲁迅先生的台灯就是这样做成的，拖着一根长长的电线在棚顶上。

鲁迅先生的文章,多半是在这台灯下写。因为鲁迅先生的工作时间,多半是下半夜一两点起,天将明了休息。

卧室就是如此,墙上挂着海婴公子一个月婴孩的油画像。

挨着卧室的后楼里边,完全是书了,不十分整齐,报纸和杂志或洋装的书,都混在这间屋子里,一走进去多少还有些纸张气味。地板被书遮盖得太小了,几乎没有了,大网篮也堆在书中。墙上拉着一条绳子或者是铁丝,就在那上边系了小提盒、铁丝笼之类。风干荸荠就盛在铁丝笼,扯着那铁丝几乎被压断了在弯弯着。一推开藏书室的窗子,窗子外边还挂着一筐风干荸荠。

"吃吧,多得很,风干的,格外甜。"许先生说。

楼下厨房传来了煎菜的锅铲的响声,并且两个年老的娘姨慢重重地在讲一些什么。

厨房是家庭最热闹的一部分。整个三层楼都是静静的,喊娘姨的声音没有,在楼梯上跑来跑去的声音没有。鲁迅先生家里五六间房子只住着五个人,三位是先生的全家,余下的二位是年老的女佣人。

来了客人都是许先生亲自倒茶,即或是麻烦到娘姨时,也是许先生下楼去吩咐,绝没有站到楼梯口就大声呼唤的时候。

所以整个房子都在静悄悄之中。

只有厨房比较热闹了一点,自来水哗哗地流着,洋瓷盆在水门汀的水池子上每拖一下磨着嚓嚓地响,洗米的声音也是嚓嚓的。鲁迅先生很喜欢吃竹笋的,在菜板上切着笋片笋丝时,刀刃每划下去都是很响的。其实比起别人家的厨房来却冷清极了,所以洗米声和切笋声都分开来听得样样清清晰晰。

客厅的一边摆着并排的两个书架,书架是带玻璃橱的,里边有朵斯托益夫斯基的全集和别的外国作家的全集,大半都是日文译本。地板上没有地毯,但擦得非常干净。

海婴公子的玩具橱也站在客厅里,里边是些毛猴子、橡皮人、火车汽车之类,里边装的满满的,别人是数不清的,只有海婴自己伸手到里边找些什么就有什么。过新年时在街上买的兔子灯,纸毛上已经落了灰尘了,仍摆在玩具橱顶上。

客厅只有一个灯头,大概五十烛光。客厅的后门对着上楼的楼梯,前门一打开有一个一方丈大小的花园,花园里没有什么花看,只有一株很高的七八尺高的小树,大概那树是柳桃,一到了春天,喜欢生长蚜虫,忙得许先生拿着喷蚊虫的机器,一边陪着谈话,一边喷着杀虫药水。沿着墙根,种了一排玉米,许先生说:"这玉米长不大的,这土是没有养料的,海婴一定要种。"

春天,海婴在花园里掘着泥沙,培植着各种玩艺。

三楼则特别静了,向着太阳开着两扇玻璃门,门外有一个水门汀的突出的小廊子,春天很温暖的抚摸着门口长垂着的帘子,有时帘子被风打得很高,飘扬的饱满的和大鱼泡似的。

那时候隔院的绿树照进玻璃门扇里边来了。

海婴坐在地板上装着小工程师在修着一座楼房,他那楼房是用椅子横倒了架起来修的,而后遮起一张被单来算作屋瓦,全个房子在他自己拍着手的赞誉声中完成了。

这间屋感到些空旷和寂寞,既不象女工住的屋子,又不象儿童室。海婴的眠床靠着屋子的一边放着,那大圆顶帐子日里也不打起来,长拖拖的好象从栅顶一直拖到地板上,那床是非常讲究的,属于刻花的木器一类的。许先生讲过,租这房子时,从前一个房客转留下来的。海婴和他的保姆,就睡在五六尺宽的大床上。

冬天烧过的火炉,三月里还冷冰冰的在地板上站着。

海婴不大在三楼上玩的,除了到学校去,就是在院里踏脚踏车,他非常欢喜跑跳,所以厨房、客厅、二楼,他是无处不跑的。

三楼整天在高处空着,三楼的后楼住着另一个老女工,一天很少上楼来,所以楼梯擦过之后,一天到晚干净的溜明。

一九三六年三月里鲁迅先生病了,靠在二楼的躺椅上,心脏跳动得比平日厉害,脸色微灰了一点。

许先生正相反的,脸色是红的,眼睛显得大了,讲话的声音是平静的,态度并没有比平日慌张。在楼下一走进客厅来许先生就告诉说:

"周先生病了,气喘……喘得厉害,在楼上靠在躺椅上。"

鲁迅先生呼喘的声音,不用走到他的旁边,一进了卧室就听得到的。鼻子和胡须在扇着,胸部一起一落。眼睛闭着,差不多永久不离开手的纸烟,也放弃了。藤椅后边靠着枕头,鲁迅先生的头有些向后,两只手空闲地垂着。眉头仍和平日一样没有聚皱,脸上是平静的,舒展的,似乎并没有任何痛苦加在身上。

"来了吧?"鲁迅先生睁一睁眼睛,"不小心,着了凉呼吸困难……到藏书的房子去翻一翻书……那房子因为没有人住,特别凉……回来就……"

许先生看周先生说话吃力,赶紧接着说周先生是怎样气喘的。

医生看过了,吃了药,但喘并未停。下午医生又来过,刚刚走。

卧室在黄昏里边一点一点地暗下去,外边起了一点小风,隔院的树被风摇着发响。别人家的窗子有的被风打着发出自动关开的响声,家家的流水道都是哗啦哗啦的响着水声,一定是晚餐之后洗着杯盘的剩水。晚餐后该散步的散步去了,该会朋友的会友去了,弄堂里来去的稀疏不断地走着人,而娘姨们还没有解掉围裙呢,就依着后门彼此搭讪起来。小孩子们三五一伙前门后门地跑着,弄堂外汽车穿来穿去。

鲁迅先生坐在躺椅上,沉静地,不动地阖着眼睛,略微灰了的脸色被炉里的火染红了一点。纸烟听子蹲在书桌上,盖着盖子,茶杯也蹲在桌子上。

许先生轻轻地在楼梯上走着,许先生一到楼下去,二楼就只剩了鲁迅先生一个人坐在椅子上,呼喘把鲁迅先生的胸部有规律性的抬得高高的。

"鲁迅先生必得休息的。"须藤医生这样说的。可是鲁迅先生从此不但没有休息,并且脑子里所想的更多了,要做的事情都象非立刻就做不可,校《海上述林》的校样,印珂勒惠支的画,翻译《死魂灵》下部,刚好了,这些就都一起开始了,还计算着出三十年集(即《鲁迅全集》)。

鲁迅先生感到自己的身体不好,就更没有时间注意身体,所以要多作,赶快作。当时大家不解其中的意思,都以为鲁迅先生不加以休息不以为然,后来读了鲁迅先生《死》的那篇文章才了然了。

鲁迅先生知道自己的健康不成了,工作的时间没有几年了,死了是不要紧的,只要留给人类更多,鲁迅先生就是这样。

不久书桌上德文字典和日文字典都摆起来了,果戈里的《死魂灵》,又开始翻译了。

鲁迅先生的身体不大好,容易伤风,伤风之后,照常要陪客人,回信,校稿子。所以伤风之后总要拖下去一个月或半个月的。

瞿秋白的《海上述林》校样,一九三五年冬,一九三六年的春天,鲁迅先生不断地校着,几十万字的校样,要看三遍,而印刷所送校样来总是十页八页的,并不是统统一道地送来,所以鲁迅先生不断地被这校样催索着,鲁迅先生竟说:

"看吧,一边陪着你们谈话,一边看校样,眼睛可以看,耳朵可以听……"

有时客人来了,一边说着笑话,鲁迅先生一边放下了笔。

有的时候也说:"几个字了……请坐一坐……"

一九三五年冬天许先生说:

"周先生的身体是不如从前了。"

有一次鲁迅先生到饭馆里去请客,来的时候兴致很好,还记得那次吃了一只烤鸭子,整个的鸭子用大钢叉子叉上来时,大家看这鸭子烤的又油又亮的,鲁迅先生也笑了。

菜刚上满了,鲁迅先生就到躺椅上吸一支烟,并且阖一阖眼睛。一吃完了饭,有的喝了酒的,大家都闹乱了起来,彼此抢着苹果,彼此讽刺着玩,说着一些人可笑的话。而鲁迅先生这时候,坐在躺椅上,阖着眼睛,很庄严地在沉默着,让拿在手上纸烟的烟丝,袅袅地上升着。

别人以为鲁迅先生也是喝多了酒吧!

许先生说,并不的。

"周先生的身体是不如从前了,吃过了饭总要闭一闭眼睛稍微休息一下,从前一向没有这习惯。"

周先生从椅子上站起来了,大概说他喝多了酒的话让他听到了。

"我不多喝酒的。小的时候,母亲常提到父亲喝了酒,脾气怎样坏,母亲说,长大了不要喝酒,不要象父亲那样子……所以我不多喝的……从来没喝醉过……"

鲁迅先生休息好了,换了一支烟,站起来也去拿苹果吃,可是苹果没有了。鲁迅先生说:

"我争不过你们了,苹果让你们抢没了。"

有人抢到手的还在保存着的苹果,奉献出来,鲁迅先生没有吃,只在吸烟。

一九三六年春,鲁迅先生的身体不大好,但没有什么病,吃过了夜饭,坐在躺椅上,总要闭一闭眼睛沉静一会。

许先生对我说,周先生在北平时,有时开着玩笑,手按着桌子一跃就能够跃过去,而近年来没有这么做过。大概没有以前那么灵便了。

这话许先生和我是私下讲的:鲁迅先生没有听见,仍靠在躺椅上沉默着呢。

许先生开了火炉门,装着煤炭哗哗地响,把鲁迅先生震醒了。一讲起话来鲁迅先生的精神又照常一样。

鲁迅先生睡在二楼的床上已经一个多月了,气喘虽然停止。但每天发热,尤其是在下午热度总在三十八度三十九度之间,有时也到三十九度多,那时鲁迅先生的脸是微红的,目力是疲弱的,不吃东西,不大多睡,没有一些呻吟,似乎全身都没有什么痛楚的地方。躺在床上的时候张开眼睛看着,有的时候似睡非睡的安静地躺着,茶吃得很少。差不多一刻也不停地吸烟,而今几乎完全放弃了,纸烟听子不放在床边,而仍很远的蹲在书桌上,若想吸一支,是请许先生付给的。

许先生从鲁迅先生病起,更过度地忙了。按着时间给鲁迅先生吃药,按着时间给鲁迅先生试温度表,试过了之后还要把一张医生发给的表格填好,那表格是一张硬纸,上面画了无数根线,许先生就在这张纸上拿着米度尺画着度数,那表画得和尖尖的小山丘似的,又象尖尖的水晶石,高的低的一排连地站着。许先生虽每天画,但那象是一条接连不断的线,不过从低处到高处,从高处到低处,这高峰越高越不好,也就是鲁迅先生的热度越高了。

来看鲁迅先生的人,多半都不到楼上来了,为的请鲁迅先生好好地静养,所以把客人这些事也推到许先生身上来了。还有书、报、信,都要许先生看过,必要的就告诉鲁迅先生,不十分必要的,就先把它放在一处放一放,等鲁迅先生好些了再取出来交给他。然而这家庭里边还有许多琐事,比方年老的娘姨病了,要请两天假;海婴的牙齿脱掉一个要到牙医那里去看过,但是带他去的人没有,又得许先生。海婴在幼稚园里读书,又是买铅笔,买皮球,还有临时出些个花头,跑上楼来了,说要吃什么花生糖,什么牛奶糖,他上楼来是一边跑着一边喊着,许先生连忙拉住了他,拉他下了楼才跟他讲:

"爸爸病啦。"而后拿出钱来,嘱咐好了娘姨,只买几块糖而不准让他格外的多买。

收电灯费的来了,在楼下一打门,许先生就得赶快往楼下跑,怕的是再多打几下,就要惊醒了鲁迅先生。

海婴最喜欢听讲故事,这也是无限的麻烦,许先生除了陪海婴讲故事之外,还要在长桌上偷一点工夫来看鲁迅先生为有病耽搁下来尚未校完的校样。

在这期间,许先生比鲁迅先生更要担当一切了。

鲁迅先生吃饭,是在楼上单开一桌,那仅仅是一个方木桌,许先生每餐亲手端到楼上去,每样都用小吃碟盛着,那小吃碟直径不过二寸,一碟豌豆苗或菠菜或苋菜,把黄花鱼或者鸡之类也放在小碟里端上楼去。若是鸡,那鸡也是全鸡身上最好的一块地方拣下来的肉;若是鱼,也是鱼身上最好一部分,许先生才把它拣下放在小碟里。

许先生用筷子来回地翻着楼下的饭桌上菜碗里的东西,菜拣嫩的,不要茎,只要叶,鱼肉之类,拣烧得软的,没有骨头没有刺的。

心里存着无限的期望,无限的要求,用了比祈祷更虔诚的目光,许先生看着她自己手里选得精精致致的菜盘子,而后脚板触了楼梯上了楼。

希望鲁迅先生多吃一口,多动一动筷,多喝一口鸡汤。鸡汤和牛奶是医生所嘱的,一定要多吃一些的。

把饭送上去,有时许先生陪在旁边,有时走下楼来又做些别的事,半个钟头之后,到楼上去取这盘子。这盘子装的满满的,有时竟照原样一动也没有动又端下来了,这时候许先生的眉头微微地皱了一点。旁边若有什么朋友,许先生就说:"周先生的热度高,什么也吃不落,连茶也不愿意吃,人很苦,人很吃力。"

有一天许先生用波浪式的专门切面包的刀切着面包,是在客厅后边方桌上切的,许先生一边切着一边对我说:

"劝周先生多吃东西,周先生说,人好了再保养,现在勉强吃也是没有用的。"

许先生接着似乎问着我:

"这也是对的?"

而后把牛奶面包送上楼去了。一碗烧好的鸡汤,从方盘里许先生把它端出来了,就摆在客厅后的方桌上。许先生上楼去了,那碗热的鸡汤在方桌上自己悠然地冒着热气。

许先生由楼上回来还说呢:

"周先生平常就不喜欢吃汤之类,在病里,更勉强不下了。"

许先生似乎安慰着自己似的。

"周先生人强,喜欢吃硬的,油炸的,就是吃饭也喜欢吃硬饭……"

许先生楼上楼下地跑,呼吸有些不平静,坐在她旁边,似乎可以听到她心脏的跳动。

鲁迅先生开始独桌吃饭以后,客人多半不上楼来了,经许先生婉言把鲁迅先生健康的经过报告了之后就走了。

鲁迅先生在楼上一天一天地睡下去,睡了许多日子,都寂寞了,有时大概热度低了点就问许先生:

"什么人来过吗?"

看鲁迅先生好些,就一一地报告过。

有时也问到有什么刊物来吗?

鲁迅先生病了一个多月了。

证明了鲁迅先生是肺病,并且是肋膜炎,须藤老医生每天来了,为鲁迅先生把肋膜积水用打针的方法抽净，共抽过两三次。

这样的病，为什么鲁迅先生一点也不晓得呢？许先生说，周先生有时觉得肋痛了就自己忍着不说，所以连许先生也不知道，鲁迅先生怕别人晓得了又要不放心，又要看医生，医生一定又要说休息。鲁迅先生自己知道做不到的。

福民医院美国医生的检查，说鲁迅先生肺病已经二十年了。这次发了怕是很严重。

医生规定个日子，请鲁迅先生到福民医院去详细检查，要照X光的。但鲁迅先生当时就下楼是下不得的，又过了许多天，鲁迅先生到福民医院去检查病去了。照X光后给鲁迅先生照了一个全部的肺部的照片。

这照片取来的那天许先生在楼下给大家看了，右肺的上尖是黑的，中部也黑了一块，左肺的下半部都不大好，而沿着左肺的边边黑了一大圈。

这之后，鲁迅先生的热度仍高，若再这样热度不退，就很难抵抗了。

那查病的美国医生，只查病，而不给药吃，他相信药是没有用的。

须藤老医生，鲁迅先生早就认识，所以每天来，他给鲁迅先生吃了些退热药，还吃停止肺病菌活动的药。他说若肺不再坏下去，就停止在这里，热自然就退了，人是不危险的。

在楼下的客厅里，许先生哭了。许先生手里拿着一团毛线，那是海婴的毛线衣拆了洗过之后又团起来的。

鲁迅先生在无欲望状态中，什么也不吃，什么也不想，睡觉似睡非睡的。

天气热起来了，客厅的门窗都打开着，阳光跳跃在门外的花园里。麻雀来了停在夹竹桃上叫了三两声就飞去，院子里的小孩们唧唧喳喳地玩耍着，风吹进来好象带着热气，扑到人的身上，天气刚刚发芽的春天，变为夏天了。

楼上老医生和鲁迅先生谈话的声音隐约可以听到。

楼下又来客人，来的人总要问：

"周先生好一点吗？"

许先生照常说："还是那样子。"

但今天说了眼泪又流了满脸。一边拿起杯子来给客人倒茶，一边用左手拿着手帕按着鼻子。

客人问：

"周先生又不大好吗？"

许先生说：

"没有的，是我心窄。"

过了一会鲁迅先生要找什么东西，喊许先生上楼去，许先生连忙擦着眼睛，想说她不上楼的，但左右看了一看，没有人能代替了她，于是带着她那团还没有缠完的毛线球上楼去了。

楼上坐着老医生，还有两位探望鲁迅先生的客人。许先生一看了他们就自己低了头不好意思地笑了,她不敢到鲁迅先生的面前去,背转着身问鲁迅先生要什么呢,而后又是慌忙地把线缕挂在手上缠了起来。

一直到送老医生下楼,许先生都是把背向着鲁迅先生而站着的。

每次老医生走,许先生都是替老医生提着皮提包送到前门外的。许先生愉快地、沉静地带着笑容打开铁门闩,很恭敬地把皮包交给老医生,眼看着老医生走了才进来关了门。

这老医生出入在鲁迅先生的家里,连老娘姨对他都是尊敬的,医生从楼上下来时,娘姨若在楼梯的半道,赶快下来躲开,站到楼梯的旁边。有一天老娘姨端着一个杯子上楼,楼上医生和许先生一道下来了,那老娘姨躲闪不灵,急得把杯里的茶都颠出来了。等医生走过去,已经走出了前门,老娘姨还在那里呆呆地望着。

"周先生好了点吧?"

有一天许先生不在家,我问着老娘姨。她说:

"谁晓得,医生天天看过了不声不响地就走了。"

可见老娘姨对医生每天是怀着期望的眼光看着他的。

许先生很镇静,没有紊乱的神色,虽然说那天当着人哭过一次,但该做什么,仍是做什么,毛线该洗的已经洗了,晒的已经晒起,晒干了的随手就把它团起团子。

"海婴的毛线衣,每年拆一次,洗过之后再重打起,人一年一年地长,衣裳一年穿过,一年就小了。"

在楼下陪着熟的客人,一边谈着,一边开始手里动着竹针。

这种事情许先生是偷空就做的,夏天就开始预备着冬天的,冬天就做夏天的。

许先生自己常常说:

"我是无事忙。"

这话很客气,但忙是真的,每一餐饭,都好象没有安静地吃过。海婴一会要这个,要那个;若一有客人,上街临时买菜,下厨房煎炒还不说,就是摆到桌子上来,还要从菜碗里为着客人选好的夹过去。饭后又是吃水果,若吃苹果还要把皮削掉,若吃荸荠看客人削得慢而不好也要削了送给客人吃,那时鲁迅先生还没有生病。

许先生除了打毛线衣之外,还用机器缝衣裳,剪裁了许多件海婴的内衫裤在窗下缝。

因此许先生对自己忽略了,每天上下楼跑着,所穿的衣裳都是旧的,次数洗得太多,纽扣都洗脱了,也磨破了,都是几年前的旧衣裳。春天时许先生穿了一个紫红宁绸袍子,那料子是海婴在婴孩时候别人送给海婴做被子的礼物。做被子,许先生说很可惜,就捡起来做一件袍子。正说着,海婴来了,许先生使眼神,且不要提,若提到海婴又要麻烦起来了,一要说是他的,他就要。

许先生冬天穿一双大棉鞋,是她自己做的。一直到二三月早晚冷时还穿着。

有一次我和许先生在小花园里拍一张照片,许先生说她的纽扣掉了,还拉着我站在她前边遮着她。

许先生买东西也总是到便宜的店铺去买,再不然,到减价的地方去买。

处处俭省,把俭省下来的钱,都印了书和印了画。

现在许先生在窗下缝着衣裳,机器声格哒格哒的,震着玻璃门有些颤抖。

窗外的黄昏,窗内许先生低着的头,楼上鲁迅先生的咳嗽声,都搅混在一起了,重续着、埋藏着力量。在痛苦中,在悲哀中,一种对于生的强烈的愿望站得和强烈的火焰那样坚定。

许先生的手指把捉了在缝的那张布片,头有时随着机器的力量低沉了一两下。

许先生的面容是宁静的、庄严的、没有恐惧的,她坦荡的在使用着机器。

海婴在玩着一大堆黄色的小药瓶,用一个纸盒子盛着,端起来楼上楼下地跑。向着阳光照是金色的,平放着是咖啡色的,他招集了小朋友来,他向他们展览,向他们夸耀,这种玩艺只有他有而别人不能有。他说:

"这是爸爸打药针的药瓶,你们有吗?"

别人不能有,于是他拍着手骄傲地呼叫起来。

许先生一边招呼着他,不叫他喊,一边下楼来了。

"周先生好了些?"

见了许先生大家都是这样问的。

"还是那样子,"许先生说,随手抓起一个海婴的药瓶来,"这不是么,这许多瓶子,每天打针,药瓶也积了一大堆。"

许先生一拿起那药瓶,海婴上来就要过去,很宝贵地赶快把那小瓶摆到纸盒里。

在长桌上摆着许先生自己亲手做的蒙着茶壶的棉罩子,从那蓝缎子的花罩下拿着茶壶倒着茶。

楼上楼下都是静的了,只有海婴快活的和小朋友们的吵嚷躲在太阳里跳荡。

海婴每晚临睡时必向爸爸妈妈说:"明朝会!"

有一天他站在上三楼去的楼梯口上喊着:

"爸爸,明朝会!"

鲁迅先生那时正病的沉重,喉咙里边似乎有痰,那回答的声音很小,海婴没有听到,于是他又喊:

"爸爸,明朝会!"他等一等,听不到回答的声音,他就大声地连串地喊起来:

"爸爸,明朝会,爸爸,明朝会……爸爸,明朝会……"

他的保姆在前边往楼上拖他,说是爸爸睡下了,不要喊了。可是他怎么能够听呢,仍旧喊。

这时鲁迅先生说"明朝会",还没有说出来喉咙里边就象有东西在那里堵塞着,声音无论如何放不大。到后来,鲁迅先生挣扎着把头抬起来才很大声地说出:

"明朝会,明朝会。"

说完了就咳嗽起来。

许先生被惊动得从楼下跑来了,不住地训斥着海婴。

海婴一边哭着一边上楼去了,嘴里唠叨着:

"爸爸是个聋人哪!"

鲁迅先生没有听到海婴的话,还在那里咳嗽着。

鲁迅先生在四月里,曾经好了一点,有一天下楼去赴一个约会,把衣裳穿的整整齐齐,手下夹着黑花布包袱,戴起帽子来,出门就走。

许先生在楼下正陪客人,看鲁迅先生下来了,赶快说:

"走不得吧,还是坐车子去吧。"

鲁迅先生说:"不要紧,走得动的。"

许先生再加以劝说,又去拿零钱给鲁迅先生带着。

鲁迅先生说不要不要,坚决地走了。

"鲁迅先生的脾气很刚强。"

许先生无可奈何的,只说了这一句。

鲁迅先生晚上回来,热度增高了。

鲁迅先生说:

"坐车子实在麻烦,没有几步路,一走就到。还有,好久不出去,愿意走走……动一动就出毛病……还是动不得……"

病压服着鲁迅先生又躺下了。

七月里,鲁迅先生又好些。

药每天吃,记温度的表格照例每天好几次在那里画,老医生还是照常地来,说鲁迅先生就要好起来了。说肺部的菌已经停止了一大半,肋膜也好了。

客人来差不多都要到楼上来拜望拜望。鲁迅先生带着久病初愈的心情,又谈起话来,披了一张毛巾子坐在躺椅上,纸烟又拿在手里了,又谈翻译,又谈某刊物。

一个月没有上楼去,忽然上楼还有些心不安,我一进卧室的门,觉得站也没地方站,坐也不知坐在哪里。

许先生让我吃茶,我就依着桌子边站着。好象没有看见那茶杯似的。

鲁迅先生大概看出我的不安来了,便说:

"人瘦了,这样瘦是不成的,要多吃点。"

鲁迅先生又在说玩笑话了。

"多吃就胖了,那么周先生为什么不多吃点?"

鲁迅先生听了这话就笑了,笑声是明朗的。

从七月以后鲁迅先生一天天地好起来了,牛奶、鸡汤之类,为了医生所嘱也隔三差五地吃着,人虽是瘦了,但精神是好的。

鲁迅先生说自己体质的本质是好的,若差一点的,就让病打倒了。

这一次鲁迅先生保持了很长时间,没有下楼更没有到外边去过。

在病中,鲁迅先生不看报,不看书,只是安静地躺着。但有一张小画是鲁迅先生放在床边上不断看着的。

那张画,鲁迅先生未生病时,和许多画一道拿给大家看过的,小得和纸烟包里抽出来的那画片差不多。那上边画着一个穿大长裙子飞散着头发的女人在大风里边跑,在她旁边的地面上还有小小的红玫瑰的花朵。

记得是一张苏联某画家着色的木刻。

鲁迅先生有很多画,为什么只选了这张放在枕边。

许先生告诉我的,她也不知道鲁迅先生为什么常常看这小画。

有人来问他这样那样的,他说:

"你们自己学着做,若没有我呢!"

这一次鲁迅先生好了。

还有一样不同的,觉得做事要多做……

鲁迅先生以为自己好了,别人也以为鲁迅先生好了。

准备冬天要庆祝鲁迅先生工作三十年。

又过了三个月。

一九三六年十月十七日,鲁迅先生病又发了,又是气喘。

十七日,一夜未眠。

十八日,终日喘着。

十九日的下半夜,人衰弱到极点了。天将发白时,鲁迅先生就象他平日一样,工作完了,他休息了。

萧红是一位能够驾驭多种文学体裁的女作家,也是一位擅长回忆、酷爱回忆、经常从记忆深处挖掘写作素材的作家。一方面,她把生命灌注到她所回忆的人物身上;另一方面,回忆又使萧红的生活充满了春日阳光般的温馨。在萧红带有回忆性或自传性的散文佳作中,首屈一指的则是她的长篇回忆录《回忆鲁迅先生》。

1939年10月,萧红在重庆完成了2.4万字的长篇回忆录——《回忆鲁迅先生》,作为她纪念鲁迅逝世三周年的一瓣心香。萧红的这篇怀人散文兼备"史"与"诗"的双重因素,既具有散文的审美特质,又具备传记的基本特征——以真实人物为记叙对象,剪裁提炼。由于作者萧红跟回忆对象鲁迅之间有着直接交往,对回忆对象充满着缅怀崇敬之情,素材又来自于亲历、亲闻、亲见,因此作品不仅富于史传性,而且也富于文学性。

萧红的这篇怀人散文大体上可以分为45个片断,短的一两行,长的80多行,内容涉及鲁迅的饮食起居,待人接物,读书写作,休闲娱乐,特别是外人知之甚少的病中生活。文章除提供了鲁迅的史料外,还旁及许广平、海婴——有关他们的生活状况,读者可以感知作为思想家和文学家的鲁迅;通过萧红的回忆录及其他成功的鲁迅回忆录,读者眼前可以浮现出一个血肉丰满、形神兼备的"活的鲁迅"。

　　《回忆鲁迅先生》的45个片断在内容上没有严格的逻辑顺序,材料与材料之间互不关联,形成某种断裂,有些片断即使倒置似乎也无碍于文章的连贯。这就表明,这是一篇非常情绪化的文章。作者动笔之前对于全篇的布局似乎漫不经心,全无预设。动笔之后,作者心底的感情如喷涌的泉水,飞湍的激流,尽情倾泻挥洒,形诸笔墨而成为艺术结晶。凡属作者感到有诗意潜质和倾诉冲动的内容,她就断断续续写出,用感情的红线将素材的珍珠逐渐织成一幅清晰的画面。这是一种罕见的火一样的体验文字,是一种任凭心绪召唤的诗性文字,是一种理性中夹杂着情绪性的文字,是一种打破了男性叙事结构的独具女性表达风格的文字。文章开头就是神来之笔:"鲁迅先生的笑声是明朗的,是从心里的欢喜。若有人说了什么可笑的话,鲁迅先生笑得连烟卷都拿不住了,常常是笑得咳嗽起来。"寥寥几句,一个乐观爽朗、平易近人的鲁迅形象便跃然纸上,跟一些人心目中"多疑善怒"、"冷酷无情"的鲁迅形成了鲜明对照。这是萧红用自己心灵感受的非常个人化的鲁迅,是一个使常人敢于走近并能够伸手去触摸的可亲的鲁迅。

　　尤其难能可贵的是,萧红的《回忆鲁迅先生》提供的鲁迅生活细节很多是高度性格化的,在描绘鲁迅完整的生命世界时突出了他性格的个别性。比如鲁迅"喜欢吃硬的,油炸的,就是吃饭也欢喜吃硬饭";"工作时坐的椅子是硬的,休息时的藤椅是硬的,到楼下陪客人时坐的椅子又是硬的"。从"吃"和"坐"两个侧面,表现出鲁迅刚毅倔强的个性。萧红还形神兼备地描绘了鲁迅的一些习惯动作,比如走路很轻捷,"刚抓起帽子来往头上一扣,同时左腿就伸出去了";"一推开门从家里出来时,两只手露在外边,很宽的袖口冲着风向前走"。这些动作表现出鲁迅一往无前、义无返顾的大无畏精神。淡淡几笔,就画龙点睛般地勾画出一个独一无二、鲜灵生动的"活的鲁迅"。

　　萧红《回忆鲁迅先生》一文之所以感人肺腑,还跟她语言的情韵美和音韵美有关。情韵美取决于内情外物的融合谐合,音韵美取决于语言内在的旋律节奏。萧红对彻夜写作的鲁迅是这样描绘的:"鲁迅先生刚一睡下,太阳就高起来了。太阳照着隔院子的人家,明亮亮的,照着鲁迅先生花园的夹竹桃,明亮亮的。鲁迅先生的书桌整整齐齐的,写好的文章压在书下边,毛笔在烧瓷的小龟背上站着。一双拖鞋停在床下,鲁迅先生在枕头上边睡着了。"这段文字,堪称人景融合的精美的散文诗。文中的太阳、夹竹桃、毛笔,跟忘我工作的鲁迅完全融为了一体,把读者带入一种奇特的充满情韵美的崇高境界。萧红还通过文字和句式的参差错落,长短交错,张弛互现,缓急更迭,使文章产生出一种音韵美。

蹲在洋车上

看到了乡巴佬坐洋车,忽然想起一个童年的故事。

当我还是小孩的时候,祖母常常进街。我们并不住在城外,只是离市镇较偏的地方罢了!有一天,祖母又要进街,她命令我:

"叫你妈妈把斗风给我拿来!"

那时因为我过于娇惯,把舌头故意缩短一些,叫斗篷作斗风,所以祖母学着我,把风字拖得很长。

她知道我最爱惜皮球,每次进街的时候,她问我:

"你要些什么呢?"

"我要皮球。"

"你要多大的呢?"

"我要这样大的。"

我赶快把手臂拱向两面,好像张着的鹰的翅膀。大家都笑了!祖父轻动着嘴唇,好像要骂我一些什么话,因我的小小的姿式感动了他。

祖母的斗篷消失在高烟囱的背后。

等她回来的时候,什么皮球也没带给我,可是我也不追问一声:

"我的皮球呢?"

因为每次她也不带给我,下次祖母再上街的时候,我仍说是要皮球,我是说惯了!我是熟练而惯于作那种姿式。

祖母上街尽是坐马车回来。今天却不是,她睡在仿佛是小槽子里,大概是槽子装置了两个大车轮。非常轻快,雁似的从大门口飞来,一直到房门。在前面挽着的那个人,把祖母停下,我站在玻璃窗里,小小的心灵上,有无限的奇秘冲击着。我以为祖母不会从那里头走出来,我想祖母为什么要被装进槽子里呢?我渐渐惊怕起来,我完全成个呆气的孩子,把头盖顶住玻璃,想尽方法理解我所不能理解的那个从来没有见过的槽子。

很快我领会了!看见祖母从口袋里拿钱给那个人,并且祖母非常兴奋,她说叫着,斗篷几乎从她的肩上脱溜下去!

"呵!今天我坐的东洋驴子回来的,那是过于安稳呀!还是头一次呢,我坐过安稳的车子!"

祖父在街上也看见过人们所呼叫的东洋驴子,妈妈也没有奇怪。只是我,仍旧头皮顶撞在玻璃那儿,我眼看那个驴子从门口飘飘地不见了!我的心魂被引了去。

等我离开窗子,祖母的斗篷已是脱在炕的中央,她嘴里叨叨地讲着她街上所见的新闻。可是我没有留心听,就是给我吃什么糖果之类,我也不会留心吃,只是那样的车子太吸引我了!太捉住我小小河的心灵了!

夜晚在灯光里,我们的邻居,刘三奶奶摇闪着走来,我知道又是找祖母来谈天的。所以我稳当当地占了一个位置在桌边。于是我咬起嘴唇来,仿佛大人样能了解一切话语,祖母又讲关于街上所见的新闻,我用心听,我十分费力!

"……那是可笑,真好笑呢!一切人站下瞧,可是那个乡下佬还是不知道笑自己。拉车的回头才知道乡巴佬是蹲在车子前放脚的地方,拉车的问:'你为什么蹲在这地方?'"

"他说怕拉车的过于吃力,蹲着不是比坐着强吗?比坐在那里不是轻吗?所以没敢坐下。"

邻居的三奶奶,笑得几个残齿完全摆在外面,我也笑了!祖母还说,她感到这个乡巴佬难以形容,她的态度,她用所有的一切字眼,都是引人发笑。

"后来那个乡巴佬,你说怎么样!他从车上跳下来,拉车的问他为什么跳?他说:'若是蹲着吗!那还行。坐着!我实在没有那样的钱。'拉车的说:'坐着,我不多要钱。'那个乡巴佬到底不信这话,从车上搬下他的零碎东西,走了。他走了!"

我听得懂,我觉得费力,我问祖母:

"你说的,那是什么驴子?"

她不懂我的半句话,拍了我的头一下,当时我真是不能记住那样繁复的名词。

过了几天祖母又上街,又是坐驴子回来的,我的心里渐渐羡慕那驴子,也想要坐驴子。

过了两年,六岁了!我的聪明,也许是我的年岁吧!支持着我使我愈见讨厌我那个皮球,那真是太小,而又太旧了;我不能喜欢黑脸皮球,我爱上邻家孩子手里那个大的;买皮球,好像我的志愿,一天比一天坚决起来。

向祖母说,她答:"过几天买吧,你先玩这个吧!"

又向祖父请求,他答:"这个还不是很好吗?不是没有出气吗?"

我得知他们的意思是说旧皮球还没有破,不能买新的。于是把皮球在脚下用力捣毁它,任是怎样捣毁,皮球仍是很圆,很鼓,后来到祖父面前让他替我踏破!祖父变了脸色,像是要打我,我跑开了!

从此,我每天表示不满意的样子。

终于一天晴朗的夏日,戴起小草帽来,自己出街去买皮球了!朝向母亲曾领我到过的那家铺子走去。离家不远的时候,我的心志非常光明,能够分辨方向,我知道自己是向北走。过了一会,不然了!太阳我也找不着了!一些些的招牌,依我看来都是一个样,街上的行人好像每个要撞倒我似的,就连马车也好像是旋转着。我不晓得自己走了多远,只是我实在疲劳。不能再寻找那家商店;我急切地想回家,可是家也被寻觅不到。我是从哪一条路来的?究竟家是在什么方向?

我忘记一切危险,在街心停住,我没有哭,把头向天,愿看见太阳。因为平常爸爸不是拿着指南针看看太阳就知道或南或北吗?我既然看了,只见太阳在街路中央,别的什么都不能知道,我无心留意街道,跌倒了在阴沟板上面。

"小孩!小心点。"

身边的马车夫驱着车子过去,我想问他我的家在什么地方,他走过了!我昏沉极了!忙问一个路旁的人:

"你知道我的家吗?"

他好像知道我是被丢的孩子,或许那时候我的脸上有什么急慌的神色,那人跑向路的那边去。把车子拉过来,我知道他是洋车夫,他和我开玩笑一般:

"走吧!坐车回家吧!"

我坐上了车,他问我,总是玩笑一般地:

"小姑娘!家在哪里呀?"

我说:"我们离南河沿不远,我也不知道哪面是南,反正我们南边有河。"

走了一会,我的心渐渐平稳,好像被动荡的一盆水,渐渐静止下来,可是不多一会,我忽然忧愁了!抱怨自己皮球仍是没有买成!从皮球连想到祖母骗我给买皮球的故事,很快又连想到祖母讲的关于乡巴佬坐东洋车的故事。于是我想试一试,怎样可以像个乡巴佬。该怎样蹲法呢?轻轻地从座位滑下来,当我还没有蹲稳当的时节,拉车的回头来:

"你要做什么呀?"

我说:"我要蹲一蹲试试,你答应我蹲吗?"

他看我已经偎在车前放脚的那个地方,于是他向我深深地做了一个鬼脸,嘴里哼着:

"倒好哩!你这样孩子,很会淘气!"

车子跑得不很快,我忘记街上有没有人笑我。车跑到红色的大门楼,我知道到家了!我应该起来呀!应该下车呀!不,目的想给祖母一个意外的发笑,等车拉到院心,我仍蹲在那里,像耍猴人的猴样,一动不动。祖母笑着跑出来了!祖父也是笑!我怕他们不晓得我的意义,我用尖音喊:

"看我!乡巴佬蹲东洋驴子!乡巴佬蹲东洋驴子呀!"

只有妈妈大声骂着我,忽然我怕她要打我,我是偷着上街。

洋车忽然放停,从上面我倒滚下来,不记得被跌伤没有。祖父猛力打了拉车的,说他欺侮小孩,说他不让小孩坐车让蹲在那里。

没有给他钱,从院子把他轰出去。

所以后来,无论祖父对我怎样疼爱,心里总是生着隔膜,我不同意他打洋车夫,我问:

"你为什么打他呢?那是我自己愿意蹲着。"

祖父把眼睛斜视一下:"有钱的孩子是不受什么气的。"

现在我是廿多岁了!我的祖父死去多年了!在这样的年代中,我没发现一个有钱的人蹲在洋车上;他有钱,他不怕车夫吃力,他自己没拉过车,自己所尝到的,只是被拉着的舒服滋味。假若偶尔有钱家的小孩子要蹲在车厢中玩一玩,那么孩子的祖父出来,拉洋车的便要被打。

可是我呢?现在变成个没有钱的孩子了!

赏析

这是萧红一篇回忆童年时代生活片断的散文。回忆往事是萧红作品里很重要的部分。萧红从小就缺乏父母之爱与亲情,连慈爱的老祖母都嫌弃她,家中唯一爱她的人,是祖父;长大后,她又被迫离开了家庭。孤寂一直伴随着她,或许这些回忆的片断能给她带来些许的快乐与安慰。

散文流淌着作者淡淡的苦涩味。一个出生富贵人家的小女孩,本该无忧无虑,集万千宠爱于一身,在宠溺中长大。然而萧红却始终无法得到家人的喜爱。萧红笔下的老祖母那么慈爱,每次上街总要问她要点什么?可每次总是两手空空地回来,她最爱的皮球,一次也不曾给她带回来过。所以作者说:"因为每次她也不带给我,下次祖母再上街的时候,我仍说是要皮球,我是说惯了!我是熟练而惯于作那姿式。"萧红深深地失望了。

皮球情绪是故事的一个铺垫,是连带出下一个"蹲洋车"故事的联结点。作者4岁时曾懵懂地听到祖母讲乡巴佬坐洋车的笑话。乡巴佬坐洋车是蹲在车前放脚处,他怕坐着比蹲着花钱多,也怕拉车的太吃力。当然,作者听到这些时并不知道这位乡巴佬的滑稽举动出自他的愚昧无知,出自他的为人淳朴憨厚和善于体贴人。所以当"我"有机会独自溜出去买皮球而迷路有机会坐洋车时,强烈要求"蹲"洋车。然而好心的洋车夫遭到祖父的打骂还拒付车钱。这让"我"极为不满,无论祖父怎么疼爱,心里总与他有着隔膜。

这种以儿童的视角来观察世界,写得自然真实拙朴;同时用儿童的口吻来讲故事,充满童趣天真好奇。而长大后的萧红也明白了:有钱人是不会体恤受苦人的。这一老一少的对比,表露了现实生活的世态炎凉和冷漠隔绝。

> **杨绛**（1911— ），原名杨季康，中国社会科学院外国文学研究员，作家、评论家、翻译家。剧本有《称心如意》《弄真成假》《风絮》；小说有《倒影集》《洗澡》；论集有《春泥集》《关于小说》；译作有《1939年以来的英国散文选》《小癞子》《吉尔·布拉斯》《堂·吉诃德》等。

阴

一棵浓密的树，站在太阳里，像一个深沉的人，面上耀着光，像一脸的高兴，风一吹，叶子一浮动，真像个轻快的笑脸，可是叶子下面，一层暗一层，绿沉沉的郁成一团幽静，像在沉思，带些忧郁，带些恬适。松柏的阴最深最密，不过没有梧桐树胡桃树的阴广大，荫蔽得多少地亩。因为那干儿高，树枝奇怪的盘折着，针叶紧聚在一起，阴不宽，而且叫人觉得严肃。疏疏的杨柳，筛下个疏疏的影子，阴很浅，象闲适中的清愁。几茎小草，映着太阳，草上的光和漏下地的光闪耀着，地下是错杂的影子，光和阴之间，郁着一团绿意，象在低头凝思。

一根木头，一块石头，在太阳里也撒下个影子。影子和石头木头之间，也有一片阴，可是太小，太简单了，只看见影子，觉不到那阴。墙阴大些，屋阴深些，不象树阴清幽灵动，却也有它的沉静，象一口废井，一潭死水般的静，只是没有层叠变化的意味，除非在夜色中，或者清晓黄昏，地还罩在夜的大阴里，那时候，墙阴屋角，若有若无的怀着些不透的秘密。可是那不单是墙阴屋阴了，那是墙阴屋阴又罩上了夜的阴。

山阴又宽坦了，有不平的起伏，杂乱的树木。光从山后过来，捎过树木石头和起伏的地面，立刻又幻出浓浓淡淡多少层的光和影，随着阳光转动，在变换形状，变动位置。山的阴是这般复杂，却又这般坦荡，只是阴不浓密，不紧聚，很散漫的。

烟有影子，云有影子。烟的影子太稀薄，没阴。大晴天，几团云浮过，立刻印下几块黑影，来不及有阴，云又过去了。整片的浓云，蒙住了太阳，够点染一天半天的阴，够笼罩整片的地，整片的海。于是天好像给塞没了。晦霾中，草像凄恻，树像落莫，山锁着幽郁，海压着愤恨，城市都没在烟尘里，回不过气的样儿，沉闷得叫人发狂，却又不让发狂，重重的镇住在沉闷里，象那棵树，落莫的裹在一重皮壳里，象那草，乏弱得没有了自己，只觉得凄恻。不过浓阴不能持久，立刻会变成狂风大雨。持久的阴，却是漠漠轻阴。阴得这般透明，好象谁望空抛了一匹轻纱，软薄得曨在风里，虽然撩拨不开，却又飘忽得捉摸不住。恰似初解愁闷的少年心情。愁在那里？并不能找出个影儿。缺少着什么？自己也不分明。蒙在那淡淡的阴里，不是愁闷，不是快活，清茶似的苦中带些甜味。风一吹，都吹散了。吹散了么？太阳并没出来，还是罩在轻阴里。

夜,有人说是个黑影。可是地的圆影,在月亮上,或是在云上,或是远远的投射在别的星球上。夜,是跟着那影子的一团大黑阴。黑阴的四周,渗进了光,幻出半透明的朝暮。在白天,光和影包裹着每件东西。靠那影子,都悄悄的怀着一团阴。在日夜交接的微光里,一切阴模糊了,渗入了夜的阴,加上一层神秘。渐渐儿,树影,草阴,墙阴,屋阴,山的阴,云的阴,都无从分辨了。夜消融了所有的阴,象树木都烂成了泥,象河流归入了大海。

二十五年秋于牛津

赏 析

杨绛女士的散文,在当今文坛独树一帜,以自己鲜明的风格特色赢得了广大读者的喜爱。本文是杨绛女士在20世纪30年代在英国留学时写的一篇哲理性散文。其表现手法和写作技艺受当时活跃于西欧文坛的印象主义等现代派艺术的影响较大。

自古以来,写花鸟虫鱼的散文很多,写"阴"的散文甚是罕见。先是作者的细致观察和与众不同的体会。"一棵浓密的树,站在太阳里,像一个深沉的人",寥寥几笔就勾画了一棵树的姿态,并赋予它人的性情。深沉的一棵树。"面上耀着光,像一脸的高兴,风一吹,叶子一浮动,真像个轻快的笑脸","可是叶子下面,一层暗一层,绿沉沉的郁成一团幽静,像在沉思,带些忧郁,带些恬适"。看到此处,我分不清到底是树像人还是人像树了。因为也可以反过来这样想:人很多时候不也是如树一般"面上耀着光","轻快的笑脸",而心里面则是"带些忧郁","带些恬适"吗?可以说,一开始我就被作者的睿智吸引了。

接下来有"最深最密"的"松柏的阴";"广大"的"梧桐树胡桃树的阴";"疏疏的影子","很浅"的阴;小草"错杂的影子","似有若无的阴"。就连"一根木头,一块石头","在太阳里也撒下个影子"。"影子和石头木头之间,也有一片阴。"还有墙阴、屋阴、山的阴、云的阴。这些阴不是简单地堆积起来,而是在作者轻快的笔下从容不迫地一一道出,丝毫没有牵强的痕迹。这是一种游刃有余的轻松。

从"清幽灵活"的树阴到"散漫"的山阴,作者一路来都是斟酌着光和影的摄影师。有"漏下地的光闪耀着",有"现出浓浓淡淡多少层的光和影",也有"随着阳光转动,在变换形态"的挟带的阴。

最后,"在日夜交接的微光里,一切阴模糊了,渗入了夜的阴,加上一层神秘。渐渐儿,树影,草阴,墙阴,屋阴,山的阴,云的阴,都无从分辨了。夜消融了所有的阴"这是自然界中无可抗拒的规律。但似乎作者所要表达的不仅仅是自然界表层的规律,而是更深层次地引发读者对人性的思考,对宇宙中朦胧而又神秘的力量的思考。

《阴》是一篇对非物质状态的,但又客观存在的"阴"进行描摹,本文用诗的语言、诗的意境,给人以美感。极具象征性,富含哲理,令人思索。

> **叶紫** (1912—1939),原名余昭明,又名余鹤林、汤宠。湖南益阳人。现代小说家、散文家。1926年就读于武汉军事学校第三分校。四一·二政变后,父亲姐姐被害,只身逃离家乡。先后流落到南京、上海等地,做过苦工,拉过洋车,当过兵,讨过饭。后又任过小学教员和报馆编辑。著有短篇小说《丰收》《山村一夜》;中篇小说《星》等。

古 渡 头

太阳渐渐地隐没到树林中去了,晚霞散射着一片凌乱的光辉;映到茫无际涯的淡绿的湖上,现出各种各样的彩色来。微风波动着皱纹似的浪头,轻轻地吻着沙岸。

破烂不堪的老渡船,横在枯杨的下面。渡夫戴着一顶尖头的斗笠,弯着腰,在那里洗刷一叶断片的船篷。

我轻轻地踏到他的船上,他抬起头来,带血色的昏花的眼睛,望着我大声地生气地说道:

"过湖吗,小伙子?"

"唔,"我放下包袱,"是的。"

"那么,要等到天明啰。"他又弯腰做事去了。

"为什么呢?"我茫然地。

"为什么,小伙子,出门简直不懂规矩的。"

"我多给你些钱不能吗?"

"钱?你有多少钱呢?"他的声音来得更加响亮了,教训似地。他重新站起来,抛掉破篷子,把斗笠脱在手中,立时现出了白雪般的头发。"年纪轻轻,开口就是'钱',有钱就命都不要了吗?"

我不由的暗自吃了一惊。

他从舱里拿出一根烟管,用粗糙的满是青筋的手指燃着火柴。眼睛越加显得细小,而且昏黑。

"告诉你,"他说,"出门要学一点乖!这年头,你这样小的年纪……"他饱饱地吸足着一口烟,又接着,"看你的样子也不是一个老出门的。哪里来呀?"

"从军队里回来。"

"军队里?……"他又停了一停,"是当兵的吧,为什么又跑开来呢?"

"我是请长假的。我的妈病了。"

"唔!……"

两个人都沉默了一会儿,他把烟管在船头上磕了两磕,接着又燃第二口。

夜色苍茫地侵袭着我们的周围,浪头荡出了微微的合拍的呼啸。我们差不多已经对面瞧不清脸膛了。我的心里偷偷地发急,不知道这老头子到底要玩个什么花头。于是,我说:

"既然不开船,老头子,就让我回到岸上去找店家吧!"

"店家,"老头子用鼻子哼着,"年轻人到底是不知事的。回到岸上去还不同过湖一样的危险吗?到连头镇去还要退回七里路。唉!年轻人……就在我这船中过一宵吧。"

他擦着一根火柴把我引到船艄后头,给了我一个两尺多宽的地位。好在天气和暖,还不致于十分受冻。

当他再擦火柴吸上了第三口烟的时候,他的声音已经比较地和缓得多了。我睡着,一面细细地听着孤雁唳过寂静的长空,一面又留心他和我所谈的一些江湖上的情形,和出门人的秘诀。

"……就算你有钱吧,小伙子,你也不应当说出来的。这湖上有多少歹人啊!我在这里已经驾了四十年船了……我要不是看见你还有点孝心,唔,一点孝心……你家中还有几多兄弟呢?"

"只有我一个人。"

"一个人,唉!"他不知不觉地叹了一声气。

"你有儿子吗,老爹?"我问。

"儿子!唔!……"他的喉咙哽住着,"有,一个孙儿……"

"一个孙儿,那么,好福气啦。"

"好福气?"他突然地又生起气来了,"你这小东西是不是骂人呢?"

"骂人?"我的心里又茫然了一回。

"告诉你,"他气愤地说,"年轻人是不应该讥笑老人家的。你晓得我的儿子不回来了吗?哼!……"歇歇,他又不知道怎么的,接连叹了几声气,低声地说,"唔,也许是你不知道的。你,外乡人……"

他慢慢地爬到我的面前,把第四根火柴擦着的时候,已经没有烟了,他的额角上,有一根一根紫色的横筋在凸动。他把烟管和火柴向舱中一摔,周围即刻又黑暗起来……

"唉!小伙子啊!"听声音,他大概已经是很感伤了,"我告诉你吧,要不是你还有点孝心,唔!……我是欢喜你这样的孝顺的孩子的。是的,你的妈妈一定比我还欢喜你,要是在病中看见你这样远跑回去。只是,我呢?唔……我,我有一个桂儿……"

"你知道吗?小伙子,我的桂儿,他比你还大得多呀!……是的,比你大得多。你怕不认识他吧?啊你,外乡人……我把他养到你这样大,这样大,我靠他给我赚饭吃呀!……"

"他现在呢?"我不能按捺地问。

"现在,唔,你听呀!……那个时候,我们爷儿俩同驾着这条船。我,我给他收了个媳妇……小伙子,你大概还没有过媳妇儿吧。唔,他们,他们是快乐的!我,我是快乐的!……"

"他们呢?"

"他们？唔，你听呀！……那一年，那一年，北佬来，你知道了吗？北佬是打了败仗的，从我们这里过身，我的桂儿，……小伙子，掳夫子你大概也是掳过的吧，我的桂儿给北佬兵拉着，要他做夫子。桂儿，他不肯，脸上一拳！我，我不肯，脸上一拳！……小伙子，你做过这些个丧天良的事情吗？……"

"是的，我还有媳妇。可是，小伙子，你应当知道，媳妇是不能同公公住在一起的。等了一天，桂儿不回来；等了十天，桂儿不回来；等了一个月，桂儿不回来……"

"我的媳妇给她娘家接去了。"

"我没有了桂儿，我没有了媳妇……小伙子，你知道吗？你也是有爹妈的……我等了八个月，我的媳妇生了一个孙儿，我要去抱回来，媳妇不肯。她说：'等你儿子回来时，我也回来。'"

"小伙子！你看，我等了一年，我又等了两年，三年……我的媳妇改嫁给卖肉的朱胡子了，我的孙子长大了。可是，我看不见我的桂儿，我的孙子他们不肯给我……他们说：'等你有了钱，我们一定将孙子给你送回来。'可是，小伙子，我得有钱呀！……"

"是的，六年了，算到今年，小伙子，我没有作过丧天良的事，譬如说，今天晚上我不肯送你过湖去……但是，天老爷的眼睛是看不见我的，我，我得找钱……

"结冰，落雪，我得过湖；刮风，落雨，我得过湖……

"年成荒，捐重，湖里的匪多，过湖的人少，但是，我得找钱……

"小伙子，你是有爹妈的人，你将来也得做爹妈的，你老了，你也得要儿子养你的，……可是人家连我的孩子都不给我……

"我欢喜你，唔，小伙子！要是你真的有孝心，你是有好处的，象我，我一定得死在这湖中。我没钱，我寻不到我的桂儿，我的孙子不认识我，没有人替我做坟，没有人给我烧钱纸……我说，我没有丧过天良，可是老天爷他不向我睁开眼睛……"

他逐渐说得悲哀起来，他终于哭了。他不住地把船篷弄得呱啦呱啦地响；他的脚在船舱边下力地蹬着。可是，我寻不出来一句能够劝慰他的话，我的心头象给什么东西塞得紧紧的。

"就是这样的，小伙子，你看，我还有什么好的想头呢？——"

外面风浪渐渐地大了起来，我的心头也塞得更紧更紧了。我拿什么话来安慰他呢？这老年的不幸者——

我翻来覆去地睡不着，他翻来覆去地睡不着。我想说话，没有说话；他想说话，他已经说不出来了。

外面越是黑暗，风浪就越加大得怕人。

停了很久，他突然又大大地叹了一声气：

"唉！索性再大些吧！把船翻了，免得久延在这世界上受活磨！——"以后便没有再听到他的声音了。

可是,第二天,又是一般的微风,细雨。太阳还没有出来,他就把我叫起了。

他仍旧同我昨天上船时一样,他的脸上丝毫看不出一点异样的表情来,好象昨夜间的事情,全都忘记了。

我目不转睛地瞧着他。

"有什么东西好瞧呢?小伙子!过了湖,你还要赶你的路程呀!"

"要不要再等人呢?"

"等谁呀?怕只有鬼来了。"

离开渡口,因为是走顺风,他就搭上橹,扯起破碎风篷来。他独自坐地船艘上,毫无表情地捋着雪白的胡子,任情地高声地朗唱着:

> 我住在这古渡的前头六十年。
> 我不管地,也不管天,
> 我凭良心吃饭,我靠气力赚钱!
> 有钱的人我不爱,无钱的人我不怜!
> ……

一九三四年

乍读《古渡头》很容易把它看作一篇小说,其实,它算是一篇风格独特的散文。

文章开头给人以淡美的感觉,晚霞、绿湖、破舟、渡夫,淡雅、静谧又略带几分凄凉的古渡头景象,被作者用洗练的笔墨一勾勒,仿佛一幅具有诗情的写意画。然而,稍稍往后读一下,就知道了这诗情画意的背后隐藏着多少悲苦与无奈。

作者对老船工进行了细致的刻画。在形象上的描写,如"带血色的昏花的眼睛","白雪般的头发","粗糙的满是青筋的手"等等。一个饱经沧桑老人的形象跃然纸上。通过记述同老船工的对话,使读者了解到这个古怪脾气的老人其实是个慈祥的老人,一个孤苦伶仃的老人,有着十分悲苦的经历:儿子被房,儿媳妇改嫁,孙子不让见。在讲述老船工的故事的同时,作者也提到"我"是"从军队里回来","我的妈病了"等。这样读者读过后仔细一回想,恍然大悟,原来在当时的社会,像这类的情况很多,老船工的遭遇只不过是其中之一罢了。

散文最适宜于表现作者的个性,抒发作者的思想感情的,但是本文却始终扣住老船工来写,对于作者本人的思想活动包括共鸣、忧伤、愤慨等却少有描写,至于因老船工的不幸遭遇而引起自己家破人亡的痛楚,更是没有涉及到。作者是要把他"所见到的人类的不平,逐一地描画出来"(叶紫:《我怎样与文学发生关系》)。本章的基调是哀怨凄婉的,苍凉而悲壮。语言平实而不造作。对话与情感交融,让人动情;结尾部分是全文的高潮,发人深省。

何其芳 (1912—1977)，原名何永芳，四川万县人。诗人，评论家。著有诗集《预言》、《夜歌和白天的歌》，散文集《画梦录》，文艺论文集《关于现实主义》等。

雨　前

最后的鸽群带着低弱的笛声在微风里划一个圈子后，也消失了。也许是误认这灰暗的凄冷的天空为夜色的来袭，或是也预感到风雨的将至，遂过早地飞回它们温暖的木舍。

几天的阳光在柳条上撒下的一抹嫩绿，被尘土埋掩得有憔悴色了，是需要一次洗涤。还有干裂的大地和树根也早已期待着雨。雨却迟疑着。

我怀想着故乡的雷声和雨声。那隆隆的有力的搏击，从山谷返响到山谷，仿佛春之芽就从冻土里震动，惊醒，而怒茁出来。细草样柔的雨声又以温存之手抚摩它，使它簇生油绿的枝叶而开出红色的花。这些怀想如乡愁一样萦绕得使我忧郁了。我心里的气候也和这北方大陆一样缺少雨量，一滴温柔的泪在我枯涩的眼里，如迟疑在这阴沉的天空里的雨点，久不落下。

白色的鸭也似有一点烦躁了，有不洁的颜色的都市的河沟里传出它们焦急的叫声。有的还未厌倦那船一样的徐徐的划行，有的却倒插它们的长颈在水里，红色的蹼趾伸在尾后，不停地扑击着水以支持身体的平衡。不知是在寻找沟底的细微的食物，还是贪那深深的水里的寒冷。

有几个已上岸了。在柳树下来回地作绅士的散步，舒息划行的疲劳。然后参差地站着，用嘴细细地理它们遍体白色的羽毛，间或又摇动身子或扑展着阔翅，使那缀在羽毛间的水珠坠落。一个已修饰完毕的，弯曲它的颈到背上，长长的红嘴藏没在翅膀里，静静合上它白色的茸毛间的小黑眼睛，仿佛准备睡眠。可怜的小动物，你就是这样做你的梦吗？

我想起故乡放雏鸭的人了。一大群鹅黄色的雏鸭游牧在溪流间。清浅的水，两岸青青的草，一根长长的竹竿在牧人的手里。他的小队伍是多么欢欣地发出啁啾声，又多么驯服地随着他的竿头越过一个田野又一个山坡！夜来了，帐幕似的竹篷撑在地上，就是他的家。但这是怎样辽远的想象呵！在这多尘土的国土里，我仅只希望听见一点树叶上的雨声。一点雨声的幽凉滴到我憔悴的梦，也许会长成一树圆圆的绿阴来覆荫我自己。

我仰起头。天空低垂如灰色的雾幕，落下一些寒冷的碎屑到我脸上。一只远来的鹰隼仿佛带着怒愤，对这沉重的天色的怒愤，平张的双翅不动地从天空斜插下，几乎触到河沟对岸的土阜，而又鼓扑着双翅，作出猛烈的声响腾上了。那样巨大的翅使我惊异，我看见了它两肋间斑白的羽毛。

接着听见了它有力的鸣声,如同一个巨大的心的呼号,或是在黑暗里寻找伴侣的叫唤。然而雨还是没有来。

一九三三年春,北京

赏析

《雨前》选自《画梦录》。作者30年代初在北京大学读书,在致力于诗歌创作的同时,也开始了抒情散文的写作。《雨前》就是作者这个时期散文作品的代表作。写得深邃而明丽,委婉而浓郁。篇幅虽短却拓展了读者的想象空间。

作者运用南北对比的方法,描写了沙漠式的北国对春雨的期待、渴望、烦闷与焦灼,用以暗示南来游子灵魂的焦渴。"最后的鸽群带着低弱的笛声在微风里划一个圈子后,也消失了。"在心底轻诵这样的句子时,作者大约正漫踱于校园的花木间,西北一抹隐隐的山影是在他痴望的双眸里印下湿湿的青痕了。阳光被灰云遮去,烟霾轻笼,柳梢的嫩绿便憔悴了。这京华苍辽的春野哟,颜色未免太枯淡了一些,也太沉重了一些。穹苍昏黯,"雨却迟疑着",他的心也郁悒着。愁绪如水,所寄只有向着无语的风景。蜀江水碧蜀山青,他忽然就深陷于故乡的美丽了。一角家巷是游子蛰居心灵的地方。"这些怀想如乡愁一样萦绕得使我忧郁了。"他因思亲而怀乡,这原始的感情,这本能的冲动,无法在岁月中消融。故园的雷雨在他的耳边震响着了,山谷间的春芽遍坡怒茁着了,并且在细雨的抚触下"簇生油绿的枝叶而开出红色的花"。离乡的他,负笈北上,仿佛失根一般,让灵魂做着无归的漂泊。枯涩的眼睛噙上闪闪的泪,是在望乡思返呢。心屏上映出远离的风景:游动的群鸭,清浅的溪水,亮绿的草滩……乡井依稀的物影,隐隐地揉着他脆弱的心。他的情感经受着一种温柔的磨折。"但这是怎样辽远的想象呵!在这多尘土的国土里,我仅只希望听见一点树叶上的雨声。一点雨声的幽凉滴到我憔悴的梦,也许会长成一树圆圆的绿荫来覆荫我自己。"这微微的哀感,沁入他的心灵之梦。字句间沉潜着一缕幽韵,无限凄婉。思乡的情绪是宁静的,一幅明净的画也就在心间徐徐展开,是让人感动的乡景。一切又幻影似的逝去,天空只低垂着灰暗的雾幕,只飘落寒冷的霰屑,一只远来的鹰隼在沉重的天色里升坠。

何其芳用着绮丽的文字描画雨前的所见。此际风景并非一处确指的"自然",而是倾情熔铸的意象,一片心灵化的山水,借以承载悱恻的情愫。连那溪流里的嬉鸭、冷空中的飞鹰,也具有象征意义。他创造着诗化的风景。忆昔行船过长江,朝他的故园一望的情状,我犹可闭目浮想。河山无恙,桑梓也能依然吗?笔下意蕴,似乎只有凭直觉细斟才好。苦闷的心绪最宜用唯美的情调宣抒,又不免文字的晦涩与意境的朦胧,得来一番明晰的阐析并不容易。我却是喜读的,不啻曼声长咏着宋人的婉约词。依我的气质和趣味,对过于明朗的东西是疏离的。我乐意在词语精致的结构中咀嚼情感的滋味,在字句巧妙的衔接中寻绎思想的脉理。细读之际,我的一切浪漫想象正不妨和作者的感怀思致相融一处。世上还有比这更畅心的赏阅吗?彼此的精神跨越时空的隔障,在风景里相逢。曾谙的学庭旧貌,只合去衬手上的书页;巴山夜雨、蜀水清波则长润着一颗文化灵魂。

何其芳在《还乡杂记·代序》中曾说:"我愿意以微薄的努力来证明每篇散文应该是一种独立的创作。"他要创造一种"美文",一种语言艺术的精品。《雨前》作为《画梦录》中的一篇,以短小的篇幅描绘了那些自然生物的种种情态,暗示常常严峻的思想,充分运用通感手法,将听觉与触觉、梦与现实交织起来,声色光影的变幻,使语言产生了奇妙的生动感人的力量。

> **孙犁** （1913—2003），现、当代小说家、散文家，被誉为"荷花淀派"创始人。原名孙树勋。河北安平人。著有短篇小说散文集《白洋淀纪事》；长篇小说《风云初记》；中篇小说《铁木前传》；散文集《津门小集》《晚华集》等。

采蒲台的苇

我到了白洋淀，第一个印象，是水养活了苇草，人们依靠苇生活。这里到处是苇，人和苇结合的是那么紧。人好像寄生在苇里的鸟儿，整天不停的在苇里穿来穿去。

我渐渐知道，苇也因为性质的软硬、坚固和脆弱，各有各的用途。其中大白皮和大头栽因为色白、高大，多用来织小花边的炕席；正草因为有骨性，则多用来铺房、填房碱；白毛子只有漂亮的外形，却只能当柴烧；假皮织篮捉鱼用。

我来的早，淀里的凌还没有完全融化。苇子的根还埋在冰冷的泥里，看不见大苇形成的海。我走在淀边上，想想假如是五月，那会是苇的世界。

在村里是一垛垛打下来的苇，它们柔顺的在妇女们的手里翻动。远处的炮声还不断传来，人民的创伤并没有完全平复。关于苇塘，就不只是一种风景，它充满火药的气息，和无数英雄的血液的记忆。如果单纯是苇，如果单纯是好看，那就不成为冀中的名胜。

这里的英雄事迹很多，不能一一记述。每一片苇塘，都有英雄的传说。敌人的炮火，曾经摧残它们，它们无数次被火烧光，人民的血液保持了它们的清白。

最好的苇出在采蒲台。一次，在采蒲台，十几个干部和全村男女被敌人包围。那是冬天，人们被围在冰上，面对着等待收割的大苇塘。

敌人要搜。干部们有的带着枪，认为是最后战斗流血的时候到来了。妇女们却偷偷的把怀里的孩子递过去，告诉他们把枪支插在孩子的裤裆里。搜查的时候，干部又顺手把孩子递给女人……十二个女人不约而同的这样做了。仇恨是一个，爱是一个，智慧是一个。

枪掩护过去了，闯过了一关。这时，一个四十多岁的人，从苇塘打苇回来，被敌人捉住。敌人问他："你是八路！""不是！""你村里有干部？""没有！"敌人砍断他半边脖子，又问："你的八路？"他歪着头，血流在胸膛上，说："不是！""你村的八路大大的！""没有！"

妇女们忍不住，她们一齐沙着嗓子喊："没有！没有！"

敌人杀死他，他倒在冰上。血冻结了，血是坚定的，死是刚强！

"没有！没有！"

这声音将永远响在苇塘附近，永远响在白洋淀人民的耳朵旁边，甚至应该一代代传给我们的子孙。永远记住这两句简短有力的话吧!

一九四六年

 赏 析

  本文是一篇抒情散文。寓情于景是本文最大的特色。
  作者怀着对白洋淀英雄儿女的热爱与赞美的激情来观察采蒲台的风景与人情的。在作者笔下,采蒲台的每一垛芦苇,每一倾水淀,每一个妇女的编织劳作,都漾荡着他对抗日根据地深深热爱的感情以及对当地人民淳朴、晶莹的人性美的赞颂。表面上看,作者似乎不动声色,信笔写景,实际在借景抒情,在次第展开的采蒲台清新俊丽的景致中,抒发着作家美好的深沉的生活激情。
  散文前半部分是写"苇",行文近半才由苇及人。在这茫茫苇海,能成为冀中名胜,并不是单纯是好看,而是"充满火药的气息,和无数英雄的血液的记忆。"苇,在作品中已不是自然物,而是着上作者主观色彩的象征物。人和苇结合的是那么紧,苇的身上,寄寓着白洋淀人民不屈的精神,而采浦台人的壮举正体现了苇的品质。在文中既是写景,也是写人。作者要从无数抗日英雄的事迹中选用典型事例,这便是为什么散文用"采蒲台的苇"为名的原因了。
  本文语言平实,看似朴素无华、清新脱俗,但却情感炽热,富有强烈的艺术感染力。

张爱玲（1920—1995），原名张瑛，笔名梁京。祖籍河北丰润，生于上海，世家出身，是李鸿章的曾外孙女。1942年开始职业写作生涯。40年代上海著名女作家，创作擅长心理分析。1952年赴香港。1966年定居美国，1995年死于洛杉矶公寓。著作有中篇小说：《金锁记》《红玫瑰与白玫瑰》、《秧歌》等；长篇小说：《连环套》、《创世纪》《十八春》等；小说集：《传奇》《惘然记》；散文集《流言》等。

爱

这是真的。

有个村庄的小康之家的女孩子，生得美，有许多人来做媒，但都没有说成。那年她不过十五六岁吧，是春天的晚上，她立在后门口，手扶着桃树。她记得她穿的是一件月白的衫子。对门住的年青人，同她见过面，可是从来没有打过招呼的，他走了过来，离得不远，站定了，轻轻的说了一声："噢，你也在这里吗？"她没有说什么，他也没有再说什么，站了会，各自走开了。

就这样就完了。

后来这女人被亲眷拐了，卖到他乡外县去作妾，又几次三番地被转卖，经过无数的惊险的风波，老了的时候她还记得从前那一回事，常常谈起，在那春天的晚上，在后门口的桃树下，那年青人。

于千人万人之中遇见你所要遇见的人，于千万年之中，时间的无涯的荒野里，没有早一步，也没有晚一步，刚巧赶上了，那也没有别的话可说，惟有轻轻地问一声："噢，你也在这里吗？"

这是一篇很简洁的散文。不过聊聊数语，一个女人的一生，一个女人的爱，就这么完了。这又是一篇别具一格的散文，以少胜多，余味无穷。

第一段仅四个字"这是真的"。看了由不得你不信，作者已经作了结论，语调还是斩钉截铁的。她是生得美的，可她的美也不是小家碧玉的美，自己做不了主的美。接着女孩被亲眷拐了，卖到他乡做妾，又三番五次地被拐卖。也许，对于后来的女孩，被拐卖给谁已经不要紧了，因为无论给谁都已经没有爱情可言。她的爱早已经留给了她十五六岁那年在桃树下遇见的那青年，虽然，他们之间只有一句话："噢，你也在这里吗？"

"噢,你也在这里吗?"平淡如陌生人一句随便的问候。但对于两颗年轻的心,却蕴涵着千言万语。虽然就此没了下文,他们却已心照,只是不宣。

然而,"就这样就完了",一个刚刚开始的故事却成了结局。作者将女人的悲惨一生一笔带过以后,重现了上述那个动人的画面,但也不是简单的重复,作者特地用了不同寻常的句式——连用三个逗号把画面加以切割和强调,"年青人"被特意地留在段末。

《爱》中的文字是如此朴实,即使在记叙女孩颠簸的经历时也依然。这个弱女子一生如此悲惨,末了,只得反复咀嚼许多年前那个年青人说过的一句话,从中获得一丝温馨。世事变幻、人生无常的观念和感情,只留下一句富有感叹性的收束。

私 语

"夜深闻私语,月落如金盆。"那时候所说的,不是心腹话也是心腹话了罢?我不预备装模作样把我这里所要说的当做郑重的秘密,但是这篇文章因为是被编辑先生催逼着,仓促中写就的,所以有些急不择言了,所写的都是不必去想它,永远在那里的,可以说是下意识的一部分背景。就当它是在一个"月落如金盆"的夜晚,有人喊喊切切絮絮叨叨告诉你听的罢!

今天早上房东派了人来测量公寓里热水汀管子的长度,大约是想拆下来去卖。我姑姑不由的感慨系之,说现在的人起的都是下流的念头,只顾一时,这就是乱世。

乱世的人,得过且过,没有真的家。然而我对于我姑姑的家却有一种天长地久的感觉。我姑姑与我母亲同住多年,虽搬过几次家,而且这些时我母亲不在上海,单剩下我姑姑,我的家对于我一直是一个精致完全的体系,无论如何不能让它稍有毁损。前天我打碎了桌面上的一块玻璃,照样赔一块要六百元,而我这两天刚巧破产,但还是急急的把木匠找了来。

近来不知为什么特别有打破东西的倾向。(杯盘碗匙向来不算数,偶尔我姑姑砸了个把茶杯,我总是很高兴地说:"轮到姑姑砸了!")上次急于到洋台上收衣裳,推玻璃门推不开,把膝盖在门上一抵,豁朗一声,一块玻璃粉粉碎了,膝盖上只擦破一点皮,可是流下血来,直溅到脚面上,搽上红药水,红药水循着血痕一路流下去,仿佛吃了大刀王五的一刀似的。给我姑姑看,她弯下腰去,匆匆一瞥,知道不致命,就关切地问起玻璃,我又去配了一块。

因为现在的家于它的本身是细密完全的,而我只是在里面撞来撞去打碎东西,而真的家应当是合身的,随着我生长的,我想起我从前的家了。

第一个家在天津。我是生在上海的,两岁的时候搬到北方去。北京也去过,只记得被佣人抱来抱去,用手去揪她颈项上松软的皮——她年纪逐渐大起来,颈上的皮逐渐下垂;探手到她颔下,渐渐有不同的感觉了。小时候我脾气很坏,不耐烦起来便抓得她满脸的血痕。她姓何,叫"何干"。不知是哪里的方言,我们称老妈子为什么干什么干。何干很像现在时髦的笔名:"何若"、"何之"、"何心"。

有一本萧伯纳的戏:《心碎的屋》,是我父亲当初买的。空白上留有他的英文题识:

"天津,华北。

一九二六。三十二号路六十一号。

提摩太·C·张。"

我向来觉得在书上郑重地留下姓氏,注明年月,地址,是近于啰唆无聊,但是新近发现这本书上的几行字,却很喜欢,因为有一种春日迟迟的空气,像我们在天津的家。

院子里有个秋千架,一个高大的丫头,额上有个疤,因而被我唤做"疤丫丫"的,某次荡秋千荡到最高处,嗡地翻了过去。后院子里养着鸡。夏天中午我穿着白底小红挑子纱短衫,红裤子,坐在板凳上,喝完满满一碗淡绿色,涩而微甜的六一散,看一本谜语书,唱出来,"小小狗,走一步,咬一口。"谜底是剪刀。还有一本是儿歌选,其中有一首描写最理想的半村半郭的隐居生活,只记得一句"桃枝桃叶作偏房,"似乎不大像儿童的口吻了。

天井的一角架着个青石砧,有个通文墨,胸怀大志的男底下人时常用毛笔蘸了水在那上面练习写大字。这人瘦小清秀,讲《三国志演义》给我听,我喜欢他,替他取了一个莫名其妙的名字叫"毛物"。毛物的两个弟弟就叫"二毛物""三毛物"。毛物的妻叫"毛物新娘子",简称"毛娘"。毛娘生着红扑扑的鹅蛋脸,水眼睛,一肚子"孟丽君女扮男装中状元",是非常可爱的然而心计很深的女人,疤丫丫后来嫁了三毛物,很受毛娘的欺负。当然我那时候不懂这些,只知道他们是可爱的一家。他们是南京人,因此我对南京的小户人家一直有一种与事实不符的明丽丰足的感觉。久后他们脱离我们家,开了个杂货铺子,女佣领了我和弟弟去照顾他们的生意,努力地买了几只劣质的彩花热水瓶;在店堂楼上吃了茶和玻璃罐里的糖果,还是有一种丰足的感觉。然而他们的店终于蚀了本,境况极窘。毛物的母亲又怪两个媳妇都不给她添孙子,毛娘背地里抱怨说谁教两对夫妇睡在一间房里,虽然床上有帐子。

领我弟弟的女佣唤做"张干",裹着小脚,伶俐要强,处处占先。领我的"何干",因为带的是个女孩子,自觉心虚,凡事都让着她。我不能忍耐她的重男轻女的论调,常常和她争起来,她就说:"你这个脾气只好住独家村!希望你将来嫁得远远的——弟弟也不要你回来!"她能够从抓筷子的手指的地位上预卜我将来的命运,说:"筷子抓得近,嫁得远。"我连忙把手指移到筷子的上端去,说:"抓得远呢?"她道:"抓得远当然嫁得远。"气得我说不出话来。张干使我很早地想到男女平等的问题,要锐意图强,务必要胜过我弟弟。

我弟弟实在不争气,因为多病,必须扣着吃,因此非常的馋,看见人嘴里动着便叫人张开嘴让他看看嘴里可有什么。病在床上,闹着要吃松子糖——松子仁舂成粉,掺入冰糖屑——人们把糖里加了黄连汁,喂给他,使他断念,他大哭,把只拳头完全塞到嘴里去,仍然要。于是他们又在拳头上搽了黄连汁。他吮着拳头,哭得更惨了。

松子糖装在金耳的小花磁罐里，旁边有黄红的蟠桃式磁缸，里面是痱子粉。下午的阳光照到那磨白了的旧梳妆台上。有一次张干买了个柿子放在抽屉里，因为太生了，先收在那里。隔两天我就去开抽屉看看，渐渐疑心张干是否忘了它的存在，然而不能问她，由于一种奇异的自尊心。日子久了，柿子烂成一胞水。我十分惋惜，所以至今还记得。

　　最初的家里没有我母亲这个人，也不感到任何缺陷，因为她很早就不在那里了。有她的时候，我记得每天早上女佣把我抱到她床上去，是铜床，我爬在方格子青锦被上，跟着她不知所云地背唐诗。她才醒过来总是不甚快乐的，和我玩了许久方才高兴起来。我开始认字块，就是伏在床边上，每天下午认两个字之后，可以吃两块绿豆糕。

　　后来我父亲在外面娶了姨奶奶，他要带我到小公馆去玩，抱着我走到后门口，我一定不肯去，拼命扳住了门，双脚乱踢，他气得把我横过来打了几下，终于抱去了。到了那边，我又很随和地吃了许多糖。小公馆里有红木家具，云母石心子的雕花圆桌上放着高脚银碟子，而且姨奶奶敷衍得我很好。

　　我母亲和我姑姑一同出洋去，上船的那天她伏在竹床上痛哭，绿衣绿裙上面钉有抽搐发光的小片子。佣人几次来催说已经到了时候了，她像是没听见，他们不敢开口了，把我推上前去，叫我说："婶婶，时候不早了。"（我算是过继给另一房的，所以称叔叔婶婶。）她不理我，只是哭。她睡在那里像船舱的玻璃上反映的海，绿色的小薄片，然而有海洋的无穷尽的颠簸悲恸。

　　我站在竹床前面看着她，有点手足无措，他们又没有教给我别的话，幸而佣人把我牵走了。

　　母亲去了之后，姨奶奶搬了进来。家里很热闹，时常有宴会，叫条子。我躲在帘子背后偷看，尤其注意同坐在一张沙发椅上的十六七岁的两姊妹，打着前刘海，穿着一样的玉色袄裤，雪白的偎倚着，像生在一起似的。

　　姨奶奶不喜欢我弟弟，因此一力抬举我，每天晚上带我到起士林去看跳舞。我坐在桌子边，面前的蛋糕上的白奶油高齐眉毛。然而我把那一块全吃了，在那微红的黄昏里渐渐盹着，照例到三四点钟，背在佣人背上回家。

　　家里给弟弟和我请了先生，是私塾制度，一天读到晚，在傍晚的窗前摇摆着身子。读到"太王事獯于"，把它改为"太王嗜熏鱼"方才记住了。那一个时期，我时常为了背不出书而烦恼，大约是因为年初一早上哭过了，所以一年哭到头。——年初一我预先嘱咐阿妈天明就叫我起来看他们迎新年，谁知他们怕我熬夜辛苦了，让我多睡一回，醒来时鞭炮已经放过了。我觉得一切的繁华热闹都已经成了过去，我没有份了，躺在床上哭了又哭，不肯起来，最后被拉了起来，坐在小藤椅上，人家替我穿上新鞋的时候，还是哭——即使穿上新鞋也赶不上了。

　　姨奶奶住在楼下一间阴暗杂乱的大房里，我难得进去，立在父亲烟炕前背书。姨奶奶也识字，教她自己的一个侄儿读"池中鱼，游来游去"，恣意打他，他的一张脸常常肿得眼睛都睁不开。她把我父亲也打了,用痰盂砸破他的头。于是族里有人出面说话,逼着她走路。我坐在楼上的窗台上,看见大门里缓缓出来两辆榻车,都是她带走的银器家什。仆人们都说:"这下子好了!"

我八岁那年到上海来,坐船经过黑水洋绿水洋,仿佛的确是黑的漆黑,绿的碧绿,虽然从来没在书里看到海的礼赞,也有一种快心的感觉。睡在船舱里读着早已读过多次的《西游记》,《西游记》里只有高山与红热的尘沙。

到上海,坐在马车上,我是非常俳气而快乐的,粉红底子的洋纱衫裤上飞着蓝蝴蝶。我们住着很小的石库门房子,红油板壁。对于我,那也有一种紧紧的朱红的快乐。

然而我父亲那时候打了过度的吗啡针,离死很近了。他独自坐在洋台上,头上搭一块湿手巾,两目直视,檐前挂下了牛筋绳索那样的粗而白的雨。哗哗下着雨,听不清楚他嘴里喃喃说些什么,我很害怕了。

女佣告诉我应当高兴,母亲要回来了。母亲回来的那一天我吵着要穿上我认为最俏皮的小红袄,可是她看见我第一句话就说:"怎么给她穿这样小的衣服?"不久我就做了新衣,一切都不同了。我父亲痛悔前非,被送到医院里去。我们搬到一所花园洋房里,有狗,有花,有童话书,家里陡然添了许多蕴藉华美的亲戚朋友。我母亲和一个胖伯母并坐在钢琴凳上模仿一出电影里的恋爱表演,我坐在地上看着,大笑起来,在狼皮褥子上滚来滚去。

我写信给天津的一个玩伴,描写我们的新屋,写了三张信纸,还画了图样。没得到回信——那样的粗俗的夸耀,任是谁也要讨厌吧?家里的一切我都认为是美的顶巅。蓝椅套配着旧的玫瑰红地毯,其实是不甚谐和的,然而我喜欢它,连带的也喜欢英国了,因为英格兰三个字使我想起蓝天下的小红房子,而法兰西是微雨的青色,像浴室的磁砖,沾着生发油的香。母亲告诉我英国是常常下雨的,法国是晴朗的,可是我没法矫正我最初的印象。

我母亲还告诉我画图的背景最得避忌红色,背景看上去应当有相当的距离,红的背景总觉得近在眼前。但是我和弟弟的卧室墙壁就是那没有距离的橙红色,是我选择的,而且我画小人也喜欢给画上红的墙,温暖而亲近。

画图之外我还弹钢琴,学英文,大约生平只有这一个时期是具有洋式淑女的风度的。此外还充满了优裕的感伤,看到书里夹的一朵花,听我母亲说起它的历史,竟掉下泪来。我母亲见了就向我弟弟说:"你看姊姊不是为了吃不到糖而哭的!"我被夸奖着,一高兴,眼泪也干了,很不好意思。

《小说月报》上正登着老舍的《二马》,杂志每月寄到了,我母亲坐在抽水马桶上看,一面笑,一面读出来,我靠在门框上笑。所以到现在我还是喜欢《二马》,虽然老舍后来的《离婚》、《火车》全比《二马》好得多。

我父亲把病治好之后,又反悔起来,不拿出生活费,要我母亲贴钱,想把她的钱逼光了,那时她要走也走不掉。他们剧烈地争吵着,吓慌了的仆人们把小孩拉了出去,叫我们乖一点,少管闲事。我和弟弟在洋台上静静骑着三轮的小脚踏车,两人都不做声,晚春的洋台上,挂着绿竹帘子,满地密条的阳光。

父母终于协议离婚。姑姑和父亲一向也是意见不合的,因此和我母亲一同搬走了,父亲移家到一所弄堂房子里。(我父亲对于"衣食住"向来都不考究,单只注意到"行",惟有在汽车上舍得花点钱。)他们的离婚,虽然没有征求我的意见,我是表示赞成的,心里自然也惆怅,因为那红的蓝的家无法维持下去了。幸而条约上写明了我可以常去看母亲。在她的公寓里第一次见到生在地上的瓷砖浴盆和煤气炉子,我非常高兴,觉得安慰了。

不久我母亲动身到法国去,我在学校里住读,她来看我,我没有任何惜别的表示,她也像是很高兴,事情可以这样光滑无痕迹地度过,一点麻烦也没有,可是我知道她在那里想:"下一代的人,心真狠呀!"一直等她出了校门,我在校园里隔着高大的松杉远远望着那关闭了的红铁门,还是漠然,但渐渐地觉到这种情形下眼泪的需要,于是眼泪来了,在寒风中大声抽噎着,哭给自己看。

母亲走了,但是姑姑的家里留有母亲的空气,纤灵的七巧板桌子,轻柔的颜色,有些我所不大明白的可爱的人来来去去。我所知道的最好的一切,不论是精神上还是物质上的,都在这里了。因此对于我,精神上与物质上的善,向来是打成一片的,不是像一般青年所想的那样灵肉对立,时时要起冲突,需要痛苦的牺牲。

另一方面有我父亲的家,那里什么我都看不起,鸦片,教我弟弟做《汉高祖论》的老先生,章回小说,懒洋洋灰扑扑地活下去。像拜火教的波斯人,我把世界强行分作两半,光明与黑暗,善与恶,神与魔。属于我父亲这一边的必定是不好的,虽然有时候我也喜欢。我喜欢鸦片的云雾,雾一样的阳光,屋里乱摊着小报(直到现在,大叠的小报仍然给我一种回家的感觉)看着小报,和我父亲谈谈亲戚间的笑话——我知道他是寂寞的,在寂寞的时候他喜欢我。父亲的房间里永远是下午,在那里坐久了便觉得沉下去,沉下去。

在前进的一方面我有海阔天空的计划,中学毕业后到英国去读大学,有一个时期我想学画卡通影片,尽量把中国画的作风介绍到美国去。我要比林语堂还出风头,我要穿最别致的衣服,周游世界,在上海自己有房子,过一种干脆利落的生活。

然而来了一件结结实实的,真的事。我父亲要结婚了。我姑姑初次告诉我这消息,是在夏夜的小洋台上。我哭了,因为看过太多的关于后母的小说,万万没想到会应在我身上。我只有一个迫切的感觉:无论如何不能让这件事发生。如果那女人就在眼前,伏在铁栏杆上,我必定把她从洋台上推下去,一了百了。

我后母也吸鸦片。结了婚不久我们搬家搬到一所民初式样的老洋房里去,本是自己的产业,我就是在那房子里生的。房屋里有我们家的太多的回忆,像重重叠叠复印的照片,整个的空气有点模糊。有太阳的地方使人瞌睡,阴暗的地方有古墓的清凉。房屋的青黑的心子里是清醒的,有它自己的一个怪异的世界。而在阴阳交界的边缘,看得见阳光,听得见电车的铃与大减价的布店里一遍又一遍吹打着"苏三不要哭",在那阳光里只有昏睡。

我住在学校里,很少回家,在家里虽然看到我弟弟与年老的"何干"受磨折,非常不平,但是因为实在难得回来,也客客气气敷衍过去了。我父亲对于我的作文很得意,曾经鼓励我学做诗。一共做过三首七绝,第二首咏"夏雨",有两句经先生浓圈密点,所以我也认为很好了:"声如羯鼓催花发,带雨莲开第一枝。"第三首咏花木兰,太不像样,就没有兴致再学下去了。

中学毕业那年,母亲回国来,虽然我并没觉得我的态度有显著的改变,父亲却觉得了。对于他,这是不能忍受的,多少年来跟着他,被养活,被教育,心却在那一边。我把事情弄得更糟,用演说的方式向他提出留学的要求,而且吃吃艾艾,是非常坏的演说。他发脾气,说我受了人家的挑唆。我后母当场骂了出来,说:"你母亲离了婚还要干涉你们家的事。既然放不下这里,为什么不回来?可惜迟了一步,回来只好做姨太太!"

沪战发生,我的事暂且搁下了。因为我们家邻近苏州河,夜间听见炮声不能入睡,所以到我母亲处住了两个礼拜。回来那天,我后母问我:"怎么你走了也不在我跟前说一声?"我说我向父亲说过了。她说:"噢,对父亲说了!你眼睛里哪儿还有我呢?"她刷地打了我一个嘴巴,我本能地要还手,被两个老妈子赶过来拉住了。我后母一路锐叫着奔上楼去:"她打我!她打我!"在这一刹那间,一切都变得非常明晰,下着百叶窗的暗沉沉的餐室,饭已经开上桌子,没有金鱼的金鱼缸,白磁缸上细细描出橙红的鱼藻。我父亲趿着拖鞋,啪达啪达冲下楼来,揪住我,拳足交加,吼道:"你还打人!你打人我就打你!今天非打死你不可!"我觉得我的头偏到这一边,又偏到那一边,无数次,耳朵也震聋了。我坐在地上,躺在地下了,他还揪住我的头发一阵踢。终于被人拉开。我心里一直很清楚,记起我母亲的话:"万一他打你,不要还手,不然,说出去总是你的错。"所以也没有想抵抗。他上楼去了,我立起来走到浴室里照镜子,看我身上的伤,脸上的红指印,预备立刻报巡捕房去。走到大门口,被看门的巡警拦住了说:"门锁着呢,钥匙在老爷那儿。"我试着撒泼,叫闹踢门,企图引起铁门外岗警的注意,但是不行,撒泼不是容易的事。我回到家里来,我父亲又炸了,把一只大花瓶向我头上掷来,稍微歪了一歪,飞了一房的碎瓷。他走了之后,何干向我哭,说:"你怎么会弄到这样的呢?"我这时候才觉得满腔冤屈,气涌如山地哭起来,抱着她哭了许久。然而她心里是怪我的,因为爱惜我,她替我胆小,怕我得罪了父亲,要苦一辈子;恐惧使她变得冷而硬。我独自在楼下的一间空房里哭了一整天,晚上就在红木炕床上睡了。

第二天,我姑姑来说情,我后母一见她便冷笑:"是来捉鸦片的么?"不等她开口我父亲便从烟铺上跳起来劈头打去,把姑姑也打伤了,进了医院,没有去报捕房,因为太丢我们家的面子。

我父亲扬言说要用手枪打死我。我暂时被监禁在空房里。我生在里面的这座房屋忽然变成生疏的了,像月光底下的,黑影中现出青白的粉墙,片面的,癫狂的。

Beverey Nichols有一句诗关于狂人的半明半昧:"在你的心中睡着月亮光,"我读到它就想到我们家楼板上的蓝色的月光,那静静的杀机。

我也知道我父亲决不能把我弄死,不过关几年,等我放出来的时候已经不是我了。数星期内我已经老了许多年。我把手紧紧捏着洋台上的木栏干，仿佛木头上可以榨出水来。头上是赫赫的蓝天，那时候的天是有声音的，因为满天的飞机。我希望有个炸弹掉在我们家，就同他们死在一起我也愿意。

何干怕我逃走，再三叮嘱："千万不可以走出这扇门呀！出去了就回不来了。"然而我还是想了许多脱逃的计划，《三剑客》、《基度山恩仇记》一齐到脑子里来了。记得最清楚的是《九尾龟》里章秋谷的朋友有个恋人，用被单结成了绳子，从窗户里缒了出来。我这里没有临街的窗，唯有从花园里翻墙头出去。靠墙倒有一个鹅棚可以踏脚，但是更深人静的时候，惊动两只鹅，叫将起来，如何是好？

花园里养着呱呱追人啄人的大白鹅，唯一的树木是高大的白玉兰，开着极大的花，像污秽的白手帕，又像废纸，抛在那里，被遗忘了，大白花一年开到头。从来没有那样邋遢丧气的花。

正在筹划出路，我生了沉重的痢疾，差一点死了。我父亲不替我请医生，也没有药。病了半年，躺在床上看着秋冬的淡青的天，对面的门楼上挑起灰石的鹿角，底下累累两排小石菩萨……也不知道现在是哪一朝、哪一代……朦胧地生在这所房子里，也朦胧地死在这里么？死了就在园子里埋了。

然而就在这样想着的时候，我也倾全力听着大门每一次的开关，巡警咕滋咖滋抽出锈涩的门闩，然后呛啷啷一声巨响，打开了铁门。睡里梦里也听见这声音，还有通大门的一条煤屑路，脚步下沙子的吱吱叫。即使因为我病在床上他们疏了防，能够无声地溜出去么？

一等到我可以扶墙摸壁行走，我就预备逃。先向何干套口气打听了两个巡警换班的时间，隆冬的晚上，伏在窗子上用望远镜看清楚了黑路上没有人，挨着墙一步一步摸到铁门边，拔出门闩，开了门，把望远镜放在牛奶箱上，闪身出去。——当真立在人行道上了！没有风，只是阴历年左近的寂寂的冷，街灯下只看见一片寒灰，但是多么可亲的世界呵！我在街沿急急走着，每一脚踏在地上都是一个响亮的吻。而且我在距家不远的地方和一个黄包车夫讲起价钱来了——我真高兴我还没忘了怎样还价。真是发了疯呀！随时可以重新被抓进去。事过境迁，方才觉得那惊险中的滑稽。

后来知道何干因为犯了和我同谋的嫌疑，大大的被带累。我后母把我一切的东西分着给了人，只当我死了。这是我那个家的结束。

我逃到母亲家，那年夏天我弟弟也跟着来了，带了一只报纸包着的篮球鞋，说他不回去了。我母亲解释给他听她的经济力量只能负担一个人的教养费，因此无法收留他。他哭了，我在旁边也哭了。后来他到底回去了，带着那双篮球鞋。

何干偷偷摸摸把我小时的一些玩具私运出来给我做纪念，内中有一把白象牙骨子淡绿鸵鸟毛折扇，因为年代久了，一扇便掉毛，漫天飞着，使人咳呛下泪。至今回想到我弟弟来的那天，也还有类似的感觉。

我补习预备考伦敦大学。在父亲家里孤独惯了，骤然想学做人，而且是在窘境中做"淑女",非常感到困难。同时看得出我母亲是为我牺牲了许多,而且一直在怀疑着我是否值得这些牺牲。我也怀疑着。常常我一个人在公寓的屋顶洋台上转来转去,西班牙式的白墙在蓝天上割出断然的条与块。仰脸向着当头的烈日,我觉得我是赤裸裸的站在天底下了,被裁判着像一切的惶惑的未成年的人,困于过度的自夸与自鄙。

这时候,母亲的家不复是柔和的了。

考进大学,但是因为战事,不能上英国去,改到香港,三年之后又因为战事,书没读完就回上海来。公寓里的家还好好的在那里,虽然我不是那么绝对地信仰它了,也还是可珍惜的。现在我寄住在旧梦里,在旧梦里做着新的梦。

写到这里,背上吹的风有点冷了,走去关上玻璃门,洋台上看见毛毛的黄月亮。

古代的夜里有更鼓,现在有卖馄饨的梆子,千年来无数人的梦的拍板:"托,托,托,托"——可爱又可哀的年月呵!

赏 析

张爱玲的散文没有什么宏大题材,也没有什么高深的思想和道德说教,记录的只是她身边的琐事,情调一如她的小说。她写童年,写父母,写弟弟,写朋友,谈音乐、绘画、艺术、写作,以及她经历的身边琐事,这些组成了张爱玲真实的人生,生动而琐碎,细腻而逼真。张爱玲的高明之处在于她总是能从平凡中发现不平凡,从琐碎处发现人生的诗意,从寻常小事领略到人生的真实与无奈。她是那种少年老成的作家,一部分来自她的人生经历,另一部分来自她超人的感悟。她的艺术触角远比他人敏感细腻,表现力也惊人的老道,观察力精细而深刻,常常道人之所未道。她在轻描淡写中把那些在寻常人看来毫无意义的身边琐事写得妙趣横生,并让读者看到这些俗事背后的人生真义。在她看来,真实的人生并没有多少大事,人生就是由这些小事琐事组成的。她甚至远比一般人更能享受这些人生琐事,而这些人生琐事却成就了她的艺术。

这是一篇追忆童年往事的散文。文中谈及她童年时代学过美术,又学过钢琴,并产生过"想学画卡通影片,尽量把中国画的作风介绍到美国去"的成为一个画家的梦想。有过留洋阅历的母亲曾教过她绘画:"画图的背景最得避忌红色,背景看上去应当有相当的距离,红的背景总觉得近在眼前。"成年后的张爱玲一直很清晰地记得这段话,它指涉的不仅仅是色彩学构图学方面的技巧,而且牵涉到了属于创作心理学内容的"距离控制"。可以看出其母亲对张爱玲的指教已经超越了对一般初学孩童的点拨而进入了艺术的某些更微观更本质的层面。尽管后来张爱玲并没有实现童年的梦幻,但张爱玲文学创作中对生活的审美化的把握方式却深深得益于她从童年时代起就开始培养的艺术直觉。也许真正决定张爱玲的个性和气质的,还是她童年期的坎坷际遇。父母的离异使她在人生伊始就给心灵蒙上了一层阴影。而父亲萎靡颓废的生活又使她过早地领略到了生存的阴暗与没落的一面:"像拜火教的波斯人,我把世界强行分作两半,光明与黑暗,善与恶,神与魔。属于我父亲这一边的必定是不好的。""父亲的房间里永远是下午,在那里坐久了便觉得沉下去,沉下去。""我父亲扬言说要用手枪打死我。我暂时被监禁在空房里,我生在里面的这座房屋忽然变成生疏的了,像月光底下的,黑影中现出青白的粉墙,片面的,癫狂的。"令人震撼的还不仅仅是那种毫无温情与爱心的父女关系,而在于那种窒息心灵的囚禁的处境,以及在这种处境中张爱玲所产生的"癫狂的"心理感受。这是对一颗尚未成熟的心灵的真正摧残,它使张爱玲从童年起就携上了强烈的个体孤独感。"我生了沉重的痢疾,差一点死了。我父亲不替我请医生,也没有药。病了半年,躺在床上看着秋冬的淡青的天,对面的门楼上挑起灰石的鹿角,底下累累两排小石菩萨——也不知道现在是哪一朝,哪一代……朦胧地生在这所房子里,也朦胧地死在这里么?死了就在园子里埋了。"

她的文字处处透着敏感及忧郁。她从"楼板上的蓝色的月光"中感觉出"静静的杀机",在逃脱成功后"在街沿急急走着,每一脚踏在地上都是一个响亮的吻"的心灵感触,都是耐人寻味的。这些在心灵的自由放逐中对人生的敏锐感悟,使文章时时闪射出智慧与理性的光芒。这种特点,构成文章的又一看点。

天 才 梦

我是一个古怪的女孩,从小被目为天才,除了发展我的天才外别无生存的目标。然而,当童年的狂想逐渐褪色的时候,我发现我除了天才的梦之外一无所有——所有的只是天才的怪僻缺点。世人原谅瓦格涅的疏狂,可是他们不会原谅我。

加上一点美国式的宣传,也许我会被誉为神童。我三岁时能背诵唐诗。我还记得摇摇摆摆地立在一个满清遗老的藤椅前朗吟"商女不知亡国恨,隔江犹唱后庭花",眼看着他的泪珠滚下来。七岁时我写了第一部小说,一个家庭悲剧。遇到笔划复杂的字,我常常跑去问厨子怎样写。第二部小说是关于一个失恋自杀的女郎。我母亲批评说:如果她要自杀,她决不会从上海乘火车到西湖去自溺。可是我因为西湖诗意的背景。终于固执地保存了这一点。

我仅有的课外读物是《西游记》与少量的童话,但我的思想并不为它们所束缚。八岁那年,我尝试过一篇类似乌托邦的小说,题名《快乐村》。快乐村人是一好战的高原民族,因克服苗人有功,蒙中国皇帝特许,免征赋税,并予自治权。所以快乐村是一个与外界隔绝的大家庭,自耕自织,保存着部落时代的活泼文化。

我特地将半打练习簿缝在一起,预期一本洋洋大作,然而不久我就对这伟大的题材失去了兴趣。现在我仍旧保存着我所绘的插画多帧,介绍这种理想社会的服务,建筑,室内装修,包括图书馆,"演武厅",巧克力店,屋顶花园。公共餐室是荷花池里一座凉亭。我不记得那里有没有电影院与社会主义——虽然缺少这两样文明产物,他们似乎也过得很好。

九岁时,我踌躇着不知道应当选择音乐或美术作我终身的事业。看了一张描写穷困的画家的影片后,我哭了一场,决定做一个钢琴家,在富丽堂皇的音乐厅里演奏。

对于色彩、音符、字眼,我极为敏感。当我弹奏钢琴时,我想像那八个音符有不同的个性,穿戴了鲜艳的衣帽携手舞蹈。我学写文章,爱用色彩浓厚,音韵铿锵的字眼,如"珠灰"、"黄昏"、"婉妙""splendour","melancholy",因此常犯了堆砌的毛病。直到现在,我仍然爱看《聊斋志异》与俗气的巴黎时装报告,便是为了这种有吸引力的字眼。

在学校里我得到自由发展。我的自信心日益坚强,直到我十六岁时,我母亲从法国回来,将她睽违多年的女儿研究了一下。

"我懊悔从前小心看护你的伤寒症,"她告诉我,"我宁愿看你死,不愿看你活着使你自己处处受痛苦。"

我发现我不会削苹果,经过艰苦的努力我才学会补袜子。我怕上理发店,怕见客,怕给裁缝试衣裳。许多人尝试过教我织绒线,可是没有一个成功。在一间房里住了两年,问我电铃在哪儿我还茫然。我天天乘黄包车上医院去打针,接连三个月,仍然不认识那条路。总而言之,在现实的社会里,我等于一个废物。

我母亲给我两年的时间学习适应环境。她教我煮饭;用肥皂粉洗衣;练习行路的姿势;看人的眼色;点灯后记得拉上窗帘;照镜子研究面部神态;如果没有幽默天才,千万别说笑话。

在待人接物的常识方面,我显露惊人的愚笨。我的两年计划是一个失败的试验。除了使我的思想失去均衡外,我母亲的沉痛警告没有给我任何的影响。

生活的艺术,有一部分我不是不能领略。我懂得怎么看《七月巧云》,听苏格兰兵吹bagpibe,享受微风中的藤椅,吃盐水花生,欣赏雨夜的霓虹灯,从双层公共汽车上伸出手摘树巅的绿叶。在没有人与人交接的场合,我充满了生命的欢悦。可是我一天不能克服这种咬啮性的小烦恼,生命是一袭华美的袍,爬满了虱子。

《天才梦》作者张爱玲。这是19岁的张爱玲在《西风》杂志的征文赛中所创作的一篇散文。因其卓尔不群的才华,使她在文坛崭露头角,一些人还把它视为张爱玲的处女作。此文看上去平淡无奇,似乎只是一个人成长经历的点滴,一些散乱的记忆而已,然而这正是符合了散文的特点:形散而神不散。全文虽然看似凌乱,实则都处处围绕生命的天才梦而写。

她是个天才。3岁能背诵诗,7岁能写家庭悲剧的小说,8岁能写乌托邦式的《快乐树》,中学时期蜚声校园,在香港大学同时拿到两项奖学金。这么才华出众,卓尔不群,但文中你并没看出她的骄傲与虚荣。她只是平实地介绍着自己,没有张扬,没有炫耀,也没有隐埋,甚至还告诉你她一本洋洋大作的中途流产,母亲对她的不理解与讽刺,自己是生活中的废物等等,一点都不摆谱,也不作秀。这一刻,你也许很难将此文与那个大红大紫、桀骜不驯、清高孤傲的张爱玲联系到一起。如文中提到自己读俗气的巴黎的时装报告,生活中学织绒线、做家务的失败,吃盐水花生,在双层公共汽车上伸手摘树上的绿叶等等作为,似乎都是写我们市井百姓日常的生活呢。可张爱玲就那么轻轻巧巧,看似随意,甚至有点漫不经心,就把一幅人生写真图摆在你面前了。

　　文中巧妙的譬喻,形象的描画,鲜明的对比,随意的嘲弄,无处不在。如写自己3岁诵诗时的"摇摇摆摆",听诗的满清遗老"泪珠滚下来",虽是简笔勾勒,不事雕琢,但人物形象却栩栩如生。在写弹奏钢琴时,"那八个音符有不同的个性,穿戴了鲜艳的衣帽携手舞蹈"。一句拟人,将孩童世界丰富的想像力展现得淋漓尽致。而结尾"生命是一袭华美的袍,爬满了虱子"的比喻,又让人大吃一惊,怔忡不已——19岁风华正茂的岁月,为何会如此沧桑,如此悲凉?这便就是张爱玲的语言——独特的、极富个性化的语言,并从中透出洞察人世炎凉。

　　作者以一位真正艺术家的敏锐,品味生活的乐趣,咀嚼人生的无奈,用睿朴素智的笔触描绘了人生中美丽多采的天才梦。她的一生,是在稿纸格里跋涉的,有休憩,但没有停顿;有高潮低谷,但没有结束。也只有她,才能同时承受灿烂夺目的喧闹与极度的孤寂。她的天才梦是她生命的支点,她也是用一生的心血去营造自己的梦的。

> **储安平**（1909—1966）江苏宜兴人。早年毕业于光华大学。1936年赴英国伦敦大学从事研究工作。回国后曾任复旦大学教授，主编《文学杂志》《客观》《观察》。1957年任《光明日报》总编辑。

豁蒙楼暮色

今天身子稍微健了些，清早在院子里散步，看见柳条都发青了。只两天没有走下床，外面的世界便变得那么快吗？新绿这色调我是十分爱的，但我又觉得这颜色太刻薄。一个中学生顶愉快的是礼拜六的晚上，一个孩子顶活泼的是过节过年的那一天；可是对于一个饱经忧患的人，他永远是希望生存在百草尚未上绿那样的早春之季的吧，这样想着的我，却非人情地绷起一种暮春之感，仍然踱回到自己的房里。

我到南京已有一个多月，仅仅看见三天有太阳。今天天气还是那样的像一个吝啬的房东太太的脸，像一个高官府上的门房先生的眼珠子；总之，使你见了要苦笑不止。

饭后在床上假寐，听窗外淅沥之歌。睡了三个钟头，犹未成眠。沉入于一切杂感之我，于是披了衣服起来，撑着雨伞走出寓所。常常在许多地方，会因为看见自己的形单影只而引起若干孤独之感的吧，但索兴抱着一种悠闲的心情，一个人在外面踱踱，倒又觉得无上高雅。怀着这样一种超然的心情，随便上崇山峻岭，江河大流，荒落坟郊，或士女错综的都市公园里，都能得到一种冲淡之趣。我向台城走去，沿路风雨交集，还疏疏落落夹些雪珠。这衰弱的身子不够这样的摧残吧，但也只有风雨的狂暴可以杀威我的伤时之感。城墙由东头的山腰里铺过来，从我的脚下再伸出去，一直到北头，十分严肃。玄武湖偎着城墙，若稍带一些书卷之气看来，严然是横条一幅。村庄如睡，树木安静，湖水没有言语。纵然有雨点在逗，但在全景上，也仅仅因此加重一点灰色，如一个年轻的新寡，在严肃的城墙下，守着静穆，不敢叹息。

天十分惨淡，云是灰暗的，一层一层泛起，在远山之顶上厮摩着。紫金山一带都隐约的躲在迷雾里，仅仅看出一些轮廓。我十分喜悦这种情境。我喜悦山影在迷雾里，我喜悦月亮在迷雾里，我怕黑暗我爱薄暮。一我爱在薄暮里，像是消失了自己，像是还看见自己。

我在台城上这样闲散自在的走着。我俨然如天地万物之主，又俨然觉得天地万物间无我。既无我，也无我之叹息了吧。

这样忘形的笑着，我跨进了鸡鸣寺。

我在豁蒙楼上靠窗口坐下。这样的大雨又是这样的傍晚，我之来，真是非人情的了。我悄悄的听那壁上钟摆的滴答。庙堂里的晚钟，那样沉着的破空而来，真使人听了吃惊不止，钟声在空中持久的回荡,若有无限禅机。一个因早年失身而落魄了的女子,至此会不顾一切地去跪在神座前流着泪忏悔了起来的吧!这钟声在空中之回荡,真能使人听之默念自己也是一个罪人。

这样幽然神往之我,仿佛真有出世之感。生老病死之外,再加上因近代都市文明的加速而增加的幻影消灭之悲哀,真是人生无往不苦,既要加餐,又要排泻!既要早起,又要晚睡;宇宙在白昼与黑夜之循环交替中延续下去。人们大多不愿意自己叹息吧,但无声的叹息比叹息更惨。我之上台城,想略略减少我一些无声之叹息,但我恍惚又需要更多之炉的叹息,好用以来延续自己残破的生命:人世一切真是非理可喻。

被远山背后的反光所耀,我从幻想中再去看湖光暮色。湖面被夕光耀得加倍平软,加倍清新,同时又加重惨白。纵然天地立刻将成黑暗,但果能在黑暗前有这样一次美丽的夕光,则虽将陷入于黑暗,似亦心甘。一群不知是白鸽还是白鸥,总之是那样自得可爱的一群,在湖面上扑落飞扬,遥远遥远,终于又在水光天色里消灭了,仅仅留下一些残影在观者之我的脑子里。

八九年前常常跟着人家来此喝茶之我,至今还能瞭然想起小孩之我是如何的活泼。十年二十年后之我,再来吃茶时,也仍能一样瞭然想起今日之我那样冒雨而来的固执吧,这样想时,仿佛在一秒钟里已经过了十年二十年般,见到将来之我,还一样如今日之潦倒。去年春天,我有一时睡在床上,见了友人且说着"非病也,非愁也,愁病耳,病愁耳"一类的话的,这事,实俨如昨日。那时因心境坏到无可收拾;于是老在午睡里埋葬了自己的青春之我,想起无福享受春绿风光,还记得有过如下的句子:

　　醒后依着枕头听窗外鸟鸣
　　春鸟偷偷的告诉我春天的多情
　　照一照镜子看见脸上泛起的春红
　　上帝准知道我当时的心境

可是曾几何时,今日又再见柳梢染上了新绿了!少年心情最难测,近来,若有理由,若无理由,我说恍惚如有所失,仿佛连发奋亦属多事似的。曾经在我自己的感情的颜色与光彩一文里说起一个人的感情有严肃与泛滥。严肃与泛滥的程度相差到可惊,这真是我之固执了。仿佛很有决心不去再浪费时间在一个演剧上,但忽然高兴在一个黄昏的功夫也竟会合着几个人连脚本都抄完且印成功了的,(这样的事,在我真是常有的,曾经几次发奋,说非读熟万卷书不可的我,可是在颓唐来时,也仍然会让日子十天半个月的那样白白挨过去,)这样的事,当我在第二次再发奋时,又不禁要引为可笑。没有几天前,在玮德家里和他默默对坐,两人都十分乏,反对上什么地方去跑,可是到头又都让自己将乏倦的身子抬上了豁蒙楼,在豁蒙楼上坐下,也感觉乏趣,但又无有勇气再走出来。看山也呆板,看水也呆板,一切都单调,狂饮着无一丝儿茶味之水,没有一句话可说。且看他人之高兴,及其喝茶姿势,起初倒颇感兴趣之我,忽而又觉一切人皆可怜。但也许当时更有人在以我为悯恤吧,这样想时,又意外的使自己吃惊起来。

正在那时,一个和尚捧了一盂茶走进豁蒙楼来。他在另一头靠窗坐下,和我遥遥相对。以我十分孤独,他特来伴我一坐的吧,作这样想之我,便向他招呼:"今天贵寺很冷净呀。"

那个和尚若听见若未听见,隔了长久,才"唔"的吐出一次微声。

一个俗和尚呀——我心上作如是想。

但既以为贵寺今天很冷净,又何必再问;这样自索着的我,想来又觉得十分可笑。如那和尚给了我一句答话,也许我便无从再发觉自己之可笑了吧,这样,我觉得那和尚又甚有道理。

"和尚先生这两天很凉呀。"

"唔唔。"

和尚先生还是那样的答着。和尚先生用"唔唔"来答应,是承认这两天的天气是凉吧,是承认他自己觉得这两天天气的冷吧,足承认我们这些平凡之徒应该觉得这两天天气的冷吧,或者,否定我这一句话而不欲令我难堪吧,我这一句话或是或不是吧,总之人世间一切话都可存在可不存在的吧。如其和尚先生答"是呀",我又会破口而说"为什么这两天还会这样冷呢,真是非人情了呀"的吧,如其和尚先生再说,"前几天太热了呀",我又会说"为什么天时这样的不正呀"的吧,"这样的天时很易生病的呀"的吧,"穷人真是受灾了呀"的吧,以及说"近来各处都是盗匪了呀"这一类话的吧。

如其和尚先生或开初就答,"还好呀",我又会说"这样凉的天气你们都满不在意吗"的吧,或者我还会再说下去,说"你们冬天也仅着这一点衣服吗"的吧,"你们不想弄一盅酒杀杀寒气吗"这一类话的吧。

总之,那样无限的延长下去了呀。

同时,灾害也是那样无限的延长下去了呀。

这样思索之我,猛觉那个和尚很有些悟了呀。

于是我再将眼光扫到那一头去时,和尚先生已不在了哪。

天色渐渐更凄惨起来了,远山先后没入浓暗之中,仅仅水面上还腾起一种白色,但也极暮霭苍茫之致了。我沉下心来听禅堂里的钟声。我的幽魂像寄托在这钟声里,一个圈子一个圈子地波荡出去,虽然微弱到仿佛灭亡,但仍永远存在在那空间的哪。

正觉入悟时,忽听见有人喊:"先生醒醒哪。"

"这儿什么地方哪。"

"是你现在所在的地方哪。"

我睁开眼睛,看见那个和尚先生带着笑站在我身边。我说:"什么时候了呀。"

"是你该回去的时候了呀。"

他一路送我,禅堂里的香好凶郁哪。

走出了山门,大好江山,如一片锦绣,全铺展在我的脚下了,可惜四边迷雾隐约,已不易辨识。一阵风扑面刮来,不是春风,不是夏风,这风颇有肃煞之感哪,熟睡之我,至此完全给它吹醒了。俯瞰城市,万家灯火已上。雨住了,天上漆黑。回房来,见病了数日之我忽而不见了的同住之友人,也许会焦急地向四处找寻了起来的吧,但我还是那样从容地走着,一路从山坡上下来,想着豁蒙楼上梁任公的句子,这样念道:

江山重复争供眼,
风雨纵横乱入楼。

鸡鸣寺中有一"豁蒙楼",此楼颇有来历。晚清两江总督张之洞乃近代知名人物,戊戌六君子之一杨锐乃其门生。师生情谊甚笃,二人曾多次登临此处,把酒临轩,纵论天下,畅叙怀抱。六君子殉难,天下同悲,张之洞岂无感触,只是身为朝廷重臣,悲戚之情不便溢于言表。于是,张之洞在昔游之处倡建此楼,并亲题匾额"豁蒙楼"暗寄心情。豁蒙楼位于寺中最高处,"蜿蜒的台城逶迤东去,勾勒出金陵古城的典雅历史;北望玄武湖,一番雍容端丽的景象便跃入眼帘",真是登高揽胜的佳处。

作者在薄暮中登上豁蒙楼,寻找与他心灵契合的情致。暮雨中的豁蒙楼深远、静谧、模糊。可以看到作者钟情的那份仿佛可以迷失自我的神秘气氛,留恋的是那份仿佛可以藏匿自我的晚景。在孤独和焦灼的压迫下,作者厌倦了白日的灿烂耀眼,畏惧于黑夜的霸气,在这薄暮的晚景中得到一份难得的从容,一次可遇不可求的心灵从尘世的逃离。

《在豁蒙楼暮色》一文中,储安平更以一种灿烂的诗思表述了这种绅士的悟美恋心性:他从南京的鸡鸣寺看到了"幻想中"的海光暮色,湖面被远山背后的反光照耀得"加倍平软,加倍清新,同时又加重惨白","纵然天地立刻将成黑暗,但果能在黑暗前有这样一次美丽的夕光,则虽将陷入黑暗,似亦心甘。"似乎那一缕美丽的夕光便能补偿黑暗天地所造成的各种人生缺憾,似乎人生的各种意蕴都能被那清新的惨白之美包容无疑。